———— 想象，比知识更重要

幻象文库

时间深渊

付强 著

新星出版社　NEW STAR PRESS

目录

1	1
13	2
27	3
48	4a
60	4b
71	5a
83	5b
97	T小姐的探案记录 I
102	6a
117	6b
130	T小姐的探案记录 II
136	7a
148	7b
161	8a
173	T小姐的探案记录 III
179	8b
193	9a
208	9b
224	T小姐的探案记录 IV
232	10a
249	10b
269	T小姐的探案记录 V
278	11a
299	11b

目录

328	T 小姐的探案记录 VI
336	Möbius I
378	T 小姐的探案记录 VII
394	Möbius II
404	12b
407	灵 性
412	Measure

1

当好友将"深渊号"的船票拍到罗星面前时,他正坐在图书馆文学区的借阅台前,专心致志地将克苏鲁神话和山海经中的怪兽临摹到一起。罗星抬头看了看那个穿着实验室白大褂、头发蓬乱、早上忘记刮胡子的男人,真的不想承认这是自己多年来的挚友。

"终于等到了!"芮汐兆的眼中闪着光,"政府会远程面试,下午四点。"

罗星上下打量着好友,视线最终停留在其腹部一片暗红色的色斑上。他抬抬下巴,问道:"来大姨妈了?"

"罗丹明 B。"芮汐兆若无其事地用手掌抹了抹,"昨天在交流会上和生物系的白痴们吵了起来,有个蠢货丢了一瓶过来。"

"你没有打回去?"

"我们物理系的人向来宽宏大量,要知道那时我的兜里恰好有一瓶氢氟酸。"芮汐兆得意地叉着腰。

罗星看着船票上拖着淡蓝色长尾的太空船,以及"Welcome to abyss"的烫金标语,无奈地叹了口气,起身将船票塞到芮汐兆白大褂的衣兜里。"祝你一路顺风。如果在那边发了财,千万别忘了老朋友。欠我的二十五块六毛钱不用还了,就算作原始股吧。"他一面说着,一面不紧不慢地在刑天的胸部画上了眼睛。

芮汐兆似乎早就料到了好友的反应,他双手拄在桌面上,左右张望了一番,刻意沉着脸,压低声音说道:"她也会去。"

虽然只是短短四个字,罗星却仿佛宕了机的电脑一般,傻呆呆地愣在了原地，手中铅笔的笔尖也按断了。就这样一动不动地呆了几分钟后，他猛地站起身来，甩开步子走出了阅览室。片刻后，罗星急匆匆地赶了回来，他一把扯过芮汐兆衣兜里的船票，只说了一个字：

"走。"

"不等下班吗？"芮汐兆指了指罗星办公桌上堆成小山的书。

"我刚辞了职。"罗星头也不回地走出阅览室。

◇

回到住处后，罗星打开邮箱，翻出了一年前收到的星际移民指南。

从很久以前开始，芮汐兆就怂恿着罗星参加星际移民，但比起星空来，罗星更加向往在午后慵懒的阳光下静静读书。然而在连续拒绝芮汐兆十多次后，某天罗星突然收到了政府的恭喜申请成功邮件，还附上了星际移民指南。在罗星的质问下，芮汐兆不得已吐露了真相："那天晚上你喝多了，我用便携式设备采集了你的指纹和虹膜，还顺便薅走了几根头发。为了给你的DNA测序，老子可是专门买了设备！不过不用谢，那晚我用你的指纹结了账。"

那次的结果是，罗星愤怒地搬走了芮汐兆实验里的PCR，并将移民的事情束之高阁。现在回想起来，他反而要感谢好友的多管闲事。

罗星按照移民指南录入了个人信息，又在下午四点准时接受了远程面试。星际移民的审核十分严格，但总结起来无非两个条件：有一技之长，并且忠于人类。罗星站在人类的高度、历史的广度上，慷慨激昂地陈述了一番自己对星际移民的渴望，又用一大堆物理学名词将面试官说得晕头转向，轻而易举通过了面试。

当晚，罗星将为数不多的随身衣物塞进了行李箱，又将海量的图书数据下载到电子书中。虽然缺少了纸质书那温润的触感和淡淡的墨香，但为了旅行方便，也只得将就了。做好了所有的准备工作，罗星来到阳台上，望着月光陷入了沉思。

他决定登上"深渊号"参加星际移民，完全是为了自己暗恋的那个女人，韩雪。

那是大一的夏夜，罗星结束了一天的课程，决定在睡前慢跑。校园内灯光昏暗，罗星越过了熙熙攘攘的人群，径直跑向了湖边。月光落在湖面上，被水波打散成金色的鳞片，细心聆听，还能听到流水的潺潺和树叶的沙沙声，那是罗星最爱的景色。

然而那一天，罗星却看到了别样的风景：一位身材娇小的少女，身着一袭波西米亚风的白色纱裙，站在一棵柳树旁，出神地望着湖面。微风拂过少女齐颈的短发，她连忙用纤细的手指将刘海拨向脑后。那一瞬间，罗星仿佛看到了爱，某种绝对的爱。不由自主地，罗星上前打了招呼：

"你好……在看风景吗？"

"哎？我吗？"少女吃了一惊，将细嫩的双臂抱在胸前四下张望，仿佛不敢相信眼前的男同学在对自己说话。

"不好意思，看到你一个人在湖边，忍不住便……"罗星为自己唐突的行为感到尴尬，他低下头去，难为情地偷偷看着少女。少女的嘴角露出温暖的微笑，继而伸出洁白的手臂：

"谢谢你，罗星同学！"

之后罗星得知，少女叫韩雪，是和他同届的物理系的同学。韩雪一眼便认出了他，而他却被韩雪的身姿吸引，以为看到了湖中的精灵。那天两人在湖边不过聊了十分钟，却是罗星人生中最美妙的时光。少女的笑容仿佛太阳一般温暖，声线如同泉水一般甘甜，双眸好似水晶一般透彻。

罗星对韩雪一见钟情。

罗星将这份爱恋深藏在心中。韩雪在人群中并不是十分耀眼的女子，罗星却仿佛在她的身上看到了圣洁的光晕，如同天启一般地涤荡着他的灵魂。他暗自下定决心，要在初雪降下的那一天向韩雪告白。

那一年的初雪很晚。罗星永远也不会忘记，看到期末考试成绩的那一瞬间，他告白的勇气被打得粉碎。韩雪同时修了物理、化学、电子、计算机和文学系的课程，全部满分。在罗星眼中，她成了伸手不可及的高岭之花。

四年的时间就在浑浑噩噩中过去了。罗星始终注视着韩雪的背影，却从来没有勇气迈出那一步。就如同她的名字一般，雪花可以飞舞在空中，可以散布在山顶，人们只需欣赏便好；当你伸出手去想要触碰时，那份美丽却会在不知不觉间消融。

毕业聚餐时，罗星喝得很多，那是他第一次喝酒。一旁的舞台上，学生自组乐队的吉他和贝斯聒噪着，台下同窗们的呐喊声山呼海啸。可在恍惚之间，罗星感到世界一下子安静了。神明借助酒精的力量按下了消音键，他只能听到自己的心跳，以及内心中那个压抑了四年的声音——

如果现在不说，这辈子都将在遗憾中度过。

罗星踉踉跄跄地爬上了舞台，一把抢过了主唱手中的麦克风。台下顿时安静了，同学们瞠目结舌地看着舞台上的醉汉。虽然身体不受控制，罗星却感觉到头脑异常地清醒。是的，他并没有喝醉，他比任何时刻都更加清楚自己应当做什么。面对着上百双疑惑的眼睛，他没有一丝犹豫地，用自己都不认识的声线大声喊道：

"同学们，物理学中有一项实验，叫作'示零实验'。实验的结果是'零'，也就是说，什么都没有发生。但是！"他刻意拉了一个长音，"这并不意味着，示零实验是无意义的。今天在这里，我要用自己积聚了四年的感情，为大家演示一个示零实验——"

他深呼吸一口，用自己平生最大的音量呐喊：

"韩雪！我喜欢你！！"

这次足以载入物理系史册的大胆告白，以"示零"的结果告终。那晚韩雪接到一个电话，便匆匆离开了。由于主角的缺席，这次告白注定是没有结果的。罗星至今无法原谅自己，为何要一个人躲去角落喝闷酒，直到酩酊大醉。

再后来，韩雪带着五个硕士学位毕业了，还拿到了世界名企的

offer。对那时的罗星而言，这是足以隔开两人的天堑。

今天，罗星终于等到了机会。新的星球，新的开始。在那里他可以抛下过去的幼稚，与韩雪开启新的故事。

透过夜空，罗星仰望着高悬在同步轨道上的城市空间站。在太阳能光板的反射下，它闪烁着仅次于月亮的光辉。

那颗星上，韩雪在等着他。

◇

轨道电梯的加速度折磨着乘客的肌肉和心肺，随着失重感的到来，大气层褪去了蔚蓝的幕布，将宇宙的深邃与黑暗毫无保留地展现出来。罗星靠着安全带稳住轻飘飘的身体，张望着窗外弯作弧线的天际线，恨不得将头伸出去亲吻星空。

"省省吧，过两天保证你看到腻。"一旁的芮汐兆正襟危坐，双眉紧锁，一副如临大敌的样子。罗星回过头来，看到好友的脸上挂着黑黑的眼袋。

"没睡好吗？"

"嗯。"

"为什么？"

"她。"

罗星耸耸肩，他清楚好友口中的那个人正是韩雪。本科期间，芮汐兆一直将韩雪视为竞争对手，却始终被排名榜首的韩雪压过一头。读到研究生后，芮汐兆本想通过科研翻盘，可没承想韩雪只是拿了硕士学位便离开了校园。

永远失去了赢过韩雪的机会，这成了芮汐兆的心结。

电梯慢了下来，伴随着机械马达的咔咔声，四周的隔热防护层缓缓张了开来。乘客中传来一阵欢呼，电梯的舱体此刻已俨然成为一座全透明的观景台。脚下是蔚蓝的母星，平流层的云朵仿佛棉絮一般；两侧是无尽的星空，宇宙在张开双臂迎接他们；头顶上方如同沙包一般大小，闪烁着五彩光芒的，则是他们此行的目标——同步轨道城市空间站。

随着电梯的上升，空间站在视野中不断扩大，最终覆盖了整个天顶。城市的外部，成百上千部工程机器人在忙碌着城市的扩建及维护作业。它们身上闪烁的指示灯在真空的宇宙中格外清晰，仿佛太空里的路标。城市空间站始建于五十年前，是人类的首个地外殖民点。

顺着领航员的指示，电梯缓缓停靠在接驳站内。乘客们争先恐后地解开安全带，卸去笨重的宇航服，在失重环境中七扭八歪地伸展筋骨。城市内部充斥着由高纯氮和高纯氧混合而成的模拟大气，可以自由呼吸。

罗星和芮汐兆顺着人群走出海关，远远便看到一名彪形大汉举着一条横幅，上面歪歪扭扭地写着"Welcome to abyss"的大字。大汉的身高足有两米，褐色的短发和络腮胡仿佛被海风吹过一般凌乱，深棕色的夹克和破旧的牛仔裤随性地穿在身上。两人穿过人群走上前去，还没来得及打招呼，大汉便一把握住罗星的手掌，用发音怪异的汉语说道：

"你们是来自中国的客人吧，幸会幸会！洒家是舰长弗姆，请多关照！"

除了鲁智深外，罗星还是第一次听到有人自称"洒家"。他再次上下打量着眼前的男人，这位舰长的形象与鲁大侠还真有几分神似。

"舰长好，我是罗星，这位是芮汐兆，请多关照。"罗星有些尴尬地打了招呼。简单的寒暄过后，弗姆舰长说明会在明日登舰，并将今晚酒店的钥匙交到两人手上。临别前，他用力地拍着罗星的后背："打起十二分精神来，这将是一次伟大的旅程！"

"深渊号"提供的免费酒店房间略显简陋，设备倒是一应俱全。这里的床是固定在地面上的，被褥通过磁铁与床连接，用最原始的方法提供了重力。想必是老板考虑到访客大多初到太空，难以适应无重力环境的睡眠吧。芮汐兆似乎对酒店的条件十分满意，把行李丢在一旁，钻进被窝倒头便睡。

简单洗漱后，罗星感到神清气爽，不知是由于太空中模拟大气异常纯净，还是因为摆脱了重力的束缚。明天一早便要前往港口集合，想要参观太空城必须趁着今天。这里的气温长年维持在二十摄氏度上下，换上卫衣和单裤后，罗星便离开了酒店。

太空城是封闭的半球形结构，穹顶有百分之三十的面积是透明的观景窗，其余则是厚重的隔热板。观景窗由特殊的钢化聚合物制成，外部的镀膜能够过滤掉太阳光中百分之九十九的紫外线。白天时城市使用自然采光；到了夜晚，穹顶的无数个人造太阳便会被点亮。换言之，这里是一座不夜城。

太空城的空间比之地面更加寸土寸金，除了政府等部门依旧采用地面旧式建筑外，大部分建筑都悬浮在半空，通过细细的碳纤维链条与城市的四壁连接。由于是封闭环境，空间站内不允许使用有废气排出的交通工具。交通的能源自然是电力，由空间站外部的太阳能采集装置供给。

罗星将目标锁定在了市中心的大型购物广场。这是一座半径超过三百米的巨蛋型建筑，球体沿着平行于地面的方向被"切割"成了上百层，好似层状的蛋糕。每一层都等间隔地排开一串窗口，窗口中闪烁出五彩斑斓的灯光，将整座建筑映衬得异常瑰丽。在巨蛋的一侧，挺立着一栋高耸的地面式尖顶建筑，那里是大型医疗集团"Heart"的总部。两座巨型建筑宛若"1"与"0"，是太空城的地标性建筑。

用身份ID付费后，一台小狗般大小、椭圆球的导航机器人便牵引着罗星向购物广场飞去。牵引机器人的速度只有不到二十迈，既不会令乘客感到不适，又可以自由地在空中欣赏城市的景观。它的AI算法经过了特殊优化，能够灵巧地闪避大型交通工具。

大约半小时后，罗星来到了购物中心的入口。商家巧妙地在入口处制造了微弱的负压，顺着气流的方向，即便没有牵引设备，客人也能够轻松地控制方向。穿过一道高大的屏蔽门，再通过一条长长的、贩卖各种小吃的通道，便来到了建筑核心部位的柱状回廊。这道回廊贯穿了球形建筑，其中难以计数的牵引设备蚂蚁一般地工作着，只需输入想去的楼层或商家，它们便可带客人前往。

罗星并没有确定目的地，他只是悬浮在柱状回廊的正中，享受着太空建筑的奇观。近在眼前的是奢侈品区域，展柜中随便一件商品便能够将他的钱包榨干，继续向上下两侧延伸，则是望不到尽头的女装区。由于要尽量避免粉尘污染，这里的便装大多由丝绸或无纺布制成，运动装则使用了较为昂贵的碳纤维。更远处的商家罗星的裸眼视力已经难以辨别，仅从其鲜艳的色块判断，大抵是儿童区。

时间缓缓流逝着。就在某一瞬间，一阵清香透过骨髓直接撩拨了罗星的大脑，他的双眼仿佛看到了圣光，双耳仿佛听到了赞歌。他的时间定格在了那一秒。

不会错的，是她！罗星用最快的速度转过身去，对着擦肩而过的女性大喊：

"韩雪！"

女性匆匆回首。天使再次降临在罗星面前，她那柔顺的短发在无重力环境中恣意飞舞着，娇小的身体勾勒出动人的曲线，漆黑的双眸闪烁出惊讶的光芒。罗星从未相信过所谓的缘分，但从那一刻起，他信了。世界太过广袤，我们太过渺小，你我之间隔着难以计数的路径和可能性，但是我们偏偏相遇了。人类无法用统计学解释这个概率，便将其定义为缘分。

"你是……罗星？"韩雪小小的嘴唇翕动着。在确认声音的主人后，她当即松开牵引器，拽住钢索，一下子飘到了罗星面前。"你真的是罗星！"她的脸上露出激动的笑容。

韩雪穿了一件浅黄色的针织衫，淡褐色的短裙，脚上踏着与短裙同样色调的长靴。面对着暗恋之人的兴奋，罗星却显得有些不自然，经过了短暂的思索，他回应道：

"是我，韩雪。"

之后，两人陷入了短暂的沉默。韩雪似乎对自己方才的激动有些难为情，只是抿着嘴微笑。罗星挠挠头，打开了话匣子："毕业之后……很久没见了呢。"

韩雪低着头，双腿在空中摆动着。她说道："是啊，当时有些急事，便与大家不辞而别了。"

罗星的视线扫过了韩雪的左手，中指和无名指上都没有戒指。他在心中暗喜，却依然不安地问道："我听说了，你也会登上深渊号。有人和你一起吗？"

韩雪苦笑道："怎么可能呢。我过惯了漂泊的生活，根本没有机会与人深交。这次参加移民，也是想给自己一个安稳的家。"

罗星激动地握紧了拳头，这正是他期盼的结果。就在这时，韩雪看了看腕表，说道："不好意思，我在这边还有些事情需要处理。难得见了面，今天就先聊到这里吧。"

罗星点头道："明天登船后，有的是时间叙旧。"

韩雪微笑着摆摆手，在罗星的视线中渐渐远去。望着心上人的背影，罗星自言自语道："她的手表，有些旧了啊。"

他毫不犹豫地向奢侈品区飞去。

◇

"知道你的行为有多么不可理喻吗？这就好像给了你一瓶1787年的拉菲，你却用来泡脚；给了你九霄环佩，你却劈了烧柴；给了你《上阳台帖》，你却用来擦屁股一样！时隔三年的不期而遇，你居然只是打了个招呼？你身体里每一个原子都在控诉！每一个波函数都在为以你为边条件而脸红！每一个量子态都在向着同一个能级跃迁，那个能级的本征值就是他们主人的名字——傻逼！"

罗星万分懊悔自己为什么要把昨晚的事情讲给芮汐兆听，因为后者比他本人还要激动一万倍。一路上芮汐兆都在口沫横飞地数落着，完全不在意空间站居民诧异的目光。

港口建设在太空城的边缘，是一座典型的地面旧式建筑，其方正的外观让人不禁联想起旧时代的火车站。回头望去，穹庐中形状各异的悬浮建筑鳞次栉比，而一墙之隔却是冷寂的太空。

入口处，芮汐兆一下子安静了下来。他做作地干咳两声，从衣兜里取出手机，装作在接听电话的样子。罗星向远处望去，原来是韩雪迎面走了过来。

"早上好啊，罗星！"韩雪微笑着打了招呼，她今天穿了一件棕色的长款风衣，纯黑的过膝长袜，脖颈处围着一条柔软的米黄色围巾。

"啊，早上好，韩雪！"罗星匆忙地回应，他的右手紧紧握住衣兜里的礼物盒，却不知如何送出。就在这时，韩雪看到了罗星身后的芮汐兆，打招呼道："好久不见啊，老芮。"

芮汐兆依旧握着电话，向韩雪抬抬眉毛，算作回应。几秒后，他装模作样地挂掉电话，对韩雪说道："不好意思哈，刚才 Nature cosmos discovery①的主编来电话，想和我商量封面文章的事情。"

韩雪眉头微蹙想了两秒，问道："那是什么？新的科幻小说期刊吗？"

芮汐兆定在原地，眼珠转了两圈，揉揉鼻子道："啊……没什么，不值一提。"

他这辈子都别想在韩雪面前抬头了，罗星暗想。

向声线甜美的前台小姐出示船票及身份证明后，导航机器人便领着三人来到了位于进站口的电梯内。伴随着马达转动的声响，电梯封闭了起来。为了保证电梯内气压的严格控制，出入口均采用了法兰和胶圈的气密性设计。

"本次电梯的升降时间为二十分钟，其间舱内气压会逐渐降低，请旅客们尽量站在原地，不要活动。"导航机器人的 AI 用年轻女性的声线播报着。从节约气体资源的角度出发，港口摆渡区内的空气压强被设定为只有零点四个标准大气压。为了减少旅客的不适感，他们会进入一个封闭的空间，缓慢地降低气压，并适量提高氧气的浓度。

排气声响起，电梯门打了开来。摆渡区十分宽广，如果没有导航机器人的指引，在星罗棋布的登船口中找到目标简直难于登天。

---

①架空的 nature 系列子刊。

为了储备充足的资源，远距离移民船的体积通常会很大，因此只能停泊在空间站的外部。又经历了大约十分钟的飞行，罗星远远地看到弗姆舰长在对着他们挥手。

"欢迎大家来到深渊号！"弗姆舰长依旧笑容满面，他用力地拍着罗星的肩膀，后者痛得直皱眉头。

"一路辛苦了。"一名身材高挑的成熟女性站在舰长身旁。她穿了一条深蓝色的连衣裙，棕色的长发波浪般地垂落，胸前挂着一条白金镶钻的挂饰。

"这位是帕丝·白，洒家的内人。"弗姆迫不及待地介绍道，"同时也是深渊号的副舰长。"

帕丝夫人含蓄地微笑道："旅途中诸位遇到困难尽可向我反映，这家伙是个粗线条，还是让他好好开船吧！"

"帕丝夫人，这次的旅途有几名乘客呢？"韩雪问道。

"乘客八名，工作人员四名。"帕斯夫人补充道，"虽然只有八人，可每个都是精心筛选出来的顶尖人才。我们的职责，就是护送各位平安到达目的地。"

这次航行确实是一次"高端人才"迁移，例如芮汐兆是年轻的大学教授，而罗星则有着"人形图书馆"的称号。

接驳车停靠在月台上，距离大家目前的落脚点有大约五十米的距离。乘客需要做一个远距离跳跃的动作，靠着惯性飞到接驳车的入口处。罗星目送着韩雪和老芮跳进了车门，方才动身起跳。

无重力环境下五十米的飞行大约需要十秒的时间。初学者在缺少了把持物的情况下往往会十分紧张，但实际上你什么都不用做，身体自然会沿着直线飞行，并在空气阻力的作用下减速。罗星在学校里做过无重力训练，这种距离下的跳跃应当是十分简单的事情——

本该如此。

接驳车的入口已经近在咫尺了。可是突然间，不知从哪里飞来了一只扳手，直直地撞在了罗星的腹部上。扳手大概是某位粗心的工程师丢出的，并没有太大的动量，因此并不足以伤到罗星；但这次冲撞改变了罗星速度的方向。他奋力地伸出手去抓住舱门，但无奈距离太远，只得眼睁睁地看着接驳车在视野中远去。

"糟了！"弗姆舰长见状，正要起身营救，却发现罗星的速度渐渐地慢了下来，继而如同被某种神秘的力量牵引着，快速地向着接驳船的舱门飘去。

"欸？欸？"罗星自己也吓了一跳，他在空中用力挣扎，但依旧像被收了线的风筝一般，一头扎进了接驳车中。

"真是太危险了，我们会要求港口赔偿的！"头顶上传来一个气鼓鼓的少女的声音。罗星抬头看去，一位年龄仿佛中学生的女孩子正站在车门前，对着远处的港口工人挥舞拳头。少女留着一头略显蓬乱的短发，身着一套蓝白相间的运动装，目光天真而热烈。韩雪连忙将罗星扶了起来，并向短发少女道谢。

"不客气，大家马上就是一家人了嘛！"少女开朗地回应，"我叫月影，今年十六岁，如大家所见……"

她伸出一只手指，只见"砰"的一声，车门自动关了起来。

"是个超能力者，嘿嘿。"

2

罗星等人的接驳车在狭长的隧道中行进着，穿过了数百米的隔热层，来到太空城的外部。在旧时的科幻作品中，宇宙船与太空站之间通常会经由特殊的接口直接对接，但这种技术对位置的精确控制有着极高的要求，因此除非特殊需求，否则都不会去做这种费力不讨好的事情。更加普遍的做法是，将太空船停泊在空间站周边的宙域，再经由小型交通工具往来。

太空城在视野中逐渐缩小。从远处看去，这座人类建筑史上的奇迹在母星面前是如此渺小。月影一直激动地看着外面，不时发出一声声惊叹。

"哇！大家快看！"月影指着前方出现的鲸鱼状太空船，大喊道。太空船周身被漆成了银灰色，两侧有鳍状的凸起物，正前方延伸成锥形的尖端，最后端则好似放射状的鱼尾。

"好厉害，原来这就是深渊号啊！"月影目不转睛地赞叹着，"就像一艘超大型的飞机一样！"

"在真空的宇宙中航行，机首、机尾和机翼都是不需要的，它们只有在行星上降落时才会用到。"罗星耐心地解说道。

月影好奇地追问："咦？难道不是每次到达目的地都会降落吗？"

"恰恰相反。对于大型太空船而言，摆脱行星的引力和穿过大气圈都会消耗大量的能源，并磨损隔热层；所以除非大型的物资运输，通常情况下人员和补给品的转移都是经由小型飞行器完成的。"罗星指着远处的深渊号，"想想看，把这样一个庞然大物送上太空可是个大工程啊！"

韩雪补充道："深渊号的半径超过了一千米，质量少说也有上万吨吧！有时为了避免升空的困难，大型太空船会特意在空间站或月球基地的工厂里制作呢！"

"哎？一千米？"月影大吃一惊，"这么大的太空船却只有我们几个乘客，岂不是太奢侈了？"

"它的任务可不止于此啊！"罗老师继续讲解，"运送我们当然是深渊号的重要任务，但与此同时，它还肩负着输送'资源'与'物种'的任务。这次的航行，深渊号搭载了超过两百种的地球植物，它们都是将种子送上太空船，在宇宙中培养长大的太空植物呢！另外，将地球上的水运送过去，也是此行的目的之一。"

"等等！"月影似乎没有跟上老师的思路，"我们要去的行星上没有水吗？那我们岂不是要渴死！"

罗星微笑道："水源充足是进行移民的必要条件。只是那颗行星的水源中重水含量很高，虽然理论上对生物体不会产生影响，但有备无患嘛。"

月影继续凝视着在视野中渐渐变大的深渊号，语气中流露出钦佩之情。"原来是这样……你们知识好渊博啊！不好意思，最后一个问题——"她用两手的拇指和食指围成一道画框，将深渊号圈在其中，"这么巨大的太空船，如何在太空中快速航行呢？"

"说到太空船的动力系统，那就是目前人类最高科技的结晶——阿克别瑞引擎了。关于这个问题……"罗星用手肘捅了捅在一旁发呆的芮汐兆，"就让我们的物理学教授来为你解释吧！"

而他的好友却如梦初醒地蹦出一个字：

"啊？"

罗星皱了皱眉，强作欢颜道："来，为月影妹妹介绍一下阿克别瑞引擎。"

芮汐兆沉思片刻，念出一行天书："Classic quantum gravity, 1994年11期，73页到77页。"

之后他便仿佛完成了任务一般，回到了自己的世界。罗星只得尴尬地为月影解释道，如果把空间比作床单，阿克别瑞引擎的原理就好像是你想去床单的另一端，于是把床单卷了起来，这样就可以一步跨过去了。被卷起的床单当然不可能消失，它被你扔到了身后。这项技术与科幻小说中经常提到的"虫洞"不同，它并不会改变空间的拓扑结构，更何况以现如今人类的科技也无法制造虫洞。

某一瞬间，罗星真的想把好友从船上丢下去。

◇

深渊号提供了舒适的人工重力。阿克别瑞引擎工作时，会在太空船的四周产生巨大的空间曲率，以至于形成一个包裹太空船的"空间气泡"，太空船则位于空间曲率的中性面上。聪明的科学家通过复杂的设计，令太空船所在位置距离曲率中性区域有了一丝微小的偏差，这一偏差恰好能够提供约零点九 G[①] 的人工重力。最神奇的是，即便太空船没有在航行，引擎依旧可以产生一个十分微弱的空间曲率来维持人工重力。此设计的难度极高，耗费成本自然也不容小觑；正是因为有了人工重力的存在，太空船获得了"深渊"的名号。

深渊号为每位乘客提供了五十平方米的单间。罗星推开房门，房间的一角摆着近两米宽的床铺，对面是与书架一体的写字台，另一侧的墙壁上则靠着衣柜、冰箱、沙发等日用品。由于太空船配置了公共浴室，卫生间内只准备了洗漱台和简单的淋浴设备。在太空中能够正常洗漱可谓相当奢侈的享受，人工重力环境确实物有所值。

这次旅行要持续一个月的时间。其间太空船会有十二次"靠岸"，即通过附近的恒星补充能源。罗星打开行李箱，小心地挂起衣物，将太空船提供的软趴趴的太空棉枕头替换成钟爱的荞麦壳枕头，然后用凉水痛痛快快地冲了一把脸。之后他半躺在床上，按下床头的按钮，一旁的墙壁便显示出太空船外部的景色，俨然一道透明的观景窗。这当然不是真的透明材料，只是将太空船外部监视摄像拍

[①] G 为地球的重力加速度，约为九点八米每秒的平方。

摄到的影像传输进来，显示在嵌入式屏幕上罢了。液晶屏在熄灭后会显示出和墙壁同样的颜色，科技有时很喜欢在不起眼的细节上给人惊喜。

几分钟后，门铃声响了起来，来访的竟是月影。

"嘿嘿，罗星哥哥你好！"月影毫无拘束地打了招呼，径自走了进来——说是"走"并不恰当，因为她是靠超能力悬浮着"飘"进来的。"咦？罗星哥哥你的房间布局和我的不太一样哎，似乎你这边更大一些。"参观完毕后，她猛地飞到了罗星的面前，顽皮的小脸几乎要贴了上来。"罗星哥哥，我们一起去太空船里参观吧！距离舰长大叔的晚宴还有很长的时间呢！"

虽然离开了行星自转也就没有了日与夜的概念，但目的地行星有着与地球类似的昼夜交替，因此深渊号会严格执行二十四小时的作息制度。恰巧罗星也想转转，便欣然接受了月影的邀请。

房间门前是一条笔直的走廊，墙壁全部漆成了黑色，乘客的八个房间沿走廊一字排开。在走廊正中心的位置，沿垂直方向延伸出了另一条道路，两条成T字形的通道构成了二层的主干道。路过韩雪的房间时，月影提议道："不如把韩雪姐姐他们也叫上吧，人多一些比较热闹嘛。"

罗星转念一想，这也是增加和韩雪接触的好机会。他满怀期待地按响了韩雪的门铃，却没有回应。两人又来到芮汐兆的门前，只看到房门旁的液晶屏闪烁着"请勿打扰"的红色大字。罗星和月影相视一笑，放弃了邀请的念头。

在T形通道处右转前行，走过几十米便可看到左手边的餐厅大门。深渊号采用了集体用餐制，这里将是使用频率最高的公共设施。推开餐厅大门，视线豁然开朗，里面的空间足有四五百平方米，即便举行舞会也不会显得逼仄。餐厅的一端是自动配菜窗口，每日的菜谱由机器厨师自动配置，据说帕丝夫人有时也会亲自下厨。

"哈哈，深渊号真是太棒了！"月影激动得在空中飞来飞去，不时翻上几个筋斗。罗星在一条长椅上坐了下来，默默感受着太空船的奢侈。就在这时，自后厨走来了一位身材高大、孔武有力的男人，粗壮的身躯包裹在蓝色制服中，脸上挂着夸张的笑容："哟，你们就是来自中国的客人吧，幸会幸会。中国很大，客人却没有那么巨大嘛！"

罗星尴尬地应了一声，不知该说些什么。男人却突然大笑起来："哈哈哈哈……你们不觉得刚刚的笑话很有趣吗？"

原来是冷笑话吗？这下子气氛更加尴尬了。

之后男人做了自我介绍，他是深渊号唯一的警卫，叫作因特林·基因斯·A，是一名由 AI 操控的机器人。看着他丰富多彩的面部表情，罗星不禁对如今的仿生技术佩服有加。当听说罗星和月影正在参观太空船时，因特林便热情地要为二人带路，却被罗星婉言谢绝了。临别时，热情的因特林还把自己的通信 ID 告诉了罗星。

餐厅的正对面便是活动区的入口，这里自内向外分成了三个部分，分别是健身房、射击训练房以及格斗训练房。居住在殖民行星最需要的是强健的体魄和自我保护的技能，因此深渊号放弃了华而不实的游泳、篮球等传统运动项目，改为更加实用的射击与格斗训练。

推开活动区的大门，罗星看到韩雪正蹲坐在健身房的角落里，用力地试图提起一个哑铃。然而，即便韩雪双颊憋得通红，哑铃也依旧纹丝不动。看到罗星和月影走了进来，韩雪慌慌张张地解释："罗星？月影妹妹？那个……我只是想尝试一下！"

罗星若无其事地走到韩雪身边，弯下身子抓住哑铃——确实很重。但为了男人的尊严，他还是用双手吃力地将哑铃抓了起来，额头冒出了汗水。好奇心旺盛的月影也跟了上来，单手将哑铃接了过去，并用单臂轻松地举上举下。罗星见状，苦笑道："超能力真是厉害啊，这么重的哑铃也不在话下。"

"咦？这么轻的分量还需要超能力吗？"月影天真地反问。高智商二人组只得面面相觑——也许不是月影太强，而是他们太缺乏锻炼了吧。

健身房内跑步机、椭圆仪、动感单车及各类力量训练的设备一应俱全，但罗星和韩雪很快便对这个与自己八字不合的地方失去了兴趣。向健身房深处走去，便来到了射击训练房的入口处。由于枪支的使用需要舰长许可，这里眼下空空荡荡的，只能看到远处几张人形靶孤独地站立着。想到自己今后不得不学习射击，罗星不禁一阵头痛。

最内侧的格斗训练区采用了日本的"道场"样式，宽敞的空间中地板和四面墙壁均被实木板材包裹着。三人赤脚走在地板上，实木板材的隔热性良好，踩上去并不会觉得冷。道场的入口是向两侧开启的推拉门，令房间的日式风格得以统一。

"罗星哥哥，我们来比试一下吧！"月影兴高采烈地在空中翻舞着，时不时打出几道直拳，"放心吧，我不会使用超能力的。"

罗星匆忙摆手。尽管很想在韩雪面前风光一把，但月影会输给他的概率几乎为零，这样岂不是更加丢脸。

沿着主干道继续前进，右手旁是一道厚重的隔离门，另一侧的通道通向了小型飞行器的停靠区。接驳车驶入深渊号之后，他们就是顺着这条通道进入生活区。出于安全考虑，在没有人员进出的情况下，这道屏蔽门会一直处于关闭状态。主干道的尽头是通往一层的电梯，左手旁则是一座堪比天然温泉的大浴室。

三人走入了浴室。入口处是一道狭长的走廊，迎面整齐排列着数台自动贩卖机，商品从饮品到小食品一应俱全。政府为这次航行付了全款，只要按下按钮便会有各色食品和饮料奉上。走廊内侧是男女更衣室，顺着更衣室向内走是淋浴区。走出淋浴区，男女浴室便已联通，来到了男女混浴的温泉区。罗星估算了一下，从更衣室入口走到温泉区大约需要半分钟的时间。

温泉区的穹顶是一块巨大的显示屏，打开开关，上面便可显示出太空船外部的星空。这里排布着许多汤池，牛奶温泉、红酒温泉、中草药温泉等应有尽有；在汤池的周围，还建设有多个桑拿木屋，干蒸、湿蒸、红外线灯等形式一应俱全。温泉区的空间十分宽敞，从入口走到最里侧需要三分钟以上。

在这里，他们邂逅了深渊号的第五位乘客，一位身材高挑的金发女性。她身着一袭浅绿色的长裙，赤脚踏着凉鞋，洋娃娃一般的金发规规整整地盘在头顶。她的五官精致得仿佛出自雕刻家之手，一双墨绿色的眼球正出神地望着穹顶的星空。

罗星走上前去打了招呼。女性缓缓地转过头来，眼睛一眨不眨地盯着他，表情匮乏的脸蛋仿佛人偶一般。过了好一会儿，她方才朱唇微启：

"你好。"

罗星立即回应道："幸会，我叫罗星，是来自中国的乘客。"

"狄安娜，是来自中国的克隆人，幸会。"

啊！

政府虽然并没有全面禁止克隆人技术的使用，但从伦理的角度出发，只被允许用在十分特殊的领域。克隆人的存在，是比超能力者更加敏感的话题。面对毫无顾虑说出自己身份的狄安娜，三人一时语塞。而狄安娜本人却露出了不解的神情，她头颅微侧，波澜不惊地问道：

"怎么？"

三人一时乱了方寸，拼命地转移着话题。看到狄安娜并没有兴趣将对话进行下去，便悻悻地离开了温泉区。

这艘飞船上的怪人真是多啊，罗星不禁慨叹。

◇

一层更加靠近椭球体的中心，空间也更为宽敞。这里由自内向外的四个同心圆构成，分别是核心控制区、控制区、蓄水区和植物生态区。在圆心的位置，是太空船的心脏——阿克别瑞引擎。实际上椭球体三分之一以上的体积都被阿克别瑞引擎及其配件占据，驾驶员能够触碰到的，仅仅是其控制终端。

电梯门打开的瞬间，三人发出了由衷的赞叹：这里俨然是一座天然的植物园，空气中飘荡着花粉的清香和负氧离子的清爽。一层的层高在六十米以上，高悬的天花板上人造太阳放射出温暖的光芒。

这里的植物都是从种子开始栽培的,并且经历过三代以上的选育,是地地道道的太空作物。

入口两侧是高大的针叶林,云杉、冷杉、白桦等树木笔挺地生长着,树木下方还栽培有雪莲、格桑花等寒温带花卉,以及小麦、土豆等农作物。

月影抱紧双肩,身体微微颤抖着:"突然觉得好冷……"

"因为这里在模拟寒温带气候。"韩雪解释道,"植物生长除了阳光、空气和水分外,适宜的温度也是必不可少的条件。深渊号的植物区很好地控制了温度梯度,是太空农业的典范呢!"

为了出入方便,蓄水区设置了四个入口,分布于圆周相隔九十度的位置。正对电梯的门是1号门,顺时针间隔九十度的是2号门,直到4号门依次排开;再向内一层,控制区正对电梯方向的入口为5号门,同样按照顺时针依次排布到8号门。

与居住区同样,植物区与蓄水区之间的墙壁也被漆成了黑色。这里的植被种类分布是沿1号门到4号门的中心线对称的,因此三人决定顺着半圆弧走到另一侧,将植物区参观完毕后再经由3号门进入更内层。

继续前行,气温渐渐升了上来,植被也从针叶林过渡到了温带阔叶林。这里种植着橡树、杨树、柳树等中国乘客广为熟知的树木,其下除了玫瑰、牡丹、郁金香等花卉外,还栽培有黄杨、连翘等多种灌木。植物区设置了四季更替,从绽放的花卉判断,此时应当是春季。

"这里要是有几只小松鼠就好了……"韩雪嗅着一朵茉莉花,自言自语道。看到月影凑了上来,她旋即解释道:"可是太空动物的养殖会带来很多问题,例如动物的许多传染病会与人类交叉感染,在太空封闭的环境中容易导致严重的后果。为了防止这类事件的发生,植物区的土壤都是经过了无菌处理,只保留了与植物共生的益生菌。"

热带雨林区的温度达到了三十摄氏度以上,植物的种类更是琳琅满目。月影放弃了继续学习植物名称，只是开心地在高大的植物之间嬉戏玩耍，一会儿抓住芭蕉的叶子荡来荡去，一会儿从树冠上偷来几只香蕉。韩雪迈出的每一步都小心翼翼，罗星询问原因，韩雪红着脸告诉他，走在雨林中总感觉会从哪里冒出蛇来。

穿过黑色的通道门，蓄水区内则是另一番风景。巨大的蓄水罐整齐地排列在墙壁高处，仿佛一座朋克感满盈的、维多利亚时代的工厂。蓄水罐下方利用水源巧妙地制成了一条环绕其中的小溪，宽度数米，水面碧蓝。小溪的岸边堆砌着打磨光滑的石块，水中则点缀着浮萍、荷花等植物。放眼望去，不远处还落有一座假山，一道汨汨的瀑布为小溪提供了活水源。也许是出于节约能源考虑，这里的照明比植物区要暗一些。

蓄水区与控制区之间的墙壁保持了金属的银灰色，抚摸着冰冷的墙壁，罗星突然卖弄起学问来："根据资料上的信息，蓄水区与控制区之间的墙壁有些特殊。墙壁的材料使用了大量的单晶钛颗粒堆砌而成，而没有选择通常的钛合金材料。这面墙壁几乎不需要承重，因此没有强度上的顾虑。"

"单晶是什么？"月影眨着大大的眼睛问道。

"物质是由原子构成的，这点清楚吧？"罗星再次当起了物理老师，"原子规则地堆砌在一起，便形成了晶体。如果在一块材料中，原子自始至终维持着同一套堆砌规则，这就是单晶。"

月影似懂非懂皱着眉头，韩雪不解道："太空船上为何会选择低性价比的钛单晶来建造墙壁呢？"罗星凑到韩雪耳旁，轻语道："舰长是个退伍军人，因为身材高大，在军队被称为'纯种泰坦'。明白了吗？"

人造溪流固然惊艳，但看久了亦有些单调。很快，三人便对蓄水区失去了兴趣。来到通往控制区的5号门前，本应自动开启的大门却将三人拒之门外。罗星方才想起手册中说过，在整备期间控制区会暂时关闭，需要管理人员的ID才能进入。

罗星拨通了因特林的电话。几秒后，门前弹出一张全息投影屏，因特林硕大的头部从一侧斜着冒了出来,占据了三分之二的屏幕。画面的一角,能够隐约看到控制区内操作面板上闪烁的指示灯。

"没想到吧,因特林已在此恭候多时了!大块头在门里,所以我是因——特林,哈哈哈哈!"

……又是冷笑话,罗星感到太阳穴一阵胀痛。因特林再次开口道:"感谢你拨通因特林的电话。但是——"他毫无缘由地拉着长音,"按照规定,控制区今天只能接纳两名乘客参观。这样吧,你在两位女士中选择一位,我就为你把门打开。"

啊!

罗星前一刻还在为冷笑话头大,下一瞬间却被丢入了三角关系的困境中。他表示自己会放弃,让韩雪和月影进入参观;可屏幕中的因特林摇了摇食指:"很——遗憾,由于拨通了我的电话,你已经被选中了,另一位必须在她们二者中选择。"

就在这时,大块头的身旁闪过一道人影,他一跃而起,将手中的扳手重重敲在因特林的头上。

"你这个大笨蛋!又在和客人胡闹了!"

此人一头蓬乱的金色短发,下巴上挂着稀疏的胡楂儿,上身米黄色的T恤上油污点点,牛仔马夹上插着各式各样的工具。

"可是……"

"闭嘴!"金发男人又是一扳手敲了下去,之后他转过身来面对着监视器说道:"很抱歉啊诸位,这个铁疙瘩总是喜欢对乘客胡来。我马上把门打开,还请诸位多多包涵。"

金发男人叫达斯特,从深渊号建成之日起便一直在船上工作。他是太空船上唯一的工程师,所有设备的维修和保养都由他一手包揽,其中也包括因特林的维护。

"给我回整备区躺着!一会儿我要给你的脑袋好好杀毒。"达斯特对着因特林怒吼道,就仿佛在训斥小孩子。

"可是我……"

"给我滚!信不信我把你那该死的'幽默'模块格式化?"

因特林依依不舍地离开了。之后达斯特向大家解释，警卫的 AI 其实十分优秀，但他太急于证明自己和人类没有分别了，总会做出一些奇怪的事情。他的数据库中压根儿就没有"冷笑话"这一项，不知怎么无师自通了这个无聊的东西。

控制区内部比蓄水区更加单调，只能看到复杂的控制面板遍布其中。为了避免故障发生时应对困难，控制区所有的界面均采用了实体旋钮和按键，悬浮触摸全息屏等生活区常见的先进技术在这里毫无用武之地。科技往往就是这样，越是原始的技术，在关键时刻越是可靠。舰长夫妇和达斯特的卧室也设在这里，一座外观酷似仓库的建筑则是因特林的整备区。这里的卧室还有几间空余，当客人多的时候，亦可当作临时客房使用。

与科技无缘的月影很快便腻烦了，半躺着在空中飘来飘去。看惯了实验设备的罗星对这里也兴致寥寥，几分钟后便决定离开。临别时罗星对达斯特说："也帮我谢谢因特林先生。"

"如果他再讲冷笑话，你可以像我一样用扳手敲它。出了问题的机器有时一敲就好。"

话别韩雪和月影后，罗星向着自己的房间走去。路过芮汐兆的门前时，扎眼的"请勿打扰"仍在闪烁。

◇

傍晚时分，沉睡中的罗星被门外的吵闹声惊醒了。看一眼时间，距离欢迎晚宴还有几小时。吵闹声越来越大，罗星只得挣扎着爬了起来，推门走了出去。外面吵闹的是一男一女，其中女性穿着黑色的风衣、肉色的丝袜和黑色的长靴，一副金边墨镜架在被漆黑长发遮住的耳廓上，男性则身着一身笔挺的绿色军装。远远望去，这对 OL 和士兵的奇异组合煞是醒目。

"这位军爷，您明明拿了我的东西，为何不敢承认呢？"女性清脆的嗓音中带着怒气。士兵默不作声，女性用右手指着他，继续攻击道："我只知道工兵的责任是挖地雷，没想到军队中还有一个兵种，专门挖取公民的财物！"

面对刺耳的话语，男人仍然没有过激的反应，只是寸头下阴沉的面容显得更加不耐烦了。他低着头，无视对方向前走去。女性当即伸手拦住："你明明是个军人，难道要临阵脱逃吗？"

"你给我让开。"男人终于开口了。

"我的东西就在你的衣兜里，敢不敢拿出来看看？"

"无理取闹。"

不能再看戏了，罗星急忙冲了过去，拦在两人中间。

"我看……大家似乎有什么误会。"

"他偷了我的东西！"女性右手指着士兵，不依不饶地抢话道。罗星见状，便摆出一副老好人的面孔，对士兵说："事情我大概了解了，不如这样，既然这位小姐有误会，您就把衣兜中的东西掏出来给她看看如何？"

男人闹别扭似的把头转向一旁。女性乘胜追击道："我丢了自己的订婚戒指，而我方才明明看到，他将一个闪光的东西放进了衣兜！"

罗星叹了口气，如此的推论未免过于武断了。而女性似乎看透了他的想法，继续说道："你认为我会因此断定他是犯人吗？我才没这么肤浅呢！"说罢，她拉着罗星进入了运动区，来到了射击训练房的门前。士兵虽然一百个不情愿，但还是跟了过去。女性指着门框上方的一枚摄像头，气鼓鼓地说道："看到了吗？这是一枚红外线摄像头，能够记录进入射击训练房的人数。一小时前我在这里练习射击，就是那时丢了戒指。我发觉后回来找时，正巧碰到这家伙在房间里，而这段时间进入房间的人数仅为1。除了他还会有别人吗？"

罗星打开了门前的小型液晶屏。查看一下中午时分的进入人数，上面显示出"3"，也就是他和韩雪、月影三人。如此看来，设备并没有出现故障。

"这位先生……不如您把衣兜里的东西拿出来看看，身正不怕影子歪嘛！"罗星继续游说道。士兵摇了摇头，叹息道："好吧。不过你们可别吓到。"

他将手深入衣兜，掏出一把筷子长短的小刀，金属刀身反射出冰冷的银光。女性一声尖叫藏到了罗星身后，声音颤抖着："他……他难道是杀人狂？"罗星连忙解释说，这不过是一把手术刀而已。

"如你们所见，我是一名军医，叫作白剑。放心吧，我随身携带手术用具是经过特别批准的。"士兵做了简短的自我介绍，"戒指什么的我才不感兴趣呢，无聊。"

说罢，他杂耍一般将手术刀在手中转了几圈，插回了衣兜。

"等……等等！"女性依然没有放过他，"即便没在这个衣兜，也一定是你藏到别处去了！这段时间进入射击训练房的只有你一个啊！"

罗星把问题接了过去："你确定没有记错自己来这里的时间吗？"

女性点了点头，表示千真万确。

"那就好办了。"罗星说罢掏出了手机，简短地说了几句便挂断了电话。之后他对女性说："放心吧，你的戒指马上就会送到。"

大约过了一分钟的时间，三人看到一个大块头风风火火地跑了过来。他一个急刹车停在罗星面前，带来一阵劲风。

"这就是你要的戒指吧，哈哈，以后捡到东西也要交给警卫哦！"

完成任务后，因特林便风似的消失了。一旁的女性与白剑面面相觑，少顷，女性问道："这……到底是怎么回事？为何戒指会在他那里？"

"您确实是把戒指丢在了这里，而这段时间只有白剑先生一个人进入也是千真万确。于是，就只剩下了一种可能性，那就是还有其他不是人类的'谁'进入过这个房间，取走了戒指。监视器的原理是红外探测，如果对方没有人类的体温，就不会被记录。"

女人恍然大悟："难道说那名警卫……"

"没错，是机器人。"罗星说出了真相，"既然已经真相大白了，小姐您应当向白剑先生道个歉吧！"

女性扭过头去说："我才不会道歉呢，他的态度实在是太恶劣了！"而一旁的白剑只是轻轻地"哼"了一声，便转身离去。

眼看着白剑渐渐远去，罗星对依然气鼓鼓的女性说："他已经走了，你不必再演戏了吧！"

女性吃了一惊。罗星继续说道："戒指丢失的原因，是你在射击训练时觉得碍事摘了下来。根据我刚才的观察，你的惯用手是右手，可订婚戒指是不会戴在右手的，更不会随随便便丢在别处。你为什么不惜编一个谎言也要针对白剑先生呢？其中的原因我猜不出，但可以肯定的是，你从一开始就在演戏。旅行的时间很长，大家朝夕相处，我还是建议你和白剑先生搞好关系。"

女性的肩膀微微抖动着，继而发出了爽朗的笑声。"哈哈哈——你这个家伙，还蛮有趣的嘛！"她摘下墨镜，将黑瀑布一样的长发甩到脑后，"你说得没错，我是在戏弄那个家伙。至于这么做的原因嘛……你今晚就会知道了。"

而罗星望着那张惊为天人的面庞，惊讶得合不拢嘴："你……难道是？"

女性食指轻点嘴唇："请一定要保密哦！"

3

太空船发出震颤，引擎的轰鸣声穿透了隔音层，加速的推背感将罗星带离了书本的世界，橱柜里传来衣架相碰的声音。

清脆的提示音响起，墙壁上的观景窗自动亮了起来，浅蓝色的背景上浮现出两个硕大的英文单词：Take off。几秒后，显示内容切换成了中文的"起航"，帕丝夫人甜美的声音回荡在房间中："各位乘客请注意，我是副舰长帕丝·白。深渊号成员现已全部登机，我们的太空船即将起航。起航过程中，太空船会经历大约十分钟的加速过程，请大家留在房间中，不要随意走动。"

除阿卡别瑞主引擎外，深渊号还配置有四台基于托卡马克可控热核聚变原理的副引擎，位于太空船的正后方。阿克别瑞引擎的能量太过强大，在飞行过程中会碾碎沿途的星体；因此从保护太阳系环境的角度出发，远距离航行的太空船会首先借助副引擎飞出柯伊伯带，再启动主引擎快速航行。这就好像在城市内会对车辆进行限速，远离市区才可以尽情狂飙一样。起航前，深渊号与城市空间站一同位于地球的同步轨道上，因此它会利用引力弹弓效应，获得相对于地球两千六百米每秒的初始速度。

四台托卡马克副引擎向飞船后方喷射出高速等离子体，它们能够在十分钟内将太空船加速至零点一五倍光速，平均加速度达到了七千五百倍重力加速度。这当然不是人类能够承受的，对于制作太空船的材料而言也是巨大的考验。为了缓冲加速度带来的破坏，阿克别瑞引擎会在加速时于太空船内部生成一个空间曲率，借以抵消加速产生的应力。最终乘客感受到的大约是持续十分钟的两个G的加速度，类似于飞机起飞，完全在可以承受的范围内。遥想当年阿克别瑞引擎没有发明的时候，能够承受五个G加速度的宇航员需要经过七天的加速才能达到零点一倍光速，而普通乘客则要在一个G的加速度下等上一个月。托卡马克引擎喷射出的高速等离子体会有一部分向大气层飞去，将高层大气的分子激发；如果此时地表时间恰好处于黄昏，即便在赤道也可以看到极光的奇观。

达到零点一五倍光速后，深渊号会持续航行近两天的时间，最终到达位于距离太阳五十个天文单位的柯伊伯带。这里虽然遍布着冰的碎片和矮行星，但在阿克别瑞引擎产生的强大的空间曲率下，也不过是汽车行进途中的尘埃罢了。仔细观察，柯伊伯带中已经产生了难以计数的"通道"，这些真空区域便是远距离太空船的杰作。

帕斯夫人继续播报着旅途的注意事项，屏幕上则跟随播放着各种图示。她先是介绍了太空船的各个部分及其功用，这些罗星早已烂熟于心；之后是一些注意事项，例如这里装配了覆盖各个运营商频段的模拟基站，大家的手机依然可以正常使用；再例如飞船并没有准备冷冻睡眠设备，请大家在一个月的旅途中友好相处，并努力锻炼身体。最后帕斯夫人亲切地提醒各位，一小时后全员在餐厅集合，共同参加欢迎晚宴。

罗星早早来到了餐厅。这里已经被重新布置过了，一张硕大的圆桌安置其中，上面盖着暗红色桌布；在房间的最内侧，则铺设了宽阔的舞台，两支立式麦克风摆设其上。在舞台的后方，投影了一张巨大的白光全息屏，"欢迎中国乘客"的大字在半空飘浮着。

一进门，罗星便看到了已落座的韩雪在向他挥手，于是满心欢喜地小跑过去，坐在了韩雪身旁。韩雪告诉他，自己很早便过来了，想看看有没有什么可以帮忙的事情，但因特林一人便把全部工作搞定了。说话期间，穿上了西装的因特林踱着方步走了过来，温文尔雅地将几盘凉菜放在餐桌的转盘上，鞠躬转身离去。也许是受限于"绅士"的身份设定吧，总是口若悬河的他这次十分安静。

不一会儿，月影也到达了晚宴现场。她兴高采烈地飞到了韩雪身旁，看着桌上的老醋蛰头、夫妻肺片、蓝莓山药等凉菜，发出了啧啧的称赞。几分钟后白剑走了进来，他已经脱下了军装，却换上了更加扎眼的医生白大褂。面对罗星热情的问候，他仅以点头致意，一言不发地坐到了圆桌的远端。不消片刻狄安娜也出现了，她依旧是之前的一身装束，表情匮乏的脸蛋仿佛人偶娃娃。如果让罗星来评选，他会认为狄安娜比因特林更像机器人。狄安娜盯着圆桌看了几秒，最终坐在了人最少的那一边。罗星暗想，这艘船上的社恐还真多。

下一位到达的是罗星的损友芮汐兆。他的心情看上去好了许多，非常自然地同韩雪和月影打了招呼。芮汐兆坐到了罗星身旁，目光却立刻被金发碧眼的狄安娜吸引了，直到罗星拧了他一把才回过神来。而狄安娜却对芮汐兆的注目礼毫不在意，依然波澜不惊地盯着眼前的芥末鸭掌发呆。

又过了一会儿，穿着不拘小节的达斯特出现在众人面前，插在衣兜里的扳手和改锥甚至可以当作他的招牌了。他非常随意地坐了下来，并告诉大家舰长夫妇会在晚宴开始时自后台出现。罗星一直观察着餐厅入口的方向，此前和白剑吵架的女人还没有出现。

在距离晚宴开始还有五分钟的时候，最后一名乘客走入了大家的视线。这是一位年龄和韩雪相当的女子，面容端正，齐肩的黑发打理得整齐而柔顺。她穿了一件淡蓝色的针织衫，搭配着浅白色的披肩外套；下身一条修身的蓝色牛仔裤，脚上蹬着暗红色的帆布鞋。她不声不响地穿过人群，在相对空畅的位置坐了下来。从她的表情中，罗星读到了一丝寒意。那种感觉不同于白剑的阴沉和狄安娜的空洞，宛若一把收入鞘中的宝剑。与她距离最近的白剑似乎有些不自在，手指轻轻敲击着茶杯。

◇

灯光暗了下来。突然间，天花板上的聚光灯将几束白光汇集在了舞台中央，在乘客们热烈的掌声中，弗姆舰长和帕丝夫人随着升降机浮出了舞台。帕丝夫人身着一袭紫色的晚礼服长裙，舰长则是一身纯黑的燕尾服。他似乎很不习惯这身正装，手指不停地扒着领口。

"女士们，先生们，大家晚上好！"帕丝夫人用洪亮的声线向大家致意。

"欢迎诸位来到深渊号！"不知是不是衣服太紧了，弗姆舰长听上去有些气短。

"我是副舰长，帕丝·白。"

"洒家是驾驭副舰长的……"

帕丝夫人猛的一记顶肘，直击舰长的右侧肋骨。弗姆舰长痛苦地弯下腰去，夫人代替他说道："这个不分场合的家伙叫作弗姆，是深渊号的舰长。"台下传来一阵笑声和掌声。帕丝夫人继续向大家介绍说，今晚为大家准备了丰富的晚宴，请大家尽情享用。晚宴的目的在于让大家相互认识和了解，因此在开饭前会有一道"开胃菜"：大家要轮流走上舞台进行自我介绍，还必须来一段才艺展示。

"如此重要的环节，自然不能由我这个外行来主持。下面让我们有请当红歌手，被称为'宇宙世纪超新星'的，兰兰小姐！"

观众们先是愣了片刻，在发觉自己确实没有听错后，爆发出雷鸣一般的掌声和尖叫，就连一直板着脸的白剑都露出了惊讶的神情。兰兰是家喻户晓的偶像歌星，小小年纪便步入娱乐圈，受到了公主一般的礼遇。她的相貌清秀靓丽，是无数男人的心中偶像；但她绝不是靠脸蛋吃饭的歌手，她的单曲经常会蝉联下载榜的首位，得到了专家和粉丝的一致好评。而这样一位前途不可限量的明星，居然登上了这艘远距离移民船！

在掌声的浪潮中，一身鲜红高开衩旗袍的女子空降在了晚宴现场。她一头乌黑笔直的长发好似瀑布一般，脸上只涂了淡妆，却显得越发清新脱俗。在场观众均起立鼓掌，就连一直面无表情的狄安娜嘴角也露出了一丝微笑。此刻最不自在的大概就是白剑了，因为兰兰就是方才同他大吵的那个女人。罗星想到兰兰当初请求他保守秘密，大概就是为了这种轰动效果吧。

"亲爱的朋友们，大家晚上好！"兰兰张开双臂，夜莺一般清脆的声音回荡在空间之中。台下观众虽然只有不过十人，其热情的程度却堪比大型演唱会。芮汐兆在台下大喊着"来一曲"，月影激动地尖叫着，韩雪也在不停地鼓着掌。

兰兰打了个响指，一直在后方待机的因特林便将一个红色的、半米见方的纸箱端了上来。

"今天的晚宴，由我来担任主持人。"兰兰指了指身边的纸箱，"这里面的乒乓球上写着大家的名字，被抽到的朋友，请上台做自我介绍并表演。"

兰兰正要抽签，一旁的弗姆舰长却大声喊道："第一个让洒家来！洒家是舰长，有义务为大家打头阵！"

台下传来阵阵掌声，达斯特和罗星挥舞着手臂大声叫好。

弗姆舰长说道："洒家叫作弗姆，今年四十岁，如大家所见，是深渊号的舰长。洒家从十四岁开始登上太空船，经历过上百次远距离航行。除了驾驶太空船，洒家最自豪的就是强壮的身板了。不信给大家看看——"

弗姆舰长利落地脱掉了燕尾服和衬衣，露出一身健硕的肌肉，甚至拥有梦幻般的八块腹肌。观众们礼貌性地鼓掌，叫好的只有月影，而弗姆舰长却是一副陶醉的表情。

弗姆舰长拍了拍手，升降台自下方运来一块巨大的岩石。他说道，这是一块二百公斤重的巨石，他的才艺展示便是要将其举起。

在乘客们的惊叹声中，弗姆舰长双脚叉开，弯下身子将巨石拦腰抱住。他的手臂上青筋暴起，十根手指铁钳一般牢牢地扣住了岩石。随着一声呐喊，巨石被腾空举起。为了显示自己很轻松，舰长举着岩石绕场地走了两圈才将其放下。岩石重重地砸在地上，发出一声巨响。

兰兰走上前去，轻轻地拍了拍舰长的胸脯。她惊叹道："多么惊人的力量啊，肌肉更是仿佛钢铁一般！请为我们的舰长鼓掌！"一阵掌声过后,主持人装出一副思考的样子,问道:"可是舰长,我有个疑问不知当不当讲。"

"尽管问吧。"

"您在抱帕丝夫人的时候,她不会痛吗?"

台下传来了口哨和尖叫的声音。弗姆舰长有些难为情地说道:"这个问题嘛……洒家当然会轻轻地……"

"我还是问问帕丝夫人吧。"兰兰没有留给舰长任何回旋的余地,径直走到夫人面前,问道:"帕丝夫人,我们的铁汉舰长在您的面前会不会柔情似水呢?"

夫人凑到了话筒旁,毫不掩饰地说道:"放心吧,他伤不到我,因为我们是分床睡的。"

观众们的笑声此起彼伏,弗姆舰长则难为情地将脸扭到了一旁。

◇

第二位进行自我介绍的是金发美女狄安娜。芮汐兆和达斯特一直死死地盯着女郎高挑婀娜的身影,脖子伸得老长。狄安娜从主持人的手中接过话筒,不疾不徐地说道:"狄安娜,二十一岁,来自中国的克隆人。"

听众们一片讶然,芮汐兆吃惊地张大了嘴,达斯特皱紧了眉头。乘客中对此毫无反应的只有那位新来的少女,若无其事地将一颗冰糖投入了菊花茶中。

兰兰似乎对此问题早有准备,面带笑容地采访道:"据我所知,狄安娜小姐诞生于'种族保留计划',对吗?"

"是的。"

"你的基因来自莫斯科公国时期的贵族,是在一次考古中发现的,对吗?"

"是的。"

"你为自己优秀的基因感到骄傲吗?"

狄安娜陷入了深深的沉默。当主持人已经按捺不住准备救场时,她才张开金口:"我对基因不太了解。"

"那我们来谈些别的话题吧！"兰兰不愧娱乐圈出身，很快便掌握了场上的节奏。她上下打量着站定一动不动的金发人偶，问道："狄安娜小姐，会不会经常有男性夸奖你漂亮呢？"

粉丝团在台下高声呐喊着"有"！而狄安娜本人却再次将自己关进了沉默的牢笼。许久，她惜字如金地说道："我平日没有注意。"

罗星能够理解兰兰的感受，这就好像对着空气打拳，你已经使出了浑身解数，换来的也不过是凉风徐徐。兰兰似乎也不准备将无趣的采访继续下去了，她立即进入了下一环节："那么……狄安娜小姐准备为我们展示什么才艺呢？"

狄安娜留下了一句"稍等"，便迈着沉稳的步子离开了餐厅。几分钟后，当观众们已经有些不耐烦、开始议论纷纷的时候，她抱着一支长条形的皮箱走了回来。她缓缓地走到舰长身旁，说：

"请打开。"

这是一只必须拥有舰长权限才能开启的旅行箱。在远距离移民时，由于新行星的建设会伴随一定的风险，乘客是被允许携带兵器的。而这类危险品在登船时会被放入特殊的旅行箱中，只有到达目的地，或者得到舰长的许可才能够打开。

弗姆舰长录入了指纹，并扫描了自己的虹膜。随着"咔"的一声轻响，皮箱打了开来，狄安娜自其中取出了一把长剑。此剑的剑柄成十字，雕刻着螺旋状的金色波纹，末端镶嵌着一颗红宝石；剑身则有着大马士革钢的雨滴纹。

兰兰走上前去，轻抚着冰冷的剑身。

"狄安娜小姐，你要表演的是剑术吗？"

"是的。"

观众席上一阵欢呼，而狄安娜本人却转身看着弗姆舰长，说出了今晚最长的一句话："需要你的帮忙。请将那块石头举起来。"

舰长被搞得一头雾水，可为了晚宴的节目效果，还是乖乖地重复了一遍自己的才艺展示。狄安娜示意他站定不要移动，之后双手持剑，站在舰长两米开外的位置。突然间，她瓷娃娃一般的双眼放射出锐利的光芒，外表柔弱的身体内散发出了强大的气场。

"哈——"

一道寒光闪过。那一瞬间罗星完全没有看到发生了什么，待尘埃落定后，只见狄安娜从容地将长剑收入鞘中，而舰长手中的巨石则像豆腐一般被切成了两半。两声巨响回荡在餐厅，巨石的断面留下了完美的切口，弗姆舰长呆若木鸡地站在石块中间。他刚刚穿上的衬衣和燕尾服也被这势如破竹的一剑劈了开来，但胸前却没有留下伤痕。

狄安娜将兵器锁回皮箱，在此起彼伏的掌声中回到自己的座位。帕丝夫人拍了拍舰长惊魂未定的脸，拽着领口将他拖下了舞台。

◇

下一位被抽到的是达斯特。他满脸笑容地走上台去，自我介绍道："我叫达斯特，今年三十三岁，是这艘船上的工程师，它就好像我的孩子一样。"观众们似乎对这位工程师兴趣寥寥，只有一直处于兴奋状态的月影给予了掌声鼓励。兰兰问他有何才艺展示，他表示自己没什么特长，只能为大家表演一下工具的杂耍。

达斯特抽出了几只扳手和改锥，像沙包一样抛到空中，玩起了杂耍。简单的节目却取得了意想不到的效果，台下叫好声连连。可是猛然间一只扳手滑出了他的手掌，重重地砸在了脚上。在一声哀号中，达斯特的才艺展示结束了。

"下一位上台的是……"兰兰抽出了一颗乒乓球，将上面的文字展示给大家，"韩雪小姐！"

韩雪深吸一口气，握紧拳头走到了台前。面对着紧张的韩雪，兰兰毫不留情地展开了攻势："我看过资料，韩雪小姐居然拿到了五个硕士学位！你是怎么做到的？"

台下一阵惊呼，对于很多人而言，研究生是十分遥远的国度；只有芮汐兆在小声嘟囔着"可她没有一个博士学位"。韩雪半低着头，答道："我只是……恰好喜欢尝试新鲜的事物，又恰好很擅长学习而已。"

"多么美丽的'恰好'啊,希望上天的误会也能发生在我身上。"兰兰感慨道。观众们一片笑声,主持人继续问道:"听说这次的乘客中,有两名是你的同学?"

"是的。"

"请韩雪小姐的同学举起手来!"

罗星和芮汐兆争先恐后地将手臂高高举起。兰兰的嘴角闪过一丝诡谲的笑容,她继续问道:"如果让你在两位同学中选择一位做恋人,你会选谁呢?"

观众席上欢呼声一片,看戏不怕事大的舰长和达斯特居然吹起了口哨。罗星看着心上人被捉弄的情形,却感到了一丝别样的满足——这样的韩雪太可爱了。

"我……"

看到韩雪为难的样子,兰兰主动替她圆了场:"看来两位同学都没有达到韩雪小姐心中的标准啊,你们要多多努力哦!"罗星很期待韩雪口中能说出自己的名字,芮汐兆则在一旁撇着嘴,意味深长地拍了拍好友的肩膀。

才艺展示的部分韩雪选择了塔罗牌,兰兰则自告奋勇成了占卜对象,占卜内容是恋爱运势。兰兰在韩雪的指导下完成了切牌和抽牌的动作,并选出四张牌摆成了爱情金字塔的形状。韩雪深吸一口气,用拇指和食指捏住牌角,将底层中心的一号牌掀了开来。光洁的牌面上胜利女神优雅地弯下身子,抚摸着一头乖顺的雄狮。

韩雪解释道:"一号牌代表了自己。这张牌是正位的'力量',它表明兰兰小姐会勇敢地追求自己的爱情,并将经历一场轰轰烈烈的爱恋。"

兰兰似乎对这张牌十分满意。在她的催促下,韩雪揭开了左侧的二号牌。牌面四周围绕着女神、毒蛇和天鹅,中间则被天使与魔鬼一分为二。韩雪讲解道:"这张牌是正位的'命运之轮'。二号牌代表对方,也就是说,兰兰小姐将和爱人有一次美丽的邂逅。"

兰兰露出一副得意的神色。她忙不迭地打开了三号牌,却发现牌面上画了一只长着羊角和蝙蝠双翼的魔鬼,下方还立有两名被锁链拴住的人类。韩雪连忙安慰道:"别担心,塔罗牌的占卜可以有不同的理解。这张是正位的魔鬼,象征着你和恋人之间的关系。"她努力斟酌着词句,"这张牌意味着,兰兰小姐你在恋爱中不可以太任性,也要小心不要被爱情蒙蔽了眼睛。"

兰兰的脸上一瞬间闪过了不安的神情。但她很快便控制住了自己,面带微笑地请求韩雪将最后的四号牌揭开。韩雪缓缓伸出手指,轻轻将塔罗牌掀开一角——

突然间,韩雪发出一声尖叫,手中满满一副塔罗牌不慎滑落,散在了台面和地板上。爱情金字塔的四张牌被混在其中,完全无从辨认。韩雪连声说着对不起,手忙脚乱地收拾残局。兰兰见状也匆忙俯下身来,帮助韩雪将塔罗牌收了起来。

韩雪的才艺展示就这样结束了,她在观众的掌声中羞涩地鞠躬致谢。下台前,她还不忘对兰兰表达了歉意。兰兰擦了擦额头的汗水,毫不介意地说道:"哪儿的话。感谢韩雪小姐精彩的表演!"

◇

第五位登场的月影已是尽人皆知的活跃人物了。自我介绍时,她还不忘得意地在空中飞来飞去。才艺展示她众望所归地选择了超能力表演,而表演的道具则是弗姆舰长和被狄安娜劈成两半的巨石。

超能力少女张开右手,露出了凌厉的眼神:

"起——"

如同被透明的巨人抓住一般,总重量超过三百公斤的一人两石鹅毛一般地飘上空中。弗姆舰长表情十分紧张,不停地摆动着双臂,好像在空气中游泳。月影将手臂向上一挥,弗姆舰长和巨石便如同丢出的沙包一般向穹顶飞去;随着女孩手臂的下摆,三个大块头以雷霆万钧之势直挺挺落了下来。

"要撞上了!救命啊!"

弗姆舰长彻底将面子丢到了一旁,大声叫喊着。就在他距离地面只有不到十厘米的一刻,巨大的加速度令他刹那间停在了半空,继而平稳着陆。台下响起雷鸣般的掌声，而弗姆舰长的冷汗却顺着额头流了下来。

芮汐兆捅了捅罗星的胳膊，小声问道："你有没有想过，这家伙的超能力究竟是基于什么原理？"

罗星随意答道："月影的超能力是典型的'念动力'吧！"

"亏你还学过物理呢！"芮汐兆不屑地撇撇嘴，"念动力属于四大基本作用力中的哪一种？不要告诉我超能力能够破坏物理定律，这种想法太幼稚了。"

罗星觉得这番话很有道理，但连老芮都解释不了的物理现象，自己就更加无能为力了。于是他耸耸肩，喝下了第二杯菊花茶。

◇

帕丝夫人的故事宛若一部荡气回肠的爱情史诗。她出身于富贵家庭，家族拥有世界一流的大型企业；但她从小对经商毫无兴趣，吸引她的只有星空。十六岁那年，她拿到了家族的第一笔股份，成为了众人眼中家族继承人强有力的竞争者。但令所有人始料不及的是，第二天股市刚一开盘，她就将股份全部变现，并跳上了环游太阳系的旅行船。那时阿克别瑞引擎还没有发明，全程花费了整整三年时间。当她的双脚再次踏上地面时，才得知愤怒的父亲已经宣布同她断绝了关系。帕丝毫不在意，因为她早已用剩余的资本购买了一家航天公司，准备在太空中度过余生。

但人生远没有预想的那么美好。由于缺乏经营的智慧，公司很快便濒临倒闭，帕丝即将失去在太空中挥霍的资本。最差的情况下，她会被丢至某颗荒凉的殖民行星，为希望渺茫的生态圈建设鞠躬尽瘁。就在这时，她认识了弗姆，一位在太空船上负责杂务的小伙子。这个男人是在太空出生的，他的理想就是在太空中死去。在弗姆的建议下，帕丝卖掉了公司，并用剩余的金钱购买了一艘远距离移民船。那时的远距离移民类似于深空探索，伴随着很大的风险，因此可以享受到高额补贴。他们很快便过上了自给自足的日子，帮政府完成一些项目，然后拿着钱在星空优哉游哉。

"你们在航行中曾经遭遇过险情吗?"兰兰问。

"当然,那次我们以为死定了。"夫人娓娓道来。那是一次移民任务结束后的归程,他们准备回到久违的地面上,痛痛快快喝上几杯,并把结婚的喜讯告知朋友们。可就在高速航行的途中,阿克别瑞引擎突然出现了故障。空间曲率慢慢地消失了,他们迷失在了黑暗中。打开探测器,最近的恒星距离他们也有一千个天文单位。太空船上的物资还足够他们两人几年之用,但这看似漫长的时间在星际航行中不过是弹指一挥间。最后他们决定,在太空船上舒舒服服地享受最后的时光,然后平静地接受死亡。但是有一天,弗姆心血来潮打开了无线电接受装置,却在沙沙的噪声中捕捉到了微弱的人工电波信号。于是他迅速开启分光光谱仪,几秒后,他看看屏幕中的光谱比对开心地笑了——那颗并不遥远的恒星拥有和太阳一模一样的光谱,他们搁浅的位置就在太阳系的边缘。

乘客听得如痴如醉,他们甚至开始想象自己在陌生的行星上是否会有如此美妙的经历。到了才艺展示环节,夫人只是微微一笑,告诉大家即将品尝的晚宴便是她的才艺。罗星被夫人的魅力深深地折服了,那种魅力仿佛一则厚重的画卷,简单的线条勾勒出的却是岁月与沧桑。他不禁遐想,如果就这样和韩雪一起在太空飘荡,也是一种别样的浪漫。

当芮汐兆登上舞台时,大家都还沉浸在帕丝夫人戏剧性十足的故事之中,导致老芮的存在感低得可怜。兰兰只得亮出了芮汐兆大学教授的身份,这才夺回了部分眼球。兰兰问道:"请问芮教授,您在研究些什么课题呢?"

"多 q-bit 量子计算机,以及基于量子计算的第一性原理模拟。"他的目光集中在了主持人身上,"兰兰小姐,我是你的忠实粉丝,能否为我签个名?"

"多谢您的厚爱。在新的行星上您准备开展什么工作?"

"大概是量子纠缠态通讯和量子计算机网络的架设吧。兰兰小姐,能为我签个名吗?"

兰兰的眼角露出一丝不快。但她依旧保持着职业的笑容,并装出了一副兴致浓厚的样子:"如果我想要开始学习物理学,您会推荐什么书呢?"

"《费曼物理学讲义》、朗道物理十卷,但阅读之前,请确定自己掌握了数学分析以及数学物理方法。我可以发送给你电子版,但作为交换,能为我签名吗?"

兰兰终于忍无可忍了,她取出签字笔,在芮汐兆的衬衣上重重地刻下了自己的名字,老芮露出了满足的笑容。随即他表示,自己的才艺展示是一首即兴创作的诗歌。

无　题

柯罗诺斯打了个尿颤,
俄国佬的锥子上缠满丝线,
西格玛映衬着巴黎的倒影,
格丁根的道路续续断断。
M先生诡谲地笑了,
手中握着家庭教师的入场券。
沉默的男人吹起了口哨,
他说,
情侣的舞步没有终点。

罗星断定,没有任何人能够听懂这首诗。但芮汐兆还是获得了成功,至少忠实的听众月影一直对他的渊博赞不绝口。

◇

第八位登台的是阴沉的军医白剑。当主持人念到他的姓名时,白剑坚实的身体仿佛紧绷的橡皮筋一般,僵直地弹了起来。他的额头淌过几滴汗水,继而如列队的礼兵一般,迈着标准的步伐齐步走上台去。兰兰的眼角闪过雄鹰发现猎物般的锐利光芒,而白剑则是一个立正,以笔直的军姿站在台上。

"白剑先生是难得一见的天才外科医师,十九岁时便已经参与过无数次大型手术。"兰兰丝毫不吝惜赞美之词,"他同时也是此次航行的随舰医生,如果大家有哪里不舒服,都可以找他哦!"

白剑嗓音洪亮地呐喊道:"全心全意为大家服务!"

"请问白剑先生擅长何种治疗方法呢?"

"报告长官,中西医都十分擅长!"

兰兰不怀好意地追问:"那妇科呢?"台下一片笑声,而白剑依然坚若磐石地保持着立正的姿势,声音如同军号一般嘹亮:"报告,没有问题!"

罗星很是奇怪,虽然白剑之前对兰兰的态度十分恶劣,但此时的他没有任何理由如此惧怕一位小姑娘。离开了地球和庞大的粉丝团,兰兰也不过是一个普通的女孩子而已。然而兰兰立刻给了他答案:"白剑先生,如果我没有记错的话,你的'兴趣爱好'一栏是这样写的:听兰兰的歌,看兰兰的电影电视,参加兰兰的演唱会,以及有关兰兰的一切。我说得没错吧?"

白剑竭尽全力地绷着脸,却难以掩饰面部肌肉轻微的痉挛。他的声带微微颤抖着,用极不自然的语气答道:"报告,是……是的……"

兰兰装出一副天真可爱的样子,温柔地依偎在白剑身旁。她操着嗲声嗲气的音色说道:"哇!好幸福啊,今后也请白剑先生多多支持哦!"敬业的观众们喝彩声不断,兰兰则将右手中指上的指环摘下,在白剑的面前晃了晃:"这枚戒指是我的宝物哦!为了表达感谢,希望白剑先生能够收下。"说罢,她在戒指上印下了自己的唇印,轻柔地拨开军人的手掌,将戒指放在了白剑的手掌心里。

芮汐兆发出啧啧的赞叹之声。他并不知道,台上那位的汗水已经浸透了衣衫。罗星不禁感慨兰兰的老谋深算,在和白剑起争执的时候,她就计划好了今晚的环节!

白剑的才艺展示选择了针灸。这并不是以治病疗伤为目的的针灸，而是像武侠小说中的江湖侠客一般，将针作为战斗的兵器。他希望有一位擅长打斗的观众来做对手，借以展示针灸作为兵器的威力。众人齐刷刷地看向了弗姆舰长。舰长连连摆手推辞，他今晚已经受到了太多伤害。最终，在几位男性粉丝的强烈要求下，金发剑士狄安娜再次登上舞台。

兰兰交给狄安娜一只扫把，用以代替破坏力强悍的长剑。两人来到了餐厅最为空旷的地方，面对面站定。兰兰叮嘱道："请两位注意分寸，点到为止。"

随着主持人的一声令下，两位高手展开了较量。狄安娜一个箭步踏出，扫出一道势如破竹的横斩。白剑匆忙俯下身子，顺势侧滚翻避开，同时拉近了与狄安娜之间的距离。狄安娜的扫把打在了舞台上，碎裂的木屑扬起了一人多高；而白剑的左肩由于躲闪不及，白大褂被扯掉了一块。

然而下一瞬间，狄安娜突然感到持剑的右手没了力气。她定眼一看，小臂上不知何时被刺入了一根细如银丝的长针。

"外关穴。我刺入得很深，你的右手已经不能使用了。"白剑的语气冷若冰霜。狄安娜连忙与他拉开了距离，用左手将针拔了出来。她试着挥了挥手臂，麻木的感觉并没有立即消退。

白剑做了一个挑衅的动作。狄安娜再次飞奔而来，换作左手持剑，使出了一记更加凌厉的斜斩。白剑看准时间一个侧身避开，继而抓住狄安娜的手臂飞速地向后转身，眨眼间便来到了对手后方。他飞速地在狄安娜的脖颈上插入了一根针。

"结束了。我将针插入了你的大椎穴，你的脊椎已经失去了活动能力。"

可是白剑并没有听到观众的喝彩声。他顿时感到一股刺透脊髓的凉意，风的流向撩拨着他绷到极限的神经。他匆忙向一旁闪去，可扫把的尖端早已牢牢顶住了他的小腹。原来狄安娜的侧斩只是虚晃一招，她发现白剑向她的身后闪去，便索性放弃了防御，将扫把穿过肋部使出了必杀一击。

这次较量最终以平局收场。走下台时,两人情不自禁地盯着对方,视线久久不肯离开。这大概就是高手之间的惺惺相惜吧。

◇

罗星的登台想必是今晚最无聊的一段时间。听众们对"图书管理员"这一黄昏职业兴致索然,即便兰兰亮出了"阅读量超过两万册"及"移动的图书馆"这两张王牌,台下也只有稀稀拉拉的、礼貌性的掌声。在才艺展示环节,罗星表示自己引以自豪的只有阅读量及知识量而已,兰兰可以随意提问,看看"移动的图书馆"能否对答如流。

可腹黑主持人的第一个问题就将他噎了个半死:"请问罗星先生,怎样才能获得韩雪小姐的芳心呢?"

韩雪顿时难为情地低下头,台上的罗星亦无言以对。于是兰兰乘胜追击:"如果你和芮汐兆先生同时追求韩雪小姐,你认为谁更有胜算呢?"

芮汐兆一副欲言又止的样子,其他听众们已经开始起哄了。兰兰露出了胜利的笑容。"看来我们的图书管理员对自己的感情问题还欠缺思考啊!"台下一阵笑声,兰兰将手掌搭在罗星的肩上说,"再问最后一个问题吧。如果我伤心了,你会怎样安慰呢?"

"我大概会拜托兰兰小姐的心上人吧。"

令兰兰始料未及的是,这一次罗星居然对答如流。他继续说道:"在方才占卜的时候我便已经发现,兰兰小姐你已经有了心上人。在掀开代表'自己'的一号牌时你毫不在意,而看到二号的'对方'牌后却仿佛松了一口气的样子。在'双方关系'的三号牌打开时,你的精神紧张到了极点,这表明你已经有了心上人,但你们的关系还不确定。我想,能够让兰兰小姐这样的大明星登上深渊号的,想必只有远在另一颗星球的恋人。所以如果你伤了心,我会拜托那个人去安慰。"

台下一片哑然。几秒后,观众席上爆发出地动山摇一般的掌声,月影和芮汐兆激动地起身呐喊。这可是在太空中挖出的当红明星八卦，怎能不让人心潮澎湃？而此刻的罗星却满心担忧，自己毫无顾忌地将推理结果说了出来，兰兰一定会生气吧。而兰兰丝毫没有乱了方寸，她立即反击道："如果那位'心上人'就是你呢？"

场内又是一阵惊呼，这次也包括罗星本人。看到自己已经将胜利果实牢牢地握在手中，兰兰手指轻点罗星的胸口，面对着观众们微笑道："那当然是不可能的。让我们感谢罗星先生精彩的表演！"

高智商三人组不得不接受一个事实，他们加在一起也没能胜过兰兰。

◇

当盒子中的乒乓球只剩下三个时，兰兰终于众望所归地登场了。她为大家准备了一首《星空》，借以歌颂深渊号的伟大航程。这首歌改编自旧时代的一支钢琴曲，主歌部分节奏轻柔而缓慢，仿佛一位纯洁的少女娓娓道来；副歌则旋律激昂，一气呵成，如同水银泻地一般地宣泄着胸中的热情。

星　空

耳畔，聆听着静谧的呼喊；
眼间，闪耀着寂寥的璀璨；
怀中，孤独的你细语呢喃；
穿越亿光年，你的誓言。

光，还在游走；
星，无法挽留；
你，风一样自由；
我，静静等候。
那片星空，可有你的眼眸；
抬头仰望，你在哪个尽头；
我，向星空来诉求；

为你守候。

耳畔,聆听着静谧的呼喊;
眼间,闪耀着寂寥的璀璨;
星空,孤独的你驰骋回旋;
经历亿万年,美丽依然。

你的脸,你的眼,你的手,
在我的心中静静地。悄悄地,生长成一个星球;
如星光,如夜空,如暗流,
两个世界融合成一个宇宙;
肩并肩,心连心,手挽手,
在寂寞夜空画出你我的节奏;
心,彼此联通;
爱,穿越时空;
相拥。

闭上眼睛,静静聆听着兰兰的天籁之音,罗星仿佛回到了和韩雪初会的那个夜晚。湖中粼粼的波光化作点点繁星,那不是一次偶然的邂逅,而是一个历经亿万年、穿越了整个宇宙的约定。

压轴登场的是那位神秘少女。她叫作心瞳,是一名有着朝鲜族血统的特种兵。整晚她的表现都十分沉稳,既没有过于激动的欢呼,亦不会有失礼的冷场。然而军人的稳重却丝毫无法掩饰她年轻的魅力,即便站在兰兰的身边,也能感受到她别有一番风味的优雅气质。

对心瞳最感兴趣的自然是同为军人的白剑。他难掩激动地问道:"难道你所在的部队就是'白狐'?"

"是的。"心瞳点点头。她随后解释,"白狐"是一支为了应对宇宙世纪潜藏危机而成立的特种部队,不从属于任何国家,由地球联邦直接管辖。"白狐"所有的成员都经过了极其严格的筛选,在近乎残酷的训练中他们获得了惊人的生存技能，能够应对各种严酷的自然和人文环境。他们的任务，是担任游走于殖民行星之间的维和部队，为移民的安全提供保障。

"真没有想到，如此可爱的一位少女居然是强大的战士！"兰兰忍不住捏了捏心瞳的小臂，有着和普通少女别无二致的细腻与柔软。她顺水推舟地建议道，才艺环节不妨为大家展示一下日常实用的格斗技巧。

战斗自然需要对手。通过抽签，芮汐兆再次站上了舞台。他无奈地表示自己对战斗一窍不通，心瞳告诉他，只要站定不动就可以了，她会控制好力道。

"可是……"

可怜的教授只发出了两个音节，便感到有硬物抵住了他的上咽，牢骚的话语顿时化作了痛苦的呻吟。原来是心瞳将筷子插入了他的口中，只要再深入一厘米，教授的口中便会是一片血海。

当筷子取出时，芮汐兆的双腿已经开始颤抖了。然而心瞳并没有给他休息的机会，下一瞬间，他的脖颈便被一根硬硬的绳索牢牢缠住。心瞳在表演之余还不忘解释：

"就餐时，筷子、牙签等硬物都可以用作战斗的兵器，讲究的是快、准、狠。而在行走时，我们随身携带的有线耳机便是最好的绞杀道具。橡胶的外皮和金属的内芯均保证了耳机线作为绞杀兵器的强度，但由于其始终不够锐利，绞杀需要一定的臂力和耐力。"

一阵痛感袭来，教授双腿无力地跪在地上。

"女性的高跟鞋可以用来攻击脆弱的膝关节。当然，如果能够踢中要害，那自然是最好不过。"

之后，心瞳为大家依次展示了用衣物遮挡视线后一击必杀、用硬币击中瞳孔后卸掉兵器，以及用瓜子皮割喉等耸人听闻的技巧。当芮汐兆走下台的时候，他的双目迷离、双腿不由自主地颤抖，仿佛还游走于地狱边缘。

作为"大轴"登场的因特林十分激动。可还没等他开口，达斯特便自作主张地走上台前，表示要代替他进行自我介绍，不知是由于自己登台时没有尽兴，还是担心因特林会做出什么哭笑不得的事情来。他首先亮明了机械警卫的身份，继而在听众们的一片惊讶声中介绍了因特林的性能、功用以及紧急时刻的呼叫方法。离场时，因特林对舞台恋恋不舍："达斯特先生，我还没有进行才艺展示。"

"大家都饿了，你也去补充能源吧。"

"但我是核动力的……"

"那就去把你的微缩式反应炉取出来，擦洗干净后再放回去。"

"取出反应炉，我会关机的。"

"很好，就这样睡下去吧！"

晚宴持续了很久。帕丝夫人亲手烹饪的饭菜源源不断地端上桌来，因特林运来了各式各样的酒品。舰长缠着罗星一起喝酒，最后却和月影快乐地干起杯来，几分钟后便被夫人揪着耳朵拎了回去，因为月影还是未成年人。夫人愤怒地训斥月影，即便离开了地球圈，有些规矩也必须遵守。

走出死亡阴影的芮汐兆兴高采烈地去找狄安娜搭话，却受到了冷若冰霜的待遇。他费了九牛二虎之力才获得了共饮一杯的权利，狄安娜却一口气将一瓶灰雁干了进去。最终不胜酒力的老芮只得灰溜溜地来到达斯特身旁，两人聊起了机器学习。白剑则同特种兵心瞳坐在了一起，两人小声聊着什么。心瞳豪爽地干着一杯又一杯的黑啤，白剑却意外地酒精过敏，只得以果汁代替。看到韩雪一个人坐在角落里喝热茶，罗星便举着一杯威士忌走了过去说道："干杯，为了我们的未来。"

韩雪抬头看着他，露出了开心的笑容。她当即斟满一杯回敬："谢谢你。为了我们的未来，干杯。"

"能否让我也加入呢？"

夜莺一般婉转的声音震荡着罗星的鼓膜，身着旗袍的兰兰不知何时站在了他们身旁。

"这是我最喜欢的一种鸡尾酒，虽然不是现场调制的。"兰兰看着杯中的蓝色液体，"如果有盐和柠檬的话，味道会好很多。"

三人目光相对，发出一阵快乐的笑声，清脆的碰杯声交织在一起。

◇

时针指向了深夜。因特林将喝高的舰长和达斯特抬回了卧室，口中嘟囔着"我也想知道喝醉的感觉"；罗星和韩雪架着神志不清的芮汐兆返回房间；月影玩得筋疲力尽，飘到床上倒头便睡；兰兰与白剑互道晚安，白剑似乎仍旧没能把吵架的事情放下，面对偶像紧张得说不出话。狄安娜小心翼翼地带着装有长剑的行李箱，步入深长的走廊。房间门前，有人已恭候多时。见四周无人，那人便一个箭步跨入房门，厉声问道："你到底是谁？"

狄安娜面无表情，机械地回答道："我是，狄安娜。"

"别开玩笑了！那把剑，还有你的剑术，你不可能是其他人！究竟发生了什么？你为何会在这里！"心瞳十分激动，声音颤抖着。狄安娜沉思片刻，再次用合成音一般的语调说道：

"我是，狄安娜。"

心瞳的眼中充满了杀意。她没有再说什么，愤怒地甩门离去。

4a[①]

深渊号航行过四百二十八光年后，停泊在了一颗年龄是太阳一点三倍、体积约一点五倍的恒星附近。弗姆舰长选择了恒星与一颗类木行星的拉格朗日点作为停泊地，可以保证在耗能最少的情况下不被恒星或行星的引力捕捉。这颗巨行星的公转非常缓慢，在深渊号四十小时的补充能量期间仅会转动零点三度，完全不用担心拉格朗日点偏移。舰长喜欢在停泊期间令太空船自转，他说这样可以让遍布船体表面的太阳能板均匀接受照射，而实际上他不过是希望能够在浴室里看到自然的昼夜变迁罢了。为了模拟地球上白昼的效果，他还曾经利用压缩空气和阿克别瑞引擎的空间曲率制备了人工大气层，不过在被夫人狠狠教训了一顿后便再也不敢如此挥霍。

无论设施何等奢侈，太空船上的空间总归十分有限，因此当对一切习以为常后，就会面对漫长且无聊的生活。深渊号刻意取消了冷冻睡眠装置，除了身体健康方面的考虑，也是为了锻炼乘客的精神——他们在殖民行星上会面对更加严酷的考验。平日里，月影、心瞳和狄安娜三人几乎将所有时间都花在了格斗训练上；心瞳和狄安娜互有胜负，而月影的战绩则完全取决于她是否使用超能力。芮汐兆和韩雪都喜欢将自己反锁在房间内，不清楚每日在忙些什么；舰长夫妇如同寄生在温泉中一般，只有吃饭和设备调整时才会动上一动。

---

① a 和 b 为独立的时间线，4a、4b 章节的时间线延续 3 的末尾，5a 延续 4a，5b 延续 4b，以此类推。《时间深渊》为科幻推理故事，为获得最好的阅读体验，请按照书中提供的顺序阅读。

每天早上，罗星都会与韩雪和月影一同晨练；早饭后，他便来到植物区的芭蕉树下，选择一个不容易被发现的角落，再支起一把折椅开始阅读，不知不觉一个上午就过去了。

时值正午，人造太阳的功率达到了峰值，湿润的空气中泛起一阵潮热。一位不速之客悄然来到罗星身旁，凝视着他沉入书海的样子，一把将电子书夺了过来。罗星大梦初醒一般地惊起，方才看到兰兰不知何时站在了他身旁。女明星穿着不起眼的灰色上衣、围着花边围裙，挑衅般地将电子书晃来晃去。

"挺会享受嘛！"兰兰环视四周，感慨道。

罗星上下打量着兰兰，一时无法将如此朴素的家居服同舞台上的大明星联系起来。兰兰一眼就看穿了他的想法，装作不耐烦地解释道："闲来无事便去后厨帮忙了，机器绞出的肉馅总不能达到最佳的口感。"说罢，她将电子书扔回到罗星怀中。

罗星思来想去，挤出两个字："谢谢。"

兰兰拖过另一把折椅坐下，大大地伸了个懒腰。罗星忍不住吐槽道："注意形象啊，大明星。"

"怎么，想做狗仔吗？"兰兰诡笑道，"拍一张照片发在公网上，保你成为网红。"

罗星没有理会兰兰，无趣地闭上了眼睛。兰兰继续攻击道："抱歉啊，坐了韩雪的专座。"说罢，她看着险些从座椅上跌落下来的罗星，开心地笑了。

虽然经常被捉弄，但罗星并不讨厌同兰兰相处。或许因为他过早地看到了大明星的"本质"，又或许是鬼精灵的兰兰太善于洞悉人心，同兰兰在一起时，罗星可以毫无保留地展现自我，反而有一种说不出的轻松。看着恶作剧成功后乐开了花的兰兰，罗星突然闪过了一个想法：这个人说不定可以为自己指点迷津。于是他清了清嗓子，鼓足勇气说道："兰兰小姐，可以问个问题吗？"

"小姐来小姐去的，累不累。叫兰兰。"

"嗯。兰兰，你觉得……我有希望吗？"

罗星的双眼写满了认真。兰兰长长地叹了一口气，说道："你既然有胆量向一位公众人物倾诉烦恼，为何不去问问她本人的意思呢？"

罗星摇了摇头，开始讲述两人的故事，以及那次令他颜面无存的"示零实验"。兰兰自始至终都只是认真地听着，没有嘲笑，也没有挖苦。故事结尾，罗星慨叹道："我就这样糊里糊涂地登上了深渊号，每天装作无所谓地读书，实际上却心乱如麻。很可笑吧？"

兰兰望着微风中晃动的芭蕉叶，缓缓说道："我大部分的时间都花在了音乐上，科学知识无法同你们相提并论。但即便如此，我也清楚一个道理——"她转过头来，漆黑的瞳孔直视着罗星的灵魂。"无论什么实验，只做一次都是无法得出正确结论的。"

罗星并没有回应，他闭上眼睛，慢慢地咀嚼着兰兰的话语。少顷，兰兰再次打开了话匣子："礼尚往来，我也问你一个问题吧。我们以前是不是在哪里见过？"

罗星立即答道："大学时陪老芮去过你的演唱会。那是两万人的大型体育馆，想看到坐在后排的我们，除非你有千里眼。"

兰兰哼了一声，没有回应。

◇

植物区是深渊号内唯一设置了昼夜更替的区域。当罗星站起身来准备离去时，人造太阳的光芒中已经泛起了暖黄的色调，入射角度也从正午的直射调整为大角度斜射。

在电梯附近，罗星看到了一个陌生的身影。那是一位面容已近不惑之年的男子，披着一件不合时令的长款黑色风衣，下身穿着黑色裤子和黑色皮鞋，远远望去就仿佛影子一般。男子头部微微上倾，凌乱的黑发垂到了脖颈，稀疏的胡楂儿在夕阳下格外扎眼。他漆黑的双瞳宛若深谷，正在目不转睛地盯着什么。

罗星满心好奇地走上前去："这位先生，请问您是……"

男子转过头来，不苟言笑的面容令罗星感到一阵压力。他操着粗糙的音色答道："周诚，刚刚登机的第九名乘客。"罗星一下子来了兴致。他追问男子是否要去殖民行星定居，男子只是冷冷地答道:"我居无定所,搭个顺风车罢了。"

罗星将话题继续下去:"周诚先生,您一定是在寻找餐厅吧?我可以为您带路。"

"多谢。我已经在餐厅同大家打过照面了。"周诚的措辞虽然很客气,但冷冷的语气还是竖起了一道无形的墙壁。他转身离去,背影渐渐融入人造夕阳的阴影中。

罗星来到餐厅时,韩雪和芮汐兆已经在等他了。老芮为他准备了满满一盆的冬瓜丸子汤,罗星将热滚滚的丸子和冬瓜块盛入碗中,再放入适量的白胡椒粉和陈醋,其浓郁的香味令人垂涎。今晚的丸子咬起来筋道十足,想必是兰兰的劳动成果。

刚吞下第一颗丸子,舰长夫妇便伴随着一阵爽朗的笑声出现在餐厅。弗姆舰长慷慨激昂地宣布深渊号的能量即将补满,凌晨便会再次起航。

由于活跃分子月影还在睡懒觉,大家对弗姆舰长的消息兴致寥寥。狄安娜坐在僻静的角落里,独自享用着西式牛排和甜点;白剑对垃圾食品依然情有独钟,大口咀嚼着涂满了芝士的比萨;心瞳坐在医生的不远处,面前摆了一大盘生鲜蔬菜。这对来自军队的男女并没有如同大家期待一般擦出火花,保持着若即若离的微妙关系。

用餐即将结束时,周诚也来到了餐厅。其余乘客并没有对周诚的出现表现出惊讶,甚至没有人抬头看他。兰兰跟在周诚的身后,和他坐在了同一张餐桌上。用餐期间两人都保持着沉默,周诚面对着大明星也没有一丝触动。

罗星三人边吃边交谈着,也算是其乐融融。可是突然间,芮汐兆将碗筷摆在一旁,表情异常严肃地直视着韩雪,说道:"韩雪,有件事情不知你有没有听说过。罗星这小子做过一个很大胆的实验,就在咱们的毕业晚宴上。"

罗星只觉得头脑中一阵眩晕。这个浑蛋到底是哪根筋搭错了,为什么要突然提起这件事?他立刻起身抗议,却被老友一把按了下来。芮汐兆继续说道:"可惜的是,那次实验并没有结果。为了完成实验，他义无反顾地登上了深渊号。四天了，这个笨蛋一直在磨洋工，可是我已经看不下去了。请求你公布实验结果吧。"

虽然毕业晚宴后韩雪离开了学校，但发生了这种以自己为主角的轰动性事件，她不可能没有得知。此次相见后两人刻意避开了这段往事，也是一种为双方着想的默契。但问题是无法回避的，只要罗星依然在追求那个答案，他们迟早有一天需要直面。

韩雪露出了淡淡的笑容，她静若止水地说道："在回答之前，我可以问一个问题吗？"罗星点点头，韩雪开口问道："你是怎么喜欢上我的？"

"我想……大概是一见钟情吧！"罗星挠挠头。韩雪轻轻颔首，回应道："多谢。对于你的追求，我并不是在刻意回避，只是没有想好该如何回答。"罗星的心提到了嗓子眼，韩雪继续说道："但这样拖下去太对不起你了，对我自己而言也是一种不负责任。这样吧，请允许我最后一次的任性，给我一晚的时间好吗？明天我会做出答复。"

罗星用求助的目光看着四周。其他乘客都沉浸在自己的世界中，只有兰兰投来了好奇的目光。罗星真的希望爱凑热闹的月影突然出现，大叫着自己也想听，让这件事情无疾而终；然而此时此刻在他面前的，只有眼神淡如止水的韩雪。他深吸一口气，强作镇定地说了三个字：

"我等你。"

◇

罗星焦躁地躺在床上，辗转反侧。他的脑子乱成了一团糨糊，夜晚漫长得仿佛永久。

门铃声响了起来，罗星跳下床，飞奔到门前。但打开门的瞬间，他惊讶地瞪大了眼睛：

"兰兰？"

门外的兰兰穿着一身白色圆点的粉红睡衣，脚踏小熊棉布拖鞋，脖颈上套着一副头戴式耳机。她径自走入房间，扯过木椅坐下，将长发拨到耳后,随性地叠起双腿。看到罗星不知所措的样子,兰兰切了一声:"怕什么?睡衣而已,又不是内衣。"

罗星匆忙关上房门,又从内侧锁好。他按着胸口长舒一口气,兰兰当即调侃道:"放心吧,没有人看到。即使被人发现,明天的新闻也只会报道'当红女星入住不明男子寝室'而已,说不定你的脸还会被打上马赛克。"

罗星瘫倒在床上,目光呆滞地望着天花板,说道:"当红女星莅临寒舍,不知有何贵干?"

"说什么呢?我现在可是被你反锁在屋里。"兰兰立刻回击。

之后,两人陷入了默契的沉默。少顷,兰兰开口问道:"向韩雪摊牌了?"

罗星闭着眼叹气道:"老芮那个浑蛋干的好事。如果明天被拒绝,我立刻申请下船。"

兰兰凝视着观景窗内缓缓后退的星空,问道:"你觉得韩雪为什么总在躲着你?"

罗星想了想,答道:"大概因为我不够优秀吧。"

兰兰哼了一声:"我现在知道原因了,钢铁直男。"

罗星没有作声,在洞悉女人心方面,他确实应当好好补课。兰兰继续自顾自地说道:"我自认为,自己很擅长看透人心。然而,那个人的想法,我却始终无法看透。"

罗星一怔,兰兰口中的"那个人",是她的心上人吗?可没等他来得及发问,兰兰已经走到了他的面前,脸颊上滑下两行清泪。

"兰兰你……"

下一刻,兰兰俯下身子,双唇深深地吻在罗星的嘴上。罗星只感到一阵暖流流过全身,那是一种被理解、被包容的温暖。他放弃了挣扎,而是闭上眼睛,默默感受着兰兰的体温。

猛然间,罗星再次睁开双眼,房间内一片寂静,只有他一个人躺在床上。刚才一吻是梦吗?罗星凝视着空洞的屋顶,感受着久久不能平息的心跳,彻夜未眠。

◇

翌日清晨，当罗星顶着疲惫的大脑来到餐厅时，弗姆舰长和达斯特已经坐在了餐桌旁，开心地豪饮着生啤。点餐处狄安娜和心瞳正全神贯注地盯着触摸式全息屏，熟练地将蔬菜拼盘和烤面包片选了出来。这两人经常在一同用餐后去道场切磋，想必已经建立了友谊。

罗星坐定后，兰兰也来到了餐厅，看到罗星后只是远远地微笑致意。周诚跟在兰兰身后，一言不发的作派仿佛一尊石佛。想起自己昨晚的梦，罗星不禁一阵尴尬。

不一会儿，芮汐兆和韩雪也来了，身后跟着半睡半醒的月影。罗星偷偷看着韩雪，今天的她更似初会时湖边的白衣少女，少了一分青涩，却依稀泛出神性的光辉。

用餐期间，四人谈笑风生，默契地回避着那件事情。

时针缓缓指向了八点。

没有人知道那一刻发生了什么。那种感觉好像高速行驶中的急刹车、急速下落的过山车，又仿佛海啸中的孤舟。喧闹的餐厅立刻陷入一片沉寂，但异样的感觉又在转瞬之间消失得无影无踪。

弗姆舰长第一个做出了反应。他从怀中掏出一部手机大小的遥控装置，按动几个按钮，餐厅的穹顶上立刻投影出一张巨大的全息荧幕。众人不约而同地抬起头来，但屏幕漆黑一片，只是偶然间闪过几个噪点。弗姆舰长反复摆弄着遥控装置，屏幕依然毫无反应。

心瞳凑了过去，提示也许是摄像头出了故障，达斯特告诉她，在太空船表面 4π 的立体角内配置了三百台以上的摄像装置，并备有多条彼此独立的传输线路，同时发生故障的可能性几乎为零。

"可以查看设备状态吗？"心瞳追问。弗姆舰长摇头道："洒家在一开始就试过了。控制区传来的信号似乎被阻断了，这里只能接收到外部摄像装置的数据。"

芮汐兆提议道："夫人是不是还留在控制区？可以打电话给她问问情况。"

"帕丝说要代替洒家进行早上的整备，所以才没有一起来餐厅。"弗姆舰长取出手机，输入了夫人的号码。几秒后，另一端响起了呼叫对象不在服务区的提示音。

"深渊号上装配了几台模拟基站？"罗星问道。

"二层生活区的空间较小，只有一台位于餐厅外侧的墙壁内。一层的植物区和控制区各有一台，为了信号传输的通畅，电梯内还备有一台。"达斯特解释道。

众人陷入了短暂的沉默。少顷，韩雪提议道："不如……我们一起去找夫人吧！"

弗姆舰长闭上眼睛沉思片刻，继而站起身来，向众人深深地鞠了一躬，说道："十分抱歉，现在发生了紧急情况，请各位不要慌张，协助我们机组人员一同渡过困境。"

月影飞到弗姆舰长身旁，拍了拍他宽厚的肩膀，安慰道："好啦大叔，请下令吧，我们究竟应当做些什么？"

弗姆舰长解释道："根据洒家的经验，这应当是一次设备故障。在太空中遇到设备故障时的第一要务并不是排查，而是寻找一个安全的区域；因为一旦故障无法排除，安全区域将成为最后的一线生机。从概率上讲，越是设备密集的地方，便越是危险，反之亦然。值得庆幸的是，我们既然平安无事，就证明餐厅一带是安全的。我希望大家能够回到自己的房间，检查一下是否存在异常；最坏的情况下，我希望大家的生活起居能够得到保障。"他看了看手表，"十分钟应当足够了。现在是八点零五分，请大家遵守时间，八点十五分在这里集合。设备密集的公共区域，我会在集合完毕后带领大家一同前往。"

"我留在这里。"心瞳举手提议，"虽然没有先例可循，但依然无法排除我们受到外来文明袭击的可能性。餐厅是我们最后的壁垒，在因特林警卫缺席的情况下，这里应当留下可靠的战斗力。"

"我也留下。"狄安娜难得地开口道。

弗姆舰长想了几秒，应道："心瞳小姐言之有理。我们需要的并不是时间,而是安全。你们二位留在这里,待大家回来后,再回去各自的房间检查。这里距离诸位的寝室最远也不过几百米,有月影妹妹在,应当不会发生危险。"

乘客们逐渐散去。周诚由于住在一层的控制区,也加入了守候者的阵营。他的沉默寡言比之狄安娜有过之而无不及,即便发生了如此大的事件,也只是将双手抱在胸前,看不出表情有哪怕一微米的变化。

罗星和芮汐兆的房间位于走廊的最内侧。待众人进入房门后,老芮一步跨进了罗星的房间,小声问道:"你发觉了吗?心瞳和狄安娜并不信任舰长。"

罗星点头补充道:"确实。比起外来袭击,这次事故出自内部人为的可能性更大些。舰长同意她们留下,也是想自证清白吧。"

"如果罪魁祸首真的是舰长,他的目的是什么呢?"芮汐兆不解道。

罗星耸了耸肩:"挟持我们向政府要求赎金,或是将我们绑架至某个陌生势力的基地,强迫我们为之服务吧。无论如何,这些都是没有证据的猜测。从个人角度讲,我宁肯相信舰长一家与这次事件无关。"

简单讨论后,芮汐兆返回了自己的房间。寝室内毫无异常,只是打开观景窗,看到的同样是漆黑一片。罗星坐在书桌前稍息片刻,便看准时间返回了餐厅。推开大门,他方才发现自己居然是第一个回来的。三男两女正百无聊赖地坐在餐厅内消磨时间,心瞳摆弄着一颗樱桃,舰长用手指将空酒杯在桌面上转来转去。

"呦,罗星小弟,你真是迅雷不及掩耳之势啊。"弗姆舰长久违地展示了他的汉语水平。罗星微笑回应,随手抓过一把椅子坐了下来。两分钟后,兰兰和白剑几乎同时走进餐厅;白剑在两人独处时依然有些扭捏,虽然一言不发,却总是时不时地用余光偷瞄着女明星。兰兰却似乎有什么心事,目光迷离地盯着地面。

又过了几分钟,韩雪回到了餐厅。舰长看了看时间,自言自语道:"姑且算是守时吧,虽然不是什么硬性规定,但在特殊时期还是希望大家遵守时间啊!"想到自己已经等候多时,罗星暗自感慨舰长的时间观念也不过如此。

大约十分钟后,餐厅里弥漫着焦躁的气息。弗姆舰长已经有些按捺不住了,就在他起身准备亲自去寻找时,芮汐兆和月影才姗姗来迟。罗星代替舰长抱怨道:"太慢了吧,大家等了你们好久啊!"

老芮皱了皱眉头:"你在说什么啊,我可是看准刚好十分钟才回来的!"

"就是嘛,老芮哥哥说得没错!"月影一脸委屈地帮腔。

弗姆舰长叹气道:"罢了,不是什么要紧的问题。这次只有韩雪小姐最准时,但也慢了一分钟左右。"他看向了罗星的方向,"话说罗星老弟你也太快了吧,刚刚四分钟不到便回来了。房间内认真检查过了吗?"

罗星方才发觉,有哪里不对劲。且不说他是看准时间回来的,仅仅和老芮聊天的时间,也有两分钟以上。罗星连忙问道:"您说我回去了多久?"

弗姆舰长看了看手机,答道:"严格来说,三分五十秒上下。"

果然,问题出在时间上。月影尚且不论,芮汐兆可是十分守时的人,他不可能迟到十分钟以上。在大家陷入沉思之际,白剑沉着脸说道:"虽然不清楚你们怎么看,我可是踩着十分钟的界限进门的。"韩雪也举起了手臂,说道:"不好意思……其实我只在房间内待了五分钟左右,不可能迟到吧!"

达斯特烦躁地挠了挠头,问道:"大家都是用什么计时的?"

乘客们纷纷展示了自己的计时设备。除了韩雪和兰兰使用了古式的机械腕表外,其余成员的计时器全部是手机。手机作为集合了各种功能的移动终端,装配了精度不亚于铯原子钟的计时装置;即便是机械表,也不可能产生数分钟的误差。简单地思考便可得知,从餐厅留守者的立场来看,众人经历了一段长短不一的时间;但就每个人的主观而言,这段时间都是十分钟。

达斯特随即提议:"心瞳小姐和狄安娜小姐还没有回房间吧,我们不妨再试一次。为了保证实验的可重复性,时间仍为十分钟,请两位确保守时。"

心瞳和狄安娜一言不发地离开了餐厅。大约三分钟后,心瞳便已经返回,她推门便问:"我离开了多长时间?"

一直盯着秒表的白剑回应:"三分二十一秒。"

"可是我的表确实经过了十分钟。"心瞳向大家展示了手机上的计时,已经经过了十分零八秒。

餐厅内再次陷入沉默,即便是平时十分活跃的月影和兰兰,此刻也噤若寒蝉。大家都在思考着同一个可能性,但谁都不愿意相信这种荒唐的事情。许久,罗星开口道:"看来,在我们每个人的房间,时间的流逝速度是不同的。"

这是显而易见的结论。大家不可能同时说谎,更何况在时间这件事情上也没有隐瞒的必要。从结论上讲,在深渊号二层的不同空间区域,时间流速存在着差异。但这是为什么?又是怎样做到的?无论是托卡马克引擎还是阿克别瑞引擎,都没有能力在几十米的空间内压缩或拉伸时间。即便对现今人类的最高科技而言,这种事情也是天方夜谭。

当狄安娜回到餐厅时,白剑手中的计时器显示已经二十一分钟。她似乎从众人的表情上便读出了事态的严重性,只是一言不发地走入人群中。这时罗星方才发现,狄安娜将装有长剑的行李箱拎了过来。没等舰长提问,她便主动解释道:"也许会有危险,随身携带比较可靠。"

没有人提出异议,面对威胁狄安娜将是可靠的战斗力。

看到全员会合,弗姆舰长起身说道:"是时候探索一番了。帕丝一直没有消息,洒家很是担心啊。"他环视着众人,"在设备密集区域排查故障时,要尽量保持集体行动,最低限度也要两人同行。"

达斯特提议道:"我们的人数很多,为了节约时间,还是分头行动吧。弗姆你带领一批人在二层探索,其余人跟我一起去一层。我的权限也可以进入核心控制区,如果真的是引擎出了故障,能够维修的也只有我。"

达斯特的建议十分合理。如果真的发生了严重的事故,分组行动也可以保证队伍不至于全灭。众人自发分成两组,弗姆舰长、罗星、心瞳、白剑和月影负责二层,达斯特则带领着其余乘客去一层探索。由于自己的房间位于一层,周诚也一言不发地加入了达斯特的队伍。

分组完毕后,弗姆舰长提议:"如果可以的话,洒家希望能够进入诸位的房间调查。请各位将房间的门卡交给我,再次集合时我会还给大家。"

兰兰立刻提出了抗议。她双手叉腰,气愤地喊道:"随便进入女士的房间,你没有搞错吧?"

"进入房间检查……对不起,我早上没有打扫房间呢。"韩雪也委婉地表示了拒绝。

舰长匆忙解释道:"这毕竟涉及诸位的隐私,因此完全凭大家自愿。"他目不转睛地盯着罗星,似乎在寻求帮助。"依洒家看,男士们应当都没问题吧?"

虽然有些不情愿,罗星、白剑和芮汐兆还是将门卡交给了舰长。月影飞到舰长身边,微笑着将门卡递上,心瞳则潇洒地将卡片丢了过去。狄安娜默不作声走向门外,留下了无声的抗议。

4b

深夜，罗星悄悄离开了房间。他带上换洗的衣物，径直来到浴室。简单冲淋后，罗星换上泳装，围上浴巾，来到空无一人的温泉区。他将人造光源关闭，令穹顶显示出夜空。此刻深渊号仍在以零点一五倍的光速在柯伊伯带行进，远处的星光依旧斑斓，近前的小行星和冰块如同鸟儿一般划过。沿途会有无数的颗粒与太空船碰撞，零点一五倍光速带来的巨大冲量令它们表面的原子在极短的时间内等离子化，闪烁出颜色各异的辉光。

罗星将身体浸入四十度的温泉中，呼吸着氤氲的水汽，静静等候着那个时刻的到来。

十分钟后，引擎细微的嗡嗡声渐渐强烈了起来，四台托卡马克引擎正在全速运转。超导核聚变反应本身并不会产生声波，所有的振动均来自为超导环冷却的液氦循环机和冷却水机。托卡马克引擎此刻不再为了加速而喷射出等离子体，取而代之将所有的能量注入了阿克别瑞引擎。

浴室的观景天窗有着接近 3π 的立体视野，穹幕中两侧的星光扭曲着变换位置，仿佛跃动的萤火虫；正前方的星空则逐渐密集了起来，宛如渐次开启灯光的舞台。阿克别瑞引擎形成的巨大空间曲率包裹了深渊号，两侧的光线由于空间曲率而扭曲，正前方则由于空间被压缩，许多尚未到达柯伊伯带的光线也被拉扯进入太空船的非惯性系。

眨眼之间，深渊号便脱离了太阳的引力圈，向着银河系的另一旋臂飞去。阿克别瑞引擎的第一次航行会越过四百二十八光年的距离，最终停泊在一颗恒星附近补充能源。正面的星空密集作一道斑斓的光带，随着飞船的加速，色泽艳红的红巨星渐渐变得鲜黄，普通恒星的光谱则普遍蓝移。根据狭义相对论的光速不变原理，在不同的惯性参照系中光速是不变的；于是在空间被压缩后，速度不变的电磁波频率便有了相应的增加。当飞船的速度趋于稳定后，视野中的光带闪耀出彩虹般绚烂的色泽，星体的光谱分布呈现出全新的形态。向两侧看去，恒星们沿速度方向拉长为一条短暂的亮线。相对于遥远的星体而言，太空船在单位时间内驶过的距离已经颇为可观，因此即便间隔很短，两次观测也会形成视差。摄像装置的CMOS管及人的视觉神经均有一定的弛豫时间，由于取景帧数的限制及视觉暂留现象，千万光年之外的亮点便会被拉长为线光源。

看着人类最高科技打造的美景，罗星翻开了尘封多年的记忆。

那次"示零实验"成了同学们茶余饭后的谈资，罗星本人也在校园里火了一把。走在学校里，经常会有陌生的男男女女对他行注目礼，有时还能听到他们小声的议论。罗星对这一切毫不在意。他清楚，大众的记忆就仿佛数据结构中的队列，一旦有新的劲爆消息占据了存储空间，他的事情便会被无声无息地抹去。但罗星很想知道韩雪有没有听说，她又是怎样想的。

某天，芮汐兆对罗星说："实验还没做完你就放弃了，不想知道最后的结果吗？"

"只要我不去探究，实验结果就是没有打开的薛定谔猫箱，我至少没有失败。"

"你不怕有一天被其他人抢先完成了实验吗？那时你的本征值可就只剩下零了。"

在好友的激励下，罗星艰难地做出决定：他要找到韩雪，问出答案。

那时罗星并不清楚，这次决定促成了他人生中最疯狂的一段旅途。

下定决心后，罗星跳上了出租车，一早便赶到了韩雪公司的写字楼下。他站在僻静的角落里，凝视着入口处往来的人群，但直到太阳升上头顶，也没有看到韩雪的身影。于是他鼓足勇气登上电梯，来到了公司的前台。

"对不起，韩雪小姐正在休假。"前台小姐露出职业的笑脸。她告诉罗星，这家公司看重的是业绩而非考勤，韩雪一早便完成了全年的工作量，在上司的赞许声及同事们羡慕的眼光中登上了休假旅行的班机。几经纠缠后罗星获知，韩雪休假的地点在马尔代夫。

三十小时后，罗星的双脚便踏在了马尔代夫的土地上。在这座宛如天堂的小岛上，他几乎造访了每一家旅社，最终在海边的一家树屋租赁处发现了韩雪的踪迹。旅社老板告诉他，韩雪确实入住过，但早上已经退房了。

罗星立即拨通了芮汐兆的电话："我需要你帮忙。立即黑入航空公司的网络，帮我调查韩雪乘坐的航班。"

"老兄，你想让我吃牢饭吗？"

"一顿烤肉。"

"成交。"

五分钟后，老芮便给出了回复：韩雪的航班已经起飞，将在六小时后到达泰国的普吉岛。罗星并不清楚这个家伙是怎样做到的，只不过那天之后，芮汐兆的导师总是不时地接到航空公司的电话。

在之后的半个月内，罗星几乎花光了所有的积蓄。他先后造访了阿姆斯特丹、香榭丽舍大街和北海道，但无论他赶到何处，韩雪总会先他一步离去。当他开着租来的车子在美国西海岸行驶时，收到了芮汐兆最后一条情报："放弃吧，那个女人的下一个目的地是太空城。"

透过西半球湛蓝的天空，罗星仿佛看到了轨道电梯上升时发出的光亮。他感到自己的热情与心意也一并被抛入了太空，逐渐地冷却，最终回归静寂。从那一刻起，他再也没有主动地寻找过韩雪的踪迹，直到三年后好友为他带来了深渊号的消息。

"咦？罗星，你怎么在这里？"

熟悉的声音将罗星拉回现实。他回头看去，韩雪穿着一件黄绿格子相间的比基尼，半裹着浴巾站在温泉池旁。

罗星愣了两秒，匆忙应道："韩雪？我在……看风景。"

"我也一样。"韩雪微笑道。她将浴巾丢到一旁的躺椅上，用脚趾试了试泉水的温度，继而毫不顾忌地坐在了罗星身旁。罗星将半张脸藏在水面下，心脏扑通扑通地跳动着。

两人浸在泉水中，只能听到水源汩汩的声响。片刻后，罗星开言道："登船已经两天了吧。平时很少看到你，都在做些什么？"

韩雪微笑道："宅在房间中看书和新闻，打发时间。"

"那……"罗星偷偷地深吸一口气，"我知道一个不错的地方，明天要不要一起来？"

◇

第一次航程历时六小时，最终停泊在一颗距离太阳四百二十八光年的恒星附近补充能量。舰长选择了恒星与一颗近日类木行星的拉格朗日点停泊，待太空船与巨行星有了相同的公转角速度后，覆盖飞船表面的太阳能光板便全部张了开来。太阳能光板的主体是森林一般茂密的硅纳米线，它们如同树干一般支撑起了光能电池的主体结构；在森林的底部，遍布着大小不一的氧化锌纳米颗粒，它们就像森林中的菌类一般，将穿透能力强的紫外波段尽数吸收。树干的中部修饰着硫化镉的颗粒，它们如同枝叶，负责转化绿光波段；最上层的树冠则是一层透明的氧化铟锡薄膜，它们在充当电池负极材料的同时，也担负起了保护硅纳米线的重任，而后者正是将红光及黄光波段转化为电能的关键。当驻留恒星为白矮星、中子星乃至黑洞时，辐射的主要波段将集中在 X 射线至伽马射线波段；因此在太阳能光板的下方，还备有一层厚厚的铜膜。当穿透能力极强的高能电磁波辐射铜膜时，金属材料将被激发出大量的电子，并被下方的电极捕获。正是有了如此高效的电能采集手段，太空船才可以在银河中随心所欲地远距离航行。

罗星坐在芭蕉树下,电子书中的文本一行一行越过眼睑,却无法闯入他的大脑。树下支着另一把椅子,那是他特意为韩雪准备的坐席。

当罗星第一百二十三次翻看手机时,远处传来一阵急促的脚步声。他匆忙跳了起来,却看到一名穿着风衣的陌生男子跑了过来,急匆匆地问道:"喂,刚才有没有女孩子来过这儿?"

罗星拨浪鼓一般地摇头,陌生男子继续说道:"不好意思,我叫周诚,是刚刚登上深渊号的第九名乘客。你就是罗星吧?拜托你,如果一会儿兰兰过来找,就说没见到过我!"

兰兰?

罗星憋了一肚子疑问,可还没等他问出口,叫作周诚的男子便一溜烟跑走了。就在这时,罗星期待已久的声音自身后传来:"不好意思,让你久等了。"

韩雪穿了一件米黄色的短裙,手中拿着一册小开本的纸质书。她整了整裙摆,坐在了罗星旁边的折叠椅上。

"啊……我也是刚到。"罗星憋了许久,才说出一句回应。

两人对视一笑,化解了尴尬。韩雪半躺在树荫下翻开书册,穹顶的照明在她的发梢上打出一层高光。看着心上人的侧脸,罗星想起了约韩雪到此的目的,于是鼓足勇气问道:"在咱们的毕业晚宴上,我做了一个……嗯,很傻的'示零实验',你听说了吗?"

韩雪敛起笑容,凝视着地面,轻轻点头。

"后来,我曾经不顾一切地去寻找你,但你总会先我一步去往新的地点。"

"我知道。"韩雪轻声应道。

"我只想寻得一个答案。"罗星凝视着穹顶的人造太阳,"现在可以告诉我吗?"

韩雪沉默了许久,依旧低着头,说道:"对不起,请……再给我一天的时间好吗?"

高跟鞋的声音打断了两人的对话,兰兰风风火火地跑了过来,问道:"你们两个,有没有看到过一个阴沉的大叔?"

韩雪摇了摇头。想起周诚的叮嘱,罗星也没有作声。兰兰气愤地跺脚道:"可恶,又让他跑了!"她瞥了罗星一眼,毫不客气地说道:"罗先生,给女士让个座呗!"

想着韩雪的答复,罗星装作若无其事地站起身,以自己都难以听到的声音轻声叹气。

◇

周诚扒在餐厅的门口看向里面,见四下无人,匆忙摸了进来,用最快的速度点了餐,坐在角落里吃了起来。可没承想还没拿起筷子,便听到了一个熟悉的声音:

"周诚先生!真巧啊,又遇到你了。"

周诚抬起头来,看到罗星满脸笑容地站在了他的面前。周诚警惕地扫了眼四周,见只有罗星自己,方才松了口气。

"您稍等,我去取餐。"

罗星迅速取了餐,坐在周诚对面,继而口若悬河地聊了起来,上至天文地理,下至家长里短,越说越是激动。中途有几次周诚想要离开,都被罗星热情地留了下来。

几分钟后,餐厅大门被粗暴地推开,兰兰气鼓鼓地站在门口,迈着大步子向周诚这边走来。周诚用手扶住额头,罪魁祸首罗星却说道:"不好意思周诚先生,我的朋友来了,咱们改天再聊!"

说罢,他便离开了周诚的餐桌,同尾随兰兰进入的韩雪坐在了一桌。

当然,这一切都是罗星计划好的。由他缠住周诚,再由韩雪去把兰兰叫来。他只是答应了帮周诚打一次掩护,又没有说过不会帮兰兰捉他。

罗星和韩雪相视一笑,不约而同地看向了兰兰和周诚的方向。他们本以为脾气火爆的兰兰会大吵大闹,没承想两人坐在一起却只是小声地聊着什么。不一会儿,兰兰起身而去,只留下沉闷的周诚坐在那里,盘中的食物几乎没有动过。

罗星目送着兰兰，某一瞬间，两人视线对接，罗星从那双眼眸中看到了无尽的纠结与苦楚。

用过晚餐后，罗星去和老芮扯了些有的没的，又在月影的纠缠下玩了会儿射击，便已经到了睡觉的时候。他打开观景屏，目光呆滞地凝视着斑驳的星光。他在想兰兰和周诚，也在想自己和韩雪。

门铃响了起来。罗星起身开门，访客却是他万万没想到的那个人——

韩雪。

韩雪走了进来，默默关紧房门。她凝视着罗星的双眼，许久，说道：

"对不起。"

"为什么道歉？"罗星按捺住心中的不安，问道。

"为了你迄今为止的爱慕与包容，也为了不再是我的自己。"

韩雪的手指轻轻拨开了纽扣，上衣顺着她的肩膀滑落下来。她轻轻伏在罗星胸前，说道："今晚，我属于你。"

那一刻，罗星积累多年的情感喷涌而出。他扶住韩雪的肩膀，深深地吻了下去。唇齿相接后，他又将韩雪拦腰抱起丢在床上，俯下身子，从额头一路吻了下去，直到足尖。韩雪细细地呻吟着，双手抓紧了床单。

星光下，两个人的身影缠绕在一起，宛若一幅唯美的剪影。

缠绵悱恻过后，韩雪躺在了罗星的臂弯里，闭着眼睛，均匀地呼吸着。罗星用指尖轻抚着心上人的脸颊，眼中噙着泪水，问出那令他心碎的三个字：

"你……是谁？"

下一瞬间，怀抱中的韩雪化作雾气消失不见，房间里只留下了孤独的老男孩。

◇

翌日清晨，深渊号遭遇了罕见的事故。没有人知晓那短短的数秒内究竟发生了什么，时针刚刚指向八点的刹那，船体发生了剧烈

66

的震颤,仿佛强烈的地震一般。不适感过后,深渊号外部的监视摄像头全部失灵,夫人手中的终端与控制区的连接也无故中断。

众人立即停止了用餐,目光齐刷刷地看向了夫人。早上是开启阿克别瑞引擎的关键时间,弗姆舰长决定留在控制区看守,帕丝夫人便一个人来到餐厅用早餐。

帕丝夫人扶着下颚思考了片刻,说道:"在太空中发生事故,最重要的是确保安全区域。目前看来餐厅是安全的,这是个好消息,我们的饮食在短时间内不会受到影响。我希望大家回房间确认一下,如果寝室没有危险,就能够保证日常的起居。"她又想了几秒,将双臂抱在胸前,补充道:"从安全的角度考虑,我建议大家两两结伴同行,特别是女性最好有男士陪同。"

乘客们的脸上挂满了复杂的表情,谁都不说一句话。帕丝夫人继续说道:"虽然可能会侵犯到诸位的隐私,我还是建议大家听从我的建议。那么……就由女士来选择自己的同行者吧!"

帕丝夫人的话语仿佛有着一种特殊的魔力,乘客们尽管不情愿,也没有任何人提出反对意见。在这艘船上,帕丝夫人有着比弗姆舰长更高的威信。嘈杂的议论声不绝于耳,突然间,月影高高举起手臂大声喊道:"我选白剑哥哥!"

"哦?你看中了白剑哥哥的哪一点?"帕丝夫人打趣道。月影毫无顾忌地高声回答:"因为在所有的男性乘客中,只有白剑哥哥没有和我说过话!"

乘客们一阵哄笑,白剑阴沉的脸上闪过一丝阴霾。虽然月影不是有意为之,但由于她的精彩表演,紧张的气氛得到了很好的缓解。帕丝夫人趁势更进一步:"狄安娜小姐,你也来选择一位搭档吧。"

狄安娜扫视着几位男性,神情好似人偶一般波澜不惊。少顷,她一言不发地向着人群走去,白皙的手掌紧紧地牵住了芮汐兆的手腕。老芮似乎被这突如其来的幸福砸了个晕头转向,嘴巴以夸张的角度张开,却一句话也说不出来。帕丝夫人微笑颔首,一直对狄安娜抱持着好感的达斯特则羡慕地撇嘴。就在这时,一直沉默不语的韩雪开口道:"我希望罗星能与我同行。"

罗星匆忙点头,这样的结果他求之不得。帕丝夫人看了看尚未找到搭档的心瞳和兰兰,对一旁的两位男性说:"周诚先生,虽然你的寝室在一层……"

"没关系,我和心瞳小姐同行就好了。"兰兰打断了帕丝夫人的提议,"心瞳小姐可是世界一流的保镖,而我虽然没有什么战斗力,也不会给心瞳小姐拖后腿的。"

周诚闷在角落里默不作声,达斯特失望地挠了挠头。帕丝夫人点点头,继而提醒诸位,要在十五分钟内完成房间的检查,集合后再去太空船的其他区域探索。现在时间是八点零五分,也就是说,全员必须于八点二十分在餐厅集合。

路上,罗星一言不发地跟在韩雪身后。他昨晚几乎没睡,光怪陆离的梦境令他辗转反侧。来到自己的房门前,韩雪半笑道:"今天没有整理房间,希望你不要在意。"

然而事实证明,这不过是一句客套话。韩雪房间的地面清扫得干干净净,蓝底白星床单上看不到一丝褶皱,被子方方正正地叠放在床头。韩雪似乎对纸质书情有独钟,书桌上几本古典推理小说整齐地码放着。罗星感到一阵紧张,于是随手拿起了一本小说,装出在翻看的样子。

韩雪将房门关闭,走到罗星身旁,说道:"关于昨天的问题……"

罗星的视线从书本上离开,心脏几乎跳出了喉咙。韩雪低着头,轻声说道:"在给出答复之前,我希望你先回答一个问题。你究竟是怎么喜欢上我的?"

罗星立即答道:"一见钟情。"他难为情地挠挠头,"在你的身上,我看到了某种神性的光辉。"

韩雪瞪大眼睛愣了片刻,应道:"这不算回答。"

"这就是回答。"

两人陷入了短暂的沉默。少顷,罗星追问道:"我已经回答了你。所以,你的答复是?"

韩雪走上前来，凑到罗星的耳边，轻声说了一句话。罗星急促地呼吸着，他调动了全身的神经。

下一刻，罗星猛然惊醒，他手中依然拿着书册，韩雪则在检查房间各处。罗星匆忙揉了揉脑袋，短短的时间里，他居然连续两次产生了幻觉。

检查过房间各处后，韩雪说道："没有发现什么异常呢。你那边呢？"

"没……没发现什么。"罗星抹了抹额头，应付道。

"至于昨天的答复……"听到这话，罗星的心再次绷了起来。韩雪继续说道："等这次事故结束吧，我也需要再梳理一下情感。好吗？"

"啊……好。"罗星匆忙应下。

◇

罗星和韩雪返回餐厅时，在走廊中遇到了月影组，进入餐厅，兰兰和心瞳已经等在了那里。帕丝夫人焦急地看着时间，但直到距离出发半小时后，狄安娜和芮汐兆方才姗姗来迟。

"你们也太迟了吧！"帕丝夫人语气微愠，"兰兰小姐她们只用了不到一半的时间就搞定了，虽然不想责怪大家，但非常时期还是应当注意一下时间观念。"

"等……等等！"老芮满脸委屈，"我们是严格按照时间回来的啊，对不对，狄安娜？"

一旁的狄安娜轻轻点头。沉默不语的心瞳也发表了意见："我们也严格遵守了十五分钟的限制，因为房间内实在没有什么，我们还特意地聊天消磨时间呢。"

众人陷入了沉默。对于发生的事件每人心中都有一个猜测，但没有人愿意将自己的想法说出。少顷，罗星战战兢兢地举手道："抱歉，其实我并没有回到自己的房间。"他努力编着理由，"我在韩雪那里找到了一本很喜欢的书，不自觉地便讨论了起来，于是……"

"天啊，你到底在搞什么！"帕丝夫人捂住额头，失望地叹气。

"这样吧，咱们再做个实验。你回房间需要多长时间？"

罗星告诉她，快跑只需一分钟。

"立刻返回房间，从现在开始计时，十分钟后返回。"帕丝夫人命令道，"一直没有弗姆那个家伙的消息，我很担心他。这次要严格遵守时间。"

罗星点点头，一路小跑地离开了餐厅。待他归来时，发现大家都在以惊讶的眼神看着他。

"我离开了多长时间？"罗星问道。心瞳向他展示了手机上的计时器，时间定格在四分四十一秒。于是罗星也取出了自己的手机，秒表上显示的时间是十分零七秒。

答案已经呼之欲出了——在每位乘客的房间中，时间的流逝是不等速的。若非走廊的墙壁漆成了黑色，大家一定会看到可见光由于时间流速发生红移或蓝移的奇妙现象吧！芮汐兆将双臂抱在胸前，皱着眉头快速心算；几位女性围在一起议论纷纷，白剑与达斯特小声嘀咕着什么，只有金发碧眼的狄安娜与影子一般的周诚继续保持着沉默。几分钟后，帕丝夫人做出了总结："看样子，我们每个人的房间中，时间流速是不同的。这是前所未有的事态，好在就目前来看，并不会对我们造成太大困扰。"

在达斯特的建议下，众人自发地分成了两个小组，准备对事故后的深渊号进行一番探查。帕丝夫人带领着心瞳、韩雪、月影和白剑负责二层；达斯特则带大队人马赶赴一层。

罗星偷偷地看着队伍中的兰兰与周诚，两人在昨晚之后再也没有说过一句话。

5a

搜查行动正式开始。留在二层的五人再次分作两组，弗姆舰长带领白剑和月影对居住区的时间流速进行测定，罗星和心瞳负责活动区的调查。

罗星站在活动区门前，一旁传来了月影大声计数的声音。她的声线低沉得仿佛上了年纪的大叔，不知是调查的需要还是无聊的玩笑。进入活动区后，心瞳小心翼翼地检查了房间的每一个角落，甚至确认了射击训练房入口处的监视器，近几小时内进入的人数为零。侦察完毕，心瞳走到罗星面前，问道："罗星哥哥，对这次事件，你怎么看？"

罗星注视着面前的女军人，心瞳虽然乍看上去与普通少女无异，细看却能在身体曲线中辨认出坚实的肌肉轮廓。他清了清嗓子，分析道："我们面临的状况，无外乎'事故'与'阴谋'两种可能性。而对于'阴谋'，犯人又分为'外部'与'内部'两种。如果犯人来自外部，我们将束手无策。"

"此话怎讲？"

"无论来自外部的犯人是未知的高等文明还是掌握了先进技术的人类，他们将深渊号囚禁的目的，无外乎毁灭或观察。既然对方能做到，就不怕我们会逃掉。换言之，无论对方的目的何在，我们现在都是笼中之鸟。与其花费时间精力找出原因，不如想想怎样才能活下去。"

心瞳点点头，继续推理道："如果犯人来自内部，那么基本可以锁定在舰长夫妇和工程师身上。他们有着充足的时间对太空船进行改造，还握着乘客所没有的控制权限。"

罗星抬头问道："关于这一点，你有证据吗？"

"深渊号的形状是椭球形，而我们能够活动的空间——一层和二层——全部位于椭球体的上部。"心瞳用手指在空中画着太空船的形状，"阿克别瑞引擎位于椭球体的中心部，于是按照常理推断，下部对称的位置应当也有同样的空间才对。"

罗星沉思片刻道："而在我们看到的任何一张图纸上，都没有对下部空间的说明。"

心瞳会心一笑道："正是如此。罗星哥哥，你觉不觉得我们陷入了一种名为'closed circle'的环境？就如同暴风雨中的孤岛，以及暴风雪中的山庄一般。"

罗星补充道："closed circle 的特点在于外界信息与影响力的隔绝，就如同物理学中的绝热系统一般。正是因此，这种环境中才容易发生极端的伤害事件。"

"我们不妨把情况设想得极端一点。"心瞳继续了下去，"如果我们一直无法摆脱困境，当深渊号的物资耗尽之时，在物质及心理的双重压力下，小群体中便会形成以最强的人为核心的集权社会。"望着聚精会神思考的罗星，心瞳微微一笑，问道："深渊号上最强的人是谁？"

几个名字在罗星的大脑中一闪而过，他小心翼翼地答道："就武力值而言，应当是月影或因特林警卫，狄安娜和你次之。"

心瞳的眼中闪过一丝寒光："你说得没错。但还有一个不容忽略的事实，即我和狄安娜的强大需要建立在'持有兵器'的基础上。没有枪械的我面对机械警卫难以自保，而离开了那把剑的狄安娜面对强敌亦没有十成的胜算。这点从狄安娜和白剑的交锋就可以看出。"

然而无论在何种情况下，她们在一名图书管理员面前都是压倒性的强大。罗星突然觉得自己仿佛是待宰的羔羊。

心瞳没有理会罗星的不安,继续说道:"即便进入了射击训练房,没有舰长的许可我也无法获得枪械。这点在狄安娜的行李箱上同样适用。相信除了月影和因特林外,没有谁能够靠暴力拆掉那个箱子吧。"心瞳哼了一声,"你有没有仔细考虑过,舰长为何按照现在的组合分开大家呢?"

罗星心头一惊。狄安娜被派去了一层,没有舰长在场的情况下,她的兵器始终处在被封印的状态。同理,心瞳亦无法获得射击训练房的枪械。至于最危险的月影,舰长则干脆将她留在了自己身边。罗星有些动摇了,心瞳则恰到好处地推了一把:"你认为舰长进入我们的房间,只是要测量时间流速这么简单吗?"

弗姆舰长的行为看似马马虎虎,实则粗中有细。他通过分组这一行动令心瞳和狄安娜这两个不安要素无效化,还把最危险但同时也是最容易控制的月影留在了身边。顺着心瞳的思路,罗星在心中构造出了很多种可能性,但他宁愿自己是错的。

就在那一秒,发生了一件意想不到的事情——本应空无一人的射击训练房的大门,毫无征兆地打开了。两人立刻警觉起来,将身体紧紧贴在墙壁上,屏住呼吸。几秒后,伴随着清脆的响声,一枚小小的金属片从射击训练房内被丢了出来。

心瞳迅速蹲下身子,一个敏捷的前滚翻来到了射击训练房的入口旁,身体紧紧贴住墙壁。她掏出一把折叠式水果刀,紧紧握在右手中,这是客房内唯一能够找到的武器。之后,心瞳撇了一眼地上的金属片,立刻计算出了投掷的轨迹,继而飞身一跃,对着射击训练房内丢出飞刀——

房内传来一身钝响,飞刀插入了房门内侧的储物柜上。但奇怪的是,声响在一瞬间戛然而止,就仿佛聒噪的音响突然被拔掉了电源一般。心瞳立即探出头去,射击训练房内的景象却令她大吃一惊——

房间内空无一人,方才掷出的飞刀也消失得无影无踪。

◇

罗星和心瞳走出活动区时,弗姆舰长正在走廊上焦急地徘徊。看到罗星,他三步并作两步冲了过来,紧紧揪住他的衣领,几乎要将罗星拎到半空中。弗姆舰长脸上的褶皱化作了愤怒的波纹,厉声喝斥道:"你这浑蛋,到底死哪儿去了?"

罗星痛得直皱眉头,但同时也被弗姆舰长毫无缘由的愤怒搞得一头雾水。不知是看到了罗星痛苦的表情,还是撇见一旁心瞳冰冷的目光,弗姆舰长很快冷静了下来。他松开铁钳般的双手,连连道歉。

"实在不好意思,罗星老弟。房间内没有你们的踪影,洒家快担心死了。"

之后二人得知,弗姆舰长三人顺利地绘制出了居住区的时间流速分布图,而他们二人进入活动区后却一直没有消息。弗姆舰长很是担心,便打开了活动区的大门,但健身房内空无一人。他担心二人中了埋伏,于是命令月影脚不沾地地飞到射击训练房门前,打开了监视器的控制面板。面板上显示进入射击训练房的人数为零,于是舰长连忙召回了月影,以防出现其他意外。

罗星双眉紧锁问道:"你们曾经打开了活动区的大门,月影妹妹甚至进来过?"

"千真万确。"

听到舰长的话,一个可怕的现实在罗星脑海中盘旋:他和心瞳从未离开过健身房,要么健身房有着其他的秘密,要么舰长等人串通说谎。思考之际,心瞳开口问道:"在你们看来,我和罗星哥哥进去了多长时间?"

一旁的白剑看了看计时器:"已经超过二十五分钟了。"

心瞳和罗星在健身房内进行讨论,但为了不被门外的人怀疑,他们一直在注意控制时间。射击训练房的房门打开是在进入活动区七分钟后,由于担心危险,他们很快便离开了活动区,总时间不会超过八分钟。最重要的是,无论时间流速如何变化,他们也不可能对进入健身房的月影视而不见。

罗星看着远处悠悠然飘来的月影，问道："月影妹妹，你进出健身房花了多少时间？"

月影将双臂枕在脑后，毫无紧张感地答道："舰长大叔反复叮嘱要迅速，前后总共花了不到三十秒吧。"

心瞳悄悄同罗星交换了眼色。表面看来，罗星是在计算时间的流速；但实际上，他是在试探月影的口风。且不论白剑，月影被舰长收买的可能性微乎其微；而根据月影的回答，舰长应当没有说谎。

"我们来做一个简单的实验吧。"罗星说罢打开了活动区的大门。弗姆舰长匆忙阻止，罗星笑道："放心吧，我和心瞳也没有发生意外不是？我就站在房门的另一侧读秒，这样咱们就可以知道时间流速的区别了。"

心瞳犹豫片刻，点头道："安全起见，只计时十秒钟。"

罗星走入了健身房。实验结果，健身房内的时间流速与走廊完全一致。之后，五人一起回到了餐厅，一面交换着调查结果，一面等待另一队人马的归来。

弗姆舰长打开了时间流速分布图，解释道："以餐厅前的走廊为对称轴，两侧的时间流速对称分布。"他在每一间寝室旁写下了主人的名字，"紧邻对称轴的分别是韩雪小姐和狄安娜小姐的房间，如果将餐厅的时间流速定义为一，她们二位房间的时间流速仅有二分之一。"

罗星回想起事故后第一次返回寝室的情景。狄安娜花费了整整二十一分钟，而韩雪虽然没有迟到，却表示自己只在房间内停留了五分钟。如果她们房间的时间流速仅为正常情况二分之一的话，一切都解释得通了。罗星问道："我在活动区门前时听到了月影妹妹读秒的声音，那时你在哪里？"

"哦？我想想看……应该是站在韩雪姐姐的房门前吧。"月影答道。

声波是由空气分子的振动传播的，而时间流速的不同导致了振动频率的变化。如果月影的嗓音是女中音区的 600 赫兹，频率减半后的 300 赫兹则落在了男中音区。加之时间流速变化带来了波包形状的畸变，就好像将录音不加修饰地慢放一般，听起来像是大叔的声音也就可以理解了。

接下来是兰兰和白剑的寝室，这里的时间流逝速度是通常的两倍。继续向两侧走廊的深处前进，月影和芮汐兆的房间处流速再次变成了二分之一。最夸张的是尽头处心瞳和罗星的房间，这里的时间流速居然达到了通常的四倍。

"不存在时间流速突然变化的节点，流速在走廊中是连续变化的。但深渊号的走廊很长，因此在寝室内部有限的空间内，时间流速可以看作一致。"白剑解释道。

弗姆舰长补充道："由于不得其法，我们前后花了二十分钟才完成了时间流速的测量。之后我们来到了浴室，但月影妹妹想起你们一直没有出现，便放弃了搜查，开始寻找你们的踪迹。"他看了看罗星，追问道："罗星老弟，你们那边有什么收获？"

罗星告诉舰长，他们在健身房内检查了大约七分钟的时间，但什么都没有发现。后来射击训练房的房门无故自行打开，他们检查了监视器的进入人数，甚至站在射击训练房外查看了里面的情况。但所有结果均指明了同一事实，射击训练房内空无一人。

"会不会是监视器出了故障？"飘在上空的月影问道。

"虽然很对不起每天检查设备的达斯特，但这恐怕是最合理的解释了。"弗姆舰长眉头紧皱，"如果站在门前查看，射击训练房内会有很多死角，里面的人想藏起来很容易。"

罗星向舰长隐瞒了金属片的事情。事实上，待确认射击训练房内无人后，心瞳迅速地检查了金属片，但结果令她大吃一惊——

那枚巴掌大小的神秘金属片，是她所属的"白狐"部队的徽章。这种徽章为军队特殊定制，成本高昂，工艺复杂，没有人会去仿制。

心瞳连忙掏出自己的徽章对比，二者别无二致，包括徽章背面的"XIN TONG"字样。难道深渊号上还藏着一名白狐部门成员，并且与心瞳重名吗？再怎么想也未免太离谱了。简单商量后，罗星和心瞳决定将这件事暂时保密。

"不是还有一种可能性吗？"沉闷的白剑难得开了口，"之前咱们遇到过这种事情，如果是机器警卫在恶作剧，红外线监视器是无法记录下来的。"

弗姆舰长猛地站起身来，把手腕握得咯吱响。他咬牙切齿地怒喝："这坨废铁，如果真是他干的，洒家要把他的存储模块拔出来泡进王水里！"说罢，他便气冲冲地向门外走去。可还没等他走出餐厅，便和迎面跑来的达斯特撞了个满怀。弗姆舰长扶起跌倒在地的达斯特，问道："怎么急成这样？调查结束了？"

"我……我们看到了……因特林……"达斯特气喘吁吁，语不成句。

"果然是这个浑蛋！"弗姆舰长一拳捶在墙上，粗壮的臂膀上青筋暴起。

达斯特拉住舰长的衣领，吓破了胆一般地惊叫："是鬼魂！我们看到了因特林的鬼魂！"

◇

达斯特组的经历可谓传奇。

在一层的植物区和蓄水区，各有四道门可以通往更内层区域，间隔九十度排列。在电梯正对面的位置，便是植物区通往蓄水区的1号门。由于想要迅速赶往控制区，他们决定径直穿过位于植物区和蓄水区的1号门和5号门；而他们遇到的第一个问题，便是1号门无法开启。

"我和弗姆早上是穿过这道门走进电梯的，这点我十分确定。"达斯特讲述道，一旁的弗姆舰长点头肯定。

通道门仅有简单的红外感应和机械结构，出现故障的概率很低。考虑到事故中保证通道的畅通十分重要，达斯特决定对1号门进行维修。

"我从未见过这样的故障。控制电路完全死机，无论测量何处，都没有任何电信号。于是我试图从门的机械结构入手，直接将它撬开。这种门的机械结构十分简单，只需搬动一个卡扣就可以打开。不过想要露出卡扣，就必须拧开几枚固定螺丝，再将一块嵌在门里的金属板摘下来。于是问题来了，我根本拧不动螺丝。"

"螺丝拧不动？"罗星皱紧眉头。

达斯特将随身携带的电动改锥丢到桌上："这玩意儿的扭矩把门拧烂都不成问题，可今天不知怎的，螺丝就是一动不动。"

罗星试着打开电动改锥的开关，电机立即飞速转动起来，夹带着一股凉风。如此看来，螺丝拧不动至少不是改锥的问题。

达斯特继续解释说，他们之后甚至尝试了暴力破坏屏蔽门，却无法留下一道伤痕。

"这就更怪了。"罗星用手指轻轻戳着改锥的尖端，"螺丝拧不动还可以有别的解释，但这东西是人造金刚石吧？莫氏硬度10的金刚石无法在硬度6的钛合金上留下划痕，这违背了物理规律。"

"更怪的还在后面呢！"兰兰接过话柄，"刚刚进入植物区的时候，我们并没有感觉到什么。但随着向植物区深入，异常终于显现了出来。最先出现异常的，是植物。"

为了最大限度地模拟地球的环境，植物区设置了四季更替。例如在电梯附近的寒温带植物区，一年中平均气温低于零摄氏度，仅有几个月会保持在十摄氏度以上的高温；到了温带，则出现明显的四季交替；而在最内侧的热带植物区，温度则常年维持在三十摄氏度上下。

兰兰继续讲述："寒温带区的植物变化并不明显，可到了温带区，柳树和杨树的叶子已经开始脱落，枫叶则变成了红色，完全是秋天的样子。"

"记得几天前参观的时候，温带区还在春季。"韩雪补充道，"即便是温度调节出了故障，植物的变化也不应当如此迅速。"

一行人认真地调查了植物的状况，结论同样令人沮丧：植物并没有生病，而温度调节设备亦没有故障。大家一头雾水地来到2号门前时，时间已经过了半小时以上，头顶上光秃秃的树枝昭示着严冬的到来。

2号门顺利地开启了，众人松了一口气。可当他们尝试打开面前的另一道门，即蓄水区通往控制区的6号门时，遇到了与1号门同样的问题。

四道门全部锁死意味着帕丝夫人被困在控制区内，达斯特决定再次尝试将此门打开，但同样失败了。众人灰心之际，却看到了因特林大摇大摆地走了过来。因特林是太空船上最强的战斗力之一，如果借助他的破坏力，打开一道门应当不是难事。

达斯特继续讲述道："因特林似乎也发现了我，向我伸出手来。不可思议的事情就在这时发生了——"达斯特双目紧闭，用力地摇头，似乎要将恐怖的回忆从头脑中赶出去一般。"因特林的手臂，居然穿过了我的头颅！没有感觉到手臂的硬度，没有感觉到硅胶的温度，甚至连空气的流动都没有感觉到，就好像是被全息投影贯穿了一般！"

达斯特抓住了弗姆舰长的双肩，拼命地摇晃着。弗姆舰长用力地将他按在座椅上，继续问道："那位'鬼魂因特林'什么反应？"

达斯特答道："他也是一副惊讶的样子。那并不是伪装或无聊的玩笑，他的表情模块是我亲自调试的，我清楚得很。他的双手在空气中胡乱地抓着，应当是光线扫描图像与触觉传感器得到的信号产生了矛盾。几秒后，他便逃走了。"

由于当时的场面过于惊异，众人一时间愣在了原地。片刻后，芮汐兆挤出了两个字："逃吧。"

于是，几人便飞也似的逃回了二层，达斯特与发飙要去拆掉因特林的弗姆舰长撞了个满怀。

餐厅里陷入了一片沉寂。居住区的时间不等速流逝已经令大家陷入不安，罗星与心瞳在健身房内的无故消失，以及达斯特等人在一层的遭遇更加为局势蒙上了一层阴影。短暂的沉默后，狄安娜拎着装有长剑的行李箱来到了舰长面前，开口道："请打开，我们需要它。"

"请允许我自由使用射击训练房的枪械,我们也许正在受到不明敌人的威胁。"心瞳也借机提出了要求。

一旁的月影正在摩拳擦掌,白剑则一直将右手揣在白大褂的衣兜里,似乎随时都会掏出手术刀或针灸攻击。最没有能力保护自己的,大概就是高学历三人组和兰兰了。罗星的大脑飞速地运转着,不知不觉间,他和兰兰的视线对接了。平日里开朗活泼的女明星,目光中也充满了无奈。

弗姆舰长沉思片刻,起身道:"洒家明白了。不过折腾了这么久,大家应当也累了。虽然一直没有音讯的帕丝令洒家很是担心,但保险起见,还是再给大家一点时间回各自的房间休息和准备。"他摊开了自己的劳动成果,指着时间流速分布图布置道:"这次以时间流速最慢的房间,即韩雪小姐和狄安娜小姐的房间为准。最慢流速的三十分钟后,烦请大家再次集合,将能够找到的护身用具全部带上,届时洒家将解禁兵器。罗星老弟和心瞳小姐,这次你们有福了,四小时的时间美美地睡上一觉都没问题。如果你们觉得无聊,可以来餐厅陪洒家喝酒。"

众人悻悻地离开了餐厅。罗星关切地问韩雪有没有护身用具,韩雪打趣道大概只有化妆用具里的修眉刀了。芮汐兆和兰兰似乎都有着什么心事,一言不发地向各自的房间走去。想想自己也是泥菩萨过江自身难保,罗星只得无奈地叹了口气。

回到房间后,罗星无聊地躺在了床上。如果有护身用具的话,在这种情况下早就随身携带了,舰长说不定真的是在试探乘客们的底细。比起事故,成员之间的不信任说不定更加可怕。不一会儿,门铃响了起来;他飞速起身开门,发现一身黑衣的周诚正站在门外。

"方便吗?"周诚惜字如金地问道。

"啊……当然,请进。"罗星连忙将周诚让进房间。周诚抓过写字台前的木椅坐了下来,罗星犹豫片刻,坐在了床上。

"你有何看法?"周诚开门见山地问道。

罗星想了想,答道:"目前,我们已经确定了居住区的时间不等速流动。我怀疑我和心瞳在活动区的穿越，以及因特林的鬼魂，也和'时间'有关。不过我最担心的，是这艘船上还有着其他我们没有发现的、与'时间'有关的神秘。"

"推理小说中有两部分信息最为重要，一为人物，二为环境。"周诚讲述道，"只不过通常情况下，无论环境多么复杂，也不会超出读者的常识。开锁需要钥匙，从高处跌落会致死或致伤，墙壁对于人类的身体而言是不可突破的物理屏障。如果说推理故事是一场博弈，那常识就是不言自明的游戏规则。但对于我们所面对的境况，这种假设并不成立。"

"你将这次事故定性为'推理'，这点似乎值得玩味啊。"罗星挽着手臂，他立即捕捉到了周诚话语中的信息，"你是说……帕斯夫人已经遇害了吗？"

周诚微微一笑道："如果你是帕斯夫人，事故发生后的第一反应会是什么？"

罗星心头一紧："……我会设法联系大家。"

"目前没有调查的区域只剩下了浴室和控制区。帕丝夫人或者已经遇害，或者被困在了这两个区域之一。"周诚耸耸肩，"如果是第二种情况，究竟是怎样的环境，使得帕丝夫人无法脱身？"

罗星立刻联系上了自己的推理："果然还是……'时间'吗？"

周诚沉声说道："先来分析植物区。既然植物的变化不是温度造成的，我们是不是可以猜想，那里不同的区域之间，时间流逝也是不等速的？"

罗星点头道："而且这个差异不是四倍或者八倍那么简单。从事故发生到现在，植物经历了几个月甚至上年的时间。算下来，这已经是千百倍的差异了。"

"接下来是屏蔽门。"周诚继续分析道，"无法开启，无法破坏，甚至连金刚石都无法造成划痕。这简直是推理小说中完美的'密室'，想想看，它在物理上对应什么？"

"……闽可夫斯基光锥。"罗星说出了一个令人难以置信的名词，

"如果归因到'时间上',屏蔽门的时间恐怕……"

"是静止的。"周诚代替他说出了答案。

"我和心瞳在健身房内的遭遇又怎样解释呢?"罗星追问,"我们的主观时间仅过了不到八分钟,舰长却认为我们离开了二十五分钟,并且中途无故消失了。最奇怪的是,我亲身做了实验,门内外的时间流逝是等速的。"

周诚并没有回答,他看了看时间,说道:"我要回餐厅去了,离开太长时间的话,舰长会起疑心的。他对乘客们并不信任,如果可以的话,他一点都不想解禁兵器。"

说罢,周诚头也不回地离开了。待罗星追出房间时,他的身影早已消失得无影无踪。

5b

前往一层探索的众人挤在电梯里，谁都没有说话。兰兰依然是一副冷冰冰的样子，精致的脸蛋刻意扭向了一旁；罪魁祸首周诚却淡定得仿佛一座雕塑，眼神中看不出一丝情感波动。芮汐兆愁眉不展，不知在想些什么；狄安娜人偶一般地静静伫立，手中握着长剑。

出发前，狄安娜请求帕丝夫人解禁兵器，心瞳也趁势要求使用射击训练房里的枪械。帕丝夫人几经思索后，帮狄安娜打开了装长剑的箱子，心瞳那边则承诺一同去射击训练房取兵器。在彼此信任这件事情上，帕丝夫人做出了表率。

电梯门打开的一瞬间，寒温带的冷气扑面而来。入口处高大的针叶林依旧一幅绿油油的景象，似乎并没有受到事件的影响。达斯特径自向着电梯正对面的1号门走去，可门并没有如同平常一般打开。他对着门楣上的红外传感器——几世纪过去了，这东西依然用的老技术——挥了挥手，又对着门用力地捶了两拳，但通道门依旧毫无反应。

"抱歉，看来我需要修理一下这个老古董了。"达斯特叹了口气，从马甲的衣兜里掏出改锥。"这片大森林的直径在一千米以上，如果1号门出了问题，会很麻烦的。"

"我们现在的第一要务是找到舰长吧！"兰兰语气微愠地提出了抗议。

"确实如此，但从这里到下一道门即便小跑也要花上几分钟；如果运气不好的话，还需要再多走七八百米到另一边的3号门。"达斯特的脸上写满了无奈，"这种小毛病我马上就能搞定，大家不妨在附近调查一下，注意不要走出彼此的视线范围。"

周诚靠在树干上，双臂抱在胸前闭目养神；兰兰在树丛中漫步，眼神中带着复杂的感情，狄安娜抬头望着树梢，金色的发梢和树枝一起在微风中摆动；只有老芮对事故后的植物区很是好奇，不停地在各个角落探查。

罗星站在达斯特身旁，想看看有没有能帮上忙的地方。只见工程师将改锥对准螺丝拧了下去，螺丝却纹丝不动。他拔出改锥按下开关，尖端立即飞速旋转起来，可顶上螺丝后依然一动不动。

"锈死了吧？"罗星猜测。

"太空中哪儿能用会生锈的材料！"达斯特手脚并用，却依然不能奈何小小的螺丝分毫。

"真他妈见鬼了！"达斯特啐了一口，对着远处的狄安娜招招手，"女士，你的剑能切开巨石，干碎一道门应该没问题吧！"

狄安娜拎着长剑走到门前，观察了几秒，小声说道："我试试。"

狄安娜将长剑高高举过头顶，众人在一旁屏息凝神，就连兴致寥寥的周诚也睁开了眼睛。狄安娜微微颔首，双臂运足了气力，将长剑径直砍在门上——

通道门如同被远古的魔法封印了一般，在猛烈的攻击面前毫发无伤，甚至没有发出一丝声响。狄安娜调整了呼吸，后退两步，再次高举长剑：

"请退后。"

下一瞬间，长剑闪烁出紫色的光芒，周围的空气发出嘶嘶的放电声。罗星吃了一惊：这是军方刚刚投入使用不久的近战兵器，全名为"微缩型核聚变式等离子体切割器"。此兵器在剑柄的位置集成了微缩式的可控核聚变装置，能够产生强大的8字形磁场；剑身处则集成了高频射频电极，能够将空气分子等离子体化，并束缚在8字形强磁场中。在常压下电离的气体具有上万度的高温，就仿佛将日冕层外的太阳风集中在一把剑上一般，常规材料不可能抗拒它的切割。即便在真空的宇宙，剑身中集成的镓离子源也能够保证兵器的正常工作。这类兵器经常出现在宇宙世纪前的科幻影视中，由于华丽性高于实用性而遭到冷落；但就在几年前，终于有人将其实体化，并得到了政府和军方的重视。

"哈——"

伴随着狄安娜高昂的呐喊声，紫色的剑身毫不留情地劈了下去。刹那间，部分等离子体脱离了磁场的束缚飞溅出去，将附近的草坪灼烧得千疮百孔，被高温搅动的空气掀起一阵强风。

然而，1号门依旧一动不动。

狄安娜关闭了等离子体发生器，众人目瞪口呆地望着1号门，一言不发。他们不得不面对一个事实——能够抗拒等离子体切割的材料在地球上并不存在，可1号门偏偏就做到了。

少顷，达斯特开口道："没办法了，只能去其他三道门碰碰运气。我们还是分组行动吧，正好有六人，可以两人一组分别调查。"

狄安娜再次主动地选择了芮汐兆，老芮难为情地挠着脸，嘴角却露出得意的笑容。考虑到兰兰的心情，罗星主动与她组了队；被抛弃的达斯特只得无奈地拍了拍周诚的肩膀。老芮和狄安娜的组合由于有着最强的战斗力，主动请缨调查最内侧的3号门；其余两组则分别负责与位于对称位置的2号门和4号门。大家约好调查结束后在电梯碰头，不见不散。

待其他人在视线中消失后，兰兰背靠一棵白桦站定，开口道："终于可以自由交谈了。这次的事件，你怎么看？"

罗星走到1号门前，用手指敲了敲墙面，问道："你有没有发现什么？"

兰兰摇头。罗星继续轻敲着，少顷，兰兰恍然大悟道："……没有声音。怎么回事？"

"刚才在狄安娜小姐砍门时，我就发现了。从物理上讲，没有声音只有一个原因，那就是墙壁没有发生震动。然而，墙壁被敲击后会发出震动是天经地义的事情，究竟是什么阻止了它的震动呢？"罗星看向了兰兰,"提示是居住区。"

聪颖的兰兰立即明白了罗星所指,应道:"你是说……时间。如果门附近的时间流逝得足够慢,那么它的震动也会变得很慢,以至于没有声音。"

"更极端一些的情况,门的时间是静止的。这样一来,就没有任何攻击能够将其破坏,哪怕是核弹也不行。毕竟破坏是一个物理过程,而任何物理过程的发生都需要时间。"罗星补充道,他指了指四周黑色的墙壁,"时间静止的物体是绝对意义上的黑体,当然也无法反射电磁波;如果不是舰长对黑色的特殊癖好,我们应当能够发现所有的墙壁一夜之间变得漆黑吧!"

兰兰继续问道:"你觉得舰长夫妇和工程师可疑吗?夫人答应解禁兵器,想必就是在博取大家的信任。"

"在没有证据的情况下,我不会怀疑任何人,也不会放过任何人。"罗星答道,"不过如果我是舰长的话,事故后的第一件事情一定是联系大家。他到了现在还没有音讯,被大家怀疑也在所难免。"

"你担心舰长和工程师串通,才没有当着大家的面说出刚才的推理吗?"兰兰径直问道。

罗星不置可否地笑了笑,迅速转移了话题:"兰兰小姐,可以问个问题吗?"

"别什么小姐大姐的,叫兰兰。"

罗星顿了两秒,问道:"兰兰,你和周诚先生之间究竟发生了什么?"

兰兰"喊"了一声,咬着嘴唇问道:"问这个干什么?想要挖我的花边新闻吗?"

"我是你这边的。如果你愿意,我可以帮你出主意。"

兰兰盯着罗星认真的眼睛看了几秒,扑哧一声笑了出来。她说道:"我爱他。但他心里面装着别人。"

罗星没想到兰兰这么坦率,可还没等他从惊讶中走出,兰兰便指着他的额头说道:"礼尚往来,你也要回答我的一个问题。"

"请讲。"

"昨晚过得愉快吗?"

◇

两人向植物区深处走去。前方的兰兰步伐轻快,时不时哼着小曲;紧随其后的罗星却尴尬到恨不得用脚趾在地上挖洞。这个女明星莫非真的成了精,连自己做春梦都能猜到?

突然,兰兰停在一棵树下,抬头望着高处的树冠。

"怎么了?"罗星终于找到了可以打破尴尬的话题,连忙问道。

"我们登船时,植物区应当是春季吧?"兰兰仰着头问道。

为了最大限度模拟地球环境,植物区的光照和温度都仿照了地球上自然年的变化,不同气候带几近完美地还原了地球上的季节交替。罗星回想起参观飞船时,整个植物区都是一幅春意盎然的景象。他顺着兰兰的目光向上方看去,杨树和银杏树都披上了一片金黄,枫树涂上了火一般的深红,柳树则变得光秃。即便是小学生也能一眼看出,这些植物正在经历"秋天"。罗星又向地面看去,几天前还在含苞欲放的花卉们,全都变得枯黄。

"是不是温度调节出了问题?"兰兰双手叉腰,眉头紧锁。就在这时,罗星猛地抓住她的手腕,向着植物区深处飞奔而去。

一分钟后,他们来到了2号门前。罗星望向穹顶的方向,植物枝叶已经落尽,周围冷冰冰的,他不由得打了个冷战。

"你突然间发什么疯啊?"兰兰气喘吁吁地抱怨道。

罗星解释道:"即便是温度调节出了故障,植物们的响应也不可能如此迅速。我们看到的现象只有一种解释,那就是植物确实经历了季节的变迁。感觉到冷了吗?毫无疑问,这里此刻正在模拟冬季的气候。"

"冬季……啊!"答案在兰兰的大脑中一闪而过,"又是时间吗?"

罗星点头道:"居住区的时间不等速流逝只是一个预演。在事故发生后的一个多小时内,这里的植物已经度过了一年的时间,或者若干年。这里有两个可能性——"他伸出两只手指,"其一,电梯处的时间流速是正常的,越向深处,时间流速越快;其二,植物区最深处,也就是3号门附近的时间流速是正常的,越接近电梯,时间流速越慢。这里我说的正常时间流速,指的是二层餐厅处的时间流速。"

兰兰倒吸一口凉气:"如果是后一种情况,那二层的夫人她们就已经度过了几年的时光,甚至更久。既然她们没有在这期间来找我们,说不定已经……"

罗星并没有再说什么。他默默地走到2号门前,通道门顺利地打开了,另一侧是空无一人的蓄水区。

兰兰松了一口气,问道:"接下来怎么办?进入蓄水区探索吗?"

"不。"罗星坚定地说道,"无论如何,植物区的深处都是相对而言的'快时区',我们继续前进!"

在前往3号门的途中,气温逐渐升高,植物也再次变成一片郁郁葱葱的样子。罗星忍不住回头望去,季节仿佛色带一般涂抹在林荫路上,一眼看去春夏秋冬尽收眼底。然而奇景在某一处戛然而止,远处没入了黑暗——这是远处的可见光由于时间流速带来的多普勒效应,已经偏移了可见光区,无法被肉眼捕捉。如果能够从1号门附近看向这边,应该能够欣赏到植物在十几分钟内完成枝叶抽枝发芽、逐渐繁茂、直至枯黄脱落的过程,就仿佛纪录片中的延时摄影一般。

深入热带植物区后,植物们再次凋零,干枯的枝干如同墓碑一般矗立。

"这里的树木已经走完了它们的一生,几十年,甚至上百年……"罗星感慨道。虽然他努力摆出一副淡定的样子,紧握的拳头还是出卖了他。

继续向前,眼前陷入了一片漆黑。两人一面努力适应着黑暗,一面前进。兰兰不经意间摸到了一棵树干,随即发出一声惊叫。

"拜托,这种时候就不要再吓人了!"罗星不禁抱怨。

"我到底……摸到了什么?这不是一棵树吗?"兰兰用指尖轻轻

地触碰着树干,她张开手掌,掌心沾满了黑褐色的颗粒。

罗星学着她的样子触碰了树干的表面,旋即说道:"这里的树木表面已经碳化,你所摸到的是类似于煤的物质,还有少量的无定形炭。煤的形成需要百万年的时间和高温高压,无法被埋入地底深处的树桩虽然不会变成煤,却会随着时间的流逝而逐渐碳化。"

罗星的解释令兰兰恍惚间飘离了现实。事故后短短的一小时内,植物们竟然经历了上万年时光的变迁。但理性思维立即将她拉了回来:"这么说来,这里的照明设备也早已超过使用年限了吧!"

"即便照明设备不会损坏,储备的能源也不可能供给千年之久。"罗星补充道,"如果按照一小时等于一万年估算……"他在心中快速地运算着,很快得出了惊人的结论,"3号门附近的时间流速,是1号门的十的九次方倍。"

十的九次方即一亿,在数学上并不是一个十分庞大的数字,在生活中却又如此缺乏现实感。一亿年前的地球刚刚进入中生代,那时大陆还连在一起,各类动植物也刚刚进入繁盛的时期。在如此的差异下,千年的历史仅需五分钟。

兰兰突然想到了一个问题:"等等!据我所知,'温度'应当是来自空气分子的热运动吧。快时区分子运动的速度在慢时区看来应当是快得难以想象,为何我们并没有感受到气温夸张的变化呢?"

"真没想到你会注意到这一点。"罗星微笑道,"确实,空气分子无规则热运动的速率大约在三百米每秒,如果快时区的分子跑去慢时区,甚至会达到光速极限。这一来可不得了,接近光速的粒子能够轻易突破原子核之间库仑作用产生的斥力,二者碰撞达到弱相互作用力的范围,从而产生核聚变,也就是核爆。但幸运的是,空气分子的平均自由程仅有十的负八次方米,即十纳米左右;而时间流速随着空间是连续变化的,快时区的分子并未移动多少距离便由于碰撞而损失了动能。因此,时间流速的变化并未能造成温度的巨大差异。"

3号门已近在眼前。看看时间,距离队伍解散已经过了半个小时。如果乐观地认为电梯处的时间流速与餐厅保持一致，现在的"标准时刻"应当是临近九点半。猛然间，前方闪出耀眼的白光，罗星用手掌遮住眼睛，只看到芮汐兆、狄安娜和因特林向着这边走来，光亮来自因特林头部的氙气灯。

"3号门的情况如何？"罗星迎上前去，问道。

"能打开。"芮汐兆拍了拍机械警卫的臂膀，"我们运气不错，刚刚进入蓄水区便遇到了因特林警卫。事故后他启动了应急机制，一直在蓄水区巡逻。"

一旁的因特林挥了挥手："古语道'其徐如林'，所以我是因特'林'！"

罗星没有理会机械警卫的冷笑话，追问道："找到舰长了吗？"

芮汐兆摇头。罗星转头问因特林道："警卫先生，你在蓄水区巡逻的时候，发现了什么异常吗？"

"有大发现哦！"因特林自鸣得意地说道，"我遇到了芮汐兆小哥和狄安娜小姐的'鬼魂'！"

◇

之后因特林向大家讲述，几分钟前，他身上的声波探测器捕捉到2号门附近有人进入。由于阿西莫夫第一定律强制AI必须保护人类安全，他便迎了过去。进入光学探测器的捕捉范围后，他看到了芮汐兆和狄安娜两人。

"我伸手想去触碰他们，他们的身体却如同气体一般地穿透了我的胳膊。我在数据库中拼命地寻找，最终确认此种现象符合文学作品中对'鬼魂'的描述。我判断'鬼魂'的战斗力高于'机器人'，于是为了自我保护向3号门的方向跑去。在那里我遇到了正牌的两人。"

罗星思索片刻，追问道："我想再确认一次。所谓'鬼魂'，是指光学探测器可以捕捉，触觉传感器却没有反应对吗？"

"是的，我从未遇到过这种情况。"因特林随即自嘲道，"我想，应当是我的传感器出了问题吧，需要让达斯特维修一下了。"

因特林的触觉传感器是由无数纵向生长的氧化锌纳米线阵列组成，这种材料有着很强的压电特性，灵敏度非常高。即便一些纳米线出了故障，传感器也能够正常工作，大面积故障的概率很低。面对事故 AI 是不会说谎的，那因特林警卫看到的"鬼魂"到底是什么？

众人经过简单的商议后决定：避开蓄水区，从植物区绕到 4 号门附近寻找达斯特和周诚。"未知文明"四个字如同阴云一般缠绕在每个人的脑海中。如果这一切都是"未知文明"的杰作，那"鬼魂"很有可能是他们为了第一类接触而做的准备。

五人小心翼翼地向着 4 号门的方向走去。走出不远后，照明设备再次恢复了运作，枯萎的树木也没有了碳化的痕迹。

"如果将 1 号门和 3 号门连接成一条直线，这条线两侧的时间流速分布应当是对称的。"芮汐兆若有所思，他掏出了两部手机，"我本想留一部手机在快时区摄影，这样在慢时区就可以实时观察快时区的景象了，也有助于估算时间流速的差异。但很可惜，这样是行不通的。"

"手机的电量根本维持不到你走到慢时区吧！"聪明的兰兰说出了答案。

"这确实是原因之一。但如果反其道而行之，将手机留在慢时区而人来到快时区，这一问题就可以解决。但即便如此，这个方法依然不可行。"芮汐兆耐心讲解着，"由于光速不变原理，电磁波的频率会随着时间流速的变化而改变；而手机发射信号的频率是一定的，慢时区发出的信号到了快时区后，红移早已超出了手机基带的识别范围。"

4 号门处并没有看到周诚和达斯特。当回到电梯附近时，众人远远看到周诚靠在树干上闭目养神，达斯特百无聊赖地嚼着口香糖。看到他们走来，达斯特远远地招手。

罗星走上前去，问道："你们来这里多久了？"

"以我的主观时间计算，三十五分钟左右。沿途植物的变化吓了我们一跳，我花了不少时间去检修温度控制装置。"

果然是达斯特的作风，看来他们也察觉到了植物的变化源于时间流速的改变。正当罗星等人打开电梯门准备返回一层时，达斯特突然问道："你们有没有看到舰长？我们也在等他。"

之后，达斯特为众人讲述了两人的遭遇。他们一行前往4号门，途中花了一些时间对植物的异变进行调查。达斯特怀疑温度控制设备出了故障，直到周诚点破"时间流速"的问题才恍然大悟。来到4号门前时，主观时间已经过了接近二十分钟。幸运的是，4号门顺利地打开了。两人进入了蓄水区，却迎面遇到了慌慌张张的舰长。

"舰长的样子很奇怪，二话不说便将我们推出了蓄水区。"达斯特讲述道，"即便来到植物区，他也依旧一副惊魂不定的样子，仿佛遇到了什么可怕的东西。"

还没等二人发问，弗姆舰长便迫不及待地讲述了自己的经历。事实上，今天一早他便完成了引擎的整备，于是去往了健身房运动。完成了几组训练后已是早饭时间，正当他准备前往餐厅时，事故发生了。

弗姆舰长立刻做出判断，餐厅那边有夫人负责，他作为舰长的第一要务是前往控制区排查故障。来到一层后，弗姆舰长同样遇上了无法开启的1号门，只得绕道经由4号门来到蓄水区。在那里，他遇到了真正诡异的现象。

"真正诡异的现象？"罗星皱眉问道。

"舰长并没有说明。"达斯特叹气道，"他只是认为自己的脑子出了问题，要我们留在这里确保安全，自己再次进入蓄水区调查。"

之后达斯特和周诚回到了1号门，可弗姆舰长再也没有出现。另外两队人马分别打开了2号门和3号门，同样没有见到舰长的踪影。

简单商议后，七人很快达成一致：进入蓄水区，寻找舰长。

第一步是确认4号门两侧时间流速的差异。众人一同进入了蓄水区，芮汐兆借来罗星的手机进行了简单的设置，使得他可以通过自己的手机对其进行远程桌面设置。之后，他打开罗星手机的秒表功能，在开始计时的刹那丢了出去。当这边计时五秒后，芮汐兆远程操控丢出的手机停止了计时。

芮汐兆回到植物区捡起地上的手机，看着屏幕摇了摇头："失败了。计时没有停止，时间流速带来了频段差异，导致远程桌面失效。从已有数据来看，这里经过了二十万秒以上的时间。"

这个庞大的数字令众人一时无所适从，只有物理专业的罗星和芮汐兆在心中默默计算着。思考片刻后，芮汐兆说道："我需要调整手机基带的发射频率，请大家拿出手机。"

狄安娜、达斯特与周诚的手机款式都十分老旧，当看到兰兰手中精致的粉红色手机时，老芮会心一笑："大明星的眼光不错嘛，选择了市面上最高档的性能机，而不是奢侈品。这个型号的手机频率接受范围十分广，理论上能够达到千K赫兹到百G赫兹的范围。就用它了！"

兰兰嘟着嘴表示，自己可是会给手机换电池的。

芮汐兆对兰兰的手机进行了设置，再次重复了实验。五秒过后，老芮捡起兰兰的手机，兴高采烈地展示了结果："成功了。我们很走运，门内外流速只相差四个数量级，尚在手机的频率接受范围之内。"

在蓄水区计时的五秒内，植物区经历了近十五万八千秒，接近四十八小时。简单的除法运算便可得知，门两侧的时间流速相差了三万一千五百倍。

"你们很聪明，回到了1号门附近等待。"老芮打趣道，"如果留在这里，即便舰长进入蓄水区五分钟，你们也需要等上110天。"

"等等！"罗星想到了另一个问题，"如果时间流速相差四个数量级，那隔着通道我们应当根本看不到里面的样子，时间流速带来的多普勒效应会使得整个光谱大幅红移或蓝移。"

"既然罪魁祸首有本事改变时间流速，通过投影之类的技术让你看到时间流速相同的影像更是易如反掌。至于原本的可见光，要么红移成为无线电波，要么蓝移成为X射线，你的瞳孔是不会有反应的。"

解释完毕，芮汐兆招呼大家再次通过4号门来到植物区，说是还有一个实验需要进行。只见他从树下挖出一块石头丢入4号门，在穿过屏蔽门的一刹那，石块停在半空中。

"因为我们的时间流速快了里面十六万倍，丢出的石块就像是静止一般吗……"兰兰惊叹道。

"我的目的不止于此。"芮汐兆招呼大家再次进入蓄水区。穿过4号门的瞬间，视野中石块便再次向前飞去，落在不远处的地面上。

"这个结果十分重要，关乎大家的安全。"芮汐兆指着地面上的石块说道，"4号门两侧时间流速相差了三万一千五百倍，那么理论上，我在植物区丢出的石块，进入蓄水区后的速度应当提升同样的倍数。然而实际情况是，它维持了原来的速度。这证明了静止质量不为零的物体穿过门时，会维持相同的速度，动量由时空不连续界面补偿，光速则维持不变。"

"那又怎样？"达斯特不解道。

老芮哼了一声："若非如此，三万倍的速度差异可以把丢出的石块变成洲际导弹，一亿倍的差异则可以接近光速，达到核弹的毁灭能力。所以我才说，这关乎大家的安全。"

如梦初醒的众人松了口气。虽然不知原因为何，深渊号恰到好处地维持在了这样一个状态：可以探索，并且不会简单地引发灾难性后果。

怀揣着各自的心思，众人再次踏上了寻找舰长的道路。

◇

三分钟后，他们第一次见识到了何为"真正诡异的现象"。

没有人知道当时发生了什么。那一瞬间，他们只觉得眼前的景物模糊了，头脑里一阵眩晕。但很快一切便恢复了正常，映入眼帘的也是蓄水区熟悉的景色。

只不过，他们回到了4号门前。

"怎么回事？"兰兰第一个警觉了起来，"我们不是走出好远了吗？"

罗星和芮汐兆的额头淌过几滴冷汗，就连狄安娜的眼神也不安了起来。这种时候能够临危不乱的，大概只有沉默大叔周诚了。

"可能是我们方才到达的位置上设置了传送装置。"老芮说出了自己的猜测，"保险起见，我建议沿着另一方向前进。"

达斯特反驳道："且不论深渊号上并没有这种装置，在一百米内实现空间传送，人类科技根本就做不到好吧！"

"你亲眼见识了一秒钟等于九小时的世界，而且它们只隔着一扇门，现在还有什么是不可能的！"老芮吼了回去。

大家小心翼翼地向着另一个方向走去。狄安娜走在最前方，将长剑举在胸前开路；因特林三百六十度旋转着头部的监视器，为队伍的后方提供安全保障。

眩晕感再次袭来是在五分钟之后。待眼前景色清晰后，罗星发现自己仍然位于蓄水区。突然间，耳旁传来老友的叫声："等等，这不是我们上次消失的位置吗？"

罗星打量着蓄水区颇为雷同的景色，旋即从小溪边石块的形状判断出了自己的位置。他们目前正处在第一次消失的地方，与刚刚到达的位置相差了二百米以上。

"其他人哪儿去了？"兰兰一声惊呼，罗星和芮汐兆方才发现了事态的异常：此时此地，只有他们三个人。

罗星的大脑已经陷入一片空白。三人顺着身体的本能向着4号门的方向奔去，迎面遇到了从另一方向赶来的大队人马。看到没有人失踪，罗星终于松了一口气。达斯特是这样描述的：我们同样产生了眩晕感，但结束后发现自己仍在原地。回头看看，你们三人不见了踪影。

众人热烈地讨论着，大家秉承着各自的观点，但没有谁能够完美解释遇到的状况。突然间，一向沉默的狄安娜看着不远处的水面，皱眉道："那是什么？"

罗星顺着狄安娜目光的方向望去，远处的溪面上漂浮一个褐色的、橄榄球大小的球形物体。他立即跑上前去，但在发现真相的那一瞬间，身体不由得一颤。看到兰兰和老芮也跟了上来，罗星立即伸手阻止，但兰兰还是瞥见球体的真面目，惊讶地捂住了嘴——

　　那是弗姆舰长的头颅，颈部流淌出的鲜血染红了水面。

T小姐的探案记录 I

　　漆成军绿色的轿车缓慢行驶在水泥路面上，道路两侧是一望无际的荒草地，几头黑白相间的奶牛悠闲地吃着草。视线的正前方矗立着几排数十米高的风车，仿佛列队的卫兵一般。

　　"这一带是我们的农业保护区，再过几年，当土地得到充分的休息后，便会播种上水稻和小麦。当然，所有这些工作都是由克隆人类完成的。借助现代化的农业生产设施，即便只有几名员工，也能够照料大面积的耕地。"驾车的沈湉小姐介绍道。她在高校拿到生物学博士后便义无反顾来到偏远地区，加入了克隆人类的研究与照料工作。

　　而她的听众此刻却一言不发地坐在副驾的位置上，拄着手臂看向窗外。虽已时近五月，北方的冷空气依然凛冽；副驾上的女性裹紧了红色羊绒大衣的前襟，将脸上偌大的墨镜扶正。

　　"这附近的安保措施如何？"这位女性问道。她看上去二十岁上下，有着青春期女子的白嫩面孔和甜美声线，身材与沈湉相仿，黑色的长发绑着两个低位马尾。沈湉盯着客人脸上的墨镜，一面在心中碎碎念着，一面耸肩道："如你所见，只有不时巡逻的人工智能飞行器而已。除了研究所之外，这里有的只是庄稼。"

　　"可那件事情还是发生了，不是吗？"

　　沈湉苦笑道："是啊……也许这份工作本身就违背了伦理道德，所以遭到天谴了吧！"

　　一个月前，地处偏远的克隆人研究所遭到了恐怖袭击。深夜，震耳欲聋的爆炸声惊醒了所有人，刹那间火光冲天。尽管扑救及时无人死亡，但还是有四十六名研究人员及克隆人类受了轻伤，数台研究设备在事故中损坏，克隆人类居住的公寓楼也在大火中化为灰烬。经过简单的调查，警方最终以"用电事故"草草结案。

设备损坏还可以重建，但无数重要的数据就这样付之一炬，研究人员无法接受。无奈之下，沈湉自掏腰包找到了一位私家侦探，也就是坐在身旁的T小姐。

二十分钟后，汽车停在一座巨蛋型建筑面前。建筑周身被蓝色的强化玻璃包裹，东侧有一片突兀的焦黑，那是爆炸后留下的痕迹。

"袭击事件发生在四月二十六日凌晨，也就是一个月前。"沈湉锁上车，"知道政府承诺的维修经费何时能审批下来吗？至少两年。到那时研究所里已经长满青苔了。"

T小姐在沈湉的带领下走进了巨蛋型建筑。出示工作证件后，门卫很快便让她们通过了。走过长长的走廊，两人来到了中心大厅，象征DNA双螺旋结构的巨型吊灯挂在头顶上。

沈湉开启向导仪，一张数米高的白光全息地图投影在二人面前。

"遭到袭击的地方总共有七处，分别是主建筑中的实验室、基因数据库、试剂储存仓库，克隆人类居住的公寓、活动区、医务室和学校。我认为恐怖分子的目标是摧毁实验室和数据库，因为社会上总不乏反对克隆人类的声音。"沈湉一面介绍，一面用红色的标记圈出遇害区域，"我们先去哪里调查？"

"都要走到，你选一条省力的路线吧。"T小姐面无表情地答道。

与沈湉想象中的不同，T小姐的现场调查熟练且麻利。她并没有在细节上刨根问底，更没有采集指纹或拾取物件，对一处的概况有所了解后，便会立即要求前往下一处。托此之福，二人仅用了一个半小时便完成了调查。

沈湉试探性地问道："有什么发现吗？"

"爆破手段相当专业，在达到目的的基础上将破坏控制在了最小。加上研究所内的监控设备没有记录，犯人恐怕不是一般的暴徒，而是有着良好训练的专业人士。"T小姐答道。

沈湉吃了一惊,但还是强装冷静地问道:"对方的目的是什么?我此前一直认为他们的目标是破坏数据库,其他行动都是掩饰。"

"以对方的手法来看,一切的掩饰与小手段都是不必要的。毋宁说,即便你们做好了准备,也拿他们毫无办法。"T小姐毫不留情地说道,她旋即话锋一转,"不过不用担心,他们已经达到了目的,袭击不会再有了。"

"为什么?"

T小姐向下推了推墨镜,微笑道:"换个地方说吧。"

◇

研究所距离最近的小镇有一个多小时的路程。当两人走进空荡荡的酒吧时,正在观看全息电影的酒保吓了一跳。

坐定点好饮品后,T小姐解释道:"研究所里难免留有对方的耳目,不方便说话。更有甚者,你们的巡逻飞行器极有可能已经被黑掉了,我们的一举一动都在被观察着。"

沈湉惊讶地捂住嘴巴,T小姐接过了酒保呈上的热橙汁,继续说道:"因此,最好让他们认为你们已经放弃了,这样才最为安全。"

沈湉愣了半晌,问道:"能不能解释一下,这究竟是怎么回事?"

"我们从案件的五要素出发吧。"T小姐的手指点着桌面,"首先是'when'。袭击事件发生在四月二十六日。为什么选了这一天?"

沈湉努力地回想着,那天前后研究所没有发生任何大事,甚至没有论文被接收。

"你可以换个角度思考,并不是四月二十六日这天有什么特殊,而是在此之前,对方不存在动手的理由。"T小姐引导道。

沈湉一面思考一面说道:"每月的十三日,是克隆人类回归社会的日子。'毕业'的克隆人类将会离开研究所,作为一名普通人生活下去。除此之外,我实在想不到其他线索了。"

T小姐点点头,问道:"知道他们的去处吗?"

"想也不可能吧!"沈湉立即答道,"出身是克隆人类的最大秘密,为了不让这一秘密暴露,我们会将其交给政府的专门机构,再由他们秘密地分配去处。"

T小姐快速操作着手机,将一张图片传输给了沈湉。那是一位西方女性的照片,高挑的身材,柔顺的金发,墨绿色眼球散发出瓷娃娃一般的光彩。

"这是凯特,不过她喜欢叫自己狄安娜,是四月十三日离开的克隆人之一。"沈湉一眼便认出了这个人,"如果说她有什么特殊之处,那就是对现代科学知识很反感,却热衷于剑术的训练。"

T小姐再次移动手指,一串长长的邮件列表出现在沈湉的手机中。

"为了截获这些邮件,我可是冒了不小的风险呢!"T小姐炫耀道,"它们已经说明了一切。"

沈湉打开邮件列表读了下去:发信的一方是研究所的主管,虽然用了化名,但邮箱的后缀还是出卖了身份。另一方身份不明,指名道姓地希望将凯特转交给他。主管最初拒绝了,但虽然对方开价越来越高,还是主动参与了进来。

沈湉思考之际,T小姐又恰到好处地发来了一条消息。这是一条沈湉看到过的新闻,报道了新一批远距离移民将登上"深渊号"。这一次沈湉认真查看了登船人员的名单,很快便找到了"狄安娜"的名字。

"凯特参加移民了?"沈湉惊讶道。

"还有一条四月二十五日的新闻,也就是案发前一天。"T小姐再次按下发送键。新闻报道深渊号与地球失去联络,至今下落不明。

在T小姐的引导下,沈湉将线索拼凑在了一起:先是某个神秘人物向主管提出了索要凯特的请求,凯特离开研究所后,便登上了深渊号。四月二十五日,深渊号失联;次日清晨,研究所遭遇专业部队的袭击。如果这一切不是巧合,那么只有一种解释:那个人索要狄安娜的目的,是让其登上深渊号,并引发空难。在确定狄安娜完成任务后,他们便立即行动,将狄安娜存在过的痕迹彻底抹消。

"数据库、寝室、学校……所有这些设施内都留有狄安娜的信息。换言之,如果将它们完全破坏,便不再有任何证据能够证明狄安娜曾经存在过。"T小姐代替沈湉说出了她心中的答案,"这样一来,就没有任何人能够探查出深渊号遇难的真相。"

听过T小姐的解释,沈湉的大脑一片混乱,惊讶与恐惧难以抑制地涌了上来。少顷,她问道:"现在该怎么办?"

"不怎么办。接受官方给出的解释,回归日常生活。"T小姐刻意压低了音量,"不过,这并不意味着放弃,我不会让他们称心如意的。"

沈湉上下打量着这位神秘的侦探,下定决心,问道:"我能做些什么?"

T小姐凑到沈湉身旁,轻声耳语了几句,沈湉不停地点着头,嘴角渐渐露出笑容。

"这样真的能行吗?"

"相信我。"

沈湉双肩一沉,放松了下来。她瞄了瞄喝着橙汁的T小姐,说道:"最后一个问题。可不可以告诉我,你名字里的'T'代表什么?"

T小姐嘴角微微上扬,在桌面上写出了一行字母。

6a

　　空气中弥散着泵油和丙酮的味道。分子泵以每分钟数万的转数轰鸣着,厚重的不锈钢腔体透出阵阵凉意,接口处缠满了铝箔。已经连续工作了五十个小时,同学们无一不挂着黑黑的眼袋,眼球中布满血丝。

　　这是罗星在本科时期的一次班级竞赛,内容是重复出前人的重要试验。罗星的班级抽到的题目是"拓扑绝缘体",要利用分子束外延生长和角分辨光电子能谱,证明硒化铋原子层数与拓扑绝缘性之间的关系。根据前人的文献,当原子层数达到五层后,硒化铋材料会显示出拓扑绝缘性;并且随着层数的增加,狄拉克点会向着费米能级靠近。

　　然而事不遂人愿,由于实验技巧的生疏,实验小组在材料生长方面屡战屡败。他们生长出的硒化铋材料要么在三层以内,要么高达几十乃至数百层,接近体材料。眼看竞赛时间就要结束了,为了胜利他们甚至请教了博士生学长,得到的回答却是:"当你熬过一百个小时后,一切就轻车熟路了。"

　　能带图描绘出两条不相交的曲线,最新一次实验再次以失败告终。罗星眼中的液晶屏渐渐模糊了起来,同伴们七扭八歪地睡在地上。就在这时,急促的开门声响起,只见芮汐兆气喘吁吁地冲了进来,手中拎着七人份的早餐。老芮对实验室惨烈的景象视若无睹,只是兴奋地喊道:"救兵来了!"

　　在老芮的身后,刚刚换上白大褂的韩雪小跑进来,一言不发地来到仪器面板前。她轻微地调节着流量计和温控面板，在软件中输入一组新的参数，之后将脸凑到观察窗前，双眼一眨不眨地盯着样品。

奇迹发生了。价带和导带的能带逐渐相交，精确测量后狄拉克点与费米能级的距离为零点二六个电子伏特，这是六层原子应当有的数据。方才死气沉沉的实验室内响起一阵欢呼，几位女同学激动地将韩雪团团抱住，而后者只是面带笑容地拭去了鬓角的汗水。老芮的表情异常复杂，但还是忍不住露出了微笑。

◇

罗星睁开眼睛，映入眼帘的是冰冷的天花板。看看时间，离开餐厅后已经过了三个小时，距离集合只剩下了十五分钟。他揉揉鬓角，将过去的梦抛在脑后，撑起身子走出了房门。

转过T形路口，罗星远远地看到弗姆舰长、达斯特、韩雪和心瞳站在走廊的另一端。达斯特在通道的隔离门前忙碌着，其余三人则热烈地商议着什么。罗星连忙小跑过去，询问大家在做什么。

"设法打开这道门。"弗姆舰长答道，"门另一侧的走廊通向小型飞行器停靠区，在最坏的情况下，大家需要乘坐飞行器逃生。"

"这门也打不开吗？"罗星想起了植物区的1号门。

"不，它并没有任何异常。"达斯特将改锥扔在地上，连接起两根导线。"但正是因此，我们才拿它毫无办法。因为它被设计成'只有在一层的控制区才能打开'。"

深渊号防御最薄弱的地方无疑是供小型飞行器进出的通道，一旦有地外文明或恐怖分子袭击，他们肯定会从那里侵入太空船内部。为了抵御危险，隔离门由几厘米厚的强化钢板制成，并且只有在控制区手动操作才可以开启。

"如果机械出现故障，有一把钥匙可以直接将它打开。只不过……"弗姆舰长在一旁补充，"洒家将钥匙放在控制区了。"

"不能直接砸开它吗？"罗星问道。

"你以为我们在设计这道门时，没有考虑过'暴力开启'的问题吗?"达斯特立刻否定了这一提案,"一旦遭到暴力破坏,门内的防御装置会立即开启,迎接我们的将包括但不限于机枪扫射、高压电和催泪瓦斯。"

这样一来,无论是月影的超能力还是狄安娜的剑,都派不上用场了。

罗星将视线从达斯特这边移开,看向了韩雪和心瞳。突然间,他发现心瞳的腰间别着一把手枪。韩雪一眼便看穿了罗星的想法,解释道:"舰长去射击训练房取出了手枪,说是帮助大家防身。我并不会用枪,索性就没有拿。"

心瞳取出枪在罗星面前摆了摆,补充道:"这种枪发射的是脉冲激光,破坏力不强,但防身用足够了。"

弗姆舰长得意地拍了拍手中的运动背包:"全在这里,洒家要让大家'草木皆兵'!"

这成语的用法着实错得离谱。

几分钟后,大汗淋漓的达斯特放弃了开门作业,与弗姆舰长一同回到了餐厅。韩雪认为自己房间的时间流速实在不适合休息,便一同去往了餐厅小憩。罗星装出一副若无其事的样子,走到T字形路口处看看四周无人,便飞也似的冲向了与自己房间相反的另一方向。来到尽头的房间后,他警惕地环视四周,旋即推开了虚掩的门。

"领悟能力不错嘛,罗星哥哥。"房间内已恭候多时的心瞳调侃道。罗星从裤兜内掏出一枚白狐部队的徽章,丢到书桌上,那是心瞳方才偷偷塞进他的衣兜的。"找我来有什么事?"他问道。

"不急嘛,这里的时间流速是外面的四倍,有的是时间。"心瞳搬来一把木椅,为罗星端来一杯温水。罗星环视着心瞳的房间:书架上空空如也却擦拭得一尘不染,床单如同大理石面一般平整,松软的棉被被折成了标准的豆腐块。

一阵忙碌后,心瞳坐在罗星正对面,说道:"接下来我说的话,不要告诉任何人。"罗星点头,心瞳继续讲述:"舰长最初还是不愿意解禁枪械,但抵不住我反复纠缠,终于松了口。那时工程师和韩雪也在餐厅,我们便一起去往了活动区。取枪的过程很顺利,我拿到枪后,习惯性地开始了检查,因此离开晚了一步。就在我准备追上他们时,不可思议的事情发生了——"

心瞳顿了两秒,继续说道:"我来到射击训练房门前,却看到里面空无一人。前后不过几秒钟的时间,他们即便是冲刺也不可能这么快出去。我想起了上次的遭遇,于是藏在了射击训练房里,取出上次捡到的白狐徽章丢出去试探虚实。然后我亲眼看到,徽章在地面上弹了一下,便蓦地消失了。我乱了方寸。这是什么拙劣的玩笑?可就在这时,三人又若无其事地走了回来,叫我快一些离开。"

听着心瞳的讲述,罗星快速梳理着其中的逻辑。看到他没有回应,心瞳继续说道:"我有个猜测,想要说给你听听。还记得我猜测深渊号上藏着另一名白狐成员吗?现在看来,那个人很可能是一名催眠能力者。"

罗星一惊,这确实是他未曾设想的角度。现存的超能力者中,除了月影所属的"念动力者"之外,最常见的便是"催眠能力者"。这类超能力者可以干扰人的脑电波,并由此引发幻觉。关于催眠能力者的资料很稀少,可以确定的是这种能力并没有科幻作品中那般强大,通常只能使一个人产生长时间的幻觉,或者很多人产生短时间的幻觉。这种幻觉更加类似于心理暗示,并不会影响到被催眠者的人格,更不能操控其行为。

如果将迄今为止的一切解释为"幻觉",逻辑上确实能够自洽,却依然存在漏洞。罗星想了想,应道:"在不清楚催眠能力上限的前提下,这个解释就好似'缸中之脑'一般,既不能证实,也无法证伪。就常识而言,我并不认为催眠能力可以精确地模拟出时间流速带来的物理性差异。"

心瞳并没有回应,而是话锋一转:"罗星哥哥,你觉得白剑先生这个人怎样?"

罗星的脑中浮现出医生阴沉的面孔。他努力斟酌着措辞:"白剑吗?嗯……有些难以亲近吧。"

"其实，白剑先生昨晚对我告白了。"

!

心瞳突然投下了重磅炸弹，搞得罗星目瞪口呆。虽然不少人希望这对军人男女两情相悦，但从二人最近的表现来看，希望十分渺茫。没承想白剑这个闷骚男居然先下手为强了。罗星皱了皱眉，问道："你怎么回应的？"

"我需要时间考虑。"心瞳猛然间将精致的脸蛋凑到罗星面前，"不如这样吧，如果罗星哥哥认为可以，我就同白剑先生交往试试。"

罗星一惊，他从没想过自己这个钢铁直男有朝一日会为别人的感情问题出谋划策。心瞳无视了罗星的惊讶，将白狐徽章塞到了他的手中，说道："如果另一位白狐成员是凶手，恐怕我们之间难免一战。面对催眠能力者我并没有十足的胜算，如果我牺牲了，这枚徽章就交给罗星哥哥保管了。"说罢，她捶了捶罗星的胸口，"你不会拒绝吧？"

罗星盯着手中的徽章看了两秒，点点头，收入了上衣兜里。

◇

众人再次集合在餐厅里。狄安娜已经取出了宝贝长剑，罗星、芮汐兆和白剑都领取了枪械，只有阴沉大叔周诚既没有获取枪支，也没有与人沟通的打算，只是一言不发地站在角落里，似乎要与阴影融作一体。

弗姆舰长将深渊号的地图投影在餐厅的墙壁上，并在已探知区域加注了异变的说明。餐厅处用绿色的大字标注了"正常"，活动区和浴室则被打上了大大的问号。

"果然未探明的区域还是占压倒性的多数啊……"弗姆舰长自言自语道，"帕丝依然不见踪影，这样下去对我们太不利了。"

大家沉默不语，就在这时，罗星突然发现兰兰不在这里。他匆忙问道："你们……有没有看到兰兰？"

众人方才发觉了异常，餐厅内顿时骚乱起来。仿佛要回应大家的疑问一般，大门突然间打开了，兰兰站在门前神色慌张地看着大家,半晌挤出两个字:"舰长?"

弗姆舰长吃了一惊,可兰兰已三步并作两步地走到他面前,捏了捏他的小臂,又捶了捶他的胸口。"你……真的是舰长?"

"哈哈,洒家这身材,别人也伪装不来呢!"弗姆舰长扶着兰兰的肩膀将她按在座椅上,又为她接了一杯热饮,"你先平静一下,然后告诉我们,遇到了什么?"

之后众人得知,兰兰一个人去了植物区,并发现深处的植物已经枯死。

"向3号门的方向走去,植物已经死亡。再向前走,照明设备失去了功用,空气中满是湿腐的味道。我试着触摸,却沾了一手黑褐色的颗粒。我吓坏了,便匆匆忙忙地跑了回来。"她看了看手掌上还没有清理干净的黑色颗粒,"现在想想,这是植物碳化后的产物吧……"

兰兰的探险带来了极为重要的信息:植物区越接近3号门的位置,时间流速越快。根据植物表面已碳化来估算,最快处的流速应当接近一亿倍。既然兰兰和达斯特组都能够按照正常的时间返回餐厅,植物区1号门附近的流速应当与餐厅保持一致。

"虽然缺乏实验数据支持,但根据我们遇到的情况以及兰兰小姐的描述,植物区的时间流速应当是随着空间矢量指数上升的。"芮汐兆在纸上飞快地演算着,"事故发生到现在已有两个小时,简单计算的话,3号门附近的时间……已经过了二十二万八千三百一十年。"

二十二万年,这是个超过智人文明年龄的数字。即便是现在,3号门附近的时间仍在以一亿倍的速度流逝着,一秒钟等于三年。

简单商议后,众人制定了下一步的策略:先去蓄水区会一会因特林的"鬼魂",顺利的话让他归队;接着去往控制区打开二层的隔离门,为逃生做好准备。如果在此期间没能找到夫人,最后再前往浴室。

为了防止队伍全灭,心瞳和韩雪留下看家,其余人马向一层挺近。白剑似乎很想把握住这个和心瞳相处的机会,临行前不停地看向心上人的方向。

来到一层后，虽然众人对植物区的异变已有心理预期，可实际看到时间流速差异带来的奇观时，还是不由得感到了震撼。弗姆舰长伸手挠了挠后背，抱怨道："很奇怪啊，我们刚刚走过的明明是寒温带，为什么总感觉有什么在烤着后背？"

芮汐兆立刻回答了他："这里的时间流速与1号门附近相差了十的四次方倍，根据光速不变原理，那里照明设备发射的可见光会红移为微波。微波能够加热体内的水分子，所以你自然会感到热。还好照明的功率不强，否则我们就成了放进微波炉的猪肉。"

队伍推进至2号门前，自动门缓缓向两侧退开，映入眼帘的是蓄水区一成不变的景色。穿过2号门前，芮汐兆举起了手机，将摄像头对准了植物区的方向。

"你在干什么？"罗星问道。

"做个估算。"老芮指了指门外，挺拔的杨树林塞满了整个视野，白天与黑夜电影胶片一般地更替着。"我拍摄了五次昼夜更替的视频，大约花费了十五秒。以此估算，门两侧的时间流速相差了大约三万倍。"

蓄水区与控制区之间的墙壁仍旧是钛合金的银灰色，与2号门正相对的6号门却是突兀的黑色。达斯特走上前去试了试，果然如同1号门一般无法开启。弗姆舰长叹了口气，示意沿着蓄水区寻找其他入口。众人脸上都挂着凝重的神情，只有不识愁滋味的月影一副兴奋的样子，优哉游哉地飘浮在队尾。

突然间，弗姆舰长伸手示意队伍停下，远处一身蓝色制服的机械警卫正踱着方步向大家走来。弗姆舰长深吸一口气，铆足全身力气大喊道："因特林！立即解除巡逻任务，对乘客进行护卫！这是舰长的命令！"

然而因特林根本没有察觉到大家的存在，只是自顾自地沿着原来的路线巡逻。弗姆舰长切了一声，达斯特迅速取出一部平板，飞速点击着。他解释道："没办法了，我立即以管理员权限登录因特林的系统，将它关机！"

在登录界面中，达斯特快速输入了管理员密码，屏幕上却弹出无法访问的警示。他深吸一口气，再一次输入了密码，依旧被系统拒之门外。

"该死，系统被黑了！"达斯特愤怒地啐了一口。

就在这时，因特林终于发现了众人的存在，加快脚步走了过来。众人立刻警觉起来，狄安娜握紧了长剑，兰兰紧紧揪住了罗星的衬衣。就在这时，刚还在队尾吊儿郎当的月影飞速挡在了众人前方，眼中闪现出凌厉的光芒。只见她张开了双臂，几块篮球大小的石头立刻飘浮了起来。

"去吧！"月影手臂向前一挥，石头立即夹带着风声向因特林袭去。几声巨响响起，石块如若无物地穿过了因特林的身体，在蓄水区的地面上砸出了深深的坑。

月影吃了一惊。就在这时，狄安娜也行动了，她举着长剑向因特林冲去，途中开启了等离子体发生器。剑身立即被淡紫色的光芒环绕，四周的空气被电离冒出火花，炽热的等离子体卷起一阵强风。

狄安娜手起刀落，可长剑砍在因特林身上没有一丝实感。

"狄安娜的剑也砍不到，那究竟是什么？"罗星惊叹道。

"不，你看！"达斯特指向了因特林的方向，只见警卫的表情发生了一丝微妙的变化，继而仿佛头痛一般不停地扭动着脖子。"这是我亲手设计的表情模块，它意味着因特林的系统出现了bug！"

"月影，把狄安娜带回来！"弗姆舰长命令道。月影立即做出了反应，只见她手臂一甩，狄安娜便如同被绳索牵引一般，画着抛物线飞回了队伍中。可还没等狄安娜脚尖着地，更加不可思议的事情发生了——

众人眼前的景物在一瞬间模糊了，视觉和听觉一同丧失，身体失去了平衡。然而不适感仅仅持续了几秒钟，大家很快便再次体会到双脚踩在大地上的实感，失焦的视线刹那间清晰起来。

第一声惊叹来自白剑，他抛下了平日的沉默寡言，大声说道：

"等等！这里不是我们刚刚进入的 2 号门吗？"

弗姆舰长一拳捶在墙上，怒吼道："这他妈的到底是怎么回事！莫非那真的是因特林的鬼魂吗？"但他立即发现了自己的失态，用力地拍了拍脸颊，沉声说道："抱歉诸位，为安全起见，洒家建议这次沿着相反的方向前进。"

没有人提出意义，队伍在沉默中向着与方才相反的方向，即 5 号门的方向前进。时间缓慢流逝着，沉闷的空气压迫着每个人的胸腔。突然间，白剑第一个发现了目标，向前方伸出手指——

挺拔的身材，深蓝色的制服，列兵式的步伐。因特林好似什么都没有发生过一般，继续执行着他的巡逻任务。弗姆舰长握紧双拳，两鬓青筋暴起，却不知该做些什么。

然而战士们在舰长下令前动手了。白剑疾风般地丢出两把手术刀，因特林立刻察觉到了危机，挥起手臂将手术刀打落。就在他的注意力被分散的间隙，月影再次发动了超能力，这次她没有操控石块攻击，而是用念动力束缚住了因特林的行动。

"狄安娜姐姐，上吧！"月影喊道。

"等等……"

达斯特试图阻止，可狄安娜早已如同离弦的箭一般冲了出去，坚实的脚步踏得地面铿铿作响。耀眼的紫光再次亮起，剑锋在空中画出一道月牙形的弧光，贯穿了因特林的腹部。

众人屏住呼吸，等待着这一击的效果。

片刻后，光芒和雾气散去，因特林身上留下了一道黑漆漆的伤痕，导线和液压管暴露出来，被切断的半截左臂旋转着飞落一旁。他踉跄着后退几步，单膝跪倒在地。

成功了吗？

仿佛受到鬼魂的诅咒一般，那一刻眩晕感再次袭来，大家眼前的因特林如同打上了马赛克一般模糊起来。眩晕感退去时，罗星发现自己仍然站在原地，身旁的芮汐兆、月影和达斯特大口喘着粗气。罗星立即做出了反应："其他人呢？"

芮汐兆四下环视，旋即猜测道："会不会像上次一样，被传送到了2号门附近？"

咯吱声响起。罗星突然记起了什么，他机械地转动脖颈，只看到方才受到重创的因特林同样站了起来，他身上的伤痕浅了一些，人造瞳孔渐渐恢复了光亮。

罗星颤抖着问道："达斯特先生，你做的机器能自我修复吗？"

"别开玩笑了……"达斯特颤抖着回答。

"快跑！"

那一刻，大家心中对于未知的恐惧压过了理性。四人不顾一切地狂奔起来，就连战斗力最强的月影也心有余悸地捂着胸口。

不一会儿，大家眼前出现了一道门。芮汐兆回头看向因特林的方向，战战兢兢地说道："没有追过来……"

罗星抬头看着银灰色的通道门，问道："达斯特先生，这是哪里？"

达斯特抹去额头的汗水，说道："5号门，我们费了一番周折，还是到了这儿。"他指了指正对面另一道黑色的门，"那边就是挡住我们的1号门，如果能打开它，立刻就可以回到二层。"

月影走到5号门前，小心翼翼地伸出手臂。门楣上的红外传感器闪烁起来，伴随电机轻微的吱呀声，5号门缓缓打了开来——

潮湿的浅褐色石块，钛合金墙壁无机质的光泽，还有目瞪口呆的四人。5号门内侧的空间仿佛镜面一般，分毫不差地映衬出蓄水区的景象。达斯特伸出手想要去触摸，却被芮汐兆一把抓住了手腕，示意贸然尝试太过危险。

"啊——"

突然间，月影发出一声惨叫，双腿颤抖着跪在地上。她两只手用力扯着头发，额头冒出冷汗，瞳孔由于痛苦而渐渐收缩。罗星匆忙俯下身子，紧紧抱住了月影的肩膀，他一面轻声劝慰着，一面示意老芮和达斯特快些带她离开。

鬼魂并没有给他们更多的时间。

第三次眩晕如期而至。他们再次被传送回因特林面前，机械警卫损毁的左臂冒出阵阵电火花，好似地狱的业火。月影自空中跌落，重重摔在地上。

罗星率先做出了反应，他不顾一切地抱起月影，拍着她的脸颊喊道："月影，醒醒！快用超能力帮我们逃跑！"

怀中的月影毫无反应。一旁的因特林迈开步子，损坏的机械摩擦出铮铮的金属声。芮汐兆跑了过来，帮助罗星将月影背在后背上，急匆匆地向2号门跑去。然而这一次达斯特并没有跟上来，他摊开双手，向着因特林走去："喂，大笨蛋，是我啊！你不认得我了吗？"

因特林愣了半拍，他缓缓抬起右臂，试图触碰面前的达斯特。达斯特握住因特林宽大的手掌，将额头贴在冰冷的硅胶上。可下一瞬间，因特林的手掌却铁钳一般地夹住了达斯特的脖子，将他拎到了半空。

"不要……伤害……舰长……"损坏的音频设备播放出沙哑的声音。达斯特双手做着徒劳的抵抗，呼吸渐渐困难起来。

千钧一发之际，罗星背上的月影恢复了意识。她举起右手——

因特林手掌的关节处发出吱嘎的断裂声，两根手指在刹那间被拧了下来。达斯特借机摆脱了束缚，捂着脖子发出一阵剧烈的咳嗽。

"该死！"达斯特一头撞在墙壁上，血水混着汗水流下。他一把扯下马甲，各种工具乒乒乓乓地掉在地上。达斯特回头看了看罗星他们，说道："我要从5号门进去！只要修好太空船，一切都会恢复原样，因特林和帕丝夫人也会回来！"

"你冷静些！"芮汐兆上前握住达斯特的手腕，"我们还不知道那个镜面是什么，贸然冲进去会死的！"

达斯特用力推了老芮一把，老芮一个踉跄险些跌倒。达斯特怒吼道："这里是我的家，我为什么要害怕？我会将那个该死的鬼魂撕个粉碎！"

说罢，他便不顾一切地向着5号门的方向冲去。罗星和老芮呆呆地目送着达斯特的背影，直到下一次眩晕的到来。

◇

　　罗星接过韩雪递来的水杯，温热的触感渐渐滋润了喉咙，头脑也再次运转起来。一旁的芮汐兆趴在书桌上，将头部深深地埋在双臂中。神志不清的月影躺在罗星的床上，口中不时发出模糊的呻吟声。韩雪将一块新的毛巾拧干，搭在月影的头上。

　　达斯特消失后不久，第四次眩晕便袭来了。眩晕过后，罗星、芮汐兆和月影都回到了 5 号门前，唯独达斯特不见了踪影。

　　"现在怎么办？"老芮问道。

　　"往另一个方向试试。"罗星提议。

　　于是罗星再次背起月影，向着 4 号门的方向走去。当距离目标还有不到一百米时，他们远远地看到了另一只"鬼魂"的身影。这位因特林的身体完好无损，仿佛什么都没有发生过一般继续巡逻着。

　　望着近在咫尺的 4 号门，他们却没敢向前一步。就在这时，第五次眩晕感再次将他们带回了 5 号门前。

　　这一次，罗星没有急着行动，而是拿出手机翻看。

　　"有什么发现吗？"芮汐兆凑了过来，问道。

　　"每次传送的间隔都是五分钟。"罗星答道，"这意味着我们只要能在五分钟内冲出 4 号门，就可以离开蓄水区。"

　　芮汐兆皱眉道："守在那儿的鬼魂怎么办？"

　　"有办法的。"罗星的眼中闪着光，"月影丢出的石块贯穿了它的身体，而我们的身体在物理构成上同石块并没有太大差异。"

　　"莫非你想……"

　　"我们必须赌一把。"

　　说罢，罗星俯下身子，双手扶住月影的肩膀："月影，我知道你现在很痛苦。但为了我们大家，你能再使用一次超能力吗？"

　　月影的目光呆滞，却以极小的幅度点了点头。

　　月影发动了超能力，罗星和芮汐兆的身体如同气球一般飘浮起来，继而向着 4 号门的方向高速飞去。

　　鬼魂已近在眼前。

"不要怕，撞上去！"罗星紧紧揽住月影，大喊道。

"你疯了吗？"芮汐兆用双手抱住头。

"我相信科学之神！"

罗星赢了这次豪赌。因特林发觉了三人的动向，但他的身躯却如同海市蜃楼一般，无法阻止三人的前进。罗星还隐约记得，在穿过因特林身体的瞬间，他看到了机器警卫体内闪烁的指示灯。

离开蓄水区后，月影便失去了意识，她的额头滚烫，大概是超能力使用过度导致了高烧。回到电梯附近，弗姆舰长等人早已在此恭候多时。舰长简单地询问了情况，便背起月影向电梯走去。

"舰长……达斯特先生他……"罗星欲言又止。

"别说了。"

回到二层后，三人决定在罗星的房间休息，韩雪也一起跟来照顾大家。这里的时间流速最快，肉体和精神能够得到很好的放松。

月影还在沉睡，韩雪守在女孩身旁，时不时帮她擦拭身体。突然间，老芮头也不抬地说道："跟你们说件事，我被人告白了。"

如果放在平时，老芮找到女朋友这种事情一定会成为爆炸性新闻；此时此刻，他们却没有了闲情逸致去讨论八卦。罗星一脸无趣地应道："怎么，对方是那个女学生吗？"

老芮倒也不恼，淡淡地回应道："学生你妹！是狄安娜。"

罗星和韩雪终于露出了惊讶的神情，老芮继续讲述道："就在昨晚，她突然来到了我的房间，单膝跪倒，说希望和我在一起。我很冷静，扶起她询问原因，她告诉我，希望能借助深渊号回到莫斯科公国时代。"

罗星应道："这明显是在瞎胡闹。阿克别瑞引擎又没有本事穿越时间，莫非她想去寻找虫洞？即便找到了，也不能保证目的地的时空坐标。"

"问题就在这里。"老芮叹了口气，"一方面，她固执地认为自己属于莫斯科公国时代，想要回到过去；另一方面，她的现代科学知识十分匮乏，即便我和她做了解释，她也不愿接受。"

"即便如此,她也应该去拜托舰长夫妇,而不是你吧!"韩雪插了进来。

"听说她提出过请求,但理所当然被拒绝了。于是,她想要我帮忙劫机。"

看到罗星和韩雪惊讶的模样,老芮匆忙摆手道:"当然,我拒绝了。狄安娜很生气,重重地摔门离开了,我也失去了这个千载难逢的脱单机会。"

罗星与韩雪对视一眼,半晌,罗星说道:"我早就说过吧,遇到投怀送抱的,不是接盘,就是诈骗。"

"滚!"

就在这时,床上的月影哼了一声,三人立即结束了八卦,凑了过去。月影慢慢睁开眼睛,看着眼前的三人,问道:"这里是……"

"罗星的房间。"韩雪答道,"你救了所有人,是我们的英雄。"

然而月影丝毫没有放松,她一个激灵坐了起来,扶住韩雪的肩膀,问道:"我晕倒了多久?"

"大概两小时吧。"韩雪答道。

"在这期间我做了什么吗?"月影急匆匆地追问。

韩雪微笑着摇摇头,安慰道:"你睡得很香。"

月影方才如释重负地长出一口气,按着胸口自言自语道:"太好了……"

门铃响了起来,罗星起身开门,来的是白剑。

"换人,我来照顾月影,舰长有话对你们说。"白剑指了指餐厅的方向。说罢,他取出一次性针灸和一盒药品,向着月影走去。

◇

三人来到餐厅,弗姆舰长面对着地图正襟危坐,额头的沟壑似乎更深了。看到罗星他们到来,弗姆舰长示意坐下,开门见山地说:"现在是最糟糕的事态。我们遇到了两个因特林,一个成了鬼魂,另一个能自我修复。加上活见鬼的时间流速,我认为只有一个解释——"弗姆舰长顿了顿,"我们遭遇了未知文明的袭击。它们改变了深渊号的时间流速,控制了因特林。不出意外的话,帕丝和达斯特也在他们手上。"

大厅内一片死寂。许久,心瞳说道:"在二层等待期间,并没有发生任何异常。如果是未知文明的杰作,它们的目的究竟是什么?"

弗姆舰长闭眼叹气道:"说不定对方有着与人类完全不同的思维逻辑,思考动机本就没有意义。"

众人一言不发。罗星偷偷看着坐在角落的狄安娜,她的神情依然如同瓷娃娃一般,不知在想些什么。神秘的周诚坐在狄安娜附近,两人构成了一幅诡异的画面。

突然间,弗姆舰长的手机响了起来。他打开一看,随即从座位上跳了起来,不顾一切地冲了出去。罗星匆忙捡起舰长落下的手机查看,那是一条来自帕丝夫人的信息,内容只有简短的五个字:

"在浴室等你。"

6b

看到弗姆舰长的尸体，达斯特不顾一切地冲了过去，眼眶涨得通红。罗星连忙将他拦腰抱住，一旁的兰兰惊讶地捂住嘴巴，狄安娜的脸上淌过几滴汗水，右手紧紧握住剑柄。

"让开！"达斯特歇斯底里地大喊着，"弗姆被害了，我不能让他泡在水里！"

"贸然行动会破坏现场的！"罗星鼓足气力吼了回去，"交给我吧，我会调查清楚的！"

听到罗星的话，达斯特终于冷静下来。他叹了口气，又拍了拍罗星的肩膀。

罗星戴上从餐厅拿来的一次性手套，俯下身子抓住舰长的头颅，从被染成一片鲜红的溪水中提起放在岸边。他屏住呼吸，轻轻掰开舰长的下颚，继而拨开他的右眼睑。一番检查后，罗星对众人说道："舌根部并没有淤血，眼结膜也未发现出血，可以初步判定死因不是窒息。面部没有尸斑，证明死亡时间很短。舰长不久前刚刚同大家碰面，也恰恰印证了这一点。"

达斯特质疑道："会不会我们遇到的舰长是别人的伪装？我还是第一次见到弗姆慌成那个样子！"

罗星耸肩道："想要进一步判定死亡时间，就必须找到舰长的身体。最大的可能性，凶手将舰长斩首后，把身体沉到了水底。"

说话期间，第三次眩晕感来袭。罗星眼前的景物再次模糊起来，舰长血淋淋的头颅变成了红色的马赛克。刹那间，视线清晰起来，他们回到了第二次传送后的起点。

众人没有时间惊讶，而是一起向着4号门跑去。先一步到达的周诚捞起舰长的头颅，对大家说下水去看看，便一头扎了下去。

等待期间，大家感受到了度秒如年的煎熬。按照达斯特的说明，这条小溪足有三十米深，在岸上根本看不清水底的情况。两分钟后，周诚钻出了水面。他深深地吸了一口气，将面部的水抹净，说道："身体就在水底，身上绑着石块。水太深了，我想解开石块将身体带上来，但憋不了那么久的气。"

众人表情凝重。兰兰默默走到水边，伸手将周诚拉了上来。罗星看着舰长的头颅，恍惚有些失真感。他甚至怀疑只剩下头部的舰长会不会突然睁开眼睛，大笑着说："哈哈，吓到了吧，洒家只是开个玩笑呢！"

第四次眩晕感如期而至。几秒后，大家都留在了方才的位置，只有周诚平移了三米，湿透的衣服也如同变戏法般地干了大半。就在这时，罗星瞥见什么圆形东西自半空掉落，核桃大小，大半是白色，只在接触地面的一段有一片褐色。罗星对老芮使了个眼神，后者小心翼翼地走到球状物旁将其捡起，却在看到其真面目的一刻惊叫出来。

"这是眼球……"老芮神色复杂地看着手中的东西，"只有舰长的瞳孔是这个颜色，所以……"

达斯特再也无法忍受了。他一步跨到罗星面前，粗暴地拨开舰长的眼皮，看到一侧的眼眶空空如也，鲜血顺着边缘淌了下来。他暴躁地抓住罗星的衣领，怒吼道："你一直抱着弗姆的头，一定是你干的！"

兰兰见状连忙上前劝阻，可达斯特已经失去了冷静。他眼中布满血丝，喘着粗气对兰兰怒吼道："那你倒是告诉我，还有谁能将弗姆的眼球抠出来？他已经死了！死了！你还想怎么样？"说罢，他挥起一拳，向着罗星打去。就在那一瞬间，一只强有力的手握住了达斯特的胳膊；周诚轻轻一扭，便将发狂的工程师彻底制服。他一把将达斯特推倒在地,冷冷地说道:"如果是他干的,手上总会有血迹吧?"

罗星抬起双手,因为这次是从周诚的手里接过的头部,一次性手套上并没有被血液浸润的鲜红;不知为何,却留有少许仿佛被清洗过的暗红色。

"那……又是什么?"

突然间,一直默不作声的狄安娜发出一声惊叹。众人的心顿时提到了嗓子眼,他们屏住呼吸顺着狄安娜手指的方向看去——

水面上漂浮着一只手臂。手臂自肩部切断,断面十分平整,泉水般涌出的鲜血将水面染上一片鲜红。从手臂的粗细判断,它只可能属于弗姆舰长,或者说曾经属于。

所有成员均在岸上,周诚虽然曾经潜入水底,但从潜入时间判断,他无法做到在水下砍断舰长的手臂这种事情。

"你们去向帕丝夫人汇报,我留在这里。"周诚提议道,"舰长的尸体还在水下,需要有人看管。"

"我也留下。"兰兰立即说道,"我倒要看看这种魔术般的分尸手法是怎么实现的!"

周诚瞪了兰兰一眼,后者哼了一声,从罗星手里抢过舰长的头颅,笑道:"周先生一个人陪着尸体会害怕的,我要是不在,他被吓哭了怎么办?"

狄安娜一言不发地向门外走去。罗星犹豫不决之际,看到周诚对自己轻轻点头。他当即下定了决心,伸手将跌倒在地的达斯特拉了起来,又拍了拍芮汐兆的后背,一起走出了蓄水区。

◇

帕丝夫人双目紧闭,静静聆听着罗星的讲述。她的胸口平静地起伏着,眼睑却在不时痉挛。韩雪露出悲伤的表情,眼中泛着泪花;久经沙场的白剑和心瞳听到如此残酷的手法,也不由得皱紧了眉头。

"……太过分了!"月影的身体颤抖着,双拳紧握。

房间内一片死寂，大家默默注视着夫人，等待她做出指示。少顷，夫人睁开双眼，平静地说道："我要去见弗姆最后一面，不管他成了什么样子。大家自由行动吧，一定要注意安全，尽可能两人或多人一起。"

坐在吧台的达斯特一拍桌子站了起来："我和你一起去！害死了弗姆，不管是鬼魂还是什么别的，我都要把他揪出来！"

几分钟后，众人再次做好了分工：心瞳、白剑、达斯特和因特林陪同夫人前往一层，心瞳与警卫是可靠的战斗力，而白剑能够对舰长的尸体进行专业的法医鉴定。其余人留在二层，由月影和狄安娜护卫。

五人集合在罗星的房间。这里的时间流速最快，也相对更加安全。与此同时，快速的时间流逝也带来了充足的休息和思考的时间。狄安娜从自己的房间带来了换洗衣物，一言不发地走进了浴室。不一会儿，浴室里传来了水花声，罗星看着沉默的众人，问道："说说看吧，这段时间里二层发生了什么？"

"我们测定了居住区的时间流速分布。"韩雪操作着手机投影出二层的地图，八间寝室被标注了不同的颜色。"流速最快的地点是这里和心瞳的房间，达到了餐厅的四倍。"

见识过植物区五分钟等于一千年的世界，回头看看"四倍"是一个多么亲切的数字。月影补充道："之后我们进入活动区进行了调查。健身房内没有异常，射击训练房门前的监视装置也显示没有人进入过。之后我们进入了射击训练房，帕丝夫人开启了收纳枪支的保险柜。夫人、白剑哥哥和心瞳姐姐都为自己选择了枪支，可韩雪姐姐似乎对手枪没什么兴趣。"

罗星下意识地摸了摸别在腰间的武器。从一层归来后，他和芮汐兆、达斯特三人也分别获得了枪械。

月影继续讲述道："道场是一个四方的房间，一眼就能看个清楚，为安全起见我们便没有进入。对了对了，这时发生了一件有趣的事情呢！"

韩雪扯了扯月影的衣角，小声说道："这件事就不要……"

可惜为时已晚。月影如同新闻播报员一般向大家宣传道："韩雪姐姐说，她总觉得有人藏在某处，坚持要大家围在一起，说这样才安全。"说罢，她摆出一个展示肱二头肌的姿势，"其实根本不用担心，有本姑娘在，什么都不用怕！"

韩雪难为情地低下头，罗星干咳两声，继续说道："有些奇怪。根据达斯特的说法，他们在一层遇到了舰长，而舰长声称自己在事故发生后，第一时间便从健身房赶去了一层。我们不妨简单计算一下——"

罗星在纸上画出一条直线，并在某个点上标注了时间"9：20"。他分析道："九点二十分左右，舰长同达斯特他们在 4 号门碰了面。舰长从健身房到 4 号门需要十分钟左右，也就是说，直到九点十分，舰长应当还留在健身房内。你们进入健身房调查是在什么时间？"

韩雪立即答道："九点五分左右。"

罗星点头道："这样一来就出现了矛盾，因为你们本该遇到舰长，事实上却没有遇到。"

芮汐兆插言道："不奇怪吧？健身后总免不了去浴室冲个凉换件衣服，这样一来舰长离开健身房的时间可以再向前推上一二十分钟。"

罗星立即反驳道："舰长前往控制区的原因，是发现了事故，而事故发生是在八点左右。要有多大的心，才可以在事故发生后健身一个小时，再去冲个凉啊？"

老芮抱着手臂陷入沉思，罗星继续说道："还有第二种可能性。未知的凶手，我们不妨称其为 X，他一手制造了事故，并杀害了舰长。为了迷惑我们，他刻意扮作舰长的样子与达斯特先生他们碰面，并将我们引诱至蓄水区，目的是让我们看到舰长的尸体。"

"我倾向于认为，犯人就在我们中间。"老芮接茬道。

"怎么讲？"罗星皱着眉问道。

"问题的关键，在于那魔术般的分尸手法。"老芮开始了推理，

"我问你，检查舰长的头部时，你查看了几只眼睛？"

"……一只。"

老芮哼了一声："所以，当你捞起舰长的头部时，他的眼睛早已不在了。达斯特气冲冲地跑来揍你，只是在演戏而已。他的目的，只不过是要拨开舰长的眼皮，向大家展示眼球被挖去的事实。"

罗星反驳道："达斯特要么在我们的视线下，要么与周诚先生和狄安娜小姐在一起。除非他们三人串通，否则达斯特根本就没有作案的时间。"

"他没有，但那个周诚有。"老芮斩钉截铁地说道，"第三次传送后，周诚先我们一步来到了4号门，而挖出死人的眼球只需几秒。他随后跳入了水中，有充足的时间洗去手上的血迹。"

"那……断臂又怎么解释？"韩雪问道，"有什么办法能在水中快速切断人的手臂呢？"

"不需要快速切断。溪水有三十米深，于是我们都相信了周诚的说辞，以为他潜到了那么深。事实上，小溪中的水大部分用于植物区的水循环，透光度并不理想，大概五米以下就很难看到了。于是周诚完全可以在杀死舰长后斩下头颅和手臂，藏在水下不可见的位置。这样一来，他只需下潜不到十米的深度，让事先切割好的部分浮出水面，就能够制作出惊悚效果。"

罗星质疑道："我们发现断臂是在周诚先生上岸之后，这点他又是如何做到的？"

"做一种定时装置，例如用某种可溶性材料的细线将手臂捆绑，或者用冰块压住，办法要多少有多少。实际上，只要周诚先于手臂浮出水面，就能达到预想的效果。当时我们的心情十分紧张，狄安娜看到手臂时，也许它早已浮出水面了，只是我们没有发现而已。"芮汐兆一字一句地解释道，"案件是周诚所为，而达斯特是合谋，这是最合理的解释。"

"可是……他们为什么要这样做呢？"韩雪问道，"也许他们和舰长有什么宿怨，但杀死后有必要虐尸吗？"

老芮耸耸肩："我是理科生，只负责手段，不负责动机。"

罗星补充道："还有最后一种可能性。"芮汐兆和韩雪立即看了过来，罗星继续说道："舰长确实是被谋害的，分尸却不是任何人所为。它是这次事故的一部分。蓄水区里每隔五分钟就会袭来的眩晕感究竟是什么？我们为什么会被传送？弄清这一点，说不定就能找到舰长被分尸的真相。"

韩雪点点头说："还有浴室没有去过，那里说不定也藏着什么蹊跷。"

就在这时，沐浴完毕的狄安娜从浴室中走了出来，湿润的金发上蒸腾着水气。芮汐兆起身表示要回房休息，便与狄安娜一同离开了罗星的房间。

◇

罗星再次睁开眼睛的时候，时间已经过去了三个小时。他抖了抖由于趴在桌上入睡而发麻的胳膊，将凌乱的头发梳理整齐。两位女士睡在了他的床上，月影的身体成大字形展开，韩雪蜷着身子躺在一边。罗星为两人盖好被子，用凉水冲了一把脸，之后走出房间，谨慎地将门锁好。

走廊和餐厅里全都空无一人，去往一层的队伍还没有回来。在罗星的房间过了三个小时，餐厅内不过是四十五分钟。罗星正要离开，却看到老芮和狄安娜从电梯中并肩走了出来。

碰面后罗星得知，老芮离开他的房间后前往了植物区，并详细测定了那里时间流速的变化。老芮解释道："以1号门和3号门的连线为对称轴，两侧的时间流速对称分布。我利用电磁波的多普勒效应对几个关键点进行了测量，结论显示，时间流速沿圆周成指数式增长。一如之前的估算，3号门的时间流速达到了1号门的一亿倍。"

虽然对此结果早有预期，罗星还是不禁感到一阵胆寒。就在这时，电梯的指示灯再次亮了起来，帕丝夫人急匆匆地冲了出来，看到罗星和芮汐兆，立即向这边跑来。

"你们两位高材生，应当精通计算机吧？"帕丝夫人火急火燎地掏出手机,"我丢了一条重要的信息,你能不能帮我找回来?"

之后两人得知,帕丝夫人收到了弗姆舰长发来的信息。

"进入一层后,我们便直奔4号门而去。安全起见,我将因特林留在门外放哨。进入后,我们看到周诚依然守在弗姆的尸体旁,兰兰小姐却不知了去向。两人似乎吵了一架,兰兰小姐便赌气走了。"

"舰长……嗯,他的头部还在那里吗?"罗星问道。

"在,但周诚不想交给我。我生气了,便动手硬抢,他只得交了出来。等拿到手我才明白他为什么坚持——弗姆的头部已经面目全非!眼眶中流着鲜血,牙齿参差不齐,舌头少了一半,甚至一边的耳朵也……多亏有白剑在,他及时给了我一针镇静剂,否则我非要疯掉。"帕丝夫人痛苦地捂住眼睛。

老芮试着岔开话题:"遇到传送了吗?大概每隔五分钟一次,发动时人会感到眩晕。"

帕丝夫人点点头:"当然有,但也顾不上那么多了。之后心瞳自告奋勇下水捞尸体,她说自己的憋气能力没有问题。她下水后,几分钟后便浮了上来,脸色铁青。我一再询问,她才支支吾吾地告诉我说,弗姆的身体在水底被肢解了,四肢和内脏的碎屑随处可见……"

罗星咬着嘴唇,连特种兵战士都觉得恐怖,可见当时的画面有多么血腥。

帕丝夫人平静了几秒,继续说道:"我抱着弗姆的头,想要多陪他一会儿。之后,心瞳和白剑去了3号门一带巡查,周诚说要去找兰兰。陪了我一段时间后,达斯特说想在四周看看,于是从4号门离开了蓄水区。我的头脑十分混乱,甚至记不得期间发生过几次传送。可是突然间,我的手机响了起来——"帕丝夫人的眼中闪出光,她扶住罗星的肩膀,兴奋地说道:"是弗姆!弗姆给我发信息了!上面只有简短的一行字,可信息确实来自弗姆的手机!我终于明白了,他还活着,水中的尸体不过是恶作剧!"

罗星看着帕丝夫人的眼睛,问道:"舰长说了什么?"

"十分钟后浴室见面。只不过……"帕丝夫人叹了口气,"收到信息后不久，传送便发生了。我留在了原地，手机里的信息却消失了。"她再次看向罗星和老芮，"你们能帮我把那条信息恢复，对吗？一定可以的！"

芮汐兆取出笔记本电脑，将帕丝夫人的手机连接上数据线，开始忙碌起来。罗星让帕丝夫人好好休息，自己则前往浴室门前放哨。如果弗姆舰长从浴室出来，他会第一时间截住。

时间缓慢地流逝着。二十分钟后，餐厅那边还是没有动静，看样子老芮的数据恢复并不成功。就在这时，电梯门打开了，白剑搀着心瞳走了出来。心瞳的样子十分虚弱，脸色惨白，双眼半睁，胸口剧烈起伏着。

罗星连忙小跑过去，帮着白剑将心瞳扶到了餐厅。老芮还在电脑前忙碌着，帕丝夫人斜躺在长椅上，仰面朝天。看到虚弱的心瞳，夫人连忙起身将两张桌子拼成一张临时的床铺，罗星和白剑将心瞳平放在桌面上。帕丝夫人摸了摸心瞳的额头，皮肤滚烫，正在发着高烧。"这是怎么回事？"她问道。

白剑摇头道："我也不清楚。到达3号门后，我们便开始分头调查。再次会面时，心瞳说有些头晕，于是我建议先回去休息。在路上心瞳开始感到全身无力，还发起了高烧。要确定病因，只要化验下血液。"

芮汐兆将门卡丢给罗星，示意自己的行李中有便携式显微镜。夫人感叹控制区内的医学检验设备很齐全，苦于现在无法进入。白剑取出一次性针管和毛细管，用酒精消毒后在心瞳的左臂静脉处取了血液样本。当针尖拔出的瞬间，罗星看到心瞳的嘴唇在微微翕动。他立刻凑上前去，将耳朵贴到心瞳的嘴旁。心瞳用微弱的声音说道："当心……因特林警卫。"

有了老芮的显微镜，白剑十分钟后就给出了结论：

"白细胞数高达几万，是急性白血病。她半小时前身体还很健康，不可能是感染或者遗传因素导致的，最大的可能性是短时间内接受了高剂量辐射。"

"但辐射源在哪里？"罗星质疑道，"如果是外界的强辐射穿透了太空船的隔离层，我们全都要遭殃啊！"

白剑摇摇头，长长地叹了口气。

就在这时，一旁的芮汐兆站起身来，向帕丝夫人道歉道："对不起，我没有办法恢复那条短信。我查看了所有的物理存储，根本就没有信息存在过的痕迹。"

帕丝夫人点点头，摘下数据线将手机收入兜里，没有再说一句话。

"现在怎么办？"老芮看着倒下的心瞳，用力挠着头。

白剑摸着心瞳的脉搏，说道："需要外科手术。麻烦你们再陪我跑一趟，我想看看控制区里有没有用得上的设备。最低限度的，我们也需要一个无菌罩。"

罗星点头道："达斯特先生一直没有回来，我也有些担心。这样吧，你留在这里照看病人，我和老芮去找找看！"

◇

十分钟后，罗星、芮汐兆和护卫月影再次踏上了前往一层的道路。韩雪留在二层帮助白剑照顾心瞳，帕丝夫人将身体靠在浴室入口处的自动贩卖机旁，看到三人经过，只是微微地点头致意。考虑到战斗力的分配，狄安娜留在了二层。

"心瞳小姐情况稳定后，我们会陪同夫人进入浴室查看，你们尽可放心。"临别时，韩雪微笑着挥手道别。

踏入植物区后，芮汐兆布置了行程："除了取出控制区的医疗设备外，我们还需要找到其他成员的行踪。目前留在一层的有达斯特、周诚、兰兰和因特林。至于舰长……我倾向于认为，我们看到的尸体就是舰长本人。我们首先从3号门进入蓄水区……"

"2号门或4号门不是更近吗？"月影插言道，"心瞳姐姐的情况很危险，我们应当尽可能地节约时间吧！"

"就是为了节约时间，我才会这样安排。等你到了2号门的时候，时间流速已经加快到了三万倍，即便耽搁上几天也没关系的！"

老芮解释道,"我想尽可能地减少留在蓄水区的时间,从3号门进入后,我们立刻调查7号门;如果不能进入就再回到植物区,通过2号门和4号门调查6号门和8号门。运气最差的情况下,就只得通过蓄水区前往5号门了。"

"如果我来带着大家飞,半分钟就可以到!"月影信心十足地说道。

4号门一带正值冬季,温控装置送来阵阵凉风。杨树和柳树较上次来时高了许多,虽然以众人的主观时间而言仅仅经过了两个小时,但它们已经历七个寒暑。

"七年过去了,这里的能源供给依然充足啊!"芮汐兆张开右手感受着凉风。

"以托卡马卡引擎的产能效率,供给电力还是很轻松的。时间流速不同为电能供给带来的问题仅仅是电子速度的变化,至少在设备寿终正寝之前,能源不至于枯竭。"罗星回应。

继续向3号门的方向迈进,黑暗区域的面积明显扩大了,已有更多的照明设备走到了寿命尽头。尽管LED照明技术在宇宙世纪前便已成熟,但面对成千上万年的使用时间,怎样的技术改进都是杯水车薪。

三人在黑暗中摸索着前进。在临近3号门时,罗星的脚突然踢到了什么,他立即警觉了起来,俯身认真查找。月影见状也凑上来帮忙,可还没飞出去多远,便发出一声尖叫,颤抖着指向地面。罗星顺着光亮看去,一枚足球般大小的白色物体落在地面一隅,其上密布着大小不一的孔洞。发觉其真面目的那一瞬间,罗星不禁倒吸一口冷气——

那是一颗骷髅头。

罗星强行压制住心中的恐惧,走到了骷髅头的近旁。那里躺着一具完整的人体骨骼,表面已钙化,泛出微黄的色泽。骸骨的锁骨处已经折断,断口很不平整,应当是长时间的应变导致了断裂。罗星将骷髅头小心翼翼地装在锁骨处,双手合十对着死者三鞠躬。

"罗星哥哥……他是谁？"月影惊恐地藏在罗星身后，探出头来偷看。

"身高在我之上，却不及舰长；深渊号上满足此条件的只有达斯特先生、白剑先生和狄安娜小姐。白剑先生与狄安娜小姐人在二层，所以……他应当是达斯特先生。"罗星强做镇定地分析道。刚刚目睹了舰长的死状，此刻又不得不面对达斯特的尸骸，情感上着实难以接受。

"前提是，他真是深渊号的成员之一。"老芮突然说道。他挥了挥手，示意两人跟上来。走出大概五十米远，顺着老芮的指引，罗星和月影远远看到在碳化的树丛中躺着另一具骷髅。

"还有一个！"月影迅速藏在罗星身后，身体颤抖着。罗星深吸了一口气上前查看，骨骼同样已经钙化，死亡时间已经很久了。

老芮分析道："此人身高与月影相当，目前失踪的人员中，只有我和兰兰符合。但从盆骨的形状判断，这是一名男性。但我就在这里，因此可以得出结论，他不是深渊号成员中的任何一人。最合理的解释，这是来自外部的入侵者，在与达斯特争执的过程中同归于尽。两人在此处经历了千万年的变化，变成了骸骨。"

人死后尸体会腐烂，最终剩下一堆骸骨，这是理所当然的事情。但看着眼前的惨状，罗星却总觉得哪里不对劲。然而想来想去，还是没能找到答案。

三人进入了3号门，看到的是蓄水区内一成不变的景色，舰长的血迹已被溪水中的微米级净化机器人清理。

"现在去哪儿？"老芮问道，"周诚如果没有移动的话，应当还是4号门附近。"

"他在照看舰长的尸体，咱们去另一个方向吧。"罗星应道。

"就是就是，周诚先生一个人没问题的！"月影帮腔道。

不约而同地，大家都想要躲开分尸的惨烈现场，于是向着2号门的方向走去。可还没走出多远，一道强光便扫了过来，继而是震耳欲聋的巨响。片刻后，淅淅沥沥的水珠雨点一般散落下来，转眼间汇成了瓢泼大雨，地面迅速被淹没。

"快看，是警卫！"月影指着远处喊道。众人抬头看去，只见因特林举起手臂对准了蓄水罐，继而肘部喷射出一道红光，小臂如同导弹一般地弹射出去。伴随着又一声巨响，第二只蓄水罐应声破裂，洪水瓢泼般洒下。因特林似乎并没有满足，收回右臂后，他继续瞄准了第三只蓄水罐——

"住手！"月影怒喝道。因特林听到了月影的声音，他摇晃着转过身来，头顶的高功率氙气灯忽闪着，硅胶面孔露出了扭曲的表情。看到众人，因特林的扩音器中故障般地重复着两个名字：

"舰长……达斯特先生……"

T小姐的探案记录 II

夏季的烈日炙烤着水泥路面，空气中蒸腾着水汽，旧式建筑的墙面一片潮湿。滞闷的气流甚至无力掀动树叶，夏蝉不知疲倦地聒噪着。

坂口离开公司后一路小跑冲向地铁站。地下的冷气扑面而来，他连忙用纸巾拭去了额头的汗水。距离店铺打烊还有一小时的时间，他必须尽快赶到御茶水站，采购明日工作必需的配件。几百年过去了，秋叶原依旧是电子商品的集散地，随处可见的御宅族文化亦没有消退的迹象。

地铁虽在两个世纪前更换成了磁悬浮式，但面对庞大的人群，车厢内的冷气依然力不从心。挤出车站，跑下长长的坡道，建筑物上巨大的白光全息二次元少女映入眼帘。

二十分钟后，走出店门的坂口长舒一口气，手中拎着沉甸甸的电子配件。明明人工智能配送已经非常发达，但想要买到心仪的商品还是要亲力亲为，大概"逛街"是刻在人类基因中的本性吧。听说在同步轨道的太空都市上，有着人类文明中最豪华的购物中心，真想带伦子一起去啊！坂口一面在心中碎碎念着，一面抬头仰望灰暗的天空。明天会下雨吗？真不知照这样的进度继续下去，在年假到来之前能否将项目完成。花大价钱预订了太空都市的电梯票，如果不能同伦子一同前往，那就太不划算了。

路过一家女仆咖啡店门前时，一位别样的女性令坂口驻足。她穿着一件淡粉色的丝质短裙，上身披了一件同色系的半袖坎肩，头上戴着贝雷帽。不过最引人注目的，还是她脸上一副大号红边太阳镜。这副眼镜占据了脸部接近一半的面积，实在算不上合适的搭配。但不知为何，坂口觉得这个女人有着一种超脱现实的美感，与秋叶原的二次元文化完美融合。

这样的女性可谓正中坂口的红心，但他清楚自己是不可能与她产生交集的，只得叹了口气，从女性身边默默走过。

"请等一下。"

就在这时，坂口听到了夜莺一般的声音。他回过头来，不敢相信女性正在同自己讲话。

"您是坂口勇太先生吧。"女性将吸管夹在食指与无名指之间，露出玩味的笑容。"要不要去喝一杯？"

◇

坂口本以为女性会带着自己去居酒屋，没承想却只是来到了咖啡厅。两人坐定后，坂口望着女性脸上突兀的太阳镜，紧张得不停地抖着腿。女性为自己点了冰冻橙汁和黑森林蛋糕，将菜单递给坂口，说道："坂口勇太，二十六岁，就职于日暮智能机器人有限公司。工作业绩优良，踏实肯干，是下任课长最有力的人选。目前有一位女朋友，在早稻田大学任助教。坂口先生希望结婚，女友伦子小姐却不愿意被婚姻和家庭束缚，两人的关系目前处于飘忽不定的状态。"

坂口一惊，这个女人完全掌握了他的个人信息，莫非是想要敲诈他？

"我是一名私人侦探，叫我 T 好了。"没等坂口发问，女性便进行了自我介绍。她打开手机，将电子名片发送给坂口。那是一张黑底金边的名片，正中以娟秀的英文字体写着"T"。

"请问……侦探小姐找我有何贵干？"坂口小心翼翼地开口道。

"有一艘太空船失事了，编号 PRRC-0320，任务是护送中国的八名高端人才前往殖民行星。" T 小姐径自说了下去，"这艘太空船的代号为'深渊号'，我受人之托调查它的事情。"

坂口努力回忆着，终于在记忆的角落里找到了深渊号的信息。他努力斟酌着词句："远距离太空船啊……确实看到过新闻。我们日本的一位外科医生原本计划登上那艘船的，但最终由于家人的劝阻放弃了。据说中国政府用一名同样优秀的军医填补了空缺呢！"

"贵公司接受非标准的智能机器人定制，是吗？"T小姐并没有被坂口无关紧要的话题带跑，她冷冷地问道。坂口感到一阵压迫感，不由得点了点头。

"只要是客户的要求，不管什么单子都会接吗？"T小姐追问。

"在法律允许的范围内。"坂口并没有失去冷静，立即说出了标准化的回答，"例如，所有的机器都会加载基于阿西莫夫三定律的控制芯片。"

T小姐一言不发地快速移动着手指，一张金发小男孩的照片旋即出现在坂口的手机上。看到小男孩面容的那一瞬间，坂口呆住了。

"劳伦斯·简，瑞典的简夫妇在贵公司定制的儿童型智能机器人，为了代替自己幼年夭折的孩子。贵公司交货时劳伦斯还是婴儿的状态，之后每隔一年会更换身体并进行记忆数据库的转移。《地球智能机器人法》第63条规定，'除意外或遭受恶意破坏，智能机器人不得更换机体；每次更换机体必须提交政府审批'。"

T小姐说罢，又将一张男性老者的照片发送至坂口的手机。

"西园寺道宏，日本西园寺能源公司董事长，西园寺明光先生定制的智能机器人，用于取代自己罹患阿尔茨海默病的父亲。明光先生上任之初承受了很大的压力，多亏智能机器人扮演了父亲的角色，他才能够瞒天过海，直到掌握公司的实权。《地球智能机器人法》第21条规定，'智能机器人不得以任何存活的自然人为原型制作'。"

第三张照片传至坂口手机时，他险些将手机掉在地上。屏幕中，一位穿着女仆装的少女正在对他微笑。

"小百合，女仆型机器人，坂口先生私人定制。在小百合设计的过程中，坂口先生利用私权为小百合加装了人工阴道和子宫，并为其设计了精细的传感电路。《地球智能机器人法》第8条规定，'智能机器人不得以任何方式模拟或参与人类的性行为'。"T小姐将手机放在餐桌上,冷若冰霜地说道,"在法律上,智能机器人享有'单向人权',即对人类的一切保护性法律对智能机器人均适用,但机器人不得行使法律赋予人类的权力。以小百合为原型,贵公司卖出了二十台以上具备'那种功能'的女性智能机器人,买主分别是……"

"够了!"坂口伸出一只手,额头上挂着豆大的汗滴。他努力平复着错乱的呼吸,灌下一杯冰水后,低声问道:"……你想要什么?"

T小姐若无其事地抿了两口橙汁,笑道:"我已经说过,我在调查关于'深渊号'的事情,希望坂口先生能够配合。"

那一瞬间,坂口意识到自己已经一败涂地。他手中没有任何对抗T小姐的筹码,对方却掌握着足以令他的公司关门大吉的证据,说不定自己还会去吃牢饭。

"……我会知无不言。"坂口无力地垂下了肩膀。

第四张照片传送到了坂口的手机上。图片上的智能机器人有着一副成年男子的外表,身材足有两米之高,四肢孔武有力。坂口一眼便认出了它,这台智能机器人在坂口公司有着举足轻重的地位,是近些年来公司主要的收入来源。

"因特林·基因斯……"坂口不由自主地说出了智能机器人的名字。

T小姐满意地点点头,问道:"坂口先生还记不记得订单的详情?"

坂口用力地抓着头皮,为难地答道:"抱歉哪,我只能回忆起客户是一位西方男性,个子不高,外表看来也是干技术活的。他提出的价格很有吸引力,我们很快便签订了合同……"

"我想问的是——"T小姐毫不留情地打断了他,"这份订单有没有什么特殊之处?你应当明白我指的是什么。"

坂口目光茫然地盯着桌面,他当然知道那份订单的特殊之处。为了那个目的,甲方甚至愿意接受无理的定价。与此同时他也无法忘记,为了利润他们做了无法被原谅的事情。

"没有……"坂口吞吞吐吐地说出了两个字,他旋即补充道,"没有限制。除了固化在主板中的阿西莫夫三定律控制芯片外,因特林所有的端口都是开放的。"

《地球智能机器人法》第 1 条中明文指出:除获得相应资质的机构外,任何组织及个人不得从事智能机器人的生产、改造、升级等工作;智能机器人的软硬件端口不得对普通用户开放。在《太空用智能机器人补充条例》中还有规定:在太空中服役的智能机器人每一个地球年必须返回原厂检修,测试报告需提交政府管理部门备案。

对方开出了天价,要求只是将因特林所有的端口开放,并且不要过问它的用途。对制作商而言,开放端口成本反而更加低廉,日暮公司不可能不去接受这种天上掉馅饼的条件。当时开发因特林的团队主管,便是坂口。

"最后一个问题。"T 小姐问道,"这台机器人采用了怎样的动力系统?"

"高功率储能电池。"坂口想都没想便做出了回答。

"对方要求以核能作为能源,不是吗?"T 小姐仿佛看透了坂口的想法一般,言语如尖刀一般直中靶心。

"是……是的。"坂口抽出一张纸巾,手忙脚乱地擦拭着额头和脖颈处的汗水。"可是,请您相信我,敝公司无力提供微缩型核裂变反应炉,更没有理由去接受如此危险的条件。"

T 小姐没有再说什么,只是将黑森林蛋糕切成了三小块,依次放入口中。坂口偷偷看着 T 小姐,鼓起勇气问道:"可以问一个问题吗?"

"请讲。"

"敝公司的项目,同深渊号有什么关系吗?"

"你不知道为好。"

"还有……您名字中的'T'究竟有何含义呢?"

"你问了两个问题哦!"

T 小姐纤细的手指在桌面上飞快地写出了一个英文单词。坂口盯着桌面，双眼逐渐瞪大——

"主人，您决定点什么餐了吗？"

女仆服务员甜美的声线将坂口拉回了现实。他匆忙抬起头来，可餐桌对面完全没有了T小姐的踪迹，桌面空空如也，橙汁和蛋糕也不知去了哪里。他立即站起身来，不停地环视四周。

"主人，您在等朋友吗？"服务员问道。

坂口捂住胸口，待心跳平复之后，缓缓坐了下来。

"抱歉……我点一杯黑咖啡。"他看向了对面空无一人的座椅，"再加一杯冰冻橙汁和一块黑森林。"

7a

浴室的自动门刚刚打开一道缝隙，弗姆舰长庞大的身躯便不顾一切地挤了上去，马达发出痛苦的吱呀声。在一旁女更衣室的衣架上，可以看到夫人的棒球衫挂在那里。

"舰长，停下！这是圈套！"赶过来的罗星抱住弗姆舰长的腰，但后者只是一挥手臂就将他摔在了地上。罗星不顾疼痛爬了起来，捂着额头大喊道："如果是夫人本人，她为什么不去餐厅见大家，却偏偏要约你在浴室见面？这分明就是要把你引来这里！"

弗姆舰长喘着粗气，但他还是听进去了罗星的分析，渐渐冷静下来。他面如死灰地问道："那你说，现在该怎么办？"

"总之先搜查一下。"罗星扭了扭酸疼的肩膀，走到衣架前，动手检查了夫人的棒球衫。衣兜是空的，衣衫内侧散发出淡淡的丁香味，这是夫人常用的香水气味。

就在这时，弗姆舰长的手机再次响了起来。在看到内容的一瞬间，舰长的嘴角发出了极不自然的抽搐，右手险些将手机捏碎——

手机中有四条未读信息，内容全部是同样的五个字：在浴室等你。

罗星握住更衣室的门把手，深吸一口气。手机信号无法在一、二层之间传播，由此可以推断，弗姆舰长收到的信息只可能是经由帕丝夫人的手机在二层发出的。现场除了受伤的月影和照顾他的白剑外，全员都集合在一起；因此发出信息的，最有可能的人就是帕丝夫人本人。

无论如何，必须进入浴室一探究竟。

就在这时，韩雪走上前来握住罗星的手臂，说道："毕竟是女更衣室，还是我来吧。"说罢，她推开了女更衣室的大门——

更衣室内空无一人，银灰色的储物柜全部处于"empty"的状态，内侧的淋浴间亦没有水声传来。帕丝夫人的手机摆放在距离入口处不远的皮椅上，手机底部的呼吸灯闪烁着绿色的光芒。

"看来没有问题，我先进去了。如果有危险，记得救我哦！"

韩雪走进更衣室，不慌不忙地拿起手机，回头丢到门外等待的罗星手中。

"我去里面看看，夫人说不定在那里。"韩雪微笑着摆了摆手，身影消失在尽头的拐角处。几秒后，众人听到了韩雪开心的叫声："太好了，夫人您真的在这里啊！"

就在那一瞬间，毫无征兆地，帕丝夫人出现在了门的内侧。她似乎在寻找什么，一路小跑冲进了淋浴间。一切发生得如此突然，以至于没有人能够对帕丝夫人的出现做出反应。几秒后，一部手机自入口处凭空出现，落在皮椅上。

罗星低头看看手里的手机，与浴室中那部别无二致。

现实没有为大家留下惊讶的时间，手机刚刚在皮椅上落稳，更衣室内便传来了帕丝夫人的惊叫。几乎在同一时间，又一名韩雪魔术般地出现在入口处。她走到皮椅前捡起手机，回头丢向了门外。

"我去里面看看，夫人说不定在那里。"韩雪说罢便向着淋浴间走去。

和一分钟前一模一样。

罗星伸手接住了第二部手机，目送韩雪向浴室深处走去。

"太好了，夫人您真的在这里啊！"

历史在此定格。

帕丝夫人再次出现在入口处，一路小跑着向着淋浴区冲去。

弗姆舰长见状，不顾一切地向女更衣室内冲去。罗星双手抓住门框，用身体做成了一道屏障。

"你这个浑小子,不要碍事!"弗姆舰长铁钳一般的双手紧紧握住罗星的双臂,试图将他拉开。罗星回头看去,帕丝夫人已经冲进了淋浴区,门外的骚动并未传入她的耳中。他强忍着剧痛,大喊道:"心瞳,快帮帮我!"

心瞳立即行动了。她对准弗姆舰长的膝关节用力一踢,弗姆舰长立即失去平衡单腿跪下。心瞳随即挥出一记手刀,重重地劈在了舰长的肩部。趁着舰长双臂由于剧痛而卸力的瞬间,她顺势一拉,将舰长的手臂反剪在身后。

罗星目不转睛地盯着更衣室内,抛出的手机已稳稳落在皮椅上。"全部离开!"他一声令下,更衣室前围观的众人立即退到了一旁。伴随着一声清脆的声响,第三部手机自内侧丢了出来,在地上转了几圈后停在了墙角。

"我去里面看看,夫人说不定在那里。"

韩雪的声线回响在罗星的耳廓中,他却仿佛听到了来自地府的丧钟。

"太好了,夫人您真的在这里啊!"

"啊——"

帕丝夫人的惊叫声令第三次轮回落下帷幕。罗星喘着粗气,用衣袖拭去额头的汗珠。"大家都看到了吧,浴室内永不间断地重复着同一段时间。"他一面解释一面看向了芮汐兆,后者举起手机向大家展示,刚好一分钟。

"那又怎样?我们可以将帕丝和韩雪带出来的!"弗姆舰长怒吼道,两鬓青筋紧绷。

"出来之后呢?"罗星立即反问,"每过一分钟,都会有两位相同的夫人与韩雪走出浴室,那时我们该怎么办?就算我们能够侥幸逃离这时间的牢笼,难道要将相同的人悉数杀死,直到只剩一人为止吗?"

听了罗星的话,弗姆舰长低下头去。里面的房间既然可以复制手机,那就没有理由不能复制夫人和韩雪。

兰兰问道:"为什么要让我们离开门前呢?"

"门内重复的不仅仅是'人物'和'事件',而且是时空本身。在上一次轮回时,我们所反射进入更衣室的光线同样会被重复。如果我们依然站在那里,反射的光线就会与之前的景象重合,韩雪回头时就会看到两组相同的我们。那时会怎样?"

这样一来,一分钟的历史就会被改变。看到如此诡异的情景,韩雪一定会回头,说不定还会走出浴室。那时唯一的办法,只剩下告诉韩雪真相,劝她留在那里。这就仿佛劝说一个人去送死一样,太过残酷与无情。更加残酷的是,当时间重复时,韩雪的记忆同样会被清零;于是她将不得不再接受一次自己永远不能走出浴室的噩梦。正是为了避免这种事情的发生,罗星才强忍住了内心的悲痛,拼尽全力守护着韩雪与夫人最后的一分钟。

永不停止的一分钟。

"舰长,我清楚你的悲痛,比任何人都清楚……"罗星颤抖着说道,"因为我爱的人也在里面啊!"

寂静,死一般的寂静。狄安娜与周诚目光平静地注视着一切,芮汐兆痛苦地皱紧眉头。兰兰把头扭向一旁,一言不发地向门外跑去。少顷,弗姆舰长也站起身来,说道:"抱歉,让我一个人冷静一下……"

目送着大家离去,罗星终于松了口气。但是突然间,他感到一阵天旋地转,身体不由自主地倒了下去。就在这时,一股强劲的力道帮助他撑住了身子,心瞳不知何时来到了罗星身边,搀住了他的胳膊。

心瞳责怪道:"你的精神一直处于高度紧张的状态,已经吃不消了吧。快去休息。"

罗星捂着涨痛的脑袋,回应道:"抱歉,我这就回房间……"

"忘了月影在那里吗?"心瞳叹气道,"去我的房间吧,我去帮着白剑照顾月影。"

罗星在心瞳的搀扶下来到了她的房间。将罗星丢在床上后,心瞳便离开了房间。罗星一个人趴在床上，引擎的尖锐轰鸣声在四倍时间流速下化作沉重的低音，以残酷的节拍敲打着他的内心。

这时罗星方才真切地体会到，自己已经失去韩雪了。

湖边的白衣少女。毕业晚宴的疯狂。不顾一切的旅途。太空都市的邂逅。与韩雪的回忆仿佛暴风雨一般，无情地拍打在褶皱的心灵上。永远的一分钟，韩雪就在那里，但对于浴室外侧的观察者而言，此情此景却仿佛逝者生前的纪录片——只得缅怀，却无法触及。

温度调节装置送来阵阵凉风，罗星将身体蜷缩起来。他已经厌倦了现场勘查与推理分析，不如就这些一直睡下去吧，带着对韩雪的回忆。

"想要解决这次事件，非你不可。"

猛然间，一道低沉的男声穿透了罗星的耳膜。他一个激灵蹿了起来，看到周诚如同黑影一般坐在写字台旁，冷峻的双眼盯着自己。

"周诚先生？您是怎么进来的？"罗星惊讶地问道。

周诚指了指门锁，反问道："休息时间不锁门，不怕偷袭吗？"

罗星叹了口气，应道："您来找我，是想要继续上次的推理吗？"

周诚点点头："目前探明的区域有三个：居住区不同的房间有着不同的时间流速，植物区的时间流速按照指数函数增长，浴室则陷入了'永远的一分钟'。这次来，我想分析一下蓄水区的情形。你前后经历了五次传送，应当有了一些看法。"

罗星陷入了沉思。第一次传送时，他们回到了2号门，第二次则留在了原地；为了摆脱因特林的鬼魂他们一路狂奔到了5号门，却被第三次传送带回；第四次传送后留在了5号门处，达斯特却没有归来，另外三人的站位也有了微妙的改变。第五次传送发生在逃离期间，将他们送回了5号门。

回过头来看，蓄水区的传送确实呈现出了一定的规律性。

"……奇数次的传送我们都被送回了出发点，偶数次则留在了原地。"

"并不尽然。第二次传送后你们被留在了前往5号门的途中，我则被传送至 3 号门的方向。仔细想来，第一次传送发生之前，我们到达的位置正是那里。"

罗星立刻得出了答案："这么说来，传送的位置并非随机选择，而与我们的行动有关。"

"没错。所以我猜测，这是基于时间的另一种现象。"

罗星将双臂抱在胸前，一面自言自语一面思索着。"以五分钟为一个周期，传送过后我们要么留在周期的终点，要么回到周期的起点。这么看来……"他想到了一个大胆的假设，"莫非蓄水区的时间以五分钟为周期，要经历两遍才能进入新的周期吗？"

周诚点点头："这就好像莫比乌斯带一样。二维的莫比乌斯带需要走两圈才能回到原点，而蓄水区的时间需要经历两遍才能进入下一周期。"

"那传送后的位置怎么解释呢？啊……"罗星突然想到了物理学中的一个概念，"量子逻辑！"

与经典逻辑中的"非 A 即 B"不同，所谓量子态是一种"既 A 又 B"的状态，直到被观测才会坍缩为经典态。其中一个最典型的例子，就是薛定谔的猫箱。

罗星语速飞快地解释着："经历过第一个五分钟后，某处的观测者会记下此时的时空状态——我们称其为 1 号好了。之后一切重置，开始经历第二个五分钟，并达到了 2 号状态。"

周诚接着说道："两个五分钟过完后，远处的观测者开始'观测'，于是时空状态要么坍缩为 1 号，要么坍缩为 2 号。例如第二次传送后，你坍缩成了 2 号，我则是 1 号。这样的'时间莫比乌斯带'，我们可以称其为'猫结构'。"

"等等！"罗星意识到了一个问题，"时空坍缩时，物质的基本单位是什么？原子，夸克，还是更加基本的单位？"

周诚耸耸肩："至少从结算后没有原子或分子的崩坏来看，基本单位应当在分子以上。不过有一点可以肯定，人类被当作了基本单位，因为我们的身体并没有被撕裂。不要问怎么做到的，能够做出

'时间莫比乌斯带'的文明,我不清楚还有什么他们做不到。"

即便解开了蓄水区的时空结构,仍有不少谜题:为何会有两个因特林?石块贯穿而过的"鬼魂"又是怎么回事?可周诚没有留下继续讨论,简单告别后便匆匆离开了房间。

◇

十分钟后,罗星迎来第二名访客。芮汐兆面色阴沉地走入房间,神情好似刚刚经历了妻离子散的悲剧。

"我刚刚回应了狄安娜的告白。"老芮一只脚刚刚踏进房门,便自顾自地说了起来。"我愿意同狄安娜度过余生,更愿意帮助她回到莫斯科公国时代,但不是以劫持深渊号的形式。在新的星球上,我会和狄安娜结婚,并生育我们的后代。而我的毕生精力,将奉献给时间机器的研制。当然,我一生都可能无法达到这一目标;但是不要紧,我会妥善地保管我们年轻时的体细胞,待年老力衰时便克隆出年轻的我们,将研究继续下去。总有一天,我会将狄安娜送回那个时代。"

"……对方怎么说?"

"她被我的真诚感动了,激动得说不出话来。过了许久,她才吐露出内心的声音。"

"是不是应该恭喜你抱得美人归了?"

猛然间,芮汐兆双手高高举向天空,仿佛在欢呼胜利一般:"她说,'不管我曾经说过什么,拜托你忘记吧!'"

罗星被这突如其来的转折搞得目瞪口呆。他方才发觉,老友是在用自己的失恋博君一笑。老芮用力地拍了拍罗星的肩膀:"怎么样?听了刚才的笑话,心情好些没?"

罗星顿时感到一股暖意滋润了心头,用力地捶了捶老友的胸口,两人没心没肺地笑了起来。笑过后,芮汐兆进入了正题:"夫人的手机在你手里吧?虽然有些不礼貌,但现在是非常时期,我认为有必要调查一下。"

罗星想了想,取出三部一模一样的手机,交给老芮一部,自己也开始检查。存储里多是夫妇两人的照片和视频，有时达斯特和因特林也会参与其中。帕丝夫人似乎对中国的历史很感兴趣，手机内收藏有多部历史剧及史学书籍。

翻开夫妇之间的聊天记录，尽是些日常的打情骂俏。就在迎接众人登上深渊号的前一天，两人还吵过一架。弗姆舰长的道歉短信息是这样写的：

"洒家错了，请夫人大人大量，慈悲为怀。"

弗姆舰长对中文的把握果然还不能驾轻就熟。接着读下去，帕丝夫人写道：

"既已知错，朕赦你无罪……洒家是什么意思？"

"中国有部古典名著叫作《水浒传》，里面有一名叫作鲁智深的角色和我很像。鲁智深自称'洒家'，我决定模仿他。明天就要迎接中国的客人了，这样他们也会觉得亲切一些吧。"

"那个鲁智深做过什么事情？"

"他曾经三拳打死了一个恶霸，还曾将一棵柳树连根拔起。"

"他还当了和尚。为了和他保持一致，咱们离婚吧。"

"抱歉！洒家不是那个意思……"

紧接着这条信息之后，弗姆舰长马上又发来了一条，内容一模一样，只是将自称改了回来："抱歉！我不是那个意思……"

在后续的对话中，帕丝夫人用"洒家"这个称谓狠狠地奚落了舰长一通，还责令他直到中国的客人离舰，都只能用"洒家"自称。舰长那搞笑的自我称谓，原来只是为了逗夫人开心的把戏。

在收件箱的顶部，一条突兀的消息引起了两人的注意。这条信息的收信日期是今天，时间则是八点零五。那条信息来自弗姆舰长，内容只有简短的八个字：十分钟后浴室见面。

两人呆呆地愣在原地。弗姆舰长给帕丝夫人发了信息，并邀请她去浴室会面？如果说两人合谋了这次事故，实行的时候却产生了矛盾，弗姆舰长想要将夫人解决掉，那一切都解释得通了。这样一来，弗姆舰长暴怒想要冲进浴室，也不过是演戏而已，最终却连累韩雪也困在了浴室里。

罗星与老芮都想到了这种可能性,却都不愿意承认这是真的。

"总之……我们多多注意舰长吧,这件事情先不要声张。"罗星将三部手机一起收进了口袋。

"我还有个想法。"老芮说道,"你有没有想过,一旦真的发生冲突,我们该如何自保?"

罗星摇头,且不论外来的侵略者,就算是弗姆舰长一旦发狂,自己也是毫无办法。老芮继续说道:"我原本也是束手无策,但看到浴室里'永远的一分钟'后,我觉得可以利用这个特性,复制强力兵器,例如狄安娜的剑。"他顿了顿,"最极端的情况下,我们甚至可以复制月影。"

罗星吃了一惊,尽管他清楚老芮所言是极端情况下的选择,但在情感上还是难以接受。就在这时,心瞳推门走了进来,狄安娜跟在身后。

"月影怎样了?"罗星问道。

"由于过多地使用了超能力,她大脑内主管超能力的神经中枢出现了损伤。白剑为她配了药,目前还在静养。"心瞳解释道,"先不说这个,我们在植物区3号门附近发现了尸体,要不要一起来看看?"

主观时间十五分钟后,四人来到了植物区3号门附近。一路上芮汐兆面对狄安娜时有些尴尬,对方却是一副事不关己的样子。

"就是这里了。"在前方打着强光手电带路的心瞳停下脚步,指了指靠在树干上的一具骸骨。

罗星感到一阵恶寒,但还是鼓起勇气走上前去开始检查。骸骨的一只手捂着腹部,右侧的肩胛骨处有一处细微的裂痕,肋骨和脊柱完好无损。当触及脚踝时,罗星感到一丝异样的松动。他稍稍用力拉动,腿骨当即断作了两节。

"看你干的好事……"芮汐兆吐槽道。心瞳弯下腰,端详着腿骨的断裂处,说道:"不,这并不是罗星哥哥弄断的。"她取过罗星手中的断骨，轻轻地接在骸骨身上，两者严丝合缝。"死者的腿部是被人砍断的，又刻意接在了一起。"她握住另一侧的足骨，轻而易举地将其拉作两段。

罗星起身扭了扭酸痛的腰部，说道："根据盆骨的形状判断，死者是一名女性。虽然理论上可以通过牙齿形状和DNA判断其身份，但尸骨已经历了千万年的风化，提取二者信息已不现实。目前唯一有用的信息，就只有身高了。"

"女性乘客中最矮的是韩雪，大概在一米六零。其次是月影和兰兰，在一米六五上下。顺带一说，我也是这个高度。"老芮如数家珍般地背诵着大家的身高数据，"心瞳的身高有一米七零吧？狄安娜的话……"

"一米七七。"狄安娜惜字如金地说道。

"多谢。最高的是帕丝夫人，恐怕超过一米八了。"老芮从头到脚端详着尸骨，"我目测死者身高在一米七零左右，符合这一条件的只有心瞳。如果忽略性别因素，老罗也可以算进去。"

罗星干咳两声，表示抗议。心瞳总结道："也就是说，死者并不是深渊号的成员。她也许是非法入侵者，不知为何死于非命。"

罗星将双臂抱在胸前，双眉紧蹙。除了肩部的伤痕和腿部的折断外，他总觉得尸骨还有什么地方存在异常，但想来想去也没有答案。

回到二层时，月影已经醒了过来，正在和白剑围在活动区门前讨论着什么。看到罗星等人，月影三步并作两步跑了过来，急匆匆地说道："你们到哪里去了？舰长出事了！"

◇

之后，白剑向大家讲述了事情的经过。

经过了两小时的治疗，月影的伤势终于有所好转。但由于治疗的副作用，她暂时失去了超能力。

"超能力无论如何神奇，最终负责运算的都是大脑。例如你要令石块飞起来，其中便涉及反抗重力、刚体运动、空气动力学等复杂的物理过程，虽然你本人并没有知觉，但大脑的潜意识在不知不觉中将这些信息一并处理了。过度使用超能力后，就好像超负荷运载的机器容易出故障一般，你的大脑会由于负担过重而产生头痛等症状，甚至昏迷。我为你注射了一定剂量的镇静剂，让神经中枢在受抑制的情况下得到充分休息。虽然不至于影响行动，但你短时间内无法使用超能力了。"

留下长篇累牍的说明后，白剑便将一头雾水的月影留在了房间，独自前往餐厅。两小时的操劳令他口干舌燥，这种时候就该来一杯可乐，再配上几只巧克力圈。虽然身为医生，白剑却对垃圾食品毫无抵抗力。

享受着可乐滋润喉咙的舒适感，白剑端着饮料杯走到了活动区门前。出于好奇，他按下了开门的按钮。最先进入视线的是远处的杠铃，随着门渐渐张开，两侧的跑步机和椭圆仪也映入眼帘。当门完全打开后，他终于可以看到射击训练房的入口了。

虽然健身房内毫无异常，白剑还是遵从了弗姆舰长的安全指示，没有独自进入。当他准备转身离开时，远处有什么东西引起了他的注意。房间最内侧射击训练房的入口附近摆放了一排动感单车，两台单车的缝隙处似乎藏着什么。他的视力很好，因此十分确定那里刚刚空无一物。直觉告诉白剑有人倒在了那里，于是他义无反顾地冲了进去。

白剑的预感应验了。弗姆舰长趴在动感单车的缝隙间，背部的血迹浸透了衣衫。白剑匆忙将手指放在舰长的颈动脉处，还有微弱的脉搏。事不宜迟，他全速冲刺回到房间取来了医药箱。但当他再次来到活动区门前时，却与一位不速之客不期而遇。

"舰长？你刚刚不是在……"白剑目瞪口呆地看着眼前完好无损的弗姆舰长。

"我一直在健身房啊！运动了一会儿，感觉好多了。"弗姆舰长若无其事地抖了抖臂膀。

白剑犹豫片刻，还是说出了心中的疑惑："可是舰长，我刚刚看到你受了重伤,奄奄一息地躺在健身房内!"

弗姆舰长的表情立即紧张了起来。白剑的样子不像在开玩笑,而自己又生龙活虎地站在这里。这样一来就只剩下了一个解释——有人冒充了自己,并且这个人还被杀害了。弗姆舰长命令白剑立即召集全体乘客在餐厅集合,自己则手持脉冲激光枪小心翼翼地踏入了活动区。

"到处找不到你们,我便去房间将月影带了过来。她目前无法使用超能力,属于重点保护对象。当我们来到活动区门前时,舰长却不见了踪影,之后便看到你们从电梯处走了出来。"白剑结束了漫长的讲述。

"出现了,就在那里!"月影突然指着门内叫了出来。众人顺着她指示的方向看去,发现动感单车的缝隙间隐约可以看到一个人影,成俯卧姿势藏在视线的死角。白剑一言不发地冲进健身房,心瞳和狄安娜紧随其后。罗星对着老芮使了个眼色,拉着月影跟了上去。

走进后众人看到,倒在地上的果然是弗姆舰长,背后有一道伤口,涌出的鲜血染红了衣物,在身体下方留下一大片血迹。白剑将手指放在弗姆舰长的人中处,又掐住右手手腕,之后站起身来,无力地摇头:"我们来晚了,他已经遇害了。"

众人面色凝重。达斯特下落不明,帕丝夫人被锁入了"永远的一分钟",现在弗姆舰长又在众目睽睽下遇害,这意味着深渊号的机组成员已全部罹难。

"这是什么?"心瞳的声音将众人拉回了现实。她搬开舰长的左臂,在手臂下方有一道用血液写成的标记:

X。

7b

因特林失控了，它开始无差别地攻击眼前的一切。

"舰长……达斯特先生……"

因特林举起手臂，瞄准了罗星和月影的方向，硅胶面庞上带着扭曲的神情。

"机器人不是不可以攻击人类吗？"月影向前方张开双臂，做出防守的架势。一道蓝色的火光自因特林的肘部喷出，小臂如同导弹一般夹着风声呼啸而来。飞拳与月影张开的超能力防护罩激烈碰撞，摩擦出闪亮的火花。

"他的系统被黑掉了，绕开阿西莫夫定律的方法，要多少有多少！"芮汐兆大声喊道。

月影的额头划过几滴汗珠，阻止因特林的攻击消耗了比预想还多的体力。她右手的食指高高举向天空，蓄水池中立即掀起一道巨浪。因特林一个踉跄，月影借机将飞拳弹向了一旁。

"你们躲远一些，别伤到了！"月影升上天空，与因特林对峙。

因特林自肘部伸出几支枪铳，枪口处喷出道道火光，上百枚碳合金弹头以每秒数百米的速度向月影袭来。这是深渊号上唯一的实体弹药兵器，用于万不得已时的治安维护。

月影并没有与子弹正面对抗，她轻盈地在空中翻滚着，在子弹轨迹的缝隙间从容躲避。几枚弹头射在水面上，掀起一人高的水花。

月影的念动力集中在右拳，周围的空气分子由于高速运动光线发生了折射。

"哈！"月影一声怒喝，一拳打在了因特林的胸部。因特林后退几步，月影趁机高举手刀，小臂四周的空气分子被电离发出淡紫色的辉光。手起刀落，月影的攻击在因特林身上留下了一道深深的伤痕。

"天啊，她靠超能力制作出了等离子体切割器……"老芮感慨道。

月影蹲在地上，大口喘着粗气。方才的一击似乎伤到了因特林的核心部位，机体内发出阵阵齿轮失灵的声音，四肢慢慢停止了动作。

胜利了吗？

就在那一瞬间，"鬼魂"将战斗的结果完全改写。三人均留在了原地，被击破的蓄水罐部分修复，地面上的水也少了很多。

"因特林呢？"芮汐兆立即警惕地环视四周，当他看向后方时，身体顿时一阵僵直——

因特林完好无损地站在那里，脸上挂着扭曲的神情！

红蓝色的光焰炙烤着地面，两枚飞拳卷起一阵旋风。月影立即防御，但消耗过多的她已没有力气张开强力的防护罩。

飞拳以毫米为单位渐渐接近，喷射而出的火焰使得水面沸腾，蒸腾出白色的雾气。月影露出痛苦的表情，她的体力并没有完全恢复，已经无力再次抵抗攻击。

"你们快逃吧……"月影艰难地挤出一句话。她以念动力干扰着飞拳尾部喷出的火光，但似乎并不成功，飞拳的轨迹并没有被改变。

等等！

火焰不过是燃烧形成的等离子体，月影为何能够像操作石块一般地操作火焰？"念动力"的原理究竟是什么？一个念头在罗星的脑中一闪而过，他三步并作两步地走到月影身旁，问道："月影，你能看到飞拳尾部的燃料喷嘴吗？"

"月影又没有透视能力，这种时候你开什么玩笑！"芮汐兆斥责道。但罗星自顾自地说了下去："注意能量的流动，你应当可以看到的！"

月影痛苦地睁开双眼，少顷说道："有两根管子连接到尾部，是它们吗？"

"掰弯它们！"

罗星一声令下，在月影的念动力下，飞拳的燃料管渐渐弯曲。喷射器的方向被瞬间扭转，飞拳歪歪扭扭地飞向上空。

"将它们折断！"

燃料管被从内部封死。无法喷出的煤油和液氧在飞拳内部发生了爆炸，将飞拳炸成了粉末。

因特林的肘部再次伸出机枪，瞄准了三人的方向。月影紧紧咬住嘴唇，她并没有信心挡住下一轮的攻击。

罗星搂住月影的肩膀："别怕。仔细看，警卫的四肢有流着液体的管路，能折断它们吗？"

月影点头。下一瞬间，因特林体内发出管线破裂的声音，它的双臂无力地垂了下去，继而双腿一软跪倒在地。月影折断了维系四肢活动的液压管，因特林目前已经失去了活动能力。

三人终于松了一口气。可就在这时，警卫头顶上闪烁出红色指示灯，蜂鸣般的警报声刺激着耳膜。

"这次又是什么？"月影捂着耳朵问道。

"老芮，还记得因特林的动力源是什么吗？"罗星的声音有些颤抖。

"微缩型核裂变动力炉……"芮汐兆同样颤抖着答道，"如果通过定向爆破达到临界质量触发核爆，当量相当于五千吨TNT炸药！"

罗星心一横，深吸一口气，凑到月影耳边说道："能看到警卫的体内有一个球形的物体吗？此刻它正在压缩。"

月影眯起眼睛看了过去，答道："看到了，排球般大小，内部有什么在快速地流动着……太快了，我完全跟不上！"

"阻止球体的压缩！"

月影张开右手，以超能力和因特林体内的定向爆破对抗着。

"力量太难把握了，可以把它撑破吗？"月影露出痛苦的表情，她在忍受着剧烈的头痛。

"没问题，但一定不要破坏警卫的身体。否则核辐射会泄漏出来，我们都会受到高剂量的辐射伤害。"罗星解释道。

几秒后，红色的警报灯停止了闪烁，因特林体内的能源供给被破坏，彻底停止了机能。月影双腿一软倒了下来，罗星连忙上前搀住。月影的身体滚烫，胸口剧烈地起伏着。罗星望着怀中的少女，洞悉了"念动力"真相的他难掩心中的激动：

"月影，你真是神的孩子……"

◇

"于是你们非但没有把医疗器械取回来，还无故增加了一名伤员？"白剑暴跳如雷，"月影还没有发育完全，大脑无法承受超能力的过量使用！你们什么都不懂！"

罗星和芮汐兆就像两个犯了错的孩子一般，低头听着医生的数落。他们确实应当回避同因特林的战斗，最坏情况下，也应当回到二层带狄安娜一同参加战斗。罗星扭头看向躺在角落里的心瞳，她已失去意识，呼吸急促，脸上出现了若干出血点。罗星当即下定决心，起身说道："我再去一趟。"

白剑仿佛早就料到了他会这样做，点头道："这次让狄安娜与你同行吧，只是注意千万不要再受伤了。"

"不，我一个人去。"罗星毅然决然地说道，"月影和心瞳受了伤，战斗力只剩下狄安娜了，她还是留在这里更好。"

"我和你一起去！"韩雪当即说道。

"我也去……"芮汐兆刚要起身，却被罗星牢牢地按在座位上。罗星微笑着摇头道："如果因特林再次恢复了，我们无论去几个人都没差吧！所以从逻辑上看，我自行前往才是最好的选择。"

五分钟后，罗星独自踏上了前往控制区的道路。走下电梯，他立即向着2号门的方向跑去，除了赶时间外，剧烈运动也能够缓和紧张感。刚刚来到2号门前，眼前突然出现了一个人影，罗星躲闪不及，撞了个满怀。

罗星揉了揉发痛的头部，看到对方的瞬间，兴奋地叫了出来："兰兰？"

"痛死了……"兰兰眉头紧蹙，"有那么急吗？"

罗星连忙将兰兰拉了起来，告诉她心瞳的情况很危险，急需控制区的医疗设备。兰兰拍了拍身上的土，说道："我刚试过了，想要去往控制区只能经由5号门，其余三扇门都坏掉了。按照你的说法，应当是时间被停止了吧。"

罗星点点头，这也在他的意料之中。

两人一起从2号门进去了蓄水区，向着5号门的方向走去。在前进的路上，罗星看到因特林如同石像一般矗立在那里，身上伤痕累累，左臂被连根切断。两人蹑手蹑脚地从因特林身边走过，大块头毫无反应，看样子机能已完全停止。罗星一面走一面观察着眼前的因特林——虽然同样是伤痕累累，被破坏的部位却与同月影战斗时完全不同。

蓄水区里有两台因特林，不过现在的罗星已经是见怪不怪了。

打开5号门，控制区单调的机械控制面板再次映入眼帘。罗星恍然间回想起了第一次来到这里时的情形，因特林搞怪的表情跃然眼前。

"大块头在门里，所以我是因——特林，哈哈哈哈！"

欸……

"喂，你在发什么呆？"兰兰的斥责声将罗星拉回现实。罗星苦笑着摇摇头，跟上了兰兰的步伐。

不出所料，控制区内所有的设备都停止了工作。再向内是核心控制区，需要有机组人员的舰长ID才能打开。罗星没有在设备上花费更多的时间，立即寻找起白剑需要的无菌罩、人工心肺和X光机来。

两人一言不发地翻找着，突然间，兰兰开口道："还记得吗？我说，我爱着周诚。"

"啊……嗯。"罗星继续着手中的工作,努力装出一副若无其事的样子。

"我……是个星际弃儿。"兰兰的目光游离在远处,仿佛在讲给罗星听,又仿佛在自我倾诉。星际弃儿是人类进入宇宙世纪后产生的特殊群体,小孩子的父母加入了殖民行星开发后失去了消息,无人照顾的孩子只得丢给政府。这些父母中有些确实遇到了困难,但还有相当多数只是借着开发的名义逃避抚养责任。

"我受够了教养所的无聊与死板,在五岁那年逃了出来,混进了一艘移民船。那艘船可不像深渊号这样奢侈,目的地更是被政府划分为'开发希望渺茫的行星'。毋宁说,那是一艘将穷人丢去未知行星追逐发财梦的难民船。船上的安检形同虚设,我很容易便蒙混过关。很可笑吧,但对于五岁的孩子而言,另一颗星球意味着一个崭新的世界。"

兰兰打开一道又一道储物柜的大门,依次检索里面存放的物品。

"可到了那里我才发现,比起这颗黄沙漫天的行星来,教养所简直就是天堂。幼小的我没有任何谋生的手段,为了填饱肚子,我想到了一个古老的方法——没错,就是卖唱。这样说来,我五岁便出道了呢,呵呵。

"结果可想而知,在生存都成问题的星球上,根本不会有人欣赏艺术,或者说,没人有心情去可怜我吧。几天过去,我感到自己快要饿死了。我蜷缩在淘金者遗弃的帐篷里,对着嘶吼的风沙,准备唱出生命中最后一支歌——也许那根本不能称之为歌曲吧,因为我干哑的嗓子只能发出呻吟一般的声音了。就在这时,如同许多浪漫主义故事一般,他出现了。

"那时的他只有二十三岁,和你仿佛的年龄。他并没有丢给我硬币,而是脱下自己的风衣裹在我的身上。我想,他也许是救援机构的人,也许是人贩子,总之我又要被带去别的地方了吧。可是他并没有把幼小的我拦腰抱起,而是伸出了一只手。'如果你愿意的话,请和我同行吧。'这是他对我说的第一句话。他并没有将我当成小孩子或是需要可怜的人,而是与他平等的、同行的伙伴。我伸出颤抖的手臂,牵起了他的大手。我想,从那一刻起,我便爱上他了吧。

"之后我们一起去了许多地方。方便起见,他还是办理手续成为我的监护人;但他依然没有将我当作孩子,从来没有。渐渐地……"兰兰顿了一顿,"嗯,我的歌唱才能成长了起来,发行了几张专辑,也受到了诸多粉丝的追捧。而他一直默默地站在我的身旁,对待我的态度,从那天相遇开始就从来没有变过。与此同时,随着时间的流逝,我对他的爱越来越深了。"

罗星插言道:"请恕我冒昧地问一句,周诚先生有恋人吗?"

"也许有吧!"兰兰释然地答道,"他从未主动提起,我也从未过问。他似乎有一位固定的女朋友,但两人的来往并不算密切。那是一位小他几岁的姐姐,据说在一家非常特殊的机构工作,只有在特定的日子周诚才会去找她。也正是因此,我从未见过这位姐姐,直到她离去。"

"离去?难道说……"

"没错,那个姐姐的身体似乎一直很差,最终撒手人寰。我并不是那种乘人之危的人,但那位姐姐离去之后,我也终于下定了决心追逐自己的爱情。虽然不会表露出来,但她的离去令周诚十分伤心。于是我抱住悲伤的他,默默地表白:'没关系,还有我陪着你,一生一世。'"

"……他没有答应吗?"

"从那一刻起,我们开始了你追我逃的生涯。我不清楚他在躲避什么。如果他对我的感情只是父女一般,我也并不介意以女儿的身份陪他走完人生。爱他是我自己的事情,我不需要他的赞同。但他什么都不说,只是不停地躲避着我。我就这样一路追着他,直到登上了深渊号。这次算是我的突然袭击吧,我提前得知了他的行程,便早他一步登上了太空船。啊,找到了!你来看看是这个吗?"

在一间集装箱一般的储物室内,各类医疗器械有条不紊地堆放着,种类之齐全堪比小型医院。

"如果将我和周诚先生换位思考的话……"罗星一面斟酌着词句，一面将微缩型人工心脏和足量的血袋装上推车，"他是喜欢你的，而且爱得很深。只不过正如你所言，他同时还爱着另一个人。在将另一段感情了断之前，他无法回应你，这就是他的性格。"

兰兰没有作声，罗星故作轻松地用皮带将物品固定好，试了试推车的重量。可是突然间，远处几道微弱的红光吸引了他的注意。他匆忙跑了过去，发现控制区还有少部分设备在运行着。他仔细检查者仪表上的数字，旋即被一个数值吸引了注意力。

不会吧，难道说……

他一遍又一遍地检查着仪表，然而所有信息都显示仪器没有故障。

"你怎么了？"兰兰走了过去，问道。罗星指着仪表解释道："这些仪表是监视船体状态的设备，很幸运仍在工作着。它告诉了我们一个非常关键的事情——"

罗星指向了一个显示为"0"的数值，仪表盘刻着"life"的字符。他解释道："它代表了进出深渊号的生命体的数量，这种技术已经非常成熟，准确率接近百分之百。"

"也就是说……从来没有人进入过深渊号。"兰兰的眼神中露出惶恐。

罗星点头道："迄今为止所有的凶杀案，都是深渊号的成员干的。凶手就在我们中间。"

◇

白剑将餐厅的几张桌子拼在一起，铺上白色的床单，架起无影灯，张开无菌罩，为心瞳搭建了简易的手术台。

"我会马上开始手术，男士们请回避一下。"白剑对众人说道，"另外，韩雪小姐，你可以做我的助手吗？我会告诉你简要的医疗知识，你只需为我传递手术工具即可。"

韩雪接过了白剑递来的白大褂、乳胶手套和口罩说道："医学知识我还是知道一些的。"

狄安娜留在餐厅担任守卫,其他三人则一同来到了罗星的房间。锁好房门后,罗星将在控制区的发现告诉了芮汐兆。

老芮若有所思道:"既然没有外来侵略者,分析起来就容易了。先从简单的问题开始吧!植物区发现的两具尸体,一具应当是达斯特,另一具从体形来看不是目前失踪的任何人。"

"有两种可能性。"罗星也开始了分析,"其一,他是某个从一开始就在深渊号上,但我们没有见过的人;其二,他就是深渊号目前失踪的某个人,通过手术改变了骨骼的结构。"

兰兰反驳道:"开什么玩笑!即便是小手术,也需要很长的恢复期吧?"

"但是植物区的时间流速最快达到了一亿倍,一年也只需要零点零三秒。"罗星解释道,"做过手术后,躲在快时区康复,理论上并非做不到。"

"这么看来,白剑难逃嫌疑,毕竟船上能做手术的只有他。"老芮总结道,"另一个犯人嘛,我倾向于一直不见踪影的周诚。只有他长时间处在大家的视线之外,并且有着足够杀人的战斗力。"

兰兰白了老芮一眼,说道:"要这么说,你也有嫌疑。警卫的系统被黑了,除了死去的达斯特外,只有你有这个本事。"

老芮摊手道:"你抬举我了。因特林的系统一旦察觉到入侵,防火墙就会以CPU的极限频率更换防御算法。想要破解,除非我的大脑能够像CPU一样运算。所以我倾向认为,机组人员也不干净,毕竟只有他们才有警卫的管理员权限。"

兰兰哼了一声:"在你看来,除了自己就没有干净的人。"

老芮被兰兰突如其来的火气搞得一头雾水,罗星连忙岔开了话题:"最后是心瞳。白剑连小型X光机都无法带上太空船,我们就更不可能了,因此伤害心瞳的辐射源一定来自船上。"

"所以喽,还是机组人员。"老芮接茬道,"他们负责谋划,周诚负责实施,中途双方内讧了,便开始灭口。只是可怜了我们。"

兰兰站起身来撩撩发梢,冷冷地看着老芮,嗤笑了一声。

"你什么意思？"老芮皱眉道。

"果然，你比起韩雪来还是差得远啊！"

被刺到痛处的老芮想要理论，可兰兰早已摔门离去，只有罗星在他身边苦笑着摇头。

◇

兰兰并没有跑远。当罗星追来时，她正背靠走廊墙壁，仰望着天花板，嘴里哼着一首歌。

罗星也一同走到墙边，与兰兰肩并肩站定。兰兰继续哼唱了下去，罗星听着不由得闭上了眼睛，他感觉自己宛若漫步于林间小道，天空灰蒙蒙的，淅淅沥沥的雨滴穿过叶梢打在身上。但那种感觉绝不寒冷，反而犹如一支静寂的舞蹈。

"Winter Rain。"兰兰一曲唱罢，罗星立即说出了曲名。

"不错嘛。这首曲子出自旧时代一位不知名的艺人之手，我进行了填词，但从未公开发表过。"兰兰赞赏道。

"别忘了，我有个外号是'移动的图书馆'。"罗星打趣道。

兰兰叹了口气，说道："想来安慰我吗？不必了，这点小事，我还不至于生气。"

罗星笑了笑，不答反问道："你是怎么知道老芮嫉妒韩雪的？"

兰兰哼了一声："这个世界上最容易读懂的感情，就是老处男看异性时的眼神。"

"哦？"

"你的朋友看韩雪时的眼神，里面带着三分嫉妒、三分不屑，还有一分无法面对。"兰兰继续说道。

"那还有三分呢？"

"你真的想知道吗？"兰兰坏笑道，"另外的三分，是爱恋。"

罗星吃了一惊。老芮居然会喜欢韩雪？可还没等他来得及追问，白剑便急匆匆地走出餐厅，看到二人后急切地说道："抱歉，能再来搭把手吗？"

之后二人得知，白剑为心瞳进行了手术，却依然无法抑制病情。

常规的手术已经无法挽救心瞳的性命了，白剑准备为她进行全身换血。"与其将大量的血液和设备运到这里，我们不如将心瞳移去控制区。即便希望再渺茫，我也要拼尽全力。"白剑挂着黑黑的眼袋。罗星端详着病床上的心瞳，昔日健康活泼的女特种兵此刻已异常虚弱，白皙的皮肤上遍布着出血点，面部臃肿以至于无法睁开眼睛，全身插满了辅助循环的导管。韩雪在一旁痛苦地皱着眉头，丢在一旁的乳胶手套上沾满鲜血。

几人将推车和桌子组合成简易的担架车，罗星抬着人工心肺，兰兰和韩雪举着输送血液的吊瓶，一同向电梯走去。月影依然没有恢复意识，白剑表示已经给她服了药，由狄安娜留下负责照顾。

幸运的是，深渊号内部的道路十分平整，一路上四人汗流浃背，但始终没让心瞳受到颠簸。二十分钟后，他们终于来到了植物区的2号门处。

"从这里到5号门的途中有因特林的残骸，大家不必害怕，它已经不能行动了。"罗星解释道，"带着心瞳我们肯定无法在五分钟内到达5号门，但是不要紧，只要我们走过两次相同的道路，就能够越过困难。"

进入2号门四分钟后，"传送"将他们送回了起点。四人按照罗星的解释，一言不发地再次前进。当越过第一次的传送点时，罗星命令道："停止前进，大家不要移动，等待下一次'传送'的结束。"他环视着四周，"兰兰你的位置太靠前了，请后退两步！白剑先生，请将担架车略微左移，我们必须保证人工心肺的管路不会承受过大的应力。韩雪……OK，你的位置刚刚好。"

一分钟后，第二次"传送"将四人留在了原地。由于位置与第一次基本重合，所有的医疗设备都有条不紊地工作着，心瞳的呼吸依然平稳。大家终于松了一口气，赶在第三次"传送"到来之前进入了5号门。

兰兰将白剑带到了放置医疗设备的储物室前，白剑看着里面充足的药品、备用血液以及齐全的设备，满意地点了点头。

"辛苦诸位了,十分感谢。"白剑深深地鞠了一躬,"接下来我自己就可以搞定,大家可以休息了。"

"还需要助手吗?"韩雪问道。

"已经不需要再次手术了,我只需为心瞳接上血浆分离器即可。"白剑一面解释,一面再次张开无菌罩,"这里应当相对安全,心瞳可以得到充足的休息。"

几分钟后,三人离开了控制区。白剑对心瞳抱持着非同寻常的好感,在这一点上大家心照不宣。为了拯救心瞳大家已经尽了全力,所剩无几的时间就留给两人独处吧。

◇

回到二层后他们方才得知,在离开的四十分钟内发生了严重的事件。打开电梯门时,罗星远远看到一袭绿色纱裙的狄安娜站在走廊的尽头,目光望向了寝室的方向。罗星连忙跑了过去,狄安娜无言地指向了自己的房间,只见房门敞开着,书架的玻璃被打得粉碎,床单和被褥被粗暴地乱扔在地上,衣物丢得到处都是。

"狄安娜小姐,这是怎么回事?"罗星问道。

狄安娜人偶一般地轻轻摇头。

"有没有看到,或者听到什么?多么具体都可以。"

狄安娜想了一会儿,答道:"很大、很沉闷的打击声。"

韩雪也走了过来,问道:"月影怎么样了?"

狄安娜向餐厅的方向,答道:"还在睡着。"

不管怎么说,这算是个好消息。看过狄安娜的房间后,兰兰匆忙冲向了自己的房间,开门后只看到小提琴、吉他乃至效果器和扩音器都被砸坏变形,屋内满是碎屑。一同走来的罗星想要开口安慰,兰兰却默默走入破坏现场,捡起一只没有被破坏的口琴。

"我刚刚开始练习唱歌的时候,零花钱只够买一只口琴。"她自言自语道,"我以为周诚不会赞同,便一直瞒着他。可后来他还是知道了,并在第一时间为我买来了吉他和钢琴,高价钱的古董,手工制作。明明自己居无定所,每次搬家时却要带着许多沉重的乐器……"兰兰的声音听起来很平静，紧紧握住口琴的手臂却在微微颤抖着，"所以我反而要感谢做了这种事情的浑蛋。这一次，我终于可以丢下一切负担和那个家伙浪迹星海了！"

罗星悄悄观察着被打开的房门，无论是门板还是电子锁都没有被暴力破坏过的痕迹，看来凶手是用门卡进入的。他立即提醒兰兰检查门卡，兰兰拍了拍衣兜，果然已不见踪影。

"狄安娜小姐，你的门卡还在吗？"罗星回头狄安娜，后者面无表情地摇头。

看样子犯人为了作案，不知何时窃取了两人的钥匙。

四人迅速检查了其他的房间：心瞳、白剑和月影的房间大门无法打开；韩雪的门卡还带着身上，房间也理所当然没有遭到破坏。

罗星站在走廊尽头自己的房间门前，使用门卡打开了电子锁。但当他准备推开房门的时候，却发现房门从内部被反锁了。

罗星焦急起来，用力地敲着房门。他们前往一层时老芮还留在房间里，一直不见他的踪影，莫非已经遭遇了不测？见房门内没有动静，罗星又用力地踹了两脚，可房门还是纹丝不动。

"狄安娜小姐，拜托你了。"韩雪请求道。狄安娜点点头示意众人回避，手起刀落，门锁被斩成两段。破坏这种程度的障碍，狄安娜甚至不用打开等离子体发生器。

罗星以最快的速度推开房门，迎面而来的是他最不想看到的情景：芮汐兆仰面朝天躺在地上，瞳孔痛苦地扩张着，口边流出少许呕吐物。罗星匆忙俯下身子，将手指放在老芮的鼻子下方，又按了按颈动脉的部位，继而站起身来，一脸凝重地不停摇头。

那位陪伴他走过近乎一半人生的好友，已经一命呜呼。

8a

弗姆舰长惨遭毒手，死因是背部中枪。伤口不大，初步判断凶器为众人手中的脉冲激光枪。高能脉冲激光穿透了皮肤和肌肉，射入脊柱的缝隙，对脊髓造成严重烧伤，几乎是瞬间致死。

深渊号上并没有停尸房，众人商议后决定将弗姆舰长的尸体留在这里，待事件结束后再行处理。白剑脱下白大褂盖在弗姆舰长身上，大家怀着复杂的心情对着尸体三鞠躬。

谁都没有想到，下一起事件发生得如此之快。

离开健身房时，罗星走在队伍最后面陪着月影。镇静剂已经开始发挥效用，平日里活蹦乱跳的月影一副昏昏欲睡的样子。专注于思考案情的罗星先一步走出了健身房，可是当他回头看时，月影却不见了踪影。

"月影？"罗星惊讶回头看向健身房，月影连同舰长的尸体消失不见了。他立即冲入活动区寻找，却无论如何都找不见蛛丝马迹。老芮听到这边的声音后也跑了过来，不由分说地抓住罗星的手腕，强行将他拖了出去。

两人靠在墙上喘着粗气，老芮责怪道："怎么这么冲动？万一你也被神隐了怎么办！"

罗星凝视着地面，开始回想在健身房遇到的怪事。从射击训练房丢出的白狐徽章。消失又出现的探险队伍。反复跳跃的弗姆舰长。如果这一切也是活动区特殊的时空结构所致，那么……

"老芮，你有没有想过，活动区很可能是一部……"罗星看向好友,"时间机器?"

芮汐兆盯着罗星看了几秒,压低声音说道:"我们找机会做个实验。先回餐厅吧,免得被怀疑。"

◇

两人回到餐厅时,头顶上的时钟已指向下午三点,按照餐厅的"标准时间"计算,距离事故发生已过了七个小时。众人都仿佛守灵般地一言不发,没有看到周诚大叔的身影,但大家似乎已经习惯了他的特立独行。

罗星向大家解释了月影的失踪,也许是悲剧发生得太频繁了,心瞳和白剑只是微微摇头叹气,狄安娜的脸上闪过一丝难以察觉的悲伤。

白剑率先打破了沉默:"梳理一下目前的情况吧。我前后遇到了三次舰长,第一次重伤,第二次健康,第三次已经死亡。重伤的舰长不可能自动痊愈,于是只剩下了一种可能性——我第二次遇到的舰长,并不是他本人。"他深吸一口气,"我想,当时的情形是这样的:冒牌货杀害了舰长,并准备将尸体秘密处理掉,目的是替代舰长的身份。可是他的计划出现了纰漏。也许是因为缺少处理尸体的工具吧,他曾有一段时间离开健身房,将奄奄一息的真货舰长丢在那里。不知该说是幸运还是不幸,就在这短短的时间内,我进入了活动区,发现了舰长。我跑出去找人,就在这个间隙,冒牌货回到了活动区处理尸体,却和赶回的我撞了个正着。情急之下,他只得将计就计,以'集合大家'为理由命令我离开现场,自己则趁这段时间将藏匿的尸体再次摆在原位,自己则由于诡计败露再次躲了起来。"

想到自己的假说,罗星没有说话。芮汐兆反驳道:"伪装舰长这种事人能做到吗?那么大的块头,除非是舰长的双胞胎兄弟。"

"从外科手术的角度来讲,难度确实非常高。但如果是整容手术加上肌肉装的话……"白剑开始了天马行空。

老芮毫不留情地打断了医生。"不是还有一种更简单的解释吗?

那就是你在说谎。"他旋即补充道,"没有针对你的意思,我只是在列举可能性。"

心瞳岔开了话题:"不如讨论一下舰长留下的信息吧。乘客全部来自中国,因此这应当不是英文中的X,而是汉语拼音中的x。但我们名字中带x的很多,罗星、芮汐兆、韩雪……甚至包括我自己。"她耸了耸肩,"所以我更加倾向于认为,那个符号代表了来自外界的未知凶手X。它一度伪装成了舰长的样子,并且现在仍然藏在深渊号的某处。"

众人感到一阵恶寒。如果"X"真的存在,他既然能够伪装成舰长,是否摇身一变成为别人的模样?

"不对哦……发生事故后,并没有人进入过深渊号!"入口处传来熟悉的声音。众人立即循声望去,只见兰兰一只手扶着墙壁站在门前,大口喘着粗气。

罗星匆忙问道:"兰兰?你去了哪里?"

"我去一层调查,在那里发现……"

"等等!"心瞳闪电般地站起身来,将罗星挡在身后。"兰兰小姐,这已经是你第二次失踪了。每次失踪,你都会一个人去往某处调查,并且带着出人意料的结果回来。我不认为一位女歌手能够做出这样的事情。"

兰兰并没有被心瞳的气势压倒,她面带冷笑地回击:"看样子,你对歌手这个职业存在偏见喽。"

"想要让我们信任你也很简单。"心瞳冷静地回应,"向大家说明一下,你在消失的时间里,去了哪里,又做了什么?"

兰兰与心瞳对视了几秒,叹气道:"说也无妨,我只是不喜欢被人逼问而已。我去调查黑入因特林系统的人了。有这个能力的人屈指可数,很可能成为事件的突破口。结果,我在控制区找到了这个。"说罢,她从衣兜里取出一张图纸,放到心瞳手上。心瞳展开图纸看了看,是因特林内部的电路设计,尽是看不懂的符号和专业名词。

"控制区可以进入了？那个神秘的镜像空间消失了吗？"罗星问道，他想起了一去不复返的达斯特。

兰兰顿了两秒，旋即答道："很抱歉，我并没有看到你所说的'镜像空间'。"她取下别在腰间的脉冲激光枪，心瞳一下子紧张起来，兰兰却只是笑笑，将枪械递到了心瞳手上。"你们在调查杀死舰长的凶手吧。检查一下我的枪械，就能排除我的嫌疑了吧？"

心瞳仔细检查了手枪，剩余电量百分之百，其余部件亦没有使用过的痕迹。她一言不发地将手枪递还给兰兰，后者还以冷笑。

"补充一点，我在控制区找到了一台监视太空船内生命体数量的设备。设备显示，事故发生后没有任何生物体进入过深渊号。"兰兰抱着手臂说道。

芮汐兆叹气道："莫非真的是舰长的双胞胎兄弟吗……"

"不！"心瞳斩钉截铁地说道，"所有的一切，都有一个更加合理的解释。"她环视着众人，"那就是深渊号上还有一名超能力，他就藏在我们中间。在场的每一位都有嫌疑，当然，也包括我自己。"

"你是说月影那样的超能者吗？"老芮问道。

"不。"心瞳意味深长地环视着众人，"那个人是一名催眠能力者。"

心瞳的分析仿佛火上浇油一般，立即在众人心里炸开了锅。超能力者最常见的有两种，一种是以月影为代表的念动力者，另一种就是催眠能力者。催眠能力者能够干扰人类的认知，例如，提升他人对自己的好感度，或者让人看到幻像，等等。由于催眠能力者是十分稀有的人才，其资料往往都掌握在军方手中。如果深渊号上有一名能够干扰人类的催眠能力者的话，那么所有的怪异便都有了解释。

"于是呢？你想要将每个人审问一遍吗？"兰兰冷冷地问道。

可还没等心瞳回答，餐厅的门便打开了。众人屏住呼吸，心瞳和白剑将手扶在枪上。可是下一刻，大家却看到迷迷糊糊的月影拖着步子走了进来。

罗星立即冲了上去，扶住月影的肩膀，大声问道："你去哪儿了？怎么才回来！"

月影抬起沉重的眼皮。"罗星哥哥？我……"她似乎在思考，又仿佛在和睡魔做着斗争。"我走出健身房后，看到你不见了……嗯，于是我就直接来了这里。"

"中途没有去过别处？"罗星追问。

月影无力地摇头。罗星还想要问下去，却看到心瞳对他使了个眼色。心瞳说道："正好，人都到齐了。现在最焦急的就是凶手本人，所以，我们要以不变应万变。"她看向了罗星和老芮，笑道："这就要仰仗两位高才生了！"

◇

心瞳提出的战术很简单，那就是将前往一层的道路封闭。越是简单的环境，催眠能力者可以发挥的空间就越小，同时也越容易露馅。心瞳拜托罗星和芮汐兆卸开了电梯的控制面板，从里面取下了六块线路板，交予每个人的手中。

"为了防止凶手再生事端，我们要限制活动区域。无论是谁想去往一层，必须经过所有人的同意。"心瞳解释道。

"浴室和活动区也很危险，要封闭吗？"芮汐兆问道。

"那两个地方太危险了，我想没有谁会闯进去的。"心瞳应道。

尽管并不情愿，但大家也都认同这是一个相对安全的方式。更何况在这种情况下提出异议，一定会加重自己的嫌疑。

解散后，罗星再次把月影带回了自己的房间。月影身子一沾床就睡了过去，罗星将她抱到枕头上放正，又为她盖上了被子，之后自己坐在写字台前梳理思路。深渊号上的遭遇是综合了"事故"与"案件"的复杂情况，想要组合出完整的图像，还缺少最后的、最关键的几块拼图，例如活动区的时空结构，以及蓄水区 5 号门内的镜像空间。

罗星就这样思考着，不知不觉已经过去了半个小时。如果不是突如其来的门铃声，他恐怕也要睡了过去。打开房门，罗星看到了一脸严峻表情的兰兰,她见四下无人,飞速地钻进了罗星的房间。

罗星望着惊魂未定的女明星,问道:"怎么吓成这样了?"

兰兰捂住胸口,大口喘着粗气,说道:"白剑和心瞳盯得很紧,万一被他们抓到,肯定没好果子吃。"

"又不是你做的,坦然面对便是。"罗星若无其事地坐回到写字台前,顺手扯过一把钢管椅示意兰兰就坐。

兰兰盯着罗星看了片刻,问道:"你这么肯定?"

"如果你是凶手,为了掩饰自己,一定会坚称犯人来自外部。而事实上,你冒着被怀疑的风险,做出了'没有外来者进入深渊号'的指证。无论怎么想,这都是为了保护大家,而不是出于一己私利。"罗星一面说着,一面看了看熟睡中的月影,"因此,我没有理由怀疑你。"

兰兰三步并作两步地走到罗星面前,按住他的双肩,说道:"既然你相信我,那么我有一个请求。帮助我回到一层,我必须到那里。"

罗星看着兰兰的眼睛,明亮的双眸中闪烁着决绝的神采。他一字一句地答道:"很抱歉,我做不到。同时,我也不建议你去尝试说服其他人,那只会加重你的嫌疑而已。"

兰兰离开后不久,心瞳便按响了门铃。

"女明星来过啦?"心瞳一进门便露出了鬼怪精灵的笑脸。

罗星将心瞳让了进来,说道:"我觉得你对她有些误解。兰兰不可能是杀死舰长的凶手。"

"我知道。"心瞳半笑道,"我只是想告诉她,在太空船上,她并不会享受特殊的待遇。"

"她并没有要……"

"不说这个了。我这次来,是想告诉你一件事情。"罗星的话还没说完,便被心瞳截了回去。心瞳潇洒地向脑后拨了拨发髻,说道:"我接受了白剑的告白。"

!

看着罗星惊讶的样子,心瞳笑了笑,继续说道:"也就是说,我们两个现在已经是恋人了。说来也怪,我并没有什么特别的感觉。"

半晌,罗星挤出一句话:"这样啊……恭喜你们了。"

心瞳轻盈地坐在写字台上,双腿叠在一起,微笑道:"不问一下,我为何会答应吗?"

罗星想了想,应道:"因为白剑能给你安全感吧。"

"错。"心瞳望着天花板,半笑道,"我想,我们没办法离开深渊号了。即便能捉住凶手,我们也不可能走出这座时间的迷宫。我年纪不大,但时间全用在了磨炼战斗技巧上,这个年龄该有的经验全都是空缺。我不想带着遗憾死去。"

"还没到绝望的时候。"罗星立即回应道,"我想过了,万不得已的时候,我们可以暴力破坏掉通往小型飞行器停靠区的隔离门,从那里逃出去。"

心瞳叹气道:"不可能的吧?舰长和工程师说过了,门后的防御装置足够将我们全灭。"

"但我们有'永远的一分钟'。"罗星出人意料地说道,"一次不行就两次,两次不行就三次,弹药和能源总有耗光的时候。虽然现在的我会死,但其他的我会活下来。"

"哈哈哈哈——"心瞳毫无征兆地大笑起来,搞得罗星一头雾水。心瞳笑了好半天,方才擦着眼泪说道:"罗星哥哥,不愧是你啊。"

"有那么好笑吗?"罗星被搞得有些难为情了。

"你平时总是一副无所不知的样子,有时却又智商下线。这叫什么来着?哦对了,反差萌。"

"你说我智商下线?"罗星不满地皱起了眉。

"不服气吗?想想你处理感情问题时的样子。"心瞳笑道。

罗星无言以对。心瞳拍了拍他的脸颊,说道:"做个测试吧。告诉我,我为什么会来找你商量感情问题?"

"……因为我看上去人畜无害吧。"罗星小声嘀咕道。

心瞳收起了笑容,不疾不徐地说道:"我从很小时就在接受特种兵训练了,即便在白狐部队,我的成绩也是出类拔萃的。正因为这样,我希望我的伴侣能够和我互补。他可以没有出色的战斗能力,但一定要有丰富的学识和敏锐的头脑,如果能痴情就更完美了。"她慢慢凑到罗星面前,"我确实找到了,只是可惜啊,那个男人痴情的对象不是我。"

下一瞬间,心瞳樱红色的双唇轻轻吻在了罗星脸上。

"这个吻,献给我的初恋。"

说罢,心瞳头也不回地离开了罗星的房间。

◇

罗星回想起大学时的事情。

一次新年聚餐后,大家一起来到KTV包夜场。不知是谁起了个头,同学们一起摇旗呐喊,要求年级第一的韩雪献唱一曲。韩雪推辞再三,还是被同学们推上了台。韩雪选择了一首民谣,唱得算不上好也不能说差,只是勉强都在调上。但她的嗓音里还留一些童声,听上去别有一番韵味。

就在韩雪放下话筒的瞬间,一直闷在角落里打牌的芮汐兆跳了出来,说自己也要来一首。出乎所有人意料的,一向闷骚的老芮居然选择了重金属摇滚。他的唱功不算强,但刻意嘶哑的嗓音,以及全程大幅度的摆头,都令同学们不明觉厉地鼓起掌来。只是不知为什么,听着好友的歌喉,罗星却想起了实验设备里生长的晶簇。

罗星就这么傻呆呆地回忆着,直到现实中的老芮来访。

"你对韩雪什么看法?"还没等芮汐兆坐定,罗星便冷不丁问道。

老芮想都没想便答道:"仅次于我的天才。好朋友的暗恋对象。个性内向的女同学。颜值还不错的异性。物理学界的逃兵。行踪不定的神秘人物。导师眼中的宠儿。学识多而不精的典范。硕士。你问这干吗?"

"我是在想……"罗星仰望着冷灰色的天花板,"你一直将她视为对手,会不会因此喜欢上她?"

老芮愣了几秒,一字一句地说道:"我这人办事有个原则,那就是即便蠢，也要蠢得逻辑自洽。"

罗星皱眉道："你什么意思？"

"你对韩雪的感情世人皆知。如果我喜欢上了那个家伙，那么在追求她之前，第一件事一定是和你绝交。这样做才算得上是逻辑自洽。"老芮答道。

理所当然的答案。罗星笑了笑，岔开了话题："你是来叫我去做实验的吧。走吧！"

几分钟后，两人站在了活动区的门前。舰长的尸体躺在一排动感单车中间，盖在身上的白大褂格外醒目。

"我认同你时间机器的假设，但还有一些细节需要验证。"芮汐兆说罢关上房门，看着手表开始读秒。片刻后，他再次打开房门，舰长的尸体依然直挺挺地躺在那里。于是他再次关上房门。在第四次的时候，尸体果然消失了。

"中大奖了。"罗星禁不住自言自语道，"根本没有什么冒牌货，白剑能够遇到健康的舰长，是因为那个时间段的舰长还没有受伤，仅此而已。"

"接下来是时间传送的间隔。"老芮取出一支笔丢在门内侧，自己则继续站在门外观察。大约四十秒后，那支笔在两人的眼皮底下消失了。

"算上刚才咱俩交谈的时间，传送的间隔在一分钟左右。"老芮捡起笔揣进兜里。

"传送的规律是什么呢？"罗星疑问道。

"要验证这点就困难了，需要大量的实验数据来推算。"老芮若有所思道，"但根据已经发生的几起事件来看，传送并没有一定之规律，是完全的随机数。"

"随机的一分钟吗……"罗星感到一阵恶寒。从站在门外的他们来看，健身房内的时空每隔一分钟就会随即切换，例如此刻对应门内的八点二十一分，一分钟后门内则是十点一刻。当然从健身房内看外面也是同样，这就相当于搭上了一台每隔一分钟便会随机跳跃的、目的地无法控制的时间机器。

"还有一个问题。"罗星思考着,"随机时间的起点毫无疑问是事故发生的瞬间,那么终点在哪里?"

芮汐兆叹气道:"好消息是,无论是你和心瞳,还是月影,都在随机传送后返回了正确的时间段。这说明终点至少不在无穷远处,否则你们回来的概率严格说等于零。"

罗星点点头。他们几次三番地进入了活动区,又瞎蒙乱撞地回到了正确的时间段,根本就是狗屎运。

之后两人决定进去健身房,去探查更深处的射击训练房和道场。心瞳在进入射击训练房后,曾经与健身房里的弗姆舰长等人走散,这说明两个房间的时空结构很可能是不同的。

罗星脱下外套系在腰间,两人一路小跑到射击训练房的门前。只要能在一分钟内走出活动区,就能确保留在正确的时序里。打开房门后,芮汐兆迅速掏笔扔了过去,笔尖接触地面后弹起的瞬间便消失不见了。罗星效仿着老芮的做法,丢入了一支餐厅中取来的钢叉。钢叉同样在弹起的瞬间消失,但在下一刻,它却和笔一起出现在了地面上。

"时间到了,快走!"罗星看准时间,拉起沉思的芮汐兆向门外跑去。经过动感单车区域时,一架单车的车把挂住了罗星的外套;他当即将外套解开丢掉,不顾一切地全力冲刺。当他们踏出活动区的大门时,时间刚好指向了一分钟。

"一秒钟……射击训练房里的传送间隔只有一秒钟!"罗星气喘吁吁地感叹道,"我们不可能进入道场探索了,没有人能在一秒钟内进入道场再平安回来!"

老芮同样喘着粗气,问道:"道场的入口,与射击训练房的入口正对面是吗?"

罗星皱眉道:"你想干什么,让心瞳或者月影冲进去吗?"

"人类当然做不到。"老芮摆了摆手中的激光枪,"但是电磁波可以。"

这是一个疯狂的想法。但出于物理人的好奇心，罗星还是决定陪着好友疯一把。

罗星取出另一只钢叉，丢在健身房内。几十秒后钢叉消失，这意味着上一个一分钟周期刚刚结束。两人立即开始冲刺，以生平最快的速度来到了射击训练房冲刺。打开房门后，芮汐兆将脉冲激光枪的功率调至最大，向着正对面的道场大门一阵猛轰。尽管老芮用毛巾裹住了枪柄上的扩音器，刺耳的模拟枪声依然聒噪着两人的耳廓。

为了搭配道场内的木质装修，道场大门也采用了实木材料制作。木质材料并无法承受强激光，靠手中的武器完全可以轰开——如果没有"随机的一秒钟"。几次尝试后，激光枪的能量储备已经开始报警，大门依然紧紧关闭。

罗星一直紧张地关注着时间，当一分钟过去大半时，他连忙拉起芮汐兆向门外飞奔。可好死不死的，在经过弗姆舰长的尸体时，罗星不知被什么绊了一跤。

"你在干什么！"芮汐兆几乎拖着将罗星带出了健身房。两人运气不错，当踏出房门时，时间只过去了56秒。

"吓死我了……"芮汐兆取出纸巾擦拭着额头的汗珠，可下一瞬间，他却看到罗星仿佛着了魔似的再次进入了活动区！罗星飞快地奔跑到弗姆舰长的尸体旁，掀开白大褂丢在一边，双手急速地搜索着什么。

"快出来！一分钟很快就要到了！"门外的芮汐兆大喊着。就在这时，罗星终于在弗姆舰长的衣兜内有了发现。他以难以置信的速度冲出了活动区，将一头雾水的老芮丢在一旁，向着电梯的方向跑去。当芮汐兆赶到时，只看到罗星盯着走廊尽头的隔离门自语：

"原来是这样……我终于明白舰长的死亡信息了！"

◇

和芮汐兆分开后，罗星偷偷摸摸地来到兰兰的房前。见四周无人，他迅速按下门铃，又在兰兰开门的一瞬间钻了进去。

"你怎么……"

兰兰还没开口,便被罗星捂住了嘴。后者小心翼翼地观察着门外,确定没有跟踪后才关上房门反锁好。

突然间,罗星感到手臂上一阵刺痛,原来是兰兰狠狠掐了他一把。兰兰瞪了罗星一眼,没好气地说道:"要是在地球上,刚才的事足够你进局子了!"她哼了一声,继续问道:"特意来找被你拒绝过的女人,想干什么?"

罗星示意兰兰放低音量,小声说道:"你不是想要离开二层吗?我找到办法了。"

之后,罗星向兰兰描述了活动区的时空状态。"只要你到电梯没有被破坏的时间段,就可以顺利到一层。当然这样做风险很大,因为传输是随机的,我并没有把握你需要试多久才能到正确的时间段。"

兰兰沉思了片刻,说道:"我有两个问题。第一个问题,如果我到了过去,能改变历史吗?"

罗星立即答道:"目前来看,历史是不可改变的。你能够回到过去,但不会遇到过去的我们,也不会改变历史。因为这样的事情并没有发生。"

兰兰微微颔首:"第二个问题,你为何要告诉我这些?"

罗星直视着兰兰的双眼,说道:"因为你是特殊的。"

T 小姐的探案记录 III

老旧的酒吧内，木质装饰散发出潮湿的气味。酒保一面擦去额头的汗水，一面唯唯诺诺地敲响了经理办公室的木门。不消片刻，一身银灰色西装的中年经理打开了房门，双眉紧锁；酒保一面警示着四周，一面对着他耳语了几句。经理的瞳孔骤然间收缩，却依旧装出波澜不惊的样子，理了理暗红色的领结，快步向客厅走去。

在吧台的角落里，唯一的客人正在等他。那是一名穿了一身黑色卫衣和黑色紧身裤的女性，即便在灯光昏暗的酒吧中，依然配戴着一副遮住了大半面容的太阳镜。

T 小姐旁若无人地啜饮着橙汁。少顷，她自挎包中取出一本浅蓝色的便签纸，飞快地写上一行字，撕下交到经理手中。经理眉头紧蹙，捏住便签纸的右手微微颤抖着。

"您这样让我们很难办……"经理进行着微弱的抵抗。T 小姐一言不发，半分钟后，经理双臂无力地垂下，低着头小声说道："好吧，我答应您的请求。"

在经理的带领下，T 小姐穿过了后堂逼仄的走廊，走下吱呀作响的木质阶梯，最终来到地下室中。经理打开一道房门，门内整齐地排列着色彩斑斓的液晶屏。

"这里就是我们的总控室，酒吧的每一个角落都能通过监视摄像看得一清二楚。通常我们会保留两个月的监控录像，在终端输入日期即可查看。"经理不情愿地进行了说明。T 小姐将没喝完的橙汁放在控制台上，对着他摆了摆手。

"嗯……我想您应当清楚，将监控录像提供给您是违法的，所以……"经理自讨没趣地絮叨着。T小姐回头瞥了他一眼，他匆忙鞠了一躬，灰溜溜地离开了。

要追寻狄安娜的踪迹并不困难。

克隆人的去处虽然由政府专门机构负责，交通却交给了出价最低的私人运输公司。利用沈湉提供的车牌号，T小姐轻而易举地找到了那家公司。运输公司的管理层都是久经考验的老油条，想要问出点儿什么难比登天；但如果找机会塞给司机师傅一包好烟，再请他们一顿烧烤加啤酒的话，所谓的商业机密在他们口中也不过是茶余饭后的谈资。

"当然记得！四月的乘客中有一位金发的小妹妹，漂亮得简直像仙女一样咧！"司机老李显然在酒精的作用下激动了起来，"我当时就想，原来真有这么漂亮的人哪！别误会啊小妹妹，你当然也很漂亮，我只是说……嗨，你看我这人，一喝酒嘴就没有把门的！你问她去了哪里？我把她拉到这里后，她便上了大齐的车。"

顺藤摸瓜，不出两天的时间，T小姐便理出了一条线索：离开研究所后，狄安娜被运输公司的人载到了火车站。在那里她乘上了前往中国西安市的火车。车票是由司机大齐转交的，他出于"关心"偷看了信封中的车票，又在"自言自语"时说了出来，只是不小心被T小姐听到了。几经周转后，狄安娜来到了西安城郊的一座酒吧中。

如此大费周折，大概是希望隐匿狄安娜的行踪吧。找到这座偏僻的酒吧后，T小姐又花了一天的时间调查了这里的呆账坏账，再以此为筹码威胁经理，最终获得了进入控制室查看监控录像的权力。

狄安娜于四月十三日离开克隆人类研究所，傍晚七点左右抵达火车站。几小时的火车后，于次日凌晨抵达西安市。之后几经辗转，到达酒吧的时间，预计在下午三点到六点之间。T小姐调取出相关时段的录像，紧紧盯着屏幕，生怕漏掉一丝细节。

四点十七分，狄安娜走进了酒吧。一身中性的牛仔裤与T恤的搭配，人偶一般坐在酒吧的角落里。两小时后，有人向她走了过来。此人是反侦察的高手，披着掩饰身材的长款风衣，头上戴了贝雷帽，进入酒吧之初就确认了监视器摄像头的位置，直到离开始终背对镜头。从此人的走路姿势，T小姐大致判断出其为女性。

两人谈话时间很短，其间狄安娜只是不停地点头，几乎没有开口。最终，神秘女性交给狄安娜一只黑色的箱子。T小姐匆忙按下了暂停键，嘴角露出微笑——

终于给她找到了。

那是一个长条形的箱子。虽然经过了层层伪装，但她可以确定，箱子中装的是"那个东西"。

夜晚，T小姐游荡在西安市的街头。大雁塔的四周布满贩卖特色小吃的摊位，她叫了一碗羊肉泡馍，但最终由于过重的膻味而放弃。

昨天晚上沈湉打来了电话，告诉她研究院的主管主动告知了狄安娜离开研究所的真相：军方同意提供一项经费不菲的项目，条件是将狄安娜交给他们，并保证不会危害狄安娜的人身安全。

"凯特虽然是克隆人类中成功的典范，却始终不肯融入现代社会，我一直很担心她的未来。军方提供资金固然是一方面，但另一方面我也在考虑，也许军队才是她正确的去处……"

无论如何掩饰，答应将狄安娜交给军方也是为了一己私利。事后主管挣扎了好久，觉得自己愧对科研工作者的身份，最终决定向负责调查此事的沈湉坦白。

看样子，与狄安娜在酒吧接触的神秘女性，就是军方的人。想要调查军方可不是闹着玩的，T小姐目前还没有一点头绪。

街头的白光全息屏闪烁着最近的新闻。T小姐盯着屏幕看了好久，终于在角落里看到了深渊号的消息："远距离移民船深渊号遭遇事故，乘员全部遇难"。新闻中给出了政府的调查结果，事故原因是设备年久失修，引擎在某次启动中发生爆炸。

屏幕上闪过了乘客和机组人员的照片，T小姐看着那几张活生生的面容，禁不住抿起嘴来。

"不会吧，这不是那个明星兰兰吗？"

耳边传来了议论声。T小姐循声望去，原来是一群刚刚吃过消夜的大学生路过这里。

"太可惜了……我超迷她的！"一名女生带着哭腔抱怨。

T小姐将吃完的雪糕棒丢入垃圾桶，转身离去。就在这时，她听到了另一名大学生的声音：

"咦？这不是我们学校的芮老师吗？"

◇

芮汐兆工作的高校并不在西安，T小姐原本想要晚些再去调查的，没承想得来全不费工夫，居然在西安的街头碰到了同校的学生。三言两语后，T小姐便同那几名学生熟络了起来，对方将"芮老师"的信息悉数告知，还请她喝了冰橙汁。话别后，T小姐的记事本上留下了这样的信息：

脾气古怪，自视甚高，对学生严厉却很照顾。学术上有两把刷子，不善于处理学校的人际关系，朋友很少。经常跑去图书馆，谣传他的女朋友在那里。

于是，T小姐将下一站调查的目标定为芮汐兆工作的高校。

高校大概是世界上最缺少安全意识的地方，谎称自己是政府的工作人员后，办公室的值班大妈便用备用钥匙为T小姐打开了芮汐兆办公室的大门，甚至连工作证件都没有确认。

芮汐兆刚刚获得正教授的职称，还窝在一间十几平方米的偏房里。推开房门，老式的木质写字台上并排放着四面实体显示器，写字台右侧的主机柜发出隆隆的响声，成百上千颗CPU仍在执行着主人生前设定的程序。靠南的墙上立着一排书架，各式各样的物理学专业书杂乱无章地堆放着。T小姐随便抽出一本翻看，上面天书一样的公式仿佛催眠咒语一般，她赶快合上了书本。

写字台的抽屉没有上锁，里面堆放的多是打印出来的专业文献。T小姐放弃了阅读的打算，继续翻找下去。很快地，她便在凌乱的文献中找出一册笔记本，纸张已经泛黄，保存得却十分完好。打开第一页，日期竟是十年前，芮汐兆用潦草的行书写下这样一句话："专业课免修测试，输给韩雪四分。"

T小姐快速翻看着后面的内容，上面以日期为索引，详细记录了本科四年的每一次测试、竞赛的成绩。无一例外，那个叫作"韩雪"的人全部获胜。唯一的一次，两人的总成绩相同，芮汐兆不甘示弱地计算了成绩的方差，结果依然落败。

"韩雪硕士毕业后就离开了学校，她逃跑了。"笔记在此戛然而止。从时间上看，写下最后一句话的时间已相当之久，可芮汐兆依然将这本笔记收藏在最显眼的地方。

从本科入学到硕士毕业，七年，每一个日夜的点点滴滴。一个人究竟怀着怎样的心情，才能够写下这样的记录呢？

"芮老师？您回来了吗？"门外传来的声音打断了T小姐的思绪。她抬头看去，一名留着齐颈短发、戴着黑边眼镜、身穿白大褂的女学生满脸惊喜地站在门前。看清里面的人是T小姐后，女生尴尬地退了出去，道歉道："抱歉搞错了，您是新来的老师吧？"

半小时后，T小姐同那名学生坐在了校内名为"师生缘"的咖啡厅里。

"我原本是芮老师的研究生，他决定移民外星球后，我便转去了别的研究组。但怎么说呢……在那边无论是研究方向还是组内的人际关系都很难适应，所以看到芮老师的办公室再次打开时，我真的很激动。"名叫林颖的女学生难掩失望的神情，"其实他在别的星球也没关系啊，现在量子通讯已经很方便了，通过远程邮件一样可以指导我毕业。"

T小姐提醒她，移民意味着从P大解除职务，因此不可能继续担任导师。林颖微微一笑道："这种事情也不是没有过先例。芮老师参与的移民属于政府行为，按照官方说法就是'为人类做贡献'，因此各方面都很好通融。说实话，这件事情我向他哭诉了很久，他最初也答应了在那边继续指导我，可是……"

T小姐眉头微蹙，示意林颖继续说下去。林颖摘下眼镜，一面揉着泛出泪光的双眼一面整理情绪。

"……抱歉。芮老师很早便决定了移民，但我并不希望因此改变研究方向。我们在一起制订了详尽的研究计划，他离开后怎样远程指导我推进课题，直至我完成毕业论文。可在出发前一周，他突然改变了主意，决绝地勒令我转去别的研究组，并告知不会再与我联系。这件事我至今放不下，那些天究竟发生了什么？"

仅仅是移民而已，即便芮汐兆移民的动机中包含了"韩雪情结"，但这又与指导学生研究有什么关系呢？T小姐沉思片刻，问道："芮老师其他的学生呢？他们怎么想？"

"他的学生除我之外只有一位师弟还没进组，换导师对他没有影响的。"

T小姐追问："他的朋友呢？出发前，他对待朋友的态度有没有变化？"

林颖耸耸肩，苦笑道："芮老师的朋友很少，树敌倒是很多。其实他人很好，只是脾气太臭，加上缺乏与人交流的技巧。虽然我只是一名学生，但组里很多事务都是我在处理。芮老师这个人啊，如果没人照顾……啊，抱歉跑题了。"林颖难为情地挠挠鼻尖，继续说道："说起朋友，芮老师经常跑去图书馆，却从不借书，我们推测他的女朋友在那里工作。"

"没有找他确认过吗？"T小姐坏笑道。

"当然了！"林颖用力地一拍桌子，"可是我每次问他，他都会露出难以理解的笑容，然后说，你猜？"

T小姐抿了口橙汁，没有回应。

之后两人聊了很多，包括芮汐兆在学校的奇闻轶事，以及T小姐的一些调查结果。告别时，林颖坚持付了账单。她看着T小姐的眼镜，怯怯地问道："你说……芮老师还有生还的可能吗？"

T小姐点点头，坚定地答道："那当然！"

8b

芮汐兆死在了罗星的房间里，门卡还在罗星身上，并且房间从里面反锁，处于密室状态。

罗星仔细检查了好友的尸体，身体表面看不到任何伤痕，痛苦的表情似是中毒身亡，又仿佛急性病发作。芮汐兆的手枪还别在腰间，能量状态显示百分之百，射击次数为零，可以排除开枪自杀的可能。

一番调查后，罗星用床单盖住了芮汐兆的尸体，同韩雪一起向尸体鞠躬道别。一旁的狄安娜目光茫然，精致的面容上读不出情感的起伏。

"我去把白剑叫来，这种情况下需要专业的法医。"兰兰主动请缨。见罗星一副准备同行的样子，她宽慰道："我一个人没问题的。我独自在一层转了很久也没有出事，证明凶手的目标不是我。"

深渊号的成员死伤严重，确实已经人手不足了。无奈之下，罗星同意了兰兰的建议。

送走兰兰后，罗星和韩雪回到餐厅照看月影。超能力女孩依然在昏睡中，胸口平静地起伏着。

"韩雪，你知道'念动力'的物理学原理是什么吗？"罗星冷不丁问道。

"你说物理学原理？没想过呢。"韩雪被搞得一头雾水。

罗星解释道："就以用念动力掰弯勺子为例吧。首先可以排除引力，强到足以折断金属的引力，只有星体内部才能达到。电磁力看上去最有可能，但勺子是电中性的且不具有顺磁性，想要通过极化掰弯，需要的场强也大得可怕。如果念动力创造出了这么强的电磁场，恐怕早就产生其他影响了吧，例如没能掰断勺子，却破坏了周围的电器。至于弱相互作用力和强相互作用力，因为是短程力就更加不必考虑了。"

韩雪皱眉道："四种基本相互作用力都被你否定了。莫非你想说，超能力是一种新的作用力吗？"

"非也。我原本认为，念动力是通过操纵某种基本的相互作用力，或者说建立某种场来实现的。但通过月影与因特林的战斗，我发现并不是这样。"罗星刻意卖了个关子，"它是通过意识直接干涉某种更加普遍的物理量来实现的。"

韩雪想了一会儿，但很快就放弃了。"抱歉，课本上的知识早就还给老师了。"她自嘲道。

罗星笑了笑，揭示了答案："念动力是通过操作熵实现的。"

见韩雪依旧一副不解的样子，罗星继续解释道："在战斗中，月影曾试图操作飞拳喷出的火焰。火焰是等离子体，为什么月影第一时间想到的是操控火焰，而不是飞拳本身？我当时想到了一个答案，那就是相对于飞拳，火焰在月影看来更加'显眼'。

"从物理学上来讲，让火焰更加显眼的物理量有很多，例如温度，或者速度。但结合月影之前的表现，我认为她看到的是能量的流动，即熵。于是我让她尝试着破坏因特林四肢的液压泵。液压泵是能量传递的关键部件，熵的变化自然会十分明显。她确实做到了。在因特林试图引爆体内的核弹时，月影同样可以看到核弹内高速流动的能量；她当时说'太快了，完全跟不上'，因为她看到的是中子的流动。

"明白了原理之后，我们可以回头考虑一些简单的问题。月影是怎样令自己飞起来的？我们体内的分子都在做着无规则的运动，如果将这些运动附加上一个统一的、向上的分量——就好像为电子的无规运动加上统一的分量以形成电流一般——自然可以和重力对抗。

这并不违反任何物理定律，令分子有序运动的负熵是从周围的空间借来的，等效的'念动力'可谓一种熵力。"

韩雪感叹道："由于热力学第二定律，文明的最终目的都可以解释为负熵的收集。如果超能力者能够直接通过意识控制熵的流动，那简直就是智慧生命的终极形态啊……"她轻轻握住了月影的手，眼中闪过一丝不安。"这些事情军方的专家们应当早就有所了解，那又为何让月影登上深渊号，前往未知的行星呢？"

超能力者可谓全人类的宝物，自然需要保护起来。即便月影本人希望加入殖民行星的开发，也不应当拥有自由选择的权利。难道说……猛然间，一个可怕的想法袭击了罗星的大脑。但他立即摇摇头，将这个设想留在了心里。

"咦？这是什么？"韩雪的一句话将罗星拉回了现实，她自月影紧握的手中取出了一块硬币大小的芯片。芯片用黑色的有机物封装着，平整的表面上以极小的字体刻着几行英文，导脚处泛出金属光泽。罗星接过芯片，对着光源辨识着上面的文字。

"这是警卫的记忆模块芯片！"罗星难掩内心的激动，月影在破坏核反应炉的同时将它取了出来，"因特林他还活着！"

◇

为了寻找帕丝夫人的下落，罗星和韩雪将月影交给了战斗力最高的狄安娜守护，两人动身前往活动区。

开启活动区的大门，空旷的健身房内透出渗人的寂静。他们小心翼翼地挪步前进，目光扫过了健身器材的每一个角落。几分钟后，两人到达了侧射击训练房的入口处。罗星打开门旁的监视设备，屏幕上显示今天的进入人数为七。

第一次分组调查时，帕丝夫人带着韩雪、月影、白剑和心瞳进入了射击训练房，将枪械取了出来，也就是说总共进入了五人。既然进入人数为七，说明除了那次集体行动外，还有两个人进入过这里。比较合理的猜测，是弗姆舰长在事故发生后，第一时间取出了枪械；又或者帕丝夫人得知了舰长的死讯后，一个人来这里散心。

射击训练房内同样空无一人,罗星先是来到了枪支收纳柜前检查,隔着淡黄色的防爆玻璃,可以看到几支激光枪孤零零地插在充电座上,红色指示灯呼吸闪烁。

"韩雪,你们打开收纳柜时,有没有枪支已经被取走了?"罗星试着确认。

"夫人没有说什么,我想应当没有吧。"韩雪应道,"如果有枪械被拿走,她一定会有所察觉。"

罗星点点头,来到了房间的另一侧,那里的人形靶有一些焦黑的痕迹。看着碳化的弹痕,罗星的大脑中浮现出夫人在得知舰长的死讯后,借助射击来平复心情的样子。

眼下没有调查过的区域,只剩下道场了。

罗星先是确认了一眼韩雪的位置,继而来到道场的入口前,轻轻推开了木质的推拉门。道场里同样不见帕丝夫人的踪影,天花板上的白光照明亮得刺眼,木质地板和墙壁散发出木材特有的潮湿气息。

罗星举着枪踏了进去。然而仅仅几秒钟的时间,他的额头和脖颈上便涌出了大量的汗液。四周墙壁上的温控设备良好地运行着,道场的温度却仿佛桑拿天气的夏季一般。罗星抹了抹额头,一面忍受着不知从何而来的热浪,一面检查房间的每一个角落。他原以为墙壁或地板的木材之间会藏有暗门,但结果令他十分失望。

"你原来在这里啊……"身后传来了韩雪的声音。韩雪按住胸口,一副惊魂未定的表情,责备道:"我在射击训练房内发现了异常,正想叫你来看,你却不见了踪影。"

罗星刚想开口道歉,韩雪却三步并作两步走上前来,毫无顾虑地拉住了他的手,将他带出了道场。

韩雪发现的"异常"在道场入口的正对面,银灰色的墙壁上有一处很奇特的黑斑,远看只是黑乎乎的一片,近看却仿佛石子丢入水面后的涟漪。然而对于物理学专业的罗星和韩雪而言,这样的形状再熟悉不过,那就是光衍射条纹。

罗星轻轻抚摸着黑斑，手指沾上了一层细碎的黑色粉末，这是涂料被灼烧后留下的无定形碳。深渊号上会造成如此灼烧痕迹的设备，只有大家手上的激光枪。

罗星示意韩雪退后，自己举起激光枪，瞄准了墙的其他部位开始射击。聒噪的枪声响起，难以计数的激光脉冲打在了钛合金门板上。为了防止激光枪的滥用，政府强行让制造商在枪支上集成了模拟的"枪响"——每次发射时，内置扩音器都会发出很大的声响，借以提示周围的人注意安全。罗星坚持射击了十几秒，直到枪膛发烫，方才停了下来。

罗星俯下身子检查方才射击留下的痕迹，尽管同样造成了焦黑，但不过是五毫米左右的坑。如果他射击时手再稳一些，痕迹还会更小。罗星检查了一下手枪的电量，只剩余了不足百分之五十。这次实验充分证明，仅靠一把脉冲激光枪不可能打出衍射条纹一般的痕迹。

韩雪扯了扯罗星的衣角说："咱们走吧，这里给人的感觉很不舒服。"

罗星点点头，活动区里非但没能找到帕丝夫人，未解之谜还再次增多了。

离开射击训练房时，罗星瞥见枪支收纳柜的角落里有什么在闪闪发光，而上次检查时这里明明什么都没有。罗星弯腰捡了起来，那是一条白金挂坠，链条已断裂，主体是一个镂空的心形笼子，里面有两名精雕细琢的小人正在接吻。心形笼的边缘装饰着碎钻，正中则镶嵌着一颗切割精美的克拉钻。

"是夫人的挂坠。"韩雪把挂坠捧在手里看了看。

罗星仔细检查了链条的断口处，没有扯断那般的形变，反而更加像是熔断。想象一下当时的情形，可能是这样的：手机的数据没有成功恢复，帕丝夫人便来到这里借助射击平复心情，人形靶上的痕迹就是这时留下的。在此过程中犯人出现了，他多半是夫人的熟人，因此夫人并没有对他产生警觉。犯人趁夫人不备用激光枪射击了夫人的后颈——被脉冲激光打中这里足以致命。但犯人的运气差了一点，夫人脖颈上的项链救了她一命，断掉的项链滑落至收纳柜的角落。在这之后……

还是不行，线索太少了，并且这种假设无法解释衍射黑斑以及道场的高温。

迈出活动区大门后，韩雪方才如释重负。

"只剩下浴室了。"罗星将激光枪收入枪套，"如果那里依然找不到夫人，那么她大概率已经被害了。"

◇

两人刚刚走出活动区，便远远看到兰兰和白剑走出了电梯，白剑手里拎着一个沉重的工具包。

"抱歉来晚了！"兰兰小跑到罗星面前，"蓄水区的路必须走两遍，耽误了太多的时间，没想到往返一趟居然用了半小时。"

罗星询问心瞳的状况，白剑解释道："生命暂时维持住了，但靠着深渊号上的设备，也只是拖延时间罢了。不过，如果我们能快速摆脱现状，找到拥有细胞再生装置的行星，还是有希望救回来的。"

韩雪担忧地问道："将心瞳一个人放在那里，不会有危险吧？"

"在凶手看来，心瞳已经和死人没什么两样了吧。"兰兰叹气道，"不过，白剑还是布置好了机关。"

临行前，白剑检查了控制区的每一个角落，确保没有其他人藏匿。之后他在仓库中翻出了弹簧和铁丝，围绕着控制区唯一能够开启的5号门布置了简单的机关。当5号门开启时，会带动铁丝启动机关，门楣上隐藏的三把手术刀就会弹射出来。

即便如此，白剑依然不放心。想到不知来自何处的伽马射线辐射，他还翻出了一块门板大小铅板，挡在了心瞳与外侧墙壁之间。控制区内并没有辐射源，这样一来，外部的辐射即便可以穿透墙壁，也会被铅板挡住，无法对心瞳造成伤害了。

几人先是看望了月影，并和狄安娜说明心瞳的情况。之后，大家一起来到了罗星的房间，由白剑对芮汐兆进行尸检。白剑拨开尸体的眼睑和下颚，继而用手指在胸腔附近按来按去。不消片刻，他便得出了结论："死者因内脏损伤致死。他的口中留有血块，可以判断消化道已经出现了内出血。尸体表皮没有外伤，证明他在死前并没有挣扎。以我的经验，他是在昏迷状态下内脏受到损伤，内出血直至死亡。"

"可以判断死因吗？"罗星问道。

白剑摇头道："即便将尸体解剖，也未必能判断出。我可没有缝合尸体的本事，你也不想好朋友死后被大卸八块吧！"

白剑言之有理，罗星只得放弃。

之后，大家再次回到了餐厅，白剑要用针灸和电刺激的方法，令月影尽快醒来。

"这样做会不会对她的身体有伤害？"罗星担忧地问道。

"我们不可能一直腾出人来保护她，现在这种情况，昏迷不醒才是最危险的。"白剑解释道。

罗星点点头，默许了白剑的提议。白剑继续说道："在开始治疗前，我有些发现必须告诉大家。"他自工具箱的底部抽出一摞纸件，丢在一旁的餐桌上。"我在舰长房间的保险柜里翻出了这些，深渊号上还藏着猫腻。"

罗星自文件堆中翻出一些书信。进入宇宙世纪后，纸质书信不但没有绝迹，反而成为一种奢侈的行为，因为运输和保密需要支付昂贵的费用。罗星抽出一封书信打开，阅读起上面的内容来。

亲爱的帕丝：

一别经年，甚是思念。

采购公司款项即日打入账户，注意查收。曾委托朋友参观月球工厂，PRRC-0320做工精良，技术先进，实乃实现梦想的不二之选。此船已可提供人工重力，叹服之际亦深感科技之精妙。购船余款可用于内部改造，如有不足，即刻贴补。

另，弗姆胆识有余而谋略不足，需多加管教。待成才之日方可加入计划。

善自保重，至所盼祷。

白桐

罗星拆开另一封信，这一封的落款同样是"白桐"。

（前略）

机械警卫一事，已委托日暮智能机器人有限公司办理。谈判中提及端口开放相关事宜，对方笑称不会过问。达斯特是我多年的心腹，此事已交由其全权处理，尽可信任。

信中的"机械警卫"，指的应当就是因特林吧！第三封信上的内容更加震撼：

（前略）

今日拜访克隆人类培养中心，发现一可用之才。该女子年龄二十有余，剑术高明，固执地认为莫斯科公国时代才是归宿，不肯融入社会。提及殖民行星建设，管理人员甚是欣慰，想必早已视其为麻烦。我已打通门路，届时该女子必会登船，并携带最新型"微缩型核聚变式等离子体切割器"，成为有效战力。该女子思想单纯，可多加利用。

信中虽然没有提到姓名，但从"克隆人"和"莫斯科公国"两个关键词判断，此人必是狄安娜。信中还提到了"利用"，这说明狄安娜并没有被收买。罗星瞥了眼在一旁放空的狄安娜，迅速将信折叠好塞回信封放回，装作什么都没有发生的样子。

其余信件多是一些日常寒暄，但仍有一封写出了有关深渊号的重要信息：

（前略）

军方已介入此事，欲派遣两人参加远距离移民。军方的信息保密工作十分严密，只能获悉其分别为军医和特种兵，其余一概不详。此二人或许会成为计划最大的阻碍，亦可能与计划全然无关。小心为上。

另，近期有一神秘人物周诚联系登船。此人背景不详，后台坚实，望多加注意。

顺着信件的内容，罗星开始了推理。信中的"白桐"与帕丝夫人关系亲密，帕丝夫人的全名叫作帕丝·白，"白"是源自中国的姓氏，因此"白桐"应当是帕丝夫人的父亲。罗星对"白桐"的名号并不陌生，他就是大名鼎鼎的医疗公司"Heart"的创始人。因为其医术精湛且酷爱流行文化，在网友中人气颇高。罗星还看过白桐翻唱《星空》的视频，唱功不敢恭维，只能说精神可嘉吧。

帕丝夫人自称与家族关系破裂，然而这些信件显示，父女两人始终保持着密切的联系。不仅如此，深渊号的购买、因特林的设计等，白桐都参与其中。如此看来，所谓的父女关系破裂，应当是针对外界的障眼法，为的是方便暗箱操作。通过纸质信件交流，相信也是出于保密的需要。

还有一点需要注意的，那就是"军医"和"特种兵"，也就是白剑和心瞳的登船。从信件的描述来看，这两人似乎是军方安插在深渊号里的棋子，目的大概是监视舰长一家的行动吧。不过深渊号的技术再好也不过是一艘移民船，这里又有什么值得引起军方注意呢？

"罗星你看，这是什么地方？"韩雪递来一张深渊号的图纸。与平日里见到的图纸不同，在太空船中心部的阿克别瑞引擎下方，多出了一个新的区域，上面标注着"负一层"。图纸上同时还记载了通过电梯前往负一层的办法。

◇

既然得知了负一层的存在，那么就有必要去探索一番。白剑要给月影进行简单的手术，狄安娜负责为手术防卫，能够与罗星同行的，只剩下了韩雪和兰兰。

"我还要去一趟一层，找不到那个家伙，我总是放心不下。"兰兰婉拒了罗星的邀请。她凑到罗星耳边，小声说道："知道吊桥效应吗？两人一起探险，这可是千载难逢的好机会！"

罗星耸耸肩，他想起了方才在活动区时韩雪主动的牵手。这样的发展，看上去也不错。

送走兰兰后，罗星和韩雪来到电梯内，罗星的手指飞速在一层和二层之间移动着,仿佛弹钢琴一般。

"好复杂的操作啊……"韩雪感慨道。

"如果将一层记作0,二层记作1,前往负一层的密码就是1010001000100100001010010110。将这个密码转换成摩斯码,就会得到'CONQUER',所以我很容易便记住了。依靠按键顺序前往隐藏的楼层,是推理小说里常见的桥段。"罗星若无其事地答道。

"不,这是你特有的才华。"韩雪笑了笑。只可惜罗星此时正在专注于电梯的操作,暗恋之人的赞赏并未传入他的耳中。

伴随着"嘀"的一声,楼层选择面板上红色的指示灯闪烁起来。下一秒钟,剧烈的失重感袭击了二人,电梯以惊人的速度向下方驶去。大约一分钟后,电梯缓慢停了下来,屏蔽门打开后,出现在两人面前的是一条狭长的走廊,只有几盏昏暗的应急灯亮着。

罗星先一步走了出去。走廊的一侧是墙壁,另一侧仅有护栏,下面黑漆漆的,看不清有什么。

"下面好像是仓库,我们找路下去看看吧。"韩雪提议道。就在这时,远处传来一声钝响,吓得两人一个激灵。罗星立即警觉起来,然而钝响过后,只剩下了鼓风机的聒噪声。

两人对视一眼,不约而同地点点头,继而小心翼翼地向前方走去,尽可能不发出声响。向前走出几百米后,道路出现了一个直角形的转弯。罗星摸着黑在墙上找了找,终于找到了开启照明的配电箱。

"等等,如果有人藏在暗处,打开照明我们岂不是暴露了?"韩雪犹豫道。

"我们走过来花了几分钟,如果对方有恶意,恐怕早就下手了。"罗星解释道,"并且如果真的动手,只有开启了照明,我们才能迅速锁定对方的位置。"

罗星合上电闸,刺眼的光亮自天花板直射而下,他不由得捂住了眼睛。身边的韩雪惊叹道:"快看,是因特林警卫!"

罗星立刻跑到护栏旁,顺着韩雪手指的方向看去。仓库内整齐地排列着一支机器人的方阵,每一台都与因特林的外表别无二致,好似为古代帝王陪葬的兵马俑一般。罗星不禁感到一阵胆寒,如果每一台机器人都拥有因特林一般的性能,这支部队已经拥有了不逊于正规军的战斗力,征服一颗殖民行星易如反掌。最可怕的是,如果所有的机器人在同一时间启动自爆程序,将有二百五十六枚小型核弹一并引爆,其威力足以抹杀地表的生灵。

"太可怕了……"韩雪不禁自言自语道。

两人继续沿走廊前进,不久后来到了一处岔路。继续沿着仓库边缘走也不过是观赏因特林大军,还要冒着被其他人发现的风险,于是两人对视一眼,小心地拐入了岔路中。

走出不远,走廊的尽头再次出现岔路,左边岔路不远处便是另一部电梯,旁边竖着指示牌。罗星走上前看了看,解释道:"这是一部直通一层的单行梯,可以快速返回。但要从上面下来,必须在公用电梯中输入密码。"

检查过电梯后,两人沿着右侧的岔路继续探索,不久后便来到了一处厚重的屏蔽门前。罗星检查了门旁的指示牌,欣喜道:"这扇门后面通往小型飞行器的停靠区。周诚先生的飞行器一定还在那里,我们有救了!"

"可是……能顺利打开这道门吗?"韩雪担心道。

罗星向前一步,拉下了开启屏蔽门的电闸。伴随着嗒嗒的马达声,屏蔽门渐渐开启,露出了藏在后面的空间——

那是一面镜子。

"这种地方怎么会有镜子?"韩雪伸手试图触摸镜面,却被罗星抓住了手腕。罗星摇摇头,掏出一枚硬币,向着镜面丢了出去。硬币毫无阻碍地穿过了镜面,然而十几秒后,依然没有硬币落地的声音。

"硬币被什么吃掉了吗?"韩雪皱眉道。

罗星没有回答,他举起手枪,向着门内侧发射了几束脉冲激光。枪声过后,激光没能对镜面造成丝毫影响。

"异常的并不是镜面,而是后面的整个空间,决不能贸然走进去。"罗星摇了摇头。

此行唯一的收获,就是发现了因特林大军,却对脱险没有任何帮助。罗星有些失望地向着左侧岔路的单向电梯走去,一面走一面思索着。然而他无论如何也没有想到,身后的韩雪居然三步并作两步地赶了上来,将手伸向了他的腰间——

在罗星发觉之前,韩雪已经将脉冲激光枪夺了过去。她双手举枪,对准了罗星:

"罗星,就是你吧?"

罗星被搞得慌了神,思念的女人竟然拿枪指着他。半晌,罗星才挤出一句话来:"……你在说什么?"

"杀死芮汐兆的凶手,就是你吧!"

韩雪的目光中露出了决绝。

◇

罗星睁开双眼时,颈部传来一阵剧痛。他试图站起来,却双腿一软倒了下去。就在这时,一股强劲的力道搀扶住他的胳膊,又扶着他靠墙坐下。罗星方才发现了好心人的真面目。

"周诚先生……我昏迷了多久?"他问道。

周诚摇头道:"我在十分钟前发现了你,那时你已经昏迷了。"

罗星打开手机,距离韩雪离开已经过了一小时。他捏着胀痛的眉头,渐渐回忆起当时的情形。

突如其来的质问惊得罗星目瞪口呆。韩雪举着枪一面靠近,一面说道:"最后一次见到芮汐兆是在餐厅里,之后你们二人和兰兰小姐便去往了你的房间。再次出现时,你的身边只有兰兰小姐,而芮汐兆留在了房间里。你的布局,从那一刻起便开始了。"

"因为我的房间时间流速最快,最适合休息啊!"罗星徒劳地解释道,他甚至不清楚自己为何要解释这种事情。

韩雪摇头道:"确实,也许他主动选择了留下休息。但正是因为留在了你的房间中,才为行凶创造机会。离开房间后,你和兰兰小姐便去准备了凶器,而凶器就在兰兰小姐的房间里。借助这个凶器,即便隔着一道房门,你也可以将芮汐兆杀死,并由此制作出密室。没错,兰兰小姐就是你的同谋。"

罗星干脆放弃了辩解,皱眉道:"那你说说看,凶器是什么?"

"电吉他和扩音器。"

"开什么玩笑!"罗星抓狂般地大喊道,"吉他可以杀人?我难道是六指琴魔吗!"他冷静了片刻,继续说道:"好好好,我们就假设吉他的声波可以杀人好了,那为何只有老芮遇害?如果我在走廊内演奏吉他,餐厅中的你们不可能听不到,虚弱的心瞳更不可能幸免啊!"

"不,吉他的杀伤力只对芮汐兆有效。"韩雪摇头道。

"你想说他有着特殊的听力吗?"

"是他所在的场所。"

韩雪的解释令罗星惊出一身冷汗。他猛然间发现了一个一直被自己忽略的细节,难道说……

"为了安全,芮汐兆留在了快时区,这反而成了他的致命弱点。吉他六弦的空弦频率为82.4赫兹,知道这意味着什么吗?居住区时间流速最快的是你和心瞳的房间,为通常的四倍;最慢的则是我和狄安娜的房间,只有正常流速的二分之一。换言之,最快点的流速是最慢点的八倍。如果在最慢点拨动六弦,声波传到最快点时频率会除以八。如此一来,82赫兹的声波就会红移成为次声波。次声波与人类内脏器官的共振频率接近,可以导致昏迷,甚至致死。"

罗星瞪大了眼睛,难道这就是谋杀案的真相吗?

韩雪继续说道:"白剑做了尸检,芮汐兆出现了内出血,这与次声波伤害的症状是吻合的。深渊号的设备非常先进,墙壁的隔音效果却不敢恭维。还记得你曾经在房间中听到兰兰小姐和白剑先生的争吵吗?从那时起,你就已经注意到了这一点吧!"

"狄安娜小姐说,她曾经听到过很大、很沉闷的打击声。82赫兹的声波频率减半后为41赫兹,尚在人耳的识别范围之内,但听起来会异常低沉。我和白剑当时处于精神高度紧张的状态,又有着无菌罩的屏蔽,想必没有注意到如此低沉的声响吧。

"之后为了掩饰证据,你们一起毁坏了兰兰小姐的乐器。通常说要隐藏树木,只需将树木放到森林中;你们大搞破坏,就是为了隐藏凶器。"

"等等!在我打开房门时,房间从内侧被反锁了啊!即便你说的这些全部成立,我总需要去确认一下被害人的死活吧?只要我曾经打开过房间,就不可能制作出那个密室!"罗星试着为自己申辩。

"没错。'你打开房门时',对吗?"韩雪半笑道,"我们并没有对门锁的情况进行确认,便听任你将其破坏。当狄安娜挥下长剑的那一瞬间,你的'密室'才正式完成。"

"动机!我的动机呢?"罗星无助地大喊道,"我究竟为什么要杀死自己的好朋友啊!"

"是因为我吧!"

咦?

"你一定知道了那件事情吧……"

韩雪在说什么?

"芮汐兆他,向我告白了。"

嗯?!

"就在登上深渊号的第一个晚上,在我的房间内。"

罗星仿佛陷入了深不见底的泥沼。老芮喜欢韩雪,甚至还表白了?他不是一直在帮助自己实现恋情吗?难道只有自己蒙在鼓里吗?

"转过身去。"

罗星稻草人般地一动不动。

"转过身去!"韩雪换成了严厉的命令语气。罗星乖乖就范,可就在转身的那一秒,颈部便感到一阵刺痛。

韩雪开枪了。

眼前的景物渐渐模糊,罗星双腿一软跪倒在地。最好的朋友背叛了自己,心爱的女人将自己当成了凶手。睡吧,这一定是一场梦。

意识愈加模糊。罗星脑中的最后一个画面,是韩雪走到他身边,在他耳旁轻声说了什么。

9a

"因为你是特殊的。"罗星看着满脸疑惑的兰兰，说道："如果让我在深渊号上选一个愿意无条件相信的人，你甚至排在老芮前面。你很聪明，却从不用在算计上；你很擅长看透人心，却总是在帮助别人；你明明是个大明星，相处起来却像邻家女孩一样。当然……"他干咳两声，"如果嘴巴没那么臭，就更好了。"

兰兰嘴唇抖了抖，皱眉道："如果你不说最后一句话，我都以为这是在表白了。"

罗星揉揉鼻子，苦笑道："说来也怪，这种话我没办法对韩雪说，面对你却可以轻轻松松地说出来。"

兰兰抱着手臂，叹气道："从某种意义上，你和他还真像。"

"谁？周诚先生吗？"

兰兰没有回答，而是伸出双手捧住罗星的脸颊，直视着他的双眼，慢慢将头贴了过去。

"……你要干什么？"

"看着我！"

罗星眼看着大明星俊俏的脸庞越来越近，紧张得额头冒汗。然而片刻后，兰兰却仅仅是和他顶上了额头。

"以为我要吻你吗？"兰兰坏笑道，"这是对你撩我的惩罚。"

两人一起来到活动区门前，罗星用记号笔在不起眼的地方做了一个标记。他解释道："一旦电梯解除封闭，我就会将这个记号擦除。所以，如果你看到这个记号不在，便是电梯可以使用的时间。

记住,找到周诚先生后,要通过'随机的一分钟'把他带回来。我找到了逃离深渊号的方法,想要带着大家一起离开。"

兰兰点点头,将自己保管的电路板塞到罗星手中,转身走进了活动区。一分钟后,罗星再次打开房门,兰兰已消失不见。

"女歌手走了吗?"背后突然传来了心瞳的声音,吓得罗星打了个冷战。他颤颤巍巍地回过头去,看到心瞳若无其事地从拐角处走了出来,脸上挂着难以解读的笑容。

"放心吧,我不是来责怪你的。"心瞳走到罗星身旁,轻声说道,"毕竟,即便是罗星哥哥你,也无法抵抗超能力吧!"

罗星立刻明白了心瞳在说什么,他立即反问道:"你说兰兰是超能力者?"

"没错,她就是我们一直在寻找的催眠能力者。没有武力的她能够几次三番往返于一、二层之间,靠的就是催眠能力。不过这种能力有个特点,那就是对方对施术者越是信任,催眠效果越好。她正是利用了你的信任。"心瞳解释道。

罗星皱眉道:"我们之间的谈话,你都听到了?"

心瞳笑道:"即便没有听,我也知道,你喜欢她,只是自己不愿承认罢了。我也是恋爱中的女人,直觉不会错的。"

罗星顿了两秒,强制自己控制住了情绪。他平静地反问道:"你说她是催眠能力者,有证据吗?"

心瞳微笑道:"证据没有,不过我可以证明,还希望罗星哥哥帮我一下。"说罢,她将双手背在身后,悄悄凑到罗星脸旁耳语道:"狄安娜和白剑是凶手,他们准备联手干掉我。我必须消失,否则下一个遇害的就是我。"

"可是白剑他……"罗星想到白剑和心瞳两人不久前刚刚确立了恋爱关系。

"也许向我告白,本就是为了让我放松警惕吧!认真对待的只有我而已。"心瞳若无其事地摆摆手,"不说这个。我是带着军方的任务登上深渊号,手里有些你们没有掌握的情报。现在的电梯虽然不能动,但它还有一项隐藏的功能,即便电路板被拆掉了也依然可以使用。我要将这个方法告诉你,作为不得已时的逃生手段。"

心瞳说罢,将一张纸条塞进了罗星的裤兜里。她给了罗星一个拥抱,说道:"罗星哥哥,多保重。"

下一瞬间,罗星感到后颈一阵剧痛,意识渐渐模糊了起来。

◇

罗星扶着墙壁站了起来,脖颈处传来阵阵酸痛。看看时间,失去意识不过十分钟左右,心瞳很好地控制了力道。想到月影一个人待在房间中,他还是慢慢向自己的房间走去。

走出几十米的距离,呼吸渐渐畅快了起来,头晕的症状也减轻了许多。走过转角,罗星远远地看到自己房门前站满了人,芮汐兆、白剑和狄安娜都在这里。

"你去哪儿了?我们正要去找你呢!"见罗星走来,老芮远远地迎了上来。他立即发现了罗星的异样,问道:"你怎么了,被袭击了吗?"

"没什么,不留神摔了一跤。"罗星打了个幌子,"你们那边有什么发现吗?"

"这个嘛……"芮汐兆欲言又止地看了看狄安娜,后者用满溢着无机质的语调接替他说道:"心瞳叛变了,她袭击了我。"

之后四人进入罗星的房间,狄安娜向大家讲述了事情的经过。在自己的房间内休息了一段时间后,她决定去外面走走。可就在打开房门的刹那,她突然感到后颈处一阵刺痛,伸手摸摸后颈,皮肤已经被烫伤。狄安娜的第一反应是有人用脉冲激光枪袭击了她,可还没等她做出反应,已经被人从后背死死勒住了脖子。狄安娜奋力反抗,但还是很快缺氧晕厥了过去。

"不知为何,她并没有对我下死手。待我清醒后回房检查时,发现电路板不见了。"狄安娜说完了相当于自己一个月分量的话,目光默然地凝视着众人。

"我的电路板放在房间中,刚刚检查时也不见了。"白剑将双臂挽在胸前，面色阴沉地说道。

老芮叹气道："我一直躲在房间里，暂时平安无事，电路板也还在。"他转头看了看罗星，"你那边怎么样？"

"还好。"罗星匆忙答道。

老芮继续分析道："即便有了三块电路板，心瞳也无法使用电梯，这一点上我们是对等的。现在的关键是保护自己，只要僵持下去，心瞳一定会现身，到时我们再群策群力将她捉住。"

罗星一言不发，右手紧紧握住心瞳塞给他的纸条。

在罗星沉思的时间里，芮汐兆向大家讲述了活动区内的时空结构。白剑提议通过"随机的一分钟"回到电梯能够使用的时间段，老芮劝说这样做的风险太大，还是按兵不动最为稳妥。听到老芮的话，罗星不禁想到了一个人离去的兰兰。

讨论过后，罗星回到了自己的房间里。月影还在酣睡，胸口平静地起伏着。就在这时，白剑发来了信息，提示给月影按时服药。罗星拿起床头柜上的药品，不经意间瞥见了药品的标签——

Risperidone。这是一种治疗精神分裂症的药物，同时具有强烈的镇静效果。白剑曾经说过，月影的症状是由于过度使用超能力导致，因此需要抑制大脑中掌管超能力的神经中枢。在深渊号上，白剑是绝对的医学权威，对于他的话大家会不假思索地相信，如果白剑恰恰利用了这一点呢？

无论凶手是谁，他最忌惮的人一定是月影。月影拥有深渊号成员中最强的战斗力，甚至能够单挑机械警卫因特林；但另一方面，由于天真烂漫的性格，月影又是最容易被掌控的。

例如，借由治病的名义，几颗镇静剂的胶囊就可以将她放倒。

罗星看着月影肩膀，暗自下定了决心——

无论如何，他都不会让月影再次受到伤害。

◇

"罗星哥哥……我们这是要去哪儿？"月影揉着惺忪的睡眼，有气无力地问道。几分钟前，罗星不顾白剑的嘱托，摇醒了沉睡中的她。恍惚之间，罗星为她穿好衣服，套上鞋袜，带着她离开了房间。由于镇静剂的作用，月影一路上昏昏沉沉的，只感觉到罗星一会儿拉着她飞跑，一会儿又护着她藏在角落里。待她的意识清醒时，已经进入了电梯中。

"你现在感觉如何？"罗星反问道，"能够使用超能力吗？"

月影闭上眼睛集中精力，几秒钟后，她的脚尖自地面稍稍地抬起。

"还不太行。"月影带着担忧的神情答道，"这样子恐怕没办法保护大家了……"

"不用担心，我会保护你的。"还没等女孩说完，罗星便重重地拍了拍她的肩膀。月影的脸颊泛过一丝红晕，她犹豫了片刻，开口说道："罗星哥哥，你知道我为何叫作'月影'吗？"

罗星摇摇头，他正忙着研究电梯的电路结构。一旁的月影自顾自地说了下去："月亮的影子，你能想到什么？"

"应当是日食吧。"罗星随口答道。

"没错呢。月亮的影子一旦出现，就会遮挡住太阳的光芒。我……在很小的时候便拥有了超能力，而我第一次不经意地发动超能力时，便杀死了自己的父母。"

罗星停下了手中的工作，目瞪口呆地看着面前的超能力少女。月影露出了傻傻的笑容："不要介意，那时我还没有记忆，同样也无法感到悲伤。警察将案件定性后，我便被超能力训练中心的人接走了，我是在那里长大的。虽然童年没有多少痛苦的回忆，但在我超能力觉醒的同时，父母便失去了生命，我亲手夺去了自己生命中的阳光……"

"所以你叫自己'月影'吗？"

月影轻轻点头。尽管她一副满不在乎的样子，但想也知道这一定是十分痛苦的回忆。少顷，女孩抬起头来，直视着罗星的双眼："罗星哥哥，如果……"

"怎么？"

"不……还是算了。"

罗星耸耸肩,继续投入眼前的工作。

心瞳提供的纸条上只有一个英文单词:CULTURE。电梯上并没有能够输入英文字母的键盘,这个单词又代表了什么呢?罗星经过几秒钟的思考,很快便得出了答案:开启电梯的秘密指令,应当就是"CULTURE"的摩斯码。

将单词写作摩斯码,会得到一串长长的数字:1010001010010010100。如果将二层看作1,一层看作0,就可以得到一条可执行的操作指令。罗星迅速输入了指令,电梯却依然如同陷入冬眠的软体动物一般,只有故障指示灯在有气无力地闪烁着。

心瞳提供了假信息吗?

罗星强制自己冷静了下来。即便心瞳别有所图,提供这样一条假信息也毫无意义。那么刚才的操作错在哪里了?

罗星突然想到,在摩斯电码中只有长与短的划分,并没有0与1的定义。虽然按照一般的习惯,会将短单位翻译为0,但反过来也没有任何问题。也就是说,如果将0和1交换,就会得到一条全新的代码。

相信自己吧。罗星飞速按照01011001101101011按动了选择按钮,当按下最后的按钮时,他紧张地闭上了眼睛。

清脆的提示音响起,故障指示灯停止了闪烁,电梯间顶部的白光照明再次亮了起来。几秒钟后,厚实的电梯门徐徐关上,脚下传来失重的感觉,从沉睡中醒来的电梯开始下降。

通常情况下,在二层与一层之间往来需要十秒,但这一次电梯非但没有停住,反而加速向更下方沉去。

"罗星哥哥……这是怎么回事?"月影惊讶地问道。罗星摇摇头,紧紧地抓住女孩的小臂。

大约四十秒后,电梯缓缓停了下来。电梯门开启后,两人面前出现了一条陌生通道,这里显然不是一层的某个地方。罗星示意月影原地等待,掏出一枚硬币抛在通道上。一分钟过去,硬币依然停在原地，罗星终于松了一口气，通道中至少没有"随机的一分钟"。

两人刚刚迈出电梯，电梯门便自动关闭了，继而传来了电梯移动的声音。

"电梯自己回去了吗？"月影敲了敲紧闭的电梯门，又在墙壁上四处寻找，但最终也没有找到呼叫电梯的按钮。

"看来这是一条单行指令。电梯接受指令后只能够向下，并在人员离开后自动回到原来的位置。"罗星说出了自己的推断。当然还有一种可能性，那就是二层有人发现了他们的行踪，主动进行了呼叫电梯的动作；但为了不让月影担心，他并没有说出口。

月影大惊失色："那我们岂不是回不去了？"

"怎么可能呢？制作一部有来无回的电梯有什么意义！"罗星故作轻松地摆摆手，"返回的电梯一定就在某处，而且极有可能也是一部单行梯。这样的设计，想必是为了防止无关人等闯入吧！"

走过几百米长的通道，转过几道弯，两人终于来到了一扇门前。之所以将通道设计成这样，恐怕是为了躲避太空船内部盘根错节的管线和隔离层吧。浅灰色的大门散发出无机质的冰冷，罗星和月影对视片刻，按下了门旁的开关。

大门缓缓开启，天花板上的白光照明倾泻而下，两人不由得眯起眼睛。门内是一个足有体育场大小的方形空间，其中排列着不计其数的黑色金属架子。架子的每一层都插满了黄褐色的集成线路板，架子下方电缆和数据传输线纵横交错着，宛若热带雨林的根系。

月影如同进入了游乐场的小孩子一般，兴奋地跑来跑去。但不出两分钟她便厌烦了，嘟起嘴问道："好吵，好热，这到底是什么地方？"

罗星微笑道："这里的每一块芯片都是一个独立的计算单元，它们共同构成了一个巨大的计算机组。"

"这么大的计算机，我还是第一次见到。"月影感慨道。到了宇宙世纪，指甲盖大小的集成电路已经能够满足家庭日常的应用需求，但在科研领域，大规模的计算阵列依然扮演着重要的角色。

罗星在机组中穿行，不久便来到了一架金属扶梯前。他招呼月影一起爬了上去，果不其然在上面发现了设置有实体屏幕的终端。罗星移动老式鼠标，屏幕亮了起来，显现出系统的登录界面。他在密码框中输入了象征深渊号的"abyss"，又分别输入了舰长、夫人和工程师的名字，但无一例外被拒之门外。

深渊号的秘密已触手可及，罗星当然不会放弃。密码难道是谁的生日吗？或者是对机组人员有特殊意义的单词？他沉思片刻，输入了"intelligence"①。按下回车键的瞬间，怀旧的电子音响起，系统终于打开了门扉。

罗星静静地坐在屏幕前，一会儿点开文档查看，一会儿又一行行分析代码。一旁的月影很快便腻烦了，她不停地摇着罗星肩膀问道："我们快去找出口吧，好吗？"

十几分钟后，罗星关闭了最后的文档。他深吸一口气，说道："月影，我终于搞清楚这里是什么地方了。简而言之，这些机器就是一个巨大的培养皿。"见月影一头雾水，他继续解释道："你也可以理解成一个生态系统。在地球的生态系统中，各种生物在一刻不停地竞争、进化；而在这里，参与竞争和进化的却是人工智能。"

"人工智能？像因特林警卫那样的吗？"月影问道。

"没错，里面的每一个程序包，都是一个有着自我意识的人工智能。它们在计算机设立的虚拟环境中共存、竞争，并因此得到进化与发展。管理员甚至向他们开启了改造系统的权限，当进化到一定程度后，他们便可以像人类改造地球一样对虚拟的世界加以改造，并在新的环境中继续进化。"

月影终于理解了，匆忙问道："这些人工智能已经进化了多久？"

"虚拟世界很难用时间来描述，如果用人类类比的话，这里的AI已经建立了银河帝国，正准备向其他星系扩张。"

"它们有没有可能突破系统的限制，威胁到我们呢？"月影脸上

---

① 因特林的名字即为此单词的音译。

闪过一丝惊恐。

"放心,这里的机组是一套独立的系统,并没有接入任何外部网络。就好像我们不可能去往宇宙之外一般,它们也无法冲破硬件的束缚。"罗星答道。

探查过机房的情况,两人在房间的另一侧找到了另一扇门。月影按下门旁的开关,合金房门顺着轨道滑向墙壁内侧。罗星从房间角落里拎来一支拖把,架在了门框与门板之间。他解释道:"这扇门极有可能无法从另一侧开启,我要保证道路畅通。"

门外是另一条狭长的走廊,不知走了多久,两人来到Y字形路口前。

"……咱们该走哪边?"

"我们来划拳吧罗星哥哥,男左女右!"

右侧的道路弯弯曲曲,又走了一段时间,二人来到一扇厚重的隔离门前。右侧墙壁上贴着烫金的指示牌,上面写着:小型飞行器停靠区。

罗星心头一颤,难道打开这扇门,就可以逃离深渊号了吗?他立即转动了沉重的罗盘,隔离门缓缓开启。门后出现了一面镜子,分毫不差地映出了两人的模样,就好像蓄水区5号门一般。月影伸出手去想要触摸镜面,罗星匆忙抓住了她的手腕。

"这可不是什么镜子。"罗星摇摇头,"镜面的效果应当是内侧奇特的时空结构造成的,贸然触碰太危险了。"他突然间发现月影这一次并没有对镜面空间做出反应,连忙问道:"上次在蓄水区看到镜面时,你不是感到头痛欲裂吗?"

月影努力回想着:"……是啊,上一次看到镜面时,大脑仿佛要炸开一般地难受,不过这次一点感觉都没有。"

罗星取出一枚硬币丢入镜面空间,硬币穿过镜面后完全不见了踪影,另一侧也没有传来硬币落地的声音。他追问道:"你能够详细描述一下上一次头痛时的感觉吗?"

"一定要描述的话,就好像有几十名数学老师围着我,强迫我去思考复杂的问题一般吧！"月影难为情地挠了挠头，"我最不擅长动脑筋的事情了，所以很佩服罗星哥哥你们啊！"

面前的镜面空间与5号门内侧的镜面空间具有相同的时空结构，月影前后反应的差异，应当是她本人身体状况的变化造成的。与上次在蓄水区遇险时不同，现在的月影还无法正常地使用超能力。结合这些信息，可以推理出是月影大脑中的超能力中枢对镜面空间起了反应。但镜面空间有何特别之处？月影为何会对它产生反应？这些疑惑依然没有能够解开。

原路返回后，两人沿着左侧的道路前进。走出没多远，他们便在尽头处找到了第二架电梯。

"罗星哥哥你太厉害了，这里果然有电梯啊！"月影难掩兴奋之情。她按下电梯的呼叫按钮，电机转动的声音传来，几十秒后电梯门缓缓开启。

"我们快些回去吧！"月影拉住罗星的手冲进了电梯。电梯内只有一个按钮，按下后，电梯开始快速上升。几十秒后，电梯到达了终点，两人看到了蓄水区熟悉的溪流，原来电梯门隐藏在小溪旁的假山上。随着他们的脚步迈出电梯，门迅速关闭起来；电梯外部同样没有呼叫按钮，这果然也是一条单行路。

◇

两人一面小心翼翼地隐藏行踪，一面前进着。罗星准备回到5号门附近，调查控制区内的镜面空间是否有所改变。蓄水区的时间处于"莫比乌斯带"的结构，因此同样的路需要走两遍。月影对五分钟时间周期结束后发生的"传送"依然心有余悸，但几次之后便适应了，甚至开始觉得有趣起来。

"5、4、3、2、1……哈哈，罗星哥哥，我两次站在了完全相同的位置上！"一次"传送"过后，月影兴高采烈地说道。

单行电梯的出口在3号门一带，罗星决定沿逆时针向2号门的方向前进，最终到达5号门。不久前，他们遇到了一具因特林的残骸。大块头有气无力地站在原地一动不动，双臂仿佛被折断一般悬垂着。反复确认因特林的动力系统已经关闭后,罗星方才松了一口气。

"外表几乎没有伤痕……是被什么人破坏了?他们是怎样做到的?"罗星一面沉思一面自言自语。月影好奇地凑了过来,伸出食指试图触碰因特林——

她的手指毫无阻碍地穿过了因特林的身体。月影触电般地缩回手来,三步并作两步躲在罗星身后。罗星学着她的样子伸手过去,整个手掌嵌入了因特林的身体。

"鬼……是鬼魂吗?"月影战战兢兢地问道。

不久前,大家曾经齐心协力与"鬼魂"战斗过。那时月影丢出的石块穿过了"鬼魂"的身体,狄安娜的粒子剑也未能对其造成伤害。经验告诉罗星,这不可能是什么"鬼魂",而是某种特殊的时空结构造成的"现象"。

"罗星哥哥,你快看!"月影的声音将罗星拉回了现实。她正蹲在地上试图搬起一片碎石块,但如同因特林的身体一般,抓到的只是空气。

罗星小心翼翼地走到溪水岸边,抓起一块石子——谢天谢地,是实物。之后他举起石子砸了下去,石子稳稳地停在地面上,与"鬼魂石块"部分重合。罗星俯下身子仔细观察石子边缘,并没有光的散射,证明了"鬼魂石块"并非全息投影。之后他移走了石子,"鬼魂石块"依然留在原地。

向四处张望后罗星方才发现,这里的地面上丢满了破碎的石子,甚至还有射击后的空弹壳。但无一例外,所有的碎石子和弹壳都无法用手触摸。地面看上去湿湿的,似乎大水刚刚退去;但伸手触摸的话,却只有干燥的触感。

罗星再次走向因特林,将头伸向警卫身体内部。里面黑漆漆的,只能看到几盏LED指示灯在闪烁。此现象再次证明了因特林的身体并非全息投影,因为投影技术不可能呈现出物体"内部"的光源。继续向内探身,罗星很容易便分辨出了动力系统,那是一个排球大小的核裂变反应炉，外部厚重的防辐射层在微弱的光照下泛出冰冷的银灰色。反应炉已停止工作，外表却毫发无伤；如若不然，核辐射便会泄漏，他们二人都会因强伽马射线辐射无法全身而退。

罗星努力回想着之前与因特林对战的情形。月影丢出的石块穿过了"鬼魂"的身体，狄安娜的粒子剑……

等等！

第一次面对"鬼魂"时，狄安娜的粒子剑并非完全没有奏效。虽然未能对"鬼魂"造成伤害，但一剑劈下后，因特林却露出了痛苦的表情。也许这唯一的一次有效攻击，便是揭开"鬼魂"秘密的关键所在。

时间有限，在一个时间周期结束后，罗星最终还是放弃了思考，牵起月影的手继续前进。

走过 2 号门的位置，两人看到了另一具因特林的残骸。残骸的胸口带着一道焦黑的伤痕，一度被斩断的左臂虽已接回，但细看下来却断了多处连接。罗星伸手触摸，这具残骸是如假包换的实体，正是他们联手破坏的那一部。

"咦？这是什么？"月影指着警卫的胸部问道。罗星向着她指示的方向看去，发现因特林的胸部被工具卸开了。于是他示意月影躲在远处，仔细检查了残骸的内部结构。很快罗星便得出了结论——

因特林体内的核反应炉不见了。

罗星之前看过因特林的设计图，因特林警卫的动力系统为钚 239 裂变反应炉。这是一种黑市中生产的非法动力装置，其核燃料的质量虽然在临界质量之下，但燃料球外部覆盖了一层良好的中子反射材料，并配备了精心设计的定向爆破装置。一旦需要，定向爆破会压缩核燃料的体积，从而使其达到临界质量，引发核爆。此技术的原理与几世纪前的核弹相同，不同的仅是定向爆破的设计更加巧妙，因此进一步缩小了核燃料的临界质量。只是这种定向爆破必须依靠高性能 AI 的精确操控才能完成，靠人工引爆几乎是不可能的事情。

将反应炉从因特林的身体内取出，意味着它已经不可能被当作核弹使用了。如果那位小偷试图取出其中的核燃料，强辐射会首先将他本人杀死。深渊号的已知区域内并没有配置防辐射服。

"罗星哥哥，有什么发现吗？"月影担忧地问道。

"啊……没什么。"为了不让月影担心，罗星打了个幌子。

经历了六个时间周期，两人终于来到5号门前。机械门打开后，与地下层通道中如出一辙的镜面空间横亘在面前。月影依然没有对镜面空间产生强烈的反应，只是微微皱了皱眉头。

镜面空间的存在，证明兰兰说谎了。她不可能进入控制区，更无法从这里取走因特林的设计图。兰兰隐瞒了前往一层的真实目的。

既然决定要相信兰兰，那就相信到底。罗星迅速将杂念赶出大脑。当务之急是解开镜面空间的谜团。

罗星取出地下层带来的金属棒，慢慢向门内伸去。并没有感觉到阻力，镜面也没有因为金属棒的探入而产生一丝涟漪。可是突然间，他感到手掌处一阵灼热，条件反射般地将金属棒丢了出去。刺痛感自手掌处传来，皮肤上留下了几处烫伤的痕迹。但罗星并没有顾及这些，他连忙将金属棒捡了回来，发现前段探入门内的部分已消失不见。

实验的方法行不通，要解开镜面的谜团，还是必须依靠月影。

"详细描述当时的情形？当然可以啦……只不过说出来也不会有帮助的。"月影回忆道，"要说明我当时的感觉，就必须从使用超能力时'看到'的东西说起。通常时候，我看到的世界和你们并没有两样。但使用超能力时，我看到的却是另一个世界。举例而言，我能够看到有物质在你的身体中流动，以心脏为中心，扩展到四肢。这种景象与血液循环不尽相同，只是一种抽象的画面。我的超能力便是控制这些'流动'。"

"所有事物在你的眼中都是如此吗？"罗星问道。

"有一个例外，当我第一次乘坐电梯离开地球时，在宇宙空间中我几乎看不到这种'流动'。"

罗星沉思片刻，问道："你怎样令一块石头飞起来？"

"我同样能够看到石头内部杂乱无章的'流动'。使用超能力时我能够控制这种'流动'的方向，例如我命令它们'向上'，石块便可以飞起来；我命令它们'向前'，石块便可以当作武器使用。"

不会错了。虽然只是几个简单的问题，但罗星已经了解了念动力的"原理"。月影看到的是能量的流动，即熵。宇宙空间中接近绝对零度，除恒星的辐射外，几乎没有能量的流动，因此月影在那里什么都无法看到。石块中杂乱无章的运动是晶格的震动，如果它们有了一个统一的方向，反抗重力，甚至像子弹一般发射出去都是很容易的事情。这并不违背热力学第二定律，因为它们有序运动所需的负熵是由周围环境提供的。

念动力的真相，便是通过意识控制熵。

根据热力学第二定律，宇宙最终会陷入热寂，因此收集负熵是每一个文明的当务之急。能够直接控制熵的念动力者，简直是智慧生命进化的终极形态！

知晓了念动力的原理后，是时候揭开镜像空间之谜了。

"当时你在5号门内看到了什么？"罗星继续问道。

"与正常世界完全不同的流动。我无法用语言来形容那种感觉，那是我从未见过的、魔鬼一般的流动方式。虽然只是短短几秒钟，我却感到脑袋仿佛炸开一般，之后便意识恍惚了。"解释完毕后，月影难为情地挠了挠头，"我就说嘛，即便告诉你，也不会有什么帮助的。"

不，帮助太大了。

与热力学第二定律等价的熵增加原理，适用于宇宙的每一个角落。小到原子尺度，大到天体，甚至连重力的奇点黑洞都在遵循着这条原理。能量流动的反常，意味着熵增加原理的失效。究竟何种情形才能导致其失效？

除非……

突然间，一把冰冷的长剑越过肩膀，架在了罗星的脖子上。
"你们是如何从二层逃脱的？"
罗星身后传来了狄安娜无机质的声音。

9b

  罗星跟在周诚身后，向着另一侧的电梯走去。走近后，罗星发现电梯屏蔽门上有一道深深的切割痕迹，四周隐约可以看到淡淡的红色印迹，似乎被擦拭过。电梯的操作面板上只有一个按钮，按下后，电梯便带着二人飞速向上方驶去。

  几十秒后，电梯停了下来，罗星看到了蓄水区熟悉的景色。电梯的出口巧妙地隐藏在一座假山中，对面便是前往植物区的3号门。

  "我们去哪里？"罗星问道。

  "控制区，我要去找一些东西。"周诚头也不回地回答道，"你可以不必跟来。"

  罗星没说什么，只是默默地跟在周诚身后。又走了一段，不知是受不了沉默还是什么别的原因，罗星冷不丁开口问道："周诚先生，你……喜欢兰兰吗？"

  周诚停住脚步，回头盯着罗星看了几秒，答道："喜欢。"

  罗星被盯得有些发毛，但还是鼓起勇气追问："那你为什么不回应兰兰的感情呢？"

  "我……还没能了断过去。"周诚答道，"我们都是，迷途的战车。"

  简单的对话过后，周诚便一言不发地继续前进。

  在前往2号门的途中，罗星再次看到了因特林的残骸。警卫四肢的液压泵在与月影的决战中破坏，双腿木桩一般地钉在原地。罗星不禁再次陷入思索：

  想要令因特林的AI失控，首先需要获得系统的管理员权限。能够以管理员身份登录的账号密码由达斯特保管,他像自己的孩子一般爱惜着因特林,很难想象会做这种事情。即便通过某种渠道获得了管理员权限,一旦对 AI 做出修改,AI 也会自动做出抵抗反应,它会以 CPU 的极限频率修改防火墙算法,防止核心系统被更改。通常对智能机器人的 AI 进行修改时,需要将其完全关机,再将记忆芯片取出进行;想要通过黑客技术强行修改,则必须拥有比因特林的处理器更加先进的计算机组,与系统的防火墙展开算力的对抗。

换言之,以目前的硬件条件,没有人类能够做到这种事情。

两人继续前行,周诚并没有对罗星一直尾随其后表示不满。不久后,两人遇到了另一具因特林的残骸。警卫的胸口留有一道焦黑的伤痕,左臂也受到严重伤害,小臂只有部分与肘部连接。

罗星伸手想要触碰,却如同空气一般地穿过了它的臂膀。因特林的手臂上并没有光线散射的痕迹,应当不是全息投影。罗星再次试图触摸警卫的胸部,一旁的周诚却突然紧紧攥住他的手腕。

"你不要命了吗?"周诚厉声喝斥道,"它胸部的核反应炉还没有停止工作,你会被高剂量的核辐射杀死的!"

"为什么?这只是一个影像吧!"罗星一头雾水。

"你能够看到它意味着什么?"

"它反射的光能够进入我的眼睛……啊!"

罗星恍然大悟。既然不是全息投影,那证明这位因特林确实存在于某处。能够看到它,则证明它反射的光线进入了眼睛。如果贸然将手伸入核反应炉的位置会发生什么?核裂变反应炉内遍布着高能的伽马射线,既然可见光能够对人类的身体产生作用,伽马射线就没有理由不能。高能的伽马射线辐射会迅速损坏身体机能,也许几小时后他就会像心瞳一样虚弱地躺在病床上。

究竟是怎样奇特的时空结构,才能创造出这种既"在"此处、又"不在"此处的因特林呢?

两人继续前进,经历了四个五分钟的时间周期后,终于到达 5 号门前。

"您要找的东西在这里？"罗星问道。

"如果有，只可能藏在这里。"

周诚说罢，径直向5号门走去。罗星方才想起白剑布置了陷阱，他匆忙想要阻止，可周诚半只脚已经踏入了门内。三道明晃晃的银光自上空鱼贯而下，周诚轻盈地侧身，第一把手术刀擦身而过；他又飞速挥出两记手刀，另外两把手术刀被击飞到远处。

"太强了……"一旁的罗星看得目瞪口呆。

进入控制区后，周诚自顾自地开始了搜寻工作，罗星则被资料柜吸引了视线。这里的资料被白剑翻看过，纸张零散地丢在四处。罗星小心翼翼地将纸张收集起来，一目十行地迅速翻阅。

大部分资料是深渊号的设计图，罗星只能看懂个大概。翻了一会儿，罗星终于找到了几张因特林的电路图，阅读难度比之太空船设计图亦不遑多让。罗星耐着性子阅读下去，终于在不起眼的角落发现了有价值的信息。

这是一份制作公司的免责文件。文件中说明，为了遵守相关法律，会在系统内预留"factory"账号，其权限在管理员账号之上。此账号仅用于智能机器人的安装调试和返厂维修，用户无权修改。但从另一个角度想，只要控制了因特林的制作公司，搞到"factory"的账号密码，就能够越过管理员权限，对因特林的AI进行修改，继而操控它作案。

罗星将因特林的资料小心收好，继续大海捞针般地寻找。几分钟后，他在几本厚厚的专业书中抽出了一张被折成A4纸大小的铜版纸。将其张开，其大小居然铺满了整个桌面。看着图纸上的内容，罗星不禁咋舌——

这是一张深渊号真正的全景地图。除了大家熟悉的一层和二层外，在太空船椭球形躯体下方对称的位置，还隐藏着负一层和负二层，与上方通过长长的电梯井连接。根据地图的形貌，罗星推测出他和韩雪曾经到过的是负一层，那么更加神秘的负二层中又藏着什么秘密呢？

突然间,远处传来重重的响声。罗星连忙跑了过去,只看到周诚愤怒地将一排铁架子踢倒,又搬起显示器重重地砸在地上。罗星还是第一次见到周诚这个样子,他匆忙冲上前去阻拦,但对方只是轻轻一推,他便一个踉跄跌倒在地。

可即便如此也没能平息周诚的愤怒。他虽然停止了过激的动作,身体却微微颤抖着,眼角布满血丝。

"周诚先生,您怎么了?"罗星撑起身体问道。周诚并没有对他的关心产生反应,只是恶狠狠地自言自语道:"这么多年来,我到底在干什么……"

"到处找不到你,原来在这里耍小孩子脾气啊!"突然间,两人身后传来一道凌厉的女声。罗星感到一阵风拂过,只见兰兰紧握双拳,快步走到周诚面前。面对情绪失控的老男人,兰兰毫不畏惧地开口讥讽道:"你不是在寻找犯人吗?难道说这台显示器就是你所谓的犯人?"

周诚瞥了兰兰一眼,冷冷地反问:"你又跑哪儿去了?"

"我在做我该做的事情!"兰兰怒吼道,"你呢?藏起来看着大家一个个地死去,这就是你登上深渊号的目的吗?"

"我早就说过,这件事情我自己处理,不用你操心。"

清脆的巴掌声,一记耳光重重地扇在了周诚的脸上。周诚一言不发,兰兰嘴角颤抖着,面颊上淌过两行清泪。突然间,她一把抓起周诚的左手,无名指上一枚雕刻着月亮与星辰的铂金钻戒闪烁出微弱的光芒。

"这是……"

"其实在我们相遇之前,她就已经走了。在她最后的时间里,我们结婚了。"周诚的怒气已消了大半,只是悲伤地低语着。兰兰默不作声,紧紧握住了周诚的手。周诚继续说道:"十几年过去了,每隔一段时间,我都会去她住过的地方看看,回忆我们在一起的时光。如果不是我,她的人生不会如此短暂;如果不是我,她不会在囚笼中度过孤独而漫长的时光。可即便如此,我还是选择了继续追查真相。只要那件事情没有解决，我永远不能作为一名正常人而生活。我对不起她，更对不起你……"

兰兰向前一步，紧紧地抱住了周诚的头。而周诚则像个小孩子一般，依偎在兰兰的怀里轻声哭泣着。

眼前相拥的二人，想必经历过自己完全无法想象的故事。还是留给他们一些独处的时间吧！

◇

留下相互舔舐伤口的两人，罗星决定去看望心瞳的情况。心瞳的病床位于6号门一带，她的右手上插着注射器，营养液与药品的混合物一滴滴地流入血脉。床位朝向外部墙壁的一侧立着一块门板大小的铅板，这是白剑为了保护心瞳而设置的。可是突然间，罗星却发现了异状：心瞳的心率监视仪上显示出一条平滑的直线，藏在白色被单下的胸部也不见了起伏。那位活泼而又强大的"白狐"战士，已经永远地离开了这个世界。

白剑明明说过心瞳已经维持住了生命，为什么这么快就死了？

罗星立即对心瞳的尸体进行了检查。心瞳的手紧紧地攥住了床单，是死亡前的痛苦令身体发生了反应吗？罗星继续检查，最终在脖颈处发现一处灼烧的伤痕。

有人对奄奄一息的心瞳再次下手，夺走了她为数不多的时间！

愤怒的血液冲击着罗星的大脑，他发疯般地在控制区内寻找着，仪表的缝隙、橱柜的角落，甚至连设备的内部都没有放过。兰兰和周诚也赶了过来，听罗星讲述情况后，一起加入了搜寻队伍。

几分钟后，兰兰发现了一处线索。

"这是什么？"她将罗星和周诚二人招呼到身边，指着墙上一处焦黑的痕迹问道。黑斑的直径仅有几毫米，很容易被忽略。罗星伸手摸了摸墙壁，黑色部分是碳化的涂料层。

罗星立即冲了出去。黑斑位于蓄水区与控制区之间的墙壁内侧，在6号门与7号门之间的位置。罗星踩着小溪岸边的石块仔细寻找，很快便在墙壁外侧对应的位置发现了黑斑。将两处黑斑连线，心瞳恰好位于延长线的位置。这是一次穿墙攻击，凶手巧妙地躲开了白剑设下的防辐射铅板，轻而易举地将虚弱的心瞳置于死地。

从内外两处位置对应的黑斑可以判断，凶手使用的凶器能够穿透钛合金墙壁，能做到这一点需要电磁波的频率在 X 射线波段及以上。深渊号上产生辐射的装置只有大家手中的脉冲激光枪，频率在红外波段，并不具备穿墙攻击的能力。换言之，这又是一次不可能犯罪。

搜寻无果，兰兰为心瞳整理了遗容，罗星把心瞳身上的管子拔了下来，又将白色的被单罩在心瞳身上。之后，三人对着心瞳的遗体鞠躬道别。

"你们跟我来。"

仪式结束后，周诚向罗星和兰兰展示了自己的发现。在 5 号门的对侧、正对 7 号门的位置，是进入核心控制区的 9 号门，可以直接对阿克别瑞引擎进行调节的终端便位于此处。之所以采用这种不方便的设计，是由于机组人员出入最频繁的是正对电梯的 5 号门，将 9 号门设计在相隔一百八十度的位置可以强制他们在出入核心控制区的同时对其他仪表进行检查。

罗星清楚地记得，四小时前他和兰兰在控制区调查时，这里是一道紧闭的大门。

周诚握住沉重的门把手，用力一拉，几厘米厚的隔离门便应声向一侧划去。

"这是一道时间锁。只有当时间到了某个指定的时刻，它才可以被开启。"周诚操着低沉的嗓音解释道。

"是什么人设置了它？其他损坏的屏蔽门是否也可以开启了？"罗星忙不迭地抛出一堆问题。

周诚耸耸肩，指着门内的方向说道："还是先看看这里吧。"

隔离门打开后，出现在眼前的并不是阿克别瑞引擎复杂的操作面板。不如说，印象中的"核心控制区"已经完全不见了影踪。那里竖着另一道漆黑的门，其上设置了一把密码锁。与通常的密码锁不同，此锁的密码极为烦琐，仔细数来居然有二十四位之多！

罗星蹲在门前，小心地调节着密码。不知是幸运还是不幸，每一位密码只有"0"和"1"可以选择。但即便如此，也有多达二的二十四次方，即 16777216 种可能性！

事到如今，已经无法得知舰长一家设置此门的目的为何，密码又代表了什么意义。在深渊号的设计图上，完全没有提到有关这道门的信息。想必打开此门的密码属于深渊号的最高机密，不可能很容易便找到。

"我找遍了太空船，也没有发现解开密码的线索。"周诚淡淡地陈述着。他一定在大家看不到的地方默默努力吧，也正是因此才承受了过大的压力。

三人怀着沉重的心情自 6 号门离开了控制区。与通往核心控制区的 9 号门一般，6 号门不知何时已恢复了功用。罗星和兰兰走在前方，周诚大叔紧随其后。

"你和韩雪之间发生了什么？你们不是一直在一起吗？"兰兰突然问道。

"啊……我想我被误解了，而且还被狠狠地甩了。"罗星望着天花板，神色茫然。

"可以讲给我听吗？"

罗星深吸一口气，把刚刚发生的事情一五一十地讲给了兰兰。兰兰直视着他的瞳孔，只是认真地聆听，时不时地轻轻点头。

"她就这样离开了，现在不知道在哪里。"罗星叹气道。一面聊着，他们已经越过了 2 号门的位置，于是索性向 3 号门走去。

"那个老学究向韩雪告白啊……真看不出他是能干出这种事的人。"兰兰瞥了罗星一眼，"罗老师，你交友不慎啊！"

"一个是我深爱的女人，一个是我最好的朋友，我却完全不了解他们的想法。这是我做人的失败。"罗星自嘲道。

"我很想劝你不要去管那种渣男女，但我也没资格说别人。"兰兰同样将双臂枕在脑后，仰望着天花板，"谁让我们都是始终如一的人呢?"

罗星叹气道:"不说这个。我猜韩雪大概是走进了镜面空间中,生死未卜。我很担心她。"

听到这句话,兰兰突然间定在了原地,右臂紧紧勒住罗星问道:"等等!你刚才说……镜面空间?"

"是啊……咳咳!"罗星被勒得呼吸困难,"有什么问题吗?"

"不……没有什么,大概是我想错了吧!"兰兰目光呆然,但她很快便恢复了正常。罗星摇摇头,并没有追问下去。

两人继续前进,不经意间,罗星在假山的角落里看到了什么白色的东西。他迅速走上前去检查,在石头缝里扯出一件白大褂来。白大褂的腹部有一块暗红色斑,衣袖处还能够看到烧灼的痕迹。

兰兰好奇凑上来问道:"这不是老芮的白大褂吗?"

罗星点头道:"老芮已经死了,应该是什么人偷走了他的衣服,丢在了这里。"

"可这么做有什么意义呢?"兰兰追问。

"大概这件白大褂上有着能够暴露凶手身份的线索吧!"罗星说罢,便开始检查白大褂,很快便从衣兜里摸出了老芮的手机。机身有多处创伤,触屏的一角被血渍染成了暗红色,但系统仍在正常运转。罗星按下电源键,登录界面需要输入六位密码,他依次尝试了老芮的生日、身份证号码、学号和职工号,全部被系统拒之门外。罗星思考片刻,又输入了林颖的生日,屏幕上依旧顽固地弹出了错误信息。

无奈之下,罗星转而检查周围的环境。小溪边的石块有些裂痕,水面上漂浮着一些焦黑的残片,好像发生过小规模的爆炸。就在这时,一旁的兰兰惊讶道:"咦?周诚那家伙跑哪儿去了?"

罗星匆忙回头张望,不见周诚的踪影,却隐约能够听到他在和什么人交谈。兰兰气愤地想要回去找人,却看到周诚若无其事地走了过来。兰兰质问他干什么去了,周诚只是笑笑,解释说自己过于专注地思考问题,不知不觉间便掉了队。

走到3号门附近时，周诚突然停下了脚步。他出神地望着远方，又低头看了看手表。

"你又被什么勾走了魂？"兰兰双手叉腰抱怨道。

"抱歉，我想做一个实验，麻烦你们等我一会儿。"周诚面色凝重，丝毫不似开玩笑的样子。兰兰与罗星对视片刻，无奈地耸耸肩。两人在周诚的指示下站在了小溪边的角落里，这里的视野很差，只能隐约瞥见负一层电梯的出口。罗星着实猜不出周诚的用意，而后者也丝毫没有想要解释的意思。

"他总是这个样子，也难怪没有朋友。"兰兰叹气道。

时间一分一秒地流逝着。经历了八个五分钟时间周期后，不远处的周诚突然间飞也似的跑了过来，对着二人大声喊道："快离开这里！从3号门出去！"

罗星还没搞清怎么回事，周诚强有力的双手便紧紧抓住了他和兰兰，拖着二人急速前行。3号门已近在眼前，周诚双臂运足气力，将两人从半开的门缝中丢了出去。罗星重重地摔在地上，可还没等他坐起身，3号门内便闪烁出耀眼的白光，将漆黑一片的植物区映得灯火通明。周诚自白光中一跃而出，狠狠地撞在一棵碳化的树桩上，脸上落满了黑色粉末。

罗星连忙爬了起来，他将兰兰从落满黑色碳颗粒的土地上扶了起来，之后两人协力拉起了周诚。

"里面发生了什么？"罗星匆忙问道。

"没时间了，我们赶快返回二层，之后我会详细解释。"周诚拍掉了身上的渣滓，"我要送你们离开深渊号！"

◇

三人沿着植物区漆黑的走廊向电梯跑去。兰兰看上去很疲惫，大口喘着粗气。罗星关切地询问她的身体状况，兰兰只是轻描淡写地说了一句："没什么，睡眠不足而已。"

罗星方才发现，平日十分注重仪容的兰兰挂着深深的黑眼圈。

电梯平稳地上升着，罗星的心情却是七上八下。白剑深爱着心瞳，应当怎样将心瞳的死讯传达给他呢？可是突然间，如同感应到他的内心一般，强烈的超重感将三人牢牢地钉在地上；不消三秒钟的时间，电梯便伴随着一声巨响停在了二层。

周诚弓着身子站了起来，他匆忙按下开门键，电梯立即做出了反应，控制器很幸运地在事故中逃过一劫。屏蔽门开启的瞬间，罗星望见了那个熟悉的身影：

深红色的帆布运动鞋，破损的浅蓝色牛仔短裤，红白格子的运动T恤，飘浮在半空的瘦小身躯，以及一双满溢着贪婪与渴求的黑色眼珠。眼前的月影完全不似平日里天真活泼的少女，反而更像是一名寻找猎物与鲜血的疯狂战士。

还没搞清楚眼前的状况，罗星便被一股奇妙的力量扯到了半空中。他用力地扭动着四肢，一股神秘的力量却仿佛枷锁一般禁锢住了他的身体。

"月影，你在干什么？"罗星惊讶地大叫道。

"她不是月影！"

身后传来了周诚的声音。罗星艰难地将视线移到身后，原来周诚和兰兰也一起被念动力拖到了半空中。

"现在该怎么办？"罗星用尽了全身的力量咆哮着。强大的念动力开始撕扯身上的肌肉，难以言喻的剧痛令意识模糊了起来。

就在这时，一道寒光划过了月影的脸颊，殷红的鲜血顺着少女白皙的脸颊流淌下来。伴随着一声脆响，锋利手术刀钉进了钛合金墙壁中。月影回过头去，三人重重地摔在地上。

"还不快跑！"远处传来了白剑的声音。周诚右腿用力一蹬从地上蹿了起来，拉起兰兰和罗星不顾一切向远处跑去。白剑再次向着月影丢出三把手术刀，超能力少女只是轻轻一挥手，手术刀便如同纸片一般被吹得无影无踪。

借着三把手术刀的掩护，四人成功从月影的视线中逃脱。他们一路狂奔，径直冲向走廊尽头狄安娜的房间，女剑士早已在门前恭候多时。走廊另一端的月影硬生生地将浴室门前的自动售货机连根拔起，继而以子弹一般的极速丢出；狄安娜双腿站稳，一计势如破竹的横斩，红色的箱体被拦腰斩断，饮品和零食洒了一地。借着对峙的间隙，大家钻进房门，从内部将房间反锁。

"这到底是怎么回事？"罗星惊魂未定地捂着胸口，"白剑先生不是在给月影做手术吗？为什么她会袭击我们？"

"我也不清楚……"白剑放平自己的右腿，取出银针对着足三里狠狠刺了下去。大家方才发觉，他的腿部在刚刚的战斗中严重扭伤。"手术进行到一半，她突然醒了过来。我对她说了很多话，但她毫无回应。正当我一头雾水的时候，她却突然袭击了我。"白剑轻轻捻着银针，腿部发出阵阵痉挛。他用感激的目光看了一眼女剑士："多亏了狄安娜守在近旁，我才没有被月影杀死。"

"那个人不是月影。"周诚解释道，"她是月影体内的第二人格，由大脑中掌管超能力的神经中枢形成的、智力只有婴儿水平的破坏者人格。"

"你是说……我的手术将第二人格诱导出来了吗？"白剑露出惊恐的神情，"老实说，如果月影认真地想要杀死我们的话，我们不可能与其正面对抗。我们要么杀死她，要么唤醒她的主人格。"他瞥了周诚一眼，继续问道，"你知道唤醒主人格的方法吗？"

周诚犹豫片刻，应道："我只是偷偷查看过月影的资料，才知道了第二人格的存在。资料记载，对付第二人格需要专用的、针对超能力神经中枢的麻醉剂，深渊号上不可能准备有这样的药剂。"

白剑右手撑住膝盖，吃力地站了起来。他用力地跺跺脚，见扭伤已无大碍后取出几枚银针，夹在手指的间隙之中。

"无论哪个人格掌管身体，穴位都是不会变的。"白剑的脸上露出战士般的坚毅，"我们需要一个战术，由你们来引开她的注意力，我会趁机封住她的穴位。"

周诚和白剑将耳朵贴在门上，屏住呼吸聆听门外的动静。居住区的墙壁并未填装隔音材料，很容易便可以听到走廊内的声响；但此刻的月影是飘浮在半空中移动的，能够捕捉的声音极为细微。

然而对优秀的战士而言，他们的双耳每时每刻都如同雷达一般灵敏。月影的第二人格只有婴儿般的智力水平，只要离开她的视线，就有机可乘！

两人对视片刻，不约而同地点点头。

周诚打开房门，悄悄探出头去。不出所料，月影刚刚经过韩雪的房间，正在向着白剑的房间飞去。他三步并作两步地冲进了餐厅门前的走廊，一边跑一边大声喊道：

"我在这里！"

月影果然被他吸引了注意力。她转过身子，向着T字形走廊的另一条路飞去。几秒后，她便经过了转弯，居住区一带成了视线的死角。

这正是白剑一直在等待的机会。他的手指以肉眼难以分辨的速度抖动着，眨眼间便投掷出四枚银针。即便隔着近十米的距离，银针依然不偏不倚地刺入了月影身体两侧的风池穴和肩井穴。月影的身体发出轻微的痉挛，她试图回过头来，可颈椎与肩部的剧痛令她难以再移动分毫。

白剑不会错过这个机会。

他双腿运足气力，眨眼间便跨过了两人之间的距离。他轻盈地跃起，手中的第五枚银针直挺挺地向着月影的风府穴刺了下去——

就在针尖距离月影脖颈只有几厘米的瞬间，仿佛被巨人的双手抓住一般，白剑的动作定格在半空。他的面部表情因痛苦而扭曲，连手指都不能再移动分毫。

一旁观战的狄安娜当即拔出长剑，可罗星不由分说地挡在了她面前。罗星的食指顶住嘴唇，轻轻地指向了T形路口的方向。在走廊的另一端，悠悠然地飘过了另一个身影——

第二名月影出现在大家的视线中，是她用超能力制止了白剑，使得偷袭成了泡影。她的嘴角露出一丝冷酷的笑容，白剑藏在白大褂下的肌肉已绷紧到极限，皮肤因压迫产生多处皲裂，暗红的血迹渗了出来。

然而噩梦并没有结束。

不远处传来一声惨叫。三人循声望去,周诚被念动力牢牢钉在了活动区大门旁的墙壁上,钛合金墙壁甚至由于挤压产生了凹痕。而对他动用私刑的,正是第三名月影!

罗星惊讶得不敢移开视线,兰兰由于惊恐而捂住了嘴。狄安娜虽然仍是一副波澜不惊的表情,但握住长剑的手却忍不住微微颤抖。深渊号的第一战力月影,居然存在同样的三人!

对白剑的处刑进入了终末时刻。二号月影伸出的右手缓缓握成拳头,医生发出一声撕心裂肺的惨叫,头部如同吹破的气球一般炸裂开来。在念动力强大的压力下,他的血液自颈部喷泉般奔涌而出,将T形路口染成一片血红,细碎的红色血滴雨点一般地落下。

恐惧感如同山洪海啸一般,眨眼间淹没了兰兰,她由于恐惧而移开了视线。但是很快地,另一股更加强烈的感情便支撑着她找回了勇气与冷静——周诚还没有死,还有从月影手中将他救下的可能!

她痛苦地抬眼望去,只见周诚艰难地抬起一只手臂,伸到了自动门的感应区。活动区的大门缓缓打开,周诚向着门内丢了什么东西。三号月影不会容忍猎物的擅自行动,她猛然间加重了力道,兰兰甚至可以听到周诚的骨骼在吱吱作响。时间一分一秒地过去了,周诚依靠久经锤炼的躯体艰难地支撑着。远处观战的三人握紧了拳头,却没有任何办法能够解救同伴。

结束了吗?

在活动区大门打开一分半钟的时候,周诚的嘴角上露出胜利的微笑。他一只手抓出门框,潇洒的一个转身,干脆利索地逃进了活动区。三号月影试图在健身房内寻找猎物,可周诚早已不见了踪影。

"快跑!"罗星当机立断地拔出了激光枪。位于居住区走廊内的二号月影举起手臂准备对抗子弹,但只有婴儿般智力的她并不清楚迎面而来的"子弹"是脉冲激光。低沉的枪声响起,枪法很差的罗星出其不意地命中了月影的眼睛。借着月影视线被封闭的间隙,他带着两名女士躲进了隔壁兰兰的寝室。

◇

"永远的一分钟。"

兰兰说出了莫名其妙的六个字。一旁的罗星仍在摆弄被砸坏的吉他,狄安娜盯着剑身的反光发呆。兰兰继续解释道:"我……曾经在无意中发现,浴室中的时空处于一种极其特殊的状态,它在不停地重复着一分钟的时间。"

罗星当即停下了手中的工作,兰兰带来的爆炸性信息令他险些将手指割破。他急切地问道:"难道月影利用浴室特殊的时空结构复制了自己?"

"'永远的一分钟'虽然无法从内部改写,但对于信息的出入是开放的。例如你从浴室中丢出了一本书,那么一分钟后,便会有同样的一本书被丢出。我相信觉醒了第二人格的月影一定是在无意中出入了浴室,于是每隔一分钟,月影便会增加一人。"

罗星迅速为吉他穿上最后一根弦,又取来了伤痕累累的扩音器,打开后盖检查电路。他笑了笑,自言自语道:"果然如我所料,电器没有那么容易被破坏,很快就能搞定!"

兰兰将疲惫的身躯靠在椅背上,轻轻叹气。罗星看上去似乎有什么计划,但随着时间的流逝,月影的数目会不断增加,他们的胜算将微乎其微。他用余光扫视着在一旁发呆的狄安娜,最终下定决心问道:"狄安娜,如果和月影比拼蛮力的话,你能坚持多久?"

"大约三秒,我的肌肉并不像男性一般坚实。"狄安娜顿了两秒,继续说道,"如果偷袭,则取决于她的反应速度。"

"啊——果然行不通。"兰兰身子一软瘫倒在座椅中。就在这时,忙碌的罗星加入了对话:"怎么,兰兰你有什么对策吗?"

"其实……"兰兰盯着天花板,钛合金黯淡的银灰色仿佛映衬出了她的容颜。"我也是个超能力者,当然没有月影那么厉害。"

兰兰不顾同伴们的惊讶,继续讲述道:"我是一名催眠能力者。

由于经常遨游星际,加上偶像的身份,海关的检查很容易便蒙混了过去。你们知道吗?我最初卖唱时根本无人问津;于是我对来往的路人施加暗示,命令他们为我捧场。久而久之,我居然火了起来。很不可思议吧,所谓的大明星是个彻头彻尾的偏子。"

"那……你能做到何种程度的催眠呢?"罗星对兰兰的自白毫不介意,急匆匆地问道。

"既然决定对你们坦白,那就没什么好隐瞒了。我能够同时催眠的人数最多为五人,并且幻觉只能够维持一分钟;如果人数减少,时间会相应地增长。"兰兰解释道,"至于催眠的效果,大多是一种心理暗示吧。当催眠对象仅为一人时,我可以将这种暗示保持很久,很多时候即便解除了催眠,暗示也会作为一种认知固定下来。至于科幻作品中描述的,令被催眠者陷入虚拟世界这种程度的事情,除非对方主动接受催眠,否则我不可能做到。"

"能够让人产生幻觉吗?"

"可以,但时间很短,并且幻觉只是对现实的某种程度的修正而已。"

房间内陷入一片沉默。少顷,罗星再次开言问道:"你准备用这种能力对付月影吗?"

兰兰仰面朝天,露出疲惫的神情。她叹息道:"我想试试看,能否用催眠能力唤醒她的主人格。如果能够让我们的月影归队,对抗其他的暴徒也就有了希望。"

如果月影的主人格真的能够醒来,知道自己的所作所为后,她能够接受这一切吗?

——不,现在还不是思考这些的时候。罗星完成了扩音器的修理,将最后一颗螺丝拧紧。他握紧拳头,继续问道:"最后一个问题,如果对月影使用催眠能力,需要我们创造怎样的条件?"

"对视。"兰兰撑着膝盖直起身子,"如果是普通的暗示,我只需与对方短时间的视线交接即可;但月影的情况很特殊,我想至少需要三十秒。"她无奈地长舒一口气,"但周诚和白剑联手都做不到的事情，对我们而言就更是天方夜谭了。"

罗星弯腰捡起刚刚修好的吉他，脸上露出从容的笑容。

"我来为你创造条件。"他走到兰兰面前，拍了拍女歌手纤细的肩膀。"虽然在战斗力上难以比肩，但科学之神，以及这艘船上特殊的时空结构会助我们一臂之力！"

T小姐的探案记录 IV

清晨的山林，树丛中穿过的风夹着刺骨的寒意。阳光透过树叶的间隙泻下，地面湿漉漉的。

T小姐踏着石子渡过一条小溪，将背包丢在岸边，捧起一把溪水洒在脸上。这座位于中国西部的山脉在纬度上已接近北回归线，但高耸的海拔带来了不合时宜的冷空气。她自背包中取出一件粉红色的冲锋衣披在肩上，重新架好太阳镜。

前方不远处可以望见一道围栏，一座二层小木屋孤独地立在半山腰，那里就是她此行的目的地。

走近木屋，门前传来一阵犬吠。一只黑白相间的牧羊犬自狗屋中探身出来，毛掸一般的尾巴不停摇动，口中露出粉红的长舌。T小姐弯腰抚摸着它的头部，将一只火腿剥开放在它面前。

"查尔斯刚刚用过早餐，不要太娇惯它哦！"

远处传来女声。T小姐循声望去，一位四十岁上下的高个子女性打开房门走了出来。她有着一张亚洲人的标志性脸庞，头发却染成红褐色；白绿相间的迷彩装随性地套在身上，脚上的皮靴擦拭得一尘不染。她走上前来，伸出了右手："你就是沈湉的朋友T小姐吧，我是程青，幸会。"

将T小姐让进木屋后，程青取出一套紫砂茶具。她在茶壶中注满热水，抬头微笑道：

"因为在军队养成的习惯，我从不沾染咖啡和碳酸饮料，所以只能招待红茶了。"

"您太客气了。突然叨扰，还请您不要介意。"T小姐送上伴手礼，微微地鞠了一躬。

"哪儿的话，在这荒无人烟的地方守山，每天都盼望着能有人聊天呢！"

深渊号的乘客中有一名叫作月影的女孩子，十六岁，是一名超能力者。对狄安娜的调查告一段落后，T小姐决定着手探究月影的身世。这并不是一件容易的事情，社会上为数不多的超能力者往往会被政府和军方严格控制。几经周折，她终于打听到沈湉的一位朋友曾在军方的超能力者研究机构任职，现已脱离一线，被安排在荒凉的自然保护区守山。

"既然您是军人，那我就单刀直入了。"T小姐坐直身子，一板一眼地问道，"您认识月影这个人吗？她是一名念动力者，今年十六岁。"

程青微微一笑："何止认识。在超能力研究所工作期间，我是她的心理医生，也负责照顾她的生活起居。"

T小姐的身体微微一颤，双拳紧握。

"你是为深渊号的事件来的吧！"程青取出一支香烟递给T小姐，对方连连摆手。于是她将香烟叼在嘴中，为自己点燃后深吸一口。"你知道吗？因为月影登上了深渊号，我才被发配到这座山林里，或者说被软禁于此吧！深渊号的事故意味着月影已经离开了这个世界，军方自然也就对我失去了兴趣。否则，你我二人不可能像现在这样坐在一张桌子上聊天。"

"没错，我是为了深渊号的事件来调查的。"T小姐神情坚定，"不知您可否将月影的故事讲予我听？"

程青吐出一口烟雾："即便你没有找上门来，我也想找个机会将她的故事告诉别人。"她的目光仿佛游离在远处，又似乎在看自己。"我希望世人能够知道，有一位小姑娘，她曾经这样活过。

"我第一次见到月影是她一岁半的时候。当时她被关在医院地下的防空洞内，我只能通过监视器看到她。我从未见过如此的情景。一名话都说不清的女婴躺在床上，四面被厚重的水泥墙包围；她在那里哭闹着，仿佛共鸣一般，一米厚的水泥墙不断地震动、龟裂……医护人员告诉我们，一周以来，他们每天都需要工程人员加固水泥墙体。"

"月影的父母呢？" T小姐问道。

"当她第一次觉醒超能力的时候，她的父母便死于非命。"

T小姐面露悲伤："……真是不幸的意外。"

"不，不是意外。"程青简单地否定了她的想法，"虽然只有一岁半，但毫无疑问，父母是被她故意杀死的。"

T小姐瞠目结舌，程青继续说道："在医学界，超能力的来源一直是个谜。掌管超能力的神经中枢位于大脑中，从生物学的角度来看，它们与普通的大脑细胞并没有区别。大脑与超能力神经中枢之间的关系，就好像是CPU之于显卡，或细胞核之于线粒体。

"通常情况下，显卡会听从CPU的指令工作。但月影是个特例，她的念动力比之其他超能力者有着质的飞跃。在此之前地球上共出现了二十三名念动力者，能力的极限无非是令拳头大小的石块飞离地面；仅有一岁半的月影却能够摧毁钢筋水泥。"

"她的超能力太强了啊……" T小姐不禁感慨。

"没错。她的超能力神经中枢非常发达，但物极必反，正是因为太发达了，这些神经中枢中产生了另一个人格。由于只是大脑中部分神经产生的人格，她只拥有婴儿般——或许只是小动物一般的智商。但与之对应的，第二人格却可以毫无顾忌地使用超能力，破坏力远远高于通常状态下的月影。你想象过超能力者眼中的世界吗？"

T小姐摇头。

"念动力的物理学原理，是用意识控制熵的产生和消灭。因此当他们使用超能力时，能够看到能量的流动。就好像手机接收电磁波信号后会对其进行傅里叶变换一般，念动力者的眼中，看到的是'熵表象'的世界。当一个婴儿看到了完全陌生的世界，并且这个世界能被他玩弄于股掌之中时，他会怎么办？

"将整个世界当作自己的一个玩具。月影的第二人格觉醒的那一刻，便将父母当作了游戏的对象。她先是扰乱了父亲的心脏电流，令父亲死于心脏骤停；继而她将母亲全身的血液都集中在脑部，直到头颅胀破，鲜血喷泉一般地涌出。她的心中并没有'杀戮'的概念，这样做只是为了好玩儿；但毫无疑问，在她有意识的行为下，父母死于非命。医务人员发现后，当场动用了麻醉瓦斯，才没将伤害继续扩大。

"月影的信息被迅速反映给了军方。军方意见分为两派，鹰派认为她太危险了，一旦继续成长后果不堪设想；鸽派则认为她是目前世界上成长最为完全的超能力者，需要培养和保护。最终鸽派的意见占了上风，他们在军医大找到了担任心理医生的我，将照顾月影的任务全权委托给了我。"

"如果第二人格一直占据身体，岂不是任何人都无法靠近她？"T小姐问道，"当时的她只有一岁半，生活怎样打理？"

"幸运的是，第二人格——我们称其为'婴儿破坏者'——并不会一直占据身体。当主人格占据身体时，月影是一名十分乖巧的孩子，我们便趁着那短短几小时的时间为她喂食、处理生活杂务。这样的日子持续了一年。幸运的是，婴儿破坏者的人格出现的时间越来越短，当她连续一个星期没有现身后，我们决定将月影带出防空洞，留在超能力研究所内培养和观察。

"我们原本认为，一年的囚禁生活会对月影的心理造成不良影响。但走出防空洞后，她将那些事情完全抛在了脑后，快乐地成长着。我们曾经认为这是一个奇迹。"

"曾经？"

"是的。她并没有忘记那些痛苦的回忆——这些后面会讲到。走出防空洞后，月影过上了正常的生活。虽然无法走出研究所一步，虽然总要时不时地接受大量的检查，但她一直阳光快乐地活着。我和她成了好朋友，将她当作女儿一般看待。然而这样的日子不可能一直持续下去。随着月影的成长，军方的意见又分成了两派：鹰派认为应当把她派往前线，诱导她使出更强的超能力；鸽派却主张继续给她正常的生活，直到长大成人。这次鹰派的意见占了上风，维持月影的生活需要大量的资金，没有人愿意做这种没有回报的生意。

"于是我和月影开始执行军方委派的任务。最初只是一些简单的任务，如地震灾区、火灾现场的搜救等；渐渐地，我们开始同军队一起战斗，经常会面对伪装到牙齿的恐怖分子。月影的天赋很强，虽然体能上只是比同龄人运动神经优秀一些，但借助超能力，她很快便成了军中的英雄。想想看，如果能够借助扰乱心脏电流、在血管中制造气泡杀人，又有谁会是她的对手呢？

"事件发生在月影七岁那年。又是一次反恐任务，恐怖分子十分狡猾，我们中了他们的陷阱。他们将军队的人诱骗到一个防空洞内，随即用水泥封死了出口。为了防止我们对外联络，他们甚至布置了电磁波干扰装置，等待我们的命运将是窒息死亡。

"也许是在一起度过了太多快乐的日子吧，那时的我竟然忘记了，月影曾经被囚禁在地下室长达一年。最初大家还相安无事，但随着氧气的减少，军人们躁动起来。大家发生了激烈的争吵，一名男军官还对我动了手。不知此事是否成了导火线，在毫无征兆的情况下，已沉寂多年的'婴儿破坏者'觉醒了。强大的念动力掀翻了防空洞的水泥屋顶，我们得救了；但作为代价，军队人员在这次超能力灾难中死伤惨重。

"我侥幸活了下来，只是受了些许轻伤；月影却被送上了军事法庭。法庭裁判这名七岁的孩子不得继续执行任务，并且为了防止惨剧再次发生，要服用大量的精神类药物。我自然强烈反对此事，因为精神类药物会严重影响月影的正常生长，最坏情况下甚至会夺走她的心灵。我从科学和道德等多种层面解释了这么做的弊端，但军方要的是不再发生事故，为此他们不在乎牺牲一名小姑娘。他们将月影留在军队，只是因为她还有利用价值罢了。

"月影开始服药了。最初服药时只是精神萎靡不振，可渐渐地，她的神智开始模糊起来，有几次甚至忘了我是谁。我的心很痛，却没有任何办法。这样的日子持续了半年。直到有一次，月影突然对服药产生了强烈的抗拒，她拼命地哭闹着，医护人员在无可奈何之下，为她注射了大剂量的麻醉剂。"

T小姐端着茶杯的手颤抖着："又是麻醉剂，她还只是个孩子啊……"

"她是个孩子，却与生俱来地握着核武器的开关，想扔都扔不掉。"程青捻灭了香烟，为自己斟满一杯红茶。"不谈这个。不幸的是，麻醉剂这次并没有发挥效用。月影确实很快便睡了过去，但婴儿破坏者再次觉醒了。大概是掌管超能力的神经中枢对麻醉剂并不敏感吧，又或许是她一直在等待着主人格失去意识。这次的婴儿破坏者变得更加残暴，她的行为不再像是婴儿的'游戏'，反而更像是有目的的'破坏'和'杀戮'。这次的事件摧坏了整座医院，医务人员无一幸免。没有人能够靠近她，直到'婴儿破坏者'因过度使用超能力陷入昏睡，军队损失了约一个团的兵力。

"军方召开了紧急会议，将之前的决议全盘否决。他们几经研究后发现，月影精神最稳定的时期，便是在研究所正常生活的那段时间。于是他们拨出巨款，专门为月影打造了一座小城镇。那座城镇里有家、有学校、有商店，甚至还有悉心安排的'老师'和'同学'；但踏出城镇一步，便是漫天飞舞的监视装置和警报器。

"我一度怀疑月影已无法再次回归正常生活，但她很容易便接受了被军方强行安排的生活，甚至对这些毁了她人生的人抱有谢意。她又一次过上了快乐的生活，尽管这种生活如同沙雕一般脆弱不堪。可是随着年龄的增长，月影的念动力不但没有成长，反而有了衰退的趋势。到了上中学的年纪时，她已不再拥有能够摧毁防空洞的破坏力。军方在感到惋惜的同时，也松了一口气。现在的月影即便发狂，控制起来也会容易许多。可身为一名研究者的我，无论如何也无法搞清其中的缘由——随着神经系统的成熟，超能力没有衰退的理由。

"在她十三岁那年——也就是三年前，我接到了一项新的任务。

看到邮件的那一瞬间，我感到仿佛有无数只手在将我拉向地狱深渊：军方命令，月影必须怀孕生一个孩子。他们认为照这样的趋势下去，在高中年纪时月影的超能力便会衰退至普通人的水平；想要保留她的能力，必须在此之前让她生一个孩子。

"为了不让我从中搅局，他们找机会将我软禁起来。在监视器中，我看到一名年轻的军官闯入了月影的房间，他用麻醉瓦斯麻痹了月影的感觉，在无法反抗的情况下，他剥去了月影的衣物，试图强暴她。"

"如果仅仅是要生育的话，不能进行人工受精吗？"T小姐难掩愤怒的神情，双手紧紧地握住茶杯。

"大概鹰派的人对这名超能力者积怨已深了吧，毕竟那么多军人死在了她的手上。"程青长叹一口气，"但他们忘记了，上一次麻醉剂并没有起到作用。这些内容我在报告中写得清清楚楚，只是他们看都没看便丢进了垃圾桶。"

"婴儿破坏者再次觉醒了……"

"这一次不同以往的任何一次。她并没有简单地杀死那名军官，而是将他一点点折磨致死。她用念动力将军官包围在一个球体中，不停地增大球体的压力。军官先是七窍出血，继而组织液渗出，最终骨头都碎掉了，但他依然没有死，因为婴儿破坏者用念动力保护了他的内脏和大脑。折磨持续了整整一个小时，最终结束时，军官被压缩成了篮球大小的血块。

"杀死军官后，婴儿破坏者开始摧毁城市。军方下达了将月影击毙的命令，但婴儿破坏者的念动力如同核弹一般地爆发了，仅仅十秒钟的时间，运作了八年的城镇便化作一片废墟。军方的损失难以计数，花了好大力气才令媒体封锁信息。那是我最后一次看到'婴儿破坏者'，她解开了我关于月影的一切疑问。

"中国有句老话，叫作'有面子，就要有里子'。月影是'面子'，她可以无忧无虑地活在这个残酷的世界上，可以对所有悲惨的过去一笑了之；而这些负面的记忆和情绪，便全部由作为'里子'

的第二人格承受。'婴儿破坏者'吸取着主人格的负面感情，艰难而缓慢地成长着。月影希望自己的超能力消失，这样便可以过上普通人的生活；于是'婴儿破坏者'接受了她的愿望，第一人格的超能力逐渐衰退，可第二人格的超能力却已成长到难以想象的程度。"

T小姐一言不发，她已深深陷入了月影的故事，眼角挂着泪光。

"后面的故事你已经知道了。军方再也不敢对月影动手，因为一旦失败而导致月影报复人类的话，没有人能承担后果。最终商讨的结果，便是将其送到遥远的殖民星球，任其自生自灭。这次灾难只有一个正面结果，那就是医学界以最快的速度研制出抑制超能力神经中枢的药物，在去年已投入使用。"

之后二人谈了很多。她们聊得很投机，仿佛一对多年未见的老友。程青留T小姐吃了午饭，查尔斯对这位陌生的客人十分亲近，不停地在T小姐身旁跳上跳下。临走前，T小姐问道："程姐，你清不清楚负责月影的军方首领是谁？"

"我当然清楚。"程青将迷彩服系在腰间，一只手搂住查尔斯的脖子。"你想调查她吗？我劝你趁早打消这个念头。"

"为什么？"T小姐双眉微蹙。

"她叫作凯特，是特种部队'白狐'的一把手。"

10a

"你们是如何从二层逃脱的？"

脖颈处的长剑传来冷冰冰的触感，锐利的剑锋似乎随时都会切断颈动脉。狄安娜无机质的声音沉稳而有力，罗星感觉自己仿佛猛兽利爪下的猎物。但他很快便沉下气来，冷冰冰地反问："你们把我的朋友怎么样了？"

"你说什么？"狄安娜双眉微蹙。

"从二层到这里有着接近一百米的高度差，即便以你和白剑的身手，从电梯井靠人力降落也十分危险。最重要的是，你们没有理由这样做。你既然出现在这里，就证明有人修好了电梯，而这个人只可能是我的朋友芮汐兆。你们胁迫了他。"罗星分析道。

"他主动修好了电梯。"狄安娜冷冷地回应。

就在这时，一颗石块自地面飞起，直挺挺地冲着狄安娜的面门砸来。狄安娜挥剑将石块弹开，一旁的月影气冲冲地大喊道："要封闭电梯的是你们吧！为什么要反过来欺负罗星哥哥？"

罗星没有放过这个机会。他一个利落的转身，抽出腰间的激光枪，对准了狄安娜的头部。月影的超能力只恢复了少许，以她现在的能力完全无法同狄安娜对抗。

"事情很复杂，有机会我一定会解释清楚，好吗？"他气喘吁吁地直视着狄安娜的瞳孔，"现在重要的是一起逃离这里，而不是互相残杀！"

可是这一次，缺少战斗直觉的罗星大意了。肩膀后部传来一阵刺痛，他感到双臂一阵麻木，脉冲激光枪不由自主地从手中滑落。白剑自暗处走了出来，手中握着几支银针。

"凶手是心瞳，她还藏在这艘船上。"白剑嗓音低沉，"想要平安离开，我们必须同她做个了断。"

"白剑先生……你和心瞳不是互相爱慕吗？为何要这样做？"罗星强忍着肩部的刺痛，进行着微弱的反抗。白剑走到他的面前，直视着他的双眼，一板一眼地说道："那是我们的私事。心瞳亲口告诉我，在登船之前，她接到了白狐部队的秘密指令。"罗星双眉紧皱，他能够感觉到医生缓慢的吐息。"杀掉深渊号上的所有人，炸毁太空船，这就是白狐的指令。她一度寻求我的协助，但我最终还是拒绝了。"说罢，白剑拔掉了罗星肩井穴上的银针，捡起地上的激光枪，塞回他的手中。罗星的大脑被惊讶占据，费了好大力气才将枪握稳。

"你的头脑很好，可惜太天真了。"白剑拍了拍罗星的肩膀，"以白狐部队的手段，他们很容易便可以调查到深渊号的生产商，从而获得太空船的秘密资料，而这些资料一定会转交到心瞳手中。如果我没有猜错的话，资料中含有紧急情况下启动电梯的方法，你们正是借助这个方法离开了二层。"

就在这时，远处传来了一声闷响，继而是脉冲激光枪的模拟枪声。狄安娜下意识向一旁闪躲，可这次狙击依然命中了她的额头。她匆忙用手按住伤口，一道殷红的鲜血顺着指缝流淌下来。

"罗星哥哥，快跑！"远处传来了心瞳的声音。

白剑第一个做出了反应。他飞速将左手伸到白大褂的衣摆下方，抽出一把明晃晃的手术刀。在不到一秒钟的时间内，他的小臂已如同满弦的长弓一般，做好了投掷飞刀的准备。远处的心瞳不躲不闪，手中的脉冲激光枪继续瞄准狄安娜的头部。

"白剑，你真的要攻击我吗？"心瞳厉声质问。

白剑产生了一瞬间的动摇。那只是转瞬即逝的迟疑，可在特种战士的眼中已是致命的疏忽。甚至不需要瞄准的动作，心瞳持枪的手臂只是微微偏转了一个角度，下一发脉冲激光便不偏不倚地射中了白剑的手臂。灼烧感带来的疼痛令白剑将手术刀丢了出去，而对侧的心瞳早已运足气力，如同一道闪电般奔袭而来！白剑匆忙摆好架势应战，心瞳却借助惯性一个滑铲，扫堂腿狠狠地击中了他的膝关节。白剑在跪倒的瞬间取出藏在衣袖中的银针，可在他能够掷出银针之前，一把手术刀便架在了他的脖子上。

心瞳的左臂死死地卡住白剑的脖颈，右手持枪顶在狄安娜的额头上。短短几秒钟的时间，形势便发生了翻天覆地的逆转。

"去死吧，叛徒。"心瞳吐出冷冷的话语，将手指放在扳机上。

狄安娜自然不会听从对手的摆布。她的眼角闪过一缕寒光，下一瞬间，落在地面的长剑发出耀眼的紫色光辉，一股热浪扑面而来，心瞳不由得用右臂遮住了眼睛。狄安娜启动了长剑的等离子体发生器，手中的剑刃化作无坚不摧的现代化兵器。

白剑不会放过这个机会。他并没有同心瞳较量臂力，而是顺着对方绞首的力道一个转身，右侧手肘狠狠地击向了少女脆弱的肋骨。心瞳一个后撤步躲开，白剑则趁着对方卸力的间隙摆脱了束缚。

"还不快跑！"心瞳一声怒喝，罗星方才从电光石火的战斗中回过神来。他拉起月影的手臂，不顾一切地向着4号门的方向狂奔而去。跑出不远后，他隐约听到了交战双方的对话：

"还记得吗？欢迎晚宴结束后，你曾到我的房间逼问，我究竟是什么人。"狄安娜冰冷的声音传入耳中。

"你说什么？"心瞳渐渐模糊的话语中写满了惊讶。

"我就是凯特。"

渐渐地，罗星再也听不到三人的声音。没有传来枪声，双方仍在僵持。看看时间，决定命运的时刻即将来临——

又一个五分钟周期结束了，他和月影回到5号门前。这一次他们没有再次打开屏蔽门，而是在第一时间向着4号门的方向飞奔。狄安娜和白剑并没有出现，他们已经注意到了潜伏的心瞳，一定不会轻举妄动。

4号门渐渐出现在视线中，长时间的冲刺榨干了罗星的体力，肺部火烧一般地灼热。远处传来管道破裂的声音和水流声,几秒钟后又听到了枪声。在第二个时间周期结束之前,全力奔跑的二人冲出了4号门。

4号门外植物区的照明已经损坏。现在餐厅的标准时间是下午六点左右,按照时间流速估算,4号门外已经过了三十六年。罗星扶着一棵白杨树喘着粗气,一旁的月影问道:"罗星哥哥,现在该怎么办?"

"必须阻止他们……"罗星的双手紧紧地抓住树皮,不顾木纤维刺入肌肤的痛楚。"我要大家一起离开深渊号,一个都不能少!"

"抱歉,如果我的超能力能够正常使用,就能够阻止他们了。"月影似乎体会到了罗星的心绪,难过地低下了头。罗星拍了拍少女的头:"怎么可能是你的错呢?都怪我自己太弱小了……"

在二人互相宽慰之际,他们身后的4号门突然间毫无征兆地打开了。罗星立即将月影挡在身后,蓄水区的景象令他大吃一惊:连接蓄水区与控制区的、因故障无法开启的8号门自动开启,门内闪烁着同5号门内如出一辙的镜面空间。

无数疑问闪过他的大脑,可还没等他理出头绪,二人便被一股神秘的力量扯向半空。

"罗星哥哥,这是念动力!"一旁的月影惊讶地喊道。

下一瞬间,他们便如同被透明的巨人抓住一般,径直丢入了8号门的镜像空间之中。

◇

恢复意识的时候,罗星完全不知自己身在何处。四周看不到一丝光线,身体被无尽的黑暗包围。他将手臂伸至眼前,瞳孔依然无法捕捉到些许影像。焦急感充斥了他的内心,他继续将手臂向着面部贴近,直到肌肤几乎触碰,他才能够目视自己的身体。手臂被一层淡粉色的光芒包围着,脚下传来了地面的触感,这令他安心了少许。他尝试着开口呐喊,可直到喉咙干痛,也发不出些许声响。于是他凭借着脚底的触觉蹒跚前行,没有光亮,没有声响,整个世界仿佛陷入了虚无。不知走出了多远，他感到头脑渐渐麻木起来，缺少了视觉和听觉的刺激，连思维也陷入了一片混乱。

"向右侧转身，约六十度。"

耳旁传来了话语声，罗星的神经立即清醒起来。那个声音听起来十分熟悉，仔细想想却又是如此陌生。他很想开口问询，却无法发出声音。相信他吧。罗星把心一横，按照指示向右侧转身。

"慢慢向前移动，大约二十步。"

声音再次发出指示。罗星一面数着脚步，一面小心翼翼地前行。在迈出第十八步的时候，他的脚尖触碰到了什么。软软的，似乎是人类的身体。他立刻俯下身子，在头部即将触碰到那个物体的瞬间，月影稚嫩的脸庞映入了他的眼帘，周身闪烁着同样的淡粉色光芒。罗星将手指放在月影的鼻尖，能够感受到均匀的呼吸，他悬着的心终于放了下来。

"带上她，左转四十五度，径直前进。"

耳旁的声音又一次响起。罗星将月影背在背上，一步步向着指示的方向迈进。无法感知距离，甚至连时间的概念都模糊起来。他十分希望那个声音能够再次给出指导，可虚无的空间内只剩下了他们二人。那个人指导着自己找到了月影，他一定不会说谎的。罗星咬紧牙关，继续向前迈出脚步。

不知过了多久，在某一瞬间，四周的空间一下子明亮起来。适应了黑暗的罗星感到双眼一阵刺痛，他匆忙护住眼睛，从指缝中向四周看去。脚下踩着一座石桥，人造溪流汩汩地流过；头上森林一般繁茂的蓄水罐悬挂在高空，阔别已久的水泵轰鸣声此刻听起来是如此地悦耳。正对面是一道熟悉的屏蔽门，门楣上贴着由钛合金雕刻出的阿拉伯数字"8"。

他们走出了控制区内的镜面空间，安全地回到了蓄水区。

月影缓缓张开双眼。四周一片昏暗，只能隐约看到罗星站在前方不远处。四周的温度十分舒适，缓缓吹来的气流好似秋季的凉风。她撑着身子站了起来，发现自己靠在一棵高大的银杏树旁。一片叶子自树冠滑落,仿佛一只金黄的蝴蝶般落入她的手中。

"你醒了?感觉如何?"看到月影起身,罗星立即凑上前去,关切地问道。月影灵巧地活动着身体,露出开朗的笑容。

"状态良好!"她用力地抡着胳膊,"罗星哥哥,发生了什么事?"

"我们被丢入了8号门,但平安地回来了。"罗星拍了拍女孩的头,将事情的经过进行了详细的讲述。当说到包围二人身体的奇妙光芒时,月影发出一声惊叫:"啊!我想起来了!在穿过'镜面'的那一刻,我看到身体中的'流动'变得紊乱了起来。我觉得这样下去,我们都会死,于是用尽了最后的力气,令我们身体中的'流动'回归了正常。也许是用力过度吧,之后便失去了意识。"

罗星沉思片刻,追问道:"你眼中紊乱的'流动'是什么样子?"

月影将双臂抱在胸前,仰起额头,回忆道:"我很不擅长描述啊……举个例子,我通常能够看到类似血液的'流动',在那里它们却是反向的;再例如,我们体内会有很多微弱的流动令躯体结合在一起,可进入镜面的瞬间,这些流动却流向了令身体散架的方向。"

月影能够看到能量的流动,即熵。能量的流动遵循热力学第二定律,或者说熵增加原理。这条定律听上去虽然并没有其他物理定律一般酷炫,它却主宰了宇宙的发展。大到天体,小到基本粒子,宇宙中每一个角落的物质无一不遵循着这条残酷的原理。月影在"镜面空间"中看到了能量的异常流动,这意味着熵增加原理的失效。究竟何种情形才能够导致该定理的失效?

除非时间箭头的方向发生了反转。

"多谢你,月影妹妹,我已经搞懂了'镜面空间'的真相。"罗星微笑道。见月影一副期待的神情,他用食指抵住了女孩的额头,说:"在解释之前,我们先做个实验。试试看,你的超能力是不是恢复了?"

"怎么可能……咦?!"

月影将信将疑进行了尝试。闭上双眼的刹那,她的身体如同导弹一般弹射了出去。女孩发出一声尖叫,旋即便操控着身体在树冠之间飞来飞去。不一会儿，她轻盈地降落到罗星身后，一把抱住了罗星的脖子："真的恢复了，真的恢复了啊！罗星哥哥你太厉害了！"

罗星拍了拍月影的小臂，待月影落地后，他开口道："下面我会解释'镜面空间'中的世界。也许有些晦涩，但在植物区我们有着充足的时间。好吗？"

月影用力地点头。

"先从结论来讲好了。控制区内的时空结构十分特殊，那里时间流动的方向是相反的，我们可以将其称为'逆时间'。"

"你的意思是，我们从控制区出来后，时间倒流了吗？"月影倒吸一口冷气，"那我们现在处于什么时刻？"

"此时另一组'我们'还在地下探险，不久后他们会通过电梯回到蓄水区。"罗星向她展示了手机上的计时器，"我们现在的位置具有约三万倍的时间流速，相对于这里而言，蓄水区内的时间几乎是静止的。等我把一切解释清楚，我们还有机会回到蓄水区对历史进行干涉。"

月影握紧双拳，激动地喊道："这么说来，达斯特先生并没有死喽？他也许回到了遥远的过去，等待机会要吓我们一跳呢！"

罗星痛苦地摇头道："他恐怕已经死了，只身一人的达斯特不可能在'逆时间'内生存下去。"

"为……为什么？"月影露出悲伤的神情，"我们不是都活了下来吗？"罗星按住她的肩膀，继续解释道："时间箭头反向会带来什么？一切都会回到过去，掉在地上的面包回到餐盘，泼出去的水流向盆中，说出的话自动收回吗？很遗憾，从物理学上讲，并不是这样。

"时间箭头反向会带来一个物理定律不尽相同的世界。具体来讲，它会改变三条重要的物理定律，即熵增加原理、CPT 对称和扩散波。我们先从熵增加原理讲起好了，它是热力学第二定律的另一种表述方式，描述了世间万物变化发展的规律。例如，我们将冷水和热水混合，热量会从热水流向冷水；这就是熵增加原理作用的结果。"

"这样说来，我看到的那些'流动'也遵循着这条什么原理喽？"月影似懂非懂地提问。

"非常正确。你能够看到并操纵熵，这是上帝赐予智慧生物最终极的能力。如果没有你的帮助，我不可能看穿'逆时间'的真相。"月影点点头，罗星继续讲述："由于熵增加原理，物质会向着能量最小的方向运动，这使得物质可以紧密地结合在一起，例如我们的身体。当时间箭头反向，熵增加原理便从根本上被改变，它变成了'熵减小原理'。所有的物质都向着熵减小的方向，即能量更高的状态运动。基本粒子之间的结合变得脆弱不堪，因为分离会使得体系拥有更高的能量。所以在达斯特进入'逆时间'的那一刻，构成他身体的基本粒子便开始分解，他不可能活下来。"

月影露出惊恐的表情问："那我们是怎样逃出来的呢？"

罗星按了按她的头，月影的短发被弄得愈加蓬乱。"多亏了你啊，女英雄！关键时刻，你找回了自己的超能力。虽然并不清楚这些物理学原理，但你下意识地为我们做出了保护膜，在保护膜内原有的熵增加原理得到了维持。同时你的保护膜还隔绝了外界的高温，由于物质分解，基本粒子之间的电磁结合能乃至核能都被释放了出来，相信空间中的温度已经高到了匪夷所思的程度吧！总之，在你的保护下，我们活了下来。"

月影若有所思地点头。罗星继续讲解道："在'逆时间'中改变的不仅仅是熵增加原理。时间箭头反向导致扩散波不再存在，因此在'逆时间'的区域，我们看不到任何光线，听不到任何声音。只有当保护膜联通时，扩散波才得以存在，因此必须距离足够近时我们才能看到彼此。而在'逆时区'与正常时间的交界面，即屏蔽门的位置，正常时间区域的扩散波遇到该平面不再扩散。在此平面上惠更斯原理失效，波前被固定于平面，因此我们才看到了奇异的'镜面世界'。"

"我不太明白。总之就是，没有了我的超能力，在'逆时间'区域我们不能看也不能听吧！"月影做出了歪打正着的总结。

"最后一条物理定律是CPT对称。CPT是三个物理量的简称，C指代电荷，P是宇称，T则是时间箭头的方向。由于CPT定理，当时间箭头反向时，会进入一个镜像的宇宙。那里的空间是完全相反的，物质被反物质代替。这也许是最难理解的一条吧！还记得我伸入'镜面'中的金属棒吗？控制区内的金属棒变成了反物质，于是界面上的正反物质发生湮灭，金属棒瞬间变得很烫。"

"那我们为何能够平安通过界面？也是由于我的超能力吗？"月影提出了一个看似简单，实则很难回答的问题。

"这恐怕是时空设计者的杰作。在这艘太空船上，所有的人类被判断为'质点'，他们对于一个区域的出入只有0和1两个状态。"罗星回想起太空船上的种种遭遇：跨越时间流速相差一亿倍的两个区域、蓄水区的"猫结构的时间"结算、出入"随机的一分钟"，界面从来不会对人体造成影响。如若不然，没有人可以活着通过界面。"总之，多亏了你，加上在'逆时区'中的时间倒流，我们平安回到了过去。"

月影闭上双眼，感受着身体内念动力的流动。少顷，她开口道："放心吧罗星哥哥，以我现在的超能力，再出入'逆时区'几次也不成问题。"

罗星欣慰地点点头道："我，不，我们一定要救出大家！"

罗星迈着大步走进了蓄水区。在他的身后，月影将双手放在胸前，以旁人无法听到的音量轻声呢喃：

"谢谢你，还有，再见……"

◇

四周一片沉寂，空气仿佛凝固了一般。罗星和月影藏身于蓄水区上方的钢铁丛林中，水泵低沉的轰鸣声震颤着鼓膜，却被大脑拒之门外。主观时间一分钟前，他们目睹了心瞳与狄安娜的对峙；当"猫结构的时间"的第一个周期结束后，出现在视野中的却只有另一组自己。

"你能感觉到他们藏在哪里吗?"罗星一面探查着地面的动静,一面小声询问。月影的额头挂着汗珠,摇头道:"抱歉,念动力并不会令我的感觉更加灵敏。"

又过了一分钟,对峙的双方依然毫无动静。眼看着另一组自己已经跑远,罗星对月影指示道:"我们必须打破僵局。你用超能力将远处的那根黑色的管道弄破,吸引他们开始行动!"

月影伸出左臂,伴随着一声闷响,高硬度聚乙烯的管路破裂开来,急促的水流奔涌而出。几秒后,传来了阀门关闭的声音。自动控制系统感知到了管路的异常,自动关闭了球形阀。

"他们来了!"月影指着下方的两道人影,激动地喊道。从几十米的上空俯视,高大的白剑也只有人偶般大小,身上的白大褂却愈加扎眼。一袭绿色长裙的狄安娜将长剑举在胸前,打开了等离子体发生器;白剑抽出几把手术刀,向着远处的角落子弹一般地丢了出去。藏在暗处的心瞳轻盈的一个跳跃,在半空中举起手枪——

枪声响起。狄安娜和白剑做出防御的架势,但这一击瞄准的不是他们的身体。心瞳连开数枪,灼热的脉冲激光悉数命中了狄安娜手中的长剑。剑柄处冒出一股轻烟,淡紫色的辉光转瞬间散去,女剑士紧紧地咬住了嘴唇。这一次,心瞳选择了另一种进攻方式。脉冲激光虽然无法毁坏对方手中的兵器,但烧毁电路已绰绰有余。没有了等离子体发生器,狄安娜手中的长剑也不过是一柄缺乏机动性的冷兵器。

"你现在后悔没有拿枪了吧!"心瞳的嘴角挂着冷笑。

白剑默不作声地将右手伸向腰间。但仅在电光石火的一刹那,心瞳的又一次攻击便命中了他腰间的激光枪。白剑的兵器脱手而出,在地上打了几个转后落在小溪边的乱石堆里。

合格的战士绝不会做无用功。心瞳突然感到左臂一阵刺痛,再也无法使出力气。原来白剑在拔枪的同时,左手掷出了一根银针,不偏不倚地扎在心瞳左臂的外关穴中。心瞳单手持枪,将左臂抬至面前,用嘴拔出了银针。整个过程中,她的视线始终没有离开对手。

这正是月影一直在等待的时机。

在双方陷入僵持的刹那，躲在暗处的月影超能力全开，如同陨石坠落般降落在三人面前，地面扫过一阵强风。超能力女孩向两侧张开双臂，念动力好似强劲的蛛丝般束缚住了三人的行动。在月影恢复了超能力的现在，罗星决定强行带大家逃离深渊号，剩余的问题留待以后解决。

罗星在念动力的保护下徐徐降落，旋即下令道："快，带着大家一同向2号门的方向逃脱！"

在上一次的事件中，从4号门离开的两人并没有遇到未来的自己。为了避免触碰既定事实，罗星决定从另一个方向，即2号门的方向逃离。

然而几秒钟后的突发事件，令他天真的想法碎作齑粉。

在月影竭尽全力使用超能力的间隙，身旁的5号门悄无声息地开启。如同猛兽的利爪一般，另一股强大的念动力将他和月影牢牢抓住；还没明白发生了什么，他们便被这股神秘的力量扯入了5号门中。

在撞入镜面空间的刹那，罗星看到了2号门方向闪过一道刺眼的白光。

◇

2号门外高大的温带树木光秃秃的，依然在工作的鼓风机送来刺骨的寒风，冬季的寒冷包围了两人。被莫名其妙地丢入"逆时区"后，他们再次跨越时间回到了过去。罗星脱下外套披在月影身上，两人向3号门的方向前进一段距离，停在了温暖的"春季"区域。

"究竟发生了什么？"月影的瞳孔中写满了惊恐。虽然她的超能力能够保护二人从"逆时区"逃脱，但藏在暗处的敌人令她愈加恐惧。

罗星默不作声，他用食指抵住下颚，快速思考着。没有解开的谜团有三个，即"逆时区"中的声音、藏在暗处的超能力者，以及2号门方向的闪光。另一名念动力者能够强行将月影带入5号门中，证明其能力不在月影之下。敌暗我明,小心谨慎才是上策。当务之急,是探究那道神秘闪光的真相。

两人自2号门进入蓄水区,由于时间尚早,他们便飘浮在上空,沿着顺时针的方向巡视起来。沿途空无一人,只有两具因特林的残骸孤独地矗立。途经4号门时,罗星瞥见地面上隐约涂有若干血迹,但想到未来的众人都平安无事,也就没有在意。

对于步行而言,蓄水区的环形走廊可谓广阔;但借助月影的超能力飞行,不消两分钟便环绕一圈回到了2号门附近。为了保护月影的身体不会再次受到伤害,罗星命令她躲在蓄水罐的角落里休息待命,自己则下到地面侦察。

"你一个人没问题吗?"月影的脸上写满了担心。

"一旦遇到危险,我会大声求救的!"罗星故作威风地拍拍胸脯。

罗星迈着缓慢的步伐向3号门的方向走去。他十分佩服那几位超级战士,居然能够将自己的行踪如此完美地隐藏。他一面在心中感慨着,一面仔细地探查每一个角落。不知不觉间,他瞥见了一道熟悉的身影:蓬乱的头发,稳健的步伐,还有不合时宜的黑色风衣。突如其来的头痛袭击了他,但是很快,他的头脑便恢复了清醒——

"周诚先生,原来您在这里!"他立即跑上前去,兴奋地呼唤着黑衣男子。周诚闻声停下脚步,脸上挂着不可思议的神情,瞪大眼睛问道:"你怎么在这儿?"罗星激动地握住他的手臂:"您一定见到兰兰了吧,我就知道她一定能顺利找到您!"

周诚直视着罗星的瞳孔,一言不发。少顷,他按住罗星的肩膀,一板一眼地问道:"你和月影刚刚从一个堆满了计算机的地方回来,对吗?"

"是啊,您是怎么知道的?"罗星被搞得一头雾水。周诚愈加用力地抓紧他的双肩,急切地追问:"你输入了两次才找到正确的密码,第一次搞反了0和1,对吗?"

"没错,您也太厉害了吧!"罗星大吃一惊,但周诚还是无视了他的惊讶,"继续回答我,我们曾经两次分析过深渊号的时空结构,就在你的房间里，对吗？"

"这就是今天的事情吧！"罗星被彻底搞蒙了，"您为何问这些古怪的问题？"

"听着！"周诚的双瞳如同大海一般深邃，语气容不得一丝质疑。"你立即返回2号门，无论发生什么事情，在这次循环中都决不能越过2号门前进半步，明白了吗？"

罗星点头道："我相信您，但能够告诉我原因吗？"

"莫比乌斯带。"周诚说出了一个熟悉的拓扑学名词，"蓄水区陷入莫比乌斯带结构的，不仅仅是时间。"

回到2号门附近后，罗星招呼月影将他带到了上空的蓄水罐处。一句莫名其妙的说明后，周诚再也没有解释一个字，将更多的谜团抛给了他。

莫比乌斯带究竟有何含义？罗星的心中仍是一团迷雾。

几分钟后，过去的他们经过了2号门。二人脚步轻快，丝毫不知即将面临的命运。时间缓慢而残酷地流逝着，罗星听到自己的心脏在剧烈地跳动，每一秒钟都如坐针毡。又一个时间周期结束了，一切被重置回五分钟前的样子。看着过去的自己又一次在2号门前走过，他拼命地压抑住了想要大声呐喊的冲动。

在之后十五分钟的主观时间内，2号门一带毫无动静。罗星焦急地咬着嘴唇，如果不得不再次进入"逆时区"，月影的负担会愈加沉重。就在这时，仿佛回应了他的等待一般，1号门的方向传来枪声。

双方第一次交战开始了。罗星紧盯着2号门的方向，仿佛要把屏蔽门看穿一般。在五分钟的时间周期即将结束之际，2号门缓缓开启，一个熟悉的身影走了进来。曼妙的身材、轻盈的步伐、乌亮的长发，心瞳拉着一辆餐车走进了蓄水区，餐车上方摆放着一个直径约一米、制作十分粗糙的球体，周身泛着深灰色的金属光泽。罗星的心中打了一个大大的问号，心瞳为何会在这里？与狄安娜和医生对峙的又是什么人？

"罗星哥哥，这是……"月影发出一声惊叫，罗星连忙捂住了她的嘴。月影点点头，降低音量继续说道："那个球体内部有什么在以相当快的速度流动着，它一定十分危险！"

五分钟周期结束。视线再次清晰时，心瞳与餐车一同出现在了入口处。按照之前的经验，如果在"莫比乌斯带"的第一个时间周期进入蓄水区，"镜像时间"开始时，会默认为出现在入口处。两人屏息凝神，目不转睛地观察着。两分钟后，2号门再次开启，进入蓄水区的"那个人"颠覆了他们的常识——

"犯人就是她，不会错了！"

月影一声怒喝，火力全开冲了下去。地面的二人立即感知到来自上空的威胁，敏捷地闪到一旁，举起激光枪对准天空；月影在空中飞速地盘旋，一面扰乱对方的瞄准，一面用念动力驱使着难以计数的石块飞上半空。石块在空中微微地震颤着，仿佛蓄势待发的军团。心瞳不禁咋舌，即便以她的身手，也难以应对多方位的攻击。

决战开始了。月影将张开的双臂拢向胸前，刹那间，成百上千的石块画出一条条飞舞的流线，悉数向着持枪的二人撞击过去。心瞳先是灵活地闪避，但在压倒性的数目面前很快便感到力不从心。她匆忙用双臂护住头部，摆出了防御的架势。一轮狂轰滥炸过后，女战士的双臂及双腿挂满了血迹，手枪在剧烈的痛感下被丢到一旁。

"结束了！"

月影轻盈地降落在地面上，举起双臂用念动力束缚住两人。可就在这时，2号门再次开启，三道人影猎豹一般蹿入门内将月影围住，黑洞洞的枪口同时瞄准了她。

"一对一我确实不是你的对手，月影。"心瞳活动着受伤的手臂，"但如果同时有五名白狐部队的特种战士在场，即便是最强的超能力者也不在话下！"

月影紧张地环视四周，鬓角淌过几滴冷汗。五名心瞳慢慢地缩小了包围圈，似乎随时都会扑过来将她擒住。

罗星目瞪口呆地俯视着五名一模一样的特种战士。难道"心瞳"只是克隆人部队的代号，一支拥有相同基因的队伍一早就潜伏在了深渊号上？

不，不会是这样的。心瞳曾经对射击训练房内丢出的白狐徽章十分介意，如果预先知道同伴潜伏在太空船上，她一定会设法将注意力引开，而不是几次三番地围绕着徽章做戏。她的种种表现，证明了这四位难分彼此的女战士，是在事故发生后登上深渊号的。

她们是如何做到的？

远处传来水流声和枪声，"镜像时间"中的战斗已然打响。罗星回想起月影的话语，她看到球体内部的能量在快速流动着。猛然间，一切真相闪电般地射入了他的意识——

另外几名心瞳根本没有必要登船，而她们运送来的球体居然是……

一名心瞳走到餐车旁，自下层取出一条长度不足一米的棒状物。罗星不顾一切地自几十米的高空一跃而下，歇斯底里地大声喊道："月影，快跑！立刻躲进控制区！"

"罗星哥哥？你为何会在这里？"心瞳大吃一惊，但蓄势待发的月影当即执行了指令。她将念动力化作一场风暴，五名心瞳转瞬间被强大的斥力推开。借着心瞳退避的间隙，念动力如同一张巨手般接住罗星，头也不回地冲进了6号门内的镜面空间。

耀眼的白光溶化了头顶上的钢铁丛林，灼热的气浪蒸发了数十米深的人造溪流，只有镜面般的时空不连续界面将一切拒之门外，也定格了罗星的第三次时间轮回。

◇

电梯缓缓上升，浅黄色的指示灯从"1"变作了"2"。月影抱紧双肩，瘦小的身体微微颤抖着。虽然她脸上总是一副轻松自在的表情，但罗星能够感受出频繁出入"逆时区"对她造成的负担。

"罗星哥哥，我们这次一定要成功！"月影握紧双拳，摆出跃跃欲试的样子。看到她如此勉强自己，罗星感到一阵心痛。

拯救所有人，这个选择真的正确吗？

根本没有神秘人物X潜伏在太空船上，事故发生后出入深渊号更是无稽之谈。仅仅凭借深渊号上特殊的时空结构,心瞳就能够组建一支特种兵战队。

永远的一分钟。借助不断重复的同一段时间,心瞳可以随心所欲地复制自己。更可怕的是,通过复制与积累,她制作出一件杀伤力恐怖的兵器。心瞳会选择如此玉石俱焚的战法,一定是由于白狐部队的命令。从登船之初,她的目标就是将所有人置于死地,包括她自己。罗星回想起和心瞳度过的每个瞬间,难道一切都是虚假的,潜藏在她心底的只有冰冷的杀意?

还不是感情用事的时候。无论心瞳本着怎样的心态做出了选择,有一件事情是准确无误的——

必须阻止她。

电梯封闭后,罗星曾利用"随机的一分钟"送走了兰兰。兰兰离开后,他与心瞳在活动区的门前邂逅,那时的"餐厅标准时间"大约是下午四点半。考虑到制作"那个武器"需要的时间,心瞳进入"永远的一分钟"复制自己应当是在四点半之后。

一番估算后,罗星利用"逆时区"跳跃了一小时十分钟的时间。下午四点五十分的蓄水区一片寂静,丝毫不见死斗即将发生的预兆。他们自2号门离开了蓄水区,夏季的烈阳透过叶片间隙倾泻而下,斑驳的树影打在脸上。三万小时前,2号门一带的照明系统还在正常工作,植物们也得以经历正常的四季更迭。

远方传来嗒嗒的脚步声,两人连忙藏身于树丛之中。不一会,兰兰自1号门的方向一路小跑过来,黑色长发有节律地摆动着,额头上挂着几滴汗珠。她的样子看起来十分疲惫,平日里光彩照人的面颊上刻着深深的黑眼圈。她果然成功地利用了"随机的一分钟",回到了电梯可以使用的时间段。

甚感欣慰的同时,罗星产生了一个疑问:他的手中握有自己和兰兰的两块电路板,电梯是如何恢复功能的?难道老芮真的有本事凭空将电梯修好?

几分钟后,两人来到了1号门对面的电梯旁。按下呼叫按钮,向上的箭头立刻亮了起来。不一会儿，屏蔽门缓缓开启，阔别已久的电梯张开双臂迎接他们。

二层的走廊内空无一人，按照时间段推算，此时的另一组他们已乘坐电梯前往底层探险，而其余三人则留在自己的房间中等待机会。

罗星拉住月影的手，一路小跑回到了自己的房间门前。打开房门，熟悉的布置令他感到一阵温暖。床还是热的，隐约可以嗅到少女的体香。他按住月影的肩膀，一字一句地说道："你留在房间中休息，无论发生什么都绝对不要打开房门，我办完事情后会回来找你。"

安置好月影，罗星只身来到了已被列为禁地的浴室。打开大门，更衣室前的走廊内堆满了几百部一模一样的手机。他按住胸口，深吸一口气，悄悄走到女更衣室门前。

"太好了，夫人你真的在这里啊！"

韩雪的声音传入他的耳朵。他后背紧靠着墙壁，手指用力地抓挠着冰冷的钛合金墙面。

"我去里面看看，夫人说不定在那里。"

两行男儿泪顺着脸颊流淌而下。他真的很想再看韩雪一眼，哪怕一眼。但他不希望去干扰永远地重复着一分钟的心上人，即便只是微弱的可能性，他也要杜绝。女更衣室已经成了他心目中的圣地，哪怕只是短短一瞥，也是罪不可赦的亵渎。

"太好了，夫人你真的在这里啊！"

如果看到了韩雪，他就会再也无法拾起勇气，去摧毁那片心中的圣域。

10b

　　房间内一片寂静，空气分子仿佛凝固一般，听不到一丝风声。兰兰将左耳贴在房门上，屏息凝视地聆听着走廊内的动静。胸口处传来急促的律动，是自己的心跳声。她闭上双眼，深吸一口气，努力使情绪平静下来。如果她无法捕捉到走廊中的动向，三人甚至无法离开房间。

　　人类虽然是严重依赖视觉的生物，在战场上却需要通过耳朵去捕捉不可目视的信息。优秀的战士拥有敏锐的听觉，因此白剑和周诚甚至能够捕捉到月影悬空飞行时的风声；但对于普通人而言，这是不可能完成的任务。幸运的是，队伍中还有一名对声音十分敏感的伙伴，那就是身为歌手的兰兰。

　　走廊内的脚步声十分嘈杂，兰兰深吸一口气，令自己冷静下来。她熟悉这种感觉，舞台上镁光灯闪烁，观众席上山呼海啸，而她却总能透过间隙，捕捉到那个微笑着站在舞台后方的男人。渐渐地，兰兰捕捉到了细微的风声，那是月影经过时气流的声音。她转身向同伴们摆出一个"OK"的手势，这是三人事先商定的暗号，意为"月影在心瞳的房间处"。

　　罗星令两名女士退后，自己将房门打开一道缝隙，小心翼翼地探出头去。此刻走廊另一端的月影正背对着他，罗星当即拎起修好的吉他和接好电源的音响，鼓足力气向隔壁狄安娜房间的方向冲去。

　　狄安娜房间处的时间流速为正常的二分之一，而走廊尽头罗星和心瞳房间处却有着四倍的流速。八倍的流速差距同植物区相比确实微不足道，却足以令一把普通的吉他成为杀人利器。吉他的最低音来自六弦的空弦，频率为82.4赫兹；利用八倍时间流速带来的多普勒效应，便能够红移成为10赫兹的次声波。次声波与人体内脏的固有频率接近，能够杀人于无形之中，老芮便是死在了次声波的攻击下。

做好准备后，罗星深吸一口气，将音量调至极限，左手扶住琴头，右手飞速扫着琴弦。兰兰的吉他十分轻巧，拿在手中几乎感觉不到重量，可紧张的心情却令罗星额头上淌着汗水。此时此刻，位于自己房间中的兰兰听到一声沉闷的声响，四倍时间流速带来的多普勒效应令声波红移至20赫兹，已达到人耳分辨的下限。

走廊尽头的月影也有了反应，次声波翻江倒海一般地搅动着，令她痛苦地捂住胸口。

月影的第二人格虽然只有婴儿的智力水平，面对危机却有着足够的警觉；她很快便发现了走廊另一端的罗星，双眼中流露出火焰一般的杀意。超能力女孩举起右手，念动力化作急劲的风暴，扫得罗星一个踉跄。内脏的绞痛使得月影无法精准地操控念动力，然而八倍的时间流速将盲目的攻击化作一场风暴，摧残着罗星的身躯。罗星绷直双腿稳住身子，咬紧牙关将次声波的攻击继续下去。一秒。风暴中仿佛夹杂着利刃，罗星的夹克上被划出几道口子，裸露的皮肤上渗出血迹。两秒。念动力宛若一场自然灾害，罗星俯下身子跪倒在地，双手依然执着地拨动着琴弦。这是一场耐力的较量，获胜的将是坚持到最后的一方！

可是突然间，堵上了性命的战斗便迎来了终结。罗星虽然抵挡住了超能力的摧残，吉他的琴弦却在风暴中不堪重负而断裂，次声波攻击戛然而止。月影剧烈地咳着，几滴鲜血洒落在地面；她抬起头来得意地望着罗星，仿佛一头饥饿难耐的猛兽。

罗星疲惫地跪在地上，破烂的吉他被丢在一旁。他感到一阵绝望，也许几秒钟后，他就会像白剑一般，被压成肉块。

"笨蛋！快躲开！"

罗星听到了呼唤声，先是如同海豚音一般尖锐，继而化作夜莺一般婉转。待罗星抬起头来，兰兰已冲到他的身旁，挡在了他的前方。

"需要什么样的声音？是吉他空弦的82赫兹吗？快告诉我！"兰兰以极快的语速问道。罗星愣了片刻，方才发现兰兰的手中握着一只麦克风。看看远处，月影已经做好了再次发动超能力的准备。

"越低沉越好！"罗星当即下了命令。

兰兰将麦克风举到嘴旁，身边的音响鼓动出低沉的声波。罗星从未想到，身为流行歌手的兰兰能够以男低音的频率歌唱；那声音仿佛大峡谷清晨的回响，又好似海洋不安的躁动。兰兰只是发出没有规律的低音，罗星却仿佛听到了一支来自远古的乐章。

远处的月影发出一声哀号，次声波对内脏的摧残已经接近了她的极限。淡紫色的光芒渐渐包围了她的身体，强劲超能力使得她身边的空气分子电离，形成了灼热的等离子体。月影摆出一副冲刺的架势，她即将化作一颗红色的彗星，将沿途的一切烧成灰烬。

必须在月影攻击之前制止她，因为一旦离开了时间流速四倍的区域，次声波武器将失去效力。

命悬一线的时刻，罗星的大脑却无比地清醒。他迅速地扫视着走廊，又抬起头来丈量了天花板。

"兰兰，发出130赫兹的声音，能做到吗？"

兰兰没有一丝犹豫，当即执行了罗星的命令。130赫兹仍属于低音领域，罗星却仿佛听到了清澈的天籁。如果能够平安离开这里，一定会买下兰兰所有演唱会的门票，VIP坐席——正当他这样想时，走廊另一端淡紫色的光辉渐渐褪去，月影闭上了眼睛，重重地摔在地上。

"看到了吗……这就是职业歌手的实力！"兰兰双手扶住膝盖，大口喘着粗气。她的心中闪过一个疑问，开口道："为何130赫兹的声波反而更加有效？"

"谐振腔。"罗星将手搭在兰兰肩上，"走廊长度约一百米，宽度和高度都在五米上下。计算下来，130赫兹的声波能够在四倍流速的区域产生谐振，从而加大次声波的杀伤力。"

兰兰苦笑着摇了摇头，回想起早已还给老师的物理课程。房间中待命的狄安娜小跑到月影身旁，将手指搭在鼻孔前，又摸了摸脖颈处的脉搏。几秒钟后，狄安娜站起身来，向着远处的同伴们摇摇头。复杂的情感折磨着罗星和兰兰，虽然化身成冷酷的杀手，但那个人见人爱的活泼少女依然沉睡在杀手的大脑中，而他们却为了自保杀了她。

"事不宜迟，我们必须尽快阻止月影的复制。"罗星很快便从情感的泥潭中迈了出来，他握紧双拳，目光中写满了决绝。"即便以最乐观的情况估计，深渊号上也仍有十一名月影在游荡，她们随时有可能进行屠杀。"

◇

"永远的一分钟"是一段不停重复的时空，然而它对于信息的出入是开放的。例如，某人走出了更衣室，那么一分钟后，更衣室中便会走出一名一模一样的自己；但如果能够说服自己留在更衣室，下一分钟的自己也会做出相同的选择。

对于月影的第二人格并不存在"说服"的选项，办法只有"强制"。

"我会利用男更衣室复制一个自己，然后利用这个自己限制住月影的行动。"罗星说出了作战计划，"不要紧的，即便牺牲了一个我，留下的那个依然可以陪同大家直到最后。"

可正当他迈开步子准备出发时，狄安娜强劲的手臂牢牢地按住了他的肩。俄罗斯剑士墨绿色的瞳孔中闪烁出坚毅的光辉，她操着波澜不惊的语气说道：

"让我去。"

"可是……"

"我更强。让我去。"

综合考虑后，罗星接受了狄安娜的建议。三人藏在T形路口视线的死角处，罗星探出头来视察着走廊中的动静。几秒钟后，浴室的门打开了，又一名月影悠悠然地飞了出来。三人的心提到了嗓子眼，如果这名月影向着居住区的方向飞来，他们将不得不再次与可怕的对手火拼。

命运之神最终眷顾了他们。月影在浴室的门前滞留片刻，向着电梯的方向飞了过去。第二人格的心智有如婴儿，想必是电梯内闪亮的指示灯吸引了她的注意力。月影飞入了电梯，手指漫无目的地在控制面板上按来按去；不消片刻，伤痕累累的电梯门便关闭起来，金属箱体载着恐怖的杀手向植物区驶去。

事不宜迟，三人当即迈开步子，向着浴室的方向一路狂奔。当罗星气喘吁吁地来到浴室时，脚力更强的狄安娜正站在女更衣室的门前，出神地望着里面。

"情况如何？"罗星急匆匆地问道。狄安娜抬起左臂，示意罗星不要出声。可下一秒钟，她便一声怒吼，向着更衣室内冲将进去。罗星匆忙来到门前，女更衣室狭小的空间内正上演着一场激烈的打斗——

狄安娜牢牢抱住月影的腰，试图通过蛮力将她留在门中。虽然在体力上处于劣势，但月影当即发动了超能力。狄安娜仿佛被透明的巨人抓住一般地拎向空中，继而重重地丢在储物柜上。木质的柜门被挤出几道龟裂，狄安娜的额头上留下一道血迹。

罗星看看时间，距离这一次的时空轮回结束还有不到二十秒的时间。

狄安娜并没有放弃。她拽住柜门，靠蛮力将门板从合叶上硬生生地扯了下来。她将门板化作兵器，径直向悬浮在空中的超能力杀手丢了出去。如此直截了当的攻击根本不可能伤到月影，她轻而易举地将门板定在了半空中，嘴角露出得意的笑容。

可杀手的笑容只是转瞬即逝。下一瞬间，一道耀眼的光芒劈开了门板，开启了等离子发生器的长剑直挺挺地向着她的额头刺了过去！原来丢出的门板只是佯攻，狄安娜借助门板制造出月影视线的死角，并借此机会挥出了制胜一剑。月影不躲不闪，她当即开启了念动力的最大功率，等离子的剑锋停在了面门前几厘米处。两股力量激烈地碰撞，房间内涤荡着灼热的气流，空间中弥散着闪耀的电火花。

"还有五秒！"罗星对着更衣室内的同伴大喊道。那一刻，狄安娜偏转了剑锋的方向，俯下身子抱住月影的腹部。突如其来的攻击打得月影措手不及，她还没来得及阻止，狄安娜便在巨大的惯性下抱着她一同飞出了更衣室。狭长的走廊内回荡着巨大的声响，两人在地上几个翻滚之后，重重地撞在了墙壁上。

罗星刚要冲过去帮忙，狄安娜却自己撑着身体站了起来。她喘着粗气俯看身下，原来在撞向墙壁时月影做了肉垫。超能力少女已晕厥过去，额头上淌满了鲜血。

战斗仍未结束。狄安娜猛地回过头来，墨绿色的瞳孔中散发出冰冷的杀意。她一言不发地打开了等离子体发生器，将闪烁着光辉的长剑举在胸前——

下一秒钟，狄安娜如同扑食的猎豹一般地冲了出去，向着更衣室内刺出了电光石火的一剑。待罗星的视线能够捕捉到画面时，长剑的光芒已贯穿了重复时空中扭打在一起的两人，半空中洒下一片血雨，女战士曼妙而矫健的身躯上挂满了鲜红的雨滴。狄安娜毫不犹豫地刺杀了浴室中的自己，将过去永远地封印在循环往复的一分钟内。她抽出染作鲜红的兵刃，用手指拭去脸上的血滴。

月影的复制已被制止，剩下的任务便是找到周诚，并制止其余月影的杀戮。三人将昏迷的月影带回兰兰的房间，罗星为她清理了伤口，兰兰为她缠上绷带。处理完毕后，兰兰扒开了月影的眼睑，睁大眼睛与她对视。

"情况如何？"兰兰完成催眠后，罗星忙不迭地问道。

"不清楚，我已经尽力了。"兰兰望着月影安详的睡脸，使用催眠能力后的疲惫感阵阵袭来。"我们在进行一次危险的赌博。"

狄安娜用温水沾湿毛巾，轻轻地拭去身体和长剑上的血渍。她浅绿色的长裙上沾满了血滴,宛若盛开的红色花朵。

"接下来怎么办?"狄安娜面无表情地问道。

"我们首先要确保二层的安全。月影即便可以飞,也必须借助电梯井才能往返不同的楼层;二层安全后,我们只需守住电梯的出口即可。"罗星说出了作战计划,"下面的行动,便是要清除活动区中的月影。"

"可是……"兰兰一副欲言又止的样子,但她很快便下定了决心,望着同伴们说道:"活动区内,是随机分布的时间。"

对于活动区内的观测者,他所经历的时间是连续的;然而活动区与走廊之间,以及活动区不同的区域之间,却是随机的时间连接。例如观测者在健身房内停留了一分钟,回到走廊时却可能会来到一年后的未来。按照兰兰的说明,健身房内是"随机的一分钟",射击训练房内则是"随机的一秒钟"。

"道场内是什么情况?"罗星用理性压抑住内心的不安,他回忆起道场中的燥热以及射击训练房内奇妙的黑斑。

兰兰耸耸肩:"抱歉,我并没有探查清楚。"

兰兰带来的信息揭示了一种全新的可能性:如果月影进入了活动区,她们会随机地出现在任何可能的时空。最乐观的情况下,她们会被发送到遥远的未来,不再对当前的时间段造成威胁。

当然,这只是"最乐观"的情况。

那一刻,罗星和兰兰正在思考下一步的对策;冰娃娃狄安娜对着镜子梳理头发,小心地处理着头部后方的擦伤。没有任何预兆,罗星如同扯线木偶一般,被强大的力量提上了半空。他当即明白了发生了什么,绷直了全身的肌肉对抗着,但在念动力压倒性的力量面前,他不过是一只落入蜘蛛网的飞虫。

兰兰利用催眠术唤醒第一人格的尝试,失败了。

躺在床上的月影睁开了双眼,瞳孔中流泻出贪婪的光。一旁的狄安娜匆忙抓起长剑;可月影只是将手刀轻轻一挥,念动力便如同恶魔的巨斧一般劈砍过去,狄安娜的手腕一阵刺痛,兵刃脱手而出。

月影立在床头，如同狡黠的猛兽一般四下环视。兰兰并没有放弃抵抗。借着视线交汇的瞬间，她再次使出了催眠能力；可稍纵即逝的暗示完全无法动摇猛兽的意志，月影轻轻地弹动食指，强劲的念动力好似一颗无坚不摧的子弹命中了兰兰的腹部，兰兰重重地摔在地上。

月影慢悠悠地飞到罗星身旁，医生惨死的画面浮现在罗星的脑海中，难以抗拒的恐惧感令他闭上了眼睛。

然而惨案并没有再次上演。面对放弃了抵抗的罗星，月影只是如同扯线风筝一般，带着他向房间外飞去。直到杀手的身影消失在视线中，兰兰和狄安娜依然不敢移动分毫。

◇

那是一种奇妙的体验。月影解除了对罗星身体的束缚，却令他悬浮在半空，如同太空行走的宇航员一般。在他的身旁，环绕着四名月影，她们将健身房当作了游乐场，在健身器材之间嬉戏玩耍。一名月影飞速蹬着动感单车，另一名在运转的跑步机上跳来跳去，第三名则将哑铃当作沙包抛向空中。

时间久了，罗星反而没了恐惧，开始百无聊赖地观察起健身房来。然而看来看去也没能找到有用的线索，只是识别出五十千克的哑铃少了两个。

婴儿破坏者——罗星决定如此称呼月影的第二人格——仿佛只是将他当作了玩耍的伙伴，或者一个大玩具；她们有时绕着他飞来飞去，有时又悄悄地凑到他的面前，抱住他的身体上下翻滚。

也许婴儿破坏者并非大家所想那样的杀手——罗星如此思考着。婴儿是天真的，但同时也是残酷的；只要她感到自身安全受到了威胁，便会不顾一切地哭闹，直到威胁消失。她会破坏一切自己厌恶的东西，例如玩具和昆虫。只不过，这个婴儿的破坏能力太强了一些。

婴儿破坏者并未从自己的身上感受到威胁，才没有痛下杀手吧！罗星枕着双臂飘浮在半空，将视线移向射击训练房的入口处。一名婴儿破坏者藏在动感单车的角落中，畏首畏尾地偷看着他。这名月影的一只眼睛紧闭着，眼睑上可以看到烧伤的痕迹。罗星感到心头一紧，当初为了给同伴们创造逃跑的时间，是他开枪夺去了月影的右眼。

罗星向着藏在角落中的婴儿破坏者招招手，示意她来到身边。后者小心翼翼地飞到罗星身边，伸出手指轻轻触碰他的身体，又匆忙将手指缩回。

"不要怕，来这里！"罗星张开双臂。女孩犹豫片刻，轻轻飞入了他的怀抱。罗星将双手搭在瘦小的肩膀上，又轻轻抚摸着月影眼睑处的伤口。

这个女孩并不是冷酷的杀手，她同月影一样天真而善良。她就像一只受伤的小猫，对外界的刺激会随时张开利爪，但如果给她一个安心的居所，她便会自然而然地卸下戒备。

如此的发现令罗星的心头闪过一丝寒意。月影刚刚觉醒第二人格时十分残暴，这证明她感受到了生命的威胁。那时的韩雪、兰兰、周诚以及自己都不在二层，芮汐兆在他的房间休息，令月影感到威胁的最大嫌疑便是为她进行手术的白剑。仔细回想，月影自从接受白剑的治疗后便一直处于昏迷状态，很可能是医生刻意使用镇静药物限制了她的行动。

但这样的解释带来一个矛盾：月影是超能力者，对超能力者手术时需要对其超能力神经中枢进行特殊的麻醉，以免对医生造成危害。即便对于普通人，由于外科手术是超能力觉醒的重要诱因，麻醉时都会混入适量的特殊药剂。身为一流医师的白剑，不可能不清楚这一点。始终处于麻醉状态的月影，又是如何感受到外界威胁的呢？

只有一种可能性，那就是白剑有意为之。也许月影的情况根本就不需要手术，而白剑是深渊号上医学的绝对权威，没有人会去质疑他的决断。借助一次手术，白剑主动唤醒了月影体内的婴儿破坏者。在唤醒的过程中月影想必承受了相当大的痛苦；如此一来，婴儿破坏者见到白剑时残酷地将其杀害,便能够讲得通了。

但是,白剑为何要这样做?一个恐怖的想法划过罗星的脑海:白剑在登船前便已通过军方拿到月影的资料,他从一开始就知道婴儿破坏者的存在。月影昏迷不醒是难得的机会,通过唤醒第二人格,便可以制造出大规模屠杀的兵器。

无论怎样去推理,此刻的第一要务仍是重获自由。同婴儿破坏者的交流十分困难,想办法逃跑才是上策。罗星一面同月影玩着简单的拍手游戏,一面四下环视。当看到射击训练房的入口时,他灵机一动想到了办法。

"我们一起去那边玩儿,好吗?"罗星指了指射击训练房入口的方向,对身旁的女孩说道。婴儿破坏者并无法很好地理解语言,一脸疑惑地看着罗星。

"我们,去那边,玩儿!"罗星手舞足蹈地比画着。功夫不负有心人,月影终于领会了他的意图,她露出天真的笑容,带着罗星向健身房的另一端飞去。

"把我,丢进,这里。"门前,罗星继续使用肢体语言费力地表达着。婴儿破坏者咯咯地笑了起来,她的手臂轻轻一摆,罗星便如同丢出的皮球一般,直挺挺地飞入了射击训练房内。

如果用一句话来表达罗星此刻的感受,那就是"真他妈地疼"。他扶着墙壁一节一节撑起身体,腰椎发出阵阵刺痛。借助"随机的一秒钟",屋子里的婴儿破坏者们被丢去了其他时空。

"老罗?你怎么在这儿?"

身后传来了熟悉的声音,这个声音罗星曾经每天都会听到恶心。他颤抖着回过头去,怀念的平头和白大褂映入眼帘。

"问你呢!这是在玩真心话大冒险,还是觉醒了新的XP?"老芮一脸不解地捅了捅好友的胸口,罗星一记勾拳打在了他的肚子上。

"你这个浑蛋……"芮汐兆刚要爆发,罗星却不由分说地抱住了他。"喂,你这样太恶心了!别凑这么近!"老芮进行着微弱的反抗,但很快便乖乖就范,无奈地叹了口气,将手中的脉冲激光枪收回腰间。

有如炼狱的时间迷宫，偶尔也会给人以惊喜。

现在不是叙旧的时候。想到这里，罗星扶着芮汐兆的肩膀问道："以你的主观时间，现在是什么时候？"

芮汐兆思考片刻，答道："我们刚刚在蓄水区破坏了因特林，由于月影受了伤，你独自返回一层拿取医疗器械。我不想让时间白白浪费，便来到了活动区调查。"

罗星握紧拳头，下定决心说道："不久之后，你会被杀害，就在我的房间内。"

罗星原本以为老芮听过后会情绪激动，没承想对方只是笑了笑，问道："还有什么？"

"你不害怕？"罗星惊讶道。

"你没有想过吗？这与其说是一纸死亡宣判，倒更像是一张免死令。"老芮解释道，"既然我最终会死在你的房间里，那在此之前，我就不会死。说吧，有什么危险的事情，我可以替你去做！"

罗星从没想过胆小怕事的老芮会说过这种话，他犹豫再三，还是将深渊号上发生的事情讲给了老芮。老芮抱着手臂想了想，说道："这样吧，我来对付健身房里的四个月影，你找个机会逃出去。"

"你疯了吗？"罗星激动地喊了出来，"你当自己是赛亚人还是替身使者？"

老芮拍了拍罗星的肩膀，对他耳语了两句。说罢，他取出一枚十字形的钥匙塞到罗星手中："这把钥匙是我捡到的，希望对你有用吧！"他挠挠头，又将自己的激光枪递给罗星，"对付月影这东西起不到作用，你也拿去吧！记住，绝对不要靠近道场！"

罗星接过钥匙和枪械，枪身热热的。老芮看准机会猛地一推，罗星便一个趔趄跌入了健身房中。回头看看，射击训练房内已不见了老友的身影。由于"随机的一秒钟"，门的另一侧已连接至其他的时空。他小心翼翼地走回射击训练房，来到了道场门前。教授刚刚嘱托过，绝对不要打开这扇门。好奇心如同魔鬼一般在耳边聒噪着，无论如何,他都无法相信老芮的那件事。

罗星躲在门后,伸手握住门把手。一次,只要打开一次。他轻轻地将房门开启一道缝隙,而就在同一时刻,道场内喷出一道灼热的光晕,对面的墙壁上刹那间留下一道焦黑的痕迹,沿途的气体被悉数电离,射击训练房内掀起一阵强风。道场内的空间仿佛一颗炽热的恒星,如果不是躲在时间静止的门后,他肯定已经一命呜呼。罗星匆忙将房门关紧,目瞪口呆地重复着一个名词:

"随机的普朗克时间……"

◇

离开活动区,罗星来到空无一人的走廊上,他需要尽快确认此刻的时间。四周内静悄悄的,罗星将餐厅的门打开一道缝隙,屏住呼吸偷看门内——

月影躺在餐桌拼凑的病床上,白剑在一旁清点医疗设备,狄安娜坐在房间的一角发呆。望向远处的电梯,下行的按钮闪烁着。罗星长舒一口气,这个时间点的他刚刚离开,正在与韩雪一同前往负一层的路上。

在这个时间点可以做的事情不胜枚举,思来想去后,罗星决定遵从自己的内心。他要再次前往负一层,去解开和韩雪之间的误会。

那一刻,罗星刚刚离开餐厅的大门,向电梯的方向走去;毫无征兆地,伴随着轻微的马达声,活动区的房门打了开来。罗星猛地回过头,看到左眼受伤的月影从健身房内悠悠然地飘了出来。这名婴儿破坏者通过"随机的一分钟",在可怕的巧合下也来到了这个时空!

看到罗星,婴儿破坏者兴奋地扑了过去,紧紧抱住他的脖子。罗星的心中五味杂陈,他希望保护第二人格脆弱的心灵,但此刻摆脱她才是上策。罗星慢慢挪到活动区门前,从衣兜里掏出一支中性笔,在心中默默计时。某一时刻,他将笔径直丢入健身房内。

"去帮我捡回来,好吗?"罗星摸摸女孩的头,指着掉落在跑步机角落里的中性笔说道。婴儿破坏者很快便理解了罗星的意图,用力地点点头。几秒钟后,健身房内的时空再次变换,婴儿破坏者不见了踪影。罗星对着空荡荡的房间小声说了一句"对不起",径直向电梯跑去。

负一层的走廊狭长而昏暗,罗星心不在焉地向前行走着,脑中一团乱麻。突然间,他一个不留神撞在墙壁上,发出一声钝响。痛死了。罗星扶着墙壁站稳身子,轻轻按摩着肿胀的额头。就在这时,他听到窸窣的声音,不远处有人在挪动步伐。真相在罗星的脑中闪过,那时他和韩雪听到了神秘的响声,原来是来自此刻的自己。

罗星小心地控制着与过去自己的距离,不久后,一道白光自出口处倾泻而入,过去的他找到了电闸,开启了照明设备。罗星再次拉大距离,以免被发现。

几分钟后,罗星到达了T字形回廊,过去的自己开始了同韩雪的争辩。藏在角落里,罗星不由自主地回想起学生时代的往事。那是一次辩论赛,参赛双方为物理系的男生和女生,罗星和韩雪鬼使神差地成了双方队伍的三辩。三辩的第一要务,便是同对手"吵架"。

决赛的辩题是"时间能否回溯",这样的题目在科研界尚未有定论,因此有着充足的发挥空间。一辩和二辩引经据典地讲述了学术界对正反双方的看法,但最终也只能打个不相伯仲。在对辩环节中,持反方论点"时间不能回溯"的罗星决定出奇制胜,不再去追求艰深的物理公式和数学计算,转而从逻辑上攻击对方。

"对方辩友提出一旦回溯时间改变了历史,会进入平行宇宙。那么请问对方辩友,对于两个不同的平行宇宙,又怎样定义'过去'与'现在'的概念呢?"罗星以极快的语速说道。

"根据量子力学的理论,时间并不是连续的,而是有着普朗克时间这一最小尺度。请问对方辩友,对于数学上并非严格连续的时间,是否同样无法定义'过去'与'现在'呢?"韩雪巧妙地回避了问题,将炸弹丢了回去。

"既然存在'时间'的概念,那证明时间作为一个函数是可测度的。对于可测度的集合,我们总可以借助数理逻辑定义一个逻辑顺序。"罗星硬生生地接下了这个问题,台下响起阵阵掌声。这次回答用掉了他十三秒的时间,综合看来得不偿失。他匆忙补充了一个问题:"请问对方辩友,如果你们输掉了这次辩论,当你回溯时间至比赛之初时,又会怎样做呢?"

对方回避了问题,应当穷追猛打。罗星心头一阵悔恨。但他刚刚抛出的问题是一个巨大的陷阱,如果韩雪接下了问题,相当于承认己方即将失败;如果不去回答,又等于否认了回溯时间的可能性。

韩雪微微一笑:"我想,我会告诉对方辩友,对待女孩子要温柔一些吧。否则会找不到女朋友的。"台下掀起了山呼海啸一般的掌声,其中还夹杂着笑声和口哨声。韩雪对着台下微微鞠躬,继续补了一刀:"另外,感谢对方辩友回答了如何定义时间顺序的问题。"

那次辩论女生队以压倒性的优势获胜,姑娘们兴奋地将功臣韩雪抬了起来,用力抛向空中。

震耳欲聋的枪声将罗星拉回现实。韩雪动手了,过去的罗星颈部中枪晕厥了过去。罗星握紧双拳,心一横冲了出去。

"嗨,韩雪!"罗星故作轻松地上前打了招呼,"我很难解释发生了什么,但由于各种机缘巧合,我又回来了。"他越过韩雪的肩头望着走廊内昏倒的自己,"从我的主观时间来看,和你分开大概是四小时前的事情。"

罗星原本认为韩雪会大吃一惊,最坏情况下甚至会再次开枪;没承想韩雪的神情却异常平静,只是淡淡地问道:"于是呢?你想对我说什么?"

"我……无法证明老芮的死与我无关。"罗星为难地挠挠头,"但我希望你能相信我,大家一起……"

"'大家一起离开深渊号',对吗?"韩雪打断了罗星的话,"我可以不去追究芮汐兆的死因,但是,我依然不会与你同行。"

罗星吃了一惊,匆忙问道:"为什么?"

"你想过深渊号存在的意义吗?"罗星眉头紧皱,韩雪继续说道,"最初我们只是发现了居住区和植物区的时间不等速流逝,由于阿克别瑞引擎能够扭曲空间，于是我们天真地认为，这也许是一次事故。但随着探索的深入，'时间的莫比乌斯带'与'随机的一分钟'相继出现；这些奇异的时空结构远远超出了阿克别瑞引擎的能力，我们所经历的事件绝不是一次事故，而是有某种强大的力量在背后推动。"

"等等！"罗星没有放过韩雪在逻辑上的疏忽，"你为何会知道'随机的一分钟'？兰兰讲述活动区的时间结构时，你应当并不在场。"

韩雪微微一笑："还记得不久前在活动区的探索吗？我们前后只用了不足十分钟的时间，可回到餐厅时，往返于一层控制区的兰兰已经归来。兰兰亲口说过她花费了半小时以上，其中的时间差，一定是由于活动区的时间结构造成的。活动区大门的两侧时间流速并无差异，我能想到的唯一的可能性，便是两侧的时间连接处于随机分布的状态。"

罗星暗自惊讶，凭借如此细微的线索，韩雪居然能够进行精确的推理。就在这时，韩雪抛下了第二颗重磅炸弹："根据我的推测，一直被列为禁地的浴室区域应当是某种循环往复的时空结构吧！"看着目瞪口呆的罗星，韩雪微笑道："看样子我没有猜错。时空的创造者就像是一个淘气的孩子，它试图将所有可能的时间结构遍历；而对于一维的时间，环形的拓扑是重要的空缺。"

"镜面……"罗星突然想到了负一层隔绝通道的奇异空间，"挡住我们去路的镜面空间又是什么？"

"镜面意味着电磁波的波前被固定于时空不连续的界面上。通常的可见光多是扩散波，而惠更斯原理的失效意味着扩散波不再存在。时间静止的时空是完美的黑体，不会反射电磁波；镜面意味着另一侧的时间仍在流动，却不允许扩散波的存在。唯一的可能性，通道另一侧拥有逆向的时间箭头，并由此带来了一个物理定律不尽相同的世界。"

罗星不再作声，韩雪将惊人的推理进行了下去："每一个时空结构都有着特殊的意义。时间不等速流逝带来了主观时间的差异，随机的时间结构令跨越时间成了可能，而循环的时间结构既可以作为牢笼将人禁锢，又可以通过时空的轮回进行复制。依照我的猜测，你所在的未来，一定有心怀不轨的人利用了浴室的时空结构吧！"

那一刻，罗星感到面前的女人是如此陌生。韩雪的身上究竟隐藏了多少秘密？

"你是一名优秀的侦探，远比我优秀。只是这一次，你肩上的负担太重了。你想要保护所有人，但与此同时，你又不希望怀疑任何人。"韩雪直视着罗星的眼睛说道，"深渊号上的每个人都在抱持着不同的目的而行动。想要这样的一群人齐心协力，这个想法从一开始就是错误的。"

罗星细细品味着心上人的话语。片刻后，他开口道："你将我打晕，难道并不是因为怀疑我？"

"老芮死亡这件事本身，远比是什么人、怎样杀死了他更加重要。"韩雪苦笑道，"无论是成员的死活，还是深渊号上的时空结构，都是创造者要传达给我们的信息。在我看来，解读这个信息才是当务之急。而你太过善良，太过在意他人，这样的你并不适合去理解造物主的想法。因此我决定离开你，自己去寻找。"

罗星低着头，沉默了半响，一字一句地说道："但是我想和你在一起。"

尽管神情并没有变化，但罗星在韩雪的眼神中读出了片刻的迟疑。可是下一瞬间，韩雪猛地举起枪，扣下了扳机。罗星目瞪口呆，可韩雪瞄准的目标并不是他，脉冲激光擦着他的头皮飞过，命中了他身后的金属墙壁。

罗星回过头去，狭长的走廊内掀起一阵强劲的风暴，呼啸的风声宛若地狱犬的低吠。在风暴的中心，他看到了一个熟悉的身影——

沾满尘土的红白格子T恤，裸露的肌肤上满是擦伤的痕迹，右眼处的伤痕令面容看起来憔悴不堪。独眼月影再一次随机穿越到了这个时间点，并一路追随着罗星来到了负一层。在看到韩雪的那一瞬间，她发出了凄厉的尖叫，眼中闪烁着充满敌意的目光，宛若一头被逼至绝境的野兽。罗星当即将韩雪挡在身后，顶着风暴向婴儿破坏者慢慢走去。还有希望，只要能够平复她的心情，就不会造成破坏性的后果。

"不要害怕，到这里来……"罗星张开双臂，口中呢喃着自己都无法相信的话语。"来这里，大家一起……"

月影再次发出一声尖叫，凄厉的音色仿佛来自地底的哀号。念动力化作一枚势大力沉的炮弹，罗星被纸片一般地击飞出去，重重地摔在墙上。

"我们快逃！"韩雪架起罗星的胳膊，帮着他撑起身体。婴儿破坏者离电梯还有一段距离，只要能够赶在她之前进入电梯，就有希望逃出生天。

两人跌跌撞撞地跑到了电梯门前，当罗星的手指按下呼叫按钮时，月影离他们只有不足五米的距离。屏蔽门缓缓开启，罗星从未感受过短短的几秒钟竟是如此漫长。婴儿破坏者再次封闭了心灵，为了保护自己，她会将一切的威胁全碾碎。

念动力化作锐不可当的风刃，伴随着高频的呼啸声向二人劈砍过来。罗星猛地推开韩雪，风刃擦过了他的右臂，袖口涌出殷红的血液。身后传来一声巨响，念动力在屏蔽门上留下了深深的刻痕。

在巨大冲击力的作用下，电梯启动了。二人还未登上电梯，它便如同脱缰的野马一般，猛地加速向上驶去。远去的钢索声仿佛传递绝望的信使，带着两人最后一线希望渐渐远去。

月影并没有停止攻击。强大的念动力化作无形的巨手，轻而易举地将韩雪拉向空中。下一秒钟，韩雪被狠狠地丢入电梯井中，头部撞在轨道上，发出一声闷响。

"住手！！"罗星不顾一切地向婴儿破坏者冲了过去，可第二枚风刃已擦着他的头发向电梯井飞去。韩雪甚至没有来得及发出一声呼喊，便被锐利的刀锋拦腰斩断。鲜红的血液飞溅而出，电梯井被染上了一层哀伤的鲜红。屏蔽门渐渐关闭起来，罗星看到的最后一个画面,是韩雪失去了神采的、空洞的双眼。

那一瞬间,罗星的愤怒与哀伤远远凌驾在理性与肉体之上。他不顾一切地向婴儿破坏者冲了过去,超能力在他的身上留下道道伤痕,但痛觉已经无法再次拨动他的神经。男人的右肩径直撞在了杀手的胸口上,婴儿破坏者被顶得一个趔趄。

罗星抓住这个机会,快速向着对侧小型飞行器停靠区的通道跑去。待婴儿破坏者稳住身体、再次捕捉到对手的时候,他已经一路冲刺来到了镜面空间的前方。罗星小心地将身体藏在黑暗的角落里,取出两把枪握在手中。

眼睑的伤痕限制了婴儿破坏者的视力。远处的对手突然消失了身影,她只得循着记忆中的方向慢慢寻找。几秒钟后,月影狭长的影子扫过了罗星的视线。罗星紧紧咬住嘴唇,这将是他最后的机会。婴儿破坏者放慢了脚步,罗星将自己死死地按在消防柜的后方,屏住了呼吸。

黑影渐渐扫过,婴儿破坏者越过了消防柜的位置,却依然没能发现罗星的影踪。罗星深吸一口气跳了出去,迅速扣动扳机,脉冲激光越过婴儿破坏者的身体击中了镜面。婴儿破坏者立即回过头来,罗星却将手枪顺着地面滑了出去,枪支打着滚落进了镜面空间,瞬间不见了踪影。

一刹那,罗星全身的血液凝固了。如果婴儿破坏者没有上当,他只有死路一条。

婴儿破坏者迟疑片刻,慢慢回过头去,沿着枪支滚落的方向飞去。罗星赢得了这次赌博。由于心智只有婴儿的水平,滚动的玩具对第二人格更有吸引力。不消片刻,婴儿破坏者便来到了镜面空间的前方,盯着自己的倒影发呆。

这正是罗星一直在等待的时机。他猛兽一般地扑了过去,重重地撞在月影的后背上。由于缺少超能力的保护,婴儿破坏者径直跌入了逆时区;罗星匆忙抓住一根柱子,靠臂力稳住了身体。

胜负已分,可罗星的心中并没有一丝的喜悦。他咬紧牙关撑起身子，大口喘着粗气。理性再次占领大脑，同时也带来了深不见底的哀伤。突然间，他看到不远处有一件细小的物体，婴儿破坏者在跌入逆时区前掉落了什么。他的身体和手臂不住地颤抖着，不听使唤的手指费了好大力气才将那个物体捡起。

那是一支中性笔，上面还留有女孩的体温。

◇

罗星呆坐在冰冷的地面上，背靠墙壁仰起头颅。他的手中紧紧握着那支遗落的中性笔，泪水无法抑制地汹涌而出。婴儿破坏者将这支笔当作了同他之间的约定，一心想要将其交还；他却利用卑劣的计谋，将女孩丢入了生命无法存续的逆时区。

两种痛苦轮番折磨着罗星。一方面，他认为愧对月影；另一方面，韩雪身体被拦腰斩断的血腥画面又如同刻在了灵魂深处一般，久久无法抹去。他甚至无法帮助韩雪整理遗容，韩雪残破的躯体将永远沉睡在孤寂的深空中。

自己还活着，那么接下来……

突然间，罗星听到了窸窣的声音。他抬眼看去，月影迈着沉重的步子从逆时区中走了出来，身上包裹着一层淡紫色的光晕。那一刻，罗星感到了释然。他太累了。无论月影的第二人格是天真的孩童还是残酷的杀手，他只希望对方能够给自己一个终结。

"罗星……哥哥？"

月影的声音宛若天神的福祉，为罗星冰冷的心灵洒上了一缕阳光。他立即站起身来，惊讶地看着眼前的少女。

"我们在哪里？发生了什么？"月影神情木然地环视着四周，脸上写满了不解。不会错了，她就是那个大家熟悉的、温柔善良的月影妹妹。不知是逆时区的作用还是什么别的神力，在短短几分钟的时间内，月影的第一人格醒了过来。罗星感到鼻子酸酸的，他轻轻触摸着女孩的脸颊，为她拭去尘土。

"呀——"突然间，月影发出痛苦的惊叫；她闭上眼睛，用力地摇晃着头颅。还没等罗星有所反应，女孩便不顾一切向着电梯的方向冲了过去。罗星吃了一惊，一种可怕的可能性在脑中一闪而过。他匆忙追了上去，可当他再次来到电梯门前时，月影正呆呆地凝视墙上的血迹，小小的身体在冲击性的现实面前止不住地颤抖着。

"是我干的，对吗？"月影回过头来，泪眼婆娑地看着罗星。她似乎已回忆起了一切。"罗星哥哥，是我杀死了韩雪姐姐……对吗？"

罗星冲到颤抖的女孩身边，将她紧紧地抱在怀中。他用身体在月影和现实之间建起了一道屏障，竭尽全力地抵抗着悲伤的狂潮。

"这只是一次事故，与你无关……"

"我不要——"

月影号啕大哭起来，烧伤的眼睑不住地痉挛着，泪水沾湿了罗星的胸口。她多么希望一切只是一场噩梦，但韩雪的鲜血已将她的罪行镌刻在了时间上。

时间静静地流逝着，以宽大的胸襟包容着世界。

T小姐的探案记录 V

按照T小姐的提示，沈湉驱车来到故乡郊区的一家酒吧。这本是一次省亲之旅，没承想第二天便接到了老朋友的邀请。

酒吧罕见地选择了中式布置。吧台和酒桌由红木打造，隔断设计成曲折的屏风，上面绘着淡雅的水墨画。沈湉好奇地伸手触摸，指尖传来玻璃冰凉的触感。

"这些屏风都是我亲手绘制的，还喜欢吗？"吧台后方的青年酒保探出头来，脸上挂着职业的笑容。"我毕业于油画专业，却对水墨风情有独钟。"

沈湉点点头，对着朴素的老板竖起了大拇指。约定的坐席位于不起眼的角落，远远望去，可以看到那个熟悉的身影。T小姐穿了一件卡其色长款风衣，脚上蹬了一双褐色长靴。唯一不变的，是脸上那副突兀的墨镜。

"难得见一次面，却选在了这么远的地方。"沈湉眉头微蹙，坐在了T小姐的对面。女侦探抬起头来，双手捧着一杯热橙汁，咬住吸管小口啜饮。

"我最近可能会招惹到一些麻烦的人物，这里相对安全些。"T小姐摆弄着吸管，露出意味深长的微笑。"特别是对你而言。"

沈湉轻轻叹气，她拿过酒水单，除了通常的酒品外，店里还供应各类茶品。出于好奇，她叫了一壶竹溪毛尖。"这次叫我来，是为了凯特的事情？"沈湉开门见山地问道。

T小姐点点头："根据我的调查，她在离开研究所后曾与军方有过接触。凯特是深渊号事件的重要嫌疑犯,我希望能够详细了解她的过去。"

沈湉用手指转动着茶杯,说道:"我工作时间不长,她的很多故事,我也只是道听途说。要说明凯特的身世,必须从克隆人研究所的运作机制讲起。研究所的任务是将考古发现的古代基因培养成人类,再将这些人输入社会中去,以保证人类基因的多样性——这些相信你已清楚。由于反克隆人团体的存在,研究所的运作十分机密,即便是我的家人也不清楚我究竟在从事何种工作。

"考古机构会将发现的古代基因冷冻送到研究所,我们通过PCR复制DNA,之后利用组蛋白的自组织培养成染色体,再植入人类的细胞核中。细胞核最终会植入志愿者的卵细胞,并在实验室内培养成胚胎,直至长成胎儿。在克隆人的幼年时代,他们并不会被告知自己的身份;除了不能走出研究所,他们过着和普通孩子一样的生活。

"因为有着人人都为之惊叹的美貌,孩提时代的凯特在男生群体中很受欢迎。但实际上,她是个很笨拙的孩子。据研究所的老人们讲述,她直到四岁才学会自己穿衣服,一直说不好汉语,玩游戏时也总是扯大家后腿。女生们对她很是排斥,不时疏远她,还会做一些类似在鞋中洒水的恶作剧。因为担心她的成长,老院长——也就是我的师傅,经常会找她谈话。

"'凯特,你为何不努力一点?''我已经很努力了。'这样的对话无数次地上演。老院长十分无奈,她只得将问题交给时间,相信随着凯特的成长,一切会有所好转。转机出现在凯特七岁那年。对克隆人而言,七岁被称作'预成人礼',因为他们会在这一年被告知克隆人的真相,以及自身基因的来源。"

"得知真相的凯特更加努力了?"T小姐拿过酒水单,加了一杯热可可。

"恰恰相反。"沈湉将紫砂壶中的清茶斟入茶具,凑到鼻尖旁嗅着香气,"那一刻凯特恍然大悟,她终于为自己的笨拙找到了理由。

'我来自莫斯科公国,做不好那些事情,只是因为不习惯这个时代。'再次见到老院长时,凯特一本正经地这样说道。师傅每次讲到这里,都会忍不住连连摇头。"

"也就是说……她并非不适应这个时代,"T小姐的手指有节奏地敲着桌面,"而是以此为理由,保护自己罢了。"

"可以这么理解。凯特是一个缺乏安全感的人,她需要自我保护,特别是在心理上。"沈湉点点头,轻抿了一口热茶,清香顺着毛孔沁入肌肤。

T小姐沉思片刻,问道:"她之所以痴迷于剑术,也是为了保护自己吗?"

"不。"沈湉当即否定了好友的猜测,"学习剑术是凯特十七岁时的事情,在那之前,她在体育项目上十分平庸。"

T小姐摇摇头:"很难想象。根据我的调查,她是个一等一的剑术高手。"

"到了上中学的年纪,凯特在人群中越发突兀了。数学和计算机等现代课程一窍不通,体育成绩也只是勉强及格。她唯一感兴趣的是欧洲的古代史,因为她认为自己的故乡在那里。与糟糕的能力不相匹配的是,随着年龄的增长,她出落得更加亭亭玉立了。但是你清楚的……"品过清茶的沈湉一脸享受,她当即叫了两份茶点,"她越是特立独行,同学们便越是排斥她。面对同学们的冷落与疏远,凯特最初还在反抗,但渐渐地也习以为常了。她干脆将自己关进了冰冷的盒子,话越来越少,最后连表情都变得僵硬起来。如此一来,总是欺负她的同学们反而对她敬而远之,还送给了她'俄罗斯人偶'和'冰娃娃'的绰号。"

"她有没有信任的人?"

"那就是老院长了。因为从孩提时代起就在照顾她,只有在面对老院长时,凯特才会打开心扉。记得有一次老院长在上楼时扭伤了脚踝,恰巧路过的凯特将她一路背到了医疗室。面对无法融入群体的凯特,老院长很是焦急;她不停找凯特谈心,终于有一次,凯特吐露了心声。'我的梦想是回到莫斯科公国时代,那里才是我的世界。'她人偶般的脸上写满了憧憬,'我现在做的一切,都是在为那个时刻做准备。''如果你回不去呢?'老院长问道。你猜凯特会怎么回答?"

"……我想她会生气,大叫着我一定会回去吧。"T小姐拿起一块小巧的绿茶酥,填入口中。

"'那我就留在您的身边,如果您老去,我就自杀。'凯特虽然是一副淡然的表情,却说出了如此不可思议的话语。老院长惊呆了,她匆忙命令凯特离开,自己一个人在办公室内焦急地踱来踱去。"

T小姐若有所思地点点头:"对宗主从一而终,这也是古代人的特性吗?"

"谁知道呢!"沈湉耸耸肩,"也许是莫斯科公国刻印在了凯特的基因里,又或许只是她的一厢情愿。老院长看着凯特长大,通过这件事,她读出了凯特性格中的弱点。"

T小姐开口道:"我想,是缺乏安全感、需要依靠吧。"

"没错。"沈湉吞下一口热茶,"由于能力的缺失,她从小就缺乏安全感。莫斯科公国为她提供了保护伞,但与此同时,也为她戴上了有色眼镜。她偏执地认为自己与时代格格不入,于是所有的现代化因素都会令她排斥,继而恐惧。人类的精神难以承受如此重压,而凯特的解决方法便是,寻找一个依靠。"

"老院长便是她的依靠。"T小姐点点头。

"如此的凯特令老院长心神不安,她将无法融入社会,极端情况下甚至会导致难以挽回的后果。"沈湉叹了一口气,"我们还是从凯特十四岁那年讲起吧。为了让凯特更加独立,老院长开始刻意地疏远她。凯特对此并没有过激的反应,仍旧带着一张瓷娃娃脸度过每一天。

"可是有一天,凯特突然失踪了,无论是寝室、课堂还是餐厅,都不见她的踪影。在研究所近五十年的历史中,选择逃跑并成功的克隆人,她还是第一个。为了找到凯特,老院长命令研究员和保安彻夜分析监控录像。终于在食堂的一个角落找到了凯特的踪影。

"根据影像显示,凯特在早饭后走进了后厨。那个地方通常只有工作人员可以进入,属于监控的死角。老院长带人来到后厨,他们翻遍了每一个角落,对所有的餐厅工作人员进行了询问,仍然不见凯特的踪迹。情急之下,老院长回到了凯特的寝室楼,向宿管打探她的近况。

"没承想,这一次真的找到了线索。宿管告诉老院长,最近一个月内凯特有几次晚归;而平时她早早就会回来,将自己一个人锁在房间里。将凯特晚归的日期与餐厅的值班表对应,真相终于浮出水面——每次凯特晚归,餐厅内都是主厨在值班。

"老院长当即杀进了主厨位于餐厅的休息室,房间内十分脏乱,各类物品凌乱地堆放着。在房间一角的单人床上,她发现了几根金色的长发。在主厨的个人电脑中,技术人员毫不费力地翻出了几段视频;虽然偷拍的角度很糟,但一眼便可以看出视频中赤身裸体的女人就是凯特。

"铁证如山,主厨终于如实招认。按照他的供词,是凯特主动勾引了他,两人总共发生过三次关系。他已经三十五岁,单身,凯特的诱惑对他而言是难以抗拒的。'明明有着如此惊艳的面孔和身体,和她做爱却十分无趣。'戴上手铐的瞬间,主厨长叹一口气,'她的表情好似充气娃娃一般僵硬,身体也没有什么反应。那种感觉,反而像是她在目睹别人做爱。'

"凯特与主厨达成了一笔交易,凯特献上三次身体,主厨则会帮助她离开研究所。那天早上,凯特趁着四周无人潜入后厨;主厨将她藏在食品车上,借着采购食材的由头将她带了出去。"

"真没想到她还有这等手段。"T小姐吃了一惊。

沈浠耸耸肩,继续讲述道:"在外面寻找凯特并不困难,主厨的车不可能跑得很远,而凯特又缺乏乘坐现代交通工具的金钱和能力。她就藏在附近的小镇上,在一家cosplay咖啡店打工。虽然为自己起了'狄安娜'这个化名,但金发碧眼的姑娘在小镇上十分显眼,向附近的居民打听很容易便可以找到。老院长带人将凯特拖回了研究所，可无论怎样逼问，她都在重复着同一句话：'我离开这里，是为了回到十三世纪。'"

"可怕的执念呢。"T小姐轻轻叹气。

"由于克隆人的特殊身份，对凯特的处罚也只是关了几天禁闭便草草了事。研究所对她严加看管；但与此同时，凯特也将自己的灵魂深深地锁在了人偶般的躯体中。在她十六岁那年我来到了研究所……"

"稍等。"T小姐示意好友暂停，"也许有些冒昧，你今年多大年纪？"

"二十六岁啦！你对女博士有成见吗？"沈湉涨红了脸，T小姐不怀好意地偷笑。沈湉清清嗓子，继续说道："在研究所会不时见到凯特，即便同样身为女人，她的美貌也足以令我惊叹。但那张表情匮乏的脸蛋却不似一个真实的人类，她更像是出自艺术家之手的雕塑。

"回到研究所之后，凯特只是机械地重复着每日的生活，几乎不与人交流，完全封闭在自己的世界里。渐渐地，研究所放松了警惕；于是在三年后，也就是凯特十七岁那年，那件事情终于发生了。

"同上次如出一辙，凯特再次莫名其妙地消失了。这次无论警方如何搜索，都无法找到蛛丝马迹。老院长又派人去附近的镇上打探，依然没有她的踪影。

"调查陷入了僵局。一个月过去了，警方准备放弃，撤出了调查人员。可就在这时，远方的大都市里传来了凯特的消息。那是一条新闻，电视上警察和黑帮组织发生了巷战，某位眼尖的工作人员在画面的一角看到了一名金发女士，经技术分析，此人确为凯特。顺着这条线索，警方终于摸到了凯特的踪迹。带走凯特的嫌犯是一名卡车司机，他每隔几个月都会为研究所送来补给物品。凯特一早就盯上了他，用同样的手段搞定了这个可悲的男人。待时机成熟后，她跳上了男人的运货车，一路来到了这座城市。"

"我不明白……"T小姐凝视着好友的双瞳,"大城市确实更适合隐藏,但她能够在那里生存下去吗?"

"她的方法便是,找男人。而且这一次她确实找到了。"沈湉露出悲伤的神情,"可悲的是,那个男人是个黑帮的暴徒,将她玩腻之后,便准备转手卖掉。在警方的帮助下,老院长成功地找到了她;但那是在黑帮的交易现场,凯特和其他货物一并被吊在半空,身上只穿了胸罩和内裤。

"警方低估了黑帮的人数,随行的两名刑警不慎负伤。老院长不顾一切地将凯特放了下来,但就在她抱住凯特的瞬间,一颗子弹嵌入了她的大腿。老院长已年近花甲,剧烈的疼痛和失血令她倒了下去。那个男人将手枪抵在了凯特的太阳穴上,冷冷地说:'你以为自己很值钱吗?你已经给我添了太多的麻烦,干脆去死好了。'"

"警方及时赶到了?"

"不。根据老院长的讲述,她的意识虽然已经模糊,却能够看到凯特泪眼婆娑地为自己按住伤口,不停地呼喊着。面对黑洞洞的枪口,她完全没有顾及自己,只是不停地呼唤着老院长的名字。男人感到很无趣,他抬起脚,将肮脏的皮鞋踩在了老院长的腿上。

"他的暴行成了导火索。也许是上天的安排吧,当时凯特的身边躺着一支木棒。她当即抓起木棒,不顾一切地向男人砍去。躺在地上的老院长听到了男人的哀号,再次睁开眼时,只看到了掉落在地的手枪,和男人扭曲的小臂。

"柔弱的凯特靠着一支木棒,同五名手持凶器的歹徒周旋。歹徒最初还试图用刀将她制服,这样还可以卖个好价钱;但他们很快便发现,对方是实力远远凌驾于他们之上的怪物。由于缺乏体能训练,凯特的攻击缺少一击致命的力道;但她的每一棒都能恰到好处地命中要害,或是借着对方的力道以牙还牙。歹徒的眼球被刺穿,肋骨被打断;凯特的动作中没有一丝拖泥带水,空有一身蛮力的暴徒在她面前不过是一群狂吠的败犬罢了。当最后一名歹徒终于想到要用枪时,凯特精准的一棒令他四根手指全部粉碎性骨折。"

T小姐惊叹道："她真的没有学过剑术？"

"她是百年难得一见的剑术天才，凭借一支木棒，她便足以击倒百分之九十的高手。当警察的援军赶到时，更加忙碌的却是医生和救护车。最终面临审问时，那个男人懊恼地说：'最初只是想玩玩，没想到那个女人从此黏上了我，无论怎样打她骂她都不肯离开。无奈之下，我只得将她卖到遥远的地方。'"

"原来如此。"T小姐若有所思地点点头，"她逃离研究所，为的是寻找'依靠'。老院长刻意疏远她之后，她不得不去往研究所之外的地方寻找。最终，她找到了那个男人。"

"一旦找到依靠，她便会全心全意地奉献。"沈湉补充道，"对老院长如此，对那个男人也如此。出院后不久，老院长便退休了。临走前她摸着凯特的脸，对她说：'孩子，你已经足够强大。这个时代不会抛弃你，你也不需要去依靠任何人。'"

"听上去像是喜剧的结尾呢。"T小姐点点头，"叛逆的女孩，最终找到了归宿。"

"凯特已经不在世上，结果我们无从评判。至少就我看来，她有些矫枉过正了。"沈湉喝下最后一杯热茶，又叫酒保添上了热水，"从那天起，剑术仿佛毒品一般流淌在了她的血液中。她发狂般修炼剑术，每次见到她，都在挥汗如雨地舞动着手中的竹剑。她的剑术不似中国的任何流派，与日本刀法亦相去甚远。她认为自己的剑术源自莫斯科公国时代，但实际上，她已经创立了自己的流派。"

"可以说，剑术成了她新的依靠。"

"我认同。离开研究所的时候，她的实力已经达到了特种兵的水平，我想这也是她被军方看上的原因吧！"沈湉耸耸肩，"至于军方为何将她送上深渊号，就不得而知了。"

听完好友的讲述，T小姐若有所思看着窗外。突然间，她露出诡谲的笑容："多谢你的信息。聊点别的话题吧，例如……你这次回到故乡一定被安排了相亲吧！面对人生重大抉择，此刻有没有小鹿乱撞的感觉？"

沈湉的眼角闪过一丝寒光："你今天是来找茬的吗？"T小姐大笑，开心地拍着好友的肩膀。

"好啦！"沈湉握住T小姐纤细的手，"给我讲讲深渊号的调查吧，我很感兴趣。"

"这就说来话长了……"T小姐一面为好友讲述，一面咀嚼着狄安娜的故事。当来到一个全新的环境、剑术不再能够保护自己时，那位缺乏安全感的小姑娘又会做出何种抉择呢？

11a

氤氲的水汽缓缓升腾,天然土石上湿漉漉的,平静的温泉宛若一面明镜。全息装置在穹顶投影出巨幕,然而星辉已失去光泽,天顶上只留下了深邃的黑暗。

罗星靠在长椅上,微微仰头,双目紧闭。

女更衣室的方向传来了沉闷的枪响,两声。罗星的手背上青筋暴起,但他依旧纹丝不动,静候那个时刻的到来。

褐色的木门缓缓开启,心瞳穿了一件浅红色的T恤和紧身牛仔裤,左手紧握脉冲激光枪,右手拎着一个排球大小的深灰色球状物。罗星缓缓起身,直视着女战士的眼眸,淡淡地说道:"你终于来了。"心瞳微微皱起眉头,罗星自顾自地说了下去:"借助'永远的一分钟',你可以复制出一支心瞳的军团,同时还能够得到摧毁深渊号的兵器。"

心瞳精致的脸蛋上没有一丝迟疑,她平静地反问:"罗星哥哥,你在开玩笑吗?我们连手枪都不能携带,究竟怎样的兵器才能将太空船摧毁?"

"核弹。"罗星指了指心瞳右手中深灰色的球体,面色凝重。"因特林的体内装备有基于钚239核燃料的裂变反应炉,你将它作为制作核弹的原料。"

心瞳将手中的球体丢在地上,发出了重重的响声。她左手叉腰,冷冷地回应道:"这东西需要高精度的定向爆破才能达到临界质量,没有了警卫的AI控制,我不可能做得到。"

"不，你做得到。"罗星神色坚定，"核弹的引爆方式有两种。一种是利用定向爆破压缩体积，缩短中子的运动路径以达到临界质量；另一种则是将临界质量的核燃料分开存放，引爆时令其结合，便可引发链式反应。通过永远的一分钟能够复制出足量的核燃料，反应炉的外壁则提供了必需的中子反射材料。你制作核弹的计划是这样的：积累超过临界质量的钚239，一部分存放于中子反射材料焊接的外壳中，另一部分做成导火索携带。需要引爆时，人工将导火索插入外壳，钚239便会达到临界质量并引发链式反应。特种兵出身的你，拥有组装核弹的技术知识并不奇怪。"

"真是败给你了。"心瞳露出咄咄逼人的气势，"罗星哥哥你应当清楚核辐射的恐怖吧！即便我拥有组装核弹的技术和工具，没有防辐射服的我又如何完成这项危险的工作？更遑论将裸露的放射性元素作为导火索使用。"

"生命。"罗星淡淡地说道，"通过永远的一分钟，你拥有足够多的生命来完成。即便受到了强辐射也不会立即死去，在丧失行动能力之前，让新的自己补足空缺即可。"

说话期间，第二名心瞳走出了更衣室。看到对峙的二人，她默默地站到了一旁。心瞳1号自腰间取出了微缩型切割器和焊枪，在罗星面前摆了摆："你猜对了。这些工具并不能当作凶器使用，很容易便可以带上太空船。"她将工具丢在一旁，表情渐渐严肃起来，"下一个问题，我会在温泉区域进行组装，你又是如何猜到的？"

"温泉区域的时空是正常的，陷入'永远的一分钟'的只有更衣室。如果能够推理出这一点，被时空异常区域隔绝的温泉便是最佳的实验室与加工厂。相信你早已心知肚明，只是一直在等待机会而已。"心瞳默不作声，罗星继续分析道，"推理的关键在于夫人的叫声。在一分钟即将结束的时刻，我们听到了夫人的惊叫。浴室内空无一人，究竟什么事情能够令夫人如此惊讶？唯一的可能性就是她看到了另一个自己。一无所知的夫人通过更衣室进入了温泉区，可是一分钟后，更衣室内走出了另一个自己。以夫人的智慧，她很快便能够找出原因；于是在第三个自己走出更衣室之前，她将这个信息传达了出去。我们听到的惊叫声，便是第三个夫人得知真相后的惊讶与恐惧。借助这种方式，她将无限复制的自己锁在了循环的时空中。"

"按照你的说法，这里应当潜藏着两位夫人喽？"心瞳的语气中带着挑衅。罗星指了指温泉池隔岸的木质桑拿房，眼神中流露出悲伤："夫人确实在这里，只不过她已经自杀了。我不清楚她寻死的原因，想必夫人寄希望于我们可以救出循环时空中的另一个自己吧……"突然间，他眼中的悲伤化作锐利的光芒，恶狠狠地说道："你一早便发现了更衣室内'永远的一分钟'。但那一刻你的选择并不是保护大家远离危险，而是将循环的时空结构当作凶器。你在更衣室门外的衣架上找到了夫人的棒球衫，利用衣兜里的手机，你发出信息引诱舰长来到浴室。为了确保舰长会进入女更衣室，你还将夫人的手机丢了进去。由于时间的轮回，每隔一分钟舰长便会收到同样的信息。我拦下了舰长，你却眼睁睁地看着韩雪走进了时间的牢笼。"

心瞳双肩微耸，不紧不慢地还击道："非常精彩的分析。好吧，我承认这些都是我干的。但你能够确定我没有同伙吗？直到不久前，电梯还处于封闭状态。从警卫身上卸走核反应炉可不是什么简单的工作，我不可能在短时间内完成。"

"随机的一分钟。"罗星当即说出了答案，"事故发生后，大家的行动相对统一；利用健身房的时空结构，你很容易便能够找到蓄水区空无一人的时间段。也正是因此，总是独自行动的兰兰成了你的眼中钉，因为你的行动很可能会暴露。"

心瞳默不作声。少顷，她仰起头，叹息道："并不容易呢，我总共进行了三百八十七次跳跃。'随机的一分钟'太没有效率了，我利用了射击训练房内'随机的一秒钟'。"

"在不断尝试期间，你碰巧遇到了落单的舰长。机不可失，你立即从射击训练房内开枪，夺去了舰长的性命。随机的时空结构简直是天然的现场脱离装置,由于时间的错位,没有人能够想到杀死舰长的凶手是来自未来的你。"

"这次的答案有些出入呢,罗星哥哥。"心瞳笑道,"我杀死舰长是在更早的时候。我们一行人取出了脉冲激光枪,我走在队伍末端,目睹了众人消失在我面前。我用白狐徽章做了测试,丢入健身房的徽章果不其然地消失了。下一秒钟,形单影只的舰长却出现在视线中,于是我毫不犹豫地下了杀手。"

"你还真是时刻都不忘记自己的使命呢!"罗星嘲讽道。

"如果深渊号在途中遭遇事故,立即炸毁太空船,最坏的情况下也要杀掉太空船上全部乘员。这就是我接到的命令。"心瞳一板一眼地说道,"我是个军人,罗星哥哥。在个人的人格之前,我首先是个军人。你也许不能理解,但这是我的选择。"

"不可以停手吗?"罗星进行着最后的努力,"我找到了逃脱深渊号的方法,只要活下去,我们都还有未来……"

"背弃了军人的使命,我毫无未来可言。"心瞳斩钉截铁地回应。她的嘴角露出一丝冷笑,"我们每个人都在为自己的使命而活。你的使命在于找出真相,为此可以不惜一切代价。你一定猜到了我会对韩雪和夫人下手,为了吸引我上钩,你宁可眼睁睁地看着心上人送命。"

罗星的面部肌肉不自觉地痉挛,他竭尽全力按捺住自己即将崩溃的情绪,继续说道:"如果你从女更衣室进入,为了防止韩雪和夫人造成阻碍,一定会在更衣室内将她们射杀。可如果我改变了'永远的一分钟'的历史,哪怕只有一点点,敏锐的你也会有所发觉,继而改变计划。这样一来,我就失去了阻止你的机会。韩雪和夫人死在了你的枪下,但只要时空还在轮回,我就有机会将她们救下。"

"专业的战士不会进行无效的杀戮。"第三名心瞳走出更衣室,冰冷的语言宛若一柄利剑,"韩雪和夫人是在进入更衣室之初被射杀的,不到一秒的时间内,你不可能对历史做出决定性更改。"

支撑意志的最后一根弦,断掉了。残酷的事实将罗星丢入了无底的深渊。他感到全身的力量在一瞬间被抽得一干二净,双臂无力地垂下,目光呆滞地凝视地面。

"从个人的角度出发,我很抱歉杀死了韩雪和夫人。"心瞳目光坚定地直视着失魂落魄的罗星,"和你们在一起的时光很快乐。但在凯特的命令面前,我个人的情感并算不上什么。"

此时此刻,罗星的愤怒已经凌驾于理性之上。心瞳话音未落,他便咆哮着冲了过来,对着她的面门挥出一拳。女战士不躲不闪,男人的老拳重重地打在脸上。

"我并不会奢望被谁原谅。如果这样能够些许平复你的愤怒,我乐意效劳。" 心瞳坚定的神情中没有一丝动摇,"但是很抱歉,我没有时间了。"

下一瞬间,闪电般的一记直拳深深地打入罗星腹部。他捂着剧痛的肚子跪倒在地,一旁的心瞳们将三个反应炉放置在平台上,取出工具开始作业。

"我不会原谅你的!"罗星凭借着难以置信的意志力站了起来,再次猛兽一般地向心瞳扑去。心瞳轻轻叹气,她从容地侧身,闪过攻击后对着罗星的下盘扫出一脚。霸道的劲力踢得罗星一个趔趄,重重地摔在地上,额头上淌下血迹。

罗星大口喘着粗气,他似乎已经没有力气站起来了。第四名心瞳走出了更衣室,加入了核弹作业小组。不消片刻,她们便完成了对第一台核反应炉外壁的切割。看到罗星已失去了反抗的意识,心瞳1号转身离去;可还没等她迈出脚步,便听到了罗星歇斯底里的咆哮:

"我一定会阻止你的!"

伤痕累累的男人挣扎着站了起来,颤颤巍巍地举起脉冲激光枪。他的手指颤抖着扣下扳机,沉闷的枪声响了起来,可射击线路上的心瞳早已消失在视线中。她俯下身子冲到罗星面前,扳住他的手腕,用擒拿技卸下了兵器;下一瞬间,势大力沉的一记手刀砍在了罗星的后颈上,他的意识渐渐模糊起来。

身后传来作业小组的议论声。心瞳1号立即回过头去，原来罗星的射击命中了一枚核反应炉的外壁，所幸没有造成损伤。她恍然大悟，罗星的目标从一开始就不是寻仇。他躺在地上是为了等待时机，当反应炉的外壁切割完成后，他便开枪试图引爆内部的烈性炸药。虽然无法引发核爆，但剧烈的爆炸会摧毁反应炉的外壁，导致伽马射线泄漏，从而阻碍核弹的组装作业。

心瞳低头看着罗星，他的嘴角泛出白沫，意识已模糊不清。心瞳俯下身子，脸上露出了久违的微笑。"罗星哥哥，你干得很不错，不愧是我看上的男人。作为奖励，我会告诉你两件事情。"她拍了拍罗星的脸颊，取出三块电路板，丢在初恋对象的面前，"我研究过太空船的设计图，在缺少电路板的情况下，修好电梯几乎是不可能的，唯一的启动方法便是输入秘密指令。电路板一直在我的手中，可不知为何，还是有人修好了电梯。所以，犯人一定不只有我一个。"

罗星颤抖着伸出小臂，将电路板紧紧握在手中。心瞳凑到他的耳旁，朱唇微启："第二件事情……"

罗星惊讶得双目圆睁，但是很快，他的意识便陷入了漆黑的深渊。

◇

罗星走进了男更衣室。他迈开双腿飞奔着，必须尽快赶到温泉区，才能阻止心瞳的屠杀。十秒钟后，通往温泉区域的木门出现在眼前。一扇门向外敞开着，地面上放着一件夹克，与他身上的那件一模一样。他瞬间明白发生了什么，停下脚步，失望地自言自语道：

"原来我早就出去了啊……"

进入"永远的一分钟"前，他为自己制订了计划：第一次离开男更衣室时，会将夹克放在门外。时空轮回后，自己的记忆会被重置；但"永远的一分钟"之外的时空会被改变，只要将这个信息传达出去，就能够将另外的自己留在男更衣室中。

到目前为止，总共经历了多少轮回？罗星无奈地摇头。他清楚，就连他此刻头脑中的想法，都会随着时空的轮回被无数次重复。

就在这时，"永远的一分钟"的历史被再次改写。心瞳推门走了进来，背上背着另一个罗星。看到男更衣室内的罗星，她立即开口道："我没有让这个你受到核辐射。现在怎么办？"

罗星沉默片刻，问："我失败了吗？"

心瞳点头。

"将拥有记忆的我带出这里，拜托了。"他立即做出决断。心瞳一言不发地从他的身边走过，罗星低下头，握住脉冲激光枪的右手颤抖着。

◇

罗星醒来时，发现自己睡在了更衣室外的长椅上。他匆忙活动身体，并没有发现异样。心瞳最终还是手下留情了，不但没有痛下杀手，甚至连核辐射都没有让自己遭受。

心瞳……核弹……

回想起温泉区发生的一切，他立刻窜了起来，跌跌撞撞地冲到男更衣室门前。打开男更衣室的门，视野中出现另一个自己匆匆远去的背影。不久后，他听到了自己与心瞳对话的声音。对话十分简短，双方对一切心知肚明。又过了十秒钟，心瞳背着另一个自己出现在视线中。他立即藏到一旁，以免自己的出现改变历史。几乎在同一瞬间，两次枪声响起，继而传来了肉体倒地的声音。他连忙探出头去，看到心瞳和另一个自己倒在了血泊中。

又是一次枪响，留在淋浴区的罗星开枪自尽了。尽管留在更衣室内也可算作一种自杀的方式，但那样做会给未来带来新的变数。将逻辑简化到极限，剔除所有不确定因素，这是罗星一直以来的办事风格。那些逝去的罗星，全部将希望寄托在了这个活下去的自己身上。

还没有结束，他还拥有"逆时区"和月影。罗星一面如此宽慰自己，一面压榨着最后的脑力。迄今为止，他已经过四次轮回，依然没有在正确的方向上前进一步。每次他试图改变历史，都会有神秘的力量出手阻止。

他跟跟跄跄地走出了浴室,眼前的景象令他大吃一惊——

通往小型飞行器停靠区的隔离门,开启了。硕大的镜面将通道遮挡在身后,狭长的走廊陷入了同样的"逆时间"之中,藏在门后的防御装置早已灰飞烟灭。

借助月影的超能力,"逆时区"已无法阻挡他们前进的脚步。尽管能否乘坐飞行器逃离还是未知数,但最后的希望已触手可及。

不经意间,罗星将右手伸入衣兜,指尖传来冰凉的触感。他匆忙翻看衣兜,一直被精心保护的"那个物品"果然还在。他再次确认眼前的事实,那扇令众人束手无策的隔离门,已经毫无疑问地被打开了。开启屏蔽门的关键一直掌握在他的手中,是什么人、利用怎样的手段做到了这件事呢?

一个想法在罗星的脑中逐渐成形。他飞快地跑回浴室,在更衣室前的走廊内拼命地翻找着。如果他的理论正确,就一定能够找到——

在自动贩卖机的角落,三块黄褐色的电路板安静地躺在那里。罗星回想起自己在失去意识前的最后一刻,紧紧抓住了它们。

原来如此。

那一刻,失魂落魄的罗星露出了久违的笑容。

餐厅的"标准时间"已接近傍晚七点,他昏迷了超过一小时的时间。在返回房间之前,他看向了女更衣室的方向。女更衣室的大门紧闭着,门前手机的海洋已不会继续增加,在最新的历史中,韩雪和夫人已溘然长逝。他闭上眼睛,咬紧牙关将大门打开一道缝隙——

枪声、枪声、不住的枪声。心瞳军团通过这道门走出了更衣室,并利用自杀阻止了更多的自己产生。他条件反射般地关紧了大门。即便心瞳告诉了他那件事情,他也没有勇气亲眼确认。

回到房间时,月影已进入甜美的梦乡。罗星离开了两个小时,在房间四倍的时间流速下,她一定美美地睡了一觉。看着月影的睡脸,深深的自责折磨着罗星的内心。

每一次通过"逆时区",都是在压榨月影的超能力。学术界关于超能力对身体的损害尚无定论,但从月影的表现来看,过度使用超能力会对身体造成沉重的负担。也许有一天,月影将无法再次使用念动力,严重的情况下甚至无法正常生活。

即便如此,他也不得不再一次将女孩推上危机四伏的舞台。他必须这样做,否则一切都不会成立。

罗星伸出手指,轻轻地触摸月影的鼻尖。月影一下子张开双眼,惊慌失措地看着罗星:"罗星哥哥?我……我睡了多久?"

罗星坐到床边,按了按少女的头。

"月影,如果我们能够顺利逃脱,你想去做什么?"他微笑着问道。

"我吗?其实……我只想过普通的生活啦!"月影没想到罗星会问这种问题,难为情地挠着脸颊,"没有训练、没有检查、没有危险;我只希望能够像普通的女孩子一样生活,就已经很幸福了……罗星哥哥,你是不是觉得很可笑?"

"我会照顾你的。"罗星一丝不苟地说道,"无论你想要做什么,我都会照顾你,直到你实现梦想。"

月影呆呆地定在了原地。待大脑恢复冷静,她一把扯过被子遮住脸颊,偷偷地看着罗星:"罗星哥哥,你这样说我会误会哦!我会认为你在向我告白,那一瞬间甚至想到了韩雪姐姐生气的脸呢!"

"韩雪她……"罗星脸上闪过一丝阴霾,但他立刻将负面情绪抛之脑后。"没什么。我已经答应了你,就一定会做到。"他伸出右手的小指,"我们一言为定。"

月影犹豫许久,最终颤抖着伸出小指。

"一言为定……"

◇

十五分钟后,两人回到了2号门前。

"我们从这里进去吗?"月影跃跃欲试地问道。充分休息后,她的超能力再次恢复。

"我想确认一些事情，咱们从3号门进入。"罗星面色凝重地说。

寂静的黑暗笼罩着3号门一带，鼓风机早已停止工作，空气中弥漫着腐败的味道。高大的树木表面的碳化层愈加深厚，地面上铺着一层细碎的黑色粉末。罗星将手机当作光源，凭着记忆徘徊找寻。不久后，他在黑色森林的角落里发现了那具尸骸。

罗星命令月影在不远处等待，自己小心翼翼地拂去骸骨表面的无定形碳，仔细检查着每一处细节。除去腿部奇妙的断裂外，骸骨周身只有肩胛骨有一处细小的伤痕。尸体保持着护住腹部的姿势，死因似乎是腹部受伤。他的大脑中浮现出当时的场景：骸骨的主人X与某人发生争执，肩膀处受了伤。造成如此细小的伤痕，兵器应当是众人手中的脉冲激光枪。之后X遭受了致命的一击——例如被狄安娜的剑刺穿腹部，或者被因特林的机械铳贯穿。之后他捂着受伤的腹部来到树下，直至生命耗尽。

自从第一眼见到尸体开始，罗星就觉得有哪里不对。本应在骸骨身上发现的某物，此时却不见了踪影。这种不协调感的来源究竟是什么？罗星的大脑飞速地运转着，猛然间，他的眼前浮现出韩雪的身影：韩雪一面嗅着茉莉花香，一面自言自语地说，希望树丛中能够看到松鼠。

原来如此，关键点居然在这里。

在地球上腐败的尸骸，最终只会留下一具骨骼；但在深渊号上，情况却不尽相同。为了防止传染病的发生，太空船上的空气、水、乃至土壤都进行了无菌处理，除去生物体内的共生细菌外，太空船上并不存在微生物。换言之，整艘太空船，就是一个巨大的无菌罩。在这样的环境下，人类死后身体会在共生细菌作用下逐渐分解、最终化作一具骸骨；但体内的菌群并没有能力分解含有聚合物纤维的衣物。由于3号门附近一亿倍的时间流速，大家都认为人死后会自然而然地变成骸骨，这不过是惯性思维在作祟。

如此的推理得出一个结论——X被杀死后，衣物被凶手取走了。

这样一来，他护住腹部的姿势就失去意义，因为除去衣物的过程必然会破坏姿势。换言之，X靠在树干上护住腹部的造型，不过是凶手掩人耳目的手段而已。

除去衣物有两个作用，一是掩饰X的身份，二是凶手利用衣物伪装自己。但深渊号的成员们体型相去甚远，仅靠衣物不可能完成伪装。

推理虽然前进了一步，但距离真相仍有一步之遥。

打开3号门后，月影看到了奇异的景象：深深的溪水几乎被蒸发殆尽，干涸的石壁布满烧灼的痕迹；地面上铺满了细碎的圆形石块，每颗石子都泛着微弱的白光，宛若匍匐在地面的萤火虫。

"核爆的高温蒸发了溪水，将石块和蓄水罐溶化；金属和氧化物待温度降低后再次凝固，在表面张力的作用下形成了圆形的石子。承受核爆之后，石块会受激辐射出伽马射线，在十的九次方倍时间流速下，由于多普勒效应成了可见光。我们看到的石块是影像传输，白光则是伽马射线在多普勒效应后的成像。蓄水区与外界温度交换的手段仅为鼓风机，因此降温缓慢；蒸发的水分并未化作雨水降下，证明蓄水区内的温度在水的沸点之上。地面和墙面处于时间静止的因果不连续状态，不会受核爆影响。"罗星说出了冗长的解释。月影似懂非懂地点点头，她的注意力已被7号门处的镜面空间所吸引。看着自己在镜面中的倒影，恼人的思绪再次袭击了罗星的大脑。

"你的使命在于找出真相，为此可以不惜一切代价。"心瞳的话语回响在耳畔。

他从未以一名侦探自封，更不认为一定要追根究底地去探求真相。他的想法非常单纯，那就是拯救大家，哪怕多救一个。放任心瞳去杀死"永远的一分钟"中的韩雪，是以牺牲韩雪的生命为代价，换取更多人存活的可能性。他不清楚这样的选择是否正确，只是在做出选择的那一瞬间，他觉得自己不得不这样做。

如果换作韩雪，她会怎样想呢？

在四次轮回中，他一直想要改变历史；但现在的他已经明白，利用"逆时间"是无法改变历史的。依照现有的科学理论，如果一个人回溯时间改变了过去，整个宇宙就会进入平行时空；而深渊号整体却处于十分特殊的时间状态，它不允许平行时空的存在，既定事实是无法改变的。

既然如此，唯一的解决途径就是去实现它。

在上一次循环的末尾，当他跳入"逆时间"的刹那，心瞳说出了这样一句话："罗星哥哥？你为何会在这里？"

心瞳惊讶于出现在蓄水区的他，证明她在别的地方，见到过另一个罗星。因此，回溯时间后的他必然会在温泉区与心瞳邂逅，否则心瞳遇到过他的历史就不会成立。心瞳将昏迷不醒的他放在了浴室外的走廊里，当下到蓄水区时，却发现另一个罗星生龙活虎地出现在面前，自然会大吃一惊。

那么迄今为止经历的历史，只要将它们实现就好了。

月影做出了念动力的保护膜，隔绝了蓄水区中的高温与辐射。两人再次进入"逆时区"，罗星衷心地祈愿这是最后一次。

进入"逆时区"的时刻是傍晚七点二十分。月影扩大了保护膜的范围，罗星可以更加轻松地看到手机上的时间。当计时器显示一小时二十三分钟时，两人从8号门悄悄潜了出去。

穿过4号门，两人来到植物区，潜藏在高高的树冠上。不消片刻，另一队自己便气喘吁吁地冲出了4号门。

"抱歉，如果我的超能力还在，就能够阻止他们了。"视野中的另一个月影情绪低落地说道。

"就是现在！"罗星一声令下，月影当即发动超能力，牢牢地抓住了地面上的另一队自己。过去的月影超能力尚未恢复，他们几乎没有任何抵抗地被丢入了8号门。在穿越8号门的瞬间，过去的月影找回了超能力，但与此同时也失去了意识。

"我一直很奇怪，失去的超能力为何会突然恢复呢？"罗星看着跌入"逆时区"的自己，问道。

"我想……这并不是我的超能力吧！"月影的语气有些失落。罗星回过头来追问缘由,女孩只是淡淡一笑:"没什么,忘了它吧!"

二人紧跟着过去的自己进入了"逆时区"。在控制区内,月影将防护罩扩展到最大,罗星迅速地找到了过去的自己的位置。不久后,过去的罗星醒了过来,月影依照计划做出了一条通路,令罗星能够指导过去的自己。

"慢慢向前移动,大约二十步。"

说出这句话的同时,罗星无奈地笑了。当时觉得这个声音熟悉又陌生,原来是通过空气传播的另一个自己的声音啊!

指导过去的自己走出"逆时区"后,两人小心翼翼地藏在角落里。控制区内同时存在着三队罗星与月影,他们在主观时间的过去并没有与自己相遇,因此必须小心行事以免改变历史。但从另一个角度来想,既然过去没有遇到未来的自己,就证明无论怎样做也不会相遇。无法更改历史的时空还真是有趣。

二人走出"逆时区"时,是"餐厅标准时间"的下午四点半。他们快速地通过2号门,向着电梯的方向跑去。另一队自己通过植物区是在不远后的未来,不必担心相遇。来到1号门处不一会儿,罗星便听到了电梯下降的声音,最初的他们正乘坐着电梯前往地下。

念动力仿佛强悍的工程作业机器一般,轻而易举地将电梯门掰了开来。两人顺着电梯井回到了一层。看到走廊内空无一人,他们以最快的速度冲到芮汐兆的房门前,按响了门铃。老芮刚刚将房门打开一道缝,罗星就不由分说地挤了进去;他捂住好友的嘴,将他逼到了墙角:

"先不要发问,仔细听我说,好吗?"罗星目露凶光。芮汐兆点点头,罗星继续说道:"也许你很难相信,现在站在你面前的我和月影来自未来。你必须帮我一个忙,现在就去把电梯修好,用你手中的电路板。"

老芮挣扎着摆脱了罗星的束缚,抱怨道:"你要我怎么修电梯?那个士兵姑娘十分专业,拆掉的电路板都是关键部件。"

罗星将五块电路板扑克牌一般地展开,递到了芮汐兆手中。上次轮回中心瞳丢下了三块,加上他自己的和兰兰交给他的,正好凑齐了修好电梯的全部零件。老芮皱着眉头接过电路板,摆在眼前看了又看:"你是怎么搞来的?我可不认为他们会放心地交给你。"

"回头一定向你解释,你赶快去把电梯修好!"罗星焦急地跺着脚,如果电梯没有及时修好,利用"随机一分钟"跳跃的兰兰就无法利用电梯来到一层,上次循环中的历史就不会成立。他将芮汐兆推到门前,以极快的语速命令道:"修好后去活动区的门前,地板的右下角有一个用蓝色记号笔画的标记,将它擦掉。"

教授臭着脸走出房间,不到二十分钟便返了回来。房间中的时间流速为正常时速的二分之一,教授修好电梯只用了不到五分钟的时间,为了节省时间还一路小跑。

"搞定了,你又欠了我一个人情。"芮汐兆的脸上写满了不愉快。

"这么点事情,至于吗?"

"我的第一次壁咚送给了男人,你说至不至于?"老芮揪住罗星的脖领,恶狠狠地说道。突然间,他拍拍脑袋,说道:"忘了告诉你,我刚刚走到居住区,就看到兰兰从活动区跑了出来。想到你并没有说要叫住她,我便没有作声。"

终于成功了。听到芮汐兆的报告,罗星开心地傻笑起来,直到老友捶了他的肚子。月影坐在床边看着两个老男人的互动,无聊地摆动着双腿,打了一个呵欠。

"接下来我该怎么做?"老芮问道。

"去和狄安娜或医生接触,告诉他们你修好了电梯,将他们引到蓄水区。但你不要进去,躲在3号门外等我。到时我们一起逃亡。"

"又是麻烦的事情……不过算了。"老芮将双臂抱在胸前,不满地叹了口气。"但你说逃亡?你找到方法了吗?"

罗星自衣兜内取出一把十字形的钥匙,在好友的面前摆了摆。

"这就是舰长留下的死亡信息。十字叉并不是字母,更没有指代任何人的名字;它代表了通往小型飞行器停靠区的隔离门上十字形的锁孔,舰长在生命的最后时刻告诉我们,利用他衣兜里的钥匙逃亡。"

芮汐兆用食指抵住下颚,若有所思:"这个老家伙,明明有着撒手锏却不肯拿出来。看来他压根就不信任大家,包括达斯特在内。"

罗星点头道:"最初心瞳提议拿枪时,他总是推三阻四。虽然心瞳是为了自己,但舰长对大家的防备心很强,他害怕乘客们失去控制。这次事故他一定对达斯特有怀疑,才一直没把钥匙的事情告诉他。"

几分钟后,芮汐兆按照罗星的计划踏上征程。他找到了狄安娜和白剑,告诉他们自己已经修好了电梯。被问到如何搞定时,他只是雾里藏花地说了一句:"学术机密。"之后他告诉二人心瞳潜藏在一层,如果能够捉住罗星并威胁他,就能将心瞳逼出来。

"我们如何信任你?"白剑阴沉着脸问道。

"如果欺骗你们而遭到报复,对我而言没有任何好处。即便从战斗力的强弱考虑,我也会选择站在你们一边。"老芮若无其事地说道,"心瞳她太危险了,如果不能加以控制,恐怕会导致难以挽回的后果。"

白剑沉思片刻,缓慢地点点头。老芮拍了拍他的肩膀,看着身边的狄安娜,一板一眼地说:"和心瞳对峙时,有一句话可以令她产生动摇。"

"什么话?"女剑士眉头微蹙。

"我就是凯特。"

在一瞬间,狄安娜露出惊讶的表情,但她很快便平静了下来:"我知道了,多谢。"

◇

罗星和月影经历了五次轮回,一切终于走上正轨,所有的因果即将构成一个环。他们的任务还有两件:将第二次轮回的自己拖入5号门,再带上大家一起逃亡。

时间是下午五点十分,芮汐兆成功地说服了狄安娜与白剑,三人正在房间中谋划下一步的行动。心瞳取走了因特林的核反应炉,此时已经进入了浴室，与第四次轮回的罗星对峙。趁着这个间隙，罗星与月影踏上了返回蓄水区的道路。

然而就在这时，罗星却遭遇了登上深渊号以来最为诡异的事件。那一刻，两人刚刚走过居住区的T形转角，来到餐厅和活动区的门前。可在下一瞬间，他们却发现自己身处电梯之中。

"咦？我们刚刚经过餐厅不是吗？"罗星大吃一惊。

"是……是啊！发生了什么？"月影看着下行的指示灯，神情僵硬。罗星取出手机看看时间，钟表上显示了五点十五分，距离二人上次的记忆跳跃了五分钟。他不由得惊出一身冷汗，如果这一次出现纰漏，一切都将前功尽弃。

幸运的是，这次事件不过是一个小插曲而已。二人顺利地回到了蓄水区，潜伏在输水管路的丛林中。罗星能够准确地回忆起前几次轮回的画面，他精心挑选了所有人视线的死角作为潜伏地点。时间一分一秒流逝着，罗星令月影在一旁休息，自己睁大眼睛注视着事态的发展。

几分钟后，一名心瞳进入了蓄水区。她在假山的间隙中埋伏了起来，即便在半空俯看，也很难发现她的藏身之处。罗星看看时间，这位心瞳应当是将第四次轮回的他送出更衣室之后，直接来到了蓄水区。又过了一段时间，第三次轮回中的他们在半空飞过。他们并没有发现潜伏的心瞳，但与此同时，由于月影的飞行十分隐蔽，地面的心瞳也没能注意到他们。

时间接近下午五点五十五分。第一次轮回中的罗星和心瞳来到了5号门附近，被从4号门进入的狄安娜和白剑撞了个正着。心瞳出手相助，双方陷入对峙。几乎在第一次轮回中的他们冲出4号门的同时，第二次轮回的月影动手了。

第二次轮回的月影将全部力量用在了攻击上，月影没有费什么力气便将过去的自己丢入了5号门。

"成功了，我们快逃！"

罗星一声令下，月影火力全开，带着罗星、白剑、狄安娜和心瞳（与狄安娜对峙的心瞳）四人以最快的速度向3号门的方向飞去。一分钟前，第一次轮回的罗星和月影刚刚离开蓄水区，因此不必担心相遇。

距离核爆只剩下不到三十秒的时间。为了避免和第三次轮回的自己相遇，罗星选择了绕行4号门的路线。红色的光芒包围了众人，宛若一颗嫣红的流星，风驰电掣般地划过了蓄水区的天空。3号门已近在眼前，罗星瞥见走廊的尽头闪烁出终末之光。

众人仿佛被卷入暴风的纸片一般，在巨大的惯性力的作用下冲出了屏蔽门。核爆好似一场盛大的舞会，高温与冲击波恣意狂舞着，红移后的伽马射线将漆黑的植物区映得宛若白昼。恒星般的光辉照亮了角落里的骸骨，尸体空洞的眼眶中仿佛露出了喜悦。

罗星重重地撞在一棵树上，肩膀一阵酸痛。芮汐兆早已算好时间等在这里，他匆忙将好友扶起，帮着他检查伤势。但罗星根本无暇顾及自己，他匆忙向四处寻找，最终在一棵树下发现了月影。女孩平安无事地着陆，但由于用力过度，此刻的她看起来十分疲惫。

狄安娜撞在一块石头上，绿色的长裙沾满了细碎的碳粉。她拄着长剑站了起来，一面掸去身上的尘土，一面揉捏着脚踝。白剑单膝跪地，手掌中握着一只白皙的小臂，望着蓄水区内绚丽的焰火发呆。

"心瞳她……选择了留在核爆现场。"白剑喃喃细语，"我没有救出她。"

拖着疲惫的肉体与精神，一行人步履蹒跚地踏上了最终的征程。狄安娜的脚踝似乎受了伤，脚步丝毫不见平日的矫捷。月影虚弱地靠在罗星肩上，额头滚烫。

"我没关系的，罗星哥哥，我一定可以带大家逃出'逆时区'……"月影微笑着宽慰道。罗星俯下身子，将月影背在背上；少女的身体轻飘飘的，她在痛苦之际仍然用超能力减轻了罗星的负担。

舰长遗留的钥匙严丝合缝地插入了十字形锁孔中。马达低沉地转动着，一片光洁的镜面展现在众人面前。狄安娜露出惊讶的神情，她伸出手指试图触摸,被芮汐兆牢牢地抓住了手腕。

"这扇镜面之后,是时光倒流的区域。"罗星解释道,"'逆时区'有着与正常世界不尽相同的物理定律,如果贸然进入,非但身体会由于熵减小原理分解,构成身体的基本粒子还会悉数变作反物质。"

"既然如此,我们如何逃亡?"白剑阴沉着脸问道。

"月影的超能力可以保护我们顺利通过。"罗星看了看趴在肩上的女孩,月影均匀的吐息轻抚着他的皮肤。"但我并不清楚通道后方的情况,更不知道是否能够逃脱。我所做的一切,不过是一次豪赌。"

众人陷入了沉默。少顷,老芮带头说道:"反正待在这里也是等死,我宁肯赌一把。"

"我同意。"白剑的声音沉稳而有力。罗星看向了一旁的狄安娜,金发美女以微小的幅度轻轻点头。

罗星将月影轻轻放下,扶着少女的双肩说道:"月影妹妹,下面就拜托你了。"

超能力少女微微颔首,她张开双臂,周身发散出淡粉色的光辉。月影渐渐地浮上半空,她发出的光芒愈加耀眼,宛若恒星般照耀着狭长的走廊。少顷,众人的身上被包上了一层淡粉色的薄膜。

下一瞬间,月影自空中跌落。罗星连忙将她拦腰抱住,环视着众人说道:"月影为我们用尽了最后的力量。在'逆时区'里面我们无法看到彼此,但面前的路只有一条,我们只需前进。"

四人对视片刻,不约而同地点头。他们迈开脚步,毅然决然地踏向镜面空间。

临走前,罗星留恋地看向了浴室的方向。

"再见了,韩雪……"

他以只有自己能够听到的音量呢喃着,一滴泪水划过脸颊。

◇

"逆时区"拥有与正常时空相反的宇称,踏入镜面,前方却是与刚刚背对的方向。多亏了四周近乎虚无的黑暗空间,宇称反向带来的不协调感被削弱到最低。没有视觉和听觉，在"逆时区"内时空交界面都因为扩散波的消失而无法被视觉捕捉。罗星将月影紧紧抱在怀中，一面感受着少女急促的呼吸，一面凭借着触觉快步前进。记忆中的走廊是一条笔直的道路，只要一路前进，就一定能够走到小型飞行器的停靠区。

渐渐地，罗星的双腿开始麻木，对时间的感知都变得模糊起来。听不到呼吸的声音。感觉不到自己的心跳。我还活着吗？罗星无数次地质问自己，又一次次地凭借意志力战胜了恐惧。他的双手将月影抱得更紧了，多亏怀中的少女，他才能够感知到自己的存在。

什么都不要想，只需向前。

终于在某一刻，遥远的光明再次来到眼前。四周骤然间明亮起来，宽敞的空间内闪烁着红色的灯光，视野中停泊着四架小型飞行器。飞行器采用了旧时战斗机的造型，狭窄的驾驶舱位于前段，通过透明的舱门与外界隔离。脚下轻飘飘的，人工重力似乎已失去功用。

"你终于来了！"头顶上传来了芮汐兆的声音。抬头看去，老芮正站在高处的操作平台上，熟练地操作着一台样式老旧的机器。机器的型号与深渊号上先进的设备格格不入，没想到如此先进的太空船也有节省成本的地方。

"白剑和狄安娜呢？"罗星大声问道。老芮告诉他，狄安娜已等在了飞行器中，白剑仍不见踪影。就在这时，四周传来剧烈的震动，数块金属板自墙壁脱落。罗星慌张地四下环顾，芮汐兆在头顶上大声呵斥："没看到闪烁的红色警示灯吗？这里快爆炸了！你如果晚出来一分钟就铁定玩儿完了！"

"白剑怎么办？"罗星焦急地看向出口的方向，太空船的震动愈加猛烈，但通道处的镜面空间却稳定得宛若时间静止了一般。

"管不了那么多了！你也赶快！"老芮自平台上一跃而起，跳向了狄安娜乘坐的飞行器。罗星匆忙带着月影向着另一架飞行器的方向一跃而起，他有着熟练的太空行走技巧，很容易就能到达目的地。

小型飞行器的驾驶舱刚好能够乘坐两个人，罗星将月影放在副驾驶的位置，为她系上安全带。远处的安全阀已开启了一道缝隙，气流向着真空的宇宙奔涌而出。他回头看向芮汐兆的方向，却发现老芮还未进入驾驶舱，飞行器的舱门便缓缓地关闭起来。老芮吃了闭门羹，鼻梁狠狠地撞在舱门上。狄安娜并不懂飞行器的操作，一定是她无意间触碰了舱门的开关。

该死！

千钧一发之际，芮汐兆在空中熟练地转动身体，将双腿蹬在飞行器的外壳上，向着另一架飞行器的方向弹跳而去。安全阀缓缓开启着，在强劲的气流将教授卷走之前，他有惊无险钻进另一架飞行器的驾驶舱。

罗星拭去额头的冷汗，按下了关闭舱门的按钮。

等等！

罗星猛然间发觉，自己似乎忘记了什么重要的事情。舱门已下降到一半。他用力地捶着太阳穴，凭借意志力与大脑进行着殊死较量。黑色。记忆中浮现出了不协调的黑色浓雾。舱门已完全关闭。罗星依然没有放弃，他放任回忆跌入漆黑的深渊，在暗无天日的海底肆意游荡着。

安全阀开启到一半的位置，急促的气流化作暴风，飞行器的双翼发出嗒嗒的声响。罗星的眼中只剩下了黑色。不知名的力量禁锢着他的大脑，将回忆绑上了层层枷锁。他拼命地撕扯着，双手淌满鲜血后就改用牙齿，牙齿脱落后，他就用骨骼和筋肉与枷锁对抗。

那一刹那，他仿佛听到了开关开启的声音。漆黑的浓雾渐渐凝聚，先是化作两个黑色的圆盘，继而勾勒出一丝掠过脖颈的秀发。

他想起来了。

"兰兰和周诚先生在哪里？！"

空荡的停靠区内回响起罗星歇斯底里的绝叫，但下一秒钟，他的声音便被呼啸的风声淹没。安全阀已完全开启，小型飞行器启动了自动脱离的程序。

残酷的事实化作一把尖刀,一刀一刀地将罗星的心凌迟。

飞行器喷射出明亮的等离子体,极速脱离了太空船。罗星茫然地注视着窗外。舍弃了爱恋半生的韩雪,自己为何又偏偏将如此重要的朋友遗忘在了太空船上?他用额头一下一下地撞击着舱门,直至透明的舱门上染满了鲜血。

在他的身后,太空船喷射出五颜六色的火光,宛若死神燃起的焰火。绿色的碎片划过,带着罗星的心沉眠在寂静的深空。

11b

气氛有些沉闷。

罗星被婴儿破坏者带走后，束手无策的兰兰和狄安娜将自己锁在房间里，任凭时间流逝着。几分钟后，兰兰便发现此二人绝对是世界上最不搭调的组合：她憋了一肚子话要说，对方却自始至终顶着一张瓷娃娃脸。

"……我来帮你处理伤口。"

无奈之下，兰兰取出了急救箱，将狄安娜散乱的金发扎成一条马尾，露出头部后方沾满血迹的伤口。虽是皮外伤，但创口只用水简单地冲洗过，处理手段缺乏医学常识。兰兰轻轻叹气，用镊子夹住碘伏棉球，小心翼翼地将血渍清理干净。整个过程中狄安娜一动不动，甚至连眉头都没有皱一皱。

"多谢。我想借浴室用用，可以吗？"刚刚扎好绷带，狄安娜便提出了令人抓狂的要求。

"……可是我刚刚为你包扎好伤口。"

"没关系，我会注意。"狄安娜自洗漱台旁扯过一顶浴帽，"身上有一股血腥味，很不舒服。"

狄安娜进入浴室后，兰兰将她的长裙铺在床上，上下打量着尺寸。长裙上沾满了血迹，需要找出几件替换的衣物。狄安娜的身高在兰兰之上，但如果是裙子和丝袜搭配的话，应当问题不大。兰兰一下子来了兴趣，从衣柜里为狄安娜挑选了一套英伦风的白底红边衬衣和黑红格子短裙，搭配褐色的长袜和皮靴，一副西方贵族大小姐的样子。虽然冷酷的杀手仍在门外游荡，搭配衣物依然令兰兰感到身心舒畅。

当兰兰叠起狄安娜的长裙，准备丢入洗衣机中时，一部手机自衣兜中掉落出来。那是一部近年来流行的复古款式，平板的外观酷似几世纪前的工业设计，但必要的功能一应俱全。在好奇心驱使下，兰兰打开了手机——

没有密码，更没有设置指纹或虹膜解锁。系统上几乎没有安装任何应用，仅保留了通信和网络浏览器的基本功能。既然如此，为何不干脆买一部号称无限待机的功能机呢？兰兰摆弄了一会儿，觉得实在无趣，便打开了网络浏览器。深渊号事故后与外界完全隔绝，自然不会有网络信号；但狄安娜前些天浏览过的网页依然保留在缓存中。

浏览器中弹出了一条量子纠缠态通信设备的广告。兰兰吃了一惊，高质量的量子纠缠态通信是十几年前才实现的技术，小型化和民用化更是近些年的事情，就连不缺钱的兰兰都还没有购买。不喜欢现代设备的狄安娜居然会对这么先进的设备感兴趣？

不一会儿，狄安娜围着浴巾走了出来，白皙的皮肤上蒸腾着热气。她十分配合地穿上了兰兰准备的衣物，兰兰看着被自己打扮起来的洋娃娃，满意地连连点头。蹬上长靴后，狄安娜随手拿起了丢在一角的白大褂。

"那件不是啦！"兰兰匆忙从狄安娜手中夺了过来，"这是罗星丢下的，上面全是血迹，脏死了。"

狄安娜端详着手中血迹斑斑的衣物，依依不舍地丢在一旁。她站起身来，问道："现在怎么办？"

兰兰微微一笑："与其窝在这里等死，我宁肯去拼一拼，说不定还能救出罗星。"

狄安娜抓起长剑，紧紧握在手中：

"正有此意。"

◇

月影还在平复心情，坚强的女孩已经停止了哭泣，只是坐在地上发呆。罗星将自己的夹克用作抹布，对电梯附近的血迹进行一番擦拭。过去的自己并没有识别出这里的血迹，为了维护历史有必要这么做。

不久周诚就会来到这里，必须在此之前离开。罗星正要去扶起月影，没承想月影自己站了起来，她直视着罗星的眼睛，露出坚毅的神情："罗星哥哥，请告诉我这段时间发生了什么，我要为自己做过的事情负责。"

"那并不是你……"罗星想要说些什么，却看到了月影眼神中的坚毅与决绝。他轻轻地叹了口气，将月影第二人格觉醒后发生的事情讲述了一遍。月影静静听着，牙齿咬破了嘴唇。待罗星讲述完毕后，她一字一句地问道："被复制出来的我，还有几人？"

"乐观估计，还有八人。"

"我会将她们全部杀死。"

面前的路有两条：通过电梯返回一层植物区；穿越镜面空间，经由小型飞行器停靠区返回二层。仔细考虑后，罗星决定借助月影的力量穿过逆时区，这样可以查看停靠区的情况，为脱离深渊号做准备。

月影的超能力形成了一层淡紫色的保护膜，隔绝了身体和外面物理定律不尽相同的世界。但即便如此，在一片漆黑的空间中行走还是有着超乎想象的困难，如果不是掌心里传来了月影的温度，罗星甚至会失去自我感知。不知过了多久，视野豁然开朗，两人终于到达了小型飞行器的停靠区。

停靠区的空间十分广阔，近处停靠着三架银灰色的圆盘形飞行器，罗星一眼便认出了它们是曾经乘坐过的摆渡船；远处是一架带有机翼的红色飞行器，想必是周诚的座驾。

罗星走到控制台前，按下电源开关，形象生动的三维全息图像跳了出来。太空船上总共有三条通道通向这里，他和月影位于中间层，最上层的通道想必直接连通了二层。罗星比较在意的是最下方的通道，莫非在负一层的下方，还隐藏着其他区域？不过在现有条件下已经不可能去探索了。

罗星调出了停靠区的状态菜单，谢天谢地，通往太空的闸门依然完好。只要打开这道闸门，就能够离开深渊号！

接下来的任务，就是救出兰兰、狄安娜和周诚，带着大家一起离开。

"我们走吧！"罗星说罢便拉起月影，向着最上层的通道走去。

最上层的通道中并没有逆时区的阻隔，步行一段时间后，两人来到一扇厚重的屏蔽门前，门的对面就是二层的浴室区域。罗星取出老芮留下的钥匙，很快便在门上找到了十字形锁孔。插入钥匙后用力转动，屏蔽门缓缓打开，防御装置也没有被触发。

罗星示意月影稍等，自己探出头去查看。不一会儿，活动区的大门打了开来，一名婴儿破坏者自门的另一侧飞了出来。这名月影的左眼挂着伤痕，右手紧握着一支中性笔。罗星恍然大悟——由于通过了逆时区，他们回溯了时间，回到了一个半小时之前。不久前的他用计谋骗开了婴儿破坏者，刚刚乘坐电梯前往负一层。

"我来杀死她！"月影一副蓄势待发的样子。罗星匆忙制止了她，解释道："唯独她你决不能杀，因为她就是过去的你。如果你杀死了她，她就无法前往负一层见到我和韩雪，你也无法从她的身体中苏醒过来，我们就不会在这里。这样一来就引发了时空悖论。"

月影似懂非懂地点点头。有那么一瞬间，罗星真的希望制止眼前的婴儿破坏者；但多次的事实证明，深渊号内的历史不可改变，这样做非但无法救下韩雪，还会引入新的不确定性。

与此同时，罗星还明白了一件事：前往负一层需要输入烦琐的密码，婴儿破坏者不可能做得到。她能够去到负一层只有一种可能性，那就是此刻的自己为她开辟了道路。只有这样做，历史才会闭环。

罗星深吸一口气，压抑住自己的情绪，对月影说道："听着，我会将那个你引到电梯中。在电梯门关闭时，我会做出手势，你立即用念动力将我从电梯中拉出来。明白?"

月影用力地点点头。罗星三步并作两步地冲到电梯门前,按下了呼叫按钮。他用力摇摆手臂,不一会儿,独眼月影便发现了他,兴高采烈地扑了过来。罗星拍拍女孩的头,带着她一起走进电梯。

"稍等一下,我马上陪你玩儿,好吗?"罗星令婴儿破坏者等在一旁,手指在按钮间飞速地移动着。不消片刻,特殊的提示音响起,电梯发出了轻微的震颤。罗星看着眼前天真的第二人格,从她的手中抽出中性笔,放在女孩的衣兜里。罗星还想要说些什么,但思来想去,最终只是轻轻地抱住了婴儿破坏者。他向着远处做出手势,下一瞬间,一股巨大的力量便将他扯出了电梯,而电梯则带着婴儿破坏者飞速下沉。

"要不要玩得这么千钧一发啊!"月影擦擦额头的汗水,抱怨道。

罗星看着月影肿胀的眼睑,心中五味杂陈。

◇

兰兰和狄安娜二人来到走廊,这里空无一人。她们又来到了餐厅,房间内还弥散着消毒液的味道,泄了气的无菌罩丢在一旁。简单检查过后,两人又摸到浴室门前,几分钟后不见有月影出现,方才如释重负。

至少不会再有婴儿破坏者诞生了。

两人最后来到了活动区。兰兰将一支化妆棉签丢了进去,几十秒后,棉签在视野中消失。她立即拼尽力气冲到了射击训练房的门前,气喘吁吁地注视着房内的景象。

最初房间内空无一人。几秒钟后,夫人的身影一闪而过,她举起激光枪瞄准着远处的人形靶,脸上露出哀伤的神情。下一瞬间,三名月影出现在视野中。她们似乎在追逐着什么目标,不约而同地向着道场的方向飞去。之后是近十秒钟的空白,当兰兰准备放弃返回时,芮汐兆出现在门的另一侧,手中拎着一个沉重的哑铃。

几幅定格画面携带了相当重要的信息,但想要将其串联起来,还缺少必要的线索。时间不多了,当兰兰有惊无险地冲出健身房时,距离下一次时空变换仅剩下了三秒钟。

"接下来怎么办？"狄安娜似乎已将兰兰当作小队的领导者。

"抓住凶手。"兰兰立即答道，"不过在此之前，我要好好想一想。"

狄安娜点点头，默默地等在一旁。兰兰在脑中开始了推理：首先是弗姆舰长遇害的案件。此案件最大的疑点，即奇妙的分尸现象，在理解了蓄水区"时间莫比乌斯带"后，已经有了解释。在蓄水区中，活人被视为质点，死人却被视为"物体"，因此在"结算"时并不会被当作一个整体。如果在前后两个五分钟的时间周期中，弗姆舰长的尸体在水底停留于不同的位置，那么时空结算会自动将尸体撕裂。当舰长的头部被打捞上岸后，空间位置的移动导致了眼球等器官的脱离。大家眼中恐怖电影一般惊悚的情节，不过是特殊时空结构下的自然现象。

剩下的疑点，就只剩下了凶手的作案手段。

舰长是在一层被杀害的，当时前往一层的人员为周诚、罗星、达斯特、芮汐兆、狄安娜和自己。周诚值得绝对的信赖，与他同行的达斯特在职业侦探的眼皮底下很难有所作为；罗星一直在同自己一起行动；唯一有作案机会的是芮汐兆和狄安娜。

接下来的帕丝夫人的死亡。严格来说，没有任何人目睹夫人的"死亡"，因此她只是"消失"了。如果凶手杀死了夫人，尸体被藏在了哪里？

最离奇的死亡当数芮汐兆。他死亡的时候，留在二层的只有他本人和月影、狄安娜。月影陷入昏迷不可能是犯人，狄安娜无论从何种角度看，都对老芮保持着特殊的好感。换言之，没有人能够作案。

推理陷入了僵局，兰兰决定去实地勘察一番。

"我想去芮汐兆的房间里看看，能帮我开门吗？"兰兰看着一言不发的狄安娜问道，后者轻轻点头。

两人来到了老芮的房门前，狄安娜手起刀落砸烂了门锁。房间内十分脏乱，没吃完的零食丢得到处都是，被褥团成了一团，四周还有一股难闻的味道。兰兰强忍着不满四处翻找，终于在脏衣服堆里翻出了老芮的笔记本电脑。

兰兰将写字台上的零食扫到地上，整理出了一个工作的空间。老芮的笔记本电脑采用了老式的液晶屏，但这并不意味着技术落后，因为它将所有的费用都用在了内部的运算单元上。开启电源，兰兰看到了仿佛属于几世纪前的登录界面。老芮的电脑采用了基于底层语言设计的系统，牺牲了一切花哨的功能，却极大地提高了运算效率。兰兰努力回想着，欢迎晚宴前，弗姆舰长曾将所有乘客的基础信息交给了她，没承想在这种场合派上了用场。她依次输入了芮汐兆的生日、身份ID和狄安娜的生日，都被系统拒之门外。

如果密码使用了无意义的字符串，那就前功尽弃了。抱着试一试的态度，兰兰输入了罗星的生日，系统理所当然地将她拒之门外。还有什么可能呢？兰兰思来想去，输入了韩雪的生日，在按下回车键的瞬间，响起了悦耳的提示音，系统终于向她敞开了大门。

人啊，真是种复杂的生物。

兰兰将感慨丢在一边，开始在浩如烟海的数据中寻找线索。她的计算机知识储备还算不错，但在老芮的专业文件面前，就有些捉襟见肘了。一行行的文本闪过兰兰的眼睑，身后狄安娜白皙的面容映在液晶屏上，波澜不惊的表情宛若一尊雕塑。

二十分钟后，兰兰终于找到了想要的东西。那是一个小小的可执行文件，容量不过几十KB，创建时间不超过十二小时。输入几行代码后便可得知，此程序调用网络连接的次数超过了一万次。兰兰的目光移向右下角的时钟，阿拉伯数字显示了电脑内部计时为十八点三十五分，比餐厅标准时间慢了一小时四分钟。

兰兰靠在椅背上，右手扶住额头，轻轻地叹了口气。她一口气解决了两个谜题，"who"的问题已昭然若揭，接下来将是对"how"的分析。

兰兰闭上眼睛，回想着遇害者们的死因。芮汐兆死于次声波的攻击，而次声波来自不同时间流速的多普勒效应，这是目前唯一能够明确的行凶手法。达斯特的骸骨出现在植物区3号门附近，附近出现了一具不知名死者的遗体。心瞳在一层遭受了强烈的辐射，几小时后便虚弱得无法走动，最后更是遭受了莫名其妙的穿墙攻击死亡。

无论如何，有一件事情必须立即确认。

兰兰自皮椅上一跃而起，对身边的狄安娜说："我们去一趟植物区。"

◇

周诚趴在餐厅门前，透过缝隙观察内部的情景。白剑张开了无菌罩，取出针灸和手术刀准备对月影进行手术。周诚的拳头握得咯咯作响，额头上青筋暴起。

将婴儿破坏者送走后不久，罗星和月影便与周诚再次相遇。周诚穿越了"随机的一分钟"来到这个时间点，肩部和双腿泛着血迹。他依靠肉身对抗了婴儿破坏者的念动力，却奇迹般地只受了轻伤。

通过窥视手术过程，大家再一次确认了白剑的嫌疑。手术中白剑只使用了普通的麻醉剂，而这种麻醉剂对超能力神经中枢是无效的，这种做法相当于主动唤醒了月影的第二人格。此时留在餐厅里的只有狄安娜，对现代科技一窍不通的她自然无法发觉。

周诚身体紧绷着，似是在忍耐巨大的愤怒。几分钟后，他回过头来，面无表情地对二人说："我们走吧。找个地方藏起来，看准时机现身收拾局面。"

周诚所说的"收拾局面"，就是协助完成已经发生的历史，让时间形成一个闭环。

三人藏在了月影的房间中。月影的房间整理得一丝不苟，座椅上放着淡粉色的坐垫，蓝底床单上点缀着月亮和星星的图案，墙上贴着时下流行明星的海报。周诚强迫月影躺在床上休息，并安慰她说有情况会第一时间叫她起来。

等待期间，罗星讲述了自己这段时间的见闻和思考，周诚只是默不作声地听着，时不时点头示意。面对老芮的手机，周诚同样没有办法解锁,只是摆弄了几下便放弃了。

"我去外面看看,你照顾好月影。"坐不住的周诚大叔只是休息了片刻,便再次离开了房间。而罗星无论是身体还是精神早已疲劳到极限,于是趴在桌上静静休息。但他并不敢入睡,而是认真听着外面的声音。

几分钟后,走廊内传来一声巨响,继而听到了白剑大声的呼喊。接下来是嘈杂的脚步声,应当是白剑和狄安娜躲进了居住区。又过了几分钟,白剑的呐喊声再次响起,这次的脚步声多了几个,应当是过去的自己和兰兰来到了二层,大家一起躲进了狄安娜的房间。

时间一点一滴地流逝着。不久后,走廊里传来了白剑的惨叫声。月影房间的时间流速是外面的两倍,在多普勒效应的加持下,惨叫声听起来异常尖锐。接下来又是嘈杂的脚步声,幸存的几人躲进了兰兰的房间。

就在这时,周诚推门走了进来,对罗星招手道:"我们走吧。"

罗星爬了起来,拍了拍自己的脸颊,问道:"外面这么热闹,你躲在哪儿了?"

"天花板上。"

罗星摇摇头,战士的世界果然不是他能够理解的。

行动的第一步不是讨伐,而是完成历史。在罗星经历的历史中,居住区走廊内有一名月影,活动区内有四名,那么现在的任务就是将多余的婴儿破坏者引向一层。

月影令自己和罗星飘浮在天花板上方,周诚则担任起诱饵的任务。他先是将走廊内游荡的四名婴儿破坏者汇集在一起,将她们诱骗至活动区后再利用随机时空逃脱;完成任务后他便藏身于电梯附近,每有一名婴儿破坏者飞出浴室,他都会将其吸引到电梯中,并迅速按下下行的按钮。一段时间后,被丢到一层的婴儿破坏者已多达七名。整个过程中月影几乎没有出手相助,周诚的执行力令人叹服。

完成任务后,周诚看了看手表,问道:"一层的敌人由我们来对付,活动区里的四个怎么处理?"

罗星犹豫片刻,将老芮的计划告诉了周诚。

"黑体辐射?"周诚大吃一惊,罗星解释道:"活动区由外向内,健身房是'随机的一分钟',射击训练房是'随机的一秒钟',而最内侧的道场则是最短间隔的随机时间,即'随机的普朗克时间'。老芮的计划,是利用道场的时间结构制造出一个人工太阳。"

周诚陷入了沉思,罗星继续说道:"深渊号上的时空结构千奇百怪,但都遵循着一个共同的原则,即生存的人类被视为质点。我们可以安全地穿越时空不连续的界面,身体也不会因为'时间莫比乌斯带'的结算而解体。这一点即便在道场也不例外,证据就是我和韩雪曾经平安无事地出入那里。

"但对于没有生命的物体,穿越时空不连续界面时会严格遵循物理定律。例如弗姆舰长死后,他的身体会由于时空结构的结算被撕裂,如此一来我们便看到了奇异的'分尸'现象。普朗克时间的长度为十的负四十三次方秒,在此时间内即便光速也只能通过一个普朗克长度的距离。我曾在射击训练房内、面向道场入口的墙壁上发现了奇妙的衍射黑斑;那是因为有人在道场内向外开了枪,而由于'随机的普朗克时间',每次通过界面只能有极少量的光子,于是对应上了光衍射的情形,形成了环形斑。想想看,只有光速能够通过,这意味着什么?

"没有任何物体可以完整地穿越射击训练房与道场之间的时空不连续界面。'随机的普朗克时间'能够令一切物质分解为最基本的单元——不,即便是基本粒子夸克,也无法在一个普朗克时间内穿过界面;为了维持速度的方向,所有的质量会依照质能方程转化为能量,从而达到光速。而这些能量,全部释放到了界面的另一端,即道场中。

"道场由时空不连续界面环绕,是一个完美的黑体,能量正比于温度的四次方。道场的面积约为二百平方米,高约为五米,因此估算体积为一千立方米。通过黑体辐射公式计算便可得知,当丢入道场的物体质量达到四千千克后,房间内的温度会达到惊人的一千五百万摄氏度。此温度已可以比拟太阳核心，道场内的空气原子会在如此高温下核聚变，整个房间将变成炽热的人造恒星。"

周诚皱眉道："四吨的质量？恐怕没那么容易吧。"

"健身房内有足够多的健身器材，凑齐几百千克应当不是什么困难的事情。"罗星解释道，"即便如此，道场内的温度也可以达到几百万摄氏度，作为兵器已足够。"

周诚想了片刻，追问道："对于道场内的观测者而言，他的主观时间是连续的。道场内的温度不可能在瞬间达到极高值，他如何保证黑体辐射能够当作兵器使用？"

"相对于宏观时间而言，普朗克时间是极小的尺度。因此，物质分解释放的能量，可以认为是均匀地分布在了各个时间段中，因此对于道场内的观测者而言，房间内的温度是随着时间线性上升的。如果想要将黑体辐射作为兵器使用，不必等到房间内温度升至最高，只要有几万几十万度的高温，就足以将人杀死。"罗星深吸一口气，继续说道，"我曾因为好奇打开了道场的房门，房门内有巨大的火舌喷出。道场内的物质同样无法穿越时空不连续界面飞出，高温的粒子转化成高能的射线，射击训练房内的气体瞬间被等离子化，才形成了巨大的火舌。当然，这也从侧面证明了深渊号事故后的'全部时间'并没有想象中的那么长，否则连接到高温时间段的概率将无限趋近于零。"

周诚点点头："我明白了。芮汐兆准备将自己当作诱饵，再通过道场的高温将婴儿破坏者消灭。那么他本人呢？能够顺利逃脱？"

"我相信他一定能。"罗星握紧了拳头，"因为他最终会死在我的房间里。"

◇

植物区的深处潮湿而阴暗。事故至今餐厅内的标准时间已经过了十四小时，而对于 3 号门一带的植物而言，则经历了一百五十九万年的漫长时光。兰兰将手机当作探照灯，在微弱的光源下缓步前行。地上铺满了细碎的无定形碳粉末，这里的树木已完全碳化，表层的碳在空气的流动下遍布了空间的每一个角落。空气有些沉闷，多亏了气体与慢时区通过扩散作用的交换，氧气含量才不至于过低。

来到记忆中的位置，两具骸骨平静地躺在这里。兰兰轻轻拭去骸骨表层厚厚的碳粉，经历了一百五十九万年的缓慢氧化，骨骼表面早已泛黄，内部也尽是疏松的氧化层。她端详着骸骨的容貌：较为高大的一具有着高加索人种的高挺额头和鼻梁，结合身高，应当能够断定是达斯特的遗体；另一具骸骨的身高较为矮小，骨骼特征也是典型的蒙古人种。他的身高与芮汐兆相近，可蹊跷的是，他的发现者正是芮汐兆本人。

如果凶手就是黑进因特林系统的那个人，操控着强大的警卫，杀死弗姆舰长和达斯特并不困难。但心瞳的情况更为特殊，且不论她能否与因特林对抗，杀死她的辐射源是从哪里来的？

突然间，一个新的想法如同闪电般划过兰兰的大脑。她迅速打开手机相册，翻阅着近些天来的照片。当翻看到与机械警卫的合影时，她不禁倒吸一口冷气。

原来如此。

一直以来不知所终的伽马射线源，居然就是警卫身上的某个部件。兰兰曾无数次与这个部件近距离地接触，却从未心生怀疑。

所有的线索串成了一条线。距离真相只有一步之遥，但想要跨越最后的难关，还有三个谜题必须解释：夫人口中的"神秘信息"来自何处；夫人此刻人在何处；最终夺去心瞳性命的、那次奇妙的穿墙攻击是如何做到的。

"我们回去吧。"兰兰对狄安娜说道，"我已经知道了凶手的真面目，我们现在就去找他。"

狄安娜人偶一般的面庞上闪过一丝迟疑。兰兰没有放过这稍纵即逝的破绽，抓住机会继续攻击道："凶手此刻藏身于二层，只不过，我们一直忽视了他的存在。想知道他用了怎样的手段躲过了大家的怀疑吗？"狄安娜微微摇头。兰兰的目光有如刀锋一般，她的最后一句话，彻底摧毁了狄安娜精心构筑的防线："因为他已经死了。"

狄安娜低下头，胸部平稳地起伏着。透过狄安娜波澜不惊的神情，兰兰读出了藏在她内心深处的真正的情绪，那就是恐惧。这个美丽而又强大的女人恐惧着外部的世界，她将自己的未来寄托在了一个男人的身上，那个男人却做出了不可饶恕的事情。

"我所说的'死亡'，是指真正地、彻底地失去生命。"兰兰继续讲述道，"具体来说，那个人一共死了三次。"

潮湿的空气中弥散着令人窒息的寂静。狄安娜紧握长剑的右臂微微颤抖着，她抬起头来的那一刹那，兰兰第一次在她的脸上看到了愤怒的神情。

"你到底想说什么？"狄安娜厉声质问。

"杀害弗姆舰长、帕丝夫人、达斯特和心瞳的凶手总共有三人。这三名凶手能够互相为对方提供完美的不在场证明，因此，很难有人怀疑到他们头上。之所以能够做到这一点，是因为他们三个人实在太特殊了——"兰兰微微一笑，打出了制胜一枪，"他们本是同一个人，通过'永远的一分钟'复制了自己，就像月影一样。"

"……我听不懂你在说什么。"狄安娜怒视着兰兰，而兰兰只是微笑回应："还不明白吗？此时此刻这个人的尸体正躺在罗星的房间中，用自己的死掩饰了一切罪行。而你，狄安娜小姐，就是同谋。"

一道寒光划过，长剑的利刃停在了距离兰兰喉咙不足一厘米的地方。

"我接受你的挑战。"狄安娜的表情冷若冰霜，双眼却喷射着炽热的火焰。"拿出你的推理和证据！"

"好吧。"兰兰微微一笑，"芮汐兆一早就发现了浴室的秘密。他通过'永远的一分钟'复制了自己，其中的一名自己——我们暂且称他为'甲'吧——跟随大家来到了植物区。第一次探索植物区的时候，我们采取了分组行动；甲的目标是3号门，由于3号门一带的时间流速，他有着充足的时间来完成自己的计划。

"计划的第一步是控制因特林。不知是通过什么渠道，他取得了侵入因特林系统的 ID 和密码。十分幸运，你和甲通过3号门进入蓄水区时，便遇到了在那里待机的因特林。他利用随身携带的笔记本电脑入侵了警卫的系统，并顺利地控制了警卫。"

"我并不懂那些先进的科技。"狄安娜淡淡地说道，"依照你们的说法，控制警卫应当没有那么简单吧！"

"因特林察觉到系统被入侵后，会以CPU的极限频率修改密码并设置防火墙。即便有着高超的黑客技术，除非借助大型的计算机组，否则不可能将其破解。是这样吧？"兰兰解释道，"但以芮汐兆的能力，他完全做得到。你们从蓄水区回到了植物区，虽然只是一门之隔，时间流速却相差了一亿倍。即便是一名位于快时区的小学生，在慢时区看来其运算速度也不亚于一颗CPU。芮汐兆是计算机领域的专家，有了一亿倍时间流速的优势，他完全可以和警卫的CPU抗衡。

"证据就是芮汐兆电脑的内部计时。他的房间时间流速是正常的二分之一，如果电脑一直放在房间里，与餐厅的标准时间应当相差接近七小时。而实际上计时只是慢了一个小时，唯一的可能性便是这台电脑曾经在快时区工作。仔细算来，教授破解因特林的系统只用了不足六小时的时间，天赋真的是一件可怕的东西。

"因特林被控制后，就可以当作兵器使用。第一名受害者就是弗姆舰长。事故发生后，弗姆舰长离开健身房前往控制区查看，却由于'随机的一分钟'，穿越去了我们即将前往一层搜索的时间点，于是恰好碰上了控制了因特林的你们。杀害舰长后，你们将他沉尸于4号门附近的小溪底部，于是我们看到了惊悚的分尸现象。

"达斯特死于我们第二次前往一层探险期间。这一次，芮汐兆乙已提前潜入了植物区。由于分尸现象带来的恐慌，我们有一段时间在分头行动；正是在这段时间里，乙控制因特林杀死了达斯特，并将其尸体搬运至3号门附近。大概是害怕大家怀疑到自己头上吧，乙杀死工程师后便自杀了；之后甲来到3号门，取走了两具尸体上的衣物，又刻意引导大家发现骸骨，将大家的注意力分散到别处。多亏了植物区指数变化的时间流速，即便是几分钟前遇害的尸体，也能够风化变成一具骸骨。

"仅仅杀掉舰长和工程师是不够的,除掉二人后,芮汐兆便将目标锁定在了心瞳身上。迫害心瞳的工具同样是因特林,不过这一次使用的不是因特林的战斗能力,而是他身上的一个特殊部件——"

兰兰打开手机,将自己与警卫的合影展示在狄安娜面前。照片中的兰兰抱住了因特林的脖子,因特林开心地笑着,额头的探照灯闪烁着白光。

"因特林的额头处装备有氙气灯,芮汐兆只需抓住心瞳经过3号门的时刻,在植物区用氙气灯对她进行照射,时空不连续界面就会将白光蓝移至伽马射线波段,从而使心瞳遭受高剂量的辐射。辐射并不会立即致死,却能够破坏身体机能,令心瞳进入濒死状态。之后甲返回二层,将因特林丢弃在了植物区。回忆起舰长和工程师是死于自己之手,因特林的AI与模块中固化的阿西莫夫三定律产生了强烈的冲突;最终结果便是AI失控,直到月影出手破坏了它。

"芮汐兆是个小心谨慎的人——也许应当称之为'胆小'吧。留下乙的骸骨后,他认为还不够,必须将众人的推理进一步误导。于是他自导自演了次声波杀人事件,死者是芮汐兆丙,而凶手则是甲。为了增大推理的难度,甲破坏了我的房间,隐藏了吉他是凶器的事实;之后他又找你借来了钥匙,破坏了你的房间,进一步隐瞒了他的真实目的。"

冰冷的长剑好似一座桥梁,连接了两个女人的目光。少顷,狄安娜将剑缓缓放下,低声说出了长长的一段话:"阿芮他……只是想要保护大家。他手中有一份资料,舰长一家购置了上百台相同型号的因特林,就藏在深渊号的某处。我不清楚什么智能AI有多强大,但我明白一旦与警卫正面交锋,我的胜算微乎其微。阿芮认为是舰长一家制造了事故,想要通过劫持因特林威胁他们;可在同舰长争执的过程中,一不小心杀死了他。"

"于是,你们一不做二不休地杀死了达斯特?"兰兰厉声质问。

"达斯特一早便怀疑舰长死于因特林之手。大家分开后,他便开始调查警卫的 AI 是否遭受入侵。拥有专业知识的他是很大的威胁，于是阿芮看准他落单的机会，操作因特林杀死了他。"

"下一个问题。我最初怀疑你利用兵器破坏了我房间的门锁；但我们躲避月影的袭击时，门锁依然完好，证明凶手利用门卡进入了房间。是你偷走了我的门卡吗？"

狄安娜摇摇头："偷走你钥匙的人，是心瞳。"兰兰小小地吃了一惊，狄安娜目光中流露出哀伤，"白剑为心瞳进行手术时，我偶然间在心瞳的衣物中发现了门卡。正是由于门卡的发现，阿芮才想到了利用次声波将自己在密室中杀害，从而洗脱自身的嫌疑。"

"你坚定地认为，杀害了乙和丙的芮汐兆甲，至今还活着是吗？"兰兰抛出了正中靶心的问题。狄安娜注视着她的瞳孔，目光坚定："他答应要带我去殖民行星，一同研究时间旅行的方法。我相信他。"

兰兰叹气道："还记得房间内沾满血迹的白大褂吗？虽然没有证据，但芮汐兆应当在蓄水区被其他人谋杀了。罗星没有发现尸体，因此杀害他的凶手应当将尸体藏了起来。即便如此，你依然相信他还活着吗？"

"我相信他。"狄安娜坚定的神情没有一丝动摇。她转过身去，头也不回地向远处跑去。兰兰连忙追赶，但以她的体能不可能追得上狄安娜的脚程。不能放她走，否则那个姑娘一定会做出傻事，伤害自己或他人。兰兰咬紧牙关追赶着，当通过 4 号门、双腿已经开始抗议的时候，她远远地望见了狄安娜呆呆地站立在那里，罗星不知何时挡在了她的面前。

"很遗憾，老芮已经不在这个世界上了。"罗星的音色低沉，难掩内心的悲伤。"已经死去的老芮，总共有四人。"

◇

慢时区的植物正值春季，鼓风机的气流吹动绿叶，发出簌簌的声响。天花板上的模拟阳光打在身上，却带着冰凉的触感。气候系统依照程序精准地运作着，它们并不知晓一场恶战即将到来。

被丢进电梯运送到一层的婴儿破坏者总共有八人。婴儿破坏者是超能力神经中枢形成的人格，她就好像一台只装有初始系统的计算机，虽然没有花哨的功能，运算效率却无可匹敌。月影想要击败第二人格的自己，只能智取。

三人屏住气息，一面隐藏着身影一面寻找着。植物区的空间十分广阔，寻找婴儿破坏者的工作困难重重。

只要等到过去的罗星被带入活动区，就可以带上兰兰和狄安娜一同逃离太空船。罗星如此提议时，遭到了月影的强烈反对。

"如果现在不将她们杀死，将来危害无穷。"月影毅然决然地说道，"这是我自己的事情，我会负责到底。"

罗星无助地看向周诚，大叔双眉紧锁，很少见他如此烦恼过。少顷，他开口道："我虽然不希望月影再次战斗，但将八名超能力者留在这里确实太危险了。我们还不清楚时空创造者的真实目的，不排除他会利用月影做些危险的事情。"

投票结果二比一，罗星只得眼睁睁地看着月影再次踏上战场。

第一名婴儿破坏者正坐在高高的杨树枝上，无忧无虑地摆弄着宽大的叶片。月影藏在树下屏住呼吸，集中精力向着另一名自己望去。第二人格夺走了她的父母，夺走了她的童年，夺走了她的容身之处；但那是她自身的一部分，她只能被动地接受。可现在不同了，藏身体内的那个恶魔就站在她的面前！

婴儿破坏者身体表层的"流动"稳定而规则，那是血流带来的能量循环。月影透过表层向内部看去，所有流动在胸腔汇集，继而以此处为原点向四处散发开去。心脏。只要破坏掉这台人体的发动机，就可以杀掉眼前的敌人。

"破坏心脏诚然是个好办法，但对方恐怕会有所防范。"开战前，周诚向月影详细布置了战术。"除非能够瞬间致死，否则一旦对方有所察觉，我们就会处于被动状态。"

进入念动力模式后月影的视力会有显著的提升，心脏的图像在她的眼中渐渐清晰。之前她只认为那里是人类能量的汇集之处，但在周诚的指导下，她看到了崭新的图景：在那个拳头般大小的脏器之上，杂乱无章的流动汇集成螺旋的花纹，规则地自内向外扩散着。

"心脏的动力学模型可以用螺旋波来描述。你不需要一击破坏心脏，只需稍稍地扰乱它的动作令螺旋波失稳，心脏就会猛烈地跳动，继而骤停。"

月影伸出食指，在空气中轻轻一勾。她的力量是如此轻微，就仿佛一颗石子丢入湖面，但泛起的涟漪足以吞噬水面的蜉蝣。螺旋花纹刹那间变得杂乱不堪，继而乱作一团混沌；婴儿破坏者的心脏如同脱缰的野马一般剧烈地跳动着，却在几秒钟的时间内戛然而止。

树枝上的婴儿破坏者双眼渐渐失去光泽，手臂无力地垂下。她身子一歪倒了下来，落在茂密的草丛中。罗星担忧地看着杀害了另一个自己的月影，她却只是淡淡说了四个字：

"还有七人。"

第二名和第三名婴儿破坏者被发现于2号门一带，这里的照明设施已失效，四处漆黑一片。两名婴儿破坏者在枝丫间嬉戏打闹，快乐得好似孩童。糟糕的光照环境严重阻碍了月影的视野，无论她如何努力，也无法捕捉到心脏部位的螺旋花纹。

"能够捕捉到头部的流动吗？"周诚在月影身边耳语。月影轻轻点头，周诚继续指导道："虽然有些冒险，但尝试着切断它们。"

两名婴儿破坏者高速移动着，右眼受伤的月影只能够捕捉到其中之一。她仰着头，眼球跟随杀手的轨迹左右移动。对方的身体最初只是萤火一般微弱的光点，但很快地，月影便完全适应了她的速度。那是另一个自己，从飞行习惯到小动作月影都十分熟悉，婴儿破坏者此刻在她眼中就仿佛静止的沙袋。

月影挥起手刀，在空气中做了一个劈砍的动作。无形的念动力宛若精准的手术刀，准确无误地切断了婴儿破坏者的脑动脉。温热的血液在脑中喷涌而出，头盖骨中一片血海。杀手如同断了线的风筝一般缓缓坠落，尸体挂在橡树的枝杈上。

然而危机并没有解除。

第二人格的感觉如同野兽一般敏锐，另一名婴儿破坏者当即察觉到危险，并在最短的时间内锁定了对手的位置。满溢而出的念动力形成一颗灼热的光球，她化作炽红的彗星俯冲而下！

"你们退下！"月影猛地一挥手，罗星和周诚便被一股强劲的力道推到了一旁。月影自己不躲不闪，目光锁定在对手的身体上。念动力化作一场灼热的风暴，斑驳的树皮发出噼啪的响声，干燥的地面扬起阵阵尘土，毫不留情地打在少女的脸上。

月影等待的机会，仅在刹那之间。

那一刻，灾祸的彗星离月影只有不到五米的距离；但正是那一瞬间，对方身体的流动在她的眼中无比清晰。月影双手举刀挥下，毫不留情地砍向了另一个自己的主动脉和颈动脉。空气中迸发出耀眼的火花，所向披靡的刀锋碰撞在坚不可摧的盾牌上，兵刃相接之处的空气分子能量迅速升高，黑压压的空中燃起了等离子体的焰火。

月影的袭击失败了。婴儿破坏者察觉到她的意图，为自己的身体做出了念动力的防护罩。月影高举双手面对着飞鹰啄食一般的对手，靠念动力的盾牌挡下了致命的一击；地面上掀起一阵狂风，笔挺的树干在气流中折弯了腰肢。

月影十分清楚，下一次袭击就是她的死期。

面对眼前的敌人，婴儿破坏者不会有一丝怜悯。念动力在右手汇集成一把长达十米的巨剑，那是一把大型的等离子体切割器，几千度高温的剑锋足以将一切物体拦腰斩断！

千钧一发之际，枪声响了起来，远处的周诚向着婴儿破坏者开枪了。脉冲激光虽然不能对婴儿破坏者造成伤害，但短时间地转移她的注意力，已经足够。

"破坏她的眼睛！"

周诚大喊道，月影立即执行了他的指令。眼球是一部精准的光学透镜，但正是因此，它是人体上最脆弱的器官。月影的攻击固然难以突破对手的屏障，但集中于一点破坏脆弱的眼球，仍是游刃有余。两股鲜血喷涌而出，婴儿破坏者发出一声惨叫，右臂的剑锋转眼间不见了踪影。视力突然间的丧失令她无所适从，她发狂地四处抓挠着，破坏着，寻找着敌人的踪迹。

下一秒钟，月影已来到她的身后，将右手顶在她的后背上。

"再见了。"

鲜血自婴儿破坏者的口中流出，月影破坏了她的心脏，第三个自己倒在一片血泊之中。

"还有五人。"

作为智慧生物的人类，从进化出超能力的那一天起，相应的抑制机制便在大脑中形成。无节制地使用超能力固然可以达到惊人的效果，但大脑也会如同超负荷运载的机器一般，不堪重负而被烧毁。每当过度使用超能力后月影都会头疼，甚至陷入昏迷，就是抑制机制在起作用。

然而对于第二人格而言，并不存在所谓的抑制机制，因为她就是超能力神经中枢本身。

面对第四名对手时，太阳穴隐隐作痛的月影已经失去了正面对抗的能力。婴儿破坏者的嘴角露出残忍的笑容，她的超能力如同猛兽的獠牙一般，令眼前的猎物不寒而栗。

"你们顺利地走出了逆时区，对吗？"布置战术时，周诚大叔问道。罗星点点头，周诚沉默片刻，对月影说："危急时刻，你还有一件最终兵器——"

在月影的眼中，难以计数的"流动"在奔流不息。随着风的方向，空气中无数的流动自高温区域流向低温区域；随着血液循环的方向，身体中无数的流动自心脏输出到全身，再由全身汇集至心脏。然而向着更加微观的尺度看去，那里存在着无数微小的流动，它们令物质紧密结合在一起，构成了五彩缤纷的世界。

周诚大叔和罗星哥哥告诉她，这就是热力学第二定律，等效为熵增加原理。

婴儿破坏者的超能力屏障保护着身体的每个部分。然而这次月影攻击的目标，却是构成她身体的分子、原子乃至基本粒子。

"你可以尝试着制作一个狭小的空间区域，让那个区域中'流动'的方向与逆时区一致。"

月影睁开双眼，目光如炬。在婴儿破坏者的四周，念动力的屏障渐渐围成一个长方体的区域。障壁最初是透明的，渐渐地，红色从视野中消失，那是由于能量较低的红光光子已无法穿透屏障的势垒；继而是橙色、黄色；当最后一抹紫色隐去身形后，屏障已形成了可见光的黑体，如同一座漆黑的棺木。

女孩口中轻声念着一句她认为很帅的台词："破碎吧，克劳修斯的亡灵！"

婴儿破坏者并不会明白发生了什么。那一刻，熵增加原理在她周围的空间内完全失效，热量开始从低温区域流向高温区域，所有的基本粒子向着更高的能级跃迁。她的意识在转瞬之间消失，因为构筑生命基础的库仑力已无法再束缚原子。构成身体的蛋白质逐渐分解为氨基酸，继而分崩离析，成为一团杂乱无章的碳、氢、氧原子。

几分钟后，黑棺中的物理反应达到了平衡态。黑棺是一个绝热系统，它内部的能量总量守恒。当月影解除超能力时，空间中闪过刺眼的光辉；灼热的高温原子形成了炽热的等离子体；而一部分低温原子却由于能量不断流失而愈加冰冷，直至接近绝对零度。

"还有四人。"

植物区已搜查完毕，剩余的四名婴儿破坏者依然不见踪影。为了防止遭受伽马射线辐射，三人决定从3号门进入。可打开3号门的一瞬间，他们惊呆了——

射线辐射已不见踪影，由于上亿度高温而分解出的氢原子和氧原子再次结合成水分子，水分子又凝结成冰，形成了一个冰封的世界。

罗星惊讶得不敢挪开目光："在屏蔽门不开启的情况下，蓄水区内应当是黑体。超能力无论如何厉害也无法改变能量守恒，那些辐射的能量哪里去了？"

"水。"同样大吃一惊的周诚音色低沉地说道，"那些能量转化成了质量，在这些冰中相信有很多氘核，甚至氚核！"

毫无疑问，这里的婴儿破坏者也掌握了控制微观反应的能力。

根据罗星的估算，蓄水区内的温度已降至液氮区以下。月影为两人制作了超能力屏障，三人一同小心翼翼地踏入了蓄水区。在进入的那一瞬间，两名婴儿破坏者在众人的面前飞速地滑过；她们制作了这个冰雪乐园，正在滑冰嬉闹。看到三人进入，她们立即停了下来。

在她们眼中，捕捉猎物比滑冰更加有趣。

杀手的手臂轻轻一挥，一道整齐的裂痕自墙壁的根部生长，直到贯穿天穹。环形通道内回荡着隆隆巨响，由单晶钛颗粒构筑而成的墙壁被拦腰斩断，控制区内的仪表和储物柜暴露在寒冷的空气中。由于蓄水区内的极低温，超能力锐利的刀锋令一些大的单晶块材解理，露出原子级平整的晶面。

几乎在同一时间，惊人的事实袭击了罗星的大脑。他完全不顾眼前恐怖的敌人，低声自语道："我明白了……穿墙攻击的真相原来是这样……"

突然间，视野中的景象向一侧飞去，周诚用力地将罗星顶向一旁，帮助他躲开了一次攻击。

"你在发什么愣呢？"周诚怒斥道。罗星匆忙爬了起来，撑住酸疼的身子，取出腰间的激光枪。

"周诚先生，罗星哥哥，我需要你们的帮助。"月影轻声说道，"帮我制造一个空当，我会再次使用刚才的攻击！"

罗星和周诚目光相接，不约而同地用力点头。他们举起枪向着两名婴儿破坏者开火，脉冲激光打在寒冷的冰块上，蒸腾起一阵水汽。在敌人望向他们的瞬间，两人迈开步子向着4号门的方向跑去。

他们成功了。简单的一击便吸引了婴儿破坏者的注意力，她们立即向着两人的方向追来，将真正的对手抛在了身后。念动力者想要追赶周诚和罗星简直易如反掌，短短的几秒钟却换来了一线生机——

毫无征兆地，两个男人撞上了一面透明的墙壁。空气中飞来无形的锁链，他们如同监牢的死囚一般，被牢牢地禁锢在原地。刚刚准备好攻击的月影惊讶地发现，不远处飞来了另外两名婴儿破坏者。她们捕捉了周诚和罗星，同时也注意到了她的存在。

万事皆休。

与四名认真起来的婴儿破坏者正面战斗，胜利的概率为零；但即便如此，月影也有必须完成的事情。

数十枚冰锥自地面腾空而起，呼啸着向婴儿破坏者军团飞去。对方只是如同嬉戏一般地张开双手，坚硬的冰锥便在不声不响间化作齑粉。又一轮攻击袭来，冰锥化作数以万计细小的冰针，如同漫天飞舞的暴风雪般席卷而来。婴儿破坏者的脸上露出开心的笑容，下一瞬间，暴风雪便凝成了螺旋状的冰雕。

然而在漫天的惨白中，闪过了一抹红色。

第三轮冰锥袭击源自婴儿破坏者的身后，虽然数量不多力量也有限，但通过袭击背后的死角，四名对手均不同程度地受了伤。

这样的伤害，只会激怒对手。婴儿破坏者终于意识到了这不是一场游戏，眼前这位同自己一模一样的女孩，是值得认真一战的对手。

念动力如同环抱天地的大气，不由分说地包围了月影。四名婴儿破坏者合力做出攻击，几乎没有任何反抗，月影的身体被牢牢禁锢。超能力撕扯着她的身体，似乎在下一秒钟，敌人就会将她切割成碎块。

可面对着即将到来的命运，月影只是露出一丝微笑。

由于方才的攻击，婴儿破坏者的注意力完全转移到了她的身上。周诚和罗星已挣脱了束缚，正全力以赴地向她跑来。

这样就够了。

在生命的最后时刻，依然有人愿意为了自己而战斗，而且还是两个。

月影轻轻地摆动手指，透明的巨人张开铺天盖地的巨手，将两人紧紧攥在掌心。

"再见了，周诚大叔，罗星哥哥。"

二人被丢出了身后的4号门。月影闭上眼睛，她感到了由衷的解脱与幸福。

◇

"可恶！"周诚用力地捶着墙壁。但他清楚无论自己如何努力，也不可能改变战斗的结果。一旁的罗星站起身来，扶住他的肩膀："周诚先生，月影是为了保护大家牺牲的，我们不能辜负了她的好意。"

周诚点点头，罗星继续说道："我们接上兰兰和狄安娜小姐，一同离开吧。不过在此之前，我有一件事情需要了结。"

周诚沉默片刻，问道："你是指凶杀案的犯人吗？"

"没错。"罗星的眼中露出悲伤，"我已经清楚了一切。"

准备离开时，罗星邂逅了从3号门方向跑来的狄安娜。他立即明白了事情的缘由——兰兰揭开了凶杀案的真相，狄安娜由于情绪激动而离开了她。

"你要去找老芮吗？"罗星拦住了激动的狄安娜，问道。

"让开！"狄安娜精致的脸上露出扭曲的神情，"即便阿芮已经死了三次，我也相信他依然活着，会带我一同离开。"

"很遗憾，老芮已经不在这个世界上了。"罗星的音色低沉，"已经死去的老芮，总共有四人。"

狄安娜后退两步，她再也无法掩饰内心的动摇，将头扭向一旁躲避开罗星的目光，眼中泛着泪花。不远处的兰兰气喘吁吁地赶了过来，听过兰兰的讲述后，罗星继续说道："直到月影的第二人格被唤醒为止，所有的凶杀案，都是老芮一个人的杰作。为了顺利地达到目的，他复制了四个自己。兰兰已经揭示了大部分的事实，关于夫人的下落以及夺去心瞳生命的那次穿墙攻击，我会说出自己的推理。

"心瞳遭受了高剂量辐射，却暂时保住了性命。老芮认为这样依然不够，一定要杀死她才能罢休。可白剑在控制区的入口处布置了陷阱，还为心瞳挡上了铅板；这样一来想要杀死心瞳非但要进行穿墙攻击，光线还必须进行转弯。可老芮手中仅有一把脉冲激光枪，脉冲激光的波长在一微米左右，并不能穿过单晶钛的墙壁，更遑论转弯。他是如何做到的呢？

"该说他不愧是物理天才吧！他做了两件事：其一，他站在了2号门外的植物区开枪，门两侧的时间流速相差了三万一千五百倍，利用时空不连续界面的多普勒效应，激光脉冲的波长会蓝移至零点三四纳米，在X射线波段，已可以进行穿墙攻击。但这样是无法攻击到心瞳的，心瞳的床位在6号门一带，直接攻击只会射中铅板。于是，老芮利用了另一条物理规律，即布拉格衍射。当X射线射入晶体时，会在特殊的角度发生镜面一般的折射，布拉格衍射公式就是计算这些特殊角度的理论工具。实际上，科学家在几百年前便根据此原理制作了X射线衍射仪，用以探测物质的晶体学结构。出于个人情结，舰长在蓄水区与植物区之间的墙壁上使用了大量的钛单晶颗粒；单晶钛的101面间距为二点三一埃，简单的计算便可得知，只需要站在门外，沿着与门轴夹角十二点七度的方向射击，便可以在穿墙的同时折射光线，杀死心瞳。"

如此繁复的杀人手法令兰兰瞠目结舌，她情不自禁地说道："能想到这种方法的人……也就只有他了吧！"

罗星点头道："自从发现次声波杀人手法的那一刻，我就怀疑是老芮在自导自演。直到洞悉了布拉格衍射杀人的真相我才确认，犯人只可能是他。"

就在这时，狄安娜一步迈了过来，紧紧握住罗星的肩："你说第四名阿芮也死了，这究竟是怎么回事？"

"随机的普朗克时间。"罗星解释道，"要说明第四名老芮的死，必须从夫人的失踪讲起。因为舰长的神秘短信，夫人的情绪十分低落。在不知晓随机时空真相的情况下，她来到了射击训练房，想要借助射击平复心情。而在那个时刻，第四名老芮已经埋伏在了那里。"

兰兰点点头："我曾经在射击训练房内看到过夫人的身影。虽然只是短短的一瞥,但应当能够证实你的说法。"

"夫人并没有被一击致命,她逃进了道场,在道场内向外射击;道场门对面的条形衍射黑斑就是在那时形成的。战斗的过程我们无从得知,但夫人最终死在了老芮的枪下。"

"等等——"兰兰不解道,"如果他在射击训练房内杀死了夫人,又将尸体藏于何处呢?"

"不需要隐藏。失去生命的身体被视为'物体',只需将夫人的尸体丢入道场,随机的时空连接就会将其按照质能方程转化为能量。这是宇宙中最完美的分尸,完全不会留下任何痕迹。"

"我不明白什么质量与能量,直截了当地告诉我!"狄安娜激动地摇晃着罗星的身体,"你说阿芮已经死了,究竟有什么证据!"

"……是质量。"罗星的嘴角微微颤抖,"为了对付进入活动区的四名婴儿破坏者,老芮决定利用道场随机的普朗克时间制作出人工太阳。他丢入道场的物质是来自健身房的哑铃,但根据我的观察,健身房内消失的哑铃只有一百公斤。可事实上,根据我的估算,他丢入道场的质量至少有二百公斤。"

"难道说……"兰兰惊讶地捂住了嘴。

"剩余的一百公斤,有一半是夫人的尸体;另一半,恐怕就是他自己。"罗星的声音中带着沙哑,"只要站在门前自杀,再令身体向道场内倒下去,就可以将自己的质量全部转化为能量。自从决定独自对付婴儿破坏者的那一刻起,他就没有想要活着离开。"

突然间,狄安娜猛地推开了罗星,不顾一切地向着电梯的方向跑去。兰兰立即明白了她想要做什么,她拍了拍罗星的肩膀,追随着狄安娜的脚步飞奔而去。赶回二层时,狄安娜早已不见了踪影。兰兰三步并作两步地跑到浴室门前,打开房门的瞬间,她看到狄安娜茫然地站在男更衣室的前方,将长剑架在了自己的脖子上。

"等等!"兰兰嘶声呐喊,可冰冷的剑锋已划破了表层的肌肤,殷红的鲜血渗了出来。几乎在同一时刻,一枚石子不偏不正地击中了狄安娜的右手,长剑脱手而出落在地上,发出清脆的响声。周诚一步跨到狄安娜面前,一记勾拳打在了她的腹部。狄安娜的瞳孔渐渐泛白,很快便晕厥了过去。

"对付听不进话的人,还是这样简单些。"周诚按住狄安娜受伤的颈部,对赶来的兰兰和罗星说道。

兰兰帮助周诚处理狄安娜的伤势,罗星来到男更衣室的门前,注视着门内的情景:芮汐兆踏入了浴室,几乎就在同一时刻,一把长剑自背部贯穿了他的心脏。老芮借助"永远的一分钟"复制出四个自己,在第五次轮回时,令门外的狄安娜杀死了自己。从一开始,他就没有想过要活着离开深渊号。

他为何要这样做?在芮汐兆逝去的现在,这个问题已经永远没有的答案。罗星的心中有一个模糊的解释,但他宁肯将所有的一切只当作一个故事,永远埋藏在心底。

一旁的兰兰和周诚似乎发生了争吵。兰兰的情绪十分激动,周诚凑到她的身旁耳语了几句,兰兰的表情立即由气愤变作惊讶:"你说的这些……是真的吗?"

"我骗过你吗?"

兰兰紧紧咬着嘴唇,似乎在经历着内心的煎熬。过了许久,她以肉眼难以察觉的幅度轻轻点头道:"好吧,我答应你。"

为狄安娜处理好伤口,周诚起身来到罗星身边。罗星很想说些什么,但兰兰与周诚之间的事情他又不方便过问。可就在这时,周诚高高地举起了手刀。

"周诚……先生?"罗星惊讶得不敢相信自己的眼睛。

罗星烙印在瞳孔中的最后一幕,是周诚的手刀毫不留情地砍在他的脖颈上。意识渐渐地模糊,他身体一软倒了下去。

◇

蓄水区内,月影被四名第二人格的自己囚禁。对方欢快地在她的身边飞来飞去,仿佛在欣赏猎物。

无论如何,自己已经无法同她们对抗了。即便现在体力充沛,面对四名婴儿破坏者也毫无胜算。那一刻,月影感到了释然。

但与此同时，另一种感情却在心中激荡着。

好不甘心。

救了罗星和周诚，交了那么多好朋友，有了真正关心自己的人；但是到头来，依然无法杀死体内的那个恶魔。

好不甘心。

自己恨的是体内的第二人格吗？月影摇摇头。第二人格夺走了她的一切，但那是她自身的一部分，是她必须承受的原罪。只是不知从何时开始，一个强烈的念头总在她的头脑中回旋。

如果自己没有超能力，该有多好。

自从有记忆的那一刻起，月影就能够看到"流动"；罗星告诉她，那叫作熵。

我还没有死。还能最后一次使用超能力。

既然如此，就让我把一切的根源，那些代表了宇宙发展规律的"流动"，消灭吧。

在生命的最后一刻，月影的口中呢喃出了四个字：

"概念消灭。"

消灭物理概念，改变构成宇宙的基本规律。在遥远的未来，直到人类走出自己的世界，向着多元宇宙进军时，才掌握了这项技术。没有人知道在公元纪年的第三个千年，便由一名小姑娘依靠自己的肉身，第一次用出了概念消灭武器。

在统计学意义上，熵代表无序度。当无序度被"消灭"时，会发生什么？

不是"无序"，也不是"有序"；而是根本不存在"无序"或"有序"的概念。宇宙中确实有过那么一瞬间，不存在秩序的概念；那时宇宙中全部的物质是一个整体，并且这个整体没有任何的内部结构。

奇点，那是一个几何上零维的点。既然只有一个点，自然没有秩序的概念。

Big bang。

熵的概念被消灭后，所有的物质将回归大爆炸之初，一个普朗克时间之内的状态。那是人类现有理论无法理解的世界，一个与物理定律甚至逻辑学规律全然不同的世界。

植物区以及核心控制区的时空不连续界面屏蔽了概念消灭在空间中的扩散，将这场宇宙规模的灾难限制在狭小的空间区域内。一个普朗克时间之后，熵的概念再次回归，深渊号启动了紧急状态的时空修复机制，蓄水区和控制区恢复了破坏之初的状态。

时空创造者淡然地看着一切，将这个故事印记在自己的记忆中。

T 小姐的探案记录 VI

东京郊外的公寓楼潮湿而逼仄。初秋的凉风已将炎热驱走大半，这里却仿佛反应迟钝的老人一般，顽固地眷恋着盛夏的潮热。虽然使用了先进的建筑材料和工业设计，甚至在地下几十层的位置都能够实现自然采光；但对于个人居住环境而言，这里相较于二十一世纪初并没有任何进步。

坂口窝在狭窄的电脑桌前，四周堆满了零食和电器。搬来这里时间不长，他却仿佛已经融入了这间狭小的公寓。

一个月前，女友伦子提出了分手。她有了新的男朋友，年龄小她五岁，在一家投行做PE，见到伦子总会亲切地叫她"姐姐"。虽然早就料到了这一天的到来，分手的痛苦却比想象中更加煎熬。那些日子里他无论做什么眼中都是伦子的身影：茶杯里、屏幕上、工具箱中仿佛刻满了那个女人的名字。他的工作业绩一落千丈，于是索性请了长假，将自己窝在家中。在一起的时候明明没有这么在乎她，不知为何失去的感觉却如此痛彻心扉。

几经挣扎后坂口意识到，自己不能原谅的并不是背叛的伦子，而是没能留住伦子的自己。不能这样堕落下去，必须找到新的道路。怀着这样的心情，他退掉了价值不菲的公寓，搬去了市郊。他希望借助这样的方式找回年轻时的热情与冲劲，同时还可以存一笔钱，有朝一日加入殖民行星开拓者的队伍中去。

两个月前，那个女人突然闯入了坂口的生活，为他的世界添上了一抹别样的色彩。虽然只有一面之缘，T 小姐只身一人追逐真相的坚强仍深深地触动了他。她现在怎样了？有没有追查到深渊号事件的真相？

坂口吞下最后一块玉子寿司，将目光移回到正在调试的程序上。就在这时，邮件提示音响了起来。点开邮件的那一瞬间，他惊讶得不敢移开眼睛。

"我很快到你那里，准备开门。"落款则是"T小姐"。

上次在餐厅两人交换了邮件地址，不过坂口从未奢望过他们的生活会再次有交集。T小姐不可能知道他住在这里，这要么是一封恶作剧邮件，要么有人盗用了她的 ID。坂口将手机扔到一旁，嘴角露出苦笑。有那么一瞬间，他真的希望 T 小姐能够找上门来。

突然间，坂口听到了急促的敲门声，他的心一下子提到了嗓子眼。

是巧合吗？

他匆忙挪动发胖的身体，输入密码打开房门。门外的 T 小姐一副疲惫的样子，额头上挂着汗珠。她今天穿了一件白底的潮牌 T 恤和黑色紧身裤，脸上突兀的墨镜与记忆中如出一辙。T 小姐连招呼都没打便一步跨进了坂口的房间，坂口匆忙跟在身后将门锁紧。

"借你的公寓躲一躲。"T 小姐语速飞快地解释道。她环视着堆满杂物的房间，视线最终停留在壁橱上。T 小姐拉开木门，壁橱里的空间恰好可以藏入一人。她按住坂口的双肩，说道："没时间解释了。几分钟后会有人来这间公寓搜查，我会藏在壁橱内，如果他搜查壁橱的话，麻烦你想想办法。"看到坂口一副不解的样子，T 小姐继续解释道："完全制止是不可能的。你只需做出抗拒的姿态，不要让他很快地把门打开，为我争取一点时间。明白？"

坂口心中涌出无数的问题，但最终只是点点头，说道：

"好，交给我吧。"

几分钟后，敲门声再次响起。坂口从监视器向外看去，站在门前的是一位约莫二十六七岁的平头青年，身上规整的白衬衣和深蓝色西裤让人联想到公务人员。打开房门后，青年亮出了证件："我是联合调查局的,正在搜查逃犯。"

联合调查局是由各国特警联合成立的组织,在地球的每个角落都拥有毋庸置疑的搜查权。面对一生难得一见的特工,坂口装出一副不解的样子说道:"很抱歉,我这里并没有人来过……"

"嫌犯十分狡猾,很可能趁坂口先生不在的时候躲进了公寓,请您配合。"

坂口一怔,眼前的男人知道自己的名字,其他信息想必也是一清二楚,包括他在前东家干过的不法勾当。他强迫自己冷静下来,将青年让进公寓,满脸堆笑地说道:"如您所见,这间公寓十分狭小,即便想要藏个人恐怕也做不到呢。"

青年并没有理会坂口,在房间内转了几圈,最终停在壁橱前。他犹豫片刻,将手伸向了木门——

"等一下!"

坂口大叫了出来,青年回头看向他,眉头微蹙。坂口挠挠脸颊,解释道:"那啥,这里面藏了些'那种东西',还请您……"

"请放心,我对您的隐私不感兴趣。"青年脸上的微笑泛着无机质的冰冷,"之后您可以写抗议信给联合,说不定还能获得补偿。"

"总之……"坂口尽可能拖延着时间,"都是男人,理解一下。"

青年没有继续理会坂口,他微微用力,壁橱的木门向一侧滑去。坂口将头扭向一旁,不安地闭紧双眼。他已经尽力了,T小姐能否平安无事?

壁橱门拉开约三分之一时,青年突然直起了身子。他关好壁橱,向着坂口深深鞠了一躬:"嫌犯确实不在这里,看来是我搞错了。给您造成了困扰,还请多多见谅。"

"没……没关系,都是为了工作嘛。"

送走青年后,坂口不顾已经湿透的后背,冲到壁橱前一把将木门拉开——

T小姐躺在一沓稿纸上,不停地喘着粗气。

"多谢。"T小姐从壁橱内爬了出来,掸了掸身上的土。

"吓死我了，多亏你没事。"坂口抹去额头的汗珠。

"不错，比我想象的有胆识。但是……"T小姐凑到坂口面前，对方不由得涨红了脸。可是突然间，T小姐挥起拳头，向着坂口的面门砸去：

"谁是'那种东西'啊！"

◇

"你想喝点什么？冰橙汁可以吗？"坂口看着冰箱内的饮品问道。发泄过后的T小姐已经恢复了初次见面时的沉稳，那副古怪的墨镜即便在室内也不肯摘下。

"有酒吗？"

"……抱歉，自从毕业晚宴上喝多之后，我就对酒精敬而远之了。"

"那橙汁就好。"

呈上饮品后，坂口匆忙问道："追查你的是什么人？"

"白狐部队派来的杀手。"T小姐若无其事地说道。听到这个名字，坂口险些将口中的可乐喷出来。

"白……白狐部队？"他惊讶地大声喊道。白狐部队是尽人皆知的宇宙维和部队，每次作战都展现出其强悍的战斗力。坊间甚至有谣传称，如果人类与地外文明开战，白狐将是最强王牌。

"我在调查时不幸暴露了，他们便派出了杀手。"

坂口慌张地环视四周，小声问道："他们还会再来吧，那你岂不是很危险？"

"危机并没有解除，但白狐短时间内不会再找麻烦。"T小姐波澜不惊地啜饮着橙汁，"他回去后会报告说我已离开了日本，考虑到搜索的成本和曝光公众后带来的麻烦，白狐会选择按兵不动。"

坂口想要问些什么，话到嘴边又咽了回去。T小姐端详着壁橱的稿纸，开口道："本以为你会藏动漫或手办，没承想只有这些老古董。"如今纸制品已十分昂贵，壁橱内大量的稿纸想必价值不菲。

坂口难为情地解释道："这是我正在写的小说，让你见笑了。"

T小姐平静地吞下一口橙汁说道:"人工智能算法的精英居然自己动笔写小说,这还真是闻所未闻。"

坂口笑道:"即便人工智能生成的故事再好,有些东西还是只有人类才能写出来。"

T小姐耸耸肩:"你在写怎样的故事?"

"推理小说。实际上……这个故事是以你和深渊号事件为原型的。"

T小姐将饮料放到一旁,快速翻看着坂口的大作。少顷,她感慨道:"你居然将我描述成了名侦探,其实我只是华生罢了。"坂口试图反驳,T小姐却注视着凌乱的房间,若无其事地说道:"今晚我要借住一宿,钱随后打到你的账号上。"

"钱就不必了。"坂口连连摆手,"只是……"

"我连白狐部队都不怕,难不成会怕你?"

傍晚,坂口将T小姐留在家中,自己乘上列车来到东京市中心闲逛。让女士同自己挤在小房间里过夜实在有些过意不去,于是他决定找个酒吧耗过今晚。

闲聊时,他曾经问过T小姐的去处。女侦探告诉他,旅程的下一站将是同步轨道城市空间站。同按部就班生活的自己相比,T小姐是另一个世界的人。如果能够活得像她一般精彩,人生定不会留有遗憾了吧!

坂口暗自下定了决心。

◇

沈湉疲惫地躺在床上,呆呆地注视着天花板。袭击事件的善后工作结束后,难得获准休假回到故乡,却忙于在各个相亲现场奔波。今日在父母的安排下约见了一名就职于银行的白领,对方大谈特谈当今世界的经济政治形势,其派头宛若电视上的专家学者。沈湉觉得很可笑,见面的目的是了解对方,所谓的天下大势,随便问一个人工智能软件,都能得出更加井井有条的回复。

相较于克隆人研究所四周一望无际的平原,城市的逼仄令沈湉感到窒息。明明已经进入了宇宙世纪,人们为何还要将自己的人生同一座城市绑定在一起?她很想回到那片平原,躺在草地上眺望星空,呼吸新鲜的空气。突然间,她萌生了一个念头:

好想去更加广袤的地方。

我们的头顶上悬挂着同步轨道城市空间站,再之上便是深邃的星空。如果能够去那里,这座城市在眼中不过是米粒般大小吧,更遑论那些疲于奔命的人。地球母星的居民总有一种莫名其妙的优越感,相信用不了多久,他们就会被时代抛弃。我不想成为他们中庸庸碌碌的一员,我的梦想在星空的深处。

好想去好想去好想去好想去!

电话铃声将沈湉拉回了现实。按下接听键,全息屏幕中跳出了程青的笑脸。

"你好啊,小甜甜——"程青热情地招手,查尔斯在她的身边蹭来蹭去。

"……不是说过不要这么叫我了吗,程老师!"沈湉感到一阵无力。程青是她就读军医大时的心理学教师,两人交情颇深。

"你的朋友来找过我了。"

听到 T 小姐的消息,沈湉一下子来了精神。她匆忙问道:"你觉得她怎样?"

"我们很聊得来呢,小甜甜你交到了一个有趣的朋友。"

沈湉回想起与 T 小姐的相遇与相知,又想到自己的境况,不由得感慨万千。程青在线路的另一端说道:"不过她最近好像遇到麻烦了。"

什么!

沈湉从床上一跃而起,程青继续说道:"我曾经警告过她不要去招惹白狐,没承想她的胆量超出了我的想象。"

白狐?是那支传说中的白狐部队吗?沈湉一时间无法将这个仅存在于新闻中的词语同现实联系起来。

"她现在怎样?"

"应当还没有被抓住,但我认为这只是迟早的问题。"程青叹气道,"无论她有着何等神通,与一支特种部队纠缠毕竟过于勉强。"

沈湉目光呆滞地盯着全息屏幕,虽然相处的时间很短,但她非常欣赏这位朋友。T小姐只身一人调查深渊号事件的勇气,让沈湉看到了人生的另一种可能性。她非常想要助这个朋友一臂之力,但如此平凡的自己又能做到什么?

"小甜甜,可不可以帮我一个忙?"程青露出一丝难以捉摸的微笑。

第二天,T小姐接到了沈湉的来电。

"电梯票的事情搞定了。"沈湉开门见山地说道,"对方是那种拿钱办事不问缘由的人。"

"多谢了。"T小姐吞下口中的冰淇淋,"打给你的钱够用吗?"

"太多了,一百万能包下几个专列。"沈湉不无感慨地说道。

"那就好,我对金钱没什么概念。"

"我说小T……"

"怎么?"

"你到底是什么人?"

面对朋友的质问,T小姐轻叹一口气:"不是说好了吗?事情结束后我定会如实相告。"

沈湉沉默片刻,低声说道:"……抱歉,我只是太好奇了。为保险起见,其余的东西我会当面交给你。"

T小姐还想说些什么,但对方已经挂断了电话。电话线路虽然在坂口的帮助下进行了加密,但长时间通话依然有被发现的危险。想到这里,T小姐将手机丢到一旁,将第二勺冰淇淋送入口中。

沈湉挂掉电话,下意识地摸了摸包中的东西。程青告诉她,T小姐的目的是去同步轨道城市空间站见某个人。为了躲避白狐的搜查,她委托朋友办了假证件,还向轨道电梯的管理人员打了招呼。无论发生什么,她都要将这些证件安全地交到T小姐手中。

"你为何如此热衷于帮助她?"她在电话中问程青。

"喜欢她当然是原因之一。另一方面……"程青捏着查尔斯的脖子，露出战士特有的锐利目光。"我想要告诉那个凯特，文职人员也不是那么好惹的！"

轨道电梯票价值不菲，由于广受好评，往往需要提前几个月预约。但如果你肯花大价钱，总会有工作人员能够帮你搞到近期的电梯票。沈湉看着天空，面带微笑。她有一个秘密没有告诉T小姐——

她用自己的积蓄买了一张同样的电梯票。

Möbius I

  行星戈布上终年肆虐着风沙。十万年前，它的恒星膨胀成为红巨星，突然增强的辐射为这颗星系边缘的行星带来了温暖，地表下蕴藏的液态氮和氧渐渐气化，形成了大气层。一个世纪前，人类的足迹远征至此。虽然有着可供呼吸的大气，但长久的冰封令行星上缺乏形成生态系统必需的液态水。对于刚刚进入星际殖民时代的人类而言，改造这里几乎是不可能的任务。
  根据某位探险者带回的资料，戈布的地下埋藏着丰富的贵金属元素。政府几经评估后将这里列为禁人的危险地带，但一纸政令并不能阻挡追逐利益者的脚步。几年后，星际海盗组织在行星上建起了矿井，开采出的贵金属元素为他们带来源源不断的收入。在星海的边缘，人类法律的约束力微乎其微，地球联邦和外法组织形成了一种特殊的生态。
  然而，戈布的统治者最近遇到些烦心事。
  艾力克的太空船缓缓降落在停机坪上，狂风夹杂着碎石不停地敲打着飞船外壳。他抬起头凝望天空，火红的恒星悬挂在头顶正上方，宛若一名行将就木的老人。这次去"老大哥"那里领取补给品，拿到的只有平日里的三分之二。这颗该死的星球上几乎不存在有机物，一切生活必需品都需要太空船运载。
  经过几十年的建设，这里的矿井终于完成了自动化开采；几乎是同一时间，上级将留守人员削减至几十名，老大哥控制成本的手段足以令企业家汗颜。艾力克打开船舱，呼叫了运输机器人；之后自己拎起两包速食咖喱和一罐黑啤,拖着疲惫的身体向电梯走去。

降下数百米深的矿井,走过悠长的走廊,他终于回到了自己的房间门前。身为矿井主管的艾力克每日的工作,便是在这里监视矿井的情况,以及帮助老大哥看管仓库。

当艾力克打开房门时,他看到一名陌生的男人等在那里。此人约莫二十几岁,有着一副典型的东方人面孔,藏蓝色外套下隐约可以看到健硕的肌肉。来者不善,艾力克立即拿出了十二分的警惕。

"艾力克先生,窃取'老大哥'财产的人果然就是你。"见房间的主人进门,男子起身问候,"我是一名私人侦探,姑且算是老大哥的助手。"

艾力克将食品丢在一旁,双眉紧锁:"虽然很想说欢迎光临,但你刚才的话,我无法装作没有听到。仓库被窃的事件已经持续了两年,我曾多次申请更换警备系统,都被上面驳了回来。如此恪尽职守的我今天却被倒打一耙,还希望你能给个说法。"

男子冷笑道:"还要装下去吗?能将贵金属偷运出去的人只有你,两年来你中饱私囊的金钱,想必可以买下一艘太空船了吧!"

艾力克不慌不忙地应道:"虽然我负责管理这个仓库,但开启仓库的密匙在老大哥的手里,没有他的指令我什么都做不到。我可警告你,这可是严重的诽谤,如果拿不出证据,我就要叫人了。"

"能够打开。"男子取出一张A4纸递到艾力克面前,"老大哥的密匙虽然复杂,在技术层面却十分简单——它只依靠一个数据位存储'0'或'1'的状态。你编写了一个程序,它会不停地对相邻数据位进行大量的读写。这样的操作会在局域产生高温,由此一来该数据位便有一定概率由'0'变为'1',继而自动开启权限。这张图表是我刚刚导出的内存检测温度曲线,每次仓库失窃时,内存的温度都会飙升,这就是证据。"

艾力克注视着纸上的曲线,几滴冷汗划过面颊。突然间,他拔出腰间的手枪,对着计算机一阵乱射。金属弹壳在男子的面前飞过,可他一动不动,只是目光冰冷地注视着艾力克。

"盗窃？不存在的。"艾力克冷笑道，"我这里遇到了袭击，在战斗过程中计算机被打坏了，就是这样。同时——"

他举起枪面向着男子。

"为了保护老大哥的财产，他的助手探在战斗中光荣牺牲了。"

话音未落，一柄飞刀径直插入艾力克的手腕。艾力克发出一声惨叫，手枪应声落地。男子没有放过这一瞬间的机会，他对着艾力克的腿部一记扫荡腿，在对方摔倒在地的同时将他的双手反剪在身后。他一只手轻而易举地按住挣扎的艾力克，另一只手捡起手枪顶在他的头上。

"如果就这样将你交给老大哥，在死之前想必会吃不少苦头。我可以送你上路，不知你意下如何？"

艾力克重复着无谓的反抗，但几秒钟后，他便放弃了。这个男人有着压倒性的力量，他没有任何翻盘的可能。

"我认栽了。"艾力克全身无力地瘫在地上，"在你动手前，可以问一个问题吗？"

"说吧。"

"你究竟是什么人？特种兵吗，或者是星际杀手？"

男子微微一笑，将子弹送出了枪膛：

"图书管理员。"

◇

"老大哥"统率着一支庞大的宇宙海贼舰队，其名唤作"独角兽"，在海贼军团中有着响当当的名号。他本人所在的旗舰外形好似一只巨大的甲虫，周身漆成深红色，正前方挺着一门象征武力的等离子巨炮，其威力足以蒸发小型的海洋。几十年中，组织的旗舰曾几度更换，深红色的外观与巨炮是其不变的标志。

旗舰打开舱门，罗星的小型飞行器顺着红外激光的牵引徐徐降落。卫兵早已列队等候，罗星举起双手跳下飞行器，卫兵队长对他进行了周密的搜身检查。检查完毕后，队长恭敬地九十度鞠躬道："辛苦您了，罗星先生。老大哥已等候多时，他十分期待您的到来。"

踏着熟悉的道路，罗星向老大哥的房间走去，一路上工作人员向他礼貌地问好。这里丝毫不似黑社会组织的总部，反而更像是一家训练有素的企业。老大哥的房间前，两位穿着深蓝色制服的女性已恭候多时，她们对罗星弯腰致意，以标准的动作为他打开房门。

房间内摆着一张白色的圆桌，材料是奢侈的原木。桌面上摆满了各类中式菜品，两瓶色泽鲜艳的龙舌兰点缀其间。一名约莫十八九岁的青年坐在餐桌对面，一头金色的长发扎在脑后。见到罗星，他露出天真的笑容："只有你来的时候，厨师长才肯做出这么多中餐。中餐的材料很难弄到，即便是老大哥也必须节俭一些啊！"

罗星扯过椅子，毫无拘谨地坐在老大哥对面。"原来你想念的是美食，并不是我啊！"他调侃道。

"这并不矛盾。"老大哥微微一笑，"想念你的是大脑，想念美食的是胃。我身体的每一个器官都很诚实。"

在外人的想象中，"老大哥"要么是一位孔武有力的大汉，要么是一名心狠手辣的老人。但实际上，"老大哥"并不是固定的一个人，而是一个名号。组织的元老院会选拔出最适合的人才，并将其推上"老大哥"的位置。上次这一位置的更迭是在三年前，前任"老大哥"的太空船遭遇了爆炸事故，于是这位百年难得一见的天才被推上了统治者的位置。同样是在三年前，汤姆救下了遇难的罗星，两人一见如故，成了挚友。

"汤姆，犯人确实是艾力克。"罗星自然而然地叫着"老大哥"的本名，将一块指甲盖大小的软体推到他面前，"证据全在这里了。可惜的是在我揭穿他的同时，他便畏罪自杀了。"

汤姆接过软体，看都没看一眼便丢进了垃圾桶。

"我一直在怀疑艾力克那个家伙，每次削减的补给便是警告。只可惜他视而不见。你给出的结论永远不会有错，我不需要什么证据。"

"你过奖了。"罗星耸肩。他为自己和好友斟上美酒，举起酒杯，"久别重逢，先干为敬。"

酒过三巡，汤姆开口道："这酒喝着可习惯？要不要换成中国的白酒？"

"不必了。"罗星摇摇头，"说来奇怪，我虽然生在中国，却对白酒毫无兴趣。龙舌兰一直是我排解忧郁的良品。"

老大哥举起酒盅，二人再次碰杯。少顷，罗星放下酒杯，用手顶住额头："汤姆，我欠的钱还剩多少？"

"又在提这件事。"汤姆面露不悦之色，"我早就说过，只要你愿意帮助我……"

"我也说过，我不可能一直做下去。"罗星打断了好友，"很抱歉汤姆，终有一天我不得不离开，所以……"

"所以你不想给我添麻烦，哪怕我是'老大哥'。"汤姆嘴角挂着微笑，说出了罗星重复多次的话语。"其实我想到一个两全其美的方法，想不想听一听？"罗星立刻抬起头来，汤姆诡笑道："不如这样。你把'公主'嫁给我，我们就是一家人了，欠债什么的也就一笔勾销了。"

罗星眉头紧皱，看着他的一脸色相，汤姆却发出了爽朗的笑声，用力拍着罗星的肩膀说："哈哈哈哈……好啦，还是这么开不起玩笑。继续喝酒！"

又是一杯酒下肚，汤姆换上了一副严肃的面孔，问道："公主最近怎样？"罗星轻轻摇头。汤姆闻讯露出了悲伤的神情，他眺望着落地窗中投影出的星空，叹息道："公主是全人类的至宝，可惜的是，她却只能做一只被囚于笼中的小鸟。"说罢，他用饶有深意的眼神看着好友问道："话说回来，你这些年的变化也真是很大。是因为公主吗？"

"我必须照顾她，这是我们的约定。"罗星苦笑道，"刚刚遇见你时，我还是个手无缚鸡之力的书生。但那件事情使我深刻地意识到，想要对抗暴力，首先必须拥有同样的暴力。"

"你最初要求参加特种兵训练营时，我真是吓了一跳。"汤姆再次将酒杯斟满，"我一度担心你挺不过来，没想到你真的做到了，用最短的时间成了一名战士。"

"过奖。"罗星举杯畅饮。

临别时,老大哥递给罗星一沓纸质资料。他一面用湿纸巾擦拭着双手,一面说道:"有两件事情要告诉你。第一件是,你想要寻找的那三个人,我们倾尽全力只找到了一位,第一页上就是他的地址。"

罗星看着资料,露出欣慰的笑容。汤姆好奇地问道:"他的年龄与你相仿,你们究竟是什么关系?"

罗星笑道:"他是我的另一位挚友,和你一样,是个天才。"汤姆耸耸肩,继续说道:"第二件是有关深渊号的事情。我发现了一篇有趣的报道,刊在星际周刊不起眼的角落。出于好奇,我便找作者要来了全文。"

罗星翻过第一页,A4纸上用红色大字写着醒目的标题:银河中的魔鬼海域?跨越半个世纪的死亡旋涡!

"我来简要说明一下。"老大哥将纸巾丢在一旁,轻轻整理着衣装。"这名好事的记者收集了半个世纪以来星际航行事故的资料,发现居然有十几艘太空船在同一星域遇难。"

时至今日,每年来往的远距离太空船数量高达几万艘,政府并没有太多的精力投入管理,对事故通常也是不闻不问,只是草草处理了事。罗星仔细翻看着资料,当看到"魔鬼海域"的位置坐标时,不禁皱起了眉头。

汤姆恰到好处地解释道:"你应当清楚,这就是'深渊号'遇难的空域,上一代老大哥也死在了这里。"

罗星点头道:"我会调查的。"

有一件事情罗星没有告诉汤姆,深渊号的遇难,是远在20年后的未来。

◇

在戈布的远日端,飘浮着一颗冰冷的行星。它虽然有着稀薄的大气和固态的地下水,但常年处于冰点之下的温度让一切建立生态系统的努力都成了徒劳。加之矿产资源贫乏，即便是星际海贼也很难对它产生兴趣。它甚至只有一个拗口的学术名称，长长的一串数字和字母讲述着它的孤独与乏人问津。

也正是因此，它成为天然的庇护所。

在行星最高的山顶上，铺满了鳞片一般的太阳能光板；从天空瞭望，波光粼粼的景象颇为壮观。单晶硅板们收集着恒星投射过来的为数不多的光能，将其转化为电能输送到地下几千米的深处，在那里藏着一座人造的"世外桃源"。金属外壳规划出边界，终年忙碌的空气压缩机和水泵将大气和地下水收集起来，电力提供了光照，加之地壳内部适宜的温度和重力，这里居然建立起了小型的生态系统。

罗星走下电梯，放眼望去是一片绿油油的草甸，不远处矗立着一座精致的二层木屋。电梯开在一座塔型建筑的底部，罗星经常戏称此处为"神坛"。他深吸一口气，拖着沉重的行李箱向木屋走去。他每个月都要来到这里，亲手为"公主"送上生活用品。

突然间，一双小手捂住了他的双眼，耳边传来俏皮的声音："猜猜我是谁。"

罗星笑道："电梯处并没有发现陌生的指纹或脚印，金属外壁亦没有被破坏的痕迹，因此外敌入侵并伪装成你的概率为零。我在垃圾桶内看到了开心果和兰花豆的包装袋，这些都是你喜爱的零食，也从侧面印证了你没有被掉包。综上所述，你就是月影妹妹。"

月影松开双手，按住罗星的肩膀一个筋斗翻到了他的前方，不满地嘟起嘴："罗星哥哥你太无趣了！好不容易盼到你来，却连个玩笑都不会开。"罗星摸了摸女孩的头，三年来，月影的一头短发已然变长，只是依然疏于打理。

"最近情况怎样？"罗星问道。

月影轻挠脸颊，难为情地说："又弄坏了一张木椅和几个茶杯，下次还要麻烦你带过来……"话没说完，罗星轻轻拥住了她。月影双颊涨得通红，吞吞吐吐地说："罗星哥哥，我没关系啦，你不要这样……"

"你辛苦了。"罗星在月影耳旁低语道。

月影的大脑中存在着一个被称为"婴儿破坏者"的、由超能力神经中枢形成的第二人格。严格来讲，真正拥有超能力的是第二人格，主人格只是在借用力量；但在控制身体方面，主人格处于支配地位。在深渊号上，由于过度使用超能力，第二人格触发了防御机制，限制了超能力的使用；但为了保护大家，月影依靠强烈的信念杀死了第二人格，并由此夺回超能力。

婴儿破坏者的人格不再存在，这本应是一件值得庆幸的事情，然而事实并非如此。由于扼杀了大脑中抑制超能力的机制，月影的念动力不再受主观意志的约束。换言之，她的超能力随时随地都有可能发动，她本人却毫无办法。"婴儿破坏者"不会再次苏醒，但从另一个角度讲，她永远都醒着。

为了应对这种情况，罗星为她打造了一座地下城堡。

生态系统的金属外壳上布置有上千个电磁波发射装置，它们发射出微弱的辐射，能够对超能力中枢起到很好的抑制作用。加之地底环境稳定，月影只要待在这里，超能力就不会造成危害，同时也避免了被某些别有用心的组织盯上。为了打造出这个牢笼，罗星向汤姆借了一辈子也难以还清的金钱。

"哇，好漂亮的公主裙！"打开行李箱后，月影激动得双眼放光。除了大量的食品外，罗星每次都会带来新款的服饰。

两人合力将补给品收入仓库后，月影提出了打篮球的建议。

"我们好久没较量过了吧，罗星哥哥。"月影兴奋地拍着篮球，"我每天对着空气练习，无聊死了。"

篮球是罗星为数不多擅长的运动之一。在高校任职的时候，由于体能的限制，只能和一般水平的学生对打；遇到高手或者大个子，他都会被虐个七荤八素。

但是现在不同了。

"我来了哦，罗星哥哥！"

月影面对罗星，熟练地进行着胯下运球；罗星几次伸手偷球，都被对方发现了意图。突然间，月影向左侧一个变速；罗星匆忙上前阻挡，对方却利用身体灵巧的优势向右一晃，歪着身子过掉了他。上篮得分后，月影得意地说道："这叫欧洲步，虽然我还没有练熟。"

轮到罗星进攻。他先是带球绕场跑动，但灵巧的月影一直死死地缠住了他；之后他选择了篮下强攻，坚实的臂膀顶得女孩一个趔趄。罗星当即放弃了进攻，以他现在的身体，靠蛮力很容易伤到月影。

罗星已双手持球，再次运球就会走步犯规。无计可施之际，他猛地干拔跳起，在月影面前强行投篮。由于姿势没有调整到位，篮球滑框而出；处于有利位置的月影轻而易举地捡到了篮球。

罗星双眼死死地盯住了篮球。除了不能用蛮力外，他不敢有一丝大意。女孩再次耍起了灵活的脚步，罗星清楚，如果比身体的灵巧性，对方远在自己之上。看准罗星的一个疏忽，月影再次带球从他的侧面通过。她拼劲全力地飞奔着，在接近篮下的时候将球一抛——

就在这时，罗星在她的身后高高跃起，一击漂亮的盖帽将篮球收入囊中。原来他放弃了同月影较量变速，待对方通过后，利用速度上的优势自身后防守。

月影眉头紧皱，目光锐利，这场较量的困难超出了她的想象。罗星优哉游哉地将球带出三分线，摆出一副轻松的架势。女孩弯腰张开双臂，她的优势是敏捷的动作和快速的反应，有信心在罗星起步的一瞬间将球断掉。

然而，罗星突然原地起跳远投，篮球画出一道高高的弧线，稳稳落入篮框。

"时间到，三比二，我赢了！"罗星长舒一口气，拭去额头的汗滴。

"这是作弊啦！"月影激动地大喊道，"为什么会突然投三分球啊！"

"篮球的规则可没有禁止三分球哦！"罗星拍了拍女孩的头，露出一丝坏笑,"输了就是输了。"

月影咬住下唇,脸颊涨得通红。

晚饭过后,罗星坐在软绵绵的沙发里,取出汤姆交给他的资料仔细阅读。资料中给出了在同一空域遇难的太空船的数据,从坐标来看,它们遇难的位置相差不超过一千公里。罗星清楚,所谓一千公里只是测量仪器的限制而已;如果人类拥有足够的技术力,也许会发现太空船遇难的位置精确到普朗克尺度。

房门被推开了一半,月影躲在门后,满脸通红地偷看着罗星。罗星招招手,女孩羞赧地推开房门,身上穿着白天那条崭新的公主裙。裙装整体呈淡红色,领口、衣袖和裙摆处点缀着几处纯白。她将一头长发打理得整整齐齐,瀑布一般地披在肩上。

"好……好看吗?"月影深深地低着头,不敢抬眼正视男人。一时间,她的视野显得局限,整个宇宙收缩成一个狭小的空间,小得仿佛只能容纳他两个人。

就在月影并未听到罗星的回应时,一双有力的手臂抱住了她,世界更小了,但也变得柔和、温暖,给予了月影一种强烈的自足感。

就好像……她不需要整个宇宙,只要有他就够了。

然后,罗星的手慢慢从她的肩膀下滑,攀上了她的腰肢,就像扶着一支春天的杨柳,那般柔嫩,却充满着旺盛的生命。罗星情不自禁地将脸颊跟她贴得更紧了,嘴唇贴着她的脖颈,一寸一寸,就像在摩挲天鹅绒一般。

一时间,月影觉得有些口渴,胸口的花朵收紧起来,重新变成一点小小的花蕾。罗星终于将嘴唇轻轻点在了她的嘴唇上,另一只手也穿过了薄薄的公主裙前襟,越过轻薄的吊带,一点点爬上了月影的并蒂莲上,连理枝头。

深夜,两人拥抱着躺在了一起。

"汤姆帮我找到了老芮。"罗星开言道。

"恭喜你,找到了正宫娘娘。"月影用手指在罗星的胸口写着大字,"看来今后我只能做个小妾了。"

罗星在月影的肋间轻轻一点，女孩发出一声娇嗔。

"三年了……"月影盯着低矮的天花板，轻轻叹息，"我至今仍无法相信，我们此刻正身处二十年前的过去。"

前往小型飞行器停靠区的通道并不是单纯的"逆时区"，它综合了"逆时间"与"随机时间"，众人被发送到了遥远的过去。罗星得知这件事情时，他已在太空中漂流了两个月。

在太空中，三架飞行器彼此走散。一周后罗星和月影降落在第一颗行星上，那里居住着文明尚未开化的原住民。为了不将月影暴露，罗星冒着生命危险偷来了食物和水，匆匆地离开了那里。之后两个月的时间内，他们到过漫天黄沙的生态开发地区，那里的居民人人挂着一张绝望的脸；到过战火连连的前线，两股星际海贼势力在争夺地盘，血流成河。直到遇见了汤姆，他们的生活才安定下来。

与此同时，罗星发现自己回溯了二十三年的时光。

"罗星哥哥，如果我们回到了地球，能不能看到过去的自己呢？"月影轻声问道。

"可以的，但我们最好不要去触碰历史。"

"又来了，听得我耳朵都起茧了！"女孩不满地嘟起嘴，"即便我想要去触碰，也不可能做得到啊！"

罗星的脸上露出忧郁的神色。"有朝一日我会买一艘大型太空船，将这个大罐子装到太空船上，带着你四处邀游。"月影的肉拳温柔地捶在他的胸口："你知道吗？我一岁半的时候，由于超能力失控，被封闭在医院地下的水泥防空洞中长达一年。后来被转移至超能力研究所，在那里过着禁闭一般的生活。和那些时候相比，我现在幸福多了。"月影说着，脸上露出笑容。可是突然间，两股殷红的血液自她的鼻孔流下，她匆忙地转过身去，手忙脚乱地擦拭着。

"鼻血很脏的，差点儿就流到你的身上了……"

虽然借助外力抑制了超能力，但不受控制的力量反过来自内部破坏着月影的大脑。她最近时不时地流鼻血，有时还会出现精神恍惚的现象，这些全是脑组织损坏的证据。罗星没有再说什么，他起身将女孩压在身下,用双唇封住了她的口。

◇

罗星做梦也不会想到,那个胆小的老芮会窝在如此鱼龙混杂的地方。

无论是政府、探险者还是星际海贼,补给品与维修工都是必不可少的。为了方便商人的交易,某些自然环境较好的殖民星球上出现了大规模的自由贸易市场。远离了母星的束缚,每做一笔生意都会冒着莫大的风险,但与此同时也会带来可观的回报。那些生意场上的成功者,茶余饭后的谈资便是母星居民乏善可陈的生活。

罗星漫步在自由贸易市场最繁华的街道,熙熙攘攘的行人与他擦肩而过,街上漫布着金属的味道和女人的体香。这颗行星的自转周期长达四十二个地球日,虽然天空一片漆黑,交错的光影和纷扰的噪声却将文明的喧嚣带给了大地。贩卖食品的商家用扩音器叫卖着,打出了大降价的招牌以吸引散客;夜空中不时可以看到载满补给品的太空船升空,宛若逆行的流星。太空船的核心部件往往需要可靠的关系才能搞到,因此总是奇货可居;街上经常可以看到穿着深色衣服的男人,塞给他们一些小费,便可以被引荐给核心部件的供应商。

在一位老者的指引下,罗星来到了目的地。他面前是一座低矮的三层建筑,周身包裹着红色和黄色的霓虹灯,入口处还可以看到全息投影的曼妙女郎,不停变换着撩人的动作。

"小伙子,好好享受!"老者拍着罗星的后背,露出意味深长的笑容。罗星将便签上的地址与门牌对照,芮汐兆的藏身之处就在此处。

大厅中光线昏暗,墙角处几只霓虹灯闪烁着暧昧的光芒。前台接待的是一位身材高大但文质彬彬的男人,罗星取出纸笔,快速地画出一张涂鸦递给他。

"将这个交给你们老板,告诉他我在外面。"罗星交代道。高大的男子看到便签皱皱眉头,迈着沉稳的脚步渐渐离去。不一会,他便一路小跑地回到前台，将涂鸦递回罗星手中。

"老板让您现在过去，我会找人带路。"男子鞠躬致意。罗星看着手中的便签，露出会心的笑容。在他的大便形涂鸦下方，芮汐兆写下了三个字：你胖了。

为罗星引路的小姐有着一张可人的东方面孔，发色却是西方人的金黄。她穿了一身浅蓝色的兔女郎装，十厘米的高跟鞋衬托起曼妙的身材。两人来到一扇深红色的木质大门前，女郎恭敬地敲门请示。

门内传来应允声。女郎打开房门，向罗星做了一个"请进"的手势。看到老朋友的那一刻，罗星感到时间仿佛凝固了——芮汐兆翘着腿坐在一张黑色的实木办公桌后，疏于打理的短发好似蓬乱的干草，黑框眼镜歪歪扭扭地架在鼻梁上，身上的白大褂已十分陈旧，胸前还可以看到淡淡的红色斑点。芮汐兆的样子与昔日邂逅的教授别无二致，让人无法将他与"夜总会老板"的形象联系起来。

女郎鞠躬准备离去，她的老板却招招手，示意她来到自己身边。女郎看看老板，又瞥了一眼罗星，面带难色地走到了老芮的座椅旁。芮汐兆起身一把从背后抱住了她，一只手从腋下探入衣服揉捏着乳房，另一只手紧紧握住丰满的臀部。他一面享受着女人的身体，一面满脸陶醉地看着罗星。

"好久不见，你还是那么傻。"老芮自然而然地打了招呼。他轻咬着女郎的耳垂，问道："要不要为你来一位？"

罗星连连摇头。

"今天我请客。难得老子大方一次，真的不考虑一下？"

罗星将双臂抱在胸前，冷笑道："如果请客的理由是年级排名超过了韩雪，我倒是不会拒绝。"

芮汐兆一下子没了兴致。他仿佛泄了气的皮球一般垂下双手，面部肌肉轻微地痉挛着。金发女郎护住半裸的胸部鞠了一躬，急急忙忙地退了出去。看着下属香艳的背影，老芮开言道："她叫安妮，在夜总会所有的女人中，我最疼爱她。知道为什么吗？"

"因为她长得最像狄安娜。"罗星想都没想地答道。见芮汐兆一副吃惊的表情，罗星继续说道："不过是你说谎了，你并非疼爱安妮。我在前台看到了一位留着黑色短发、戴眼镜的女孩子，她才是你最疼爱的员工吧？"

"……你怎么知道？"

"因为她很像你的学生林颖。"

芮汐兆呆呆地盯着老友，不知不觉间，有什么暖暖的东西自眼眶滑落。他匆忙转过身去，手忙脚乱地用白大褂的袖子擦拭着泪水。

"你这个浑蛋，知道戴上这副面具花了我多少时间吗……"

一些特殊的见面仪式后，一对好友相拥而泣。

"和你们走散后，我花了两周的时间漂流到了这里。"老芮讲述起自己的经历，"最初只是想凑够钱返回地球，没承想维修厂的主管对我的技术大加赞叹。一来二去，我们将维修厂办成了太空船零件的生产线，我甚至成了合伙人。"

"二十三年后的技术，自然会带来不同凡响的效应。即便进入宇宙世纪，科技的发展依然日新月异。"罗星应道。

"最初发现自己回到过去时，我真的惊呆了。"芮汐兆不成体统地坐在桌子上，"这件事在某种程度上也坚定了我不会返回地球的决心。总之，将生意做强做大后，我反而失去了兴趣。于是我卖掉了手中的股份，拿着一大笔钱买下了这家夜总会。"看好友毫无反应，他诡笑道，"知道我为什么会选择做夜总会的老板吗？因为……"

"从没有女生喜欢过你，既然选择了自暴自弃，不如做一些自己没尝试过的事情。"罗星代替老友说出了答案。

"……迟早干掉你。"

罗星面色一沉，语气强硬地问道："我不明白。在深渊号上大家都失去了很多，你不是最不幸的那一个。我们活了下来，这条捡回来的生命还有必须要去完成的事情。你真的想在这种鬼地方度过一生吗？"

面对好友的质问，老芮陷入了长长的沉默。罗星一言不发，只是用坚定的双眼注视着他。不知过了多久，芮汐兆走到罗星面前，双腿一弯跪倒在地。

"对不起，我骗了你。"

芮汐兆深深地低着头，眼泪一滴滴滑落，打湿了地面。

◇

深渊号起航一周前，林颖接到了芮老师的电话。

"林颖你听着，我现在说过的话绝对不会再说第二次。"芮老师的语气异常凝重，"从现在开始，我和你不再是师生关系。你明天就去找教务分配新的导师，相关材料我已经帮你提交学院。至于你现在的课题，是否继续下去完全看你的意思，我不会干涉。总之，这是我们最后一次联系了，从放下电话的那一刻起，我们再无关系。"

电话对面的学生一下子蒙了头，但芮老师已经挂断了电话。

◇

"就在我煽动你登上深渊号的那一晚，家中来了一位不速之客。开门进家时，我看到已经有人等在了客厅中。那是一名年龄四十岁上下的西方女性，身体坚实，目光犀利，即便是年龄也难以掩饰她的美貌。'我是白狐部队的指挥官凯特，请多关照。'她开门见山地进行了自我介绍。她随后告诉我不要紧张，不会做出伤害我的事情。

"凯特的脸蛋虽然精致，却缺乏必要的表情，好似一尊人偶一般。没错，就和之后遇到的狄安娜一模一样。你根本无法想象，第一眼看到狄安娜时我有多么惊讶。凯特无视了我的惊恐，语气强硬地对我说：'今日唐突来访，是代表政府委托给你一个任务。''什么任务'我压抑着心中的恐惧问道。凯特摄人心魄的双眼直视着我的瞳孔，说出了改变我人生轨迹的一段话：'据可靠情报，你即将乘坐的深渊号会遇到地外文明的袭击。你的任务是在太空船遇难时将其炸毁，最坏的情况下也要将船上成员全部杀死。'

"我简直不敢相信自己的耳朵。世间真的存在这样的事情？他们为何选择了我？我情绪激昂地质问她，既然得知了事故隐患，为何不终止太空船的航程？她只是冷冷地告诉我，为了全人类的利益，政府自有考量。她还告诉我，为了避免引起怀疑，他们不会提供任何硬件上的协助，摧毁太空船或杀死成员的武器需要我自己想办法获得。好消息是太空船上有一位协助者，但为了不暴露目标，我们彼此间并不清楚对方的身份，需要单独执行任务。"

"那个人一定就是心瞳了。"罗星插言道。

芮汐兆点点头："其实得知心瞳白狐部队身份的那一刻，我便在怀疑她。但深渊号上有疑点的人实在太多，我始终不能确定。"

"你没有反抗吗？"

"我义正言辞地告诉她，我拒绝。凯特只是淡淡一笑，对我说：'你当然可以拒绝，我们会尊重你的意志。但为了政府的计划，在太空船升空之前你将被软禁，并失去一切联系外界的机会。'她的言下之意，就是将你和韩雪当作了人质，要挟我参与他们的计划。她还告诉我，即便我答应了参与计划，也会密切监视我的一举一动，不得对任何人泄露这次谈话。

"'登船前你还有时间考虑，我很期待你的答复。'这是凯特对我说的最后一句话。直到她关门离去，我仍感到自己仿佛置身梦境。你知道吗，当从你的口中听到'凯特'这个名字时，我所有的噩梦在一瞬间苏醒了。我一度认为你知道了那次谈话，但从你随后的只言片语中我推断出，你也不过是从别处听到了这个名字。"

罗星点点头，他将双手交叉放在胸前，示意好友继续。

"我苦恼了三天。你清楚，我不是个有胆量的人，杀人这种事情，无论如何我都不可能做得到。"老芮握紧了拳头，"但是渐渐地，另一种感情占据了上风。如果就这样逃避，我会一生愧对我的好友。在深渊号上，我将是唯一有可能保护你和韩雪的人。"

罗星皱皱眉头："你为了我和韩雪选择了登船？"

"是啊……我赶走了自己的学生，又回到老家来了一次告别之旅。"芮汐兆露出自嘲的笑容，"临行前一晚，凯特发来了深渊号的相关资料，里面甚至包含了机械警卫系统'factory'账号的密码，但依然没有说明谁会是我的协力者。但这一次她提示了我，深渊号遭遇的事故可能会引起时空的异变。我彻夜未眠，将所有的资料研究了不知多少遍。即使躺在床上，脑中浮现的也是各种可能性的演习。"

罗星恍然大悟："所以第二天登船时，你总是一副魂不守舍的样子。我当时还以为你在因韩雪的事情郁闷呢。"

"我有那么幼稚吗！"芮汐兆不屑地笑道，"即便到了太空船上，我也在为各种可能的事态做准备，所以一直将自己锁在屋子里。我总共做出了二百多套方案，最终付诸实施的却只有两套。知道它们是怎样的方案吗？"罗星摇摇头，芮汐兆露出恶作剧成功一般的坏笑："其一，撮合你和韩雪。我认为自己没有能力阻止事故或屠杀，但是至少，我想让自己的好朋友获得短暂的幸福。"

"你这个家伙……"罗星长叹一口气，"第二套方案呢？"

"我写了一首朦胧诗，就是欢迎晚宴上的那首，目的是提醒大家会发生什么。只可惜本教授的艺术属于下个世代，你们都没有读懂。后面的故事你都清楚了，我非但没能救出韩雪，还是在你的帮助下才活了下来。"说出了憋在心中的秘密，芮汐兆如释重负地瘫坐在皮椅中。"我对如此废物的自己厌恶至极，便将自己丢弃在了这个垃圾场。"他看了看自己的右手，目光迷离地凝视着远方。"现在的生活反而很好。我还留着以前不受欢迎的发型，穿着旁人眼中不入流的实验服，身边却美女如云——虽然是买来的。"

罗星注视着好友，仿佛看穿了他潜藏心底的悲伤。片刻后，他面色凝重地问道："我有一个问题。如果真的不得不杀人，你会怎么做？"

"谁知道呢！"老芮将双臂枕在脑后，注视着天花板。"如果一旦开了杀戒，说不定我会成为一名令人闻风丧胆的屠夫呢！科研工作者，都是某种意义上的偏执狂。但是有一件事情我可以保证……"他回视着好友的瞳孔，"无论发生了什么，我都不会伤害你和韩雪。只有这一点我是确定的。"

两人陷入了默契的沉默。几分钟后，房间内空气再次流动起来，芮汐兆看着好友结实的身体问道:"我的故事讲完了。你的身上发生了什么?那强壮到夸张的肌肉,不会是通过健身训练出来的吧!"

"三个月的纳米机器注射,半年的特种兵训练课程。"罗星轻描淡写地说出了自己的经历,"所谓纳米机器不过是一些强化肌原蛋白的微型胶囊,充其量只会缩短几年的寿命。"

芮汐兆一下子跳了起来,狠狠地拍着桌子:"缩短几年的寿命?你的脑袋进水了吗?为什么要做这样的事情!"

"现在人的平均寿命超过了一百岁,几年的寿命只是百分之五……"罗星还没说完,老芮便踩着桌子跳了过来,扯住他的衣领大喊道:"这是能够计算百分比的问题吗?混蛋!"

"……我需要照顾月影,必须让自己强大到足以对抗暴力。"罗星淡淡地回应。芮汐兆大吃一惊:"月影?你们在一起了?"

"为了救出大家,她毁掉了大脑中抑制超能力的神经中枢,只剩下了不到三年的寿命。"

揪住罗星的手一下子没了力气。芮汐兆躲避着好友的目光,面色阴沉。

"这样啊……抱歉。"

"不必。"

之后,罗星向好友讲述了自己在星空漂流,以及遇到汤姆的经过。芮汐兆提议由自己来负担月影生活的费用,罗星微笑摆手拒绝。"除了金钱,我还欠着汤姆一生也还不完的情分。我必须报答。"他说道。

两人聊了很多很多。芮汐兆叫来了一桌饭菜,安妮换上了一身黑色短裙的制服,迈着漂亮的步子将菜品一一呈上。看到此刻的老板对自己的身体毫无兴趣,她满脸疑惑地看着罗星。芮汐兆安排的饭菜十分特别,全部是本科时期高校食堂菜品的重置版;罗星打开珍藏的龙舌兰,两人开怀畅饮。不久后,芮汐兆又将调酒师请了出来,蓝色的玛格丽特倒满了高脚杯。

"你真没劲……喝了那么多还这么清醒。"老芮将一只空酒瓶丢在地上，眼圈通红，口舌开始打结。

"不能被灌醉是侦探的基本素质。"罗星笑道，"要不要再开一瓶？"

"该死的东西……"

"换个话题清醒一下吧。"罗星为好友递上一杯热水，"深渊号的未解之谜还有很多，你能想明白几个？"

芮汐兆接过水杯，一个不小心洒了半杯在白大褂上。他笨手笨脚地脱掉外衣，瞪着罗星问道："凶手不就是心瞳吗？你还想知道什么？"

罗星伸出三只手指："未解之谜一共有三个。其一，我们在蓄水区看到的'鬼魂'究竟是什么，与因特林的暴走有无关系？其二，舰长为何会发送信息将夫人诱骗至浴室？其三，植物区3号门附近的骸骨究竟是什么人，为何腿骨会有奇怪的断裂？"

"谁晓得呢！"芮汐兆取出另一件白大褂套在身上，"也许深渊号连接着另一个世界吧，反正我是懒得去想。"

罗星凝视着窗外，面露悲伤："如果不把深渊号的秘密搞清楚，我就无法面对牺牲了自己的月影和永远重复着死亡的韩雪，更对不起被我丢下的兰兰和周诚先生……"

"等等！"芮汐兆伸出手掌，示意好友暂停。他用力揪着眉头，猛地一拍脑门说："我想起来了！你在最后逃脱深渊号时，也喊过'周诚'这个名字。"

"……有什么问题吗？"

老芮的下一句话，将本就扑朔迷离的事情丢入了更加深不见底的混沌中：

"当然有了！深渊号的成员只有十二人，你说的这位周诚先生，究竟是谁啊？"

◇

"我们结婚吧。"

面对罗星突如其来的请求，月影惊讶地涨红了脸。她漫无目的地四下环视，用颤抖的食指指了指罗星，又指了指自己。

"……你和我吗？"

"当然。"

"给我十分钟。"

月影猛地从罗星身边跑开，重重地撞开大门，又匆匆拉上了窗帘。十分钟后，月影扭捏地走出房门，看上去进行了简单的梳妆，面带红晕。

"我……可以问一个问题吗？"月影结结巴巴地开口道。罗星点点头，月影干咳两声，表情渐渐严肃起来。

"这个问题对我十分重要，希望罗星哥哥你能够诚实地回答。"月影清澈的瞳孔中透出不可动摇的决心。她深吸一口气，开口道："如果此时此刻，我、韩雪姐姐和兰兰姐同时站在你的面前，你会选择谁？"

"你。"罗星毫不犹豫地回答。月影反而乱了方寸，她逃避开男人的目光，吞吞吐吐地问道："为……为什么会选择我？"

"韩雪令我一见钟情，苦苦相恋；兰兰用睿智和气质征服了我。但是你，月影——"罗星起身，紧紧握住女孩的双肩，"我们一同出生入死，相濡以沫；对我而言，你已经成为身体的一部分。我会因为你的开心而快乐，因为你的悲伤而痛苦。我喜欢你，爱着你，并不是因为你的什么特性，而仅仅因为，你是你。这种感情是友情，是亲情，更是爱情——不，我认为对你的感情在这些之上。除了与你结为夫妇，我想不到其他的方法承载自己的感情。"

男人单膝跪地，双手捧上一只精美的红色盒子。盒盖打开后，月影看到了一枚精美的钻戒。钻石不算大，但有着漂亮的切割；钻戒周身雕刻着月亮与星辰的图案，明亮闪烁仿佛夜空。

"这枚戒指是我找工匠雕刻的，名字叫作'星月'，象征着你我。"罗星起身拉住了女孩的手，"嫁给我吧，月影。"

女孩的身体微微颤抖着，她双手掩面，幸福的泪水自指尖滑落。

两人将婚期定在了半月之后。罗星买来了漂亮的婚纱和西装，两人费了很大力气才将婚纱为月影套上。看着镜中穿上洁白婚纱的自己,女孩将双臂抱在胸前,一副若有所思的表情。

"怎么了?"

"我在想……如果能穿着这身衣服在天空飞上一会儿,那该有多好。"月影的手指在空中比画着,"从天而降的新娘,这个创意不错吧!"

对于念动力者月影而言,在天空飞翔早已是司空见惯的事情;而此时此刻,如此简单的事情却成为奢侈的梦想。从罗星与芮汐兆会面起又过了两年的时间,在这期间月影的身体每况愈下,流鼻血和精神恍惚的症状逐渐加剧,有时还会突然昏迷。超能力本是上天的恩赐,如今却成为魔鬼的诅咒。

他们的婚礼没有任何繁复的设计,只是一个简单的仪式。他们只准备邀请汤姆一位客人,他同时也将是婚礼的主持人。汤姆对此事依然一无所知,罗星决定亲手将请柬递到老大哥手中。

罗星坐在缓缓升空的太空船上,俯视着脚下荒芜的行星。这颗行星对他而言有了特殊的意义,因为他的妻子在那里。虽然残酷的命运依旧横亘在两人面前,但此时此刻,他体会到了真实的幸福。

◇

三天后,罗星来到独角兽舰队所在的星域,那里已经变成了太空船的墓场。大小不一的金属残片飘浮遍布四处,如果不注意控制速度,这些尖锐的家伙很容易就可以刺穿太空船的外壳。

老大哥的舰队遇到了袭击,几乎全灭。

罗星花了一天的时间在空域中找寻,几乎用光了太空船上的氧气。他最终在一块大型残片的角落里发现了一台小型机器人,虽然没了动力,但外壳几乎完好无损。如此悉心地保护一台不起眼的机器人,一定是为了传递信息。他小心翼翼地将机器人带回太空船,自头部后方取出了储存芯片。

将芯片插入计算机,输入密码的界面弹了出来。罗星将与汤姆联系的密码输了进去,顺利地读取了芯片的存储。果不其然,这台机器人是汤姆留给他个人的信息。芯片中只有一个文本文档，上面写着一个坐标。罗星匆忙将坐标记下，三秒钟后，芯片自动销毁，冒出一股刺鼻的气味。他记得这个坐标，那是一颗私人行星，以先进的技术为有钱人提供医疗和疗养。

汤姆所在的行星距离遇袭空域约三天的航程。行星表面百分之九十五的陆地面积被绿色植被覆盖，从太空远远望去，地表被大地和海洋分作绿与蓝的色块。行星上零零散散地分布着上百家医疗机构，这些机构往往建在深林中，只有不超过三层的低矮建筑；有些干脆建在了地下。它们的服务对象主要是星际海贼和游走于法律边缘的行商，隐蔽性是第一位的。

罗星的目标位于海边的崖壁中。即便从几百米的高空俯看，那里也不过是一座陡峭的悬崖；只有飞到近处，才能发现建在崖壁内侧的深色建筑。这家医疗机构只能够乘坐飞行器前往，交通十分不便；但它面朝大海的地理位置却提供了极高的安全性和舒适的疗养环境，因此得到了老大哥的垂青。

罗星推开病房大门时，汤姆正半躺在病床上，悠闲地阅读着一本纸质书。他的额头和右腿缠满了绷带，裸露的手腕上可以看到多处淤青。见好友到来，老大哥露出灿烂的笑容。

"这本书十分有趣，向你推荐。"汤姆得意地举起纸质书，将封面展示给罗星，"它讲述了两个行星的文明在几百年间的博弈，我真不敢相信，这样的故事出自几世纪前的作家笔下。"

罗星并没有理会好友的寒暄，他握紧双拳，目露凶光："是谁干的？"

"你知道了又能怎样？"汤姆轻轻合上书，反问道。

"告诉我。"

汤姆注视着窗外的海浪，微微叹气。少顷，他说出了四个字：

"白狐部队。"

听到这个名字，罗星皱紧了双眉。汤姆继续解释道："它是新成立的特种部队，独立于各国政府的管辖，目的是维护殖民行星的治安。我一年前便得知了它的存在，只是没承想会找到自己头上。"

"这支部队是针对星际海贼成立的，我们都是它的猎物。"罗星沉声应道。

"是啊，好日子结束了。"汤姆云淡风轻地说道，仿佛惨剧与自己毫不相干。他沉默片刻，眼神渐渐犀利起来："凯特，我真没有想到，世界上还有如此强大又美丽的女人。"

罗星默不作声，这已经是他第三次听说这个名字了。汤姆继续说道："潜入独角兽的白狐部队成员只有不到十名，两小时的时间内，太空船被炸毁，船上几百人几乎全灭。我目睹了这场战争——不，那根本就不是战争，只是单方面的屠杀。靠着出神入化的枪法，凯特轻而易举地干掉了我的护卫；如果不是几名兄弟舍身相救，我根本不可能活着逃出来。"

"我们还剩下多少力量？"罗星问道。

"不到十艘太空船，随便一股小型的海贼势力都能将我们歼灭。"汤姆的脸上挂着自嘲，"这个该死的女人……真想把脚踏在她那张高傲的脸上啊！"

"可以听我一句吗？"

"请讲。"

"被虐成这个样子，就不要再强调自己是Ｓ了。"

汤姆大笑。片刻后，罗星毅然决然地说道："这件事交给我，我不会让白狐再次对你不利。"汤姆的表情立刻严肃起来，他盯着好友，一字一句地说道："听好了，独角兽已经破产，你欠的钱自然也就不必偿还。我不介意与你维持私人的朋友关系，但从此刻起你与星际海贼再无关系。无论如何，不要去招惹白狐。清楚吗？"

罗星犹豫片刻，轻轻点头。汤姆露出欣慰的笑容，他艰难地撑起身体，在罗星的搀扶下坐进了轮椅。令人闻风丧胆的独角兽掌门人，如今却连下床都需要别人的帮助。罗星将轮椅推到建筑顶部的瞭望台上，巨浪拍打着岩石，带来阵阵湿气。眺望着壮丽的自然景色，汤姆开口道："你知道吗？你从深渊号脱险的日子，与上一代老大哥的太空船遇难是同一天。同一时间，同一宇域，你可明白这意味着什么？"

"你在怀疑我。"

"我调查过你脱险时乘坐的飞行器，铭牌上的编号可以证明，它是隶属于前代太空船的逃生艇。"汤姆自顾自地说了下去，"告诉我，你还隐瞒了什么？"

罗星闭上眼睛，胸部平稳地起伏着。片刻后，他开口道："深渊号的航行，是远在十八年后的未来，我来自那个时代。可惜的是，我没有办法证明这一点。"

"原来如此。"汤姆若无其事地点点头，仿佛已经看透一切。他向着太阳仰起头，任阳光放肆地洒在泛白的皮肤上。"我说过的，你的结论永远不会有错，我不需要证据。"

直到最后，罗星也没有能够将请柬送出。

◇

两人的婚礼圣洁而简朴。罗星在"神坛"附近铺设了白色的舞台，将采来的草编织起来，竖起了一道绿色的拱门。月影将红色的丝巾缠在拱门上，萧条的空间内顿时染上了鲜艳的色彩。为了满足月影的愿望，罗星花了一周时间从临近的行星买来了大型蛋糕；当一人高的冷柜打开的瞬间，女孩激动得两眼放光。

"可以现在尝一块吗？"

"不行。"

"就一小块，反正不会有别人看到。"

"不行。"

月影扭过脸去，双肩微微地颤抖。罗星赶快上前安慰，可下一秒钟，一朵奶油花却糊在了他的脸上。

"哈哈哈哈，罗星哥哥，那朵花和你很配啊！"女孩天真地笑着。

结果当天晚上，计划用在仪式上的蛋糕被两人消灭了一半。

没有鲜花，没有香槟，甚至没有亲朋好友的祝福；空间中回荡着 *Amazing Grace* 的旋律，高高耸立的电梯井宛若高塔。纯白的女神

自舞台一侧款款走来,一身西装的绅士拉起她的手,两人面对面站在舞台中央。罗星显得有些拘谨,他注视着女孩,干咳两声:

"月影……你愿意将自己的波函数,与我做个卷积吗?"

新娘被搞得一头雾水,她害羞地挠挠脸,问道:"罗星哥哥你在说什么啊……这种时候不是应该说那段'无论贫穷还是富有,疾病还是健康'什么的吗?"

"我的意思是说……"男人突然间将新娘子高高抱起,"从今天起,你的每一个原子都是我的了!"

两人恣意地舞着,宛若一对纠缠态的粒子,又好似两束相干的光波。

一年后,月影迎来了最后的时刻。

现有技术再也无法抑制她日益强大的超能力,生态区内的房屋被推倒,土地被翻起,甚至金属外壳都出现了一定程度的破损。为了抑制超能力的溢出,月影的大脑已伤痕累累。她现在每天清醒的时间不超过三小时,有时甚至无法认出罗星。

"我想要美丽的终结。"

罗星满足了妻子最后的愿望。某天,在月影意识清醒的时刻,他为爱妻再次套上了婚纱。罗星抱起虚弱的月影走进电梯,虽然双臂在不住地颤抖,脸上却竭尽全力地露出笑容。

"你今天好美。"

罗星最后一次献上了赞美。接近地表后气温骤降,他的眼泪迅速凝结成冰晶。

时隔六年,月影再次回到了地表。大地一片荒芜,处处是冰冷的岩石和水汽的结晶。然而向高处眺望,群星却恣意挥洒着近乎永恒的美丽与深邃。

月影缓缓飞向空中。淡淡的光晕包围着她,在念动力的作用下,她身体周围的空气分子纷纷跃迁向高能级,形成了稀薄的等离子体薄膜。她仿佛神祇一般俯看着生活了六年的行星。念动力的光辉温柔地抚慰着地表,在几分钟的时间内,冰冷的大地上吹起暖风,棱角分明的冰晶渐渐溶化成圆润的水珠。度过了几亿年冰封的行星，迎来了第一个春天。

雨滴洒在罗星的脸上，与他的泪水一同滑落。

月影周身发散出夺目的光辉。她将"逆时区"中掌握的技巧用在了自己身上，使得熵增加原理失效，自己身体的每一个基本粒子都在向着更高的能级跃迁。刹那间，大地发出震颤，空气卷起狂流；月影化作光芒消散，她用尽最后的力量，将爱的话语镌刻在了行星的地表上——

一道弯月形的峡谷，环抱着一座星形的山峰。

婚纱自空中缓缓飘落，宛若一片纯白的雪花。罗星将婚纱抱在怀中，感受着妻子最后的温暖。他取出那枚名为"星月"的婚戒，戴在左手的无名指上。

从那天起，罗星的双脚再未踏足过这颗行星。但与此同时，行星有一个温暖的名字，尽管它只存在于某个男人的心中——

月影星。

◇

那是一颗距离月影星十七光年的行星。浓厚的大气层有着地球四倍的气体质量，氧气含量却只有二分之一；它的重力是地球的一点八倍，一般人待上一个小时就会腰酸腿疼。行星上覆盖着茂密的植被，高达几百米的树木足以令热带雨林相形见绌。经历了千万年的进化，这里的植物已经拥有了昆虫般的智能；即便乘坐飞行器，一个不小心也会被粗大的藤蔓缠住，成为森林的饵食。

正是因为拥有了这些得天独厚的条件，它才被白狐部队选作训练场。

白狐的基地建在山顶的平地上。上万米的海拔带来了零下二十度的低温，加上稀薄的空气，为体能训练提供了良好的条件。操场上可以看到列队奔跑的新兵，少年少女们鼓足了全身的气力，同恶劣的自然环境做着斗争。一旦体能训练达标，他们就会被投放到基地下方的丛林中，那里遍布着蠢蠢欲动的食肉植物和麻痹神经的花粉,是野外生存训练的不二之选。

凯特将自己套在机械铠甲中,开始例行的检查。几秒钟后,她确定了设备状态良好,迈着坚实的步伐走向训练场。机械铠甲是在行星地表作战时有力的单兵装备,但凯特装备它的原因却是小腿的旧伤。虽然不会妨碍执行任务,但在高重力环境下站久了,总会觉得隐隐作痛。

训练场上,一名名战士挥汗如雨。他们的肉体都注射了增强肌原蛋白的纳米机械,再加上艰苦的训练,每一个都是战斗力远超地球人的超级战士。

"你们认为自己很强了吗?还远远不够!"透过扬声器,凯特激昂的声音回荡在广场上。"大声告诉我,我们是什么?"

"是白狐!"战士们以整齐的声音回应。

"我们的目的是什么?"

"强大!超越一切的强大!"

凯特满意地点头。看到一名小伙子做引体向上时间歇超过了五秒,她立即冲了过去,一脚踢在他的屁股上。在机械铠甲强大的力量下,小伙子飞出去二十米远,痛苦地趴在地上。

"下次让我看到你偷懒,就直接捅爆你的菊花!"指挥官喷着脏话,士兵艰难地爬了起来,向她敬礼。

就在这时,远处跑来一名通讯兵,对着凯特耳语了几句。指挥官表情匮乏的脸上闪过一丝阴霾,她轻轻点头,示意通讯兵离开。

一名意料之外的访客造访了这颗星球。

十分钟后,凯特已经换上了会客用的军装,正襟危坐在接待室里。不一会儿,窗外吹入一阵强劲的气流,一架圆盘形的小型飞行器降落在基地的停机坪上。她闭上双眼,任微风撩拨着金色的发梢,静静品味着杯中的清茶。那个人仅仅是报上了姓名,她就明白了自己不得不与他见上一面。

罗星。八年前,正是在这个男人的帮助下,她才得以从深渊号逃脱。那个时候,她还叫作狄安娜。

不一会儿，一名男子在士兵的引导下走进会客室。他披着一件黑色的风衣，围着灰色的围巾；虽然长途跋涉，皮鞋却擦得锃亮。当看到男子面容的那一刻，凯特人偶一般的脸蛋上闪过一丝迟疑。但是很快，她便通过对方的体态特征判断出确是罗星。她以标准的姿势站起身来，向男人伸出白皙的手掌："好久不见。"

握手后，罗星露出意味深长的笑容。"多亏你能认出我。"他毫无拘谨地坐在沙发上，端起为自己准备的热茶。

"双肩的摆动。走路的姿态。习惯性的小动作。在辨别一个人身份的时候，这些是远比面容更加重要的……"

"你的话还真是多啊，狄安娜小姐。"还没等凯特说完，罗星便打断了她。侦探眼中闪出犀利的光，继续说道："你应当猜到了，我做了和你同样的事情。为此我付出了一年的时间代价。"

"我不懂你在说什么。"凯特平静地回应。在夕阳的映衬下，她那感情匮乏的脸蛋宛若一尊精美的雕塑。

"我今天来到这里，只是想要确认真相。"罗星笑了笑，"在深渊号上我一度认为自己的推理是完美的，没承想却只猜中了你计划的一半。为了找到另一半的真相，我花费了八年的时间。"他走到凯特面前，伸手触碰着女军官柔软的脸颊。凯特并没有动怒，甚至没有反抗。罗星端详着她那精致的宛若艺术品的面容，继续说道："白剑的技术真的无可挑剔，无论从什么角度看，你都是狄安娜。"

"你到底想说什么？"凯特波澜不惊地应道。

"都到了这个地步，就没必要再演下去了吧！"罗星拍了拍凯特坚实的肩膀，回到了自己的座位上。他的眼中露出悲伤的神情，但在悲伤的最深处，透出了坚不可摧的意志。他停顿片刻，叫出了女人真正的名字："心瞳，我想我们应当开诚布公地聊一聊，对吗？"

凯特没有作声，端起茶杯的手却停在了半空。罗星继续说了下去："其实早在心瞳露出獠牙之前，我就发现狄安娜有些奇怪。那是一种微妙的变化，很难用语言形容。但之后积累起的点滴线索，却令我愈加觉得，眼前的狄安娜或许不是她本人。

"第一条线索，是狄安娜拒绝了老芮的回应。她曾以献上身体为条件恳求老芮，让他帮助自己劫持深渊号，并利用太空船回到过去。老芮试图劝说，告诉她太空船无法穿越时间，但狄安娜并不接受这个说法。考量再三，老芮最终决定采用折中的办法帮助她；他准备在殖民星球上与狄安娜一同生活，共同开发穿越时间的技术。可当他找到狄安娜时，对方却告诉他，无论她说过什么，都忘了吧。老芮在恋爱方面是个白痴，狄安娜改变了心意并不奇怪；但回到莫斯科公国时代是狄安娜一直以来的梦想，如果有个人愿意全心全意地帮助她，至少有试一试的价值。最合理的解释便是，当老芮前去回应时，眼前的狄安娜并不清楚自己说过什么，索性将过去全盘否定。

"第二个证据是现在的你。据我的了解，狄安娜是一个难以融入现代社会的人，因此她才渴望回到莫斯科公国时代。为了让自己更加强大，狄安娜选择了在现代战争中早已没有用武之地的剑术，而不肯接受现代兵器。这样的狄安娜，又怎会以熟练的枪法干掉独角兽的士兵，甚至当上了白狐部队的指挥官呢？"

凯特依然没有作声，只是任由罗星说了下去。

"最后一条证据，便是植物区3号门附近的骷髅。我们一度认为他是外来侵略者的遗骸，但可惜的是，我们都错了。躺在那里的骷髅，便是遇害身亡的、真正的狄安娜。"

"你在说笑吧！"凯特微微一笑，"即便你怀疑我的身份，但遗骨是不会骗人的。从身高来看，那个人怎么说也不会是狄安娜。"

"当然，因为她的腿骨被截断了。"罗星立即予以回应，"我们只注意到了腿骨的断裂，但实际上，她的腿骨被截去了一段。由于白剑高超的医术，我们在断口处很难发现端倪。"罗星起身，在房间内踱起了方步。他继续着自己的推理："在发现'永远的一分钟'后，你便制订了计划。你利用浴室的更衣室复制了自己，并决定代替狄安娜，令自己拥有双重身份。你与白剑合谋将狄安娜骗到植物区，协力杀死了她。白剑一直对你抱持着好感，想要说服他并不困难。将狄安娜杀死后，白剑为你进行了整容手术，你完美地成了狄安娜的模样。"

"即便是白狐的战士,肉体上也只是地球人而已。纳米机械会加快肉体的康复,但也只是相对普通人而言。整容手术需要多久的恢复期,你不会不知道吧?"凯特咄咄逼人地反问。罗星直视着她的瞳孔,一字一句地说道:"别忘了,3号门一带有着一亿倍的时间流速,你有充足的时间恢复身体。"

沉默,接待室内弥漫着令人窒息的压抑感。少顷,凯特的嘴角露出一丝冷笑:"好吧,我暂且接受你的故事。但你如何证明如此荒诞的剧情并非你的想象?"

"证据就是狄安娜的衣物。"罗星淡淡地答道,"太空船是一个巨大的无菌仓,人的肉体在千百年的时间内会被体内的菌群分解,但它们并没有能力消化含有聚合物纤维的衣物。骸骨的身上并没有衣服,证明凶手取走了它,目的自然是用于伪装。另外,凯特队长……"罗星看了看指挥官的小腿,军装和皮靴间隐约露出白皙的脚踝。"在深渊号最后的时刻,狄安娜的脚腕受了伤,而这个伤你一直带到了今天。我想这并不是旧病复发,而是接骨手术的后遗症吧!"

凯特闭上双眼,胸部平稳地起伏着。少顷,她放下茶杯,露出满溢着敌意的目光。那是饿狼盯住猎物的眼神,仿佛随时会将对方撕裂。

"没错,罗星哥哥,我就是心瞳。"多年之后,她第一次面对了自己真实的身份。她解开脖颈处的两枚扣子,颈部以下的黄色皮肤与面部的白皙形成了鲜明的对比。"我不仅对脸部进行了整形,还在面部、脖颈和四肢植皮,为的只是穿裙装时不会暴露。在深渊号上我一直戴着墨绿色的美瞳,不过现在——"军官指了指自己黑色的瞳孔,"我终于可以扔掉那种阻碍视线的东西了。为了完美地模仿狄安娜,我甚至令白剑烧死了部分面部神经;多少年来,我都无法通过表情反映出自己的内心。白剑携带的止疼药和抗生素十分有限,那几个月痛苦得如同地狱,但我还是挺了过来。餐厅能够提供足够的水和食物,保留了心瞳身份的另一个我负责运送补给品。"

罗星双眉紧蹙，问道："做到这一步，究竟是为了什么？"

"最初，我只是想要完成任务，这是我的全部。"凯特淡淡地回答，"但是当我以狄安娜的身份站起来的时候，我的头脑中产生了一个新的想法。我想要活下去。"

"于是你和另一个自己走上了背道而驰的道路。你们总是引导着我们去怀疑对方，甚至不惜互相残杀。最终，另一个你使用了极端的手段。她化作了宇宙的尘埃，你却活了下来。"

"凯特，凯特……"面目全非的心瞳仰头看着天花板，机械地重复着自己现在的名字。"她是我当年的指挥官，也是我最憧憬的人。只要是她的命令，我不惜一切代价也会完成。"说罢，她取出一支烟，在氧气稀薄的大气中费了好大力气才将其点燃。"当我拿到狄安娜的资料、看到她的原名叫作'凯特'时，真的吃了一惊。相似的面容，一样的名字。凯特将资料交予我时，又是怀着怎样的心情呢？看到狄安娜在欢迎晚宴上表演的剑术，我更加迷茫了。太像了。在舞台上挥洒着天赋的狄安娜，活脱脱就是年轻时的教官。之后我多次提出同狄安娜切磋，就是为了确认她的身份。"心瞳叼住烟卷猛吸一口，露出自嘲的笑容。"没承想峰回路转，我自己居然成了凯特。"

"你现在准备怎么办？"罗星质问道。

"我最近拿到了一份资料。"凯特吐出一口烟雾，"有一位小姑娘，一岁的年纪便接受了纳米机械的注射，是成为超级战士的好坯子。由于家庭问题，父母同意将她交给白狐部队。"指挥官微微一笑，抬眼看着疑惑的罗星，"她叫作'心瞳'，不错的名字吧！"

罗星大吃一惊，凯特站起身来，用手指戳了戳他的胸口。"十五年后深渊号才会从地球启程，也就是说，我的任务还没有完成。明白了吗？"说罢，她在桌面上掐灭烟头，径直向出口走去。离开前，她突然回过头来，对罗星说："最后提醒你一件事情，罗星哥哥。我做过的事情，全部被你猜到了。但是，你距离真相依然十分遥远。如果说我将自己丢入了地狱，那么你自己呢？"

接待室内安静了下来。罗星仰视天空，用力地扯着头发。心瞳的肉体虽然从深渊号上逃了出来,但她的灵魂依然被禁锢在那个时间的迷宫中,永生永世。也许有朝一日会有人将她从痛苦的地狱中救出,但可惜的是,那个人并不是自己。

无意间,罗星瞥见了落地窗中映出的自己。那是一张陌生而又熟悉的脸孔。

◇

当一个包裹几经辗转寄到罗星手上时,它已经飞越了五百三十光年的距离。罗星匆忙打开包裹,里面是一台最新型的量子纠缠态通信设备。人类的足迹踏入星空已有上百年,而高效率的量子纠缠态通信的发明却只是最近的事情。设备的通讯簿里只存储了一个地址,署名是"你大爷"。

罗星微微一笑,当即拨通了那个号码。不消片刻,芮汐兆的全息投影便跳了出来。

"哈罗,你终于收到了我的设备。"线路另一端的老芮依然是一副白大褂的打扮,他高举右手,开朗地打了招呼。"鄙公司的设备还不错吧?"

罗星双眉微蹙问道:"这台设备是你制造的?"

"除了冰雪聪明的本大爷外,还能有谁!"老芮露出不可一世的笑容,"怎么样,是不是很崇拜我?"

"忘了告诉你,我刚刚将'你大爷'改成了'韩雪的手下败将'。"

"……去死吧!"

一阵寒暄后,芮汐兆瞪大双眼问道:"你现在为何是这个样子?一开始我险些没有认出你。"

"我倒是想问问,你是怎样认出我的?"

"身上的傻气。"

"即便隔着五百三十光年?"

"那是超距作用。"老芮挤挤眉,做出一个搞怪的表情。"你为何要整容?觉得自己太丑,以至于想要向我看齐吗?"

"我必须这样做,历史已经决定了。"罗星露出凝重的表情,"不谈这个,你不开夜总会了?"

"亲爱的,快开饭了。"就在这时,远处传来了女人娇嗔的叫声。芮汐兆大喊一声"我还有事,你先吃"之后,一脸神秘地对着屏幕中的好友说道:"也许你不会相信,我已经结婚了,现在经营着一家科技公司。"罗星低头看着无名指上的钻戒,没有作声。芮汐兆继续说道:"猜猜我的妻子是谁?"

"是那个长得像林颖的女孩子?"

"猜错了,是安妮。"芮汐兆露出诡谲的笑容,"为了凑齐开公司的钱,我将夜总会卖掉了,只把安妮留在了身边。"

"了不起。另外,恭喜你。"

"安妮她……拯救了我。"芮汐兆低下头,静静讲述着自己的过去。"你走后,我的生活更加颓废了。我总感觉胸中有一口闷气,却找不到问题的症结。有一天,因为心情抑郁,我玩得有些过分了,给安妮的身上留下了无法愈合的创伤。"

"于是你良心发现了?"

"……不。我当时想的是,真麻烦,又需要花钱才能打发。我居高临下地看着蜷缩在地板上的安妮,等待她开口要钱。但出乎我意料的是,安妮虽然颤抖着身体,却只是微笑着鞠了一躬,转身准备离开。那一刻我突然想起了她的过去。安妮是一个星际弃儿,七岁时便被丢在了这颗腐烂的星球上。她没有任何求生的手段,也没有好心人愿意收留她,为了填饱肚子,来到这里第三天她便将身体献给了两个混混儿。对幼小的她而言,男人是无法反抗的存在;所以她养成了习惯,无论被怎样侵犯,结束后都会笑着鞠一躬,以防被毒打。借助这样的方法,她艰难地活了下来,几经周转卖到了我的手里。看着被我弄伤的安妮,我猛然间醒悟到,我究竟做了什么?为何要如此伤害一个努力活下去的生命?我心中的那股无名业火,愤怒的对象不正是我自己吗?于是我猛地从背后抱住了她,对她说,我们结婚吧。"

"安妮很高兴地答应了?"

"不，我被甩了。"

"如我所料。"

"……'你给我闭嘴'。安妮对我说，我可以随意侵犯她的身体，但她不允许我这种人入侵她的心灵。对爱情的渴望是她心灵中最后的一方净土，也是她活下去的唯一理由。第二天，安妮便结算了所有的工资，收拾行李离开了夜总会。我一直追到了太空港。那天安妮穿了一件卡其色的风衣，戴着墨镜，一头金色的长发在风中飞舞着。面对她的那一刻我意识到，想要拯救自己的人生，这是最后机会了。我对她说，安妮，我是个烂人。我曾经是一名高校的教授，但一生都被一个女人压得抬不起头来。后来我选择了星际移民，却被某些势力利用，欺骗了最好的朋友，蛆虫一般地活了下来。来到这里后，我任由自己腐烂了下去，买了夜总会，以折磨你为乐趣。'我没兴趣听你的故事'，安妮说。我有些慌了，手忙脚乱地继续说，可是我最近发现，自己的内心深处还有什么在呼喊。我留着从前的寸头，穿着实验室的白大褂，并不是为了彰显自己的与众不同，而是如果不这么做，心中过去的那个自己就会死掉。我握住了安妮的手，对她说，安妮，我昨天猛然间发现，我的同路人就在身边。虽然我是个烂人，但还有能力来保护你，能给我一个机会吗……你猜安妮她怎么说？"

罗星摇摇头，教授微笑道："她对我说，别那样标榜自己，你穿白大褂只是懒得洗衣服而已。该死，她说对了！"

"补充一点，你一直留着寸头是因为懒得洗头。"

芮汐兆对着老友的全息投影挥了一拳。他干咳两声，继续说道："老罗，我费尽心机联系你，并不是为了讲我的故事。其实这两年来，我一直在思考深渊号的谜题。最终我发现，一切的关键都在蓄水区。"罗星耸耸肩，示意好友继续。芮汐兆一本正经地说道："蓄水区的时空结构处于'莫比乌斯带'的状态，这是一切的关键。"

"这一点我们早就讨论过了。"

"你说的只是'时间的莫比乌斯带'而已，那么空间呢？"

老芮的话语如同晴天霹雳一般,将罗星的思绪打成一片混沌。但是渐渐地,混沌中透出一道天地初开的光。

"深渊号上一切的谜题都与时间有关,于是我们主观地认为,蓄水区的问题也出在时间结构上。没错,蓄水区是一个巨大的'莫比乌斯带';但它并不仅仅是'时间的莫比乌斯带',而是'时空的莫比乌斯带'。"老芮在空中点了点,全息屏上显示出莫比乌斯带的形状,"我是这样假设的,蓄水区的空间,连接着另一个平行宇宙。每当绕蓄水区一圈,便会来到'莫比乌斯带'的另一个'面'上,即另一个平行时空。事故发生后我们从未绕蓄水区一圈,因此没有人能够发现这一点。"

"有趣的假设。"罗星若有所思地点点头,"可如此的假设又能说明什么呢?"

"鬼魂的存在。另一个平行时空中同样有一艘遇难的深渊号,上面有一组同样的我们。我们看到的警卫的鬼魂,应当是另一个时空的因特林。这也是为何我们的因特林会暴走的原因。"

"……抱歉,我不太明白。"

"为何我们能'看'到鬼魂,却无法触摸?几经思索后,我有了一个大胆的猜想:'鬼魂'的实体位于'莫比乌斯带'的另一个'面'上,而只有光速可以'破面'传播。"

罗星回想起自己曾经将头探入"鬼魂"的体内,在那里看到了闪烁的 LED 指示灯。如果光速可以"破面",那一切都解释得通了。

"想要控制因特林,就必须借助电磁波发射装置,连接到因特林的系统。如果两个时空的因特林都恰好位于蓄水区,而另一个时空的'犯人'通过电磁波入侵系统的话,那我们的因特林自然不能幸免。因为光速可以跨越莫比乌斯带的作用。"

罗星皱着眉头道:"大家一直没能找到令因特林暴走的元凶,难道是因为他存在于另一个平行宇宙中吗?"

芮汐兆点点头,继续说道:"还有另外一个证据。面对'鬼魂'时,狄安娜的剑虽然没有伤到对方,却似乎造成了某种影响。等离子体并无法对另一个'面'上的因特林造成伤害，但束缚等离子体的强磁场是光速传播的，它可以穿过莫比乌斯带的'面'，对机械警卫的电子线路造成影响。这样的假设还可以解释另一个谜题。还记得夫人收到的秘制信息吗？那条信息来自舰长的ID，内容却是'在浴室等我'。如果是另一个时空的舰长，或者窃取了舰长手机的人在蓄水区发送了信息，而那一时刻我们的夫人恰好也位于蓄水区的话，她就会收到那条信息。而我们的舰长对此一无所知。"

"……确实，从逻辑上讲，这是最合理的解释。"罗星沉思片刻，接受了好友的推理。

"可惜的是，我永远也无法证实我的想法。"芮汐兆重重地叹了口气，"深渊号已经不在了，我们的一切推理都只能是假说。"

"不。"罗星斩钉截铁地说道，"我们还有机会。"

"你在说什么……啊！"老芮恍然大悟，"难道你……"

"我会再一次登上深渊号。"

◇

踏上旅途时，罗星还有所迷茫；但见到那个人的瞬间他恍然大悟，这是一次朝圣之旅。

星际海贼"独角兽"被白狐重创后，各方势力重新划分了星海的领地，"独角兽"的占领区被逐渐蚕食。由于恶劣的自然环境，没有人愿意将戈布纳入自己的领土；于是淘金者们再次登上这颗黄沙漫漫的行星，他们炸毁了矿井，砸烂了开采机器，只为将宝贵的贵金属元素装入自己的口袋。

几经周转，罗星终于找到了有关那个人的线索。想要寻找一名星际弃儿并不容易，教养所因为害怕担责任而遮遮掩掩，总是超载的移民船对于乘客也仅有一份应付差事的名单。当罗星最终从流民的口中打探到消息时，他已经为此事奔波了超过一年的时间。

飞舞的黄沙遮住了天穹，恒星在风沙的掩盖下只留下了一道昏黄的光晕。细碎的沙粒夹在风中，如同刀片一般割裂着皮肤。罗星戴上氧气面罩和夜视镜，逆着风艰难地迈动着步子。

"唱歌的小女孩儿？有的。"塞给淘金者一带金币后，他终于开了口。"大概是被父母遗弃了吧，否则怎么会一个人在这种鬼地方。向东南方向走一千米就能看到她，不过……我想她已经死了吧。"

淘金者指示的方向是一口废弃的矿井。放眼望去是一片空旷的广场，虽然盖上了厚厚的沙土，仍可看到几架破旧的飞行器停靠在角落里。在戈布繁荣的昔日，这里一度被用作停机坪。广场上七扭八歪地躺着一排排淘金者的帐篷，它们由高强度的碳纤维编织而成，拥有足以抵挡风沙的高强度，保暖性却难以恭维。淘金的队伍已经离去，为了减轻负重，造价低廉的帐篷便被丢弃在了矿井。

打开红外线探测器，罗星在废墟中四处张望。几分钟后，他终于在一顶即将坍塌的帐篷中发现了生命反应。他匆忙走上前去，同时调整了夜视仪的焦距。视野中出现了一个幼小的身躯，蜷缩在已停止工作的电热炉旁。

必须赶快，否则她会有生命危险。

罗星匆忙迈动着脚步，可下一瞬间，他呆呆地定在了原地——小小的身影站了起来，她褪去裹在身上的棉被，一头刚刚及肩的黑发在风沙中飞舞着。女孩的身上裹着一件单薄的白色长裙，赤脚站在撒满沙砾的地面上，小巧的脚丫泛出淡淡的血迹。她精致的脸蛋上虽然沾满了黄沙，却透露出不可侵犯的威严。

那一刻，罗星卸去了夜视仪与氧气面罩，以裸眼的视线望向那道娇小而神圣的身影。女孩开口歌唱。也许她的意识已经模糊，也许她并不清楚四周的淘金者早已离去；但在她发出第一个音符时，时间仿佛为她停止。那是夜莺一般的歌声，穿越了肆虐的黄沙，透过鼓膜敲击着罗星的心灵。女孩并没有动作，她甚至已经没有力气再迈出一步；罗星却仿佛看到了一支舞动星河的华尔兹，轻盈而高贵。

跨过星海，我找到了你；
寂静的深空刻印了我的足迹。

> 那一刻我只想平静地逝去，
> 化作群星，俯看你的笑靥，
> 回忆我们的点点滴滴。

　　昏黄的天空渐渐消散，化作一片深邃的黑暗。罗星感觉自己飘浮在星空里，四周的空间将身体紧紧环抱，暖暖的触感透过肌肤传入心底。突然间，眼前明亮了起来，那是一颗终年冰封的小行星，从太空俯看，可以看到一道弯月形的山谷，环抱着一座星形的山峰。他伸出手去，试图将月影星抓在手中；可行星在一瞬间化作闪亮的尘芥，划着螺旋形的轨迹飘向高空。渐渐地，粉尘在时光的长河中凝结，化作一件洁白的婚纱飘落到他的手中。

> 穿越时光，我找到了你；
> 过去和未来在我的掌心汇集。
> 那一刻我只想平静地逝去，
> 你赤足奔跑在海边，
> 白沙轻抚脚掌，我只是其中一粒。

　　转眼间，他回到了九年前。年轻的面容，瘦弱的身体，还有一颗憧憬着未来的心。四周挺立着高大的树木，白光透过宽大叶片的间隙流泻下来，肩上与双腿暖暖的。他倚靠在躺椅上，一面享受着舒适的环境，一面取出电子书。屏幕上的文字一行行越过眼睑，却未能进入他的大脑。透过指缝，他偷看着深林的远处。她来了。光彩照人的面容，却穿着过于平易近人的服饰。可下一秒钟，四周燃起了炽热的火焰，太空船在剧烈的爆炸中崩塌，树木折断，疏水管道破裂。他只身坐在逃生艇中，看着她被火光吞噬的身影，无助地呼喊着。

> 请赐予我平静的死亡吧，

齿轮错位，轴承断裂，
维系我的最后一颗螺钉，
是你。
请赐予我平静的死亡吧，
霓虹消散，喧嚣沉寂，
退场人潮中向我走来的，
是你。

"快看，那里有个小女孩，好像还没死！"突然间，耳边传来丑陋的杂音，宛若停转的机器发出的呻吟。两名裹着破布的淘金者自一侧走来，目光中满溢着贪婪。"这个该死的星球上根本淘不到宝贝，将她卖到自由市场的妓院去，我们好歹还能赚个船票钱。"他们自腰间掏出匕首，迈着猥琐的脚步向着神圣的舞台靠近。

飞满黄沙的天空中划过一道殷红的血迹。淘金者的两根手指连同匕首一齐飞向空中，伴随着清响插入黄土。剧烈的痛感令淘金者发出哀号，一只强有力的手却牢牢地捂住了他的嘴。

"嘘——"冰冷的声音在淘金者的耳边响起，虽然细微，却仿佛毒蛇吐出的信子。"欣赏音乐的时候，请保持安静。"

淘金者落荒而逃。罗星匆忙看向帐篷的方向，小女孩并没有受到打扰，她将双手放在胸前，使尽全身气力将乐曲推向了最高潮。那是一段销魂的高音，宛若创世的光辉。

但我不能逝去。
梦幻惊醒，泡沫破碎，
我仍站在原地。
对你的呼唤，
激不起一丝涟漪。

你笑着对我说，

这里就是我们约定的，

地狱。

　　那一刻，罗星听到了破碎的声音，是自己的心，自己的灵魂。他笑了。这个家伙总是这样，即便只有五岁，也能如此蛮横无理地闯入他的内心。仅用了一首歌的时间，她便将罗星锈迹斑斑的心灵层层剥落，在其中，还有什么在鲜红地跳动着。他一直在命运洪流的推动下迈动着步子，可在不知不觉间，步履渐渐沉重，身心已然疲惫。没有人能够消去岁月带来的疲劳，可小女孩在身后拍了拍他的肩膀，对他说："累了吗？没关系，我陪你。"

　　一滴泪水自面颊滑落，滴落在"星月"的婚戒上。向着恒星恩赐的光明，戒指闪出一丝温柔的光辉。罗星仿佛看到了亡妻的面容，月影微笑着对他说："去吧，我准了！"

　　结束了演唱的小女孩，已经用尽了剩余的全部力气。她疲惫地跪在地上，准备迎接死神的造访。可就在这时，一道高大的身影遮住了阳光；女孩抬眼望去，一位中年男子不知何时站在了她的面前。男子脱下风衣，温柔地披在她的肩上。风衣还带着男人的体温，女孩冰冷的身体得到了短暂的温暖。

　　男人俯下身子，向着女孩伸出右手。在他面前女孩的身体是如此脆弱，他的双眼却写满了虔诚。

　　"如果你愿意的话，请和我同行吧。"

　　女孩轻轻点头。获得准许的男子露出欣慰的笑容，他将女孩轻轻抱起，坚实的臂弯给了女孩平稳的依靠。女孩将冰冷的小脸靠在他的肩膀上，体会着阔别已久的安全感。

　　"我叫兰兰，请问你是……"

　　罗星将五岁的兰兰紧紧抱在怀中，说出了那个只存在于他一个人记忆中的名字。

　　"周诚。"

◇

周诚是一个并不存在的人。

罗星回忆起在深渊号上同周诚经历的点点滴滴。最初遇到周诚时，他一个人在植物区读书，并没有其他人见证；之后无论周诚出现在何处，总是一副特立独行的样子，不与任何人接触，更从未同自己之外的任何人有过对话。罗星回想起事故发生后同周诚的两次讨论，虽然周诚帮助他揭示了植物区和蓄水区的秘密，但两次谈话都发生在他独自留在房间的时候。第二次谈话时周诚轻而易举地进入了心瞳的房间，并不是因为罗星忘记锁门，而是由于对于本不存在的人而言，出现在房间内根本就不需要开门。

罗星为何会看到周诚的幻像？

在深渊号的成员中，有一名催眠能力者。借助超能力，那个人令罗星接受了"周诚登上深渊号"的暗示。在罗星的潜意识里，周诚是一个比自己更加强大的、可靠的存在；所以每当进行推理时，周诚的幻像都会出现在眼前，给他以提示。实际上所有的推理，都是罗星自己在脑中完成的。

那名催眠能力者是谁？

答案十分简单。只有一个人可能拥有周诚的记忆，不如说，她登上深渊号就是为了周诚。罗星清晰地记得，兰兰曾在半夜来到他的房间哭诉，说看不透那个人的心，相信她说的就是周诚。

兰兰为何要让他看到周诚的幻像？

在罗星经历过的时空中，不知因为何种原因，周诚并未登上深渊号。当看到与周诚相似的罗星时，兰兰感到了迷茫；于是她利用自己的催眠能力令罗星看到周诚的幻像，试图借助这种手段确认二者的关系。仔细想来，兰兰从未对他说过喜欢的人叫作"周诚"；但在她使用催眠能力时，将自己对周诚的思念也一并传了过来，罗星才会确认兰兰的心上人就是周诚。罗星回忆起当他说出兰兰要寻找的人是周诚时，兰兰的脸上写满了惊讶；她一定难以相信，自己恶作剧般的暗示依然在起作用吧！

周诚究竟是谁？

376

在凯特为芮汐兆提供的资料中，兰兰曾是一名星际弃儿，后被好心人收养。在二十三年前的过去，这是寻找周诚唯一的线索。几年的时间内，罗星奔波于街头巷尾，在浩如烟海的信息中探寻真相。经历了艰苦的去伪存真后，最终所有的线索都指向了同一方向：不可能有一名叫作"周诚"的中年男子，同兰兰的人生产生交集。

而事实上，周诚确实拯救了年幼的兰兰，后者更是爱上了这名从孩提时代起便保护着自己的男人。周诚不可能存在，又不得不存在。在得知周诚真实身份的那一刻，罗星笑了。寻找年幼的兰兰并帮助她，能够做到这件事情的人只有一个，那就是他自己。周诚不是别人，正是从深渊号脱出后，历经沧桑的罗星本人。罗星按照记忆中周诚的样子做了整容手术，又利用各种手段，将"罗星"的身份渐渐抹去，以"周诚"取而代之。在见到年幼的兰兰时，他已成为名副其实的"周诚"。

罗星的目标是再次登上深渊号，保护大家不受伤害；为此在深渊号升空前他必须努力地维系历史，而兰兰与周诚的邂逅正是重要的一环。一切都将与那时相同。罗星、韩雪、芮汐兆、月影、狄安娜、心瞳、白剑和兰兰会再次登上深渊号，唯一不同的是，这次太空船上将有一名真实存在的"周诚"。他会保护大家，不让任何人受到伤害。更重要的是，借助这样的方法，他可以将时空变异的真凶揪出来，为时间的迷宫画上句号。

然而在兰兰十六岁生日那天发生的事情，却为时间增添了新的谜团。

T 小姐的探案记录 VII

轨道电梯驶入减速磁场，在洛伦兹力和反向气流的作用下缓缓停了下来。乘客们纷纷摘掉氧气面罩，如释重负地呼吸着太空中高纯度的人造大气。女子有条不紊地脱去宇航服，从箱包里取出一件深红色尼龙大衣，严严实实地裹在身上。她脸上硕大的墨镜遮住了大半张脸，不时有乘客投来好奇的目光。

女子一言不发地穿过人群，快步向出口走去。她下意识地竖起衣领，仿佛要将自身隐匿在空气中一般。女子并没有发觉，一位其貌不扬的平头青年正藏匿在人群中，悄无声息地缓缓向她靠近。

终于在某个瞬间，青年与女子擦肩而过。青年以肉眼难以察觉的速度掏出弹簧刀，手腕运足气力刺向女子的腹部。

"抱歉，我也是奉命行事。"他将脸凑到停止了脚步的女子身旁，轻声说道。

突然间，他发现事情有些不对。

小刀确实刺穿了女子的风衣，划破了她的表皮，却再也不能前进分毫。他疑惑地低头查看，却发现女子紧紧握住了他的手臂。那股力量是如此之大，他的腕部开始发麻，手指慢慢失去了知觉。

久经锤炼的意志力令他迅速恢复了冷静。眼前的女子即便接受过专业训练，她那细嫩的臂膀也不可能拥有如此的力量——正当他如此思考时，女子的腹部却发射出两道激光，不偏不倚地击中了他膝盖上脆弱的软骨组织。青年双腿一软跪倒下来，这次出其不意的攻击终于令他看透了少女的真面目——

机器人？

但是一切都太迟了。下一瞬间，机械女子的手部发出了强电流冲击，身负重伤的青年感到一阵眩晕，意识渐渐模糊起来。他眼中烙印的最后一个画面，是机械女子在用不亚于广场广播的音量呼叫警察。

"很好，他们果然中了圈套。"T小姐经过几次尝试，终于关掉了全息显示器。她还不太熟悉厚重的宇航服，动作十分笨拙。

"耶！太棒了！"一旁的坂口兴奋地跳了起来，在无重力的环境下头狠狠撞上了天花板。

"真是太疯狂了……"沈湉惊讶得合不拢嘴。她做梦也没有想到，自己居然会在太空中与白狐部队开战，甚至还取得了胜利。

三人目前位于轨道电梯的工作间中。如同旧时的地铁每隔一定的距离便会有躲避列车的横洞一般，在轨道电梯长达三万六千千米的线缆中，遍布了近十万个工作间，提供给工程师们检查和维修的空间。他们所在的工作间，是最接近同步轨道城市空间站的一个。

仅靠一张假的身份证明根本不可能骗过白狐，T小姐和程青早就料到了这一点。

"程老师置办了两份身份证明，原来是早有准备啊！"沈湉感慨道。她瞥了一眼正在活动脖子的坂口，自从第一次见到这个家伙，她就觉得不顺眼。而坂口却对沈湉敌视的目光毫不在意，他兴奋地振臂高呼："看到了吗？这就是我的智能机器女佣3号——静子小姐！"

"做好准备，我们要走了！"T小姐拍了拍沈湉的肩膀，又温柔地揍了坂口一拳。坂口匆忙摆好姿势，抱紧半人高的大号旅行箱。

登上同步轨道城市空间站必须乘坐轨道电梯，因此只要守住站台的出口，就相当于守株待兔。以白狐部队的老成，他们一定在出口附近布置了重兵把守。即便有坂口的智能机器人相助，一男两女想要和特种部队开战也无异于痴人说梦。想要平安登上城市空间站，必须选择其他的道路。

"人"的道路只有一条，但并非为人类准备的通道，却是存在的。城市空间站外部徘徊着难以计数的工程机器人,每隔一定的距离,都会设置有工程机器人出入的通道。

"注意控制好身体!"

T小姐一声令下,用力推开了隔离门。工作间内的气体迅速向外部的真空流失,三人顺着气流的冲力脱离了轨道电梯。他们离开后不久,隔离门便自动关闭起来,气体管路中的压缩空气再次充满工作间。

太空中的视野良好,沈湉远远望见T小姐伸出手臂,指向了上方的某台工程机器人。她熟练地打开氧气喷射装置,借助气流调整方向,向着机器人的方向飞去。她十分憧憬太空漫步,大学时期选修了很多与太空相关的课程。

T小姐和沈湉飞到工程机器人身旁,借助它的身体停了下来。不一会儿,坂口扭动着笨重的身体赶了上来,他的方向有一丝偏差,在飞过身旁的一刹那,T小姐牢牢握住他的腿,硬生生地将他拽了回来。

"抱歉,带着东西太不方便了。"沈湉的耳机中传来坂口气喘吁吁的声音。她一直搞不明白,这明明是一次冒险的旅途,为何那个宅男要带着搬家才会用到的大号旅行箱?

坂口笨拙地取出腰间的电子设备,贴在工程机器人的背部。几秒钟后,显示器上跳过几行代码。

"果然不出我所料,这是最老的型号。"坂口得意扬扬地输入密码,系统立即显示了欢迎信息。"这批机器人是我朋友的公司代工生产的,由于采购数量巨大,所有的系统密码都维持在了初始状态。当然,即便密码被修改过,我也可以搞定!"

屏幕上跳出几条选项,坂口选择"back to base"后,机器人立即掉转方向,四平八稳地向着城市空间站飞去。T小姐拍了拍坂口的头,宅男露出了天真的笑容。

◇

出发前,她们在酒吧中制订了详细的作战计划。

T小姐的目的是进入位于同步轨道城市空间站的"Heart"医疗集团总部，并与其总裁白桐会面。想要平安到达那里，必须突破白狐部队的重重封锁。

"抱歉将你们卷了进来，以我一个人的能力，恐怕无法与白狐周旋。"她对着两位朋友深深地鞠了一躬。

"哪儿的话，这是我自己的决定啊，小T！"沈湉开朗地拍了拍她的肩膀。

"就是嘛，我已经有所觉悟了！"坂口在一旁高喊。

沈湉撇了一眼摆弄智能机器人的宅男，语气中带着嘲讽："你们日本男人总是喜欢将'觉悟'挂在嘴边，好像这么喊出来自己就会变强似的！"

"中国古时候不也有'破釜沉舟'一说吗？就是那个意思啦！"坂口匆手舞足蹈地辩解道。

"听说你们的武士在对战时会喊出招数的名字，他们难道不怕喊名字的时候被对手偷袭吗？"

"误会啦！误会！"坂口竭尽全力地反驳，"那是动漫中的桥段，是一种艺术性的表达而已！"

看着两位互相拌嘴的同伴，T小姐露出欣慰的笑容。

"这次计划分为两步。第一步是'潜入'，我们需要在中途脱离轨道电梯，借助空间站外部的工程机器人从其他通道进入。如果在轨道电梯出口那里被白狐捉住，就没有了同他们交易的资格。"T小姐看了看坂口，"实施这一步需要利用黑客技术控制工程机器人，你没问题吧？"

"交给我吧，本人好歹也是个人工智能专家嘛！"坂口摩拳擦掌。

"城市空间站内的可视度良好，气流微弱；加上零重力的环境，远距离射击会变得十分容易。虽然空间站内原则上不允许携带发射子弹的枪支，但对于白狐而言并不构成阻碍。在这种情况下，我们绝不能同他们正面交锋。"T小姐一板一眼地解说着计划，"进入空间站后，我便会拿出重要的筹码，迫使白狐主动为我让路。"

沈湉沉思片刻，问道："如果混入人群中，他们就不敢随便开枪了吧！"

"确实，他们是正规部队，通常不会做出伤害平民的行为。但对于用枪的高手而言，穿过人群的间隙射中某人并不困难。"

"还有一个问题。"沈湉轻轻挠着鼻尖——这是她思考时的惯有动作，"既然要与白狐交易，为何还要大费周折登上空间站呢？"

"这正是我需要你们的原因。"

T小姐有条不紊地说出了后续计划。沈湉和坂口为这个大胆的计划所折服，发出啧啧的赞叹。

"该说你是勇敢，还是鲁莽呢……"沈湉瘫倒在沙发上，轻声感慨。

"是信念！在这个计划中，我看到了T小姐的信念！"坂口在一旁帮腔。

"我又没问你！"沈湉凶了几句，坂口乖乖地闭上了嘴。她直起身子，注视着T小姐的墨镜说："我愿意帮助你，小T你可一定要成功啊！"

"多谢。"T小姐面露微笑，"还有最后一件事——"

她缓缓地取下了墨镜。看到她真面目的那一刹那，沈湉和坂口惊讶得宛若置身梦境。

"多谢你们，我亲爱的朋友。"T小姐再次深深鞠躬，"多谢你们伸出了援助之手，我这个本不该存在的人才能走到这步。"

◇

几经辗转，三人终于走进了工程机器人基地。基地内的工作人员少得可怜，偶尔遇见几位值班的大叔，都非常自然地同他们打了招呼，想必是将他们当成了同事。

为了更好地掩人耳目，T小姐充分发挥了她化妆的本领。程青准备的第二个假身份是一名男性，于是T小姐将长发剪成了齐颈的长度，打上发蜡梳成背头。配合上一副男式墨镜，俨然一副男性白领的样子。

三人将右手搭在一起。

"从现在开始要分组行动了。万一遇到危险立即投降,白狐应当不会伤害你们。"T小姐忧心忡忡地叮嘱。

"放心吧,我们也不是白给的!"坂口握紧了拳头。

"STS,fight!"沈湉振臂高呼。

"STS?"

"我们三人首字母的缩写啦!"

◇

T小姐悬浮在空间站中心花园上方,悠闲地喝着橙汁。几分钟后,一辆浅黄的敞篷私家车停在她身旁。空间站的私家车一律采用压缩空气驱动,体积十分小巧,看上去与卡丁车有几分类似。驾车的是一位金发男子,穿着一身晚礼服般的黑色西装,脸上挂着职业的笑容。

"长官收到了阁下的礼物。"男子笑容可掬地说道,"您果然信守了承诺。"

T小姐若无其事地吮吸着橙汁问道:"然后呢?"

"她答应了您的要求,请上车。"

黄色车辆缓慢地行驶着。空间站内对车辆的限速十分严格,速度一律不许超过三十迈。T小姐眺望着空间站内壮观的文明奇迹,将发梢拨到肩后。不一会儿她便觉得有些无聊了,于是向男子搭讪道:"你在部队负责什么工作?"

"一定要回答吗?"

"……当然不是。"

"无重力环境爆破,以及危险爆炸物的拆除,包括核武器。"

"嗯……"

二十分钟后,车子开到了Heart公司总部的楼下。从下方仰望,这座巨型建筑几乎贯穿了空间站的穹顶,宛若一把从天空刺向大地的利剑。在太空无重力环境下,高层建筑的建设变得十分容易,因此总部大楼的高度达到了惊人的三千米。

男子带领着T小姐走进大楼，一路上形形色色的工作人员热情地向他问好。磁悬浮电梯在不到一分钟的时间内便穿越了近三千米的距离，在建筑的顶层停了下来。无重力环境的电梯采用了超导体的磁悬浮结构，整个厢体悬浮在电梯井中，当施加磁场时，电梯便会在洛伦兹力的作用下移动。

面前是空荡荡的环形走廊，紧闭的木门上方印有"总裁办公室"五个烫金大字的牌子高高悬挂。对比底层的熙来攘往，这里完全感觉不到人的气息，雪白的墙壁透露出瘆人的冰冷。

"我只能送您到这里了。"男子意味深长地看了T小姐一眼，"请您多多保重。"

T小姐走到木门前，试着扭动把手，门果然从内部反锁了。她将视线移至门把手正前方突出的按钮上，轻轻按下，一块白光全息屏投影在半空。屏幕上显示着零到九的数字键盘，键盘上方则是六位数的密码空位。

看来这是最后的考验了。

女侦探挠挠鼻尖，熟练地输入了六位数字；伴随着清脆的"咔哒"声，门锁自动打了开来。推开房门，总裁办公室内采光良好，透过气派的落地窗可以看到巨蛋形购物中心的顶部，向远处眺望甚至能一览城市空间站的全景。宽阔的房间中空荡荡的，一张老式黄梨木办公桌孤独地立在正中央。一位年迈的男性正襟危坐在办公桌后，双手交叉抵住下颚。他穿了一身深灰色的西装，打着紫色花纹的领带，浓密的白发整齐地梳在脑后。看到T小姐后，他操着低沉的嗓音说道：

"你果然是真货。"

"你已经老成这个样子了啊！真是岁月不饶人。"T小姐单手叉腰，轻声叹息。老男人没有理会对方的感慨，继续问道："你是怎样猜到密码的？"

T小姐冷笑道："你的兴趣是'听兰兰的歌，看兰兰的电影电视，参加兰兰的演唱会，以及有关兰兰的一切'。因此密码就是

'830918',也就是兰兰的生日。我说得没错吧,白桐先生?"她意味深长地看着一言不发的老者,"我想还是用你的本名吧,白剑先生!"

老者深目光深邃地盯着T小姐,表情没有一丝动摇。女侦探继续进攻道:"白剑和心瞳,'白桐'这个名字还真是容易理解呢!你一手创立的'Heart'集团,名字也是'心'的意思。"她轻叹一口气,"虽然早就知道你暗恋心瞳,但没想还是一个如此长情的人啊!"

白剑闭上双眼,双肩平稳地起伏着。少顷,他开口道:

"你想知道什么?"

"全部!"T小姐斩钉截铁地说道,"你为什么要打造深渊号,为什么将自己的女儿送上不归路,为什么和凯特联手制造杀人事件?"她的右手重重拍在木桌上,"明明有着如此漫长的时间,为什么不去改变命运!"

"命运啊……"白剑低沉的声音回响在空荡的房间中,"我是一名军人,我不想逃避命运。"T小姐默不作声,白剑自顾自地说了下去:"在'逆时区'前进的过程中,我的腿不慎受了伤。虽然在月影超能力的保护下顺利逃脱,但我走出'逆时区'来到飞行器停靠区时,你们早已不见了踪影。停靠区的样子有些陌生,但十分幸运,一架小型飞行器还能够正常工作,于是我便爬进了驾驶舱,横冲直撞地逃离了太空船。

"太空中依然看不到你们,当时的我认为自己被抛弃了。不久后太空船便在我的身后爆炸,能够从那个时间的迷宫中逃脱,我也不再奢求更多。在系统中找到距离最近的殖民行星后,我便开启了人工冬眠装置。

"几个月后,我被装置唤醒了。飞行器顺利降落在一颗绿色的星球上,冬眠期间我的腿伤也好了大半。打开舱门,呼吸着行星上富含负氧离子的大气,我感受到了上天的恩赐。我要在这里立稳脚跟,再想办法平安地返回地球。"

年迈的白剑停顿片刻,示意T小姐就坐,对方摆手谢绝。

"医生在殖民星球是很受欢迎的职业,我很快便存够了星际旅行的金钱，甚至在殖民行星有了一定的社会地位。但我并不在乎这些，我的目标是返回地球，找到大家。

"一年后我如愿以偿了。当双脚踏上地球的瞬间，我才发现了事情的蹊跷——这并不是我熟悉的那个地球。我的精神险些因此崩溃，发疯般地寻找着记忆中地球的影子。最终，我在街边的全息投影报刊栏中找到了答案——这里的确是地球，时间却来到了五十四年前。殖民行星上没有使用母星的公历，所以我一直忽视了这一点。'逆时区'的影响比想象中更加巨大，通道中短短的几分钟，五十四年的时差便横亘在我的面前。

"我一度陷入绝望。五十四年前你们还没有出生，即便同样经历了'逆时区'的你们存在于某处，以宇宙的广袤我也无处找寻。我消沉了近一年的时间，可生活还要继续下去。我补办了各类身份证明，并将自己的名字改为'白桐'。之后我重拾在殖民星球开展的医疗业务，集合了一群愿意把青春奉献给星空的年轻人，在各个殖民行星成立了医疗机构。殖民地的医疗条件很差，凭借着过硬的技术，我们很快便做大做强了。于是我将分属于不同行星的业务重组成为'Heart'医疗集团公司，并坐上了总裁的位置。

"成为世界第一后，我再次失去了目标。在我的心中，永远停泊着一艘深渊号；在无数个夜里，我都再次回到了那艘船上。某天，我同公司的技术主管在酒吧喝到烂醉，老家伙拍着我的肩膀问道：'老板，想不想买一艘太空船？'

"'你喝多了。阿克别瑞引擎的太空船公司一共有六艘，其中两艘现在就停在港口中。'我说。

"'哈哈哈，不是那种大众货啊！'他兴奋地打开一瓶黑啤，将自己的酒杯注满，'最近的物理学快报上刊登了一篇论文，理论学家们计算出一种新的空间曲率分布，在保证阿克别瑞引擎工作效率的同时能够提供人工重力。'

"他滔滔不绝地告诉我，确立了理论基础后，有朝一日工程师会将人工重力实现，届时太空旅行将是一种享受。他希望到了那个时候,我能够买一艘太空船,带着大家在星空遨游。

"'我的儿子也是一名工程师,就在我的手下工作,年龄只小你几岁。'老家伙聊起了家常,'他希望把自己未来的孩子也培养成工程师,达斯特家族将世代与太空船为伴!'

"那一刻,我才记起了他的姓氏是'达斯特'。恍然间,如同醍醐灌顶一般,所有的信息在我的脑海中梳理成一条线。命运没有抛弃我,经过十几年的努力,我终于再次来到了命运的门前。

"不久后,我有了恋人,并于次年成婚。我原本打算孤独终老,但为了向命运挑战,我必须娶妻生子。两年后,也就是我逃离深渊号的第十八个年头,我们的第一个孩子降生了。当医生将她交到我的手中、她挥着小手发出啼鸣声的那一刻,我仿佛看到命运的大门再次为我敞开。

"宝贝,你就叫作'帕丝·白'吧!'我亲了亲襁褓中的女儿,热泪盈眶。

"女儿十六岁那年,传来了人工重力太空船研制成功的消息。我告诉女儿,等到太空船商用后,我会买一艘送给她。那时帕丝兴奋的表情,我至今仍记忆犹新。我曾一度想过放弃挑战命运,和女儿安稳地生活,但帕丝的梦想只在星空,我相信这也是命运的安排。不久后,她恋爱了,恋人是个五大三粗的退伍军人。他面对我时十分紧张,扭捏地报上了'弗姆'的名字。那一刻,我看到了摆满棋子的棋盘。

"我们父女俩上演了一出好戏。帕丝成功脱离了尔虞我诈的董事会,她带走的股份则令我将资金巧妙地转移,躲开了监管。帕丝将全部资金转交给了设备生产商,并提出了制作深渊号的规划。

"那一年还有一件大事。军方的熟人告诉我地球上成立了一支白狐部队,队长是个西方女性,名叫凯特。我恍然大悟,你们在'逆时区'停留的时间与我不同,因此回溯的时间只有二十多年。"

T小姐说道:"于是你便和凯特联合谋划,将另一个自己和年轻的心瞳送上了太空船。狄安娜也是你们的棋子,只有她登上了深渊号,'凯特'这个人才会存在。月影则是你们放入其中的不安要素,在紧急时刻唤醒她体内的第二人格,便会人为制造出事件。"

白剑深吸一口气,声音洪亮:"接下来的故事由你讲述吧,凯特!"

一位穿着军装的女性从窗帘后方走了出来。她有着白皙的肌肤和金色长发,可岁月已在精致的脸上刻下了痕迹。仔细看去,在她额头左上方,斜刘海掩藏着一道淡淡的疤痕。

"凯特是狄安娜在克隆人研究所时的名字,你取代她的身份后,直接借用了这个名字。"面对白狐部队的首长,T小姐面无惧色地说道,"你知道一切,毋宁说,一切都是你一手造成的。可你仍然将一无所知的、过去的自己送上了深渊号,这究竟是为什么?"

"白剑说了,我们军人不会逃避命运。正相反,我们会向着命运宣战。"凯特面无表情,嗓音铿锵有力。"只有将命运再次创造出来,我们才能够亲手粉碎它。"

"所以你宁肯重复出深渊号的惨剧?"T小姐厉声质问,情绪激昂。

"如果另一个我无法粉碎命运,她就会再次走上我的道路。在无尽的循环中,总有一个我可以做到。"

凯特掏出手枪,走到T小姐身旁。

"我不清楚你从哪里搞来了我的白狐徽章,看在它的面子上我会与你相见,但也到此为止了。"她将枪口抵在T小姐额头上,"我们算是老对手了,在深渊号上你曾几次三番地阻碍我。但一切都结束了,命运将再次轮回。所以去死吧——"

她一把扯掉T小姐的墨镜,叫出了她的名字:

"兰兰。"

◇

"我一向认为你最爱的饮品是橙汁。"坂口看着T小姐杯中的玛格丽特,感慨道。

"凡是有龙舌兰作为基酒的饮品,我都能甘之如饴。喝橙汁只是怕酒精影响思考而已。"T小姐将杯中的蓝色液体全部倒入口中,又点了一杯红艳的龙舌兰日出。"我喜欢的那个人总会在郁闷时喝龙舌兰,我便爱上了它。所以我的名字叫作'Tequila'。"

身旁的同伴轻轻摇晃着坂口的肩膀,他猛然间醒了过来。半小时前,他们便爬上了巨蛋形购物中心的顶部等待机会;大概是由于太疲劳了,坂口在不知不觉间睡了过去,并在睡梦中回忆起同T小姐的对话。

"时机到了。"同伴将望远镜塞回包中,拍了拍宅男的后背。"小百合的状态如何?"

"最佳状态!"坂口竖起了大拇指。小百合是坂口为自己制作的第一台智能机器人,为了帮助T小姐实施计划,他将几百斤重的小百合拆解后硬生生地塞进行李箱,并一路带到了城市空间站。

同伴套上厚重的防冲击服,俯下身子,将身上的安全带同小百合的手臂连在一起。

"动力系统如何?"

"放心吧,火箭飞拳是日本区机器人的标准配置呢!"坂口得意地看着自己的作品,"不过小百合的飞拳是基于电磁炮的原理,因此应当叫作'电磁炮飞拳'。准备好了吗?"

同伴点点头,坂口按下了发射器的按钮——

"超级电磁炮飞拳,发射!"

◇

凯特将黑洞洞的枪口抵在了T小姐的额头上,一把扯掉了她的墨镜。

"去死吧,兰兰。"

但下一瞬间,她扣住扳机的手指停了下来。她惊讶地看着眼前的"T小姐",眉头微蹙:

"你……不是兰兰?"

T小姐露出一丝冷笑。一分钟前,她悄悄按下了衣兜中的信号发生器。她凝视着窗外,猛然间俯下身子——

清脆的破裂声响起，落地窗的防弹玻璃在强大的冲击力下被击成碎片，细碎的玻璃碴雨点一般地散落。伴随着一声钝响，一只机器人的小臂深深地插入墙壁中。凯特由于躲闪不及，被冲击波重重地拍在墙上，左臂淌下鲜血。破窗而入的西装男子脱去防冲击服，爬到白剑身旁，将手枪抵在了他的太阳穴上。

"虽然只是脉冲激光枪，击中这里还是会致命哦！"男子直视着白剑的瞳孔，凛然地说道。虽然有着一副男性的外表，"他"的声音如同夜莺一般婉转。

一旁的"T小姐"也站起身来，捡起凯特的枪，瞄准了受伤的女战士。凯特方才发现了男子的真面目，她惊讶地盯着不远处的敌人：

"你才是真正的兰兰？"

"没错，我叫作沈湉，是兰兰的朋友。""T小姐"得意地看着受伤的女战士。

"我早就料到，同我见面后你们便会下手，所以才用了这一招。"穿着西装的兰兰——也就是真正的T小姐——解释道，"我用催眠能力将自己的记忆传给了沈湉，再将她化装成我的样子，令她能够完美地模仿我；我自己则悄悄地登上购物中心的顶层，等待时机粉墨登场。"她顽皮地耸耸肩，"下次演唱会时，我会考虑这样的登台方式。"

凯特冷笑道："果不其然，你就是深渊号上的催眠能力者。"

"我的能力很弱，所以要自我保护呢！"兰兰微笑道，"也只有在对付罗星那种老实人的时候，才会特别有效。"

"你们以为自己赢了吗？"

凯特的眼中闪过一丝寒光。她猛地捡起一块玻璃碎片，疾风一般地丢了出去。玻璃片不偏不倚地击中了沈湉的手腕，一阵剧痛袭来，缺乏作战经验的她下意识地丢掉了手枪。凯特看准时机对着沈湉的腹部一记侧踢，沈湉瘦小的身体重重地撞在办公桌上，当即失去了意识。就在这电光石火之间，凯特手中的第二块玻璃片已经掷出,远处的兰兰虽奋力躲闪,左臂仍然被深深刺入。

"形势逆转了,不是吗?"

凯特捡起自己的枪,对准了兰兰。以她久经锤炼的身手,兰兰即便搞突然袭击,胜算也微乎其微。

可是她忽略了一个人。

突然间,另一支枪抵在了她的后脑上。对方握枪的力度非常坚实,绝不是能轻易对付的外行人。凯特当即察觉了此人的身份,怒吼道:

"白剑,你在干什么?"

"没用的,他已经被我催眠了。"跪倒在地的兰兰喘着粗气,露出从容的微笑。"以我的能力,想要催眠你们十分困难。我从未想过一次突然袭击就能取胜,破窗而入的主要目的是令你们的精神产生动摇,并制造出足够的时间与白剑对视。白剑接受了自己仍在深渊号上的暗示,他认定是你杀死了心瞳,相信已经怒火中烧了吧!"

凯特目光犀利地盯着兰兰,双方僵持不下。少顷,兰兰说道:"已经够了。在这里的我并不清楚我们之间有何恩怨纠葛,但根据我的判断,你一定也经历了不寻常的过去。我是本不该存在于此处的人,在揭示了深渊号真相的现在,我要回到属于自己的地方。我们还有真正的敌人没有战胜,对吗心瞳?"

两人目光交接,冰冷的真空在房间中弥散开来,令人窒息却又不堪一击的寂静。兰兰已经没有力气使用催眠能力了,凯特却仿佛看到了幻觉。沉默。在那艘太空船上,另一个她凭借着对凯特的执念,靠肉身引爆了核弹。沉默。跨越了二十三年的时空,她以狄安娜的面容存活了下来。沉默。历经千辛万苦回到部队,当再次被接收成为特种兵的那一刻,她报上了凯特的名字。沉默。过去的心瞳将她视为目标,成了一名优秀的战士。沉默。她的心愿究竟是什么?是战胜残酷的命运,还是借由亲手打造的无间地狱,向深渊号上的大家谢罪?

年轻的面容,白皙的肌肤,虽然剪了短发,兰兰的容颜与记忆中那位耀眼的明星别无二致。她的出现,令凯特热寂一般的灵魂沸腾了起来。从初次见面直到现在,为何自己总是将兰兰视作敌人?历经沧桑后,她终于正确地认识到了这种感情——

嫉妒。

兰兰是众星捧月般的公众人物,却能够轻而易举地同大家打成一片。她是白剑一生的偶像,罗星也对她产生了别样的情愫。在凯特尘封多年的回忆中,她曾向罗星告白;但她已经忘却,那次告白究竟是出于对罗星的爱意,还是执着地想要同兰兰一争高下。可以确定的只有一点,出于对凯特的忠诚,她将真正的情感压抑在了心中。

凯特。命令。责任。

当她以狄安娜的身份第一次站起来时,心境产生了微妙的变化。一个声音在她的脑中轻诉:

不应该这样。

如果凯特没有下达"摧毁深渊号"的指令,如果自己没有将凯特视为不可忤逆的存在,他们的未来会是什么样子?她也许会成为大家的守护者,在殖民行星上开始新的生活。更有可能,她会加入与韩雪的竞争,仔细想来,自己并非毫无胜算吧!

不应该这样。

那时的她,第一次产生了与命令相违背的想法——想要活下来。

她违背了凯特,但与此同时,她成了凯特。

不应该这样。

敌人,她的敌人是谁?是凯特,是兰兰,还是深渊号上的大家?

不应该这样。

她终于想起来了。在那片孤寂的星空,搁浅着一艘太空船。太空船的内部,遍布着时间的迷宫。一群人陷入了时间的深渊,扭曲了几生几世的命运。

那个深不见底的,时间深渊。

"我们还有真正的敌人没有战胜,对吗心瞳?"

开玩笑。

我怎么可能赢过这个女人？

手枪自心瞳的手中滑落，她下意识地摸了摸脸颊，手指湿漉漉的。

◇

"兰兰小姐，你在干什么？"坂口轻轻地拍着 T 小姐的肩膀。

"兰兰小姐，我们必须尽快赶到顶层啊！小百合的组装很费时间的！"

兰兰如梦方醒一般地离开了柜台。在途经奢侈品贩卖区时，她被一件商品吸引了目光。

虽然无法看清容颜，但对于那个人身上的某件饰品，她记忆犹新。

◇

"直到最后，我也没有放弃希望。"白剑音色低沉，两鬓的褶皱诉说着岁月的无情。"我为帕丝准备了最强的机器人和 AI，深渊号有着无限的可能性。"

"我不需要另一艘深渊号，搭载小型阿克别瑞引擎的飞行器已经足够。"兰兰看着工厂中刚刚组装完毕的小型飞行器，露出赞许的笑容。这类微缩型曲速引擎航行的距离较短，但到达深渊号搁浅的宙域并不困难。

"你真的可以回到深渊号？"凯特依旧无法相信兰兰的故事。

"只要那个人信守承诺。"

凯特没有再说什么，她仰起头，眺望着深邃的星空。

Möbius II

"你被催眠了。"

兰兰盯着周诚的眼睛，一板一眼地说道。不惑之年的大叔摇摇头，他告诉已成为大明星的养女，自己在很久之前被催眠过。

"我是说，现在的你仍处于被催眠的状态。"兰兰切下一角蛋糕，递到养父手中。"很早之前我便在怀疑，只可惜催眠者的能力在我之上，以至于我无法做出准确的判断。"周诚双眉紧皱，他迅速回忆着近些年来发生的一切，没有任何迹象表明自己曾产生幻觉。

"催眠能力并不是万能的，它的效果之所以持续了如此长的时间——我想超过了二十年吧，是因为你接纳了它。你在潜意识里认为，一旦解除了催眠，自己将面对难以承受的现实。"兰兰继续说道，"打个比方，催眠能力者只是开启了一扇门，而将周诚关在门内的，却是你自己。"

周诚目不转睛地盯着一脸认真的罪魁祸首，苦笑道："现在的你能够为我打开那扇门吗？"兰兰伸出食指，点在了周诚的眉心，"今天我十六岁，超能力的发育也进入了成熟阶段。对于现在的我而言，已有足够的能力去对抗写入你脑中的暗示。但能否从门内走出，最终还是靠你自己。"

"有趣。"周诚坐直身体，脸上挂着微笑。"我接受挑战，来为我解除催眠吧！"

兰兰躬下身子，将双手按在周诚的膝盖上。她双目圆睁，直视着男人的瞳孔。

"我会最大限度地使用催眠能力，有很大的可能性，你会陷入长时间的幻觉。我敢保证，这不会是一次愉快的体验。"

周诚感到头脑渐渐变得昏沉，四周的景色仿佛被罩上了一层薄薄的纱布，遥远而又暧昧。兰兰樱桃色的双唇微微开合，她的话语却宛如来自深邃山谷的呼喊，又好似朦胧梦境的呢喃。慢慢地，纯白的纱布化作黑色的幔帐，周诚沉入了不见天日的深海。海底飘来数不胜数的碎片，渐渐汇作一条色彩斑斓的河流。他伸出手去触摸，指尖的水滴裂作细碎的泡沫，每一个泡沫中都映出了过去的影像。与兰兰生活的甜蜜，与月影相聚的温馨，从深渊号逃离的绝望……他沿着记忆的长河溯流而上，找寻着那块缺失的碎片。

突然间，四周亮了起来。他的手触摸到金属的墙壁，指尖传来冰冷的触感。脚下轻飘飘的，是失重的感觉。他匆忙四下环视，发现身边站了一位女孩子，穿着宽松的运动T恤和牛仔短裤，略显蓬乱的短发彰显着青春的活力。

"哟，你来了，罗星哥哥。"女孩转过身来，那熟悉的面容正是十六岁的月影。看到年轻的妻子，周诚顿时感到眼眶酸酸的。他竭尽全力地抑制住即将决堤的感情，令自己冷静下来。记忆并没有模糊，他清楚地记得自己正在同兰兰庆祝生日。

"这里是……"罗星伸出手指触摸电梯的控制面板，一切是那样真实，丝毫不似头脑中的幻境。

"罗星哥哥的内心世界，你深藏心底的潜意识。"月影答道，"借助兰兰姐的催眠能力，你用自己的记忆构筑起了这个世界。因为罗星哥哥的记忆力超群，世界才会如此真实。"

"兰兰的催眠能力已经如此强大，以至于能够混淆现实与幻境了吗？"

"嗯——通常说来并不可以呢。"月影用手指抵住下颚，摆出一副若有所思的样子。"她的催眠能力并没有那么强，是因为罗星哥哥对她的绝对信任，催眠能力才会如此有效。"

罗星轻轻叹气。他偷偷地看着充满活力的月影，很想伸手去触碰妻子的面颊,但他清楚,所有的一切都不过是幻影。

"我们为何会在电梯里?你又为何会出现在这个梦境之中?"罗星转过身去,生怕感情在不经意间倾泻而出。

"看看周围,不觉得很熟悉吗?"月影将双手背在身后,露出恶作剧般的笑容。罗星仔细观察着电梯,发现控制面板上只有"1"和"2"两个选项。

"明白了吧,这里是深渊号。梦境之所以始于此处,是因为你所接受的暗示与这个场所相关。至于我嘛……"月影走到罗星面前,仰视着他的双眼,"我是罗星哥哥的理性与思念,具现化之后的产物。我会一直引导你,直到你解开催眠。"

突然间,周诚坚实的双臂紧紧地抱住了月影。他拼命地抑制住泪水,低声说道:"……抱歉。给我一分钟,好吗?"

尽管眼前的月影只是记忆,是幻像;但借助兰兰的超能力,跨越十几年的时空,罗星与亡妻相会了。

◇

兰兰经历了一段非同寻常的旅程。

一切始于深渊号事故发生后的两小时,即上午十点左右。那时弗姆舰长、达斯特、韩雪和心瞳进入了活动区拿取枪械;罗星、芮汐兆、白剑、月影和狄安娜在自己的房间休息。兰兰在寝室中坐立难安,她体内的侦探细胞躁动着,探查真相的冲动如同魔鬼的呼唤在耳边聒噪。更重要的是,她希望知道那个人一定要登上深渊号的原因。

舰长夫妇和达斯特并不可靠,他们隐瞒了深渊号太多的秘密。深渊号的船身是椭球形结构,一层与二层位于球体的上部,中心处是阿克别瑞引擎。依照常理推断,在下部的对称位置,一定还存在着广阔的空间。登船前她调查过深渊号的资料,没有任何信息能够说明船体下部空间的作用。

来自军方的心瞳和白剑令人难以捉摸。心瞳心思缜密,很难从她细微的表情中读出情感的起伏。白狐部队不会凭空登上移民船,她的出现一定是为了执行特殊任务。白剑相对而言更加单纯，但他是太空船上唯一的医生，如果在诊治病人时做些手脚，没有任何人能够发现或制止。

狄安娜虽然总是一副瓷娃娃脸，但兰兰一眼便可以看出，那不过是为了掩饰内心的不安。这个女人对周围的一切都感到陌生和恐惧，她迫不及待地想要找个依靠；在获得安全感之前，她必须将自己关在冰冷的躯壳中才能安心。她的战斗力很强，却是最容易被利用的一个。

高学历三人组最值得放心。小个子教授虽然一副老学究做派，但这个人的喜怒哀乐全都挂在脸上，藏不住心思。韩雪是个腼腆的女孩子，不懂得如何处理感情问题。最让人心烦的就是那个图书管理员罗星，明明有些敏锐的观察力和清晰的逻辑思维，却丝毫不懂女人心。每当看到罗星面对韩雪时畏首畏尾的样子，兰兰都感到一阵焦躁。她无法以平静的心态面对罗星，因为从他的身上可以看到周诚的影子。

这样一群人留在故障的太空船上，肯定不会老老实实地等待救援队的到来。

兰兰取出冰箱中的龙舌兰，斟满酒杯一饮而尽。她将高脚杯重重摔在桌面上，感受着心脏不安而又兴奋的鼓动。周诚并不在船上，她需要自己解决所有的难题。

兰兰的第一个目标是活动区。在房间中她隐约听到一行人进入了这里，想必是要取出射击训练房内的脉冲激光枪。如果能够拿到兵器，自身的安全就多了一层保障。她推开了活动区的大门。出人意料，健身房内空空如也，丝毫不见有人经过的迹象。她小心翼翼地走入健身房，一面仔细观察着四周，一面缓慢地前进。缺少了人类的活动，静止的跑步机和椭圆仪好似废弃的钢铁丛林，颓废而冰冷。在经过动感单车区域时，兰兰瞥见设备的一角躺着一件深红色的卫衣，领口和袖口点缀着不起眼的深灰。

这是罗星的衣物，兰兰清楚地记得罗星穿着它回到了房间。她飞速地检查着，很快便在衣兜中发现了一枚徽章。徽章正面是一只潜伏着准备扑向猎物的白狐，在一角看到"XIN TONG"字样。

且不论本不应出现在此处的卫衣，心瞳的白狐徽章为何会在罗星的衣兜里？兰兰将徽章装回衣兜，带着无数疑问继续前进。射击训练房内同样空无一人，枪支收纳柜空空的，脉冲激光枪已被人取走。身为歌手的兰兰对声音十分敏感，她确信自己没有听到大家离开的声音；如此一来，一行人一定是在取出枪支后进入了道场。

这群家伙，究竟在做什么？

兰兰轻轻叹气，无奈地向道场走去。当推开实木大门的瞬间，她感受到前所未有的震撼：道场内同样空空如也，木质的墙壁和地板擦拭得光洁如镜。活动区只有一个出口，大家去了哪里？兰兰将罗星的上衣紧紧抱在怀中，向道场内缓慢地迈动步伐。在踏入道场的同一瞬间，不可思议的事情发生了——

如同关掉了电灯的开关一般，四周的光芒在眨眼间黯淡了下去，深不见底的黑暗包围了兰兰。并没有重力的实感，她飘浮在一无所有的虚空之中，甚至无法目视自己的双手。她匆忙回过头去，入口不知何时不见了踪影。她的双臂无助地摆动着，但皮肤甚至无法感知到空气的存在。

"……果然……普朗克时间……太勉强了……"

耳旁传来断断续续的声音，经过了变声处理，听上去好似故障的扬声器发出的电子音。兰兰试图开口询问，但无论她如何努力，都无法发出一丝声响。

"……出现 bug……头疼……"

声音重复着单调的话语。不一会儿，兰兰的眼前闪出一线光明，一道朦胧的身影出现在她的身边。那个人的身影亦真亦幻，好似老照片中模糊的远景，又仿佛浅层睡眠的梦境。

"……地球……一年的时间……"

这个人一定是时空变异的罪魁祸首。兰兰集中了全部的注意力，汗水淌过额头，但传入大脑的图像依然只是模糊的色块。

"记住，你有一年的时间探寻真相。一年后回到深渊号搁浅的宙域，我将带你回来。"不知何时，沙哑的嗓音清晰起来，音色依然好似冰冷的机械。尽管竭力掩饰，语速的起伏却透露出那个人内心难以掩饰的兴奋。"这将是一次有趣的旅程。"

话音刚落，兰兰便向无底深渊掉落下去。加速度压迫着脊背，心脏猛烈地跳动着，视野中依然一片漆黑，耳中却鼓动着呼呼的风声。然而在那一刻，兰兰露出了会心的笑容。人影消失的瞬间，她将一幅图像刻印在记忆之中。

为了探寻深渊号的真相，兰兰成了"T小姐"。以她的本领，在地球上谋生并开展侦探活动并不困难；然而她的对手是成了特种部队首长的心瞳，以及成了大型集团公司总裁的白剑。最终在朋友的帮助下，兰兰找到了凶杀案的真相；与此同时，她的出现也帮助凯特打开了心结。

但兰兰清楚，一切还远未结束。她旅途的终点，仍在那遥远的时空的夹缝之中。

一年后，兰兰乘坐的小型飞行器来到了深渊号搁浅的宙域。她解开安全带，自座位上站了起来。

"我回来了，履行你的约定吧！"兰兰张开双臂，对着深邃的真空呼喊着。一年的时间，她的美貌更多了一份成熟与干练。虽然剪了短发、习惯了佩戴墨镜；但她坚信，如果现在的自己站在舞台上，一定能激起排山倒海般的尖叫。

没有任何征兆的，兰兰发现自己站在了道场之中，小型飞行器凭空不见了踪影。她匆忙检查背包，罗星的上衣安静地躺在那里。

"……赶快离开这里……跑……"

这是兰兰最后一次听到冰冷的机械声。她不顾一切地向前奔跑，越过了射击训练房，径直冲出了活动区的大门。

在那里，她与那个人相遇了。

◇

脚下不时传来失重的感觉，电梯的下行似乎永无止境。月影直视着年轻的罗星,一字一句地说道:"还记得吗?在深渊号上,你曾经丢失了一段记忆。"

那件事情发生在深渊号事件的终末。经历了五次轮回,罗星终于找到了突破"逆时区"的方法;他向好友芮汐兆布置完任务,准备返回蓄水区等待机会。就在T形通道的拐角处,他的记忆中断了。

"这段至今仍未找回的记忆,就是留在你身上的暗示。"月影继续解释道,"催眠能力并不能消除记忆,记忆之所以依然缺失,是因为你主动选择了忘却。"

罗星沉默片刻,抬头微笑道:"我现在希望找回它,拜托你了。"

失重的感觉转眼间消失不见,四周的金属墙壁渐次黯淡,如同翻转的马赛克一般涂上了其他色彩。视野再次清晰,罗星和月影站在了T形通道的拐角处。月影面带微笑地看着罗星,说道:"我们要把当时的道路再走一遍,罗星哥哥你可要看清楚哦!"

顺着月影的指令,罗星向着电梯的方向迈动脚步。一步。他十分迷惑,究竟是何种记忆,能够令他逃避至今?一步。凯特曾经对他说,距离真相还十分遥远。这句话意味着什么?一步。如果说心瞳是刽子手,那么制造时空变异的那个人就是幕后推手。自己缺失的记忆是否与那个人相关?

活动区的大门已近在眼前。猛然间,罗星的心脏剧烈跳动起来;他痛苦地按住左胸,手掌上青筋暴起,汗滴如同雨点般洒落。不能继续向前,心中的声音告诉他。他强忍着痛苦继续迈动脚步,空气中仿佛凭空伸出无数的锁链,灼烧着他的皮肤,将他牢牢禁锢。

下一瞬间,罗星回到了电梯中。他感到全身疲软无力,靠着墙壁瘫坐下来,不停地喘着粗气。月影俯下身子,温柔地抚摸着他的脸颊:"罗星哥哥,你干得很好。就差一点了,我们再来一次,好吗?"

罗星仰视着天花板,轻轻点头。

活动区已近在眼前。锁链化作了无数的刀锋,肆意地割裂着罗星的骨肉。他仿佛看到地面上伸出了无数的手,每一只都要将他扯向无底的深渊。一步。什么都不要想,尽管前进。一步。自己近二十年的夙愿就在眼前，无论如何都不能退缩！

当罗星的双脚站在活动区门前时，锁链和地狱之手在一瞬间消失了，他感受到了前所未有的畅快。

"恭喜你，罗星哥哥。"月影微笑着拉起了他的手，"下面看到的，就是你长久封印的记忆。"

活动区的大门缓缓敞开，有人走了出来。浓墨一般的脸。夜晚一般的皮肤。煤炭一般的双腿。那个人周身被黑暗包围，真面目依然笼罩在迷雾之中。手上传来坚实的触感，月影用力握住他的手，仿佛在说，别怕，我在。

罗星点点头，目不转睛地直视着那个人。黑色并非鬼魅，而是模糊记忆的具象化。为何记忆中留下了"黑色"的印象？他上下打量着被黑暗笼罩的神秘人物，打开记忆的关键一定就在这个人身上。双腿纤细而有力，身材很好，但仅凭模糊的图像无法判断性别；头部好似一个黑色的球体，丝毫不见五官的痕迹——

原来如此。

罗星的嘴角露出一丝微笑，"看不清面容"就是最大的提示。

那一刻，所有的黑色化作了旋转的气流，在空中渐渐汇集。那个人的面容逐渐清晰起来，姣好的面容，齐肩的短发，火辣的身材；黑色的旋涡凝结成一副墨镜，架在小巧的鼻梁上。

"兰兰，你为何会在这里？"二十年前的罗星一头雾水地看着变了装束的女明星，"你找到周诚先生了吗？何时剪了头发？"

兰兰取下墨镜丢在一旁，她按住罗星的双肩，焦急地问道："先别说这个，告诉我深渊号上发生了什么？"

尽管被搞得云里雾里，罗星还是言简意赅地为兰兰讲述了事情经过。讲到兰兰自己的行动时，他十分好奇本人为何会不记得；兰兰只是轻描淡写地说了一句"随后告诉你"，便催促他继续讲下去。十分钟后，罗星结束了讲述。兰兰将双臂抱在胸前，飞速整理着思路。

看着过去的两人，二十年后的罗星产生了新的疑问：这只是一次普通的谈话，兰兰为何要用催眠能力禁锢他的记忆？自己又在逃避什么？

就在这时，过去的罗星再次开口了：

"还有一件事……"

◇

回到深渊号的兰兰十分幸运地遇到了月影和罗星，她得知了舰长、夫人和工程师的死讯，以及心瞳试图炸毁太空船的阴谋。将心瞳的计划与凯特的说明相结合，事件的全貌在心中渐渐成形。

遗留的谜团是暗中活跃的另一个自己。按照罗星的说明，另一个她总会不时出现在大家身边，有时还会做出一些难以解释的行为。那个兰兰留着长发，一定不是现在的自己通过"随机一分钟"回到了过去。将所有的可能性排除后，便剩下了唯一的解释：深渊号的蓄水区连接着另一个平行时空，那个时空的兰兰发现了这个奥秘，通过蓄水区周旋于两个世界之间。

还真像是自己的作风呢，兰兰在心中笑道。心瞳事件已进入尾声，依照兰兰知晓的未来，心瞳将会葬身于核爆，而变身为狄安娜的另一个心瞳却活了下来，并最终成了自己景仰的教官凯特。剩下的问题，便是找出时空变异的真凶。

就在这时，罗星再次开口了。

"还有一件事情……"罗星一副欲言又止的样子，"等我在蓄水区将大家救出后，你带着大家逃跑吧。"

兰兰皱眉问道："那你呢？"

罗星取出一只精美的盒子，盒身漆作夜晚般的浓黑，一侧点缀着金丝勾勒的条纹，"PATEK PHILIPPE"的字样低调地印在一角。打开盒盖，里面躺着一只精致的女式机械腕表，表身呈金色，与深褐色的真皮表带相得益彰。罗星拨动了表身左侧的拨片，清脆的报时声宛若教堂的风铃。

"我会将这只表交给应当拥有它的人。"

看到腕表的瞬间，一年前的记忆在兰兰脑中苏醒。在黑色的混沌中她无法看清那个人的面貌，然而在最后一刻，她将这只腕表印记在脑海之中。那是一只细嫩的手腕,华丽的腕表分外醒目。在经过太空都市购物中心时,她曾看到过相同的款式;只可惜那时面临着与凯特的决战,并没有时间细细思考。

"我一定会追上你们的。"罗星看了看身边的月影,"我答应了照顾月影,就必然会做到。只是在此之前,我还有必须要做的事情。"他露出毅然决然的神情,将事情的真相告诉了兰兰。兰兰咬紧嘴唇聆听着,在最后一刻,她的双手用力地扳住了罗星的头颅,直视着他的瞳孔。

"这件事情由我来解决。"兰兰开启了催眠能力的最大功率,"忘掉我们的这次会面,忘掉我和不存在的周诚,特别是,忘掉你刚刚说过的话!"

在催眠能力的作用下,罗星渐渐陷入了沉睡。过度使用了超能力的兰兰喘着粗气,她双手扶住膝盖,仰头望着站在一侧旁观的月影:"月影妹妹,你带他走吧,去完成你们最后的任务。不要把刚才的事情告诉他,好吗?"

月影用力地点头,行了一个蹩脚的军礼:"交给我吧,兰兰姐!"

◇

"我还有必须要做的事情。"

二十年前的自己露出毅然决然的神情。下一刻,兰兰与他双目相接,记忆就此中断。两行热泪自罗星的眼中流淌而下。为了保护自己,兰兰选择了独自扛起所有的责任;为了保护自己,月影将这个秘密深深藏在心底,直至生命的终结。他不顾一切想要逃离的记忆并非与兰兰的相会,而是与此相关的另一段回忆。

恍惚中,中年男子回到了浴室的温泉区。二十年前的自己虚弱地躺在地上,他已经无力去制止心瞳制作核弹了。

心瞳凑到他的耳边,朱唇微启:

"第二件事情……"

就是它,罗星逃避了二十年的那句话。

"韩雪并不在女更衣室。"

12b

没有人能够从内部改变"永远的一分钟",如非外界作用,陷入"永远一分钟"的人不可能回到正常的时空。

二十年前,在浴室的温泉区等待心瞳时,罗星听到了两次枪声。他原本认为心瞳开枪杀死了女更衣室里的夫人和韩雪,但实际情况并非如此。那时韩雪已不在女更衣室,心瞳另一枪杀死的人,是困于"永远的一分钟"的她自己。为了伪装成狄安娜,心瞳复制了自己;而为了不令自己被过度复制,第三次轮回的她留在了循环往复的时空中。心瞳与变身为狄安娜的自己反目成仇,想必她认为女更衣室内的自己也是潜在的威胁,于是毫不犹豫地将其射杀。

罗星第二次来到女更衣室时,在门前听到的韩雪的声音又是来自何处?如果韩雪就是时空的创造者,那么更衣室内的声音便是她刻意的布置。

事情还没有完结。周诚决定再一次登上深渊号,去寻找韩雪的真相。那个让他追寻半生、痛苦半生、却仍旧迷雾重重的女同学。

为了甩开兰兰,他刻意更改了日程表,在中途登上深渊号;可敏锐的兰兰一早便察觉了他的计划,第一时间登船拦截。周诚年轻时曾对聪颖善良的兰兰产生情愫,而当兰兰成为自己的养女时,他只得自嘲天意弄人。这一次兰兰再次陷入事件的旋涡,想必也是上天的安排。

如同精准计时的钟表一般,事故在第二次启动阿克别瑞引擎后的早上八点发生了。但是这一次,却与二十三年前的情形大相径庭。

留在餐厅与乘客共处的不是舰长而是夫人，探索居住区时也是两人一组，而非各自为战。之后发生的种种事态表明，这里是与二十三年前截然不同的平行世界。

为什么会这样？

看着乘客们一个个死去，周诚感到无所适从。与此同时，他一直留心观察的韩雪却没有任何出格的动作。

周诚同样探查了蓄水区"时空莫比乌斯带"的秘密。芮汐兆的想法没有错，蓄水区在空间上连接着另一个时空。兰兰也发现了这个秘密，不时往返于两个世界。她继承了周诚与生俱来的侦探细胞，对任何事物都要一探究竟。

然而，有关韩雪的谜题依然云里雾里。

在核心控制区发现二十四位密码锁的那一刻，周诚崩溃了。无法解读。难以破解的谜题令他陷入了深深的自责。自己究竟做了什么？跨越二十三年的时间再次登上深渊号，非但眼睁睁地看着同伴们一个个死去，对于时空创造者的本意依然一无所知。失败了。自己的人生，完完全全就是一个笑话。

是兰兰将周诚从情绪的泥沼中拉了出来。在那个黄沙漫天的行星上，周诚拯救了兰兰；与此同时，兰兰也为周诚带来了新的生命。她能够毫不费力地深入他的内心，近乎暴力地将他拉回到正确的方向。在周诚还叫作罗星的时候就是如此，多少年来这一点始终没有改变。

当周诚带着过去的自己和兰兰离开蓄水区时，决定性的线索终于出现了——

他邂逅了另一个时空的罗星。

那个罗星和月影在一起，正在苦恼于逆时区造成的时空修正。他看到周诚热情地打了招呼，将周诚视为理所当然存在的人物。

与二十三年前的自己一模一样。

周诚询问了一些关键的问题，而罗星的回答明确地指向一个事实——他就是二十三年前的自己。不是任何平行时空中相同的存在，而是如假包换的、过去的周诚本人。

跨越二十三年的岁月，深渊号的时空结构在周诚的脑中终于形成了一张全景图。如果将过去罗星所在的时空叫作 A 面，此刻的时空叫作 B 面，它的结构是这样的：A 面的罗星、月影、芮汐兆、白剑与心瞳逃出了深渊号，却由于随机的时空连接被发送到遥远的过去。而那个过去，构筑起了 B 面的现在。与此同时，两个时空通过蓄水区的空间相连接；人类绕蓄水区一圈后可以到达另一个时空，光速的电磁波则可以直接"破面"。

A 面的过去源自何处？要构筑起深渊号的过去，需要三个要素：白剑回到 45 年前成为白桐，心瞳回到 23 年前成为凯特，以及罗星化身为周诚拯救儿时的兰兰。一定存在着另一个有着与 A 面相同历史的平行时空，那里的罗星、月影、心瞳和白剑在脱离深渊号时回溯时间，构筑起了 A 面的过去。

借由如此精妙的时空结构，韩雪究竟想要诉说什么？

在罗星的最后一次探险中，韩雪被婴儿破坏者腰斩，死于电梯之中。惨剧令罗星陷入难以名状的悲伤，然而周诚却在这次事件中读出了别样的意味。

也许，这就是韩雪想要传达的信息吧。

事件终末，芮汐兆和月影死亡，狄安娜勉强保住性命。好友与爱妻的离去为周诚带来了悲伤，但这一切却都在他的预料之中。若非如此，韩雪留下的"那个线索"就不会成立。

送走兰兰三人后，周诚再次乘坐电梯回到了植物区。按照记忆中的位置，他来到一棵树下。想要面对时空的创造者，绝不能丢下她不管。

"早就发现你了，快出来吧！"周诚拍拍树干，脸上露出久违的笑容。

灵　性

"难以置信,我和周诚先生居然是同一个人……"罗星枕着胳膊,一面瞭望观景窗中飞速变换的星辰,一面感慨道。兰兰坐在驾驶席上操作小型飞行器,仍未走出悲伤的狄安娜窝在后排的座位上,身体蜷作一团。

"既然他那样说,我也只能相信。"兰兰臭着脸,不满地回应。

"兰兰,有句话不知当不当说……"罗星支支吾吾地开口道。兰兰瞥了他一眼,叹气道:"都什么时候了,憋着不难受吗?"

"你……为何不强行带走周诚先生?即便我们在生理上是同一个人,但你们之间的回忆,是任何人都无法替代的。"

"你有多么顽固,自己不清楚吗?他决定的事情,我不可能更改。"兰兰没好气地说道。她从驾驶席上站了起来,舒展着筋骨。"另外,我可从未想过让你代替他!"

尴尬的沉默后,罗星岔开了话题:"虽然我推理出了老芮的作案手法,但有一件事情始终没有搞清楚。蓄水区内发现的那件白大褂,它的主人身上究竟发生了什么?"罗星自衣兜内取出芮汐兆的手机,"这部手机始终未能解锁,它的内部应当有一些线索吧!"

兰兰一把将手机夺了过来。简单地输入一串字符后,系统流畅地闪出解锁画面。罗星大吃一惊,目瞪口呆地问道:"你怎么会知道解锁密码?"

兰兰这时才意识到,自己做了多余的事情。芮汐兆已经葬身于深渊号,现在揪出这件事情又有什么意义?然而覆水难收,看着罗星期待的目光,她为难地问道:"答案也许会对你再次造成打击。即便如此也要知道?"

罗星用力地点点头。兰兰叹气道:"解锁的密码,是韩雪的生日。顺带一说,他的电脑使用了同样的密码。"

最好的朋友犯下了难以饶恕的罪行,与此同时,他还在觊觎自己暗恋的女人。兰兰本以为罗星会陷入难以自拔的悲伤和愤怒,没承想后者只是淡淡一笑,平静地摆弄着手机。

韩雪和老芮都已逝去,苟活下来的人们再去责难他们,又有什么意义呢?

可是突然间,一段视频吸引了罗星的眼睛。这段视频录制于下午三点三十五分,是手机存储中最新的文件。罗星将兰兰叫到身边,点开了视频播放器——

"这是我的最后一段视频。"芮汐兆的脸出现在屏幕上,四周的背景是植物区的小溪和假山。"如果这个我在不久后死于非命,那么'芮汐兆'这个存在将在世界上完全消失。活动区中的那个我本应活到最后,但从看到第二人格月影的那一刻起,他就注定要为了保护大家而送命。"

听到老芮的声音,后排的狄安娜也凑了上来。视频中的芮汐兆继续说道:"看到这段视频的朋友,相信你已经知道了我内心中最肮脏的秘密。如果你见到了我的朋友罗星,请代我对他说声对不起。老罗,如果解锁的是你本人,你可以尽情地揍我;不过根据牛顿第三定律,这次疼的只会是你自己。最后,无论朋友你是谁,请帮我照顾狄安娜。手机备忘录中有我在地球的账号和密码,那些钱虽然不多,但应当能够为她提供一个安身立命的场所。"

狄安娜的眼角滑下两行泪水。芮汐兆清咳两声,继续说道:"我即将踏上最终的战场。而我的敌人,就是一生将我踩在脚下的那个女人,韩雪。"罗星大吃一惊,老芮的眼睛左顾右盼,压低音量说道:"在发现'随机的普朗克时间'的同时,系统出现了错误,我被丢入了时空的夹缝。将我从那里拯救出来的,便是那个可恶的女人。我决定同她进行一次赌博，如果我赢了，她会将一切的真相告诉我；如果我输了，就会赔上自己的性命。我不认为我会输，因为此刻的我就是要将魔王打倒的勇者！"

摄影切换至前置摄像头，画面一面摇晃一面移动着。不久后，教授在一颗岩石前停了下来。他拨开石块，里面露出一颗定时炸弹。

"嗨，你一定不敢相信吧，这枚炸弹就是我们打赌的内容。"画面中传来老芮的声音，"蓄水区是莫比乌斯带的时空结构，只有光速才能够穿越空间的'面'；换言之，这枚炸弹看起来很可怕，但我只要躲到另一面，它就不会对我造成威胁。"

芮汐兆开心地拍了拍炸弹，好似孩童在耍弄玩具。

"在两个五分钟的时间周期内，我会选择留在哪一个'面'；而这枚炸弹也会做同样的事情。它会在两个时间周期完成'结算'后的瞬间爆炸，我们的赌局便是，如果我不被炸死，那个女人就会承认自己的失败，并告知一切真相。很有趣吧！"

"比赛开始了，期待着我的胜利吧！"

视野变得一片黑暗，芮汐兆将手机丢入了衣兜，却依然开启着视频录制。空无一物的视频中只能够听到簌簌的脚步声，"时间莫比乌斯带"的结算令录制的内容十分混乱。直到五分钟之后，震耳欲聋的爆炸声传来，继而是身体倒地的声响。芮汐兆用生命保护了手机，视频录制依然在良好地运转着。猛然间，视野明亮了起来，芮汐兆满身是血的惨状一闪而过；视频中最后一帧画面，记录了韩雪清秀而淡然的面容。

◇

"早就发现你了，快出来吧！"周诚拍拍树干，脸上露出久违的笑容。

树林中传出窸窣的声音，少顷，兰兰从林木深处走了出来。她的面容多了一分成熟与干练，剪了短发，鼻梁上架着一副大号的女式墨镜。

"你就是另一个时空的兰兰吧！在二十三年前的过去，你消除了我的记忆，独自留在了深渊号上。"周诚脸上挂着坏笑，"但是很可惜，你我的命运早就纠缠在了一起，这是超越了光速极限的超距作用。"

"在我的主观时间里，那不过是三小时前的事情。"兰兰还以甜美的笑容，"两个时空通过蓄水区连接在一起，也真亏得这个世界的我能够发现玄机。"

"深渊号残留的两个谜题，全部与'时空的莫比乌斯带'相关。"周诚伸出两只手指，"其一，A面的因特林为何会暴走；其二，B面的舰长早已被杀，夫人为何会收到他的信息，信息为何又会无故消失。"

"A面因特林的暴走，原因出在B面吧！"兰兰推理道，"光速可以'破面'传播，而事故发生后，因特林一直留在蓄水区。"

"没错，B面的老芮试图入侵警卫的系统，而他的黑客行为需要借助电磁波远程控制。于是，A面的因特林同样受到了影响。系统遭到篡改，它试图执行新指令时，又无法探测施令者的位置。AI由此产生了bug，所以A面的因特林会攻击大家。"

"所谓的'鬼魂'，就是另一个世界的因特林吧！"兰兰若有所思，"只能观看，无法触摸。这真是如假包换的'鬼魂'呢！"

"B面的心瞳潜入小溪中寻找舰长，借机窃取了他的手机。趁着夫人不注意的空当，她使用舰长的手机发出了信息，而此刻A面的夫人恰好也来到了蓄水区——我想，她是通过'随机的一分钟'，从事故之初跳跃来到了那个时间段。光速可以破面传播，于是两个世界的夫人同时收到了'十分钟后浴室见面'的信息。结果便是，A面的夫人来到浴室，被囚禁在'永远的一分钟'之中；而B面的夫人虽然也收到了信息，但由于'莫比乌斯带'的结算，信息被判定为'没有收到'。所以无论老芮怎样努力，也不可能找回不存在的信息。"

"没有人发现B面的我周旋于两个世界之间。"兰兰露出得意的笑容，"看来我的演技很棒嘛！"

"仔细想来，二十三年前的你确实十分奇怪。"周诚将身体靠在树干上，"见到舰长时十分惊讶，总会告诉我们一些新鲜的信息，还想尽办法单独行动。如果是一个人来往于两个时空，一切都讲得通了。"周诚深邃的双眼看着兰兰，"最后一个问题，在你的时空，我为何没有登船？"

兰兰仰着头，目光茫然地注视着高大的树冠。"深渊号起航前三个月，你的太空船遭遇了宇宙海贼残党的袭击。对方人多势众，太空船被击沉，你葬身于一片混乱的空域。我整理了你生前的资料，得知了深渊号的信息；我十分好奇这艘船究竟有什么特别，为何对你会有如此的吸引力。我决定登船一探究竟，在这里遇到了与你很像的罗星。为了确认你和他之间的关系，我用催眠术让他看到了你的幻影。"兰兰露出自嘲的笑容，"只是没承想，这个幻影保留了十几年，我的催眠术从未这么有效过。"

"早就说过了，我们之间存在着超越时空的联系。"周诚拍了拍兰兰的肩膀，"我们走吧！"

"去哪里？"

"核心控制区，我们去会一会时间深渊的创造者。"

Measure

　　酒店大厅内嘈杂起来。圆桌完成了它们的使命，被粗暴地堆在一旁，餐盘中零乱地散落着吃剩的菜品。学生们将钢管椅在舞台周围排成扇形，毕业晚宴转眼间化作演唱会现场。四名男生自背包中取出吉他，披上外形张扬的机车款黑色夹克，在一阵欢呼声中跳上了舞台。酒店的服务人员熟练地为吉他和贝斯接上音响，将一把麦克风递到主唱手中。

　　韩雪坐在角落的餐桌旁，眺望着窗外飞驰而过的车灯，小口咀嚼着甜品。虽然一早便下定决心做一名旁观者，躁动的人群却令她平静如水的内心泛起了涟漪。她凝视着玻璃窗中的倒影，轻声叹息。

　　四年的本科生涯就要结束了，平淡无奇，就好像杯中渐渐冷却的茶水。成绩不上不下，没有任何特长，也没有明显的短板。交过一些朋友，但无论在哪个小群体中，她都是最不起眼的那个。没有男生追求过她，自己亦没有勇气主动追求爱情，恋爱经验仍是一张白纸。

　　混杂着爵士风的摇滚震颤着建筑的钢架，一曲唱毕，台下爆发出山呼海啸般的掌声。这支物理系学生自发组织的乐队水平不过尔尔，但同学们的鼓膜捕捉的不是旋律，而是行将扑面而来的孤独。在狂热气氛的感染下，韩雪向茶杯中斟上少许红酒，轻轻抿了一口，苦涩的味道刺激着味蕾。

　　"据说在毕业晚宴上告白的成功率高达63.7%，不想去试试吗？"一位平日里关系不错的女同学端着高脚杯走了过来，拎起桌上的白酒为自己斟满。"这类摇滚早已过时,那群幼稚的男生并不明白,现在是太空音乐的时代。"

"的确是这样。没有走出过母星的编曲人,作品中总能听出一种逼仄。"韩雪应和着,拿起果汁瓶同好友碰杯。

"你知道吗?对于物理系的女人而言,本科是最为宝贵的黄金时期。"吞下一大口白酒后,好友的情绪亢奋起来,"只要走出校园,市场效应会令男生们从残羹冷炙变为佳肴珍馐。不觉得很不公平吗?"她将头凑到韩雪面前,吐息中带着酒精的味道。韩雪尴尬地笑了笑,连连摆手道:"我想……咱们不妨把目光放得长远一点吧!"

"怎么讲?"

"我们的市场不止是这座城市,而是整个地球吧!"韩雪努力拼凑着词句,"其实银河中所有的殖民行星,都是我们的市场呢!所以……"

女同学猛然间大笑起来,重重地拍着韩雪瘦小的肩膀:"没错,我们是星星的女人!蠢男人们,拜倒在我的石榴裙之下吧!"说罢,她拎起酒瓶,踩着摇晃的步子向男生群里走去。目送好友离去,韩雪的目光落回到空空如也的果汁瓶上。

如此平凡的自己,有朝一日也会离开母星的怀抱,去往神秘的星空吗?

舞台上的一幕打乱了韩雪的思绪。一位其貌不扬的男生笨拙地爬上舞台,一把抢过了主唱手中的麦克风。人群顿时安静下来,一百多双眼睛不约而同地注视着戏剧性的发展。罗星。韩雪认识这个男生,但两人几乎没有过正式的交流。罗星的成绩算不上出类拔萃,但高达数万册的图书阅读量令他声名远扬。记得在一次辩论赛上,韩雪和他分别作为两支队伍的三辩出场,对方不出所料地将韩雪驳得落花流水。

自从那次辩论赛后,韩雪对罗星多了一分特别的关注。只要罗星出现在视线中,她便会不由自主地关注他的一举一动。韩雪并不清楚这种感觉是否可以归为恋爱,更没有对任何人提起。自己太平凡了，罗星不可能关注到这样的她。她决定将这份情感藏在内心深处，等待时间的长河将其淹没。

"同学们，物理学中有一类实验，叫作'示零实验'。实验的结果是'零'，也就是说，什么都没有发生。但是！"台上的罗星将麦克风贴在嘴边，做着夸张的动作，丝毫不似他平日里稳重的作风。"这并不意味着，示零实验是无意义的。今天在这里，我要用自己积聚了四年的感情，为大家演示一个示零实验——"

他深吸一口气，弯下身子，以不亚于核弹爆炸的巨大音量喊道：

"韩雪！我喜欢你！！"

咦？

一百多双眼镜突然间齐刷刷地看向了自己，韩雪的大脑刹那间一片空白。同学们自发地让出了一条道路，几名好事的女生拉起她的手，将不知所措的韩雪推上舞台。舞台上，罗星双眼中写满了真诚，韩雪却被突如其来的明星待遇搞得惊慌失措，她的双颊涨得通红，纤细的双腿不停颤抖着。

"韩雪，我喜欢你。"面对着全身紧绷的女孩，罗星开口了，每一个字都发自内心。"你能够接受我的感情吗？"

为什么是自己？此刻又应当如何回答？无数的问号仿佛无解的死循环，瞬间塞满了韩雪的大脑。台下同学们有节奏地喊着"在一起"的口号，几位好友的目光中流露出羡慕与期盼。不自觉地，韩雪轻轻地点了头。人群在一瞬间爆炸了，热烈的气氛宛若胜利的狂欢。在喧嚣的热浪中，罗星凝视着韩雪的双眸，问道：

"我可以吻你吗？"

多年以后韩雪回想起那晚的情景，记忆仍是一团乱麻。在她意识清醒的瞬间，只记得罗星紧紧地抱着自己，双唇处涌来一阵热流。

◇

十九岁的生日在韩雪的人生中刻下了特殊的印记。

本科毕业后，罗星留在了学校图书馆工作；为了和男朋友在一起，没有什么特长的韩雪选择了保送本校的研究生。几个世纪过去了，博士生的毕业之路依旧困难重重，韩雪每日被繁重的科研任务压得抬不起头来。

那天韩雪到家已是午夜。打开房门的瞬间，清脆的彩炮声响起，五彩缤纷的纸屑如同雨点一般散落。

"生日快乐，亲爱的！"罗星顶着搞怪的红色纸质皇冠，张开双臂欢呼。在他的身后，各式各样的菜品堆满了餐桌，令人垂涎欲滴的双层蛋糕上整齐地插着支蜡烛。

那一刻韩雪方才记起，今天是自己的生日。

晚宴过后，罗星将一枚信封递到韩雪手中。他告诉恋人，今年的生日礼物十分特别，叫作"未来"。韩雪将信封举过头顶，借着灯光窥视内部的物件。

"不会是求婚钻戒吧？"韩雪顽皮地问道。

"自己打开看看！"罗星眼中露出急切的目光。韩雪拆开信封，取出两张硬质铜版纸的票据。在银灰色的背底上，钛金楷体大字书写着"未来号船票"的字样。

"你一直向往着星空吧？"罗星有些难为情地问道。

"你怎么会知道？"韩雪吃了一惊。星空的深邃令她迷恋，但她从未对任何人提起。

"每当你疲惫的时候，总会望着星空发呆。为了获得良好的视野，你甚至不惜驱车几十公里去往郊区的山上。"罗星平静地叙述着，"等你毕业后，我们可以向政府申请星际移民；或者用这张船票来一次长距离的旅行。"

星际移民的道路上遍布着危险与未知，同时也带来了无尽的刺激与希望。保守派对其嗤之以鼻，富有闯荡精神的年轻人却心驰神往。

"可是……你的工作怎么办？"

"我只需要两样东西，书，还有你。"

感动的泪水滑过脸颊，韩雪一下子扑在了恋人怀中。

"未来号"是一艘有着数十年历史的长距离客运太空船，也是最早一批摒弃了人工冬眠装置的船体之一。太空船备有八十多间客房,每次可运输近两百名乘客;但比起维持太空生活所需的各类设备和生活物资,乘客的数量不过沧海一粟。不计成本的设计换来了舒适的旅途体验,因此船票价值不菲。罗星几乎花光了全部积蓄,还拜托好友芮汐兆使用了黑客伎俩才搞到了船票。

韩雪飘浮在寝室的全息观景窗前,凝视着远处的星空发呆。太空船此刻正停泊在一颗恒星附近补充能源,炽热的星体宛若一枚巨大的火球,不时闪烁的耀斑好似心脏的脉动。新鲜感过后,扑面而来的往往是单调和无聊,可星空无论何时都能令韩雪感到平静。

突然间,一双手自身后抱住了她;韩雪吓得一个激灵,瓶中的果汁喷洒出来,在空气中弥散成色泽鲜艳的液滴。

"小雪,你又在发呆了。"耳旁传来罗星的声音,男人的双手探入韩雪的腋下不老实地搔弄着,韩雪被痒得不停挣扎,却被男朋友牢牢抱住。一阵挑逗过后,罗星关闭了房间的照明,两人在无重力环境下拥吻。

深夜,一对情侣钻进睡袋,悬浮在房间的半空中。在空气循环机微弱气流的推动下,睡袋如同慵懒的春蚕一般缓缓漂移。少顷,韩雪开口道:"有个问题一直扰着我。"

"什么?"

"在成为恋人之前,我们只是普通的同学吧!尽管一起上过课,但几乎没有过正式的对话。"

罗星轻咬着女友的耳垂呢喃道:"是这样没错。"

"你究竟是怎样爱上我的,还做出了那么勇敢的事情?"

"我想,大概是神谕吧!"罗星脱口而出,眼中闪烁着光芒,"从第一次见到你的那一刻,你的身上就仿佛笼罩着一层神圣的光晕。我想这就是上天的启示,它告诉我,你就是我要找的那个人!"

"可是……"

"只不过我太懦弱了,始终未敢对你提起。"罗星的情绪激动起来,"在毕业晚宴上看着尽情释放的同学们,我猛然间醒悟,如果此刻不表达出自己的感情，我就会永远地失去你。"

尽管一见钟情的浪漫令无数年轻人向往，罗星的回答依旧令韩雪云里雾里。如此平凡的她，又怎可能令罗星得到"上天的启示"呢？但她并不是那种笨拙到会因为这种问题去破坏气氛的女人，只是依偎在恋人怀中，享受着身体和心灵的温热。

突然间，蜂鸣般的警报声响起，三枚蓝色指示灯交错闪烁。在登船之初他们便被告知，这是最高级别的警报，意味着船体遭受了不可修复的破坏。

走廊内传来乘客们的惊叫声，声波渐渐变得低沉，在几秒钟的时间内归于沉寂。韩雪用力地按着照明开关，但电力的供给早已切断。不消片刻，四周的墙壁渐渐扭曲起来，仿佛透过鱼眼镜头窥探的世界。蓝色的指示灯依然在闪烁，但频率慢了许多，颜色也渐渐变为绿色、红色。时空产生了大幅度的卷曲，多普勒效应令电磁波红移。不一会儿，四周闪烁起淡紫色的荧光；落入卷曲时空的空气分子跃迁至更高能级，有一部分等离子化发出辉光。

罗星紧紧地将韩雪搂在怀中，用自己脆弱的身体制造了最后一层屏障。

"别怕，有我在。"

这是韩雪最后一次听到恋人的话语。下一刻，四周陷入了无底的黑暗，韩雪仿佛陷入深海的旋涡一般，被漫无止境的虚无包围着。时间和空间的感觉渐渐淡薄，自身的存在也逐渐模糊起来。然而在某一刻——在时间观念模糊的情况下，已经难以定义"过去"或"未来"——四周突然明亮起来，过去的片段如同列车一般飞速驶过。登上未来号的兴奋、科研工作的紧张、告白现场的悸动；韩雪能够清晰地感受到过去生活的点点滴滴，却又仿佛神明一般地俯看着一切。那一刻，她回到了嘈杂的舞台之上，罗星凝视着她地双眼说道——

"韩雪，我喜欢你。"

◇

韩雪猛然间醒来,四周嘈杂的叫喊声聒噪着,低沉的摇滚乐宛如地狱犬的低吠。

"据说在毕业晚宴上告白的成功率高达63.7%,不想去试试吗?"久未联系的朋友端着高脚杯走了过来。看着她嘴唇的动作,韩雪能够清晰地记起她的下一句——

"这群男人太幼稚了,现在是太空音乐的时代。"她代替好友说出了后续的话语,"本科时代是女生的卖方市场,应当抓紧时机展现自己的魅力。"

好友耸耸肩,露出一副无趣的表情。而韩雪的目光却始终没有离开舞台,按照她的记忆,那个时刻即将到来。

罗星爬上舞台,夺过了主唱的话筒。他对着台下一片寂静的人群大声喊道:

"韩雪,我喜欢你!"

人群骚动起来,他们四处张望寻找故事的女主角,可无论何处都看不到韩雪的踪迹。当他们失望地将目光投回舞台时,却惊讶地发现韩雪已站在了罗星的面前。

"韩雪……我爱你。"面对突然出现的心上人,罗星反而有些无所适从。"你能够接受我的感情吗?"

下一刻,韩雪紧紧抱住了罗星的脖子,不由分说地吻上了他的双唇。

平淡的日常回来了。毕业后,韩雪一如既往地选择了保研,只不过这一次她对于科研更加地轻车熟路。她清晰地记得这些年来的研究热点,总能够恰到好处地赶在其他研究组之前将结果发表。拿下硕士学位只用了她不到一年的时间,连同学间公认的科研天才芮汐兆都感到惊叹。

"真没想到,韩雪的科研能力这么强。"某日,老芮向罗星感慨道,"连我都有些自叹不如了。"

"哈哈,难道不好吗?"

"怎么讲?"

"这样一来,你的那条理论就不会成立了。"罗星伸出一只手指,"'因为我的科研能力太强,女孩子都对我敬而远之,所以才一直单身。'"

十九岁生日那天,韩雪做了一个梦。

梦中,她再次回到了未来号上。此刻的她身处太空船的观景大厅,穹顶被打造成全息荧幕,实时投放着船外不断变化的星空。无重力环境下无需座位的设置,只要小心投影激光射伤眼睛,任凭身体飘荡在全息的星空中反而是一种别样的乐趣。韩雪握着墙壁的扶手,手心中传来冰冷的触感。一阵寒意顺着脊髓蹿了上来,她在刹那间回忆起了一切。

太真实了,丝毫不似梦境。

人群中传来一阵欢呼。抬眼望去,群星沿着太空船速度的方向被拉扯成一道道亮线,正前方的星空由于多普勒效应闪现出别样的色彩。飞船完成了能量的补给,第二次开启了阿克别瑞引擎。

糟了!

韩雪匆忙瞥了一眼时间,双腿在墙壁上用力一蹬,抓住自动扶手向着驾驶舱的方向飞去。途中她撞到了一对正在拥吻的情侣,只是匆匆地道了一声"抱歉"便继续赶路。记忆中她在离开观景大厅后返回了房间,但此刻她还有机会改变命运。

舰长是一名来自美洲的大个子退伍军人,由于卓越的驾驶技术被民航公司雇用。面对急切的韩雪,他只是无可奈何地耸耸肩:"韩雪小姐,我不清楚你从哪里得来的消息,但要太空船改变航向是不可能的……"

"为什么!"韩雪握住舰长粗壮的臂膀,"弗姆舰长,虽然我无法说明理由,但我十分肯定,太空船在一小时后会遭遇事故,所有乘客都会遇难!"

"哈哈哈!"舰长爽朗地笑了起来,"小姑娘你知不知道,未来号是银河中最安全的太空船……"

舰长话音未落,远处观景台便传来了乘客们的尖叫。他匆忙喝

令工作人员报告船体情况,整备员用颤抖的声音说道:

"太空船前部三分之一体积,完全消失!"

下一刻,太空船内陷入一片漆黑。由于供给电力的托卡马克引擎全部损毁,照明设备悉数陷入瘫痪。

"啊——"

韩雪惊醒时,发现自己躺在床上。身边的罗星揉了揉惺忪的睡眼,关切地问她是否做了噩梦;韩雪摸摸滚烫的额头,上面淌着汗珠。

一个月后,噩梦再次造访了韩雪。

她回到了损毁的未来号。那是深空中一个不起眼的区域,走到近旁,可以看到星光在真空区域发生了折射。梦中的她在星空中自由地飘浮着,如同一只幽灵。她将头探入扭曲的虚空,眼前的一幕令她惊讶得合不拢嘴:一切都像往常一样。深灰色的墙壁。惊叫奔走的人群。焦急的舰长和机组人员。熟悉的房间布置。罗星手臂上肌肉的轮廓。下巴上浓密的胡茬。瞳孔中溢出的爱意。不同的是,一切都处于静止状态,仿佛时间被凝固了一般。不经意间,一个古怪的想法涌入了韩雪的脑海——

她能够重新启动这一切。

韩雪默默走到恋人身旁,轻吻了他的脸颊。如同再次转动的录影带一般,太空船开始分崩离析,被卷入旋涡的乘客们纷纷不见了踪迹。房间逐渐坍缩,韩雪依偎在恋人的怀抱中,听到他说出最后的话语:

"别怕,有我在。"

第二天,韩雪敲响了芮汐兆的房门。看着突然来访的女同学,已成为年轻教授的芮汐兆有些不知所措。

"帮我搞两张未来号的船票,最近的一次航班会在二十天后起飞。"韩雪将双臂拄在桌上,眼中闪烁着不容置疑的光芒。芮汐兆皱着眉头,扶了扶黑框眼镜问:"你知道这种太空船要提前一年预约吗?"

"一顿烤鱼。"

"成交。"

未来号如期起航。面对女友突如其来的移民要求,罗星只是淡淡地笑道:"你高兴就好。"

韩雪再也没有心情去享受旅途了,她每天窝在房间里发呆,心里满是即将到来的灾难。梦中的一切是如此地清晰,她曾经失去了一切,转眼间却失而复得。这次旅程,就是为了抓住真相。

罗星悄悄来到闭目养神的韩雪身后,两只手指在女孩柔软的肋下轻轻一点——

"呀——"韩雪发出一声娇嗔,转过头来用抱怨的目光看着男友。罗星将恋人揽在怀中,指着房门的方向说道:"看,我带谁来了?"

一位身材高大的男性飞进房间,他穿着醒目的白大褂,眼神中露出军人特有的坚毅。此男子是他们在旅途中结识的伙伴,名叫白剑,是一名军医。

"既然担心她的身体,就不要开这种无聊的玩笑!"白剑操着低沉的嗓音,毫不留情地教训道。他走到韩雪面前,一把抓起她的手腕,将三只手指搭在女孩细嫩的腕部。几秒钟后,白剑开言道:"放心吧,她的身体没有问题,只是前段时间精神压力太大了。"

"多谢多谢!"罗星敬了一个非常不标准的军礼,脸上挂着开心的笑容。

"为什么……要请白剑先生帮我诊断?"韩雪凝视着恋人的双眼,问道。

"生日那天之后,你总是一副心神不宁的样子。"罗星难为情地挠挠脸颊,"我最初猜想是公司那边出了问题,但仔细观察后发现并不是这样。你提出太空旅行时我十分高兴,认为星空可以令你放松;可现在看来,你依旧心事重重。"他看了看身旁的医生,"白剑的医术十分高明,因此我想请他为你诊断一下身体的症状。"

看着恋人认真的表情,韩雪下定了决心。

翌日清晨时分，弗姆舰长面对了一场棘手的乘客冲突。一名情绪激动的女孩子挟持了自己的男友，要求舰长出来同她谈条件。她将明晃晃的凶器架在男友的脖子上，无论旁人如何劝说，都不肯冷静下来好好谈谈。女人手中的凶器，正是某位医生"不小心"遗落的手术刀。

"你想要什么条件，韩雪小姐？"弗姆舰长看过对方的资料，第一印象是一名文静的女生，没承想会做出这样的事情。

"改变现在的航线。"韩雪毅然决然地说道，围观的乘客们议论纷纷。韩雪补充道："我不需要太空船前往任何特定的目标，你只要停下这该死的阿克别瑞引擎，将船头掉转方向，我就会放了这个家伙！"

"可以告诉我原因吗？"

手术刀贴近了罗星的肌肤，一道殷红的血迹渗了出来。韩雪的内心一阵绞痛，她却看到恋人微微点了点头。

"少废话，按照我说的做！"韩雪以自己都不认识的音调歇斯底里地喊道。罗星用手语提示她身后有机械警卫接近，韩雪立即掉转了方向，保证了自己的安全。

几分钟后，弗姆舰长终于做出了妥协。阿克别瑞引擎渐渐停了下来，观景窗内的一道道亮线渐次收缩成明亮的点光源，太空船恢复了低速航行。看看头上的航线图，距离事故空域还有三光年；韩雪双腿一软险些跪倒在地。她成功了。虽然用了极端的手段，但这一次，她和罗星的故事终于可以继续下去。

接踵而至的蜂鸣声打破了一切的幻想。她眼中的一切开始扭曲、崩塌；乘客们惊叫着四处逃散，却没有意识到自己早已落入死神的掌心。韩雪立于旋涡的中央，空间扭曲的波浪扑面而来，却安然无恙地穿过了她的身体。她感到自己仿佛置身于时空之外，以上帝的视角俯瞰着一切。

白剑匆匆忙忙地跑了过来，被行人撞到一个踉跄跌倒在她的面前。韩雪手中的刀具缓缓掉落，她抱住恋人的脖子，又拎起医生的衣领——直觉告诉自己,她能够拯救这两个人。四周的景物黯淡下来,韩雪带着两个男人疾驰在时空的夹缝之中。突然间,一道白光闪过,现实世界清晰地映在了她的瞳孔之中。韩雪的手臂用力一甩,将罗星和白剑向着正常的时空丢了出去。

意识渐渐模糊起来。耳边回荡着嘈杂的声响,却仿佛来自异世界的呼唤一般,虚幻而又暧昧。不自觉间,一只手臂搭在她的肩膀上,轻轻摇晃着她的身躯。

"……醒醒,怎么睡着了?"

韩雪睁开双眼,身边传来酒精刺鼻的味道,混乱的摇滚声震颤着鼓膜。见她醒来,朋友关切地将手掌按在她的额头:"这么吵你也能睡,喝太多了吗,还是身体不舒服?"

韩雪猛地跳了起来,一旁的好友惊讶地将高脚杯摔在了地上。她匆忙向舞台上望去,罗星刚刚抢过话筒,准备进行震撼全场的告白。韩雪迈开步子向舞台跑去,拨开围观的人群,在罗星开口前站在了他的面前。

"你是想要对我告白吧!"她凝视着目瞪口呆的男同学,自顾自地说道,"我答应你。"

台下传来一阵惊呼,没有人能想到平日里羞涩的韩雪会主动站上舞台。然而韩雪将一切顾忌抛在了脑后,走到罗星身边,继续说道:"但是,你必须答应我一个条件。"

罗星愣了片刻,问道:"什么条件?"

"我们两人这辈子,都不准参加远距离星际航行。"

◇

普通的学习,普通的工作,普通的恋爱,普通的生活。韩雪一生所追求的,不过是每个人都会为之努力的、普通的幸福。她认为这一次,自己终于接近了目标。

然而即便在地球上过着平稳的生活,那艘即将搁浅的太空船却总在记忆中挥之不去。特别是毕业晚宴上发生的一件事情,在她不安的心灵上再次罩上了一层阴霾。

两人互相告白后,人群沸腾了。主唱走到勇敢的情侣面前,揽着罗星的肩膀说道:"看来我们的移动图书馆,今生恐怕与星空无缘了。"台下一阵笑声,主唱继续说道:"因此我准备为他献上一首歌,祝贺我们这对天造地设的恋人,同时也寄托了我们对星空的向往——"他将食指指向天空,"请大家欣赏银河中人气最高的少女偶像,兰兰小姐的代表作,《星空》!"

笑容在韩雪的脸上消失了,兰兰是谁?

出于对音乐的喜爱,韩雪十分关注流行乐坛。不可能存在着一位"银河中人气最高的少女偶像",而她却一无所知。唯一的解释便是,历史发生了改变。

生活继续着。韩雪以令人瞠目结舌的速度拿下了博士学位,发表论文质量之高令教授们大加赞叹。在她的光辉之下,年纪轻轻便成为教授的芮汐兆也被比了下去。博士毕业后,她却出人意料地选择了记者这个与物理学毫不相干的职业,令无数对她的科研能力抱有期许的人摇头嗟叹。

只有韩雪自己清楚,她做记者只是为了更方便关注时事。

借助职业的便利,她很容易便搞到了兰兰的资料。这位一线明星曾经是一名星际弃儿,后被好心人收养,在少女时代便一举成名。她的监护人十分神秘,有人爆料称是一位中年男子,与兰兰之间的关系暧昧不清。

与此同时,韩雪也一直关注着未来号的信息。她甚至想过动用特殊的手段,让未来号取消那一天的航班。然而奇怪的是,根据她手中的信息,叫作"未来号"的太空船早在二十年前便已退役,老旧的船体陈设在星际博物馆中。

直到有一天,科研杂志的一篇文章为她揭开了谜底。那是一篇有关人工重力环境中培养太空植物的论文,实验场所是一艘叫作"深渊号"的太空船。通过对阿克别瑞引擎复杂的设计,工程师们巧妙地为船体内部提供了一个 G 的重力加速度,从而最大限度地模拟了地面环境。实验人员是一对浪迹星空的夫妇,在他们的合照中,韩雪看到了弗姆舰长熟悉的面容。在韩雪的记忆中,"未来号"的弗姆舰长直到事故当天依旧单身。

"未来号"的过去被重新书写。韩雪的直觉告诉她,一切事件的根源都与她相关。时光流逝,转眼到了未来号最后一次航行的日子;不出所料,深渊号代替了它的位置,提供同样航线的远距离移民服务。

韩雪并不想再次经历生离死别,好奇心却驱使她一定要对深渊号一探究竟。她打探到兰兰将会参加这次远距离移民,而深渊号登船的港口正位于同步轨道城市空间站。神秘的女明星与代替了未来号的太空船产生了联系,很难让人不去联想其中的奥秘。韩雪说服了恋人,在深渊的起航之日前坐进了轨道电梯,前往同步轨道城市空间站来一次特殊的休假旅行。

在躲避记者和狗仔队方面,兰兰可谓一等一的高手,出神入化的化装技术能够令她大摇大摆地走在街上而不被发现。几天时间过去了,深渊号的起航已近在眼前,韩雪依然没有打探到任何有价值的信息。

"你最近太紧张了,咱们去散散心吧。"

某日韩雪采访归来后,窝在房间中百无聊赖的罗星提议道。想到自己最近冷落了恋人,韩雪面带愧疚地应了下来。当天晚上,两人来到了位于城市空间站中心处的购物中心。太空购物是一种别样的体验,跟随向导机器人在不同区域之间畅游,六个方向上满满地陈列着琳琅满目的商品,仿佛置身于五彩缤纷的海洋。在奢侈品机械表贩卖区,罗星被一枚腕表吸引了视线。

那是一块精致的女式腕表,金色的表盘上镶嵌着日历及月相等多种功能。尽管微加工技术早已深入原子尺度,高档腕表依然彰显着机械加工的极致。罗星请服务人员将腕表自陈列柜中取出,套在女友的手腕上。

"漂亮吗?"罗星的眼中闪着光芒。腕表的精致令韩雪赞不绝口,但看到昂贵的价格时,她还是难掩为难之色。罗星一眼便看穿了恋人的心思，只是淡淡地说了一句："你喜欢就好。"

可就在这时，不远处一闪而过的两道人影却吸引了韩雪的注意力。一位穿着打扮落落大方的女士正在箱包区畅游，虽然经过了巧妙的装扮，但多年的记者经验令韩雪一眼便认出了她是兰兰。然而最令韩雪惊讶的是兰兰身边的男人：那是一名已过不惑之年的男子，尽管容貌在岁月的洗礼下有所改变，可无论从什么角度看，他都是罗星本人。

强烈的不安感折磨着韩雪的内心。她找理由支开了罗星，自己悄悄地跟在一对男女身后。不久后，两人穿过了一条僻静的通道；韩雪匆忙追了过去，却发现目标不见了踪影。她匆忙四下环视，猛然间，有人抓住了她的手臂，一个低沉的男声在耳旁问道：

"你是谁？为何跟踪我们？"

韩雪抬眼看去，那一刻，她与另一个罗星四目相对。对方立即认出了她的身份，虽然竭力地掩饰感情，嘴角的抽搐与眼中的泪花还是出卖了他。无数的问题闪过韩雪的大脑，可最终千言万语只化作了四个字：

"好久不见……"

两人约在咖啡厅面谈。面对失散多年的恋人，他们却相顾无言。韩雪凝视着杯中的摩卡，轻声问道："你是我认识的那个罗星吗？"

那一刻，热泪自老男人的眼眶中难以抑制地流出。尽管有了新的生活，那份刻骨铭心的爱情却令他始终无法忘却。在之后的谈话中韩雪得知，事故后罗星回到了二十三年前的过去。他成了一名星际侦探，在一次偶然的机会下救下了五岁的兰兰，并与其生活至今。韩雪如梦似幻的拯救行动，令恋人穿越了二十三年的时空。

"兰兰是个好女孩，她明确表示过想要和我在一起，而我却无论如何也无法忘记你。"老男人淡淡地讲述。如果罗星没有回到过去，年幼的兰兰就会死在恶劣的环境中，人类从此少了一名感动星际的青年歌手。罗星沉默了很久，最终开口问道："你现在和另一个我在一起吗？"韩雪点头。"我曾经想要来到地球寻找你，可是，我不想打扰你正常的生活。"老男人露出痛苦的神情。"我懂的。"韩雪握住他的双手,"你这次登上深渊号,不就是为了寻找过去吗?"

过去的罗星带来了珍贵的信息。他告诉韩雪深渊号的出资方是一家跨星域的医疗集团,其董事长叫作"白桐"。罗星递给韩雪一张照片,上面精神矍铄的老头子俨然就是旧日里的军医白剑。

"白剑回溯了更久的时光,他在三十年前成立了医疗集团,富甲一方。他的女儿爱上了弗姆舰长,白剑便为他们打造了一艘太空船。"侦探讲述着自己的调查结果,"未来号事故的'果',如今却构成了深渊号航行的'因'。"

"你现在准备怎么办?"

"我会登上深渊号,将事故的原因挖出来。"老男人眼中露出决绝的神情,"但我决不允许你或兰兰涉险。"

这是韩雪最后一次见到过去的罗星。从港口提供的资料中韩雪得知,罗星最终没有拗过养女,两人一同登上了太空船。几天后,母星收到了来自遥远太空的通信,深渊号已葬身星海。这次事故再一次为韩雪的心灵刻上了伤痕,但她遵守了自己同罗星的诺言,一生没有踏足过任何一艘太空船。

◇

韩雪再次睁开双眼时,毕业晚宴的现场映入眼帘。歌声与欢呼声汇集成一支嘈杂的乐章,而此刻她的心中却只有平静。就在前一刻,一百一十二岁的她躺在病床上,同罗星的遗像进行了最后的告别。两人没有子嗣,却一生恩爱。

在超过一个世纪的生命长河中,她经历了太多。过去的罗星再次爬上舞台,韩雪对着丈夫的方向,高高地举起酒杯——

"这一杯献给你,我永远的爱人。"

当罗星大胆地喊出告白,同学们手忙脚乱地寻找着韩雪的身影,却到处不见她的踪迹。有同学称看到韩雪自酌一杯后,便离开了晚宴现场。

韩雪逃跑了。她已将一生的时间献给了罗星,此刻她将踏上新的旅途，去寻找未来号和深渊号的真相。

◇

周诚和兰兰环绕植物区半圈来到了3号门一带。这里有着最快的时间流速，能够避免蓄水区内辐射对身体造成的损害。打开屏蔽门，出现在视野中的却是蓄水区一如往常的景象：盘根错节的输水管道高悬在顶部，巨大的蓄水罐好似旧日的化工厂，溪水倒映出岸边的假山。核爆肆虐的印记，以及月影和四名婴儿破坏者，全部消失得无影无踪。

两人相视一笑，不约而同地迈开了步子。已经走到了这一步，没有理由就此退缩。来到7号门面前，失灵已久的屏蔽门感应到了两人的存在，自动打了开来。控制区内的景象也恢复了事故之初的样子，周诚和兰兰翻找过的资料自动归回原位。

"我想，这是时空创造者布置的某种时空再生装置。"周诚开口道，"蓄水区和控制区之间并没有因果不连续界面的屏障，想必月影与婴儿破坏者的战斗造成了不可逆转的破坏，创造者出于无奈再生了时空。"

"可他没有理由这样做。"兰兰若有所思，"如果时空创造者真的存在，从事故之初直到现在，他都是以神明的姿态高高在上地看着一切。我不认为他会做出修复时空这种善事。"

"有理由的。"周诚径直来到9号门前，打开房门，二十四位的密码箱冰冷地矗立在面前。"如果蓄水区和控制区被破坏以至于我们无法进入，时空创造者就无法验证我们是否接收到了他的信息。"

兰兰皱眉道："难道他传达的信息就是这二十四位的密码？"

周诚微笑地点点头："没错，这就是时间迷宫存在的意义，它包含了深渊号的一切。"

◇

从那天起，韩雪的容貌永远地定格在了十九岁。她无数次地登上未来号与深渊号，每一次都会与天灾一般的事故不期而遇。然而每经历一次"死亡"，她都能真切地感受到，自己正在融入一个更加庞大的、难以理解的存在。

第五百六十三次。

韩雪飘浮在未来号的房间内，凝视着窗外的星空发呆。距离事故发生还有三十分钟。在太空船是"未来号"的时空中，罗星有百分之五十三的概率会在背后偷袭、百分之二十四的概率正面拥抱、百分之十四的概率买来了两人喜爱的食物、百分之六的概率不知跑去何处周游，剩余百分之三的概率则是她逃避了罗星的求爱，独自登上了太空船。

突然间，房间的照明暗了下来，罗星从房间外遥控关闭了灯具。下一瞬间，房间披上了一层彩色的幔帐，天花板向四周张开，蔚蓝的天空仿佛触手可及；韩雪的身边凭空长出了几棵红叶的枫树，脚下冰冷的钛合金板化作坚实的水泥路面。耳旁传来人群的嘈杂声，几名相貌清秀的高校生正坐在木质的课桌后方，期待地看着远处的校门。如此的场面她再熟悉不过，每年秋季高校迎接新生时，都会是这样的一番景象。

一名瘦小的女生自远处走来，慌张地环视四周，找到物理系的迎新点后露出欣慰的笑容。她三步并作两步跑了过来，羞涩地同迎新的师兄师姐打了招呼。韩雪的心头不禁一颤，那个女孩正是刚刚入学时的自己。

场景迅速地切换着。人头涌动的课堂，紧张的考场，熟悉的食堂及饭菜，丰富多彩的社团活动。全息影片的制作者似乎洞悉了她的一切，巨细无遗地还原出了韩雪高校生活的每一个细节。几分钟后，影片接近尾声，镜头回到毕业晚宴的舞台上。围观的人群安静下来，四人乐队腾出空间，静候主角的登场。房门缓缓开启，现实世界的罗星走到韩雪身边，凝视着她的双眼说道：

"韩雪，我喜欢你。"

一股暖流涤荡着韩雪的内心。经历了数百次的生离死别，她的感情早已麻木；而再一次令她的内心感到悸动的，依然是这个男人。罗星告诉她，从取景到后期制作，这部影片花费了他接近一年的时间。

"你最近总是一副闷闷不乐的样子,这部影片希望你能喜欢。"罗星的话语中满溢着关切。突然间,强烈的欲望自韩雪的心中涌起:她不想就这样结束。尽管眼前的一幕不过是千百平行时空中的一个,但她希望将这份感动保留得更久一些,哪怕只有片刻。

她的愿望真的实现了。当她拭去泪水的时候,罗星在房间内消失了,冷寂的观景窗前只剩下了她一个人。几分钟后,灯光再次熄灭,只为她一人拍摄的影片倒退回初始的那一刻。

这是韩雪第一次主动地使用操控时间的能力,她连接了时间轴上的两个点,回到了不久前的过去。在发动能力的那一刻,她的主观时间已度过了超过三百年的时光。

第十八次享受过感动之后,韩雪拥抱着恋人,问道:
"亲爱的,你究竟是如何爱上我的?"
"我想,是神谕。"
第三千九百八十六次。

韩雪已经找到了避免事故发生的方法。她飘浮在未来号的观景窗前,此处能够清晰地看到远处时空的异变,太空船观测设备却没有任何反应。那是来自高维空间的卷曲,直接作用于太空船的每一个夸克,避无可避。面对时空的旋涡,韩雪的口中呢喃出两个字:
"静止。"

那一刻,漆黑的球体如同蚕茧一般将太空船团团包围。她成功制作出了球型的封闭空间,空间内部时间的流速为零。空气分子停下了永无止境的无规则运动,温度的概念不复存在。将电子束缚在原子核近旁的库伦作用力失去了效力,即便光速的电磁场也无法在时间流速为0的区域传播。所有的基本粒子独立成绝热系统,一切作用力无法传播,闵可夫斯基光锥收缩为一个点,空间中任意的普朗克尺度都互为类空空间。

然而即便是脱离了时间轴的韩雪,也无法对静止区域的物体进行任何的观测。时间静止抹杀了一切的运动,因此动量的测不准量为严格意义上的 0；根据海森堡测不准原理，位置的测不准量为无穷大。如同黑洞一般的绝对黑体，却不会产生任何的引力或辐射。俯瞰着自己的作品，韩雪微微一笑，转身跳入了高维时空旋涡。

第二万四千七百六十一次。

"韩雪，我喜欢你。"

面对罗星的告白，韩雪面带微笑地问道："愿意同我做一次时光旅行吗？"

"我愿去任何地方，只要和你在一起。"

乳白色的幕布从天而降，化作一个球体，将舞台温柔地包裹其中。透过半透明的幔帐，罗星看到同学们突然间加快了动作；他们飞速地舞动着，议论着，可传入耳中的只有高频的尖叫声。不消片刻，同学们已散场离去，酒店工作人员关闭了照明，黑暗的空间中一片沉寂。

时间如同升空的太空船一般，刹那间加快了速度。白昼与黑夜飞速交替，最初如同规则闪动的灯光，闪烁的频率渐渐加快，最终黑与白的界限模糊起来，直至人眼无法分辨。四周的景物扭曲变形，可见光由于多普勒效应发生了蓝移，蓝色的天空变成紫色，金黄的阳光变成冰冷的碧蓝。景物在视野中渐渐消失，可四周并没有陷入黑暗；幔帐被涂上了无数的亮点，人类制作的无限电波被蓝移至可见光，点亮了孤寂的舞台。

突然间，四周的景物清晰了起来。熟悉的城市不见了踪影，放眼望去是高耸入云的建筑物，灵巧的小型飞行器穿梭其间。抬头望向夜空，无数太空船自同步轨道起飞，画出一道道亮丽的弧线。

"我将舞台的时间流速放慢到一亿分之一，虽然我们的主观时间只经过了五分钟，地球上却已经历了千年的时间。"韩雪微笑着解释道。罗星最初难掩惊讶之情，但很快便接受了一切。

"在外界看来，我们所处的空间应当处于近乎静止的状态。地球上的科学家为何没有对我们产生兴趣，来研究一番呢？"罗星问道。

"时间移动的过程中我们虽然可以看到外界的景象，但实质上我们位于高维空间之中,目前地球的科技无法捕捉。"韩雪牵起恋人的手,"我们继续前进吧!"

四周的时间如同奔流而下的瀑布,不断地加速飞驰而去。一百亿倍。舞台内部两个原子发生化学反应的时间,在外界看来却要一秒钟之久。如果外部的观察者能够看到足够小的尺度,他甚至能够用肉眼捕捉到两个氧原子结合成氧气分子的过程。一万亿倍。时空不连续界面完全屏蔽了外界的电磁辐射,因为无线电波会蓝移成为致命的伽马射线。十的十六次方倍。对于外部的观测者而言,他甚至能够用肉眼捕捉到舞台内部粒子电磁衰变的过程。

再次回归现实时,地球已不复存在,两人周围的空间被灼热的气体包围着。太阳已膨胀为红巨星,昔日里温柔的母亲变成了凶猛的怪兽,以灼热的余温蚕食着周边的星体。人类早已抛弃了残破的母星,开启了星际航行的新时代。

时光列车再度起航。十的二十四次方倍。在时空不连续界面的两侧,强相互作用力引发衰变的时间已与人类的思维速度能够相互比拟;如果人类拥有上帝之眼的空间分辨能力,他甚至可以一面嚼着薯条,一面欣赏夸克如何结合成质子和中子。短短几分钟的时间,外界已经历了一亿年的岁月。在引力波的扰动下,恒星纷纷脱离原始轨道,昔日里辉煌灿烂的奶白色银河已面目全非。

"知道我为何选择这个时空进行时空旅行吗?"韩雪凝视着目瞪口呆的恋人,难掩兴奋,"根据我的估算,这个宇宙最终会走向热寂。"

十的四十三次方倍。外界秒针的一次嘀嗒,在时空不连续界面的内部却已经缩短至时间间隔的极限,即普朗克时间。外界时光已度过了十的三十六次方年,宇宙中一半的质子完成了衰变,空间中遍布着轻子和伽马射线。十的六十次方倍。如果罗星能够目视外界的恒星,它们将在一个普朗克时间内终结寿命。然而所有的恒星都已失去光辉,外界的宇宙中只剩余了光和暗两种物质,即黑洞和光子。十的一百五十次方倍。在内部空间一个普朗克时间内,外界却完成了宇宙的诞生、膨胀、直至最后一颗黑洞消亡。

宇宙归于一片沉寂。所有的基本粒子相互隔绝，成为绝对意义上的绝热系统。在物理定律无情的作用下，宇宙演变至最低能量状态。

然而时间的加速仍未停止。在永恒的热寂宇宙中，有限的数值已失去了意义；舞台内部的时间流速渐渐逼近数学上的无穷小，两人以无限的速度，在无限的时空中遨游。时间流速丧失了物理上的意义，在无限的速度下，无论想要达到任何时间段，都不需要哪怕一个普朗克时间。一对情侣仿佛成了全知全能的上帝，而他们面对的，却是永远不会再有任何起色的、死亡的宇宙。

"我得到了可以任意操作时间的能力。"韩雪面对着几生几世的恋人，双眼深邃得宛若宇宙。"我可以将时间任意地加快或减慢，可以依靠主观意志前往任意时间段，可以令时间倒流，甚至可以将时间静止。我为这个能力起了一个名字——"韩雪张开双臂，好似拥抱着天地万物：

"时间测度。"

即便拥有了数学意义上无穷的时间流速，维系宇宙的物理定律依然成立。韩雪构筑的时空不连续界面是有代价的，它从其他的平行时空中吸收了近乎无限的能量，才将小小的、不足三十立方米的空间区域自宇宙中隔离开来。如此巨大的能量，总有得到释放的一刻。

不连续性瓦解的瞬间，一颗孤寂的光子撞到了界面上。多普勒效应令光子的频率蓝移至无限大，它携带了整个宇宙的能量。在光子与身体碰撞的瞬间，罗星仿佛听到了来自造物主的声音——

"要有光。"

◇

"高维生命体？"兰兰大吃一惊，"你是说，这次事故的幕后黑手是来自高维空间的文明吗？"

"想要加快或减慢时间流速——且不论那令人咋舌的空间精

度——只需引力便能够做到；但要令时间轮回、随机的连接时间、甚至做出时空的莫比乌斯带连接两个平行宇宙，必须具有高维空间的视点才行得通。"

兰兰倒吸一口冷气："这样的文明，岂不是拥有了上帝一般的能力！如此的存在，又为何会对我们产生兴趣呢？"

"首先我们必须假设，对方拥有人类的思维逻辑。"周诚一面解释，一面摆弄着密码箱。"以人类的思维方式考虑，拥有绝对力量的他，目标不可能是杀害某个人，或者破坏太空船。如此一来，他的目的只可能是想要传达某种信息。"

"能够玩弄时空的人，传个话需要绕这么大的弯子吗？"兰兰双手叉腰，不满地说道，"我更欣赏有话直说的人。"

"我想，这是某种游戏或测试吧！"周诚乐此不疲地输入着密码，一旁的兰兰催促道："别卖关子了，这些数字究竟有何玄机？"

周诚的手指在面板上划过："我们不妨来做一道小学生的因数分解。24，你能想到什么？"

"……2 的 3 次方乘以 3？"兰兰耐着性子答道。

"哈哈，你想得太复杂了。"周诚摸了摸兰兰的头，顺滑的短发被他的大手搞得乱蓬蓬的。"最简单的分解方法，24 等于 2 乘以 12。"

"……你究竟想要说什么？"

周诚微微一笑：

"十二名成员，两个时空。"

◇

韩雪的能力持续成长着。

一维的时间轴已经无法对她形成禁锢，她甚至可以凭借自身的意志，沿着与时间轴垂直的、被称作"虚时间"的方向前进。在虚时间中看到的宇宙完全是另一番景象；在正常时间中的谐振子，在虚时间中看来却是类似于玻尔兹曼分布的衰减。闵可夫斯基度规在维克转动的作用下变化至欧几里得度规，宇宙在虚时间中甚至避免了奇点。

实时间与虚时间共同构成了一张时间的复平面。借助这张复平面，韩雪发现了一种完美的消去既定事实的方法。如果为了某件无法挽回的事情而返回过去改变历史，结果是会令时空发展向另一个平行宇宙，曾经发生过的事实并不会消去。然而，如果她在沿时间轴移动的同时沿着虚时间轴的方向移动，并令自己的移动轨迹在时间的复平面上构成一个环路的话，根据复变函数单连通区域的柯西定理，闭合围道的积分为零，所有发生过的事件等同于没有发生。

将单一宇宙的时间操作掌握至极限后，韩雪向多元宇宙发起了挑战。终于有一天，她突破了单一宇宙的限制，再也不需通过"死亡"来到达平行时空，而只需向着线性时间的另一个方向迈开脚步。在她的眼中，时间就仿佛一座拥有无穷楼层的高楼：沿着同一层的通道前进是正常的时间流逝；爬上或走下台阶，就是另一个平行宇宙。

随着能力的提升，她渐渐地可以令平行时空中的事件产生联系。最初只是基本粒子，她曾经令一粒光子在一个普朗克时间内穿越到另一个平行宇宙，前进一个普朗克长度后回到初始的位置。如果有一名观测者测量这枚光子在一秒钟内传播的距离，会发现产生了 3 乘以 10 的负 43 次方的误差。渐渐地，她能够联系更多的质量，直至宏观物体。

第一次联系平行时空的宏观物体是本科时期的一次实验。那是一次竞赛，同学们需要在三天的时间内重复出几世纪前的经典实验，利用分子束外延生长沉积不同厚度的硒化铋，验证其在原子层数为六时会成为拓扑绝缘体。奋战五十小时后，同学们绝望了，生长出的材料不是层数不足，就是已达到了体材料的厚度。为了在竞赛中胜出，一向将韩雪视为对手的芮汐兆放下了面子，亲自前去请她帮忙。

韩雪毫不犹豫地应了下来。这次竞赛她经历过上万次，即便闭着眼睛也能操作成功。可进入实验室的那一刻，她才意识到问题有多么严重：由于错误地使用了减压阀，设备的真空系统受到了污染。

虽然观测室中勉强维持了十的负九次方帕斯卡的超高真空,一旦开启高纯氮的气阀,设备将完全停转。

即便是身经百战的韩雪,也不可能在一天的时间内完成设备的维修。虽然可以控制时间流速来完成工作,但她并不希望在同学面前这样做。在韩雪经历的时空中,只有不足千分之一的概率芮汐兆会来找她求助,因此她决定珍惜这个机会。突然间,一个念头闪过了她的大脑:

何不尝试一下"联系平行时空"的能力?

她迅速侦察了数十个物理定律相同、历史极为相似的时空。在不同平行时空的这个时间点上,同学们有百分之十五的概率长出了单层硒化铋,百分之二十三的概率为双层,百分之七的概率为三层,百分之四十二的概率长出了体材料,百分之四的概率成功完成实验,百分之九的概率损坏了仪器选择放弃。她精心地挑选出一个长出了双层硒化铋和一个长出了三层硒化铋的时空,将观测室中样品台上狭小的空间进行了连接,并令三个宇宙的材料在空间上巧妙地错开了一个原子层的尺度。当前时空的单层材料与另外两个时空相连,电子顺畅地舞动在跨越了三个宇宙的晶格上。角分辨光电子能谱画出了漂亮的能带曲线,在禁带处相交的两条弧线宛若公主的长裙。仔细测量后,狄拉克点与费米能级的距离零点二六个电子伏特。人群沸腾了,同学们兴奋地将韩雪抛向空中。

韩雪进行了一次史无前例的辩论赛。

在她经历过的时空中,有百分之九十七点二的概率,同学们在本科三年级的上学期会进行一场辩论赛,辩论双方是男生和女生;有百分之八十六的概率,辩题会是"时间能否回溯";而有百分之九十九点八的的概率,罗星和韩雪会作为双方的三辩出场。

韩雪的目标,是同时与六万五千五百三十六名罗星进行辩论。

韩雪穿着黑色短裙正装,从容地坐在辩论席上。她清楚记得初次上场时的紧张,阵阵凉风刺激着包裹在薄薄丝袜中的双腿,身体禁不住颤抖。当起立面对自信满满的罗星时,她感到对方的身形是如此巨大，仿佛随时能够将自己碾碎。然而此刻的她心中想的是，要测试一下"移动的图书馆"究竟有着怎样的智慧。

双方对辩环节仅有三分钟，而韩雪却度过了漫长的一百三十六天。成为高维生命体的她已经摆脱了肉体的疲劳，六万五千名罗星绞尽脑汁抛出一个又一个刁钻的问题，却都被她一一驳回。韩雪的精神渐渐麻木起来，这次挑战比她想象中的更加轻松和无聊。可是某一刻，编号No.46572宇宙的罗星却提出了一个意想不到的问题：

"对方辩友提出一旦回溯时间改变了历史，会进入平行宇宙。"罗星的双唇快速开合着。这个问题韩雪已经听过几万次，下一句话会是"那么请问对方辩友，对于两个不同的平行宇宙，又怎样定义'过去'与'现在'的概念呢？"或者"既然初始宇宙已然存在，又如何认为历史被'改变'了呢？"

然而在那一个时空，罗星抛出了一个截然不同的问题：

"那么请问对方辩友，在并未改变历史的时空，那里存在的'你'，又是什么人呢？"

罗星的问题如同一颗丢入大海的石子，在韩雪已如同真空般平静的内心激起了层层涟漪。仿佛创世的光辉一般，韩雪感到心中的狄拉克海沸腾了。毫无疑问，所有平行时空中、遍历时间轴的"韩雪"都应当同属于一个高维时空的、更加庞大的存在。但在享受力量的同时，她却忘却了一个基本的问题：无论掌握着如何强大的能力，她的心灵仍然是那个普通的、缺乏自信且容易害羞的女孩。她的意识不可能遍历无限的时空和平行宇宙；那么，在那个庞大、高维时空的存在中，不属于"人类韩雪"的部分，又是怎样的存在呢？

她决定做一个实验。

正常时间流逝的方向和穿越平行宇宙的方向是两个独立的维度，它们共同构成了一个二维时间的线性空间。如果将高维时空的韩雪在线性空间中存在概率定义为1，那么在单一时空中出现的、拥有人类思想的韩雪就是一个小于1的概率。换言之，"韩雪"是一个存在于二维时间的线性空间上的概率波。

韩雪将自己的力量发挥到了极限。她将自身的存在于线性空间上不断地扩展，以牺牲存在的时间长度为代价换取概率波的不断扩散。平行时空发生联系的前提是物理定律的成立，渐渐地，她做到了在每一个空间点停留的时长不超过那个时空的普朗克时间。现实中发生的事件已无法闯入她的意识，但她能够了解，她还可以将时间长度在数学意义上缩短。

普朗克时间尺度之下是现存物理定律无法解释的世界。当韩雪将停留的时间长度趋近于数学上的无穷小时，不可思议的事情终于发生了。由于在每一个宇宙的空间点上停留的时间趋于无穷小，那么为了积分生成总和为1的概率，她的存在将扩展到无穷大的区域。这个无限大的区域并不限制于一个宇宙的空间中，而是遍历了无穷多个平行宇宙组成的多重宇宙。

力量终于失去了控制。韩雪有限的意识无法容纳无限的时空，她在时间平面上的移动再也无法听从于主观意识。她永远无法得知自己在下一个无穷小的时间间隔后会到达何处，因为从高维空间的视点看来，她的速度是无穷大。但即便如此，她的主观意识依然是清醒的，她记得自己叫作"韩雪"，也能够回忆起自己曾经度过的、身为人类的岁月。处处连续，处处不可导。借助自身的力量，韩雪将自身的主观时间与客观时间之间形成了一种类似于魏尔斯特拉斯函数的构造。她能够意识到自身的存在，却无法得知在主观时间的下一刻，自己会出现在哪个宇宙的哪个时间点上。

终于，韩雪失去了意识。外界的一切物理过程对她不再有意义，她将自己丢进了意识之海的深处。她终于领悟到了，对于那个无限的存在而言，自己身为人类的意识与记忆只不过是作为开端的、无穷小的一个点而已。

顿悟的瞬间，韩雪猛然惊醒，她从高维宇宙回到了现实世界。此刻的她正飘浮在无重力的环境之中，放眼望去，四面八方皆是如同迷宫一般的商品陈列柜，不计其数的客人在引导机器人的带领下如同蜜蜂一般穿梭其间。这里是位于地球同步轨道上的城市空间站，这个时空的自己穿着一件浅黄色的针织衫，不知正要去往何处。

尽管回归到现实世界，但韩雪依然不敢移动半步，过度使用力量的恐惧感在心中挥之不去。也许用不了多久，她身为人类的部分就会彻底消亡，只留下那个高维时空的、能够随意操控时间的庞大的存在。她感到自己仿佛就像巨浪面前的一叶孤舟，又好似即将被黑洞吞没的小行星。最可怕的是，大海与黑洞深处的黑暗并不陌生——那是她自己的另一部分。

韩雪漫无目的地在购物中心里飘荡着。不知不觉间，她飞过了奢侈表的贩卖区，柜台中一枚百达翡丽的金色女式腕表格外醒目。在这个时空中，她依然戴着一枚老旧的机械表。借着玻璃柜台的映像，韩雪清晰地看到了现在的自己，无神的双眸仿佛寂静的深空一般虚无。服务员投来好奇的目光，她微微点头致意，匆匆离开了嘈杂的人群。

"亲爱的，你究竟是如何爱上我的？"

"我想，是神谕。"

在无数的时空里，罗星都会说出这句话。在自己仍旧保有人类意识的时间里，她好想搞明白罗星口中的"神谕"究竟是什么——不，事到如今，这件事已经不重要了。罗星给了她近乎无限的爱，已经拥有了如此力量的她，又能够为罗星做些什么？

一阵微风拂过，在与某个路人擦身而过的瞬间，韩雪嗅到了熟悉的气味。她的心脏猛烈地跳动起来。不可能的，这个时空的自己并没有和罗星在一起，他不会恰好在这个时间点出现在城市空间站中。

可如同在嘲弄她的天真一般，亲切的呼喊声再次回荡在耳边：

"韩雪！"

是他。与他之间的距离，已经无法用有限的时间度量。但即便如此，他还是来到了自己的身边。世界太过广袤，我们太过渺小，你我之间隔着难以计数的路径和可能性；但是我们偏偏相遇了，人类无法用统计学解释这个概率，便将其定义为缘分，或者奇迹。

"你是……罗星？"韩雪仿佛无法相信自己的眼睛。待视线中恋人的身影再次清晰时，她激动地叫了出来："你真的是罗星！"

那一刻，她做出了决定。在身为人类的自己剩余的时间中，要完成最后一件特别的事情。

◇

"我们来回顾一下发生在两个时空的故事。"周诚一面解释，一面在空中比画着，"如果将'人'与'0和1'联系在一起，你能联想到什么？"

兰兰立即答道："生与死。"

"非常正确。"周诚点点头，"让我们来回顾一下每一个人的结局吧。首先是我，在 A 面，即你所在的时空中，我成功逃离了深渊号，并回到了二十三年前。而在 B 面，即此刻的时空中，另一个我刚刚同 B 面的你一起脱离。如果将'生存'认作'1'、'死亡'认作'0'的话，'罗星'所代表的数值就是'11'。

"同样，两个时空的你全部生存，因此'兰兰'代表的数值也是'11'。接下来……我们从机组人员开始吧。A 面的弗姆舰长被心瞳杀死在健身房内，B 面的他在与老芮争执的过程中，被对方控制的因特林不慎杀死。A 面的夫人误入女更衣室'随机的一分钟'，最后死于心瞳之手；B 面的她进入了射击训练房，被埋伏在那里的老芮伏击。A 面的达斯特闯入了控制区的镜面空间，在'逆时间'的作用下瞬间死亡；B 面的他在独自行动的途中遭遇老芮，被杀害于植物区中。这三位在两个世界中均难以逃脱死亡的命运，因此所代表的数值是'00'。比较特殊的是因特林警卫，在 A 面中大家的合力攻击将它破坏；而在 B 面，虽然失控后的它在与月影的对决中落败，但月影最终救出了它的存储芯片。换言之，B 面的警卫生存了下来。因此，因特林的数值为'01'。

"A 面的心瞳虽然在核爆中牺牲了无数自己的复制品，但最初的那个她整容成了狄安娜的样子生存了下来。B 面的心瞳却在事故之初就遭到了老芮的暗算，接受了高剂量的伽马射线辐射，最终还死在了那个家伙的穿墙攻击下。A面的白剑是心瞳的共犯，最终平安脱离并成为深渊号的建造者'白桐'；B面的他死于月影的第二人格、即婴儿破坏者的念动力攻击。A面的老芮无所作为，最终却活了下来；B面的他化身作冷酷的杀手，最终四个分身全部命丧黄泉。A面的月影以牺牲自己为代价拯救了大家，她平安逃离了深渊号，在过去的时空中与我结为夫妻；B面的她却遭受了人世间最惨痛的折磨，被白剑利用，最终与自己的第二人格同归于尽。"周诚的语气中露出悲愤，但他很快便恢复了理性，以沉稳的声调继续说道："所以，这四个人代表的数值，全部是'10'。"

"A面的狄安娜被心瞳和白剑联手杀害，更被心瞳替换了身份；B面的她成了芮汐兆的协力者，虽然最终老芮的阴谋被大家识破，但狄安娜依然活了下来。因此，她是'01'。如此一来，最后的关键便是你曾经的暗恋对象——"兰兰代替周诚分析了下去，眼中毫不掩饰地露出嫉妒的目光，"也就是韩雪的命运。心瞳曾经说过她不在女更衣室，而'永远的一分钟'内的历史是无法改变的，除非她是时空的创造者。正是因此，我决定独自留下面对，而让过去的你带领大家逃离。对于失去了你的世界，我已经没有太多的眷恋；而我却很想见识一下，这个让你暗恋一生的女孩究竟有着怎样的城府。"

"她只是个普通的、容易害羞的女孩，只不过……"见兰兰的目光中露出刀锋，周诚干咳两声，停止了对兰兰情敌的正面描述。兰兰叹了口气，继续说道："可是在B面里，根据你的讲述，她却被婴儿破坏者杀死在了负一层的电梯之中。这点应当如何解释？代表韩雪的数值应当是'10'吗？"

周诚摇摇头："韩雪死于电梯之中，是她留给我们的暗示。"

"暗示？"兰兰双眉紧蹙，可不消片刻她便悟出了其中的玄机："将字母化作摩斯码，我们才得到了前往负一层和负二层的密码。她想要传达的就是这个吗？"

"没错。"周诚欣慰地予以了肯定，"只有推测出时空创作者身份的人，才能得到完整的密码。韩雪是时空的创造者，她是不可能死亡的；因此她代表的数值并不是'10'，而是'11'。得到了全部的数值后，我们便可以得到打开这道门的密码。"

"等等！"兰兰突然意识到，要得到完整的拼图还缺少至关重要的一步。"我们确实得到了十二组0和1的组合，但是如何将它们进行排列呢？如果一个一个地尝试，岂不是有四亿七千九百万种可能性！"

周诚的食指点在了兰兰的额头上："有一个事件，两个时空中是一致的，而它唯一地决定了十二组数字排列的顺序。"

兰兰明亮的双眸滴溜溜地转动着，猛然间，她明白了周诚所指："是欢迎晚宴！"

◇

　　虽然经历了几世纪的发展，地球上的景象却与人类最初踏入第三个千年时没有太大的改变。尽管使用了纳米碳纤维材料的建筑更加高大，全部改为电动力的车辆再也不会排放出有害气体，不同大洲之间的往返只需几十分钟；但逼仄的城市和匆匆往来的人流仿佛在印证着人类文明的能力边界。

　　在海港的一隅有一座废弃的货物仓库，由于管理人员的中饱私囊，这里已经成为非法组织囤积货物的地点。月光透过狭窄的天窗洒入仓库，泥泞的地面上堆满了潮湿的木箱。在仓库的角落里，一名年轻的女孩被吊绑在房梁上，身上只穿了内衣。她的肌肤细腻而洁白，为破败的仓库点上了格格不入的一笔。这些木箱中藏着转运来的兵器和毒品，女孩清楚，第二天一早，她就会连同这些货品一同被贩卖。

　　夜风渗入千疮百孔的墙壁，针刺一般地刺激着皮肤，被棉绳牢牢捆绑的手臂早已麻木。然而最令女孩感到绝望的是内心的伤痛。她历经千辛万苦逃离了一直以来生活的地方，在这座城市里找到了一个男人；可那个男人非但没有给予她渴望的依靠，反而在玩腻后准备转手将她卖掉。

　　毫无征兆地，一个瘦小的人影出现在女孩面前。月光洒在那个人柔顺的短发上，映出一张瓷娃娃一般的、读不出一丝感情的面庞。

"狄安娜，不，或许应当叫你凯特吧。"来访者是一位女子，她走到狄安娜面前，踮起脚尖在粗硬的麻绳上轻轻一拂，麻绳便应声断作两截。被解放了双臂的女孩瘫坐在地上，紧紧蜷缩着冰冷的身体。

"你是谁……是来救我的吗？"狄安娜仰视着神秘的访客，那人虽然身躯瘦小，周身却散发出不容置疑的气质，仿佛神殿中器宇轩昂的塑像。

"你的愿望是返回莫斯科公国时代，对吗？"女子注视着狄安娜的瞳孔，一字一句地问道。虽然惊讶于对方的全知全能，狄安娜还是下意识地点了点头。

"直到六百七十九年后，人类才能够掌握穿越时间的技术，这个数字远远超出了你能够经历的岁月。"女子淡淡地讲述着，"虽然借助宇宙中浮游的高维空间碎片同样有可能穿越时间，但在你的有生之年，地球与高维空间碎片邂逅的概率低于一亿亿分之一。明白我的意思吗？"

狄安娜警觉了起来，对方清楚自己的一切，可她的目的不是拯救自己。她悄悄地移动着身体，女子却若无其事地继续说道："明天的交易现场，老院长会前来搭救你，她会为了保护你而受伤。"狄安娜吃了一惊，可依然全神贯注地听了下去，"那个男人想要杀死你，那时你会发现，你的身边有一支木棒。"

"你想让我用那支木棒抵抗吗？"狄安娜缓缓地站起身子，做好随时逃跑的准备。女子轻轻点头："你是个剑术天才，尽管你自己并没有察觉。借助那支木棒，你可以打倒在场的所有敌人。"

狄安娜的直觉告诉自己，眼前的女子所说的一切都将成为现实。她无法按捺住内心的躁动，匆忙问道："你究竟是什么人？为什么要告诉我这些？"

"在你离开克隆人研究所的那一年，军方会派人同你联系，委托你登上一艘叫作'深渊号'的太空船。不要拒绝。在太空船上，你会遇到一名高校的教授，他会协助你返回莫斯科公国时代。"女子转过身子背对着狄安娜，身影渐渐变得模糊。"我要说的只有这些，至于相信与否，由你自己判断。"

又一阵寒冷的夜风透过墙壁的缝隙吹了进来，狄安娜不由得闭上了眼睛。待视线再次清晰时，脏乱的仓库中早已不见了女子的身影。

◇

告别关押狄安娜的仓库后，韩雪再次进入高维空间，沿着时间轴向过去回溯。为了构筑起理想中的深渊号，狄安娜是必不可少的棋子。回想起那位克隆人的命运，她不由得轻轻叹了一口气。在某个时空中，她帮助狄安娜回到了莫斯科公国时代，并为她安顿好了一个住处；可当她前往一个月后的未来探望狄安娜时，却发现她已在小木屋中自杀，腐败的尸体旁飞满了苍蝇。

人类的死亡再也无法触动她的神经。她并没有丢失身为人类的感情，但她只需沿着时间回溯的方向踏出一步，已经逝去的人们便会再次出现在眼前。人世间一切的遗憾与不幸，都是建立在不可逆的热力学第二定律的基础之上。对于可以随意穿越时间的韩雪，这些早已没有了意义。

目标已近在眼前。视野明亮了起来，潮湿的空气扑打着面颊。她来到了一颗被茂密森林覆盖的行星上，这里的重力是地球的一点八倍，稀薄的氧气的含量令肺部一阵绞痛。她降落在一座高山顶部的特种兵训练基地中，将自身的时间流速提高至十万倍，轻而易举地潜入了基地的会客室。在遍布基地各个角落的监视摄像机中，她甚至不会留下一帧画面。

门缓缓地打了开来，基地的最高指挥官凯特完成了一天的指导任务，习惯性地来到此处喝茶。当看到房内的不速之客时，凯特表情匮乏的脸蛋上闪过一丝惊讶。

"……你是韩雪？"凯特保持着高度的警戒，缓缓走到访客面前。"女更衣室中不见了你的身影，你是怎样逃脱的？又为何会出现在这里？"

"心瞳，你能够原谅自己吗？"她开口的第一句话，便毫不留情地命中了靶心。凯特握紧双拳，身体不由自主地颤抖着。在这十几年前的时空中，知晓她身份的人只有白剑一个；可在她看到韩雪的那一瞬间，便清楚了一切都在这个女人的掌握之中。无数出生入死的经验令凯特很快冷静了下来。她的目光变得犀利，严厉地质问道："这与你有什么关系？"

"你知道吗？心瞳，此刻站在这里的你是一个奇迹。"韩雪波澜不惊地讲述着，"在多数时空中，你父母由于破产将你送去了孤儿院。由于不堪忍受孤儿院恶劣的环境，你最终逃离那里成了星际弃儿，并于七岁那年死在了一颗冰冷的星球上。有时你的父亲会依靠赌博发一笔横财，并依靠这笔收入让你成了富家小姐。你过着普通人的生活，上学，恋爱，直到十五岁那年父亲再次破产。逼债的黑社会团体不时骚扰你们，而无法忍受屈辱的你找来了一支枪。只有凯特存在的时空中，心瞳才能够成为白狐的战士。"

凯特飞速站起身来，掏出腰间的配枪，在零点几秒的时间内顶在了韩雪的额头上。但就在那一刻，战士的直觉却令她察觉到难以名状的恐怖。她甚至无法形容自己面对的敌人究竟是什么，她的存在感比之恒星、星系更加宏大，自己的枪口仿佛指向了整个宇宙。差距太大了，心瞳为自己幼稚的行为感到可笑。

韩雪取出纸和笔，飞速地写下一个地址。她将纸条递到心瞳手中："按照这个地址，你可以找到过去的自己。至于怎样选择，全凭你个人的意愿。"

韩雪转身离去，凯特不由自主地叫了出来："请等一下！"面对着韩雪冰冷的背影，她犹豫片刻，最终还是问出了那个藏在内心最深处的问题："在你所看到的未来中，我会是怎样的结局？"

韩雪默不作声。凯特轻叹一口气，不出所料，还是无间地狱更加适合自己。可正当她准备放弃的时候，韩雪却吐出了两个字：

"星空。"

◇

月影星上。

韩雪穿过寒冷的地表,来到了与世隔绝的金属牢笼中。眼前一幅破败的景象,高大的树木被连根拔起,地面上满布着暴力破坏后形成的沟壑,扭曲的篮球架丢在一堆乱石中。千疮百孔的小木屋上尽是修补的痕迹,在钢架的支撑下艰难地挺立在一片草地上。

推开房门,月影平静地躺在白色的公主床上,缓缓起伏的胸部昭示了生命的迹象。韩雪将手搭在她的额头上,月影的大脑已被念动力破坏了大部分,能够再次醒来的概率微乎其微。

可偏偏就在此刻,韩雪十分想同这位善良的女孩聊一聊。在难以计数的时空中,韩雪看过太多月影悲惨的故事:或许拥有如此强大力量的她,出生在这个时代本身就是一个错误。在这个她一手打造的时空中,月影的生命即将走向终末——短暂而幸福的终末。

韩雪快速找到了三个几乎一模一样的平行时空,令三个时空中月影的大脑产生了联系。念动力跨越宇宙联系了三个月影的神经细胞,如同并行计算的 CPU 一般,月影渐渐恢复了意识。

"……韩雪?"月影张开双眼后,看到坐在床边的韩雪,不禁吃了一惊。她端详着韩雪的面庞,露出了舒心的笑容。"果然是你。"

韩雪拉起月影的手:"为什么说,果然是我?"

"我无法在你的身上看到'流动'。"月影艰难地仰起头,注视着天花板上的小熊吊灯。"最初我同样无法在太空中看到'流动',可随着能力的增长,我能够看到即便在真空的宇宙中,也存在着许多悦动的精灵。罗星他告诉我,那叫作狄拉克海。"月影微微一笑,"可是在你的身上,我甚至连狄拉克海中的精灵都无法看到。"

两人陷入了默契的沉默。片刻,月影开口道:"你在幕后主导了深渊号的一切,对吗?"

韩雪点点头。

"为什么?"

"这是……我送给罗星的礼物。"

月影皱起了眉头。韩雪注视着她的双瞳,继续说道:"你猜得没错,我深深地爱着罗星,就像此刻的你一样。在我经历的主观时间中,已经陪着罗星走过了数千年的岁月。现在的我能够随心所欲地操作时间,能够联系平行宇宙;爱情、陪伴、离别,这些感情对我而言已渐渐失去了意义。但有一件事情是只有我才能做到的,那就是同他进行最后一次智力竞赛。"

"即便这个竞赛会夺去许多无辜的生命?"月影的语气中虽然透出责难,表情却出人意料地平静。

"对我而言,时间再也不是向着一个方向流逝的河流。一个人的过去、现在、未来,甚至平行时空中无穷无尽的可能性都在我的眼中,所谓'死亡'不过是整体上一个微不足道的点。曾经是人类的我自然明白死亡对你们而言意味着什么,但是很抱歉,这样的道德观对我而言已经失去了意义。"

"确实是呢。就好像我操作的游戏人物有三十条性命,那么我不会介意用一条命以身犯险。"月影微微笑道,"我们并无法通过普世道德去责怪你,因为我们是不同的。"

韩雪轻轻点头,她没有想到月影居然会理解到这个程度。可月影的下一句话,却深深触动了她的心灵:"但是啊,你说谎了。虽然我无法看到你身上的'流动',却可以看到你身为一个女人的'脆弱'。"月影紧紧握住韩雪的手,瘦弱的手掌上传来阵阵暖流。"如果人类的一切感情对你而言真的已经毫无意义,那么你为何会为罗星准备这份特别的'礼物',又为何会来到这里,同我对话呢?"月影歇息片刻,以虚弱的音调说了下去:"因为你在犹豫。在你的内心中,已经隐约有了一个决定,你却没有勇气去面对它。深渊号的谜题根本就不是什么'礼物',而是你自己的一次赌博,对吗?"

月影的话语仿佛报幕员的旁白,将韩雪掩藏内心的幕布轻轻地掀了开来。她再次回到了那个舞台上,罗星虔诚地站在她的面前,对她说,韩雪,我喜欢你。

她的生命开始于那一刻,同时也终结于此。

她为何会获得控制时间的能力？

在觉醒了全部能力的同时，她为这个问题找到了答案。制造未来号事故的不是别人，正是获得了力量的她自己。借助这样的方式，她将能力一点一滴地赋予了身为人类的自己。掌控着全部时间的她并不需要任何因果，因为她自身就是完整的因果。

存在于她背后的真实，是多元宇宙中"时间"这一维度产生的意识。身为人类的韩雪，只不过是作为触发器的一个点，如同引发了大爆炸的上帝之手。在无限的时间面前，有限的人类的意识只是无穷小的一个点；终有一天，无限的意识会将她淹没，她将无法作为人类的韩雪存在于任何一个时空。

面对着那个即将到来的、诞生于自身却又要将自己淹没的存在，韩雪感到了恐惧。即便自己终有一日面对着消亡，她也希望自己能够以人类的身份，平静地迎来死亡。为了让自己迎来名为"韩雪"的终结，她就必须去面对那个无限大的存在。

好可怕。好恐怖。

她多么希望，能有一个人给她以支持，给她以信心。然而她的力量太强大了，即使是多元宇宙中也无法找到一个与自己对等的存在。无限的力量与有限的心灵仿佛一张纸的两面，共同书写着一个女人的悲伤。

那次将自身存在无限拓展的实验给了韩雪启示。从无限的速度中摆脱后，压倒性的绝望淹没了她；然而就在她怅然若失的时候，那个人再次将他拉了回来。

是啊，不是还有他在吗？

牵着恋人的双手，韩雪做出了选择。

自己究竟应当如何前进，就让他来决定吧。

"你要走了吗，韩雪姐姐？"看着韩雪的背影，月影有些留恋地问道。

"是啊，事情总归要有个了结。"

时空创造者的身形渐渐淡去，印在月影瞳孔中的却是一张幸福的笑脸。

◇

"让我们回顾一下欢迎晚宴上自我介绍的顺序。"周诚将手指放在密码的第一位,数量的输入了"0"。"打头阵的是弗姆舰长,在他之后是狄安娜,接下来依次是达斯特、韩雪、月影和夫人。老芮第七个登场,紧随其后的是白剑,我则排在他的后面。万众期盼的你登场时已是倒数第三位,最后两位依次是心瞳和因特林警卫。"

将全部二十四位密码输入后,面板上显示了"000100111000101011111001"的数值。

"真的这样就解决了吗?"兰兰依然抱有疑虑,"所谓'平行时空'应当是因果互不关联的两个时空,而上场顺序是由抽签随机决定的。如果时空创造者的运气很差,精心构造的两个时空却在登场顺序上出了差池,那岂不是笑话了!"

周诚笑道:"恰恰相反。只有自我介绍登场顺序相同的两个时空,才会被她选中并产生联系。"

周诚按下了"确认"键。密码上的数字飞快地旋转着,伴随着低沉的马达声,密码箱后方沉重的屏蔽门打了开来。核心控制区内并不见阿克别瑞引擎的踪影,展现在两人面前的是一张木质的舞台,上面铺着粗糙的红地毯,几只话筒被丢在一角。一袭纯白纱裙的韩雪孤独地站立在舞台中央,平静的面庞好似寂静的夜空。

"我来了,韩雪。"面对时空的创造者,自己曾经的暗恋对象,周诚只是淡淡地说了五个字。

韩雪轻轻点头。

"我解开了你的谜题。我相信,这个舞台就是深渊号旅途的终点。"

"如果我继续留在女更衣室中,造成我依然被困在'永远的一分钟'的假象,你还能够推断出幕后的主使是我吗?"韩雪平静地问道。

周诚点点头:"在整个事件中,你几乎只是引导,很少亲自出手。

但是有几次,你主动干预了事件的发展,这些行动构成了你是时空创造者的证据。"

"你想说兰兰和老芮陷入时空夹缝的遭遇吗?长时间地维持'随机的普朗克时间'十分困难,难免会出现错误。在这一点上,是我的失策。"

"即便没有得知他们的遭遇,我也有了足够的证据。"周诚的眼中闪烁出不可动摇的决心,"在 A 面和 B 面的大家取出枪械,以及 B 面的我进入训练区探险的过程中,都有着你的参与。最终的结果是,大家都顺利地离开了随机的时间结构,回到了原来的时序中。如果缺少了时空创造者的力量,这几乎是不可能的事情。"

韩雪沉默片刻,开口道:"还有最后一个谜题。你一定看过了老芮的手机吧。在同他打赌的过程中,我没有使用任何穿越时空的能力。可即便如此,我仍有百分之百的把握获胜。你能够破解我的计谋吗?"

"这怎么可能!"一旁的兰兰大吃一惊。芮汐兆和韩雪同时随机地选择一个"面",如果五分钟后的结算两人位于同一个面上,韩雪获胜;否则芮汐兆获胜。这次赌博可以简化为一个翻硬币的问题:两人在不知对方策略,以及硬币状态的情况下随机翻转一枚初始状态为正面向上硬币,最终猜测哪个面向上。

周诚闭上眼睛,默默地沉思着。少顷,他的口中吐出了四个字:"量子博弈。"

韩雪的脸上闪过一丝惊讶,周诚继续说道:"在五分钟的时间周期中,你一共进行了两次选择。在初始状态中,炸弹和老芮共处一个'面'上;在老芮选择换面前后,你分别作了一次选择。"

"无论她如何选择,最终共面的概率也只有二分之一啊……"兰兰不解地自言自语。

"在'时空的莫比乌斯带'中,游戏者可以将一个选择进行两次。如果在两个周期中的同一时刻分别进行选择,两次选择会构成一个决策的矩阵。举例而言,在'表时间'中选择换面,而在'里时间'中留在原地,就相当于以百分之五十的概率翻转了硬币。"

韩雪雕塑一般地矗立在原地,此刻的她已经完全不见了那个害羞女生的样子。周诚继续说了下去:"在老芮选择换面的前后,你分别以百分之五十的概率翻转硬币,便构成了一个量子博弈与经典博弈的对决。经过简单的计算便可得知,无论老芮怎样选择,他最终与炸弹共面的概率都是 1。"

兰兰细细咀嚼着周诚的解释。在微观世界中,具有波粒二象性的光子能够同时通过两个狭缝;而"时空的莫比乌斯带"却将宏观物体赋予了概率逻辑。在这个特殊的时空结构中,人类能够像微观粒子一般,以一定的概率同时通过两道门。

韩雪静静站在那里,仿佛经过了好久,又好似只是白驹过隙的一瞬。她轻轻点头道:"没错,你解开了深渊号全部的谜题。"

"等等!"一旁的兰兰气愤地喊道,"你认为这样就结束了?这不过是你一厢情愿的想法好吧!你构筑了这个时间的迷宫,将我们折磨得痛不欲生,这笔账应当怎么算?"

"不,一切都结束了。"韩雪淡淡说道,冰冷的压迫感令兰兰顿时哑口无言。韩雪侧过身子,凝视着这个时空的罗星问道:"最后可以问一个问题吗?"

"请讲。"

"这个时空的你,究竟是怎样爱上我的?"

"我想,是神谕吧。"

"所谓的'神谕',究竟是什么?"

"与你熟识后,我确实爱上了你的天真、你的善良、你的美丽;但初次见面的那一刻,我却仿佛看到了一层神圣的光晕笼罩在你的身体上。我想,你就是我生命中注定的那个人。"

果然,还是没有搞明白,罗星最初爱上的"韩雪"究竟是什么。

但是,这样就够了。

韩雪轻轻一挥手,两扇门在罗星和兰兰的身旁打了开来。

"门的另一侧,连接着现实世界的地球。"她平静地说道,"两扇门分别对应着两个时空，究竟去向何处，由你们自己选择。"

"你准备怎么办？"罗星匆忙问道。

那一刻，他在韩雪的脸上看到了熟悉的笑容。那个腼腆的小女生，开心地笑了。

"多谢你，鼓励我做出了最终的决定。"

"等等！韩雪，难道你要……"

韩雪将双手按在胸前，对着自己，以及自己身后无限的存在，用出了最强的能力：

"时间，概念消灭。"

◇

韩雪消失后很久，罗星与兰兰依旧留在了孤寂的舞台上。

"这究竟算什么！"空荡的房间内回荡着兰兰愤怒的声音，"跨越了两个宇宙设计的谜题，最终只是为了决定是否自杀吗？"她紧紧地握着双拳，眼中噙着泪花。"破坏了自己，以及那么多人的人生，难道她就没有什么想说的吗？"

"000100111000101011111001，这个密码除了用来开启最终的舞台，还蕴含了韩雪最终想要传达的话语。"罗星回答道，"这个舞台对我们而言具有特殊的意义，我曾在这里对她进行了告白。还记得电梯的提示吗？除了0和1的暗示外，它还告诉了我们要按照摩斯码去解读她留下的密码。而将二十四位的摩斯码进行转换，便是她对我的回应。"

"I LOVE YOU."

◇

自身的存在一点一滴地消失着。这样就好，在生命的最后，韩雪希望带着那个无限的存在一同消亡。然而她的力量依然是不完全的，消失的过程痛苦而漫长。她猛然间领悟到，要成为完整的"时间的意识"，还缺少至关重要的一步。

她的心中并没有对力量的渴望。

"时间的意识"为何选择了她作为触发点？这一定不是偶然，因为她自身便是完整的因果。然而直到现在,她对随意控制时间的力量依然怀抱着厌恶之情。

一定在哪里,少了关键的什么。

现实世界在眼中清晰了起来,韩雪回到了高校的一片小湖旁。她的身体依然处于高维空间,可以目视三维空间的景象,但现实世界的人类无法感知到她的存在。她穿着一袭纯白的纱裙,同时存在于无限个宇宙的小湖旁。

就要结束了,虽然带着遗憾,但"时间的意识"即将走向尽头。

可就在这时,她听到了熟悉的声音:

"你好……在看风景吗?"

图书在版编目（CIP）数据

时间深渊 / 付强著 . -- 北京：新星出版社，2024.6
ISBN 978-7-5133-5616-9

Ⅰ.①时… Ⅱ.①付… Ⅲ.①幻想小说 – 中国 – 当代 Ⅳ.① I247.5

中国国家版本馆 CIP 数据核字 (2024) 第 070070 号

幻象文库

时间深渊
付强 著

责任编辑	吴燕慧	监　　制	黄艳
责任校对	刘　义	责任印制	李珊珊
封面设计	冷暖儿		

出 版 人　马汝军
出版发行　新星出版社
　　　　　（北京市西城区车公庄大街丙 3 号楼 8001　100044）
网　　址　www.newstarpress.com
法律顾问　北京市岳成律师事务所
印　　刷　北京美图印务有限公司
开　　本　910mm×1230mm　1/32
印　　张　14.5
字　　数　390 千字
版　　次　2024 年 6 月第 1 版　2024 年 6 月第 1 次印刷
书　　号　ISBN 978-7-5133-5616-9
定　　价　59.00 元

版权专有，侵权必究。如有印装错误，请与出版社联系。
总机：010-88310888　　传真：010-65270449　　销售中心：010-88310811